Dario Correnti ist ein Pseudonym, oder besser gesagt, ein Doppel-Pseudonym, hinter dem sich zwei italienische Autoren verbergen. Das Thrillerdebüt »Kälter als der Tod« wurde schon vor seiner Veröffentlichung zur internationalen Sensation und in 15 Länder verkauft.

Besuchen Sie uns auf www.penguin-verlag.de und Facebook.

DARIO CORRENTI

KÄLTER ALS DER TOD

THRILLER

Aus dem Italienischen
von Brigitte Lindecke

PENGUIN VERLAG

Die italienische Originalausgabe erschien 2018 unter dem Titel »Nostalgia del Sangue« bei Giunti Editore, Mailand.

MIX
Papier aus verantwortungsvollen Quellen
FSC® C014496
FSC www.fsc.org

Verlagsgruppe Random House FSC® N001967

PENGUIN VERLAG

1. Auflage 2018

Umschlag: www.buerosued.de
Umschlagmotiv: © GettyImages/Steven Beijer/EveEm
Redaktion: Amelie Thoma
Satz: GGP Media GmbH, Pößneck
Druck und Bindung: GGP Media GmbH, Pößneck
Printed in Germany
ISBN 978-3-328-10367-7
www.penguin-verlag.de

Dieses Buch ist auch als E-Book erhältlich.

Erster Teil

9. Dezember

»Ich will mindestens fünftausend Zeichen«, sagt Besana und betätigt den Scheibenwischer, ehe ihm klar wird, dass es kein Wasser ist, was da über die Windschutzscheibe rinnt. Denn in Wirklichkeit rinnt es nicht, und an den Seiten hat sich bereits ein weißer Rahmen gebildet. Schnee, das hat gerade noch gefehlt. Besana setzt den Blinker und zieht in die rechte Spur hinüber, den Artikel wird er in der Raststätte schreiben. Er kann nicht riskieren, ausgerechnet heute Abend auf der Autobahn nach Mailand stecken zu bleiben.

»Vertrau mir, verdammte Scheiße«, fügt er, immer noch über die Freisprechanlage, hinzu. Und er weiß nicht so recht, ob sich dieses so tief empfundene *Scheiße* auf den Lastwagen vor ihm bezieht, der ihn gerade geschnitten hat, oder auf den Ressortleiter, der sich immer anstellt, als würde er das Papier aus eigener Tasche bezahlen.

Dann bricht die Verbindung plötzlich ab. Der Akku ist leer. Und er hat schon wieder das Ladekabel fürs Auto zu Hause vergessen.

Besana parkt den Wagen, schlägt die Tür hinter sich zu und rennt los. Gebeugt, den Rucksack schützend über dem Kopf, erreicht er den Eingang der Raststätte.

»Ganz schönes Sauwetter, was?«, sagt eine junge Frau

hinter der Kasse. Der erste Lichtblick seit zehn Stunden. Das war aber auch bitter nötig.

Mit leicht schwankendem Gang bewegt er sich auf sie zu. Er konnte noch nie richtig laufen, selbst wenn er nüchtern ist, wirkt er betrunken.

»Vielleicht darf ich ja hier übernachten?« Er lächelt sie an. Sie langweilt sich offensichtlich, da kann es nicht schaden, ein bisschen mit ihr zu flirten. Außerdem muss er sie gleich noch um einen Gefallen bitten: Er muss unbedingt sein Handy aufladen, und zwar schnell.

»Meine Schicht ist um acht zu Ende. Fragen Sie meinen Kollegen.« Aber sie lächelt zurück, sie hat angebissen, und nachdem sie ihm zwei Päckchen Zigaretten über den Tresen geschoben hat, hilft sie ihm, ein Brötchen auszusuchen.

»Bresaola? Ich bitte Sie. Ich habe Hunger bis unter die Arme«, sagt er und zeigt auf eins mit Speck und Brie. »Und ein Bier, ein kleines, fürs Erste.«

Er versteht selbst nicht, wie er nach diesem widerwärtigen Anblick einen solchen Hunger haben kann. Die Hälfte der Journalisten vor Ort musste sich übergeben, obwohl nur ein Foto gezeigt wurde.

Er entscheidet sich für einen Tisch am Fenster, mit Blick nach draußen. Zum Schnee ist es jetzt auch noch dunkel geworden. Wäre das Ambiente nicht so schäbig, könnte er sich einbilden, in einem Restaurant direkt am Wasser zu sitzen.

»Ich mach es Ihnen warm und bringe es Ihnen gleich«, ruft die junge Frau. Der Saal ist groß, aber vollkommen leer. Da sie beide heute Abend allein sind, kann seine neue Freundin einmal so tun, als wäre sie die Chefin. Vielleicht träumt sie ja wirklich davon.

»Danke, Sie sind ein Engel. Und da wir schon mal dabei sind, würden Sie mir einen Gefallen tun?«

»Solange Sie mich nicht fragen, ob Sie rauchen dürfen«, entgegnet sie lächelnd, als sie sieht, dass er mit Zigarette im Mund vor seinem iPad sitzt.

Besana schüttelt den Kopf und erläutert sein Problem, vernachlässigt auch nicht die Tatsache, dass er unbedingt seinen Chef anrufen muss, weil er an einer höchst wichtigen Sache dran ist.

»Ein Verbrechen?« Mit seinem Handy in der Hand, bleibt die junge Frau wie angewurzelt stehen.

»Ja, ein furchtbares Verbrechen«, fügt er hinzu und gibt ihr mit einer freundlichen Kinnbewegung zu verstehen, dass er bereit ist, ihr ein paar exklusive Details zu verraten, sofern sie ihren Hintern in Bewegung setzt und eine Steckdose sucht.

»Oh, natürlich, Verzeihung«, sagt sie und verschwindet gehorsam hinter dem Tresen, um eine Minute später mit einem großen Bier zurückzukommen, auf Kosten des Hauses.

»Wie nett«, bemerkt Besana. »Genau das Richtige. Woher wussten Sie, dass ich so besser schreiben kann?«

Die junge Frau lächelt zufrieden und setzt sich zu ihm an den Tisch. Doch in diesem Moment klingelt Besanas Handy.

Er springt auf und beugt sich über die Theke, um ranzugehen. Seine Haltung ist etwas fragwürdig, aber er entschärft die zweideutige Pose mit einem Augenzwinkern, während seine neue Freundin die Ohren spitzt. Eine solche Abwechslung kann sie sich nicht entgehen lassen.

»Fünftausend, das ist mein letztes Wort. Ich mache

den Job seit dreißig Jahren, und so etwas habe ich noch nie gesehen. Die Ermittler schließen momentan auch Satanismus nicht aus, nur damit du eine Vorstellung hast, wovon ich rede. Mein Akku ist leer, ich fasse mich also kurz: Man hat ihr die Eingeweide rausgeholt, und ein paar Hundert Meter weiter hat man ein Stück aus der Wade gefunden. Sechstausend, perfekt. Aber ich muss in einer Raststätte schreiben, also sorg dafür, dass die Zeitung bis ultimo besetzt bleibt. Ich weiß, dass es kein Problem ist, ich weiß.«

Die junge Frau starrt ihn wie hypnotisiert an, sie ist bereit, ihm den ganzen Abend Bier auszugeben. Es stimmt nicht, dass sie um acht abgelöst wird.

10. Dezember

Am nächsten Tag herrscht in der Redaktion dicke Luft. Bevor der Chefredakteur in die Redaktionskonferenz geht, legt er sich mit dem Ressortleiter an, weil der einen so aufsehenerregenden Fall diesem Querkopf von Besana überlassen hat, den er lieber gestern als heute in den Vorruhestand schicken möchte, statt Luca Milesi, seiner neuen Edelfeder.

»Milesi war gestern beim Fernsehen in Rom«, verteidigt sich der Ressortleiter, »irgendjemanden musste ich ja zum Ortstermin schicken.«

»Jetzt werden wir ihn nicht mehr los«, entlässt ihn der Chefredakteur verärgert. »Du weißt doch, wie stur er ist. Er wird jetzt sagen, dass es *sein* Fall ist.«

Gegen eins, nachdem die Konferenz zu Ende ist, erwartet den Ressortleiter eine weitere Unannehmlichkeit. Als er an seinen Schreibtisch zurückkehrt, sitzt da bereits Ilaria Piatti. Aber früher oder später muss ihr ja jemand beibringen, dass sie in der Branche keine Chance hat. Es weht nun mal ein rauer Wind, Stellen werden gestrichen, und die Gewerkschaften machen dauernd Ärger, das arme Mädchen hat sein Praktikum eben zur falschen Zeit gemacht.

Er grüßt knapp und mustert sie. Sie trägt aber auch nicht gerade dazu bei, ihre Lage zu verbessern. Immer kreuzt sie in fürchterlichen Klamotten in der Redaktion auf, und heute ist sie zu allem Überfluss auch noch klatschnass. Stimmt schon, es schneit wie verrückt, aber sie hätte doch einfach einen Schirm mitnehmen können. Stattdessen kommt sie in Regenmantel und Gummistiefeln, als wäre die Redaktion ein Fluss, den es zu durchwaten gilt.

»Ciao, Roberto, hast du mal kurz Zeit für mich?«

»Nein, ich, also …«

Der Ressortleiter kneift einen Moment die Augen zu. Bitte nicht, bitte frag mich jetzt nicht, ob du bei uns eine Zukunft hast. Nicht jetzt.

»Also, ich … ich müsste mal mit Besana sprechen. Weißt du, ich habe seinen Artikel gelesen … und ich hätte vielleicht eine Spur.«

»Eine Spur? Du?«

Piatti hält die Luft an. Die Ärmste, schon eine Kleinigkeit versetzt sie derart in Aufregung. Es ist aber auch wirklich zum Lachen. Sechs Monate lang hat sie bestenfalls Meldungen über Verkehrsunfälle geschrieben. Das war das höchste der Gefühle.

»Nein, es ist eher … Na ja, ich denke, es handelt sich vielleicht … Jedenfalls, ich habe eins und eins zusammengezählt, also …«

»Also?«

Sie ist langsam, die Piatti. Vor allem, wenn man es eilig hat. Leicht neurotisch windet sie sich um ihre Gedanken, unfähig, in zwei Sekunden eine klare Aussage zu formulieren, wie es sich gehört. Schnell, direkt, simpel. Nein. Denkt sie, sie hat einen Psychoanalytiker vor sich?

»A-also«, stottert sie immer verstörter, »a-also … jedenfalls, ich glaube, dass es sich um einen Serienmörder handelt.«

Der Ressortleiter lacht laut auf. Das wird ja immer besser. Aber genug, er hat keine Zeit zu verlieren.

»Erzähl das Besana.«

»Ja eben«, gibt sie zurück. »Hast du seine Handynummer?«

Zehn Minuten, um nach Besanas Handynummer zu fragen? Der wird sie ebenfalls auslachen. Und dann wundern sich die Leute, dass sie nicht eingestellt werden.

»Lass sie dir von der Redaktionssekretärin geben.«

»In Ordnung. Danke, danke.«

Danke wofür? Niemand wird sie auch nur eine Zeile über diesen Mord schreiben lassen, was denkt die sich? Aber Hauptsache, sie verschwindet. Und zwar bitte sofort.

11. Dezember

Ungeachtet des Schneetreibens sitzt Besana wieder im Auto. Er muss unbedingt nach Bottanuco, um noch einmal mit den Ermittlern zu sprechen. Im Fernsehen wird die Geschichte schon durchgehechelt, und Milesi macht Druck, weil er ihm den Fall wegschnappen will. Aber diesen hier bekommt er nicht, das kann er sich abschminken. Und wenn es sein letzter ist, aber dieser Fall gehört ihm.

Das Handy klingelt, die Nummer ist nicht in seinem Telefonbuch gespeichert, und Besana beäugt das Display misstrauisch.

»Ja bitte?«

»Guten Abend, Dottor Besana, entschuldigen Sie die Störung, hier ist Ilaria. Ilaria Piatti.«

»Es ist noch nicht Abend«, erwidert Besana trocken.

»Ach ja. Natürlich, entschuldigen Sie. Guten Tag.«

Die Piattola, Transuse, so nennen sie in der Redaktion alle. Zumindest die, die überhaupt über sie reden, für die meisten existiert sie gar nicht. Und sie ist wirklich eine Transuse. Was will sie überhaupt von ihm?

»Worum geht's?«

»Na ja, ich wollte ... also ich wollte mit Ihnen reden.«

»Worum geht's?«, fragt er noch einmal.

Herrje, ist das mühsam mit ihr, sie kommt einfach nicht zum Punkt.

»Das ist eine lange Geschichte, könnten wir uns vielleicht auf einen Kaffee treffen?«

»Geht nicht, ich bin auf dem Weg in die Bergamasca. Erzählen Sie. Aber versuchen Sie sich kurzzufassen. Sagen wir, Sie haben fünfzig Zeichen. Inklusive Leerzeichen.«

»In Ordnung … Also … Ich glaube, dass der Täter ein Serienmörder ist«, stößt sie in einem Atemzug hervor.

Besana lacht. »Ich schätze, das waren sechzig bis siebzig Zeichen. *In Ordnung* und *also* hätten Sie getrost weglassen können. Wollen Sie diesen Beruf lernen oder nicht?«

»Natürlich, natürlich. Danke.«

Stille. Die Piatti erwartet eine Antwort.

»Und wie kommen Sie darauf, dass es sich um einen Serienmörder handelt? Wegen der Art und Weise, wie er die Leiche zugerichtet hat? Momentan gehen die Ermittler von einer Gruppe von Satanisten aus, wegen der Eingeweide und dem Stück Wade, das irgendwo in den Karpaten gelandet ist. Es ist jedoch zu früh, um etwas Genaueres zu sagen.«

»Ich weiß, ich weiß, aber … die Umstände erinnern mich an …«

»Piatti, es freut mich, dass der Fall Sie so beschäftigt, aber wir sind hier nicht bei *Criminal Minds*«, fällt Besana ihr ins Wort. Nun gut, sie ist eine Zwanzigjährige ohne Zukunftsaussichten, die in Kürze gefeuert wird, doch das ist nicht seine Schuld. Abgesehen davon wird auch er in Kürze gefeuert.

»Hat man zufälligerweise Nadeln gefunden?«

Besana macht fast eine Vollbremsung. Ein Idiot in einem SUV hat ihn gerade rechts überholt, ohne zu blinken.

»Nadeln? Nicht dass ich wüsste«, erwidert Besana.

»Und hatte sie Erde im Mund?«

»Auch davon ist mir nichts bekannt.«

»Schade«, sagt Piatti, »sonst wäre es wirklich identisch. Sogar das Datum, der achte Dezember.«

»Identisch womit?«, fragt Besana, nun doch hellhörig geworden.

»Einem anderen Verbrechen«, erwidert Piatti endlich mal etwas knapper.

»Und welchem?«

»Einem Fall aus dem neunzehnten Jahrhundert«, flüstert sie.

Besana schüttelt den Kopf. Kommt die ihm mit einem Fall aus dem neunzehnten Jahrhundert. Jetzt nur nicht die Nerven verlieren.

»Also schön, Piatti, es war nett, mit Ihnen zu plaudern. Aber ich muss jetzt wirklich Schluss machen. Ich muss tanken. Halten Sie die Ohren steif, es wird schon werden.«

»Wir wollen es hoffen«, entgegnet sie sanft.

Besana nimmt die Ausfahrt zum Rastplatz. Auch er hofft, nämlich dass seine Lieblingskellnerin wieder in seiner Stammraststätte ist. Wer weiß.

11. Dezember

Bevor er zum Polizeipräsidium in Bergamo fährt, muss er kurz in Bonate Sotto bei Rosella vorbei, der Schwester seiner Frau. Nicht dass er sie besonders ins Herz geschlossen hätte, aber ihr Mann arbeitet bei der Kripo. Giorgio ist ein aufgeweckter Bursche, er könnte ihm behilflich sein.

Jedes Mal, wenn Besana durch diese Ortschaften fährt, wird ihm ganz eigenartig zumute. Sie haben etwas Beklemmendes an sich. Deswegen hat er oft mit Marina gestritten, bevor sie ihn hat sitzen lassen. Sie, die nicht in Mailand leben wollte, und er, der sich ein Leben im Einfamilienhaus mit Garten nicht vorstellen konnte. Doch dann gefiel es Marina in Mailand sogar zu gut. Hätte er ihrem Wunsch nachgegeben und wären sie ins öde lombardische Hinterland gezogen, hätte sie sich vielleicht nicht in einen jungen Finanzberater verliebt. Mit dem sie wenigstens die Vorzüge der Stadt genießen konnte, so sagte sie, nicht wie mit ihm, der ja immer nur bei der Zeitung war.

Rosas Einfamilienhaus unter zwanzig anderen wiederzuerkennen, die sich alle bis aufs i-Tüpfelchen gleichen, ist eine ziemliche Herausforderung. Vielleicht sollte er sie besser anrufen.

»Ach, Marco! Was machst du denn vor meinem Haus? Ich seh dich vom Fenster aus.«

»Wirklich? Ich dachte schon, ich hätte mich in der Straße geirrt. Krieg ich bei dir einen Kaffee?«

Besana parkt den Wagen. Es hat wieder zu schneien begonnen, und er durchquert rasch den Vorgarten. Auf der Fußmatte mit der Aufschrift *Welcome* tritt er gründlich die Schuhe ab.

Rosa umarmt ihn und verstrubbelt seine Haare, um ein paar Schneeflocken abzuschütteln.

»Das ist ja eine Überraschung! Bist du wegen dem Mord an der Rumänin hier?«

»Erraten.«

»Na komm, rein mit dir. Kevin ist noch in der Schule. Hast du schon Mittag gegessen?«

Besana schüttelt den Kopf. Seit er alleine lebt, isst er abends meist Fertiggerichte aus der Tüte, Tagliatelle mit

Steinpilzen oder Hühnchen alla Diavola. Kochzeit zehn Minuten. Der Gedanke an eine anständig zubereitete Mahlzeit rührt ihn beinah.

»Ich hab auch noch nicht gegessen. Komm, ich mach dir eine schöne Pasta mit dem, was da ist.«

»Danke.«

Seine Exschwägerin hat ein hübsches Gesicht, sie sieht Marina sehr ähnlich, aber sie ist ungeheuer dick geworden. Sie lebt nur noch fürs Essen. Die Gespräche zwischen ihr und ihrem Mann drehen sich immer um Restaurants, die sie ausprobieren möchten.

»Wäre eine Carbonara in Ordnung?«

»Wow«, sagt Besana und trottet Rosa hinterher durch das mit Ethno-Möbeln eingerichtete Wohnzimmer. Als wäre dieses Scheißeinfamilienhaus eine Kolonialvilla auf Bali oder in Malindi.

»Ich hab letzten Sonntag deinen Sohn gesehen«, sagt Rosa nun, während sie ihm voran in die Küche geht.

»Du Glückliche.«

»Jetzt sei doch nicht so.« Rasch deckt sie den Tisch und legt Platzsets hin, auf denen noch Marmelade und fossilisierte Cornflakes vom Frühstück kleben.

»Marina erfindet immer neue Ausreden, damit ich ihn nicht sehe«, beklagt sich Besana.

»Das stimmt doch gar nicht, sie kann nichts dafür.« Rosa träufelt Öl in eine Pfanne, um den Speck anzubraten. »Jacopo ist halt mittlerweile groß, er verbringt das Wochenende lieber mit seinen Freunden. Er ist siebzehn, da ist das völlig normal.«

»Mag sein«, gibt Besana zurück, während er den Kühlschrank öffnet, als wäre er zu Hause.

»Suchst du Bier? Das steht unten im Partykeller.«

Besana hasst Partykeller, aber für ein kühles Bier ist er zu allem bereit.

Als er in die Küche zurückkehrt, verquirlt Rosa gerade die Eier, und der Tisch ist für drei gedeckt.

»Giorgio hat angerufen, er kommt zum Mittagessen. Er freut sich, dich zu sehen.«

Besanas Gesicht hellt sich auf. Perfekt. Er muss sie nicht mal um einen Gefallen bitten und kann so tun, als hätte er tatsächlich nur vorbeigeschaut, weil er gerade in der Nähe war. Das Thema kommt so oder so auf den Tisch.

»Ich hatte richtig Lust auf Carbonara.«

»Und ich hatte Lust, mit dir zu reden«, entgegnet Rosa. »Du meldest dich ja nie.«

»Ich arbeite viel«, murmelt Besana.

»Ich weiß, ich weiß. Aber ich wollte dich auch schon anrufen. Weißt du, ich mache mir Sorgen um Marina. Sie wirkt nicht gerade glücklich mit diesem Typen.«

Besana zieht die Schultern hoch.

»Warum gehst du nicht mal bei ihr vorbei? Lass dir eine Ausrede einfallen, Jacopos Ferien oder was weiß ich.«

Besana schüttelt den Kopf, er hat keine Lust, darüber zu reden.

»Wir kommunizieren nur noch über SMS.«

11. Dezember

Außer Atem kommt Giorgio herein. Er musste einem Rentner, der ins Rutschen geraten war und die ganze Straße blockiert hatte, helfen, Schneeketten aufzuziehen.

»Das ist das reinste Chaos da draußen. Als wären die Winterreifen noch nicht erfunden worden.« Er legt Besana eine Hand auf die Schulter. »Na, mein Guter, hast uns wohl die Sonne mitgebracht, was?«

In ihrer gewohnt fröhlichen Art – ein guter Charakter, denkt Besana, im Gegensatz zu ihrer Schwester – bittet Rosa die beiden Männer zu Tisch.

»Die Pasta ist fertig, und jetzt will ich endlich *alles* über dieses Verbrechen wissen«, sagt sie.

Besana lächelt zufrieden. Was für ein Glück, er kann die Höflichkeitsfloskeln überspringen.

»Frag lieber deinen Mann, der weiß sicher besser Bescheid als ich.«

Mit vollem Mund beginnt Giorgio zu sprechen. Er hat eine Menge Vorzüge, aber gute Manieren gehören nicht dazu.

»Eine furchtbare Geschichte. Da denkt man immer, hier wäre alles so friedlich, aber in Wirklichkeit wird fast jeden Monat einer umgebracht. Und oft finden sie gar keine Leiche, viele bleiben einfach verschollen. Trotzdem, diese Geschichte hat alle schockiert. Das arme Mädchen. Wer ihr das angetan hat, muss ein Monster sein.«

Rosa platzt fast vor Neugier.

»Nun erzähl doch mal.«

Ihr Mann schüttelt den Kopf, während er seinen Teller mit einem Stück Brot auswischt.

»Willst du nicht erst zu Ende essen?«

Nein, das will sie nicht.

»Sie haben sie aufgeschlitzt wie ein Schwein und ihr die Eingeweide rausgeholt. Und da sie kein Schwein war, sondern eine hübsche junge Frau mit allem Drum und Dran, haben sie ihr auch die Genitalien entfernt.«

»Warum verwendest du den Plural?«, unterbricht ihn Besana.

»Weil ein derartiges Massaker an eine Sekte denken lässt.«

»Richtig, das wurde mir auch gesagt. Hab ich auch so geschrieben«, bestätigt Besana.

»Aber das ist noch nicht alles«, setzt Giorgio nachdenklich hinzu.

»Was denn noch?«

»Da waren Kannibalen am Werk. Es wurde auch ein Stück Fleisch herausgebissen.«

»Mein Gott!«, ruft Rosa aus und schlägt sich die Hände vor den Mund.

Besana wird hellhörig. Davon wusste er noch nichts.

»Gebissen? Aber dann müsste derjenige, der an ihr geknabbert hat, seine DNA hinterlassen haben.«

»Geknabbert ist gut. Wer auch immer es gewesen ist, hat fast die komplette Wade entfernt«, erklärt Giorgio. »Jedenfalls ermitteln wir gerade in der Richtung.«

»Das kommt mir allerdings ein bisschen merkwürdig vor«, überlegt Besana. »Eine Sekte wäre doch viel vorsichtiger, sie würde niemals derart offensichtliche Spuren hinterlassen.«

Giorgio nimmt sich noch etwas Pasta nach.

»Es ist bestimmt eine Sekte. Schon allein wegen der Nadeln, die man auf einem Felsen gefunden hat. Die müssen was zu bedeuten haben.«

Besana läuft es kalt über den Rücken. »Nadeln?«

»Ja, zehn Stück. Um einen kleinen Stein herum angeordnet. Wie eine Art Ritual.«

»Sonst noch irgendwas Auffälliges?«

»Sie hatte Erde im Mund.«

Besana springt auf.

»Entschuldigt mich, ich muss mal dringend telefonieren.«

11. Dezember

Ilaria Piatti ist im Supermarkt, bei der Zeitung hat man sie mehr oder weniger vor die Tür gesetzt. Erst haben alle herumgedruckst, und dann hat man ihr ziemlich deutlich zu verstehen gegeben, dass sie nur im Weg sei und es nichts Sinnvolles mehr für sie zu tun gebe.

»Nicht mal Bildunterschriften?«

Als sie sich umgeschaut hat, saß neben dem Ressortleiter ein neues Mädchen. Ilarias Praktikum endet offiziell erst in einer Woche, aber sie hatten nicht einmal den Anstand, noch so lange zu warten.

Was sie aber am meisten verletzt hat, waren die Kolleginnen. Sie hat genau gehört, wie sie über sie gelästert und gelacht haben. »Wie die sich immer anzieht! Wie in *Der Sturm.*« Zwar flüsterten sie, aber sie kicherten laut.

Während Ilaria nun also ein Angebot für sechs Dosen geschälter Tomaten studiert – sechs? Was soll sie mit sechs Dosen? Sie hat ja nicht mal Freunde, die sie einladen könnte, und was die wiegen, immerhin muss sie sie bis in den sechsten Stock ihres Siebzigerjahre-Hochhauses schleppen, in dem der Aufzug dauernd kaputt ist –, klingelt ihr Handy. O Gott, Besana. Sie stolpert und wirft dabei zwei Pakete Fusilli herunter.

»Hallo?«

»Piatti, nehmen Sie den Wagen und kommen Sie sofort nach Bottanuco. Sobald Sie im Ort sind, rufen Sie mich an.«

»Ich hab keinen Führerschein.«

»Sie wollen Kriminalreporterin sein und haben keinen Führerschein? Na gut, dann nehmen Sie eben den Zug. Ich komme Sie am Bahnhof abholen. Sagen wir Bergamo, falls Sie keinen näheren Bahnhof finden. Aber ich kenne mich mit den Regionalzügen nicht aus. Suchen Sie sich im Internet die Fahrpläne raus und rufen Sie mich dann zurück.«

»Ich bin im Supermarkt, ich hab auf dem Handy kein Internet.«

»Scheiße noch mal, Sie sind ja eine Katastrophe. Wie wollen Sie denn etwas auf die Reihe kriegen, wenn Sie so hinter dem Mond leben?«

»Entschuldigung.«

»Sie müssen sich nicht entschuldigen, Piatti. Sie müssen nur mal in die Gänge kommen.«

»Keine Sorge, ich finde schon eine Lösung. Und dann ruf ich Sie sofort zurück.«

Ilaria legt auf und starrt noch einen Moment mit einem fast debilen Lächeln auf ihr Handy. Dann blickt sie sich um. Eine Mutter tippt auf ihr iPhone ein, während ihr Kind im Einkaufswagen Süßigkeiten auspackt. Ilaria geht auf sie zu.

»Signora?«, sagt sie so höflich wie nur möglich. »Ich fürchte, Ihr Kind sucht nach der Kinderüberraschung.«

»Huch, oh, danke«, erwidert die Frau. »Schatz, man darf die Eier nicht aufmachen, bevor man bezahlt hat. Wie oft soll ich dir das noch sagen?«

Ilaria ist keine geübte Lügnerin, vielleicht muss sie auch das lernen.

»Dürfte ich Sie um einen Gefallen bitten? Ich müsste mal kurz im Internet nachsehen, wann ein Zug fährt, aber der Akku meines iPhones ist leer. Es dauert nur eine Sekunde.«

»Bitte«, erwidert die Frau und reicht ihr freundlich das Handy, beobachtet sie jedoch die ganze Zeit misstrauisch, nicht dass sie mit dem neuesten Modell durchbrennt.

Ilaria tippt blitzschnell. Mist, in Bottanuco gibt es keinen Bahnhof. Es gibt nur einen Zug nach Bressana Bottarone. Wo zum Teufel ist das? Rasch gibt sie das Handy seiner Eigentümerin zurück.

»Vielen Dank!«

Die sechs Dosen mit den geschälten Tomaten lässt sie links liegen und stürmt nach draußen.

»Besana? Es gibt nur einen Zug nach Bressana Bottarone. Ich kann um neunzehn Uhr sechsunddreißig da sein«, sagt sie und verschluckt die Wörter beinah vor Zufriedenheit.

»Wieso denn jetzt Bressana Bottarone? Das ist doch bei Pavia! Wie kommen Sie denn darauf, Piatti? Lassen Sie, ich such Ihnen eine Verbindung raus, das geht schneller. Verdammt noch mal, können Sie nicht mal Fahrpläne lesen?« Damit legt er auf.

Kurze Zeit später ruft Besana wieder an: »Los, laufen

Sie zum Bahnhof. Aber bitte zum Hauptbahnhof, machen Sie nicht auch das noch falsch. Um achtzehn Uhr zehn geht ein Regionalzug. Steigen Sie in Verdello-Dalmine aus. Ich warte dort auf Sie. Kriegen Sie das hin?«

11. Dezember

Als Ilaria Piatti das Bahnhofsgebäude verlässt, steht auf dem Parkplatz davor ein alter blauer Subaru, der kurz aufblendet. Schnell läuft sie über den Schnee und schlittert dabei wie auf Schlittschuhen, die Arme ausgebreitet, um das Gleichgewicht nicht zu verlieren, rutscht dann aber doch aus und knallt gegen die Beifahrertür.

Mit einem Seufzer hilft Besana ihr in den Wagen.

»Piatti, Ballerinas sind wohl kaum das passende Schuhwerk.«

Ilaria lässt sich auf den Beifahrersitz fallen und reibt die Hände zwischen den Oberschenkeln, um sie zu wärmen.

»Ich hab eiskalte Füße.«

»Das kann ich mir vorstellen. Wo ist Ihr Koffer?«

»Was für ein Koffer?«

»Wir schlafen heute Nacht hier, damit wir keine Zeit verlieren. Ich habe in einem Motel zwei Zimmer reserviert. Na gut, dann leih ich Ihnen eben einen Pulli. Wenn wir eine Apotheke finden, die noch auf hat, können Sie sich eine Zahnbürste kaufen.«

Ilaria sieht ihn verunsichert an. Besana bemerkt ihre Verlegenheit. Sie denkt doch wohl nicht allen Ernstes, dass er sie angraben will? Er lacht.

»Jetzt trinken wir erst mal einen Aperitif«, sagt er. »Ein bisschen Alkohol wird Sie wieder aufwärmen.«

Ilaria erwidert nichts, sondern blickt nur gebannt auf den Scheibenwischer, der wie ein Metronom das Verrinnen der Zeit unterstreicht und dabei laut quietscht.

»Der Aperitif ist mir heilig«, fügt Besana hinzu. »Ganz egal, was passiert. Selbst wenn die Welt untergeht, es interessiert mich nicht. Ich trinke in Ruhe mein Glas Weißwein, und wehe, jemand stört mich.«

Ilaria bleibt stumm.

»Piatti? Wie soll ich Ihr Schweigen deuten? Unterkühlung?«

Ilaria dreht sich zu ihm und lächelt ihn ein wenig melancholisch an.

»Ich hab nur gerade über etwas nachgedacht.«

»Über den Fall?«

»Nein, über diesen Beruf. Darüber, dass er selbst mit Eisfüßen wunderschön ist. Schade.«

Besana schnaubt.

»Hören Sie, Piatti, ich habe Sie nicht eingeladen, um Sie zu trösten, sondern damit Sie mir helfen, zu verstehen. Wenn Ihre Spur tatsächlich interessant ist, verspreche ich Ihnen, dass Ihr Name neben meinem unter den Artikeln stehen wird.«

Ilaria sperrt ungläubig den Mund auf.

»Wirklich?«

»Sie müssen es sich allerdings verdienen. Und vergessen Sie nicht, dass ich schon genug Probleme habe. Eine weinerliche Kollegin kann ich nicht auch noch gebrauchen, ist das klar?«

Ohne zu überlegen, fällt Ilaria ihm um den Hals.

»Ich bin so glücklich. Ich weiß gar nicht, wie ich Ihnen

danken soll. Das ist das Schönste, was mir je passiert ist. Ich habe immer Ihre Artikel gelesen und ...«

Besana schneidet ihr das Wort ab: »Piatti? Ihr Praktikum ist zu Ende. Von heute an sind Sie Journalistin. Führen Sie sich also nicht auf wie ein kleines Mädchen, sondern bewahren Sie etwas Haltung. Sonst drehe ich sofort um und bringe Sie zum Bahnhof zurück.«

»Entschuldigung.«

»Jetzt suchen wir uns erst mal eine anständige Bar. Um auf gute Ideen zu kommen, braucht man ein ordentliches Glas Wein. Verdammt, die klappen in diesem Kuhdorf ja wirklich um sechs die Bürgersteige hoch.«

Schließlich finden sie doch noch eine Gaststätte mit einer Bar im Eingangsbereich. Nicht gerade glamourös, aber Besana ist mit seiner Geduld am Ende. Sie suchen sich einen Tisch in einer Ecke und bestellen zwei Gläser Sauvignon, die mit einem Schälchen labbriger Chips gebracht werden.

»Also«, sagt Besana und erhebt zum Anstoßen das Glas, »erklären Sie mir die Sache mit den Nadeln.«

»Dann waren welche da?« Vor lauter Aufregung verschüttet Ilaria ihren Wein auf die furnierte Tischplatte.

»Ja, es waren welche da«, bestätigt Besana ruhig, »Akupunkturnadeln, aber das kann man ja durchaus gelten lassen, oder?«

»Zehn? Auf einem Stein verteilt?«

»Genau. Was hat das zu bedeuten?«

»Das weiß ich nicht.«

Besana platzt fast der Kragen.

»Wie, das wissen Sie nicht? Warum haben Sie diese blöden Nadeln dann überhaupt erwähnt?«

»Weil dieses Verbrechen mich an ein anderes erinnert.«

»Das aus dem neunzehnten Jahrhundert?«

»Richtig. In dem Fall waren es Nadeln, wie die Bäuerinnen sie benutzten, um ihre Haare hochzustecken, und natürlich keine Akupunkturnadeln.«

»Fahren Sie fort.«

»Haben Sie schon mal von Vincenzo Verzeni gehört?«

Besana schüttelt den Kopf.

»Er war der erste italienische Serienmörder. Na ja, eigentlich nicht ganz, denn vor ihm gab es noch einen gewissen Antonio Boggia, auch das Monster von der Via Bagnera genannt. Wissen Sie, Boggia hat nämlich in Mailand auch mehrere Leute umgebracht.«

»Piatti, Sie sind hier nicht in der mündlichen Prüfung. Kommen Sie zum Punkt.«

»Natürlich, Entschuldigung. Ich hatte mir nur gedacht, ich sage Ihnen ...«

»Sagen Sie einfach und fertig. Denken Sie nicht.«

»Also, Boggia tötete, um seine Opfer auszurauben. Vincenzo Verzeni aber mordete aus reiner Mordlust. Es erregte ihn, die Frauen zu erwürgen, verstehen Sie? Das hat er während des Prozesses gestanden. Man kann es in den Akten nachlesen.«

»Also kurz gesagt, er kam so zum Orgasmus.«

»Genau. Und es steigerte seine Lust noch, wenn er ihr Blut trank. Hat man an der Leiche vielleicht auch Bissspuren gefunden?«

Besana nickt. Auch das konnte niemand wissen. Er selbst hat es ja gerade erst von seinem Exschwager erfahren.

»Dann ist der Modus Operandi also tatsächlich identisch.« Ilaria ballt die Hände zu Fäusten und boxt triumphierend in die Luft. »Yeah!«

Besana zieht eine Augenbraue hoch. Sie benimmt sich wirklich wie ein Teenager, das kann ja heiter werden.

»Und warum wissen Sie so viel über Verzeni?«

»Weil sich Cesare Lombroso mit ihm beschäftigt hat. Und ich hab während des Studiums eine Hausarbeit über ihn geschrieben. Über Lombroso, meine ich.«

»Erzählen Sie weiter.«

»Es war Lombrosos zweiter Fall. Aber der erste Fall in der Geschichte, zumindest in Italien, in dem man mit einer wissenschaftlichen Analyse arbeitete. In gewisser Weise markiert er den Beginn der modernen Kriminologie.«

»Interessant«, sagt Besana nachdenklich.

Ilaria wühlt in ihrem Rucksack und zieht kurz darauf ein paar zerknitterte Blätter hervor.

»Hier. Die wollte ich Ihnen heute Morgen in der Redaktion geben, aber Sie waren ja nicht da.«

»Ihre Hausarbeit?«

»Ja, damit Sie einen kleinen Überblick haben. Wenn Sie mich fragen, haben wir es mit einem Nachahmer zu tun.«

»Sie meinen, einem Nachahmer eines Serienmörders aus dem neunzehnten Jahrhundert?«

»Nicht irgendeines Serienmörders. Des *ersten* Serienmörders.«

Besana blättert durch die Seiten.

»Lombroso war ein junger Psychiater, der noch ganz am Anfang seiner Karriere stand«, erklärt Ilaria. »Er interessierte sich für den Fall des jungen Bauern aus der Bergamasca, weil er seiner Ansicht nach kein Geisteskranker war. Er beschreibt ihn als sexuellen Sadisten und Vampir, der Menschenfleisch verzehrt. Aber er hält ihn für geistig völlig klar, verstehen Sie? Also sucht er nach einer anderen Erklärung für seinen Mordtrieb. Er untersucht zum Beispiel, ob dieser mit der Epilepsie zusammenhängt, an der seine Mutter litt, oder mit den Pellagrafällen, die in der Familie aufgetreten sind. Eine der Folgeerkrankungen einer Pellagra war zum Beispiel eine Form von Demenz, die Lombroso als Kretinismus bezeichnete.«

Besana schüttelt den Kopf.

»Piatti, niemand hat Sie um eine Zusammenfassung Ihrer Hausarbeit gebeten.«

»Entschuldigung.«

»Heute Abend lese ich alles. Darf ich den Ausdruck behalten?«

»Natürlich«, sagt Ilaria lächelnd.

8. Dezember 1870

Der Tag bricht an, über den Feldern liegt dichter Nebel. Giovanna folgt der Straße, doch wenn sie zurückschaut, verschwindet hinter ihr alles. Auch vor ihr ist das Nichts, und nur nach und nach, mit jedem Schritt, erobert sie ein winziges Sichtfeld. Das Fehlen jeglicher Perspektive lässt sie schwindeln, sie beinah die Orientierung verlieren. Ihr Vater, der oft die Kühe zur Weide in den Bergen hinauftreibt, sagt immer, wenn du in einer Wolke bist, merkst du nicht, ob du hinauf- oder hinabsteigst.

Es riecht nach Dung, und das mit Reif bedeckte Gras erscheint mal gelb, mal rosig. Der Schnee hat hier und da weiße Schollen hinterlassen. In dieser geisterhaften Landschaft tauchen die Dinge auf und verschwinden plötzlich wieder, dass einem fast bange wird. Was ist das dahinten? Ein Tier? Ein Pferd? Ein Esel? Durch den Nebel ist lediglich ein großer dunkler Schemen zu sehen. Als Giovanna näher kommt, erkennt sie einen Schuppen mit Strohdach, in dem Geräte aufbewahrt werden. Und das dort, was ist das? Den Schal fest um sich gezogen, weil es auch sehr kalt ist, geht sie weiter. Ach, ein Karren.

Sie hätte ohnehin nicht später aufbrechen können, auch wenn der Weg nach Suisio bei Tage, vielleicht sogar mit ein wenig Sonne, angenehmer gewesen wäre. Es ist Mariä Empfängnis, und sie muss zeitig ankommen, damit sie ihrer Mutter bei den Vorbereitungen für das Mittagessen helfen kann. Heute gibt es Fleisch. Ihr Vater hat extra einen Kapaun geschlachtet. Endlich einmal werden sie nicht nur Polenta essen. Zu Hause sind zu viele hungrige Münder zu stopfen, da schafft man es kaum, alle satt zu bekommen. Zum Glück haben die Ravasios sie aufgenommen, die sie wie eine Tochter behandeln.

Ihre Eltern hat Giovanna seit über einem Monat nicht gesehen. Aber nicht nur deshalb ist sie aufgeregt. Sie läuft eilig, voller Vorfreude, denn auch ihr Cousin kommt zum Fest. Vielleicht werden sie ja heiraten. Das würde ihr zumindest gefallen. Er ist so schön. Und außerdem ist sie schon vierzehn, da ist es Zeit. Sonst wird sie zu alt. Hier verliert sie für einen Augenblick das Gleichgewicht, sie ist auf einem Schneeklumpen ausgerutscht. Doch sie fängt sich wieder, zupft ihr Kopftuch zurecht und vergewissert sich, dass sie auch nicht ihr Medaillon mit Papst Pius IX. verloren hat, das sie stets um den Hals trägt. Ein

Geschenk ihrer Großmutter, damit Gott sie beschützen möge. Da vernimmt sie ein Geräusch.

Sie dreht sich um, doch wohin sie auch blickt, ist nichts als Nebel. Also setzt sie ihren Weg fort, noch ein wenig schneller als eben. Aber nun hört sie wirklich Schritte. Umso besser, diese so leere und stille Straße hat ihr schon ein wenig Angst gemacht. Sie hebt eine Hand, um den Schatten zu grüßen, der sich ihr nähert. In Bottanuco kennt sie inzwischen jeden, auch wenn sie in Suisio aufgewachsen ist. Als sie jedoch sieht, dass die Gestalt hinkt, begreift sie, dass es sich um Vincenzo Verzeni handelt, und freut sich etwas weniger. Denn der ist ein merkwürdiger Kauz. Die ganze Familie ist merkwürdig.

Einmal hat sie gesehen, wie seine Mutter sich mit Speichel vor dem Mund am Boden wälzte, als wäre sie vom Teufel besessen. Sie ist entsetzt nach Hause gerannt. Glücklicherweise war gerade der Arzt bei den Ravasios. Der Doktor erklärte ihr, dass das mit dem Teufel rein gar nichts zu tun habe, sondern die Frau an Epilepsie leide und mit Blutegeln behandelt werde. Giovanna glaubt dem Doktor, doch die Familie Verzeni ist ihr trotzdem nicht geheuer.

Gerade gestern hat sie Maria Previtali getroffen, die war völlig aufgelöst und hat ihr erzählt, dass Verzeni sie soeben überfallen und in eine dunkle Straße gezogen hätte. Sie hat ihr geraten, sich vor ihm in Acht zu nehmen. Aber Giovanna hat ihr nicht geglaubt. Die Maria ist nämlich erst kürzlich aus dem Irrenhaus entlassen worden. Und denkt sich Sachen aus.

Nun aber, als Verzeni näher kommt, beschleunigt Giovanna ihren Schritt noch ein wenig. Er grüßt sie und fragt, wohin sie geht. Giovanna senkt den Blick. »Nach Suisio«, antwortet sie. Sie will mit ihm nicht vertraulich werden. Aber dennoch muss sie sich andauernd zu ihm umdrehen, um nach der Sichel zu sehen, die Verzeni bei sich trägt. Geht er auch am Tag der unbefleckten Empfängnis zum Arbeiten aufs Feld? Dann soll er die Sichel wenigstens gut festhalten, sonst tut er ihr damit noch weh. Doch Verzeni geht mit seinem eigentümlichen schwankenden Gang direkt neben ihr, die Schneide, die fast ihren Rock berührt, genau zwischen ihnen. Irgendwann verliert Giovanna die Geduld und sagt zu ihm: »Halt bitte dieses Ding da weg, sonst zerschneidest du noch mein Kleid. Das ist mein gutes Kleid, pass ja auf, sonst bring ich dich um.«

Zwei Tage später, am Samstag, herrscht auf dem Hof der Ravasios große Aufregung. Die Signora läuft auf und ab, ihr schwarzer Rock raschelt über den Boden. Immer wieder sagt sie zu ihrem Mann, wie seltsam es ihr erscheint, dass Giovanna noch nicht zurückgekehrt ist. So jung das Mädchen auch ist, so ist sie doch sehr zuverlässig. Was sie sagt, das tut sie. Und sie hatte ihr versichert, dass sie nur einen Tag in Suisio bleiben wolle. Gewiss kann sie sich ihr Mieder auch ohne sie ausziehen, die Köchin hilft ihr dabei, und kämmen kann sie sich allein. Aber sie ist besorgt, Giovanna ist für sie wie eine Tochter. Sie ist besorgt, weil gestern der Bauer Battista Mazza ins Dorf gelaufen kam, um allen zu erzählen, dass ein Wolf sein Unwesen treibe. Er hatte in der Höhle eines Maulbeerbaums die Eingeweide eines Lämmchens gefunden. Gegen Abend bittet die Signora Ravasio ihren Mann, sein Gewehr zu nehmen und sich mit ein paar Männern auf den Weg zu machen, um herauszufinden, wo das

Mädchen abgeblieben ist. Das arme Ding, gütiger Gott. Ganz allein, wo ein solches Untier umherstreift.

Giovanni Battista Ravasio braucht nicht weit zu gehen. Bei einem Unterstand in der Nähe des Hofes findet er sie. Nackt bis auf den linken Strumpf liegt sie auf der Erde. Ihr Körper ist wie entzweigeschnitten, ausgeweidet. Ihr geöffneter Mund ist mit Erde gefüllt. Er läuft die anderen holen.

Und dann beginnt die Prozession. Das ganze Dorf kommt herbei, um die Leiche anzusehen. Die Leute flüstern. Dann waren die Eingeweide nicht die eines Lämmchens, es waren die von der Giovanna. Dann war es *kein Wolf*. Alle haben die zehn Haarnadeln bemerkt, die in geometrischer Anordnung auf einem Stein ausgelegt sind. Was ist das für ein makabres Ritual? Was für ein Teufel kann so etwas getan haben? Kurz darauf findet jemand in einer Hütte das Medaillon mit Papst Pius IX., das das Mädchen um den Hals trug. Auf dem Strohdach ein Stück Wade. Die Leute schwärmen aus, um überall nach weiteren Teilen dieses grauenvollen Puzzles zu suchen. Überall erleuchten Laternen die dunklen Straßen von Bottanuco und die noch dunkleren Felder: Die Jagd nach dem grausigen Schatz hat begonnen. Unter einem Heuhaufen finden ein alter Schuster und sein Enkel die Kleider. Eine Frau entdeckt im Schnee das Kopftuch, es lag gleich vor der Kirche von Bottanuco.

Niemandem ist danach, schlafen zu gehen. Die Männer reden bis tief in die Nacht. Am meisten überrascht alle, dass ein derartiges Verbrechen so nahe an einer belebten Straße geschehen konnte, obendrein an einem Feiertag, an dem vor der Kirche reges Kommen und Gehen herrschte. Und dann auch noch in einem zu allen

Seiten offenen Schuppen, der schon von Weitem zu sehen ist. Diese zehn geometrisch angeordneten Nadeln müssen doch etwas zu bedeuten haben. Sie wirken fast wie ein okkultistisches Symbol. Wollte der Mörder eine Botschaft hinterlassen? Wenn ja, welche?

Auch die Frauen reden. Man munkelt, dass die Genitalien entfernt wurden. Aber was hat man ihr davor angetan?

Wie alle anderen geht sich auch Vincenzo Verzeni die Leiche ansehen. Nur etwas später, als man sie schon mit einem Tuch zugedeckt hat. Anschließend kommt er mit finsterem Blick nach Hause. Er sagt seiner Mutter, dass er zutiefst erschüttert ist, so sehr, dass er nicht an Essen denken mag. Das ganze Dorf ist zutiefst erschüttert. So etwas hat noch keiner gesehen. Nicht einmal die Wölfe bringen so was fertig.

11. Dezember

Schließlich trommelt Besana auf seinen Bauch und verkündet, dass er Hunger hat. Er deutet mit dem Kopf in Richtung des Gastraums im hinteren Bereich des Lokals.

»Was meinen Sie? Begnügen wir uns mit diesem einfachen Etablissement, oder sollen wir uns ein Sternerestaurant suchen?«

Ilaria senkt den Blick. Sie schämt sich zuzugeben, dass sie sich kein Sternerestaurant leisten kann. Aber sie braucht gar nichts zu sagen, denn Besana hat schon verstanden.

»Keine Sorge, die Zeitung zahlt. Ich lasse mir eine Rechnung für eine Person geben. Kost und Logis für Sie sind gedeckt.«

Ilaria bedankt sich schüchtern.

»Ich hab nicht mal eine Mehrwertsteuernummer.«

Besana klopft ihr freundschaftlich auf die Schulter.

»Als ob ich mir das nicht schon längst gedacht hätte. Was soll jemand, der keinen Führerschein und kein Smartphone hat, mit einer Mehrwertsteuernummer? Na los, wählen Sie einen Tisch aus.«

»Da drüben am Kamin«, schlägt Ilaria vor.

»Auch noch romantisch, das Mädel«, bemerkt Besana mit einem Zwinkern. Einem freundlichen und ironischen Zwinkern. Damit sie sich bloß nichts dabei denkt.

Sie bestellen eine Karaffe roten Hauswein und je eine Portion Polenta mit geschmolzenem Käse.

»Erzählen Sie mir von diesem Verbrechen«, fordert Besana Ilaria auf, »dem aus dem neunzehnten Jahrhundert, meine ich.«

Ilaria, die keinen Alkohol gewöhnt ist, ist schon ein wenig angeheitert und lässt sich zu einem leidenschaftlichen Vortrag hinreißen. Vor lauter Angst, einen schlechten Eindruck zu machen, redet sie wie in einem Fernsehbeitrag, als hätte sie ein Mikrofon vor der Nase. Besana hört ihr bis zum Schluss aufmerksam zu, unterbricht sie nicht ein Mal.

»Unglaublich«, sagt er schließlich. »Giovanna Motta war auch noch Hausmädchen, genau wie Aneta Albu. Das heißt also, er sucht seine Opfer nicht zufällig aus.«

»Ich weiß nicht viel über die Albu«, entgegnet Ilaria, »außer dass sie Rumänin war, das stand ja in jeder Zeitung. Ich dachte, sie wäre eine Prostituierte.«

»Nein, nein, sie war die Pflegerin von Notar Lecchi. Er ist vierundneunzig und sitzt im Rollstuhl, ihn können wir also als Verdächtigen ausschließen. Albus Verschwinden wurde von seiner Tochter, Giulia Maria Lecchi, und deren Ehemann, Franco Vimercati, gemeldet.«

»Wie alt?«, fragt Ilaria.

»Giulia Lecchi wird um die sechzig sein. Sie hat einen jüngeren Mann geheiratet, Vimercati ist ungefähr fünfzig.«

»Verdächtig?«

»Möglicherweise«, entgegnet Besana.

»Und wie alt war das Opfer?«

»Aneta war siebenundzwanzig und hatte einen dreijährigen Sohn, der bei ihren Eltern in Rumänien geblieben ist. Kein Ehemann, kein offizieller Verlobter. Mehr wissen wir im Moment nicht. Wie auch immer: Ich bestell uns einen Magenbitter, um die Polenta zu verdauen.«

Ilaria reißt die Augen auf. Wenn das so weitergeht, wird er sie ins Hotel tragen müssen. Aber Besana besteht darauf.

»Zwei, bitte«, sagt er zur Kellnerin.

»Nachher wird mir noch schlecht.«

»Keine Angst, sie werden sich morgen sowieso übergeben, wenn ich Ihnen die Fotos vom Tatort zeige. Aber jetzt stoßen wir erst mal an: Wir haben einen Scoop in den Händen, *Piattola*!«

»Was ist denn das für ein Spitzname?«

»Das ist nur nett gemeint«, beruhigt Besana sie. Dann sieht er auf seine Uhr. »Halb zehn«, sagt er, »wir schaffen es noch, den Artikel zu schreiben.«

»Was, jetzt?«

»Natürlich, sonst klaut uns noch jemand die Idee. Verzenis Geschichte ist hier in der Gegend sicher ziemlich bekannt, da können auch andere drauf kommen. Ich geh kurz raus und ruf den Ressortleiter an, hier drin ist es zu laut.«

»Aber dann verzögern wir den Redaktionsschluss, er bringt uns um.«

»Piattola, als Kriminalreporterin darf man vor nichts Angst haben.«

11. Dezember

Um zehn Uhr abends schreiben Besana und Ilaria ihren ersten gemeinsamen Artikel vierhändig auf dem iPad. Um das Ganze zu beschleunigen, diktieren sie alles Siri, einem angeblich intelligenten Programm, das aber wie üblich alles falsch versteht.

»Schnell, lesen Sie mir den Artikel noch mal vor. Auf Siri können wir uns nicht verlassen. Das dumme Ding liegt immer daneben«, sagt Besana.

»Giovanna Motta – vierzehn Jahre alt – benahm die Erlaubnis, ihre Eltern zu …«

»*Bekam* die Erlaubnis! Korrigieren Sie, los! Sonst denken die noch, wir wären betrunken gewesen«, befiehlt Besana.

»Sind wir doch auch.«

»Ach was, da bin ich ganz anderes gewöhnt. Das Problem ist eher, dass ich eine besoffene Software erwischt habe.«

»Aus Suisio ist *Physio* geworden«, verkündet Piatti und blickt vom Bildschirm hoch.

»Korrigieren Sie und fahren Sie fort, sonst schließt die Zeitung um Mitternacht.«

Eifrig führt Ilaria den Befehl aus.

»Am frühen Morgen verlässt sie warum eingeparkt den Brauerhof der Familie rar war sie, auf dem sie als Markt arbeitet, und schlägt den Weg wir dich verstandene Felder ein. Du sie soll nicht in Physio ankommen. Niemand wird überleben sehen.«

Besana fasst sich an die Stirn. Dann winkt er verzweifelt die Kellnerin heran und bestellt den dritten Magenbitter.

»Ach du Schande, es wäre schneller gegangen, wenn wir selbst geschrieben hätten. Und dann besitzen sie die Frechheit, Siri als persönliche Assistentin anzupreisen. Was für ein Riesenbeschiss. Da richten ja Sie noch weniger Schaden an, Piattola. Und das will was heißen.«

Ilaria lacht, sie amüsiert sich prächtig. Zwar ist Besana reichlich speziell, aber er ist großzügig und sympathisch. Und außerdem versteht er sein Handwerk wie kein anderer. Sie begreift gar nicht, warum man ausgerechnet ihn in den Vorruhestand schicken will, obwohl er doch erst achtundfünfzig ist.

Nachdem sie endlich den Artikel abgeschickt haben, der dank Siri das reinste Schlachtfeld war, machen sie sich auf den Weg zum Motel. Im Auto schläft Ilaria ein – mit einem Lächeln auf den Lippen. Es ist ihr allererster Artikel, und sie hat ihn gemeinsam mit einer lebenden Legende geschrieben. Genauer gesagt, mit ihrem Lieblingskriminalreporter, ihrem ganz persönlichen Helden. Noch dazu hat sie gleich mit einem Scoop begonnen, das ist nun wirklich nicht übel. Vielleicht besteht ja doch noch Hoffnung, dass sie bei der Zeitung bleiben darf.

Besana tätschelt Ilarias Arm, um sie zu wecken.

»Wir sind da, Piatti. Tun Sie mir den Gefallen und gehen Sie auf Ihren Füßen rein, ich bin nicht mehr der Jüngste, und wenn ich Sie mir über die Schulter werfe, riskiere ich einen Herzinfarkt.«

Ilaria streckt sich gähnend. Dann schlüpft sie in ihre durchnässten Ballerinas und trottet zur Rezeption.

Die übergewichtige Empfangsdame hat platinblond gefärbte Haare. Während sie die Ausweise entgegennimmt, knabbert sie unbeirrt weiter ihre Fonzies und starrt auf den Fernseher.

»Wir haben Themenzimmer. Das Einzige, das noch frei ist, ist *Blütenblätter*.«

»Aber wir hatten zwei Zimmer reserviert«, protestiert Besana.

»Steht hier nicht. Wir haben nur noch ein Doppelzimmer. *Blütenblätter*, wie gesagt. Mit Rosenblättern dekoriert.«

Besana und Piatti sehen einander an.

»Eins sage ich Ihnen gleich, ich schnarche«, warnt Besana sie.

»Ich auch«, erwidert Ilaria schulterzuckend.

12. Dezember

Bevor sie sich am nächsten Tag auf die Suche nach einer Bar machen, in der sie ein anständiges Frühstück bekommen, holen sie noch schnell die Zeitung. Ilaria kauft sich gleich zwei Exemplare.

»Eine für meine Tante«, erklärt sie, »sie wohnt in New York.«

»Das ist die größte italienische Tageszeitung, Piatti. Es dürfte wohl kaum ein Problem sein, sie in New York zu bekommen.«

»Man kann nie wissen.«

Als Besana das Blatt aufschlägt, verfinstert sich seine Miene schlagartig.

»Diese Schweinebande, das haben die mit Absicht gemacht. So sieht es aus wie irgendein x-beliebiger Artikel. Und in der hingerotzten Bildunterschrift ist auch noch ein Druckfehler. Vollidioten«, schimpft er und schleudert seine Ausgabe in einen Mülleimer.

Ilaria läuft ihm hinterher. Sie hatte nicht mal Zeit, die Freude über ihren ersten Artikel auszukosten.

»Wo gehen Sie hin?«

»Zum Wagen. Wir müssen mit den Ermittlern sprechen, sofort.«

»Und unser Frühstück?«

»Mir ist der Appetit vergangen.«

»Aber ich brauche einen Kaffee, sonst kann ich nicht denken«, protestiert Ilaria.

»Was Sie alles wollen, Piatti. Wir lassen uns dort einen Kaffee geben.«

Während Besana den Wagen durch das Schneetreiben lenkt, erklärt er Ilaria, dass es kein Zuckerschlecken werden wird, mit der stellvertretenden Staatsanwältin zu sprechen.

»Beim vorigen Mal hat sie mich wie den letzten Dreck behandelt. Aber kein Wunder, die Lega Nord hat Unterschriften gesammelt, um sie loszuwerden. Man wirft ihr Unfähigkeit vor, weil es ihr nicht gelungen ist, den Mord an einem Kind aufzuklären, der Fall hat vor ein paar Jahren die ganze Gegend hier erschüttert. Die Petition gegen sie läuft gerade, und jeden Tag stehen irgendwelche fahnenschwenkenden Idioten vor ihrer Tür, da können Sie sich ja vorstellen, dass sie gerade etwas gereizt ist.«

Mit einem Mal reißt Besana das Lenkrad herum und macht eine Kehrtwende, wobei sie nur knapp einem Frontalzusammenstoß entgehen.

»Was ist passiert?«

»Ich hab's mir anders überlegt«, erklärt er. »Wir fahren zu meinem Exschwager und erzählen ihm die ganze Geschichte. Er ist Polizist. Da haben wir größere Chancen, angehört zu werden.«

»Okay«, sagt Ilaria ein wenig erschrocken. Ganz schön launisch, dieser Besana. Wenn ihn etwas nervt, ist mit ihm nicht gut Kirschen essen.

Vor einem Einfamilienhaus macht Besana eine Vollbremsung, lässt die Scheibe runter und beginnt zu rufen.

»Rosa? Rosa! Rosaaaa!«

In der Tür taucht eine korpulente Frau in Morgenmantel und Pantoffeln auf.

»Willst du einen Kaffee?«, brüllt sie.

»Nein danke, ich muss dringend mit Giorgio sprechen. Ist er noch zu Hause oder schon in Bergamo?«

»Er ist noch hier, er duscht gerade. Komm rein!«

Besana parkt und steigt wortlos aus.

»Und ich? Was ist mit mir?«

»Na, was wohl? Glauben Sie, ich lasse Sie im Wagen festfrieren?«

Als Rosa das Mädchen sieht, stutzt sie kurz, ehe sie Besana leise fragt: »Ist das deine neue Freundin?«

»Was? Die da?«, gibt er uncharmant zurück. »Nein, das ist nur eine Kollegin.«

Rosa führt die beiden in die Küche, wo Kevin noch seine Schüssel Frühstücksflocken leert.

»Möchten Sie einen Kaffee, Signorina?«

»Danke, sehr gerne.«

»Warum so viel Aufregung am frühen Morgen?«, fragt Rosa.

Inzwischen kommt auch Giorgio im Bademantel hereingeschlurft. Er hat nicht damit gerechnet, dass Marco eine Kollegin mitbringt, und begrüßt sie verlegen. Besana nimmt Ilaria eine der beiden Zeitungen aus der Hand, die sie fest umklammert hält, und reicht sie seinem Schwager

»Hier, lies das. Sagt dir der Name Vincenzo Verzeni was?«

Während der Kaffee im Espressokocher auf dem Herd vor sich hin gurgelt, fasst Besana in wenigen Worten ihre Theorie zusammen und erklärt kurz, warum ihm nicht danach war, mit der zuständigen stellvertretenden Staatsanwältin über die Sache zu plaudern.

»Die Ärmste, ich kann mir gut vorstellen, dass sie nervös ist«, sagt Giorgio mitfühlend, »die legen ihr selbst zu Hause Drohbriefe unter die Fußmatte. Ich kann ja mit ihr reden.«

»Danke«, entgegnet Besana.

»Und ich hab noch etwas für dich. Du hast mir doch von dem Medaillon erzählt. Tatsächlich haben wir am Tatort ein Heiligenbildchen von Papst Johannes XXIII. gefunden.«

»Wirklich?«, fragt Ilaria ungläubig.

»Ja, trotzdem passt es nicht so ganz zusammen. Der Untersuchungsrichter denkt weiterhin, dass wir es mit einer Sekte zu tun haben, weil mehrere DNA-Spuren gefunden wurden. Natürlich die vom Biss am Unterschenkel. Aber man hat noch eine weitere gefunden: Sperma. Sie werden gerade beide analysiert.«

»Ist jemand befragt worden?«, erkundigt sich Besana.

»Soweit ich weiß, bisher nur die Familie, bei der die Albu gearbeitet hat. Aber da ist nichts Interessantes bei rausgekommen.«

12. Dezember

Auf der Rückfahrt nach Mailand betrachtet Ilaria sich im Außenspiegel und lacht still in sich hinein. Es kommt ihr immer noch so unwirklich vor, dort neben Besana zu sitzen. Dass er ein wenig ruppig ist, macht ihr nichts. Sie möchte ihn so viele Dinge über seine Arbeit fragen, doch sie getraut sich nicht.

»Piatti, schlafen Sie?«

»Nein, ich denke über all die Fälle nach, über die Sie berichtet haben. Für mich ist es unglaublich aufregend, mich mit einem Serienmörder zu beschäftigen, aber Sie sind es vermutlich gewöhnt.«

»*Gewöhnt* würde ich es nicht nennen«, erwidert Besana, »an Serienmörder gewöhnt man sich nie. Und glücklicherweise gibt es nicht allzu viele. Aber ich gebe zu, dass diese Fälle einen sehr viel mehr mitnehmen als andere. Wenn ich recht überlege, ging es in meinem ersten Aufmacher auch um einen Serienmörder. Und nun werde ich meine Karriere mit einem Serienmörder beenden, fürchte ich. So schließt sich der Kreis. Ich frage mich, ob mir das Blut fehlen wird, wenn ich in Rente bin.«

»Glauben Sie wirklich, Sie werden es vermissen?«

»Na ja, im Grunde habe ich mein ganzes Leben damit verbracht. Zu Beginn meiner Karriere habe ich gelernt, es mir mit bloßem Auge anzusehen, dann wurde die Spurensicherung immer moderner, und Luminol kam auf. Also lernte ich, es mir im Dunkeln anzusehen. Plötzlich war es nicht mehr das rote Zeug, wie ich es kannte, sondern eine bläuliche Chemoluminiszenz. Das verändert die Perspektive auf einen Schlag. Anfangs versuchst du, herauszufinden, wo es herkommt und wohin es dich führt, dann wird plötzlich die DNA entdeckt, und dir wird klar, dass der Weg, dem du folgen musst, innen drin ist. Mein Verhältnis zum Blut hat sich oft verändert. Es ist ein bisschen wie mit der Ehe: Man durchläuft verschiedene Phasen. Deshalb frage ich mich, ob es mir fehlen wird.«

»Die Vorstellung gefällt mir. Dass man eine Art nostalgische Sehnsucht nach Blut haben kann. Ich glaube, ich kann es nachvollziehen.« Für einen Moment wirkt Ilaria abwesend, doch dann fasst sie sich wieder und fragt: »Wer war Ihr erster Serienmörder?«

»Giancarlo Giudice. Sie haben ihn durch Zufall geschnappt, bei einer Routinekontrolle, wenn ich mich recht erinnere, in Santhià. Verkehrspolizisten haben einen Wagen angehalten und bemerkt, dass der Beifahrersitz voller Blut war. Auf der Rückbank lagen zwei Pistolen und ein ebenfalls blutgetränktes Handtuch.«

Ilaria lauscht fasziniert. Sie hat schon immer von diesem Beruf geträumt, aber sie hat noch nie mit jemandem gesprochen, der ihn tatsächlich ausübt. Nicht mal während ihres Praktikums bei der Zeitung, wo immer alle zu beschäftigt waren, um ihr überhaupt irgendetwas zu erzählen.

»Es lag genug vor, um einen sofortigen Haftbefehl zu erwirken. Vor dem Richter gestand Giudice seelenruhig, ohne jedes Motiv eine Prostituierte ermordet zu haben, und er gab sogar den Ort an, an dem er die Leiche versteckt hatte. Sofort durchsuchte man Giudices Wohnung: Sie war bis unter die Decke vollgestopft mit Pornoheften, Fotos von nackten Frauen und Waffen aller Art. Es stellte sich heraus, dass er für all die Verbrechen verantwortlich war, die das Piemont über Jahre in Atem gehalten hatten: Zwischen 1983 und 1986 wurden dort neun Prostituierte ermordet.«

»Und wie?«

»Sechs wurden erwürgt, einer hat man die Kehle durchgeschnitten, und zwei wurden mit einem Nackenschuss getötet«, erklärt Besana.

»Keine einheitliche Vorgehensweise. Seltsam, oder?«

»Den Ermittlern hat Giudice damals gesagt, er wisse nicht, warum er diese Frauen getötet habe, er begreife selbst nicht, was in dem Moment, in dem er beschlossen habe, sie zu töten, über ihn gekommen sei. Er konnte nur sagen, dass es ein unwiderstehlicher Drang war. Anscheinend war es nicht die Vorgehensweise, die ihn interessierte.«

»Steckte ein Trauma dahinter?«

»Natürlich haben die Richter und Psychologen Giudices Kindheit durchleuchtet. Er war erst dreizehn, als seine Mutter starb, sein Vater war schwach und so gut wie nie zu Hause. Sobald er Witwer war, wurde er Alkoholiker, und wenig später heiratete er erneut, eine Frau aus Kalabrien, die er über eine Partnervermittlung kennengelernt hatte. Giancarlo hasste die Stiefmutter, träumte davon, sie umzubringen, und mit fünfzehn versuchte er sogar, sie zu vergewaltigen. Was natürlich Folgen hatte: Der Vater zog mit seiner neuen Frau nach Kalabrien und ließ ihn allein zurück. Giudice begann zu trinken und zu kiffen, nahm LSD und Kokain, das ganze Programm. Er war nicht in der Lage, normale Beziehungen zu Frauen zu unterhalten, ging aber auch nicht zu Prostituierten. Bis er 1983 die erste Prostituierte umbrachte.«

»Haben Sie ihn kennengelernt?«

»Nein. Aber ich habe mit den Psychiatern gesprochen, bei denen er in Behandlung war. Sie haben ihn als vollkommen unauffällig beschrieben, jemanden wie Sie und ich. Allerdings hat er in allen Einzelheiten den Todeskampf seiner Opfer geschildert und sich im Gefängnis mit seiner Grausamkeit gebrüstet. ›Wer weiß, wie viele ich noch umgebracht hätte, wenn ich nicht verhaftet worden wäre‹, soll er gesagt haben.«

»Wie Verzeni«, überlegt Ilaria. »Auch er hat zu Lombroso gesagt, man solle ihn besser im Gefängnis behalten, sonst würde er weiter töten.«

»Vielleicht wünschen sich das tief in ihrem Inneren

alle«, sagt Besana. »Alle Mörder, meine ich. Vielleicht wollen sie aufgehalten werden.«

»Was ist aus Giudice geworden?«

»Das Schwurgericht in Turin hat ihn zu lebenslanger Haft verurteilt. In der Berufung wurde das Strafmaß in dreißig Jahre Freiheitsentzug mit anschließender dreijähriger Sicherheitsverwahrung in der forensischen Psychiatrie umgewandelt. Mittlerweile ist er also wieder auf freiem Fuß, und niemand weiß, wo er sich aufhält.«

»Brrr.« Ilaria zieht schaudernd die Schultern hoch.

»Er wurde wegen einer angeblichen Exterroristin verhaftet, die an der Landstraße zwischen Asti und Alessandria auf den Strich ging. Eine unglaubliche Geschichte. An ein Detail erinnere ich mich noch genau: Sie wartete immer unter einer Werbetafel mit der Aufschrift *Wir verkaufen Barbera* auf Kunden. Zehn Jahre zuvor war sie an genau derselben Stelle in eine Straßensperre geraten und verhaftet worden. Da war sie mit einer Freundin in einem Cinquecento unterwegs und hatte fast zwanzig Millionen Lire an Bord, die Beute aus einem Raubüberfall, den wenige Stunden zuvor der Stiefbruder besagter Freundin begangen hatte. Sie bekam fünf Jahre Knast wegen Terrorismus, auch wenn die Bande, zu der sie gehörte, vor allem ein Haufen Provinzgangster war. Als sie wieder rauskam, setzte sie ihr erbärmliches Leben fort: Prostitution, Alkohol, Drogen. So traf sie eines Tages auf Giudice. Er bot ihr fünfzigtausend Lire, wenn sie sich nackt und mit Handschellen gefesselt fotografieren ließ, doch sie hat ihn zum Teufel gejagt. Das war ihr Todesurteil.«

13. Dezember

Besana hat schon lange keinen so ruhmreichen Moment mehr erlebt. Der Artikel wird in allen Onlinezeitungen gebracht und immer wieder im Fernsehen zitiert.

»Ach was, die anderen hatten einfach nicht genug Fantasie«, spielt er seinen Erfolg mit der gewohnten Selbstironie herunter.

Obwohl er völlig blank ist und seine Frau ihm die Hölle heißmacht, weil er mit dem Unterhalt dauernd im Rückstand ist, lädt er die gesamte Nachrichtenredaktion zum Mittagessen ein. Natürlich das Tagesmenü zum Festpreis (Risotto alla Milanese oder Roastbeef + ein Soft-Getränk + ein Kaffee), aber schon das ist mehr als großzügig, gerade in Zeiten der Kurzarbeit.

»Ein Liter Hauswein für alle«, bestellt er.

Sofort macht eine Kollegin einen auf Asketin: »Ich trinke nie zum Mittagessen.«

Besana dreht sich zu ihr um und sagt treffsicher und gnadenlos: »Schatz, du könntest auch stocknüchtern über Modenschauen schreiben, das würde nicht das Geringste ändern.«

Allgemeines Gelächter. Hin und wieder, wenn er nicht gerade allen auf den Wecker fällt, ist Besana eigentlich ganz beliebt. Niemand weiß, wie viel er dazuerfindet, aber alle wissen, dass er die Wahrheit sagt. Der Ressortleiter – ein jungscher Typ von dreißig Jahren, der mit seiner Position alles andere als zufrieden ist, weil er eigentlich zum Politikressort wollte und eine Beförderung in der Nachrichtenredaktion für ihn einer Niederlage gleichkommt – bringt einen Toast aus.

»Auf Marco! Wir hatten seinen Artikel gerade hochgeladen, da hatte er schon zweihundert Likes! Die Verkaufszahlen der Printausgabe sind zwar immer noch im Keller, aber dann feiern wir jetzt einfach diese scheiß Likes. Auch wenn die kein Geld bringen, aber was soll's. Ein Hoch auf die Likes!«

Besana ist fast so weit, seine Meinung über ihn zu ändern. Alles in allem ist er doch ein anständiger Kerl.

»Wie's aussieht, stoßen nur wir beide an«, sagt er also freundlich zu Roberto, »die anderen haben alle Coke Zero bestellt. Und eigentlich ist es vor allem dein Erfolg. Du hättest ja auch sagen können, dass es eine totale Schnapsidee ist, einen Serienmörder aus dem neunzehnten Jahrhundert aus der Mottenkiste zu holen. Aber du hast mir vertraut.«

Roberto grinst: »Du Schweinehund hast mich bis Mitternacht in der Zeitung schmoren lassen. Allerdings hat es sich gelohnt«, gibt er zu.

Besana ist Komplimente nicht mehr gewöhnt. Mag sein, dass er bald abgesägt wird, allein schon, damit die Zahlen der Zeitung wieder stimmen, aber er ist eben doch ein wandelndes Stück Geschichte des Kriminaljournalismus, zumindest wenn er nicht zu besoffen ist zum Laufen. Trotzdem wünscht ihm seit Jahren – seit sich der Journalismus, oder die Wirtschaft im Allgemeinen, verändert hat – keiner mehr »Hals- und Beinbruch«, wenn er einen Artikel an die Zeitung schickt. Er erfährt nicht einmal mehr, ob er angekommen, seine Mail überhaupt durchgegangen ist.

»Es ist nicht nur mein Verdienst«, sagt Besana nun bescheiden, »dieser Fall ist einfach ein dicker Fisch. Ich hatte lediglich den richtigen Riecher. Aber den Scoop haben wir Piatti zu verdanken.«

»Der Piattola?«

Erneut allgemeines Gelächter. Während seine Kollegen sich darüber auslassen, wie Ilaria sich anzieht und wie sie redet – jemand äfft sie sogar nach: »Oh, Entschuldigung, Entschuldigung« –, wird Besana bewusst, dass er die ganze Redaktion zum Mittagessen eingeladen hat, nur sie nicht.

Nachdem er also die Rechnung bezahlt hat, beschließt er, ihr einen Besuch abzustatten. Was kann er ihr mitbringen? Eine Flasche Wein? Blumen? Nein, das könnte sie falsch auffassen. Nur das nicht. Dann fällt sein Blick auf ein Schaufenster, in dem Handys ausgestellt sind. Das ist es! Sie braucht unbedingt ein Tablet, wenn sie etwas auf die Reihe kriegen will. Er studiert die Angebote und die preiswerteren Marken. Na gut, er hat den Basketballkurs für seinen Sohn noch nicht bezahlt, aber was kümmert es ihn. Dann bekommen sie ihr Geld eben nächsten Monat.

Mit dem als Geschenk verpackten Tablet verlässt er den Laden wieder und wählt Ilarias Nummer.

»Piattola? Und, war Ihre Tante stolz auf Sie?«

Er hört ein Lachen am anderen Ende der Leitung.

»Sie haben mir gefehlt, Besana.«

»Dann leisten Sie mir doch zum Aperitif Gesellschaft, ich trinke nicht gern allein. Schaffen Sie es, die U-Bahn zu nehmen?«

Da er heute ohnehin in Spendierlaune ist, lädt er sie in eine ausgesprochen schicke Bar ein. Er wählt einen Tisch auf der Terrasse, wofür gibt es schließlich Heizpilze? Während er auf Ilaria wartet, gibt er dem Kellner das Päckchen und bittet ihn, es der Signorina zusammen mit einem Spritz zu bringen.

Schließlich kommt sie angelaufen, wie üblich völlig außer Atem.

»Herrje, die grüne Linie … eigentlich war es ganz einfach. Aber ich hab mich vertan und bin in die gelbe Linie gestiegen.«

»Andernfalls hätte ich mir auch Sorgen gemacht. Wollen Sie einen Spritz?«

»Hab ich noch nie probiert.«

»Ihnen muss man ja wirklich alles beibringen.« Besana grinst mitleidig.

Als der Kellner zusammen mit den Gläsern und den gerösteten Mandeln das Päckchen auf den Tisch legt, bekommt Ilaria große Augen.

»Das ist für Sie«, sagt Besana. »Das bekommt man hier geschenkt, wenn man zwei Spritz bestellt.«

Aufgeregt reißt Ilaria die Geschenkverpackung ab und fällt ihm dann um den Hals.

»Du bist ja verrückt«, sagt sie. »Danke.«

»Nun werden Sie nicht gleich übermütig, Piattola. Ich hab Ihnen noch nicht das Du angeboten.«

13. Dezember

Als Besana die Rechnung bezahlt, reicht Ilaria ihm ein Blatt Papier, das wie ein Pergament aufgerollt und mit einem roten Satinband zusammengebunden ist.

»Was ist das, ein gefälschter Papyrus? Haben Sie den in einem Souvenirladen in Kairo aufgetrieben oder die Requisite von *Indiana Jones* geplündert?«

Ilaria kichert vergnügt: »Es betrifft das nächste Opfer, es könnte Ihnen nützlich sein.«

»Ausgezeichneter Zug, Piatti. Die stellvertretende Staatsanwältin ist dafür bekannt, dass sie sich von einem Medium beraten lässt, wir haben also gute Chancen. Mich empfängt sie ja nicht, aber neulich hat sie mit einem amerikanischen Ex-Marine geplaudert, der aus unerfindlichen Gründen in der Bergamasca gelandet ist und der behauptet hat, er wüsste, wer das nächste Opfer ist: ein junges blondes Mädchen, das Tennis spielt. Er hat sogar eine exakte Personenbeschreibung des Täters geliefert: jemand in einem langen Militärmantel.«

Ilaria lacht erneut.

»Da gibt es gar nichts zu lachen. Genau das werde ich heute schreiben, was glauben Sie denn. Dann wird die eingebildete Kuh sich demnächst zweimal überlegen, ob sie mir einen Termin verweigert. Man sollte zu Journalisten niemals unhöflich sein. Denn die können sich böse rächen.«

Ein wenig angeheitert kehrt Besana in die möblierte Zweizimmerwohnung zurück, die er nach der Trennung angemietet hat, eine richtige Bruchbude. Er öffnet den Kühlschrank, aber darin sind nur eine halb vertrocknete Zitrone, ein Stück blank geriebener Parmesan und Brokkoli, der seine krausen Köpfe lebensmüde hängen lässt. Wirklich in Form, frisch und fröhlich, sind nur die Bierdosen. Vielleicht sollte er eine Pizza bestellen, aber ihm ist nicht danach. Schließlich hat er sich in der Bar den Bauch mit Häppchen vollgeschlagen. Und allein essen deprimiert ihn.

Also macht er sich eine Dose Bier auf und lässt sich aufs Sofa fallen, dessen verrostete Federn empört quietschen. Dann löst er das rote Band um das aufgerollte Blatt Papier und beginnt, Ilarias Notizen zu lesen. Als er fertig ist, rollt er den Papyrus wieder zusammen. Er kann nicht widerstehen, er muss sie sofort anrufen.

»Piattola? Schlafen Sie schon?«

»Es ist erst zehn, wofür halten Sie mich? Auch wenn es nicht den Anschein hat, aber ich bin sechsundzwanzig.«

»Dann sind Sie mit Freunden unterwegs?«

»Ach was, ich bin zu Hause.«

»Glauben Sie, dass unser Mörder vorher schon andere Frauen überfallen hat? Die wie im Fall Verzeni überlebt haben?«

Schweigen. Ilaria ist gerührt über das besitzanzeigende Fürwort, auch wenn es sich eher so anfühlt, als würde der Fall sie besitzen.

»Nein, das glaube ich nicht. Zu Verzenis Zeiten war alles finster, es gab noch nicht wie heute an jeder Ecke Videokameras. Tatsächlich hat er seine Schuld während des Prozesses bis zuletzt geleugnet. Sogar einige der Opfer waren sich nicht sicher, ob wirklich er es gewesen war. *Unser Mörder* dagegen ist gut organisiert und rational, er weiß genau, dass er sich gewisse Dinge heute nicht mehr erlauben darf. Ein Opfer, das überlebt, kann aussagen, und dann würde man im Nullkommanichts auf ihn kommen, man bräuchte nur die Überwachungskameras und die Funkzellen auszuwerten.«

Schweigen. Diesmal vonseiten Besanas.

»Sie haben wirklich das Zeug zur Kriminalreporterin, Piattola. Ich weiß, dass das heute nicht mehr viel zählt, trotzdem ist es mir wichtig, Ihnen zu sagen, dass sie wirklich Talent für diesen Job haben.«

»Danke, Besana. Aber müssen Sie mich immer noch Piattola nennen?«

»Mir ist Ihr Spitzname ans Herz gewachsen. Wissen Sie, auch Reporter können manchmal sentimental sein.«

27. August 1871

Es ist Mittagszeit, ein junger Landarzt, Davide Garzaroli, untersucht gerade eine Frau, die soeben ein Kind zur Welt gebracht hat, als draußen im Hof jemand nach ihm ruft. Davide wischt sich mit dem Handrücken über die Stirn und tritt ans Fenster. Unten steht, völlig außer Atem, ein Junge, Giovannino Lanzi, dem das schweißgetränkte Hemd am Rücken klebt. Er rudert mit den Armen und fleht den Doktor an, schnell mit ihm zu kommen, denn *er hat schon wieder getötet.* Davide stürmt die Treppe hinunter. Die Carabinieri hatten ihn bereits beim Fall Motta vorgewarnt. Sollte es wieder passieren, so hatten sie gesagt, brauche man einen Arzt vor Ort, um das Opfer zu untersuchen, und in Bottanuco gibt es nun einmal nicht viele Ärzte. Genauer gesagt, es gibt nur einen: ihn. Er ist dreißig Jahre alt, stark und sportlich, aber wegen der Hitze gerät er dennoch außer Atem. Auch Giovannino keucht. »Wo ist sie«, fragt er. Der Bursche streckt den Arm aus und zeigt auf ein Feld. »Da«, sagt er, auf dem Gut Zannino. Davides Augen weiten sich: »Auf dem Grundstück von Antonio Frigni?« Der Junge, der nicht zu laufen aufgehört hat, nickt. »Die Ehefrau«, sagt er, und dabei zerfallen die Silben zwischen den Atemzügen. Davide bleibt wie angewurzelt stehen: »Elisabetta?« Der Junge nickt traurig.

Davide beißt sich auf die Lippen, er weiß nicht, wie er den bohrenden Schmerz unter Kontrolle halten soll. Jeder im Dorf hat Elisabetta Pagnoncelli gern. Das ist nicht möglich. Eine Frau, die immer bereit ist, etwas für die anderen zu tun. Einmal hat er sie getroffen, als sie den Bellinis gerade Käse brachte, einer bitterarmen Großfamilie mit erbärmlich dürren Kindern. Und eine schöne Frau ist sie noch dazu, wie ein junges Mädchen, obwohl sie schon achtundzwanzig ist, ihr Körper so sinnlich, als hätte sie nicht fünf Kinder geboren. Die armen Kinder. Und armer Antonio Frigni.

Während er wieder zu laufen beginnt, den jungen Burschen noch immer an seiner Seite, versucht Davide, in seinem Kopf Raum zu schaffen. Um den Gedanken an das Verbrechen hineinzulassen. Doch es gelingt ihm nicht. Er heilt die Menschen, er kämpft jeden Tag gegen den Tod. Aber jemand anders sucht ihn. Will ihn. Er dreht sich zu Giovannino um: »Ist *er* es gewesen?« Mehr muss er nicht fragen. Der Junge verzieht das Gesicht. »Ihr werdet es sehen, Dottore.« Sie laufen und laufen, die Luft schwirrt vor Hitze. Sie bahnen sich einen Weg durch das Maisfeld, schieben mit beiden Händen die Stauden beiseite, als schwämmen sie durch das Getreide. »Hat man wieder Nadeln gefunden?« Davide will alles wissen. »Im Rücken, Signore. Er hat sie ihr in den Rücken gesteckt, möge Gott ihm vergeben.«

Sowie Frigni ihn kommen sieht, eilt er ihm entgegen. »Hier entlang, Dottore«, ruft er. Davide bleibt vor der Leiche stehen und schließt die Augen. Keine Krankheit ist zu so etwas imstande. Nicht einmal die Pocken.

Es kostet Frigni große Mühe, nicht zu weinen, und so seufzt Davide tief und zieht Notizbuch und Stift aus seiner Tasche. Hämatom in der Halsgegend, schreibt er. Dann beugt er sich über den Leichnam und misst den Bluterguss mit dem Stift ab. Das ist alles, was er hat. Anderthalb Bleistiftlängen ist er lang, der blaue Fleck, der sich quer über die Kehle zieht. Circa sechsundzwanzig Zentimeter, notiert er. Und einen Zentimeter breit, fügt er hinzu, indem er die Breite mit dem Finger abschätzt.

Frigni gibt dem Jungen ein Zeichen, dem Doktor den Strick zu zeigen. Giovannino führt ihn zu einem Graben. Da liegt er drin, der Strick, auf halber Höhe der Böschung. Vielleicht wollte der Mörder ihn im Bach verschwinden lassen, aber bis ans Wasser ist er nicht gekommen. So also hat er sie an sich herangezogen, daher dieser blaue Fleck über den Rippen. Davide begutachtet den Strick und notiert: Risse und Quetschung der Haut durch Zuziehen eines vor Ort aufgefundenen Strickes, der vermutlich von hinten wie ein Lasso um das Opfer geworfen wurde, wodurch ein weiterer Bluterguss unter der rechten Brust entstanden ist.

Mit gesenktem Blick kehrt er zum Ehemann zurück, legt ihm eine Hand auf die Schulter und fragt ihn, wie es ihm gehe. Der Mann schüttelt den Kopf, er will nicht über sich reden. »Sagt mir, wie sie gestorben ist, Dottore. Ich bitte Euch.« Davide atmet tief durch. »Sie wurde erwürgt«, antwortet er dann. Da spürt er auf einmal etwas Weiches an seinem Knöchel: ein Küken, und bemerkt nun erst den umgeworfenen Korb. Das also hatte sie gerade getan. Sie wollte jemandem Küken bringen. Zugleich mit dem Piepen vernimmt er ein Seufzen. Er sieht erst das Opfer, dann das Küken und schließlich den Ehemann an und versteht. Antonio Frigni ist erleichtert, weil der Mörder ihr die Eingeweide nicht bei lebendigem Leib herausgeschnitten hat. Beflissen wendet Davide sich wieder seinem Notizbuch zu. Alleinige Todesursache war Ersticken, schreibt er.

Nun kommt das Schlimmste. Er muss Worte finden für dieses Gemetzel. Für die grausamen Schnitte am rechten Arm, im Unterleib, im Nacken. Für das Loch, das in der Wade klafft. Und vor allem für den geöffneten Leib, aus dem wie aus einem makabren Füllhorn die Eingeweide quellen. Nicht einmal eine Jagdtrophäe wird derart zugerichtet.

Behutsam bittet er Frigni, sich, vielleicht gemeinsam mit Giovannino, einen Augenblick zu entfernen, denn er muss mit dem Leichnam alleine sein. Er muss ihn nun auf schamlose Weise untersuchen, alle Grenzen der Intimität überwinden, in Gefilde vordringen, wo nicht einmal der Tod hingelangt. Wo nur Geisteskranke und Mörder hingelangen. Kaum hatte ihre Seele sie verlassen, blieb auch der Leib der Unglücklichen nicht verschont, schreibt er.

14. Dezember

Es ist ein leerer Tag. So nennt Ilaria die Tage, an denen das Licht trüb, der Himmel beinah weiß ist. Und dieser Tag ist für sie noch leerer, weil sie nicht wie in den vergangenen sechs Monaten zur Zeitung muss und weil Besana sie nicht mitgenommen hat. Vielleicht ist er ohne sie in die

Bergamasca gefahren, vielleicht aber auch gar nicht, da es keine Neuigkeiten gibt, über die man schreiben könnte. Sie hofft inständig, dass er sie weiterhin mit einbezieht und nicht einfach zu Hause hocken lässt. Am liebsten würde sie beten, wenn sie nur wüsste, zu wem. Gibt es einen Gott der Journalisten? So was wie die CASAGIT, die Krankenkasse für Journalisten. Oder wie die FNSI, die italienische Pressegewerkschaft. Oder das Presseversorgungswerk INPGI. Ein Gott nur für Journalisten, mit ganz besonderen Privilegien. Er könnte ein Kürzel haben wie ORIJ, Oberster Rat für Italienische Journalisten.

Sie nimmt das neue Tablet und fotografiert ihren ersten Artikel, um ihn an ihre Tante zu schicken. Da sie heute Zeit hat, könnte sie ihr eine Mail schreiben. Ilaria fürchtet allerdings, dass ihre Tante nicht besonders glücklich sein wird über den Weg, den sie eingeschlagen hat. Aber sie muss es trotzdem versuchen.

Liebe Tante,

bitte fang mit dem Lesen am Ende an. Bei dem Namen deiner Nichte. Der Typ, der mit mir signiert hat, ist bloß der beste Kriminalreporter, der gerade herumläuft, aber ich war so nett, ihn seinen Namen neben meinen setzen zu lassen. Du weißt, was das heißt? Richtig: Ich habe es geschafft! Zumindest fast. Okay, das ist erst der Anfang. Aber wir reden hier nicht von einer Kurzmeldung in irgendeinem Käseblatt. Ich bin direkt richtig durchgestartet, liebe Tante.

Mir ist klar, dass du nicht begeistert sein wirst, deshalb bin ich auch gerade ziemlich aufgeregt, während ich dir schreibe. Aber ich möchte, dass du mich verstehst. Warte mal, ich muss eine kleine Pause machen, ich muss kurz aufstehen und in meiner winzigen Bude ein paar Schritte gehen.

Da bin ich wieder. Also, vorgestern hat Marco Besana von einer Art Sehnsucht nach Blut geredet. Er geht bald in Rente und fürchtet, dass ihm das Blut fehlen wird. Natürlich habe ich ihm nichts erzählt, aber ich habe ihn verstanden, und zugleich habe ich auch etwas über mich begriffen. Ich kann dich natürlich zu nichts zwingen, ich wünsche mir nur so sehr, dass auch du verstehst. Vielleicht willst du es aber auch gar nicht hören, du hast schon so viel für mich getan. Es gibt eben Menschen, die diese Sehnsucht nach Blut verspüren, und andere, die partout nichts davon wissen wollen. Glaub mir, ich habe für alles Verständnis. Aber wenn du es fertigbrächtest, meinen Artikel zu lesen, würdest du mich sehr glücklich machen. Wenn auch nur, damit du siehst, wie gut ich schreiben kann;)

Gib meiner Cousine einen dicken Kuss von mir. Ich weiß, dass sie nur Graphic Novels liest, sag ihr einfach, dass ich irgendwann auch zeichnen lernen werde. Denn wenn man in dieser Welt, die ich mir ausgesucht habe, überleben will, muss man sich etwas einfallen lassen. Also werde ich Interviews singen. Nachrichten tanzen. Ermittlungen zeichnen.

Ich verspreche dir, dass ich Wege finden werde. Nur das Blut, das hab ich schon. Und ich wehre mich dagegen, dass es für immer mein Fluch sein soll. Ich will, dass es meine Stärke wird.

Dicken Kuss

Deine Lieblingsnichte (eine andere hast du ja auch nicht)

Ilaria betrachtet den Bildschirm und holt tief Luft, dann klickt sie auf *Senden*. Anschließend fühlt sie sich wie befreit. Sie lässt sich aufs Bett sinken. Es stimmt natürlich nicht, dass ihre Geschichte kein Fluch ist. Dieser Gedanke macht sie sehr müde. Es stimmt jedoch, dass jeder Fluch sich in eine Stärke verwandeln lässt. Sie muss daran glauben, sie hat gar keine andere Wahl.

15. Dezember

Besana ist stinksauer. Schon wieder eine Nachricht. Diese Verrückte lässt einfach nicht locker. Jetzt will Lizzy auch noch, dass er sie dem Chefredakteur einer Wochenzeitung vorstellt. Das ist regelrechte Erpressung. Sie spielt die arme Praktikantin, die sexuell belästigt wurde, und versucht herauszuschlagen, was nur geht. Sie hat doch schon seine Ehe zerstört, was will sie noch? Wie konnte er nur auf dieses kleine Aas reinfallen, das nach einem Monat so getan hat, als wäre sie schwanger, und nach zwei Monaten seine Frau anrief?

Deshalb besteht er darauf, dass Ilaria ihn siezt, auch wenn sie ein völlig anderer Typ ist. Distanz wahren. Sonst hat er irgendwann den Ruf weg, er würde allen Praktikantinnen an die Wäsche wollen. Schlimm genug, dass Lizzy überall haarsträubende Dinge über ihn erzählt. Da sollen nicht auch noch absurde Geschichten über seine Beziehung zur Piatti die Runde machen.

Während er überlegt, was er Lizzy antworten soll (oder ob überhaupt), ruft ihn der Ressortleiter an.

»Ciao, Marco, hast du mal eine Minute?«

»So viele du willst, ich schaukel eh gerade meine Eier, um mich schon mal auf die Rente einzustellen.«

»Jetzt komm mir nicht wieder damit. Es ist doch noch gar nicht sicher. Das sind nur Gerüchte.«

»Und ob es sicher ist. Cannistrà kann mich gar nicht schnell genug loswerden. Aber lass uns jetzt damit keine Zeit verlieren, sag mir lieber, was du willst.«

»Wir dachten, du könntest dich mal mit der Familie unterhalten, bei der das Opfer gearbeitet hat.«

»In Ordnung«, willigt Besana ein. »Ich nehme die Piatti mit.«

»Marco, es hat keinen Sinn, dass du dich so für sie ins Zeug legst. Der Chefredakteur steht enorm unter Druck, der Geschäftsführer will die Ausgaben reduzieren, das heißt kürzen, kürzen, kürzen. Von Neueinstellungen kann keine Rede sein.«

»Ich weiß, aber sie ist gut. Sie könnte sich als Freelancerin etablieren«, beharrt Besana.

»Tja, wenn du meinst. Mir kam sie eigentlich nicht sehr helle vor.«

Wenn jemand nicht sehr helle ist, dann eher die andere, die er jetzt auch noch überall empfehlen muss, damit sie ihre Klappe hält. Was ist er doch für ein Idiot. Aber genug. Es muss auch noch Gerechtigkeit geben und die Möglichkeit, für seine Leistungen belohnt zu werden. Ilaria ist seine Chance, ein bisschen was wiedergutzumachen.

Sobald Besana aufgelegt hat, ruft er sie an.

»Piattola? Haben Sie Lust auf eine Spritztour in die Bergamasca? Ich hole Sie in einer Viertelstunde ab. Und ziehen Sie bitte keine Ballerinas an, heute Nachmittag soll es schneien.«

»Dann existiert er also wirklich, der Oberste Rat für Italienische Journalisten!«

»Wie?«

»Ach nichts. Ich hatte nur Angst, dass unsere Zusammenarbeit schon zu Ende wäre.« Sie kann sich ein Juchzen nicht verkneifen.

Als er vorfährt, erwartet ihn Ilaria bereits auf dem Bürgersteig. Auf dem Kopf eine fürchterliche Wollmütze mit Schirm und Ohrenklappen. Dazu eine Jacke, in der sie aussieht wie ein eingeseifter Hund.

»Piatti, gehen Sie in dieser Aufmachung auch mit Ihrem Freund aus?«

»Warum? Stimmt was nicht?«

»Schon gut, schon gut«, brummt Besana.

»Außerdem habe ich gar keinen Freund. Auf der Journalistenschule gab es zwar einen netten Typen. Wir haben immer zusammen gelernt, und da habe ich mir ein bisschen Hoffnungen gemacht. Aber eines Tages hat er mir gestanden, dass er schwul ist. Später wurde mir klar, dass das nur eine Ausrede war, denn auf einmal war er mit einer ein Meter achtzig großen Dänin zusammen. Wahrscheinlich war ich einfach nicht sein Typ. Was steht für heute auf dem Programm?«

»Wir statten der Familie Lecchi einen Besuch ab.«

»Ausgezeichnet. Ich habe nämlich inzwischen ein wenig auf diesem wunderbaren Tablet, das ich mit dem Spritz gewonnen habe, recherchiert«, verkündet sie vergnügt.

»Und haben Sie etwas herausgefunden?«

»Ja. Zum Beispiel dass die Bergamasca längst nicht so beschaulich ist, wie man denkt.«

»Das sagt Giorgio auch. Nur schaffen es die Ereignisse

dort selten bis in die überregionalen Zeitungen, weshalb wir kaum etwas davon mitbekommen. Aber Sie haben recht, vielleicht finden wir etwas, was eine Verbindung zu dieser Tat hat und was den anderen entgangen ist. Lassen Sie mal hören.«

»Ein einundachtzigjähriger Bauunternehmer erschießt seine Ehefrau und nimmt sich anschließend mit der Tatwaffe selbst das Leben. Die Ehefrau saß seit einem Schlaganfall fünfzehn Jahre zuvor im Rollstuhl.«

»Ich würde sagen, das ist nicht unser Mann.«

»Sehe ich auch so. Aber ich wollte Ihnen nichts vorenthalten, man kann nie wissen.«

»Piattola? Fahren Sie fort.«

»An einem Sonntagmorgen im März finden Arbeiter am Adda-Staudamm bei Concesa di Trezzo eine Leiche. Es handelt sich um einen vierzigjährigen Elektriker, der drei Monate zuvor von zu Hause verschwunden war. Unfall, Selbstmord, Gewaltverbrechen? Der Leichnam, der sich bereits im Zustand fortgeschrittener Verwesung befindet, wird von der Feuerwehr geborgen. Die Autopsie wird am gerichtsmedizinischen Institut in Pavia vorgenommen. Man kommt zu dem Ergebnis, dass er ohne Fremdeinwirkung gestorben ist. Aber mich überzeugt das nicht.«

»Vielleicht war es Suizid. Die Krise kostet mehr Menschenleben als jeder Serienmörder. Ich würde mich jedenfalls mit den Erklärungen der Gerichtsmedizin zufriedengeben, es hat keinen Sinn, da tiefer zu schürfen.«

»Ja, natürlich. Aber ich habe noch etwas anderes entdeckt«, fährt Ilaria fort.

»Nämlich?«

»Zunächst einmal habe ich mich gefragt, ob unser

Täter zum ersten Mal getötet hat. Fürs erste Mal kommt er mir ein bisschen zu organisiert vor.«

»Gut beobachtet. Also?«

»Also habe ich mir die ungeklärten Verbrechen in der Gegend vorgenommen«, sagt Ilaria triumphierend.

»Sehr gut, wie ich sehe, hat das Tablet Sie auf den Geschmack gebracht. Und was haben Sie gefunden?«

»Einen möglichen Serienmörder zwischen 1997 und 1998, der nie gefasst wurde.«

»Erzählen Sie weiter.«

»Jahrelang hat man in der Bergamasca über nichts anderes gesprochen als über das Viereck des Todes. Wir reden hier von einem Gebiet längs der Adda, zwischen Masate, Inzago, Filago und Suisio. Waldreiche Orte, die nachts kaum beleuchtet sind – geradezu ideal für gewisse Verbrechen.«

»Piattola, bitte sparen Sie sich die Atmosphäre und kommen Sie zum Punkt.«

»Okay, schon gut. Ich wollte nur sagen, dass in diesem Umkreis innerhalb eines Jahres vier Prostituierte ermordet wurden, und mindestens neun weitere wurden überfallen, sodass die Angst vor einem Serienmörder umging.«

»Wer, wo, wann? Präzisieren Sie.«

»Das erste Opfer wurde im November '97 gefunden, an der Landstraße nach Masate«, liest Piatti von einer Webseite ab, die sie gespeichert hat. »Eine Prostituierte, vierzig Jahre alt, mit einer Eisenstange erschlagen. Das nächste Opfer ist eine Nigerianerin, im Januar '98. Sie wird vergewaltigt, an Händen und Füßen gefesselt und in einem verlassenen Bauernhaus erhängt. Wenige Monate später nimmt man einen Marokkaner fest, der bereits wegen Körperverletzung an fünf Prostituierten vorbestraft ist. Eines seiner Opfer erzählt der Polizei, dass er sie in dem Bauernhaus, in dem später die Leiche der Nigerianerin gefunden wurde, geschlagen und vergewaltigt hatte. Im Oktober '98 jedoch, während der Marokkaner in Untersuchungshaft sitzt, wird in Inzago, nur fünfhundert Meter vom ersten Tatort entfernt, erneut eine Frau ermordet. Wieder eine vierzigjährige Italienerin, die außerdem mit dem ersten Opfer befreundet war und auf die gleiche Weise stirbt, durch einen Schlag auf den Kopf. Sie erliegt nach ein paar Tagen im Koma ihren Verletzungen.«

»Interessant.«

»Die Serie ist aber noch nicht zu Ende. Zwei Wochen später wird in Suisio wieder eine Vierzigjährige ermordet. Alle bringen die Tat mit den vorangegangenen in Verbindung. Und zweifellos gibt es wiederkehrende Elemente, die all diesen Verbrechen gemein sind, aber auch Unterschiede: Beispielsweise hatte nur eines der Opfer Geschlechtsverkehr mit ihrem Mörder. Es war die Rede von einem Typen mit einem schwarzen Mercedes. Aber er ist nie gefasst worden.«

»Das könnte in der Tat unser Mann sein«, stellt Besana fest. »Wir vertiefen unsere Recherche in den nächsten Tagen.«

»Das war gut, oder?«

»Ja, Piatti, großartig«, seufzt er und verdreht die Augen. »Aber in dieser Welt werden nicht viele Komplimente verteilt. Also hören Sie auf, dauernd nach Bestätigung zu heischen, sondern lernen Sie einfach, Ihre Arbeit zu machen.«

15. Dezember

Besana und Ilaria stehen vor einem großen Tor, eine hohe Hecke verdeckt den Blick auf den dahinter liegenden Garten und die beiden Häuser. Eines der Häuser gehört dem Notar Lecchi, dort hat auch Aneta Albu gewohnt. In dem anderen lebt die Tochter des Notars, Giulia Maria Lecchi, zusammen mit ihrem Mann, Franco Vimercati.

Da sie etwas zu früh dran sind, schlägt Besana vor, noch einen Spaziergang zu machen. Er hat bereits mit einigen lokalen Journalisten geplaudert und Informationen gesammelt. Die Lecchis sind in Bergamo eine stadtbekannte Familie.

»Der Notar ist vierundneunzig, er praktiziert natürlich nicht mehr«, erklärt er Ilaria. »Seit seinem Schlaganfall sitzt er im Rollstuhl. Aber die Kanzlei wird weiterbetrieben, die Familie hat also Geld wie Heu. Seine Tochter handelt mit Antiquitäten, sie hat ein Geschäft in der Altstadt von Bergamo. Ihr Mann arbeitet mit ihr zusammen, allerdings mehr um den Schein zu wahren, denn er hat keinen blassen Schimmer von Möbeln und Bildern. Er spielt den ganzen Tag Golf in einem Klub in der Nähe. Die Leute im Ort sagen, dass er nichts kann außer Geld ausgeben.«

»Also hält sie ihn aus?«, fragt Ilaria.

»*Yes.* Sie haben sich 1995 in einer Ferienanlage in Mexiko kennengelernt, er hat dort als Animateur gearbeitet. Giulia Lecchi war um die vierzig, er etwa dreißig. Nach dem Urlaub hat sie ihn mit nach Hause genommen. Damit hatte der Bursche ausgesorgt.«

»Kinder?«

»Nein«, entgegnet Besana.

»Was haben die Verhöre ergeben?«

»Bisher wurden sie lediglich als Zeugen vernommen. Den Protokollen zufolge hat Vimercati für die Tatzeit ein Alibi. Er hat mit einem Freund einen Aperitif getrunken, was besagter Freund bestätigt. Er hat sogar den Kassenbon der Bar aufbewahrt. Aber etwas macht mich trotzdem stutzig.«

»Und was?«

»Die Funkzelle, mit der sein Handy in Verbindung stand, ist dieselbe, die zur gleichen Zeit auch Albus Handy zugewiesen war, bevor der Mörder den Akku herausgenommen hat. Es war ihr freier Tag, an dem arbeitete die Albu immer bis fünf in einer Pizzeria, danach war sie unterwegs. Aber ist es nicht ein merkwürdiger Zufall, dass die beiden am gleichen Ort waren?«

»Und der Freund soll einen Mord decken? In welcher Beziehung stehen denn die beiden zueinander?«

»Der Freund stammt aus Neapel und betreibt hier eine Pizzeria. Er heißt Luca oder Angelo Picariello, ich weiß nicht mehr genau. Ich weiß nur, dass er ein ähnlich windiger Typ ist wie Vimercati. Wahrscheinlich leiht Vimercati ihm Geld und hat ihn deshalb in der Hand.«

Ilaria ist nicht überzeugt.

»Würden Sie jemanden decken, der einer jungen Frau die Eingeweide rausholt und ihr die Genitalien entfernt?«

»Sie haben das Stück Wade vergessen«, sagt Besana.

»Eben, das auch noch. Im Ernst, würden Sie das machen? Könnte dieser Freund nicht denken, er deckt etwas anderes? Etwas Harmloseres?«

»So etwas wie einen Seitensprung?«, schlägt Besana vor.

»Genau. Das wäre doch viel wahrscheinlicher. Ein Deal, eine Hand wäscht die andere«, überlegt Ilaria. »Nur mal angenommen, jemand leiht dir zwanzigtausend Euro, dann hilfst du ihm natürlich. Logisch. Abgesehen davon: Wenn die Ehefrau ihm auf die Schliche kommt, gibt es mit einem Schlag gar kein Geld mehr, für keinen von beiden. Bis dahin kann ich es nachvollziehen. Aber sich zum Komplizen einer derart abscheulichen Tat zu machen, das übersteigt mein Vorstellungsvermögen.«

»Es sei denn, sie haben die Tat gemeinsam begangen. Vergessen wir nicht, dass man zwei DNA-Spuren gefunden hat«, gibt Besana zu bedenken.

»Vielleicht sollten wir uns auch mal mit diesem Picariello unterhalten. Nur um zu sehen, was für ein Mensch er ist.«

»Ich sehe, Sie haben Blut geleckt, Piattola«, sagt Besana augenzwinkernd.

»Na ja, ich kann eben momentan an nichts anderes denken«, gesteht Ilaria.

»Geht mir genauso.«

Sie nähern sich wieder dem Tor. Unter der dichten Schneedecke, in der grimmigen Kälte und bei der früh hereingebrochenen Dunkelheit wirkt das Dorf wie verlassen.

»Piatti, die Leute hier sind sehr verschlossen«, mahnt Besana. »Wir dürfen sie nicht erschrecken. Denken Sie immer daran, dass wir nicht von der Kripo sind. Wir sind Journalisten, die über Verbrechen berichten, schon das macht uns nicht besonders beliebt. Die Familie hier wird gerade von allen Seiten belagert, versuchen Sie mal, sich das vorzustellen. Sie werden alles daransetzen, sich so gut es geht zu schützen. Sobald ihnen etwas nicht passt, geben sie uns einen Tritt in den Allerwertesten und befördern uns vor die Tür. Seien Sie also so freundlich wie möglich und überlassen Sie das Reden mir. Ich werde nur Fragen über das Opfer stellen. Wenn Sie mir helfen wollen, dann lassen Sie sich ein paar Komplimente für die Hausherrin einfallen, zur Einrichtung oder was auch immer. Wir müssen dafür sorgen, dass sie sich wohlfühlen. Wir müssen liebenswürdig sein, verstanden? Und vor allem harmlos wirken.«

»In Ordnung«, erwidert Ilaria.

15. Dezember

Eine singhalesische Haushälterin mit blau-weißer Schürze führt sie in einen überladenen Salon. Vorhänge aus feinem Atlas, rot-weiß gestreifte Sofas wie in einem englischen Cottage, Möbel im Empirestil mit goldenen Säulen, die nicht zur übrigen Einrichtung passen wollen, und Gemälde mit Pferden an den dunkelgrün tapezierten Wänden. Nirgends liegt ein Buch herum, abgesehen von der ein oder anderen Künstlermonografie, wie Bankinstitute sie ihren Kunden schenken. Stattdessen Silber, wohin man blickt: Bilderrahmen, Teekannen, Samoware, Schalen in einer Menge, dass man meinen könnte, man wäre im Silberwarengeschäft oder auf dem Flohmarkt. Links und rechts neben der Eingangstür stehen zwei riesige Elefanten aus Kupfer.

»Ich weiß nicht, wofür ich hier ein Kompliment machen soll«, stößt Ilaria leise zwischen den Zähnen hervor.

Besana deutet mit dem Kinn auf ein Gemälde: »Das da ist ein Stubbs oder zumindest eine Kopie. Probieren Sie's damit.«

»Danke.«

Signora Lecchi erscheint wenig später. Sie trägt ein Twinset aus gelbem Kaschmir, einen Rock, der ihr knapp übers Knie reicht, und dazu eine Perlenkette. Die steil nach oben zeigende Nase ist sicherlich das Werk eines Provinz-Schönheitschirurgen, der es in den Achtzigerjahren wohl etwas zu gut gemeint hat. Die Haut im Gesicht ist offenbar mit Vitaminspritzen aufgepolstert worden, doch der Hals verrät ihr Alter. Die schmalen Lippen sind mit einem Lipgloss geschminkt, der einigermaßen diskret Volumen vortäuscht. Die Augen aber sind echt, und sie sind intelligent.

Giulia Lecchis etwas abweisende Haltung spricht eine deutliche Sprache. Ihr ganzer Körper drückt aus, dass es bereits überaus gnädig von ihr ist, die Journalisten überhaupt zu empfangen, sie aber nicht belästigt werden möchte.

»Bitte. Nehmen Sie Platz.« Sie deutet auf das gestreifte Sofa.

Besana versucht, ihr die Hand zu geben, doch sie gestattet ihm lediglich, ihre Fingerspitzen zu berühren.

»Wir wollen Sie nicht lange stören«, beruhigt er sie sofort. »Wir möchten nur etwas über Aneta Albu erfahren.«

»Was für eine schreckliche Geschichte, ich mag gar nicht daran denken«, erwidert die Hausherrin. »Gestern haben ihre Eltern angerufen. Sie wollten wissen, für wann sie die Beerdigung in Rumänien organisieren können. Das arme Ding.«

»Hat sie lange bei Ihnen gearbeitet?«

»Sie ist vor drei Jahren nach Italien gekommen. Zuerst war sie bei einer Freundin von mir, aber nach ein paar Monaten habe ich sie eingestellt, weil mein Vater einen Schlaganfall hatte und ich dringend eine Pflegerin brauchte. Sie hatte gute Referenzen.«

»Können Sie uns etwas über ihren Charakter sagen?«

»Sie redete nicht viel, was mir sehr recht war. Ich ertrage es nicht, wenn jemand andauernd plappert.«

»War sie verlobt?«

»Nicht dass ich wüsste. Das hat mich die stellvertretende Staatsanwältin auch schon gefragt, aber ich habe mich nicht in ihre Angelegenheiten eingemischt. Sie war recht gut, gelegentlich ein wenig zerstreut, aber effizient. Einmal hat sie das falsche Reinigungsmittel benutzt und mir die Marmorplatte in der Küche ruiniert, das hat mich ein Vermögen gekostet, doch abgesehen davon konnte ich mich nicht beklagen.«

Ilaria sieht zu Besana. Was schert uns das? Sie ist ein wenig aufgeregt, sie weiß nicht recht, wann sie sich einmischen und sagen soll, wie gut ihr der Stubbs oder der gefälschte Stubbs über dem Kamin gefällt. Was sollen sie nach einem derartigen Gespräch nur für einen Artikel schreiben? Sollen sie etwa über die unglückliche Beziehung des Opfers zur Marmorplatte berichten? Besana ist ebenso nervös wie sie, vermutlich denkt er gerade das Gleiche.

»Sie hatte ein Kind, nicht wahr?«

»Ja, einen kleinen Jungen. Aber ich erinnere mich nicht an den Namen. Er war nie hier, sie ist jeden Sommer zu ihm nach Rumänien gefahren.«

»Und bei wem ist der Junge jetzt?«

»Bei den Großeltern, wie vorher auch. Aneta hat ihn zurückgelassen, als er sechs Monate alt war.«

»Ist Ihr Mann zu Hause?«, fragt Besana nun.

Giulia Lecchi erstarrt unwillkürlich und strafft die Schultern. Als könne sie mehr Respekt einflößen, wenn sie sich aufrechter hält. Vielleicht will sie ihre Gesprächspartner auf diese Weise daran erinnern, dass sie die Tochter des hiesigen Notars ist.

»Er ist im Golfklub«, antwortet sie schließlich.

»Im Golfklub? Bei dem Schnee?«

Gereizt schüttelt sie den Kopf: »Dort findet gerade ein Burraco-Turnier statt.«

Doch genau in diesem Moment hört man, wie die Tür geöffnet wird. Mit einem Lächeln betritt Franco Vimercati den Salon. Zigarettenhose, farblich auf das Hemd abgestimmter Cardigan, Wildlederschuhe. Er ist schlank und braun gebrannt und wirkt zwanzig Jahre jünger als seine Frau.

»Die Journalisten, richtig? Kann ich Ihnen etwas zu trinken anbieten?«

Da sagt Besana natürlich nicht Nein. Während Vimercati die singhalesische Haushälterin bittet, eine neue Flasche Valcalepio zu bringen, und erklärt, dass der Wein von einem Winzer in der Nähe kommt, der zahlreiche Preise gewonnen hat, setzt er sich auf die Lehne neben seine Frau und streichelt beiläufig ihre Schulter. Trotz der unnatürlichen Haltung, als würde er für ein Foto in einer Zeitschrift posieren, genießt er es ganz offensichtlich, im Zentrum der Aufmerksamkeit zu stehen.

»Was für eine Tragödie«, sagt er. »Arme Aneta. Wenn man bedenkt, dass sie davon träumte, Stewardess zu werden.«

»Können Sie uns etwas über sie erzählen?«, schaltet sich Ilaria ein.

»Sie war einfach herzensgut«, erwidert Vimercati. »Sie wollte immer alle zufriedenstellen. Mein Schwiegervater hing sehr an ihr. Eine sanftmütige junge Frau. Am besten wäre es, Sie würden mit ihm sprechen, aber momentan will er niemanden sehen. Er ist am Boden zerstört.«

»Das kann ich mir vorstellen«, entgegnet Besana und reißt das Gespräch wieder an sich. Er hat in einer Vitrine eine Reihe von Pokalen entdeckt. »Haben Sie die gewonnen?«

»Das waren nur Lokalturniere«, gibt Vimercati zurück. Bescheiden wendet er den Blick ab, lächelt jedoch, insgeheim hofft er, dass in der Zeitung auch etwas über seine Trophäen zu lesen sein wird.

Besana steht auf und sieht sich neugierig um. Ein Foto mit Autogramm in einem großen silbernen Rahmen zieht seine Aufmerksamkeit an.

»Und wer ist das?«

»Der legendäre Tiger Woods. Ich war dabei, als er 1997 in Georgia seinen ersten Masters gewonnen hat. Da war er gerade mal einundzwanzig und hat den Zweitplatzierten mit zweihundertsiebzig Schlägen und dem Rekordvorsprung von zwölf Schlägen hinter sich gelassen.«

15. Dezember

Als sie wieder draußen sind, eilen sie zum Wagen, wo sie endlich offen reden können.

»Haben Sie gesehen, wie er sich dauernd an die Nase gefasst hat? Wenn Sie mich fragen, kokst er.«

»Das kann sein, aber wir haben leider nicht eine einzige echte Information bekommen. Nichts als Gemeinplätze«, brummt Besana.

»Mit einer Ausnahme«, hält Ilaria dagegen.

»Und welcher?«

»Vimercatis Bemerkung: *Sie wollte immer alle zufriedenstellen.*«

»Und?«

»Haben Sie nicht an eine sexuelle Anspielung gedacht? Ich musste sofort an eine Frau denken, die sich bereitwillig jedem hingibt, der sie darum bittet, um niemanden zu enttäuschen.«

»Piattola, solche erotischen Fantasien hätte ich Ihnen gar nicht zugetraut«, staunt Besana.

Seltsamerweise wird Ilaria nicht verlegen, sondern erwidert resolut: »Dann sagen Sie mir, warum ich falschliege.«

»Nein, nein«, beschwichtigt Besana. »Vielleicht liegen Sie gar nicht falsch. Schildern Sie mir all Ihre Eindrücke, ich bin neugierig.«

»Sie ist eine traurige Frau, weil sie dachte, sie könne sich alles kaufen, auch das Glück, und es ihr nicht gelungen ist. Er dagegen ist traurig, weil seine Gerissenheit ihn um seine Lebensfreude gebracht hat. Er muss sich nicht mehr anstrengen, er hat ausgesorgt, und jetzt langweilt er sich.«

»Ja, das stimmt. Sie haben beide etwas Trauriges. Aber wie Mörder kommen sie mir nicht vor.«

»Wenn ich als Kind die Leute verstehen wollte, habe ich immer ein kleines Gedankenspiel gespielt: *Was wären sie, wenn ...*«

»Aber jetzt sind Sie erwachsen, oder etwa nicht?«

»Es funktioniert noch immer«, widerspricht Ilaria. »Wenn er ein Boot wäre, wäre er eines dieser schnellen Motorboote, bei denen man jedes Mal spürt, wie der Bug auf die Wasseroberfläche klatscht. Und sie wäre ein altes Riva, das am Steg eines Sees dümpelt, blank poliert und nutzlos. Wenn er ein Vogel wäre, wäre er ein Truthahn, der vor Angst ein Rad schlägt, ein Truthahn, der einen Komplex hat, weil er kein Pfau ist. Sie dagegen wäre eine Wachtel, scheu und misstrauisch, die rückwärtsspringt, um ihre Gegner in die Irre zu führen.«

»Danke, Piatti. So werden wir es schreiben. Das wird mal ein richtig origineller Artikel.«

»Machen Sie sich nicht lustig über mich.«

»Tu ich gar nicht, das war eine ausgezeichnete Analyse.« Besana steigt in den Wagen. »Ich mache Ihnen einen Vorschlag. Was halten Sie davon, bei Picariello eine Pizza zu essen? Dann können wir uns dort mal umsehen.«

»Und der Artikel?«

»Wen kümmert's? Wir haben bereits ein paar druckreife Zeilen über Wachteln, Truthähne und Motorboote. Spaß beiseite, wir brauchen nur dreitausend Zeichen, da schreiben wir einfach ein bisschen dummes Zeug zusammen, während wir auf die Reiskroketten warten.«

15. Dezember

Am Nachbartisch unterhalten sich gerade ein Mann und eine Frau über den Fall. Besana verpasst Ilaria einen Fußtritt, damit sie still ist und sie zuhören können.

»Hast du gesehen? Die Zeitungen haben die alte Geschichte mit Verzeni wieder rausgekramt. Jeder im Ort hat daran gedacht, nur die Ermittler sind nicht draufgekommen«, sagt gerade die Frau, eine Dame mit weißen Haaren und einer ziemlich gewagten lila Brille.

»Stell dir vor, sie haben erst vor Kurzem das Haus, in dem er gewohnt hat, zum Verkauf angeboten«, erwidert der Mann ihr gegenüber. »Aber wer soll das kaufen? Ich würde es nicht mal nehmen, wenn man mir Geld dafür bieten würde.«

»Die junge Frau, die ermordet wurde, hat ab und zu hier gearbeitet«, sagt die weißhaarige Dame, während sie ihre Pizza schneidet. »Erinnerst du dich an sie?«

»Die Blonde?«

»Genau die. Ein nettes Mädchen, die Ärmste. Sie hatte einfach kein Glück, auch in der Liebe nicht.«

»Was weißt du denn darüber?«

»Sie hatte was mit dem Mann von der Lecchi, dem Kerl, der immer Golf spielt, weißt du, wen ich meine?«

»Natürlich, wer kennt den nicht. Aber das sind nur Gerüchte, Mama.«

»Na hör mal, ich hab immerhin gesehen, wie sie vor einem Motel zusammen aus dem Auto gestiegen sind.« Bei diesen Worten greift die alte Dame nach der Hand ihres Sohnes. »Und wenn er es war?«

»Der hat doch gar keine Ahnung, der weiß ja nicht mal, wer Verzeni ist.«

»Vielleicht sollten wir es der Polizei sagen.«

»Bestimmt wissen die es schon.«

»Da bekomme ich eine richtige Gänsehaut, womöglich habe ich sie zusammen mit ihrem Mörder gesehen.«

»Das glaube ich nicht, Mama. Er kommt mir nicht besonders intelligent vor, der würde so was gar nicht hinkriegen.«

Dann wechseln Mutter und Sohn das Thema und beginnen, über die neue Küche zu reden – sie weiß nicht, ob sie sie im einschlägigen Fachgeschäft in Ranica kaufen oder vom Schreiner nach Maß anfertigen lassen soll –, über einen Onkel im Krankenhaus und seinen Verdauungstrakt, über eine Cousine, die sich gerade scheiden lässt, und welche Verwandten sie zu Weihnachten einladen sollen.

»Du musst doch nicht weg, oder?«

»Keine Sorge, ich werde Heiligabend da sein«, beruhigt sie der Sohn.

»Huch, so spät ist es schon.« Die Mutter erhebt sich. »Der Wohltätigkeitsbasar in der Gemeinde fängt gleich an. Kommst du mit?«

»Nein, ich bin müde. Ich geh lieber nach Hause«, erwidert der Sohn und zieht Mütze, Schal und Handschuhe an.

Sobald die beiden verschwunden sind, legt Besana Ilaria die Hand auf die Schulter.

»Da haben wir's«, sagt er. »Jetzt wird es eng für Vimercati.«

»Also war er tatsächlich ihr Liebhaber«, flüstert Ilaria.

»Sieht ganz so aus.«

Als die Kellnerin die Pizza an den Tisch bringt, versuchen sie, auch ihr ein paar Informationen abzuluchsen. Immerhin war Aneta ihre Kollegin.

»Sind Sie Journalisten?«, fragt die junge Frau.

»Ja«, sagt Besana.

»Ich soll nicht mit Journalisten reden.«

Besana zuckt nicht mit der Wimper. Als sie weg ist, lehnt er sich zu Ilaria hinüber und flüstert ihr ins Ohr: »Warten wir erst mal, bis der Saal leer ist. Vielleicht ändert sie ihre Meinung noch, wenn sie ein schönes Trinkgeld bekommt.«

Während Besana schweigend seine Pizza Marinara isst, beugt sich Ilaria über ihr Tablet und versucht, den Artikel zu verfassen. Von Zeit zu Zeit hebt sie ratlos den Kopf.

»Ich weiß überhaupt nicht, was ich schreiben soll.«

»Lassen Sie sich was einfallen, Piattola. Käuen Sie einfach den üblichen Schmu wieder, das wird keinem auffallen. Dreitausend Zeichen sind doch wirklich ein Klacks.«

Hin und wieder beißt Ilaria in ihre mittlerweile kalte Pizza, um sich gleich wieder über die Tastatur auf dem Bildschirm zu beugen. Nach jeder dritten Zeile zählt sie die Zeichen, in der Hoffnung, es endlich geschafft zu haben. Schließlich reicht sie Besana das Tablet, der den Artikel mit hochgezogener Augenbraue liest.

»Ein bisschen viele Floskeln, aber das kann man so durchgehen lassen. Schicken Sie ihn sofort ab, für einen solchen Mist können wir Roberto nicht warten lassen.«

»Danke«, erwidert Ilaria.

Dann steht sie auf, um zur Toilette zu gehen, sie mag ihre Pizza nicht mehr aufessen. Als sie zurückkommt, ist sie ganz aus dem Häuschen.

»Ich habe Picariello gesehen! Er ist klein und schmierig und wirkt total verstört. Dauernd sieht er zu seiner Frau, als fürchte er, ausgeschimpft zu werden«, erzählt sie. »Und sie hat ein ganz schmales Gesicht und einen schmalen Oberkörper, aber von der Taille abwärts wird sie auf einmal erschreckend dick. Wenn das ganze Fett und die Zellulite von Schuppen bedeckt wären, würde sie aussehen wie eine Meerjungfrau.«

»Was sind Sie heute Abend poetisch, Piatti.«

»Drehen Sie doch auch mal eine kleine Runde. Ehrlich, die Frau ist unglaublich, sie brüllt in einem durch Befehle.« Ilaria äfft sie nach: »Beweg dich, Tisch sechs wartet seit Stunden auf frittierte Meeresfrüchte! Müsst ihr die Calamari noch fischen?«

»Darf ich Ihnen etwas sagen, Piatti?«

»Was Nettes oder eine Gemeinheit wie sonst?«

»Etwas Nettes.«

»Also gut.«

»Sie sind mir sehr sympathisch.«

»Das war's schon?«

»Warum? Was haben Sie erwartet?«

Sobald sich der Saal leert, bestellt Besana die Rechnung und die üblichen Magenbitter.

»Für mich nicht, heute Abend«, sagt Ilaria, »sonst ist mir wieder die ganze Nacht schlecht.«

»Kein Problem, dann trinke ich Ihren eben auch.«

Besana legt die Kreditkarte und zwanzig Euro Trinkgeld auf den Teller. Die Kellnerin bedankt sich und sieht sich um, als wolle sie sichergehen, dass niemand sie hört.

»Ich kannte Aneta gut. Großer Gott. Aber stellen Sie mir bitte keine Fragen, sonst bin ich meinen Job los. Vielleicht können wir uns ein andermal unterhalten.«

Besana nickt. Er wirft einen Blick auf das Namensschildchen an der Brust der jungen Frau.

»Danke, Melissa. Ich lasse Ihnen meine Visitenkarte da. Rufen Sie mich an.«

16. Dezember

Wieder und wieder liest Ilaria die Antwort ihrer Tante. Obwohl es fast Mittag ist, liegt sie noch im Bett. Sie gibt sich solche Mühe, sich ihren Platz im Leben zu erkämpfen, doch die Mail ihrer Tante entmutigt sie. Den Computer hat sie auf dem Bauch, er verströmt eine angenehme Wärme, die ihr hilft, diese eisigen Worte zu ertragen.

Ilaria, Liebes, ich kann nicht so tun, als ob nichts wäre. Nimm es mir nicht übel, aber ich bleibe dabei: Deine Entscheidung ist ungesund. Was erhoffst du dir eigentlich? Ich will dir nicht vorhalten, welche Opfer wir für dich gebracht haben, ich will nur, dass du meine Zweifel verstehst. Es hat uns so viel Kraft gekostet, dich da rauszuholen, und kaum bist du erwachsen, hast du das Bedürfnis, genau dorthin zurückzukehren? Das habe ich wirklich nicht erwartet. Die Albträume der anderen können einen nicht heilen. Geh lieber zu einem Psychologen.

Auch dein Onkel und Meg umarmen dich. Wir machen uns alle große Sorgen um dich.

Ilaria steht auf und geht ins Bad. Sie hat plötzlich das Bedürfnis, sich die Haare zu bürsten, als könne sie so auch andere Knoten lösen. Sie betrachtet die Augen ihres Spiegelbildes. Sie sind noch genauso wie damals, als sie ein Kind war. Wer weiß, warum die Augen das Einzige sind, was sich bei einem Menschen nie verändert. Sie bleiben immer gleich, von der Kindheit bis ins hohe Alter. Sie sind deine Vergangenheit und deine Zukunft, die einzige Konstante, auf die du dich verlassen kannst. Alles andere geht verloren oder findet sich erst.

Mit glänzenden und elektrisch aufgeladenen Haaren kehrt Ilaria ins Bett zurück. Sie starrt auf den blauen Computerbildschirm, die schwarze Tastatur hebt sich von dem weißen Bettzeug ab. Sie nimmt den Computer auf ihren Schoß, so wie man ein Kind auf den Schoß nimmt. Dann säubert sie ihn mit dem Zipfel ihres Nachthemds, als wäre er ein kostbares Musikinstrument. Es ist ein gewöhnlicher Mac und keine Stradivari, aber immerhin kommt ihre Stimme dort heraus. Ihn auszuschalten bedeutet, mit dem Spielen aufzuhören. Aber vielleicht haben sie recht. Langsam zieht sie den Pfeil nach oben, richtet ihn auf den angebissenen Apfel. Mit der Grazie einer Pianistin hebt sie alle Finger bis auf den Daumen, die Hand schräg, beinah schwebend. Da, jetzt hat sie dieses Fenster geöffnet. Das Fenster, durch das sie fliehen kann. Beinah zärtlich streicht sie über das Touchpad, wie eine letzte Liebkosung unter Verliebten. Beenden, Neu starten, *Herunterfahren*. Sie schaltet den Rechner aus.

17. Dezember

Besana staunt nicht schlecht, seine Frau hat ihn um ein Treffen gebeten. Während er sich rasiert, liest er immer wieder die knappe Nachricht, die alles und nichts bedeuten kann. Sie bittet ihn, kurz bei ihr vorbeizukommen, sie müsse mit ihm reden. Gibt sie ihm vielleicht doch noch eine Chance? Hat sie endlich begriffen, dass sie ohne ihn nicht leben kann? Versonnen lächelnd, verteilt er den Schaum auf seinen Wangen.

Mit lässiger Handbewegung grüßt er das heruntergekommene Bad, in dem jedes Mal, wenn er das Licht anschaltet, gleichzeitig die Lüftung anspringt, die mehr Lärm macht als ein Atomreaktor, mit dieser Wandlampe hinter matten Scheiben, die sich eher für den Friedhof als für einen Spiegel eignet, und mit den geblümten kanariengelben Kacheln. Heute rührt ihn sogar das Tropfen der undichten Dusche. Als markiere sie das Verstreichen einer Zeit, die sich endlich ihrem Ende zuneigt. Vielleicht.

Er durchsucht den Schrank nach einem anständigen Hemd, das am Hals nicht zu eng ist. Scheiße, er hat zugenommen. Die oberen Knöpfe gehen nicht mehr zu. Er findet ein anderes, fast neues Hemd, probiert es an. Es spannt etwas am Bauch, aber das kann er mit einem Pulli kaschieren. Er zieht eine Schublade auf. Vielleicht der grüne Cardigan. Den hat sogar Marina ihm geschenkt. Kritisch hält er ihn hoch und bemerkt einen Fleck. Heiliger Strohsack, warum vergisst er bloß immer, die Sachen in die Reinigung zu bringen? Als Nächstes zieht er eine himmelblaue Strickjacke hervor. Verfilzt. Dann eben der dunkelblaue Pullover, aber der ist voller Knötchen. Nur nicht die Nerven verlieren.

Fluchend reibt er mit Küchenkrepp seine schlammverkrusteten Schuhe sauber. Dann inspiziert er den Mantel. Mist, da fehlt ein Knopf. Egal, wenn er ihn offen lässt, merkt man es nicht, dann ist es eben etwas zugig am Bauch. Fertig. Ein letzter prüfender Blick in den Spiegel. Er sieht aus wie ein Junggeselle. Vielleicht ist er das ja auch. Was soll's, ab nach draußen.

Marina hat ihm die Tür offen gelassen und erwartet ihn in der Küche. Im Profil sitzt sie da, die schöne griechische Nase zum Spülbecken gerichtet, nicht zu ihm. Das blonde Haar hat sie mit einer Spange hochgesteckt, nicht mal eine Strähne gönnt sie ihm. Ihre Hand liegt auf einem Umschlag. Marco starrt auf ihre Finger. Sie trägt die Ringe nicht mehr, die er ihr geschenkt hat.

»Hallo«, sagt er.

»Ich werde dir nicht viel Zeit stehlen«, erwidert sie. »Ich will dir nur ein paar Fotos zurückgeben, die mir jemand netterweise geschickt hat.«

Oh, Scheiße. Besana möchte am liebsten weglaufen. Doch schon ist Marina aufgestanden, tritt auf ihn zu und wirft ihm nacheinander die 10 x 15 cm großen Abzüge an den Kopf.

»Weißt du, welches mir am meisten wehgetan hat? Nicht das, auf dem sie nackt ist. Sondern das, das du in Monterosso aufgenommen hast, auf dem sie die Jacke trägt, die ich dir geschenkt habe. Du bist mit ihr ans Meer gefahren? Wo du mit mir nie auch nur einen Tag Urlaub gemacht hast ... Nicht mal Flitterwochen gab es für uns. Wie oft habe ich dich gebeten, mit mir zu den Cinque Terre zu fahren? Aber für mich hattest du nie Zeit.«

Besana beugt sich hinunter, um das Foto aufzuheben, das, nachdem es seine Brust getroffen hat, ihm auf den Fuß gefallen ist.

»Sogar in Unterhose hast du dich fotografieren lassen, mit deinem dicken Bauch. Du bist einfach nur erbärmlich«, auch dieses peinliche Foto wirft sie nach ihm, »aber das beste ist wahrscheinlich das, auf dem sie die lila Spitzendessous trägt. Eine kleine Aufmerksamkeit von dir? Hast du neuerdings sogar Zeit, Geschenke zu kaufen? Und ich warte immer noch auf mein Geburtstagsgeschenk von vor zwei Jahren.«

17. Dezember

Marco verlässt das Haus, in dem seine Frau wohnt, und als er an einem Müllcontainer vorbeikommt, wirft er die Fotos hinein. Dann betritt er die nächste Bar und bestellt ein Bier. Ihm doch egal, dass es erst elf Uhr morgens ist. Vielleicht sollte er sich gleich zehn Stück bringen lassen.

Ein Kollege kommt ihm in den Sinn, einer von denen, die er am meisten mochte. Er war Kriegsberichterstatter, genial und mutig. Als er nach Mailand zurückkehrte, ertrug er das normale Leben nicht mehr. Er war immer betrunken. Unter seinem Schreibtisch bei der Zeitung hatte er einen Schlafsack deponiert, für den Fall, dass er einschlief.

Da klingelt sein Telefon. Es ist Roberto, der Ressortleiter. Hoffentlich schickt er ihn nicht wieder nach Bergamo, dazu hat er heute überhaupt keine Lust.

»Hallo, Marco, wie geht's?«

»Ausgezeichnet. War nie besser«, entgegnet Besana.

»Bist du zum Mittagessen schon verplant? Ich würde gern mit dir sprechen, aber nicht am Telefon.«

»Geht's um meinen Vorruhestand?«

»Aber nein! Es ist dennoch ein heikles Thema, das ich gern persönlich mit dir bereden würde.«

Besana weiß nicht, was er davon halten soll, aber er geht auf den Vorschlag ein.

»In Ordnung. Halb zwei am gewohnten Ort?«

Als er ankommt, wartet Roberto bereits an einem Tisch und hebt den Arm, um auf sich aufmerksam zu machen. Nachdem Besana sich zu ihm gesetzt hat, bestellen sie Puntarelle mit Sardinen, Büffelmozzarella, Schinken, Focaccia und Artischocken mit Parmesan. Besana ordert noch eine Flasche Pinot Noir.

»Wahrscheinlich schlafe ich in der Redaktion ein«, bemerkt Roberto.

»Ich kannte mal jemanden, der immer einen Schlafsack unter seinem Schreibtisch hatte«, erwidert Besana.

Im Grunde ist ihm der Bursche sympathisch, er sorgt sich nur ein wenig zu sehr darum, was andere von ihm denken, aber er wird schon noch lernen, nichts darauf zu geben. Ohne eine gewisse Abgebrühtheit überlebt man in ihren Kreisen nur schwer.

»Also? Wo liegt das Problem?«

»Diese Praktikantin, Annalisa. Lizzy.«

Besana schließt für einen Moment die Augen. Was für ein Tag. Ein regelrechter Tornado fegt über ihn hinweg. Dabei wirkte sie so unschuldig, so hilflos in der Redaktion. Man sollte niemals Menschen vertrauen, die unschuldig wirken.

»Will sie mich anzeigen?«

»Das kann sie nicht, es liegt kein Tatbestand vor. Sie ist ja auch nicht mehr minderjährig. Aber sie war beim Chefredakteur.«

»Und warum hat er sie empfangen? Hat sie es bei ihm auch versucht?«

»Gut möglich. Aber Cannistrà ist ein Mann von Welt,

er ist nicht drauf reingefallen. Er hat dich verteidigt, Marco.«

»Das kann ich mir vorstellen. Schließlich hat er selbst eine Anzeige wegen sexueller Belästigung am Hals, er weiß, was das bedeutet.«

»Eben«, erwidert Roberto. »Jedenfalls hat er gleich kapiert, mit wem er es zu tun hat. War ja auch nicht schwer.«

»Hat Lizzy es bei dir auch versucht?«

»Na ja, ich hab ja geahnt, dass ihr euch trefft, und außerdem«, er senkt den Blick, »machen bestimmte Frauen mir Angst. Wenn sie zu versessen sind auf Sex und Karriere. Ich will nicht lügen, im Prinzip bin ich meiner Frau treu, bis auf den ein oder anderen Ausrutscher. Allerdings geht es für mich meistens nicht gut aus, ich verliebe mich und dann muss ich die Beziehung sofort abbrechen. Aber dieser Typ Frau, nein danke, da halte ich mich, lieber fern. Sie hat es versucht, aber ich bin nicht drauf eingegangen.«

»Gut so«, Besana stürzt einen Schluck Wein hinunter, »mich hat sie ruiniert.«

»Uns war allen sofort klar, wie es gelaufen ist. Auch dem Chefredakteur. Du musst nichts erklären, keine Sorge. Aber du solltest lieber aufhören, deine Artikel gemeinsam mit der Piatti zu signieren. Das wollte ich dir sagen. Cannistrà meint, dass du dich sicherheitshalber von sämtlichen Praktikantinnen fernhalten solltest. Wir wissen natürlich alle, dass die Piatti keine Gefahr darstellt« – er lacht –, »aber wir müssen die Zeitung schützen. Lizzy dreht völlig durch, sie erzählt überall herum, dass man bei uns nur so Karriere macht.«

»Das ist doch absurd!« Besana springt vom Tisch auf

und stößt dabei den Teller mit den Puntarelle um. »Ilaria darf nicht für sie büßen. Das mache ich nicht mit. Frag mal ruhig die ganzen Feministinnen in der Redaktion. Da kommt so ein Miststück, das versucht, sich nach oben zu vögeln, und die nächste Praktikantin, die wirklich Talent hat, soll dafür bestraft werden? Ohne mich, sage ich dir!«

»Es tut mir leid, dich zu enttäuschen, aber alle Feministinnen der Redaktion sind auf Annalisas Seite, sie hat sich auch schon bei der stellvertretenden Chefredakteurin ausgeheult, und die ist die Anführerin der Bande.«

»Oh, Scheiße«, Besana setzt sich wieder und entschuldigt sich bei der Kellnerin für den umgeworfenen Teller.

»Deshalb wollte ich dich persönlich sprechen. Es ist ein unangenehmes Thema, ich weiß. Aber der Chefredakteur ist auf deiner Seite, glaub mir. Er hat Lizzy ein paar kleine Jobs beim Magazin angeboten, nur damit sie den Ball flach hält. Horoskope, irgendwelche schwachsinnigen Rezepte, so was in der Art.«

»Wie nett von ihm. Hat er Angst, dass ich gegen die Zeitung klage, wenn er mich in den Vorruhestand schickt?«

»Du bist unverbesserlich, Marco.«

»Deswegen mache ich meinen Job auch so gut. Wenn mich je einer verbessert hätte, dann gute Nacht.«

17. Dezember

Besana verbringt den Abend mit einem alten Freund von der Zeitung, der inzwischen Rentner ist. Andrea war ein begnadeter Berichterstatter im Ressort Außenpolitik. Nun baut er Wein an, ist aber nach wie vor der denkbar beste Gesprächspartner, wenn Besana verstehen möchte, was im Nahen Osten los ist. Er fehlt ihm sehr in der Redaktion.

Als der Abend sich dem Ende zuneigt und beide schon leicht angetrunken sind, wird das Gespräch vertraulicher.

»Bald werde ich auch abgesägt«, sagt Besana. »Und mir geht jede Leidenschaft für Weinbau ab.«

Andrea bietet ihm zum Abschluss einen Schluck Grappa an.

»Beklag dich nicht, wir können von Glück reden. Wir haben wenigstens das Goldene Zeitalter der Branche miterlebt. Finde dich einfach damit ab. Beneidest du allen Ernstes die Journalisten von heute? Ich sicher nicht. Heute sind alle crossmedial unterwegs, die armen Schweine brauchen mehr Hände als die Göttin Kali, die müssen gleichzeitig auf dem Papier, im Radio und mit Video arbeiten, von Twitter, Facebook, Instagram und YouTube ganz zu schweigen. Ein Artikel wird heute fünf-, sechsmal am Tag umgeschrieben, laufend aufgrund neuer Erkenntnisse aktualisiert. Es ist ein Rund-um-die-Uhr-Job, wie man heute sagt.«

»Wie ich diese Modewörter hasse«, erwidert Besana.

»Eben. Heute könntest du dir gar nicht mehr erlauben, irgendetwas zu hassen, Marco. Vor Einführung des Internets war alles anders. Wer bei den Nachrichten arbeitete, oder meinetwegen auch in der Verwaltung, war schon mal bis zwölf Uhr nachts oder drei Uhr morgens da, wenn es richtig lange ging. Er bereitete die Sonderausgabe, die zweite Auflage der Zeitung vor, aber danach ging er ins Bett, mit Freunden oder der Geliebten essen, in den Nachtklub oder in den Puff. Von der Zeitung sprach man erst wieder am nächsten Morgen, in der Redaktionssitzung um elf, in der man die Ausgabe für den Tag darauf plante. Ein romantisches Leben wie in einem Hollywoodfilm, Journalisten in Hemdsärmeln mit Zigarette im Mundwinkel und Whiskyglas in der Hand, im Hintergrund klingeln Telefone und klappern Schreibmaschinen, und alle arbeiten fieberhaft daran, die Artikel noch rechtzeitig vor Redaktionsschluss in Druck zu geben. Wenn man sich einmal an den Rhythmus gewöhnt hatte, wurde es zur Routine. Mal ehrlich, wir haben uns kein Bein ausgerissen.«

»Nein, das haben wir wirklich nicht. Ich erinnere mich noch an das Madonna-Konzert, das in letzter Sekunde abgesagt wurde.«

Andrea lacht. »Ja richtig, es war für Mitternacht angesetzt, und der Musikkritiker hatte seinen Artikel schon zwei Stunden vorher eingereicht, um früher Feierabend zu machen. Danach war er nicht mehr aufzufinden. Und so ist die Zeitung mit einer Kritik zu einem Konzert erschienen, das nie stattgefunden hat.«

»Und weißt du noch, als die Amerikaner Tripolis bombardiert haben?«, fragt Besana.

»Oh ja, das war einfach unfassbar. Es war zwei Uhr nachts, der diensthabende Redakteur ruft den Chefredakteur an. Sollten wir nicht vielleicht eine Sonderausgabe machen? Doch der gähnt nur und sagt: Wir reden morgen für die nächste Nummer darüber. Er hat ihn einfach abgewimmelt.«

»Am nächsten Morgen stand die Nachricht in allen Zeitungen auf der ersten Seite, außer bei uns. Eine legendäre Schlappe. So was ist heute nicht mehr denkbar. Die sozialen Medien veröffentlichen die Dinge schon, bevor sie überhaupt passieren.«

Besana bittet um einen weiteren Schluck Grappa.

»Weißt du noch, wie wir in der Redaktion Internet bekommen haben?«

Andrea bricht in Gelächter aus.

»Und ob, ich erinnere mich noch genau an eine Redaktionskonferenz, die in die Geschichtsbücher eingehen sollte. Der Chefredakteur sagte zu uns: ›Kennt ihr diese Herrenhandtaschen? Vor ein paar Jahren hatte die jeder, aber wer trägt so was heute noch?‹«

»Ha ha, Internet als Herrenhandtasche. Unglaublich. Was für eine Fehleinschätzung.«

»Klar, aber es war ja nicht nur der Chefredakteur, der es so gesehen hat. Das war einfach der Zeitgeist damals, es gehörte zum guten Ton, sich über das Internet lustig zu machen. Ach, schon wieder so ein amerikanischer Mist. Ihr könnt mir alles wegnehmen, aber nicht meine Olivetti, mein Din-A4-Papier, mein Fax und mein Telex. Was waren wir doch blind, obwohl wir so darauf gedrillt waren, jede Neuigkeit aufzuspüren.«

18. Dezember

Am nächsten Morgen bekommt Besana eine Nachricht von Ilaria. Auf einmal wollen alle mit ihm reden. Er pfeift also auf seinen Bart und zieht schnell den schmutzigen grünen Cardigan über, die Piatti ist ja eh noch schlimmer als er. Dann wird er eben auch mit ihr Mittag essen.

Als Treffpunkt schlägt er dasselbe Restaurant vor, in dem er sich gestern mit Roberto getroffen hat. Er ist ein Gewohnheitstier, vielleicht seinem Beruf geschuldet, der ihm oft ein Gefühl der Entfremdung gibt. An das Böse gewöhnt man sich nie. Da geht man bei Restaurants besser auf Nummer sicher. Um die Wartezeit zu verkürzen, bestellt er schon einmal das Übliche: Puntarelle mit Sardinen, Büffelmozzarella, Schinken, Focaccia, Artischocken mit Parmesan. Und dazu wieder eine Flasche Pinot Noir. Würde doch ein anständiges Menü genügen, um einen zu beruhigen. Aber versuchen kann man es ja mal. Seit dreißig Jahren isst er in diesem Restaurant, und nach Möglichkeit immer das Gleiche. Mit kleinen Variationen, hier mal ein Safranrisotto, dort mal ein Rindertatar oder Scholle. Aber immer mit Bratkartoffeln, die hier wahrhaft ein Gedicht sind.

Diesmal kommt Ilaria nicht wie sonst atemlos hereingestürzt. Sie nähert sich mit schleppenden Schritten und blickt sich suchend um. Besana winkt ihr zu. Dann bietet er ihr von all den Köstlichkeiten an, die er bestellt hat, doch sie nimmt sich nur ganz wenig, als hätte sie keinen Appetit. Er gießt ihr Wein ein, und den trinkt sie. Eine Weile plaudern sie über Belanglosigkeiten, aber Besana hasst es, über Belanglosigkeiten zu reden, er will immer zum Punkt kommen. Und zwar schnell.

»Also?«

»Ich wollte Ihnen sagen, dass ich mir überlegt habe, zu meiner Tante zurückzugehen.«

»Um für die *New York Times* zu arbeiten?«

»Ich meine es ernst.«

»Sie wollen einfach alles hinschmeißen? Jetzt?«

Ilaria zuckt mit den Schultern.

»Vielleicht schreibe ich Kinderbücher.«

»Kinderbücher?«

»Das ist womöglich einfacher, ich weiß nicht.«

»Ist es nicht. Ich kenne Leute, die Kinderbücher schreiben. Und überhaupt, wie wollen Sie es denn jemals zu etwas bringen, wenn Sie immer gleich aufgeben und einen bequemeren Weg suchen?«

Um ihn nicht ansehen zu müssen, konzentriert Ilaria sich auf ihre Puntarelle.

»Wo ist das Problem?«, drängt Besana. »Sagen Sie es mir. Und hören Sie auf, mir Unfug zu erzählen.«

»Ich fürchte einfach, ich bin nicht dafür geschaffen, über Verbrechen zu berichten.«

Es ist klar, dass sie selbst nicht glaubt, was sie da sagt.

»Blödsinn. Sie haben das Verbrechen im Blut. Fragen Sie mich nicht, warum, aber das spüre ich.«

Ilaria schüttelt energisch den Kopf.

»Wohl eher nicht. Ich finde es unerträglich. Ich will nichts mehr damit zu tun haben.« Sie streckt ihm die Hand hin. »Danke für alles, was Sie für mich getan haben. Leider hat es nichts genützt, aber trotzdem danke.«

Dann steht sie auf und geht.

18. Dezember

Aufgewühlt verlässt Besana das Restaurant. Er muss einen Spaziergang machen, um seine Nerven zu beruhigen. Verdammt, er hat sich so für das Mädchen eingesetzt. Und dann lässt sie ihn einfach so hängen? Warum? Was hat er falsch gemacht? Na gut, er war hin und wieder etwas grob zu ihr, aber das hat er doch nicht ernst gemeint. Er hat noch nie mit jemandem zusammen Artikel geschrieben, und jetzt muss er für diese glückliche Ausnahme büßen. Die Menschen sind so undankbar. Außerdem hat Ilaria unglaubliches Talent, das macht ihn noch wütender. Warum will sie es einfach so wegwerfen?

Er schlägt den Weg zu den Giardini Montanelli ein, er muss nur aufpassen, dass er einen großen Bogen um die Statue macht, denn bei ihrem Anblick würde er nur noch schlechtere Laune bekommen. Armer Montanelli, er sieht einfach lächerlich aus, so ganz in Gold. Kein Respekt vor diesem schmutzigen Beruf: Der Bildhauer hat wirklich nichts begriffen. Er sieht aus wie ein Bonze oder wie ein Buddha in einem thailändischen Tempel. Dabei hat er sich mit Leib und Seele für die Zeitungen abgerackert, mit Nirwana hat das rein gar nichts zu tun.

Gereizt kickt Besana ein paar Kieselsteine hoch, die gegen die kahlen, vom Winter ausgemergelten Bäume fliegen. Der glasklare Himmel geht ihm auf den Zünder. Besana hasst allzu selbstbewusstes Licht, das keine Zweifel kennt, keinen Raum für Grautöne lässt. Ihm ist der Mailänder Himmel wesentlich lieber, wenn er trübe über seiner schlechten Laune brütet.

Was für eine Enttäuschung, die Piatti. Er tritt nach

einer einsamen Blechdose. Schlecht erzogen, die Leute, wo es an jeder Ecke Mülleimer gibt. Dann bleibt er plötzlich stehen. Piatti? Woran erinnert ihn der Name? Er setzt sich auf eine Bank. Holt das Handy aus der Tasche, um etwas zu überprüfen. Was war er doch für ein blöder Hund! Er schüttelt den Kopf. Blöder Hund.

Eine Stunde später steht er bei Ilaria vor der Tür und klingelt Sturm. Ilaria öffnet und weist ihn durch die Gegensprechanlage darauf hin, dass der Aufzug mal wieder nicht funktioniert. Er muss die sechs Stockwerke zu Fuß hochgehen. Nur nicht aufregen.

Keuchend erreicht Besana den Treppenabsatz.

»Möchten Sie ein Glas Wasser?«

Er nickt, setzt sich für einen Moment aufs Sofa, kann aber einfach nicht stillhalten. Also springt er wieder auf und fasst sie am Arm.

»Der Fall Piatti, stimmt's? Was glauben Sie, wen Sie vor sich haben? Einen Kinderbuchautor?«

Ilaria zuckt zusammen, das Glas fällt ins Spülbecken.

»Ich habe nicht über den Fall berichtet, aber ich erinnere mich noch gut«, fährt Besana fort. »Ich gebe zu, dass ich nicht gleich darauf gekommen bin. Sie haben den Mädchennamen Ihrer Mutter angenommen?«

Ilaria ist wie versteinert.

»Silvia Piatti. Ihre Mutter. Offiziell vermisst. Die Leiche ist nie gefunden worden. Es hat fünf Jahre gedauert, bis ein Totenschein ausgestellt wurde. Und sieben, bis der Mörder verurteilt wurde. Ihr *Vater.*«

Ilaria bringt kein Wort heraus.

»Sie waren sechs. Jetzt sind Sie sechsundzwanzig. Es sind seitdem also zwanzig Jahre vergangen. Ihr Vater hat lebenslänglich bekommen, er sitzt im Opera ein, dem berüchtigten Hochsicherheitsgefängnis. Ist es das, was Ihnen Angst macht?«

Ilaria taumelt.

»Vielleicht«, antwortet sie.

Und dann umarmt sie ihn. Besana drückt sie fest an sich.

»Sie müssen weitermachen, Ilaria. Sie müssen Ihrem Instinkt folgen. Es ist unser Instinkt, der uns heilt. Wir sind Tiere mit einem gesunden Selbsterhaltungstrieb. Unser Instinkt täuscht uns nicht.«

20. Dezember

Mit Desinfektionsspray reinigt Dana die Liege und wirft das Papier in den Mülleimer. Dann geht sie ins Bad, um sich die Hände zu waschen. Sie ist heute Abend unglaublich müde. Im Kosmetikstudio macht sie aber auch wirklich alles. Um neun heute früh hat sie angefangen: eine Nagelrekonstruktion, zwei Wachsbehandlungen, einen Blowjob, eine komplette Pediküre, eine Massage für eine Dicke, eine Nacktmassage, bei der vor allem sie sich hat massieren lassen, dann hat sie einem Kunden einen runtergeholt und schließlich noch ein Gesicht gereinigt. Sie lacht vor sich hin, das war heute wirklich das volle Programm. Sie grüßt Conchita, die gerade hinausgeht, ebenso erschöpft wie sie.

»Soll ich dich mitnehmen, Dana?«

»Das wäre schön, ich hab meiner Schwester den Wagen geliehen. Aber ich muss noch sauber machen. Geh nur, ich nehme den Bus.«

Während sie den Eimer füllt, bekommt sie eine Nachricht auf WhatsApp. Das Foto eines Klappmessers.

»Conchita«, ruft sie, »Conchita!«

Aber ihre Partnerin ist bereits weg. Dana ist verstört. Schon wieder eine Drohung von ihrem Ex. Irgendwann bringt er sie wirklich um. Tränen treten ihr in die Augen. Da kommt ein weiteres Foto. Ein Samuraischwert. Und schließlich ein drittes: eine Sichel.

Dana lässt den Eimer fallen und schlüpft schnell in ihren Mantel. Lieber sofort gehen. Eilig zieht sie den Rollladen runter. Dabei sieht sie sich permanent um. Sie hat immer Angst, dass er plötzlich hinter ihr auftaucht. Sie war auch schon bei den Carabinieri, aber das hat nichts genützt. Doch jetzt hat sie einen Anwalt gefunden. Sie ist bereit, jede Summe zu zahlen, wenn nur dieser Albtraum endlich aufhört.

Sie ruft ihre Schwester an, aber das Handy ist aus. Vielleicht unterrichtet sie gerade. Da spürt sie eine Hand auf ihrer Schulter und fährt herum.

»Machst du zu?«

»O Gott. Mir wäre beinah das Herz stehen geblieben«, erwidert Dana.

»Warum?«

»Ich hab gerade lauter Nachrichten von meinem Ex bekommen«, sagt sie. »Fotos von Messern, Schwertern, Sicheln. Der ist verrückt. Ein Glück, dass du gekommen bist. Bist du mit dem Wagen da? Kannst du mich nach Hause fahren? Ich will lieber nicht allein rumlaufen.«

Im Auto redet Dana weiter. Sie muss sich bei jemandem Luft machen. Aber er ist seltsam heute Abend. Er sagt fast nichts, sondern fährt nur schweigend immer weiter. Irgendwann sieht Dana aus dem Fenster und bemerkt, dass er einen anderen Weg genommen hat, er bringt sie nicht nach Hause. Will er sich an sie ranmachen? Warum hat er es dann im Laden nie versucht? Er wollte immer nur reguläre Massagen, Packungen, Gesichtsmasken, Sonnenbank. Solche Sachen. Dana lächelt. Er hat den Schüchternen gespielt.

»Wo bringst du mich denn hin?«, fragt sie kokett. Und zwinkert ihm zu.

Aber er sagt immer noch nichts. Er fährt zur Adda hinunter, auf die Schotterstraßen, die zu den Steinbrüchen führen.

»Hey, alles in Ordnung?«

Stille. Er dreht sich nicht mal zu ihr.

Sie versteht ihn nicht. Er hat doch wohl nicht irgendwelche perversen Sachen vor? Langsam wird sie nervös.

Plötzlich tritt er auf die Bremse. Etwas ist über die Straße gehuscht. Der Wagen bricht aus, und Dana klammert sich an den Griff über der Tür.

»Was war das?«

»Ein Marder.«

Auf einer Lichtung bleiben sie stehen. Dana massiert sich den Hals, der hat ganz schön was abgekriegt.

»Hör mal, fahr mich lieber nach Hause. Mir tut alles weh. Wir sehen uns besser morgen, ja?«

Keine Antwort.

»Hast du dir auch wehgetan?«

Allmählich macht er ihr wirklich Angst. Er ist seit vielen Jahren bei ihnen Kunde. Immer ruhig, immer freundlich. Was ist nur in ihn gefahren? Sie hofft, dass er nicht einer von diesen Sadisten ist, die nur dann Lust empfinden, wenn sie Gewalt ausüben. In diesem Moment kommt ihr der Mörder in den Sinn. Oh nein, das kann nicht sein. Das ist nicht möglich. Sie dreht sich zur Seite, um die Wagentür zu öffnen, doch da spürt sie einen heftigen Schlag im Nacken. Sofort wird alles schwarz, als hätte jemand das Licht ausgeknipst. In den wenigen Sekunden, die ihr bleiben, bevor sie das Bewusstsein verliert – die ihr jedoch wie eine Ewigkeit erscheinen –, denkt sie, dass sie im Leben wirklich alles falsch gemacht hat. Sie hat sich sogar vor dem Falschen gefürchtet.

20. Dezember

Diesmal ist Rosa weniger erfreut als sonst, Besana zu sehen, vielleicht, weil er um zehn Uhr abends bei ihnen vor der Tür steht. Rosa ist bereits im Bademantel und gähnt unverhohlen. Giorgio beruhigt sie, sie solle sich nicht weiter um sie kümmern und schlafen gehen, dann führt er Besana und Piatti hinunter in seinen berühmten Partykeller.

»Aber seid leise, sonst weckt ihr mir noch den Jungen«, ruft ihnen Rosa hinterher.

Giorgio gießt zwei Gläser Limoncello ein. Besana verabscheut Limoncello mindestens ebenso sehr wie Partykeller, aber gegen Alkohol wehrt er sich nie.

»Tut mir leid, dass ich dich zu so später Stunde herzitiere, aber es ist wichtig«, beginnt Giorgio. »Am Telefon konnte ich nicht darüber reden.«

»Überhaupt kein Problem«, entgegnet Besana.

»Gegen Vimercati wird ermittelt. Der Untersuchungsrichter hat einen DNA-Test genehmigt, und wir wollen versuchen, über einen Alkoholtest an seinen Speichel zu kommen. Damit es wie eine Routinekontrolle aussieht, verstehst du? Sobald es gelingt, bist du der Erste, der es erfährt.«

»Geht man davon aus, dass er alleine gehandelt hat oder mit einem Komplizen?«

»Mit einem Komplizen.«

»Mit dem Freund, der ihm das Alibi verschafft hat?«

»Genau. Picariello haben sie ebenfalls in den Kreis der Verdächtigen aufgenommen. Sie versuchen, auch an seine DNA zu kommen, mit der gleichen Methode. Es werden also ab sofort flächendeckende Alkoholkontrollen durchgeführt. So als hätten wir dem Alkohol am Steuer den Kampf angesagt!«, lacht Giorgio.

»Ach du Schande, da muss ich ja höllisch aufpassen, sonst bin ich ganz schnell meinen Lappen los.«

Plötzlich klingelt ein Handy, und Giorgio steht stirnrunzelnd auf, um ranzugehen.

»Entschuldigt, das ist die Dienststelle.«

Als er zurückkommt, ist er kreidebleich, und ein Schweißfilm bedeckt seine Glatze.

»Es hat einen weiteren Mord gegeben, ich muss sofort los.«

Besana springt auf.

»Können wir mitkommen?«

Ilaria erstarrt und sieht ihn aus weit aufgerissenen Augen an. Sie ist nicht sicher, ob sie das Szenario eines Verbrechens ertragen kann. Vor allem eines Verbrechens, wie sie es sich gerade vorstellt.

»Ich glaube, ich schaff das nicht. Kann ich im Hotel auf Sie warten?«

Als Besana nickt, macht Ilaria sich nur noch mehr

Sorgen. Der Gedanke, allein in diesem unheimlichen Motel zu sitzen, während draußen ein Serienmörder herumläuft, versetzt sie in Panik. Sie seufzt tief.

»Lassen Sie sich vom Portier aufs Zimmer begleiten und schließen Sie die Tür ab«, sagt Besana. »Lassen Sie niemanden rein!«

20. Dezember

Ilaria wusste bisher noch nicht, was Angst ist. Ihr Herz spielt vollkommen verrückt, bei jedem Schatten, jedem Geräusch schlägt und strampelt es wie wild. Einschließen soll sie sich, aber das Zimmer hat zwei Türen, und nur eine davon kann man absperren, die, die direkt nach draußen führt. Die andere geht auf den Dienstkorridor und lässt sich weder öffnen noch schließen, es gibt weder Kette noch Schlüssel. Doch mit einem Generalschlüssel kann jeder herein. O Gott. Sie möchte Besana anrufen und ihm sagen: Hören Sie, ich wechsle das Hotel. Hier ist es mir zu unheimlich. Aber sie fürchtet sich selbst davor, auf die Straße hinauszugehen und im Dunkeln ein Taxi zu nehmen. Also schiebt sie den Schreibtisch vor die Personaltür.

Sie schaltet den Fernseher ein, vielleicht kann eine Stimme sie beruhigen, vielleicht fühlt sie sich dann weniger allein. Bei einer Kochshow bleibt sie hängen. *Wie viele Birnen tust du ins Risotto?* Sofort schaltet sie wieder aus. Draußen sind Schritte zu hören, dann das Lachen einer Frau. Sicher nur Gäste des Motels, sie muss sich zusammenreißen, das kann so nicht weitergehen.

Sie schaltet wieder ein. *Lass aber die Zwiebeln nicht anbrennen, sonst wird es zu bitter. Rührst du die ganze Zeit?* Wieder schaltet sie aus. Vielleicht sollte sie sich ein Bad einlassen. Sie öffnet den Wasserhahn, zuckt jedoch zurück, als ein trüber roter Strahl herausschießt. So was Dummes, es ist doch nur Rost. Da ertönt plötzlich aus dem Nachbarzimmer ein gellender Schrei. Ilaria hastet zum Telefon und ruft den Portier an.

»Es war furchtbar, einfach furchtbar«, stammelt sie.

»Signora, wir sind hier in einem Motel.«

»Ich weiß, aber …«

Doch der Portier hat bereits aufgelegt, und als sie es erneut versucht, ist die Leitung belegt. Ilaria drückt auf den Tasten herum, aber nichts zu machen, immer ertönt nur das Besetztzeichen. Zu allem Überfluss hört sie jetzt auch noch ein Quietschen auf dem Gang, jemand schiebt einen Servierwagen. Plötzlich klopft es. Nein, sie macht ganz sicher nicht auf. Aber wer auch immer vor der Tür steht, lässt nicht locker. Erneut klopft es. Mit angehaltenem Atem nähert sie sich der Tür, starrt beschwörend den Schreibtisch an, auf dass er sie beschützen möge.

»Wer ist da?«

Stille.

»Wer ist da?«, fragt sie noch einmal.

»Zimmerservice«, sagt eine Männerstimme. »Ich habe die Handtücher vergessen.«

Ilaria rennt ins Bad und kontrolliert, ob wirklich keine Handtücher da sind. Tatsächlich. Sie schluckt.

»Legen Sie sie einfach vor die Tür«, presst sie schließlich hervor.

»Die können Sie nicht öffnen, das geht nur mit dem Universalschlüssel.«

Schon hört sie, wie ein Schlüssel ins Schlüsselloch gesteckt und umgedreht wird. Der Schreibtisch ist leicht, er beginnt sich zu bewegen, kommt auf sie zu. Gleich schreit sie. Die Tür geht auf. Mit den Handtüchern auf dem Arm mustert sie der Mann. Ilarias Hände zittern, als sie sie entgegennimmt.

»Danke.« Sie versucht, die Tür wieder zu schließen.

Aber er stemmt den Arm dagegen.

»Warum haben Sie den Schreibtisch verschoben?«

Mittlerweile ist Ilaria wie gelähmt.

»Draußen läuft ein gefährlicher Mörder herum«, haucht sie.

Der Mann vom Zimmerservice lächelt mitleidig, als hätte er eine Irre oder eine Betrunkene vor sich.

»Ich verstehe«, sagt er dann. »Aber keine Angst, ich bin ja da.«

Sicher. Doch was, wenn er es ist? Endlich schließt der Mann die Tür wieder. Erschöpft wirft Ilaria sich aufs Bett, sie würde am liebsten weinen. Sie wusste gar nicht, dass man vor Angst weinen muss. Dann sieht sie zum Telefon. Was würde sie nicht alles geben, um Besanas Stimme zu hören.

Doch der rettende Anruf kommt erst eine halbe Stunde später.

»Gut, dass Sie im Hotel geblieben sind«, sagt Besana. »Wir haben uns alle die Seele aus dem Leib gekotzt, einschließlich Giorgio.«

»Wurde sie genauso getötet wie Elisabetta Pagnoncelli?«

»Ja. Ausgeweidet und die Wade entfernt. Und mit einem Strick erwürgt.«

»Mein Gott. Waren auch Nadeln da?«

»Drei, sie steckten im Rücken.«

»Und wer war sie?«

»Das weiß man noch nicht. Sie hatte keine Papiere dabei. Eine Frau um die vierzig.«

»Der gleiche Altersunterschied wie zwischen Pagnoncelli und Motta. Dreizehn, vierzehn Jahre.«

»Ja, aber diesmal gibt es auch was Neues.«

»Und was?«

»Ein mit Blut geschriebenes Wort an der Wand: ViVe.«

»Was bedeutet das?«

»Das weiß ich nicht.«

»Müssen Sie noch lange dortbleiben?«

»Haben Sie Angst?«

»Ja«, gibt Ilaria zu, »hier sind komische Leute. Es ist mir nicht geheuer.«

»Keine Sorge, ich bin in zehn Minuten bei Ihnen.«

»Danke, Marco.«

21. Dezember

Inzwischen ist es drei Uhr morgens, und Besana beschließt, Piatti nach Mailand zurückzubringen. Als er ins Motel kommt, ist sie in einem erbärmlichen Zustand. Sie zittert am ganzen Körper und kann kaum sprechen. Es muss dringend ein Beruhigungsmittel her. Besana googelt nach einer Apotheke, die Notdienst hat, und findet schließlich eine in Suisio.

Als er klingelt, taucht in einem kleinen Sicherheitsfenster das Gesicht einer reiferen Frau mit lila Brille auf.

Einer kecken, jugendlichen Brille. Ein Farbtupfer in dem vielen Weiß von Kittel und Haar. Besana hat das Gefühl, sie schon einmal gesehen zu haben. Ach ja, die Frau, die in der Pizzeria am Nachbartisch saß, die diesen Vimercati zusammen mit der Albu vor einem Motel gesehen hatte.

»Entschuldigen Sie, ich brauche ein Fläschchen Xanax. Ich weiß, dass man eigentlich ein Rezept dafür benötigt, aber es ist ein Notfall: Das Mädel da drüben hat gerade eine Art Panikattacke.«

Er zeigt auf Ilaria, die aus dem Wagen zu ihnen herübersieht.

»Hat sie Drogen genommen?«

»Nein, wir sind Journalisten.« Besana hält seinen Presseausweis vor das Fenster.

»Sind Sie wegen des Mordfalls hier?«

»Genau.«

»Ohne Rezept darf ich nichts rausgeben, Sie müssen zum Notarzt«, erwidert die Apothekerin resolut.

»Ich bitte Sie, es hat gerade einen weiteren Mord gegeben. Meine Kollegin ist jung und unerfahren, sie steht unter Schock«, insistiert Besana.

»Ein weiterer Mord?« Die Apothekerin reißt die Augen auf. Will etwa auch sie Informationen im Tausch?

Besana erzählt ihr, was er gesehen hat. Für dieses Beruhigungsmittel würde er alles tun.

»Mein Gott, das ist ja furchtbar«, stimmt die Apothekerin ihm zu, verschwindet im Hinterzimmer und kommt mit einem Fläschchen Xanax und einem Glas Wasser zurück.

»Fangen Sie erst mal mit zehn Tropfen an.«

»Danke.«

Endlich schläft Ilaria auf dem Beifahrersitz und erwacht erst wieder, als Besana auf die Raststätte fährt, um zu tanken.

»Was ist los? Wo sind wir?«

»Auf der Autobahn. Ich bringe Sie nach Hause. Mir ist nicht wohl dabei, Sie in dieser runtergekommenen Absteige schlafen zu lassen, während der Wahnsinnige da draußen herumläuft.«

»Danke«, sagt Ilaria und reibt sich die Augen. »Weiß man schon, wer das Opfer ist?«

»Entspannen Sie sich erst mal, Piatti. Wir reden morgen darüber.«

Doch als Besana aussteigt, um bezahlen zu gehen, läuft Ilaria ihm hinterher.

»Lassen Sie mich nicht allein! *Bitte.*«

Besana seufzt.

»Dann kommen Sie eben mit. Ich brauche dringend einen Kaffee. Ich bin auch ziemlich fertig und will keinen Unfall bauen.«

Besanas Lieblingskellnerin ist heute nicht da, sondern nur ein pickliger Jüngling. Enttäuscht bestellt Besana ein Hörnchen mit Marmelade.

Ilaria rührt in ihrer Tasse und starrt abwesend vor sich hin.

»Haben Sie ein Schlafsofa?«

»Piatti, Sie sind ein Angsthase. Aber Sie haben Glück, ich habe ein Schlafsofa.«

Nach dieser beruhigenden Nachricht und vor allem nach dem Kaffee geht es Ilaria gleich viel besser, und im Auto beginnt sie Besana mit Fragen zu löchern.

»Immer hübsch langsam«, bremst der sie. »Ich plaudere ja gerne mit Ihnen, dann schlafe ich wenigstens nicht ein, aber bitte eine Frage nach der anderen. Und fangen Sie noch mal von vorn an, ich habe nichts verstanden.«

»Das Opfer«, wiederholt sie.

»Ihr Name war Diana Perego, von allen Dana genannt. Sie hat als Kosmetikerin gearbeitet, zumindest offiziell. Also in einem von diesen Läden, in die nicht nur Frauen gehen, um etwas gegen ihre Zellulite zu unternehmen. Sie hat auch Massagen anderer Art angeboten.«

»Wer weiß, wie viele männliche DNA-Spuren man bei ihr findet.«

»Gut erkannt, Piatti. Es wird nicht leicht sein, die des Täters zu isolieren.«

»Alleinstehend? Verheiratet?«

»Geschieden, ein heranwachsender Sohn von vierzehn Jahren, der allerdings beim Vater lebt. Giorgio ist zu ihm gefahren, um ihm die schreckliche Nachricht zu überbringen. Der Ärmste, ich möchte nicht in seiner Haut stecken.«

»Wer ist der Vater des Jungen?«

»Ein Maurer.«

»Kommt er als Tatverdächtiger infrage?«

»Nein, er hat ein bombensicheres Alibi. Als man ihn angerufen hat, war er bei seiner neuen Freundin. Hat sich dort anscheinend nicht wegbewegt. Er lebt zusammen mit dem Jungen bei ihr.«

»Also muss man sich die Kunden des sogenannten Kosmetikstudios genauer ansehen«, sagt Ilaria und beißt sich nachdenklich auf die Lippe.

»Auch. Aber als sie von dort wegging, war noch alles in Ordnung. Es kann sonst wer gewesen sein. Sie ist zu Fuß nach Hause gegangen, weil sie ihrer Schwester den Wagen geliehen hatte.«

»Und diese Schrift mit Blut?«

»Die stellt uns vor ein Rätsel. *ViVe?* Wer lässt denn bitte eine Leiche hochleben?«

»Wie war es geschrieben? In Druckbuchstaben?«

»Ja, aber die beiden Konsonanten waren wesentlich größer geschrieben, wie Großbuchstaben. *Vi-Ve.*«

»Wie Initialen?«

»Daran habe ich gar nicht gedacht. Aber stimmt, vielleicht ist es eine Art Kürzel, eine Signatur.«

»*Vi*ncenzo *Ve*rzeni?«, rät Ilaria.

»Verdammt, Sie könnten recht haben.«

Inzwischen sind sie an der Ausfahrt von Cormano angekommen. Besana gähnt.

»Sie wollen mich doch hoffentlich nicht die ganze Nacht wach halten, Piatti?«

»Ich bin noch so aufgedreht, das Adrenalin lässt mir keine Ruhe.«

»Zu Hause bekommen Sie noch ein paar Tropfen Beruhigungsmittel. Und ich brauche dringend einen Grappa.«

21. Dezember

Besanas Zweizimmerwohnung ist die reinste Rumpelkammer. Aus einem Klamottenberg auf dem Sessel ragt ein alter Tennisschläger, der Küchentisch ist so beladen mit Büchern, Zeitungen und leeren Bierdosen, dass nicht mal Platz ist für ein Tischset. Ein großer Aschenbecher steht absturzgefährdet auf einem schmutzigen Teller, der seinerseits absturzgefährdet auf dem PC steht. Auf dem

Sofa liegen ein Karton vom japanischen Take-away, eine zerfledderte Serviette und ein Turnschuh ohne Schnürsenkel.

»Und, Piattola, wäre Ihnen der Serienmörder doch lieber gewesen?«

Ilaria lacht und schüttelt den Kopf.

Besana schenkt sich bereits einen Grappa ein.

»Nach allem, was ich gesehen habe, könnte ich heute Nacht glatt Albträume bekommen. Notfalls wecke ich Sie.«

Dann deutet er mit dem Kinn auf einen offenen Kleiderschrank und erklärt, dass dort möglicherweise Bettwäsche und vielleicht sogar Decken drin sind.

»Sind Sie eine Frostbeule wie alle Frauen? Wenn Sie wollen, überlasse ich Ihnen mein Federbett. Und was das Frühstück morgen betrifft: Ich habe nichts im Haus. Kaffee habe ich zuletzt im Sommer gekauft. Nebenan ist eine Bar, die von Chinesen geführt wird, aber sie machen einen ausgezeichneten Cappuccino. Nehmen Sie nur nicht die Brioches, die schmecken nach Muscheln, und Sie fangen sich höchstwahrscheinlich eine Hepatitis ein.«

Nachdem sie gemeinsam das Bett gemacht haben, lässt Ilaria sich in voller Montur auf die Sofakante sinken. Mit einem Mal fällt die ganze Anspannung von ihr ab, und ihr wird ein wenig schwindlig. Sofort machen sich all ihre Ängste die kleine Schwäche zunutze, um sie hinterrücks zu überfallen.

»Piatti, geht es Ihnen nicht gut?«

Ilaria starrt auf die vom Rauchen angegraute Gardine.

»Ich habe an meine Mutter gedacht«, erwidert sie, ohne sich umzudrehen. »Und mich gefragt, wie er sie wohl getötet hat.«

Besana beißt sich auf die Lippe. Er ist zu müde, um mitfühlend zu sein, und das weiß er.

»Brauchen Sie noch etwas Xanax zum Schlafen?«

Ilaria schüttelt den Kopf.

»Leider habe ich keinen Kamillentee, aber vielleicht ist noch eine Zitrone im Kühlschrank.« Unbeholfen läuft Besana zwischen Kochecke und aufgeklapptem Schlafsofa, das fast das gesamte Wohnzimmer einnimmt, auf und ab wie ein Tier im Käfig. »Ich kann im Topf Wasser heiß machen und ein paar Spritzer Zitrone reintun«, schlägt er vor, inzwischen aufgeregter als sie, »und das Ganze mit einem Schuss Wodka strecken.«

Ilaria hebt den Kopf, sieht ihn an und bekommt einen Lachanfall.

»Mit Wodka strecken?«

Beschämt sieht Besana auf seine Schuhe. Innerhalb von Minuten ist er auf den Fall Piatti gekommen, aber er schafft es nicht, ein mitfühlendes Wort zu Ilaria zu sagen, wenn sie über ihre Mutter spricht.

»Wissen Sie, heute habe ich entdeckt, dass es ein Gefühl gibt, das stärker ist als Kummer«, sagt Ilaria.

Besana rührt sich nicht, er hat einen Kloß im Hals.

»Angst«, fährt sie fort. »Ich habe festgestellt, dass Angst noch stärker ist. Aber …«

»Aber?«

»Aber sie hält nicht so lange an. Sie geht irgendwann vorbei.«

Besana lächelt matt, aber er ist erleichtert. Gibt Ilaria ihm da die Möglichkeit, einem Gespräch auszuweichen, für das er sich nicht gewappnet fühlt?

»Sie geht vorbei, wenn du merkst, dass du nicht tot bist«, setzt sie hinzu, »oder weil du stirbst.«

Besana schweigt betreten. Er ist den Anblick von Leichen gewöhnt, nicht aber, über den Tod zu sprechen. Doch Ilaria redet im Grunde vor allem mit sich selbst.

»Entschuldigen Sie, ich hab mich nur heute den ganzen Abend gefragt, ob meine Mutter Angst hatte«, sagt sie. »Ich gehe jetzt ins Bett.«

21. Dezember

Als das Zweiergespann bei der Zeitung aufkreuzt, wird sofort albern gekichert, und manch einer dichtet ihnen schon eine Beziehung an. Die Kollegen ziehen Besana auf. Jaja, die Praktikantinnen … Sie tuscheln untereinander – »Wisst ihr noch, die Lizzy?« –, biegen sich vor Lachen – »Ja, die war aber auch ein heißer Feger!«, worauf eine Reihe obszöner Bemerkungen folgt – »Ausgerechnet die Piatti …«

Der Ressortleiter dagegen ist hocherfreut, denn keines der Konkurrenzblätter hatte einen Reporter am Tatort – *dieses* Falls, wohlgemerkt! In der nächsten Ausgabe werden sie eine komplette Doppelseite über das Monster von Bottanuco bringen.

»Wir sind eben ein gutes Team«, sagt Besana.

»Gratuliere«, lobt Roberto. »Hängt euch an den Tatverdächtigen ran. Wir müssen alles über ihn rauskriegen, bevor er verhaftet wird und sich die ganze Presse auf ihn stürzt.«

»In Ordnung.«

»Und nehmt euch diese alte Geschichte mit Verzeni

vor, stellt die Parallele zum Serienmörder des neunzehnten Jahrhunderts heraus. Die Leser lieben so was.«

»Kein Problem, die Piatti weiß alles über ihn«, entgegnet Besana.

»Ich sag dem Bildredakteur, er soll was zu Verzeni und Lombroso heraussuchen.«

»Sehr gut.«

Während Ilaria sich an Besanas Schreibtisch einrichtet, wird sie von allen Seiten beobachtet. Vor allem von der neuen Praktikantin, die sich vor ihrer Rückkehr gefürchtet hat. Aber Besana will nicht in der Redaktion bleiben, er hasst den Klüngel dort. Seit er Berichterstatter ist – was leider nicht mehr lange der Fall sein wird –, kann er überall schreiben. Für ihn gibt es keine Anwesenheitspflicht.

»Gehen wir«, sagt er also zu Ilaria. »Am Tablet kann man besser arbeiten, wir müssen nur ein Lokal mit WiFi finden. Ich hab Appetit auf Rührei.«

Ilaria bestellt einen Hamburger, doch als sie ihn in die Hand nimmt, flutscht die Bulette aus dem Brötchen und fliegt wie eine Frisbeescheibe gegen das Fenster des Restaurants. Besana lacht und begutachtet den Ketchupfleck auf der Scheibe, der aussieht wie Blut.

»So was bringen nur Sie fertig, Piatti.«

Nach dem Essen verteilen sie die Aufgaben. Ilaria wird einen Text über Verzeni verfassen, Besana über das Auffinden der Leiche berichten.

»Mal sehen, wer schneller ist«, fordert Besana sie heraus.

»Die Wette gilt.«

Stumm machen sie sich an die Arbeit, tippen flink auf die Tasten ein. Nach einer halben Stunde ruft Ilaria: »Erste!«

»Verdammt«, ärgert sich Besana. »Mir fehlen noch dreihundert Zeichen. Fast hätte ich es geschafft.«

Der kleine Wettstreit hat ihnen einen freien Nachmittag beschert. Sie schicken ihre Artikel an Roberto, der seinen Augen nicht traut. Für gewöhnlich reicht Besana seine Texte immer so spät am Abend ein, dass Roberto die Redaktion zusammen mit den Pförtnern verlassen muss, wenn bereits die Putzfrau die leeren Flure schrubbt.

»Was machen wir jetzt, Piatti? Kino?«

»Das haben wir uns verdient. Schleppen Sie mich nur nicht in einen Thriller, sonst muss ich heute Nacht wieder auf Ihrem Sofa schlafen.«

In diesem Moment fällt Besanas Blick auf den laufenden Fernseher über der Kasse. Er erkennt Luca Milesi, der gerade in einer Nachmittagstalkshow über die Bluttaten von Bottanuco redet.

»Mieses Arschloch«, flucht Besana und schlägt mit der Faust auf den Tisch. »Er benutzt unsere Artikel und erwähnt uns nicht mal, als wäre alles auf seinem Mist gewachsen.«

»Will er uns den Fall wegnehmen?«

»Das wird Roberto nicht zulassen, er ist ein anständiger Junge. Außerdem ist Milesi gar nicht in der Lage, selbst einen Scoop zu finden. Dazu fehlen ihm der Spürsinn und die nötige Geduld. Und er ist viel zu sehr damit beschäftigt, seine Visage in die Kamera zu halten.«

»Was ist mit Ihnen? Gehen Sie nie ins Fernsehen?«

»Leute wie ich werden nicht eingeladen, Piattola. Es interessiert mich auch gar nicht, ich habe mehr Spaß am Nachforschen.«

»Können Sie nicht mal aufhören, Piattola zu mir zu sagen? Wir sind doch jetzt Freunde.«

»Wie kommen Sie darauf, dass wir Freunde sind?«

Aber sie lächelt nur, inzwischen kennt sie ihn.

»Ich frage mich immer noch, warum er ausgerechnet Verzeni kopiert«, sagt Ilaria.

»Das frage ich mich auch.«

»Und wieso lässt er so leichtsinnig seine DNA-Spuren an den Opfern zurück, als hätte er keine Angst, dass man ihn findet? Auch das ist merkwürdig. Der Täter ist organisiert und rational, jemand mit mittlerer oder höherer Bildung. Er muss sich doch darüber im Klaren sein, dass man von allen Leuten in der Gegend unter irgendeinem Vorwand Speichelproben nehmen wird.«

»Ja, das ist in der Tat seltsam«, stimmt Besana ihr zu.

»Glauben Sie wirklich, dass es Vimercati war?«

»Ehrlich gesagt, nein. Ich denke höchstens, dass dieser Lackaffe etwas mit der Pflegerin seines Schwiegervaters hatte. Haben Sie einen Film ausgesucht?«

»Wie wär's mit diesem koreanischen Film, von dem alle reden?«

»Piatti, ich habe drei Stunden geschlafen. So schwere Kost vertrag ich jetzt nicht.«

»Ihnen passt sowieso nichts von dem, was ich vorschlage. Suchen Sie was aus, das geht schneller.«

»Sie werden ja langsam richtig frech, Piattola.«

24. Dezember

Während ganz Mailand auf der Suche nach den letzten Weihnachtsgeschenken wie aufgescheucht durch die Straßen der Stadt rennt, die, schwer von der Krise gebeutelt, mit Niedrigpreisen lockt, um nicht unterzugehen, haben sich Besana und Piatti in der Sormani-Bibliothek eingeschlossen. Auf dem Tisch vor ihnen ein meterhoher Stapel Bücher.

»Piatti, ich dachte, Sie wüssten alles über Lombroso. Warum haben Sie mich hergeschleift?«

»Das war nur eine kleine Recherche für eine Hausarbeit, keine Diplomarbeit. Wir müssen herausfinden, welche Verbindung es zwischen Verzeni und unserem Mörder geben könnte.«

»Sie verlangen doch wohl nicht von mir, dass ich mit achtundfünfzig wieder studiere.«

»Haben Sie Angst, dass ich Ihnen eine Note gebe?«

Wieder teilen sie sich die Arbeit auf. Besana wird die Prozessakten sichten, während Ilaria Lombrosos Gutachten rekonstruieren soll. Nach ein paar Stunden machen sie eine Pause. Besana klagt bereits über schlimme Rückenschmerzen, und außerdem will er rauchen.

»Und? Was haben Sie herausgefunden?«, fragt Ilaria.

»Wollen Sie prüfen, ob ich meine Hausaufgaben gemacht habe? Dann werde ich Ihnen mal meinen kleinen Aufsatz vorlesen.« Vorerst aber dreht er sich in aller Ruhe eine Zigarette, Filter und Blättchen in der einen Hand, während er mit der anderen sorgfältig den Tabak verteilt.

»Lassen Sie hören«, sagt Ilaria ungeduldig, wobei sie sich in die Hände haucht. Dass Besana aber auch bei dieser Kälte rauchen muss.

»Vincenzo Verzeni wird am 10. Januar 1872 auf Anordnung des Untersuchungsrichters von Bergamo verhaftet.« Zufrieden nimmt Besana seinen ersten Zug, während er die Notizen von seinem Handy abliest. »Zuvor war im Zusammenhang mit dem Mord an Elisabetta Pagnoncelli ein anderer Bauer aus Suisio festgehalten worden, der jedoch für die Tatzeit ein Alibi hatte. Der Prozess wird ein Jahr später eröffnet, am 26. März 1873, beim Schwurgericht in Bergamo. Neben dem Mord an Pagnoncelli wird Verzeni außerdem des Mordes an Giovanna Motta und des versuchten Mordes an seiner Cousine, Marianna Verzeni, angeklagt.«

Um nicht alles mühsam abschreiben zu müssen, hat Besana mit dem Handy ein paar Seiten abfotografiert.

»Wissen Sie nicht, dass man für digitale Reproduktionen eine Erlaubnis braucht?«

»Wen interessiert das, Piattola? Hat doch keiner gemerkt. Lassen Sie mich weitermachen.«

»Entschuldigung.«

»Wir waren beim Prozess stehen geblieben.«

Besana hat schon die Nase voll von der Bibliothek, also schlägt er Ilaria vor, einen Happen essen zu gehen. Erst jetzt fällt ihm ein, dass Heiligabend ist und das Mädchen vielleicht wie alle anderen auch Pläne hat.

»Fliegen Sie über die Feiertage nicht zu Ihrer Tante nach New York?«

»Ich habe kein Geld für den Flug«, erwidert Ilaria, während sie mit einem Zahnstocher Löcher in ihr Papiertischset bohrt. »Ehrlich gesagt hat meine Tante mir Geld für den Flug geschickt, aber ich habe davon die Miete gezahlt. Außerdem möchte ich lieber hierbleiben und weiterarbeiten. Ich kann mir keinen Job als Kellnerin suchen, ich muss doch frei sein, um mit Ihnen nach Bergamo zu fahren.«

Besana beißt sich auf die Lippe.

»Gute Entscheidung, Piatti. Ich brauche Sie hier tatsächlich.«

Ilaria lächelt, es bedarf nicht viel, um sie zum Strahlen zu bringen. Ihr genügt es schon, zu wissen, dass sie gebraucht wird.

»Und Sie? Sehen Sie Ihren Sohn?«

»Nein. Ich werde alleine bleiben.«

»Warum?«

»Weil er mit seiner Mutter weggefahren ist«, antwortet Besana mit einem verlegenen Lächeln.

»Verstehen Sie sich gut mit ihm?«

»Nicht besonders. Jacopo ist überzeugt, dass die Trennung allein meine Schuld ist. Womit er zum Teil recht hat. Ich war sehr verliebt in meine Frau, aber ich habe nur mit dem Schwanz gedacht. Irgendwann war sie es leid und hat mich wegen eines anderen verlassen.«

»Sind Sie noch immer verliebt in sie?«

Besana ist dankbar, dass sie ihn nicht fragt, ob er noch immer mit dem Schwanz denkt.

»Leider ja«, sagt er und nimmt einen großen Schluck Bier.

»Und Ihre Eltern? Haben Sie keine Eltern mehr?«

»Die sind vor einer Ewigkeit gestorben.«

»Wie gut, dass es die Arbeit gibt, nicht? Das sage ich mir immer wieder. Zum Glück habe ich Arbeit.«

Besana tätschelt ihr den Kopf. In Wirklichkeit hat sie nicht einmal Arbeit, denn ihr Praktikum ist offiziell zu Ende. Und ein paar Artikel mit ihm zu schreiben, wird daran nichts Grundlegendes ändern.

»Sehr gut«, sagt er schließlich. »Das heißt, wir werden auch morgen arbeiten. Können Sie kochen, Piatti?«

»Nein, ich kann gar nichts«, erwidert sie und schlägt die Augen nieder.

»Das dachte ich mir. Ich wollte Sie nur ärgern.« Er zwinkert ihr zur. »Ich hasse Weihnachtsessen.«

25. Dezember

Am Morgen des ersten Weihnachtstages ruft Ilaria Besana um achtzehn Minuten nach sieben an. Er knurrt ins Telefon.

»Ich hab die ganze Nacht gelesen«, beginnt Ilaria, »wann treffen wir uns?«

Besana tastet auf dem Nachttisch nach dem Wecker und schaut aufs Display.

»Kann man nicht mal am Weihnachtsmorgen ausschlafen?«

»Entschuldigung. Ich dachte, Sie wollten arbeiten. Frohe Weihnachten, übrigens. Auch von meiner Tante. Wissen Sie, sie findet Sie trotz allem sympathisch.«

Schweigen. Gähnen.

»So viele Worte, Piattola. Hundertfünfundzwanzig Zeichen ungefähr, einschließlich Leerzeichen. Viel zu viel. Verdammt noch mal, ich bin gerade erst wach geworden. Kommen Sie in einer Stunde«, und damit legt er auf.

Eine Stunde später steht Ilaria mit einem Pandoro aus dem Supermarkt und einem Päckchen Kaffee vor der Tür.

»Mögen Sie Pandoro etwa auch nicht?«

»Doch, nur Panettone mag ich nicht. Ah, Kaffee, gute Idee. Hoffentlich finde ich den Espressokocher wieder.«

Dann mustert er Ilaria. Sie ist von Kopf bis Fuß in Rot, Strümpfe inbegriffen. Er seufzt.

»Frohe Weihnachten, Piatti. Sie sind heute ein bisschen grell, aber ich werde es wohl überleben.«

Ilaria durchsucht die Küchenschränke und findet sofort das achteckige Unterteil und auch das Oberteil der Kanne, aber der Filtertrichter fehlt. Wer weiß, wo der abgeblieben ist. Indessen hat sie bereits begonnen, Besana von ihren Überlegungen zu berichten.

»Die große Frage ist, steckt man Verzeni ins Gefängnis oder in eine forensische Nervenheilanstalt? Im Rahmen der Ermittlungen werden zwei Sachverständige herangezogen. Einer für die Anklage, einer für die Verteidigung. Da ist ja der Filter!«

Aus unerfindlichen Gründen war er in einer Keksdose gelandet. Ilaria befüllt ihn mit Kaffeepulver.

»Der Sachverständige der Verteidigung ist Cesare Lombroso, der Verzeni gleich als Erstes in die Untersuchungsräume der Nervenheilanstalt bringen lässt, um anthropometrische Messungen vorzunehmen.« Piatti schaltet den Herd ein und nimmt dann ihr Tablet zur Hand, um ihre Notizen nachzulesen. »Dazu beginnt er mit dem Schädel. Er lässt ihn rasieren und entdeckt sofort, dass der linke Stirnhöcker ausgeprägter ist als der rechte. Darüber hinaus bemerkt er eine knöcherne Wulst, die sich von der rechten Augenbraue bis ans obere Ende der Stirn hinaufzieht. Eine Besonderheit, wie man sie, so schreibt er, bei Wilden findet. Auch ist das linke Ohr länger und breiter als das rechte, die Wangenknochen sind vergrößert, der Unterkiefer außergewöhnlich ausgeprägt und die oberen Eckzähne vergleichsweise spitz. Darüber hinaus schielt Verzeni leicht. Lombroso vernachlässigt auch die Genitalien nicht.«

Während Besana zuhört, versucht er, eine Espressotasse sauber zu bekommen, an der der Schmutz von Jahrhunderten klebt.

»Hören Sie sich das an«, fährt Ilaria fort. »*Gut entwickelter Penis in Form eines Flötenmundstücks; Vorhaut leicht gerötet, ohne Vorhautbändchen, was auf Gebrauch und auch Missbrauch des Organs hindeutet.* Was sagen Sie dazu?«

»Na ja, das scheint mir für die Ermittlung ausgesprochen hilfreich«, erwidert Besana. »Jetzt, wo wir wissen, wie Verzenis Schwanz aussah, brauchen wir nur nach einem ähnlichen zu suchen. Was meinen Sie?«

Ilaria lacht: »Schon gut, machen wir weiter.«

»Was die familiäre Vorbelastung angeht, hatte Verzeni zwei Onkel, die unter Kretinismus litten, doch weder bei den Großeltern noch bei den Eltern waren besondere Erkrankungen bekannt. Lediglich der Vater erkrankte an der in jenen Gebieten verbreiteten Pellagra, allerdings an einer milden Form. Im Hause Verzeni wird hart gearbeitet, doch es herrscht ein bescheidener Wohlstand, an Essen fehlt es nie. Sie gehören nicht zu den armen Leuten, die sich ausschließlich von Polenta ernähren und sich so die Pellagra einfangen. Nur einmal, einige Jahre zuvor, hatte Verzeni, wie aus den Akten hervorgeht, verdorbene Maispolenta gegessen.«

»Was die entscheidende Wende bringt.« Besana seufzt.

»Schon gut, ich komme ja jetzt zum Punkt. Sprich, zu Lombrosos Gutachten. Lombroso schließt eine völlige Unzurechnungsfähigkeit wegen Geisteskrankheit aus.

Aber er erkennt eine verminderte Schuldfähigkeit an, zumindest, was den letzten Teil der Tat angeht. Und tatsächlich rettet Lombrosos Gutachten Verzeni das Leben: Am 9. April 1873 verurteilen ihn die Geschworenen mit nur einer einzigen Gegenstimme nicht zum Tode, sondern zu lebenslanger Zwangsarbeit, die in der forensischen Nervenheilanstalt abzuleisten ist.«

»Vielleicht wäre die Todesstrafe das kleinere Übel gewesen«, stellt Besana fest. »In Nervenheilanstalten ging es damals grauenhaft zu.«

Ilaria gießt den Kaffee ein. Dann packt sie den Pandoro aus und verziert ihn mit Puderzucker.

»Warum schauen wir uns nicht mal an, was aus dieser forensischen Nervenheilanstalt geworden ist? Sie ist hier in Mailand, auf dem Corso XXII Marzo. Was halten Sie davon?«

»Am ersten Weihnachtstag? Piattola, Sie sind ja auch verrückt.«

19. März–9. April 1873

Giacomo Caccia schreibt seit einigen Jahren für *LA PROVINCIA*, die Gazette von Bergamo. Er hat gleich nach seinem Jurastudium in Mailand dort angefangen. Seine Eltern hatten darauf gehofft, dass er Anwalt werden würde, doch er hat seinen eigenen Kopf. Er will ein berühmter Journalist werden. Und heute, am 19. März 1873, ist es so weit, denn man vertraut ihm den Jahrhundertprozess an. Seit Monaten wird über den Fall diskutiert, der *Frauenwürger* (so wird er in der Stadt genannt) ist in aller Munde. Die Erwartungen sind also hoch. Doch wenn er sie erfüllt, werden die Menschen an seinen Lippen hängen.

Caccia genießt die Vorfreude. »Nächste Woche wird im Schwurgericht in Bergamo ein Verfahren eröffnet, das in die Annalen der Justiz eingehen wird«, schreibt er. »Wir versprechen unseren Lesern, dass wir den Prozess genauestens verfolgen und jeden Tag zuverlässig Bericht erstatten werden.«

Es ist ein kluger Zug, und er soll belohnt werden. Menschen halten ihn auf der Straße an, um ihn nach Einzelheiten zu fragen, die Damen laden ihn in ihre Salons ein, und die Auflage der Zeitung verdoppelt sich. Für Caccia wird Vincenzo Verzeni den Beginn einer großen Karriere markieren, die nur eine Richtung kennt – bergauf.

Gerichtsverhandlung vom 26. März 1873. Giacomo sitzt mit Notizbuch und gezücktem Stift in der ersten Reihe. »Auf der Anklagebank sehen wir den zweiundzwanzigjährigen Vincenzo Verzeni aus Bottanuco. Verzeni ist ein junger Mann mit regelmäßigen Gesichtszügen, blonden Haaren und ebenfalls blondem Schnurrbart, von blühendem Äußeren und, man könnte fast sagen, freundlicher Erscheinung, wären da nicht dieser etwas finstere Ausdruck und der leichte Silberblick. Die Kleidung ist die eines vermögenden Bauern. Er lässt keinerlei Gefühlsregung erkennen.«

Der Gerichtssaal ist gut gefüllt, was bedeutet, dass der Fall auf Interesse stößt. Die Geschworenen werden ernannt. Der Generalstaatsanwalt, Cavalier Quintavalle, verliest als öffentlicher Ankläger die Anklageschrift.

»Vincenzo Verzeni, zweiundzwanzig Jahre alt, wird des versuchten Mordes an seiner Cousine Marianna Verzeni beschuldigt, mit dem erschwerenden Umstand, ohne Motiv gehandelt zu haben, Straftat nach Artikel 96, 522, 533 Absatz 2 des Strafgesetzbuches.« Raunen im Saal. »Des Mordes an Giovanna Motta, ohne offensichtliches Motiv, Straftat nach Artikel 522, 533 Absatz 2 des Strafgesetzbuches.« Wieder erhebt sich Stimmengewirr. »Des Mordes an Elisabetta Pagnoncelli, mit dem erschwerenden Umstand des Vorsatzes und des fehlenden Motivs, Straftat nach Artikel 522, 526, 528, 531, 533 Absatz 2 des Strafgesetzbuches.« Inzwischen wird lautstark diskutiert.

Dann beginnt die Anhörung des Angeklagten. »Absolute Stille im Saal«, notiert Giacomo.

»Wie Sie vernommen haben, liegen gegen Sie drei Anklagepunkte vor«, verkündet der Generalstaatsanwalt, »erstens: versuchter Mord an Marianna Verzeni, Ihrer Cousine, am Abend eines Feiertages im Jahr 1868.«

Verzeni ist nervös, irritiert. Er bestreitet seine Schuld. Man kommt zu Motta. Verzeni erklärt, Giovanna Motta, seine Nachbarin, nur vom Sehen gekannt zu haben.

»Haben Sie nie sexuelles Verlangen nach ihr verspürt?«, fragt der Staatsanwalt.

»Nein ... sie war doch noch ein Mädchen«, entgegnet Verzeni.

Im Gefängnis hat er versucht, zwei andere Bauern zu beschuldigen, vor dem Gericht jedoch zieht er die Beschuldigungen zurück. Nun kommt man zum Mordfall Pagnoncelli. Man zeigt ihm das am Tatort aufgefundene Innenfutter eines Hutes, er leugnet, dass es seines ist.

Gerichtsverhandlung vom 29. März 1873. Giacomo Caccia sitzt wieder in der ersten Reihe, das Notizbuch zur Hand. Die neuen Sachverständigen der Verteidigung treten auf: Lombroso und Griffini. »Es werden Berichte verlesen über Verzenis Schuhe und über den Zustand seines rechten Beines«, schreibt Giacomo, »welches eine Fehlstellung der Art hat, dass Verzeni nicht gerade laufen kann und beträchtlich humpelt.« Cesare Lombroso bittet darum, den Kopf des Angeklagten rasieren zu dürfen, um die kraniometrischen Messungen durchführen zu können, doch der Staatsanwalt weist den Antrag ab mit der Begründung, die Zeugen könnten den Angeklagten dann nicht mehr erkennen. Ferner wird angeordnet, dass der Angeklagte »in einer geschlossenen Kutsche« transportiert und von einer »großen Eskorte von Carabinieri«, begleitet wird, da er auf dem Weg vom Gefängnis ins Gericht von der Menge bedroht worden war.

Gerichtsverhandlung vom 31. März 1873. Die Zeugen werden angehört, darunter die Mutter von Marianna Verzeni. Sie gibt an, den Vorfall nicht früher zur Anzeige gebracht zu haben, weil sie überzeugt gewesen sei, die Schreie ihrer Tochter hätten von »Würmern« hergerührt. Giacomo, der stets die Reaktionen des Publikums im Blick hat, notiert: »Heiterkeit im Saal.«

Der Richter aber findet es überhaupt nicht lustig. »Sie haben also allen Ernstes geglaubt, die Würmer wären aus Ihrer Tochter herausgekrochen und hätten die Kratzspuren am Hals verursacht?« Die Zeugin lacht. »Ach, Euer Ehren, über so was denkt man doch nicht groß nach«, sagt sie. »Nu ja, ich bin halt gleich los, hab Kohle mit Knoblauch zerrieben und der Marianna gegen die Würmer zu trinken gegeben.«

Dann wird Mariannas Vater aufgerufen. Er sagt aus, er habe der Sache keine Bedeutung beigemessen, weil er dazu keinen Anlass gesehen habe. »Vincenzo war ein tüchtiger Junge, er hat geschuftet wie ein Tier«, sagt er. »Der hat doch keiner Fliege was zuleide getan.« Und er erzählt, dass Verzeni aus einer Familie kommt, die ihm nie auch nur einen Heller gegeben hat, die ihn lieber Erde hat essen lassen statt Polenta, nur um Geld zu sparen, das waren Leute, sagt er, die »den lieben langen Tag nur darüber stritten, wer wem was schuldig war, und die alles zu Geld gemacht haben, was nicht niet- und nagelfest war«. Der Saal brodelt, es wird lauthals gelacht. Der Berichterstatter schreibt: (Heiterkeit). Genau so, in Klammern.

Gerichtsverhandlung vom 1. April 1873. Die Spannung steigt. Jetzt werden all die Frauen angehört, die Verzeni überfallen hat, ehe er zu morden begann, Signorina Bravi, Signorina Esposito und Signorina Previtali. Alle drei erkennen den Angeklagten wieder. Dann werden Giovanni Battista Ravasio, seine Ehefrau Maria Lecchi und deren neunzehnjähriger Sohn Giò Ravasio angehört und anschließend ein sachkundiger Wäscher, der zur Kleidung der Motta befragt wird. Man will wissen, ob die Kleider gewaschen worden oder aufgrund von Regen oder Schnee nass gewesen seien. Giacomo muss nun gelegentlich gähnen. Streckenweise ist die Verhandlung etwas langweilig. Als jedoch die Zeugen gerufen werden, die von der Auffindung des Leichnams berichten sollen, ist er wieder hellwach. Er sieht sie sich genau an. Einer von ihnen ist ein »ausgesprochen grobschlächtig aussehender« Bauer. Der andere ein Schneider mit »goldgelbem« Gesicht. Es kommen auch zwei junge Mädchen zu Wort, die Verzeni am Tag des Mordes an der Motta in der Nähe des Fundortes gesehen haben. Im

Saal herrscht einen Moment lang Aufregung, weil die beiden ihn vor Gericht nicht wiedererkennen. Der Richter verliert die Geduld und droht, eine der beiden wegen Falschaussage zu bestrafen, worauf diese erschrickt. »Ich bitte Euer Ehren um Verzeihung, ich habe mich geirrt«, sagt sie und erkennt Verzeni sofort wieder.

Gerichtsverhandlung vom 2. April 1873. Die Sachverständigen werden aufgerufen. Als Erstes spricht ein Augenarzt, der den Angeklagten untersucht hat. »Verzeni schielt auf beiden Augen leicht und ist geringgradig kurzsichtig«, schreibt Giacomo. Als er danach gefragt wird, bestreitet Professor Quaglino, dass die an der Netzhaut festgestellten Anomalien »die Ursache für Veränderungen im Nervensystem oder eine Folge davon« sein können. Dann werden der Küster und der Pfarrer von Bottanuco befragt, die Verzenis Alibi bestreiten: Er sei keineswegs in der Kirche gewesen. Interessanter wird es, als zwei ehemalige Verlobte des Angeklagten in den Zeugenstand gerufen werden. Cesare Lombroso befragt Carolina Marchesi. »Worüber hat er mit dir gesprochen? Hat er je über Gewalt geredet?« Die Zeugin verneint, er habe nie über derart »hässliche Dinge« gesprochen, man habe über »Belangloses« geredet. Über die Landarbeit, beispielsweise. Nun will Lombroso wissen, ob Verzeni unter Gemütsschwankungen litt. Carolina schüttelt den Kopf. Sie habe ihn »immer in derselben Gemütsverfassung« erlebt. Er habe sich nie beklagt oder schlecht über jemanden geredet. Sein einziger Fehler war vielleicht, dass er nie Geschenke gemacht habe. »Nur einmal hat er mir eine Schachtel Pralinen geschenkt«, erzählt sie. Carolina Marchesi war jedoch nie mit ihm allein. Verzeni näherte sich ihr bei Festen oder wenn sie am Brunnen

Wasser holte. Es waren also stets andere um sie herum. Jedenfalls habe sie nie etwas Absonderliches an ihm bemerkt. Angela Tasca, die darauffolgende Verlobte, wird zur Verspätung befragt, mit der Verzeni am Tag des Mordes an der Pagnoncelli bei ihr eintraf. Von allen Seiten wird sie mit Fragen bombardiert, vom Richter, von den Sachverständigen, den Anwälten der Verteidigung, aber die Zeugin – »die im Übrigen keine allzu große Intelligenz erkennen lässt«, präzisiert Giacomo – schließt hartnäckig aus, dass Verzeni einen »merkwürdigen, perversen oder anstößigen« (im Sinne von dreisten oder unverschämten) Charakter habe. Bei der dummen Gans ist nichts zu holen. Alle sind erschöpft. Die Verhandlung wird geschlossen.

Gerichtsverhandlung vom 3. April 1873. Giacomo blickt sich zufrieden um. »Der Saal ist wie üblich zum Bersten gefüllt, unter den Zuschauern sind auch viele Frauen«, schreibt er. Der Chefredakteur hat ihm gesagt, dass sich die Auflage verdoppelt hat. Die Leute reißen sich um die Zeitung.

Der Gerichtsvorsitzende gibt einem Antrag der Verteidigung statt und lässt einen Arztbericht der Nervenheilanstalt von Astino vorlesen, der die Zeugin Maria Previtali betrifft. Der Bericht bestätigt, dass die Zeugin erst kürzlich aus ebendieser Heilanstalt entlassen wurde, und gibt einen umfassenden Überblick über den Geisteszustand der Patientin. Damit ist die Zeugin diskreditiert. Cesare Lombroso ist zufrieden. Die Anwälte der Verteidigung schütteln ihm die Hand.

Gerichtsverhandlung vom 4. April 1873. Giacomo dreht sich um und versucht, die Leute zu zählen, aber sie halten einfach nicht still. Wie dem auch sei, es ist der reinste Irrsinn. Der Gerichtssaal ist voller als ein Theater.

Nun wird der Lehrer von Bottanuco angehört, dann ein paar Stadträte und einige Freunde von Verzeni. Lombroso versucht verzweifelt zu beweisen, dass es in der Familie des Angeklagten Fälle von Geisteskrankheit gegeben habe, die möglicherweise mit der Pellagra zusammenhängen. Dann werden Gefängnisinsassen angehört, Zellengenossen von Verzeni. Davide Polli behauptet, Verzeni habe ihm gesagt, wenn man eine Frau nehmen wolle, solle man sie am besten am Genick packen, und dass es ihn bereits errege, wenn er nur eine Frauenstimme höre. Doch die anderen beiden können sich an keinerlei »krankhaftes Verhalten« erinnern. Dann wird der Gefängnisdirektor aufgerufen. Er bestätigt Verzenis Erregung, wenn er eine Frauenstimme hörte, und er erinnert sich auch daran, dass er gezittert habe, bevor er mit einem Anwalt oder dem Richter sprach. Aber ansonsten hat er nichts hinzuzufügen.

Gerichtsverhandlung vom 5. April 1873. »Der Saal ist immer randvoll mit Zuschauern, darunter auch viele Zivilpersonen«, notiert er. Giacomo Caccia ist ein glücklicher Mann. Inzwischen hat er eine Gehaltserhöhung bekommen. Und der Chefredakteur hat ihn gelobt. Ganz Bergamo spricht von dem Prozess. Aber er darf sich nicht ablenken lassen, er muss sich auf sein Notizbuch konzentrieren und so viel wie möglich mitschreiben.

Jetzt wird ein Wärter des Sant'Agata-Gefängnisses befragt. Er arbeitet im Nachtdienst und hat Verzeni stets ruhig schlafen sehen. Er räumt jedoch ein, dass Verzenis Blick eines »wilden Tieres« ihn erschreckt habe. Dann kommen Sachverständige zu Wort, doch Giacomo wird allmählich müde. Er schläft dieser Tage kaum. Seine Verlobte beklagt sich, weil sie sich wegen des Prozesses gar nicht mehr sehen. Während also die Sachverständigen reden, schreibt er ihr einen Brief. Die Verteidigung erhält die Erlaubnis, den Kopf des Angeklagten für die kraniometrische Untersuchung zu rasieren.

Gerichtsverhandlung vom 7. April 1873. Der völlig kahl geschorene Verzeni tut einem fast ein wenig leid. Mit sorgenvollem Blick hört er stumm zu. Es spricht, auch im Namen der anderen sechs, einer der Sachverständigen der öffentlichen Anklage, Dottor Manzini. Er hält ein Blatt Papier in der Hand: das Urteil über den Geisteszustand des Angeklagten. Seine Ausführungen sind lang, aber die Schlussfolgerung ist simpel. Verzeni ist geistig klar und kaltblütig, er verdient die Todesstrafe.

Gerichtsverhandlung vom 9. April 1873. Die Spannung ist auf dem Höhepunkt. Die Verteidigung hat das Wort. Giacomo blickt sich um. Alles scheint den Atem anzuhalten.

Als Erstes spricht Griffini, danach ist Lombroso an der Reihe. Sie sind einerseits mit dem Kollegen einer Meinung, fechten die psychologische Untersuchung der Sachverständigen der Anklage nicht an. Aber sie fordern eine Strafmilderung. Lombroso zufolge war Verzeni »im vollen Umfang schuldfähig zu Beginn der Tat, jedoch nicht vollumfänglich im Delirium während der Tat«.

Doch der Verteidigung gelingt es nicht, stichhaltig darzulegen, dass die Pellagra einen entscheidenden Einfluss auf den Wahnsinn des Angeklagten hatte. Die Sachverständigen werden entlassen. Die Geschworenen ziehen sich zur Beratung zurück. Um fünf Uhr nachmittags am 9. April 1873 steht das Urteil fest. Es war eine schwierige Entscheidung, der lange Diskussionen und Streitgespräche vorausgegangen sind und die mit nur einer einzigen

Gegenstimme durchgesetzt wurde. Als die Geschworenen in den Saal zurückkehren, erheben sich alle, doch es ist so still, dass man nur das Geräusch der Stühle vernimmt. Giacomo beißt sich auf die Lippe, während er auf die Urteilsverkündung wartet. Im Grunde empfindet er Mitleid mit dem Angeklagten, auch wenn er diese Frauen auf so grausame Weise ermordet hat. Mit gesenktem Blick sitzt Verzeni da, man sieht nur seinen glänzenden, kahl geschorenen Schädel.

Aus den Augen der Leute spricht eine Grausamkeit, die fast schlimmer erscheint als die Verzenis, jeder im Saal hofft, dass er zum Tode verurteilt wird. Cesare Lombroso sieht in die Gesichter der Geschworenen, eines nach dem anderen, versucht, das Urteil zu erraten. Da bittet der Vorsitzende um Ruhe. Giacomo hält den Atem an. Der Prozess, der sein Leben verändern wird, geht zu Ende. Noch weiß er es nicht, aber er wird nach Mailand gehen und dort über viele wichtige Dinge schreiben, nicht mehr über verrückte Bauern, die Frauen abschlachten.

»Im Einklang mit dem Urteil der Geschworenen verurteilt das Schwurgericht Vincenzo Verzeni zu lebenslanger Zwangsarbeit.«

25. Dezember

Die feiertägliche Ruhe wird noch verstärkt durch die Stille, die der Schnee mit sich bringt. Nur wenige Autos fahren durch die Straßen, und es sind kaum Menschen unterwegs. Besana und Piatti können ihre eigenen Schritte hören.

»Da, das ist die Kirche, Chiesa del Preziosissimo Sangue«, sagt Ilaria.

»*Kostbares Blut*, wie passend«, bemerkt Besana.

Sie nehmen die moderne und schmucklose Fassade in Augenschein. Vom Tor aus können sie einen Blick auf die ehemalige Nervenheilanstalt für Straftäter erhaschen, deren hohe Fenster vergittert sind.

Sie betreten die Kirche. Die Weihnachtsmesse ist vorüber, das Kirchenschiff dunkel und leer. Über dem Altar hängt ein riesiges Bronzekruzifix, um das sich wie wütende Dämonen Engel scharen, und mittendrin Christus, der sich windet, als wolle er der Folter entgehen.

»Was für ein beunruhigender Ort.« Eingeschüchtert drängt Ilaria sich dicht an Besana.

Dann zuckt sie erschrocken zusammen, denn urplötzlich taucht vor ihnen aus dem Oratorium ein junger Pfarrer mit langem glattem und in der Mitte gescheiteltem Haar und dünnem Schnurrbart auf, dessen massiger Körper in einem schwarzen Gewand steckt. Er scheint finster dreinzublicken, aber vielleicht liegt das auch nur an seinem leichten Schielen.

»Die nächste Messe ist um sieben«, sagt er.

Besana erklärt ihm, dass sie ein Buch über Vincenzo Verzeni schreiben und sich gern die ehemalige Nervenheilanstalt ansehen würden.

»Es wurde alles umgebaut, nur die Säulen und Kuppeln sind noch original erhalten. Und die hohen Fenster. Aber kommen Sie ruhig.« Der Pfarrer geht ihnen voran in den hinteren Teil der Kirche.

Während sie durch einen langen dunklen Korridor marschieren, in dem sich früher vermutlich ein Bett ans andere reihte, beginnt der Pfarrer mit seinen Erläuterungen.

»La Senavra wurde Ende des achtzehnten Jahrhunderts auf Wunsch Kaiser Josefs II. von Österreich zur größten Nervenheilanstalt Mailands ausgebaut«, erklärt er und setzt hinzu: »Sie wurde zu einer wahrhaftigen Vorhölle, in der, isoliert von der Gesellschaft und unter fürchterlichen Bedingungen, die unterschiedlichsten Kategorien von Geisteskranken dahinvegetierten: *Erleuchtete, Besessene* und *Fallsüchtige*, also Epileptiker. Und die Zahl der Patienten nahm stetig zu: Lag sie zwischen 1804 und 1823 noch im Schnitt bei vierhundert, erreichte sie gegen Mitte des Jahrhunderts schon fünfhundert und mehr.«

Er bleibt stehen, als erwarte er eine Reaktion. Besana begnügt sich mit einem kleinen Nicken.

»Die *Therapien* variierten je nach Schweregrad der geistigen Störung«, fährt der Pfarrer fort. »Die friedfertigen Verrückten wurden von Krankenpflegern in Grüppchen auf Ausflüge in die ländliche Umgebung geführt, wobei auch Besuche auf Bauernhöfen auf dem Programm standen – Sie können sich die Begeisterung der Bauern sicher vorstellen. Doch auch intern waren verschiedenste Beschäftigungen vorgesehen: weben, Strohmatten flechten, Schuhe oder Kleidung für Ärzte und Krankenschwestern fertigen. Andere bestellten den Garten, putzten oder halfen in Küche oder Lager, manch einer wurde sogar als Buchhalter eingesetzt. Die Frauen sponnen, nähten, klöppelten und so weiter. Den anderen aber, den rasenden oder gefährlichen Irren, wurde eine weitaus weniger freundliche Behandlung zuteil.«

Der Pfarrer dreht sich noch einmal um, hebt die Augenbrauen und zwinkert sadistisch. Er humpelt deutlich, und sein merkwürdiger Gang verleiht der Besichtigungstour eine noch beunruhigendere Note.

»Verzeni wurde zu den anderen Mördern und Vampiren (außer ihm saß auch ein Metzger ein, der das Blut seiner Opfer getrunken hatte) in den Hochsicherheitstrakt gesperrt. Wochen- und monatelang stellte man alles Mögliche mit ihm an. Malträtierte ihn mit glühenden Eisen, sperrte ihn in dunkle Einzelzellen, unterzog ihn Elektroschocks, verabreichte ihm hohe Bromiddosen unter dem Vorwand, man müsse die Hitzköpfe beruhigen. Großer Beliebtheit erfreute sich die sogenannte Hydrotherapie: kalte Duschen mit so kräftigem Strahl, dass sie umgangssprachlich auch als flüssige Stockschläge bekannt waren, oder man band die Verurteilten auf einer Holzpritsche fest und kippte Kübel mit Eiswasser über ihnen aus. Und wenn das immer noch nicht reichte, gab es raffiniertere Foltermethoden, vom Schleuderstuhl über Blutegel bis hin zum Auspeitschen der Genitalien mit Brennnesseln, was man für ein probates Mittel bei Onanisten und Sexualstraftätern hielt. Da kann man gut verstehen, dass sich Verzeni nach drei, vier Monaten solcher *Kuren* lieber aufgehängt hat.«

»Was? Er hat sich erhängt?«, fragt Besana und wirft Piatti einen Blick zu. Die nickt. Sie hat vergessen, ihn über dieses Detail zu unterrichten.

»Oh ja«, fährt der Pfarrer zufrieden fort. »Vielleicht ist ja wirklich er der Geist, der hier umgehen soll, der Alte von der Senavra. Man erkennt ihn am Geräusch seines Pferdefußes. Um ihn loszuwerden, muss man ihm eine Münze hinwerfen.«

Besana und Piatti tauschen erneut einen vielsagenden Blick. Sie sind an einen verrückten Priester geraten.

Da taucht eine Frau mit schwarzem Pagenkopf auf, die sich ihnen rasch nähert.

»Kann ich Ihnen helfen?«

»Nein, danke. Wir wollten nur das Oratorium sehen. Der Pfarrer hat uns schon alles gezeigt, Padre ...« Jetzt erst bemerkt Besana, dass ihr Führer verschwunden ist.

»Welcher Pfarrer? Das kann gar nicht sein«, sagt die Frau. »Der Pfarrer ist unterwegs, und Padre Luigi begleitet ihn. Außer mir ist niemand da.«

»Doch, doch, ein junger Priester, mit langen Haaren und einem leichten Silberblick«, insistiert Besana.

»Und er humpelt«, fügt Piatti hinzu.

»Der Pfarrer hat weißes Haar und Padre Luigi eine Glatze. Und keiner von ihnen hat einen Gehfehler. Vielleicht war der Mann, von dem sie reden, kein Pfarrer«, sagt die Frau und sieht sie misstrauisch an.

»Wie dem auch sei, wir wollen nicht länger stören.« Besana packt Ilaria am Arm. »Also, nochmals vielen Dank.«

25. Dezember

Nach dem kleinen Ausflug ins Irrenhaus lädt Besana Ilaria ins Restaurant ein.

»Schließlich haben wir uns noch gar kein Weihnachtsessen gegönnt.«

»Ich dachte, Sie hassen so was.«

»Die Mittagessen. Weihnachtsabendessen mag ich, vor allem in guten Restaurants. Ich hab Heißhunger auf ein Kotelett mit Bratkartoffeln.«

Besana entscheidet sich für sein Stammlokal in der Nähe der Zeitung, wo er sich zu Hause fühlt. Sofort ordert er die übliche Vorspeise aus Puntarelle, Büffelmozzarella, Parmaschinken und Rosmarinfocaccia. Natürlich mit einer guten Flasche Pinot Noir. Ilaria bestellt als Hauptgericht ein Risotto alla Milanese und er das berühmte Kotelett, von dem er schon den ganzen Nachmittag geträumt hat.

»Frohe Weihnachten, Piattola.«

»Danke, Ihnen auch. Ich hatte seit Jahren nicht mehr so schöne Weihnachten. Wahrscheinlich zuletzt als Kind. Nachdem meine Mutter gestorben war, wurde Weihnachten für mich unerträglich.«

»Das kann ich mir vorstellen.«

»Mein erstes Weihnachten danach habe ich mit ihrem Mörder gefeiert. Damals wusste ich natürlich nicht, dass er ihr Mörder war. Man hatte ihre Leiche noch nicht gefunden, mein Vater schien ebenso ein Opfer zu sein wie ich. Also versuchte ich mit meinen sieben Jahren noch, ihm Mut zu machen. Kopf hoch, Papa, sie ist weggegangen, aber wir kommen auch ohne sie zurecht. So in der Art.«

»Das tut mir leid.«

»Es muss Ihnen nicht leidtun. Betrachten Sie es einfach wie alle anderen Nachrichten auch.«

»In Ihrem Fall geht das nicht.«

»Warum? Dürfen wir nur Mitleid empfinden, wenn wir Angehörige des Opfers oder des Mörders kennen? Nachrichten sind Nachrichten, und zwar für alle.«

Heute Abend will Ilaria sich nicht die Laune verderben lassen, und sie stößt mit Besana an. Sie hat sich einen ganz besonderen Trinkspruch überlegt.

»Auf Vincenzo Verzeni, der uns dabei helfen wird, seinen Nachahmer zu finden«, sagt sie salbungsvoll.

»Piatti, ich fürchte, Sie sind ein bisschen durcheinander. Das ist ein anderer Beruf. Journalisten müssen keine Mörder finden. Dafür sind die Ermittler zuständig.«

Ilaria nimmt sich noch ein zweites Mal von der Vorspeise, heute scheint sie wirklich Hunger zu haben.

»Glauben Sie wirklich, dass Verzeni sich umgebracht hat?«

Besana überlegt einen Moment und studiert dabei die Farbe seines Pinot.

»Vielleicht hatte er gar nicht vor, sich das Leben zu nehmen, vielleicht wollte er sich nur Lust verschaffen.«

»Was meinen Sie damit?«

»In der Fachsprache nennt man so etwas autoerotische Selbststrangulation oder Asphyxiophilie«, erklärt Besana. »Ist verbreiteter, als man denkt. Nur dass es glücklicherweise nicht immer tödlich endet.«

»Wirklich?«

»Ja, es ist eine Sexualpraktik, bei der man zum Orgasmus kommt, indem man sich beim Masturbieren halb stranguliert oder erhängt.«

»Wie in dem Film *Im Reich der Sinne*?«

»Genau. Aber es gibt auch einige reale Fälle, die traurige Berühmtheit erlangt haben. 2009 hat ein Fall für Aufsehen gesorgt, als ein amerikanischer Schauspieler tot in einem Hotel in Bangkok aufgefunden wurde. Man hat ihn im Kleiderschrank gefunden, eine Schnur um den Hals und eine um die Genitalien, und beide Schnüre waren an der Kleiderstange befestigt.«

»Verrückt.«

»Ich hab mich mal mit solchen Fällen beschäftigt, weil ich etwas darüber schreiben wollte. Bei meinen Recherchen bin ich auf eine Studie einer kanadischen Universität gestoßen, der zufolge allein in Amerika jedes Jahr hundertsechzig Menschen an den Folgen extremen Autoerotimus sterben.«

»Unfassbar.«

»Aber wahr. Vor allem alleinstehende Männer sind gefährdet. Die meisten Todesfälle durch unfreiwilliges Erhängen ereignen sich übrigens im Sommer, fragen Sie mich nicht warum. Und Alkohol oder Drogen spielen dabei kaum eine Rolle. Es ist ein ganz bewusstes Spiel mit dem Feuer.«

»Hm, Verzeni erregte es, Frauen zu erdrosseln. Es wäre durchaus möglich, dass er, als er das nicht mehr konnte, tatsächlich versucht hat, sich durch Selbststrangulation Lust zu verschaffen«, folgert Ilaria.

»Viele Serienmörder interessieren sich für diese erotische Variante. Es gab mal einen gewissen ... Herrgott, wie hieß er doch gleich? Scheiße, mein Gedächtnis lässt mich langsam im Stich. Was Namen betrifft, ist es wirklich eine Katastrophe. Ach ja: Gerhard Schaefer, ein Polizist aus Florida. Schaefer entführte junge Anhalterinnen, brachte sie in den Wald und fesselte sie, bis sie erstickten. In unseren Breiten ist vermutlich eher der Name Gianfranco Stevanin ein Begriff. Jedenfalls hat einer der beiden, ich weiß nicht mehr welcher, seine Opfer dabei fotografiert, während sie starben, damit er die Erregung, die er in diesem Moment empfand, beliebig reproduzieren konnte.«

Ilaria sieht ihn bewundernd an.

»Was Sie alles wissen.«

»Ich habe mich mein ganzes Leben mit diesem Dreck beschäftigt.«

27. Dezember

Um fünf Uhr morgens klingelt es bei Ilaria an der Tür. Sie brummt schläfrig, dreht sich auf die andere Seite und schlingt die Arme um das Kissen. Aber wer auch immer da draußen ist, klingelt jetzt Sturm, sodass Ilaria sich schließlich widerwillig erhebt und mit halb geschlossenen Augen in Richtung Tür tapst. Auf halbem Weg schreit sie auf, sie ist mit nackten Zehen gegen das Tischbein gestoßen. Das tut weh.

»Wer ist da?«

»Ich bin's, lassen Sie mich rein.«

»Wie spät ist es denn?«

Ilaria versucht sich das Haar glatt zu streichen, das aufgeplustert ist wie die hochtoupierten Frisuren der Sechziger, nur weniger anmutig. Sie öffnet die Tür und bleibt im Türrahmen stehen, um auf Besana zu warten.

Völlig außer Atem kommt er herein, anscheinend hat er die Treppen im Laufschritt genommen.

»Ziehen Sie sich sofort an. Es hat wieder einen Mord gegeben.«

»Lassen Sie mich wenigstens einen Kaffee trinken«, meutert Ilaria.

Sie humpelt in die Küche und befüllt gähnend den Espressokocher.

»Was ist mit Ihrem Fuß?«

»Ich bin gegen den Wohnzimmertisch gerannt. Hoffentlich hab ich mir nicht den Zeh gebrochen.«

»Das ist jetzt Opfer Nummer drei. Wir haben es also mit einer Eskalation zu tun«, erklärt Besana.

»Verzeni ist nicht bis zum dritten Opfer gekommen. Sein Nachahmer nimmt sich ein bisschen viel raus«, entgegnet Ilaria, während sie den dampfenden Kaffee in zwei große Tassen gießt.

»Aber er hat wieder *ViVe* mit Blut an die Mauer geschrieben. Und es sind wieder Nadeln da, zehn Stück. Das ist unser Mann.«

»Die übliche Vorgehensweise?«

»Nein, diesmal war er ein bisschen faul. Eingeweide und Genitalien hat er nicht angerührt, er hat sein Opfer nur erwürgt und die Wade zerlegt.«

»Seltsam«, murmelt Ilaria nachdenklich, während sie ihren Kaffee trinkt. »Normalerweise steigert sich die Gewalt. Weniger wird sie eigentlich nie.«

»Vielleicht war er etwas zurückhaltender, weil er das Opfer kannte.«

»Das kann natürlich sein. Wer war sie?«

»Eine unauffällige Frau von dreiundvierzig, die für eine Versicherung arbeitete. Mutter dreier Kinder. Antonella Ravasio, mit einem Arzt verheiratet, Pietro Foresti, der sie gestern Morgen vermisst gemeldet hat. Die Leiche wurde vor ein paar Stunden gefunden.«

»Ravasio? Wie die Leute, für die Giovanna Motta gearbeitet hat? Soll das ein Zitat sein? Ich begreife nicht recht, nach welchen Kriterien er seine Opfer aussucht.«

»Vielleicht zufällig.«

»Tja, auch Verzeni hat im Gegensatz zu anderen Serienmördern keine Frauen ausgesucht, die einander ähnelten oder irgendein gemeinsames äußeres Merkmal hatten.«

»Ziehen Sie sich an, Piatti. Wir dürfen keine Zeit verlieren«, befielt Besana.

»Habe ich noch fünf Minuten zum Duschen?«

»Nein.«

Ilaria läuft ins Schlafzimmer und schnappt sich einen lila Rollkragenpullover und eine Jeans, gestreifte Socken und ihre Gummistiefel und verschwindet im Bad. Als sie einen Augenblick später wieder herauskommt, sind die Zöpfe ihres Pullovers auf dem Rücken.

»Ich habe nie herausfinden können, ob es Glück oder Unglück bringt, wenn man seine Sachen verkehrt herum anhat. Drum weise ich Sie nur darauf hin, dass ihr Pullover falsch rum ist.«

Rasch zieht Ilaria den Pullover aus, unter dem ein neonfarbenes Unterhemd zum Vorschein kommt, um ihn richtig herum wieder anzuziehen.

»Fertig«, verkündet sie mit noch immer schläfriger Stimme.

27. Dezember

Um acht Uhr morgens ist das Polizeipräsidium bereits von Journalisten belagert. Auch ein paar Fernsehsender sind vor Ort. Besana grüßt eine blonde Kollegin, die, im Gegensatz zu Ilaria, trotz der frühen Stunde bereits perfekt geschminkt und frisiert ist. Vermutlich, weil alle sie am Mittag im Fernsehen sehen werden.

»Das ist jetzt schon das dritte Opfer«, sagt sie, »der reinste Blutrausch.«

»Geht ihr um eins auf Sendung?«, fragt Besana, der sich sorgt, weil sie natürlich mit der Schwerfälligkeit einer Zeitung die Nachricht erst später bringen werden. Bei der Konkurrenz von Internet und Fernsehen läuft er Gefahr, Fakten zu wiederholen, die alle schon tausendmal gehört haben.

»Natürlich, wir sind gleich als Erstes dran, das ist die Meldung des Tages. Und um zwei machen wir eine Sondersendung. Die Italiener reden von nichts anderem mehr. Der Vampir von Bottanuco ist das Thema schlechthin.«

»Hat man auch bei dieser Frau Bissspuren gefunden?«

Dann fällt ihm ein, dass er vergessen hat, Piatti vorzustellen.

»Ilaria Piatti«, sagt er, »die neue Hoffnung der Kriminalberichterstattung. Behaltet sie im Auge.«

Die Blonde stellt sich nicht vor. Als Fernsehjournalistin geht sie davon aus, dass jeder sie kennt.

Da bekommt Besana einen Anruf von Giorgio, der ihm vorschlägt, sich besser woanders zu treffen: Vom Fenster aus kann er das Heer der Reporter mit gezückten Mikrofonen und Kameras sehen. Er könne sich jedoch zum Hintereingang hinausschleichen und Besana in einer abgelegenen Bar treffen.

Besana zieht Ilaria zum Auto, sie wirkt heute Morgen etwas verloren.

»Wachen Sie auf, Piatti! Träumen Sie noch?«

»Nein, ich denke nur über diese neue Tat nach.«

Zügig steuert Besana den Wagen zu der Bar, die Giorgio ihm genannt hat, und findet dort einen Nebenraum, in dem der Billardtisch steht. Hier können sie ungestört reden, so früh am Morgen kommt niemand zum Spielen her. Noch immer leicht weggetreten, bewundert Ilaria einen alten Flipperautomaten aus den Achtzigern.

»Den hätte ich gerne zu Hause«, sagt sie.

»In Ihrer Wohnung ist nicht mal Platz für einen durchschnittlich großen Kühlschrank«, stellt Besana fest, der in einer Zeitung blättert.

Kurz darauf stößt auch Giorgio zu ihnen. Er wirkt erschöpft, bestellt sofort einen Kaffee und lässt sich Besana gegenüber auf einen Stuhl fallen.

»Wir verstehen überhaupt nichts mehr, Marco«, beginnt er. »Vimercati hat ein absolut wasserdichtes Alibi: Zu der Zeit, zu der die Tat verübt wurde, hat die Verkehrspolizei ihn gerade angehalten und einen Alkoholtest durchgeführt. Abgesehen davon war es der Abend des ersten Weihnachtstages, seine Frau saß mit ihm im Auto.«

»Hab ich's doch geahnt!«, fällt Ilaria ihm ins Wort und schlägt mit der Faust auf den Tisch.

»Dass Vimercati nichts mit der Sache zu tun hat?«

»Nein, dass *dieser Mord* nichts mit den beiden anderen zu tun hat.«

Stille. Giorgio sieht sie befremdet an. Besana seufzt.

»Piatti, spielen Sie nicht Miss Marple. Sie sind Journalistin, nur Journalistin.«

Doch Ilaria ist nicht zu bremsen, sie ist völlig außer sich.

»Hören Sie mir wenigstens zu. Ich denke seit Stunden darüber nach.«

»Ah, na dann«, sagt Besana ironisch.

»Ich meine es ernst. Was, wenn sich jemand die Psychose eines Serienmörders zunutze macht, um einen ganz anderen Mord zu kaschieren?«

Jetzt platzt Besana endgültig der Kragen. Er hat eine Stümperin im Schlepptau. Das ist fast schon peinlich.

»Sie lesen zu viele Krimis«, weist er sie schroff zurecht und wendet sich an Giorgio.

»Entschuldige, sie ist Praktikantin. Also, erzähl weiter.«

Ilaria schlägt gekränkt die Augen nieder. Diesmal ist er zu weit gegangen. Man kann sich mal einen Scherz erlauben, aber sie so herablassend Praktikantin zu nennen! Als wäre Besana als Reporter auf die Welt gekommen und hätte sich nicht wie jeder andere auch hocharbeiten müssen. Sie hüllt sich in Schweigen.

»Wir warten auf die Ergebnisse von Vimercatis DNA-Analyse. Derzeit wissen wir nur, dass die DNA von Picariello weder mit der DNA im Sperma noch mit der im Speichel an der Bisswunde der Albu übereinstimmt. Bei ihm hat man schon vor einer Woche einen Alkoholtest durchgeführt. Er hat sogar eine Strafe bekommen, weil er betrunken am Steuer saß.«

»Und was ist mit den DNA-Spuren, die man an der Perego gefunden hat?«

»Ebenfalls keine Übereinstimmung mit Picariellos

DNA. Dafür haben sich spontan drei ihrer Kunden untersuchen lassen. Die Kriminaltechnik arbeitet noch an den Speichelproben. Allerdings haben alle drei ein Alibi. Einer ist Eisenbahner, der zur Tatzeit in Bologna war. Ein anderer ist Anwalt und hatte in Mailand zu tun, er hat uns Restaurantbelege vorgelegt, und das Hotel, in dem er übernachtet hat, verfügt über Videokameras. Und der Dritte ist ein Händler aus Suisio. Seine Kinder haben bei ihm geschlafen, was seine Schwiegereltern bestätigen, bei denen er sie am Abend um acht abgeholt hat. Die Funkzellen, die seinem Handy zugewiesen waren, bestätigen es ebenfalls. Ansonsten hatte die Perego nur zu ihren drei Kolleginnen und zu ihrer Schwester Kontakt. Aber der Gerichtsmediziner hat eine interessante Entdeckung gemacht.«

»Und zwar?«

»Die DNA des Speichels an der Bisswunde entspricht mit hundertprozentiger Sicherheit der des Speichels, den man bei der Albu gefunden hat. Es ist ein und derselbe unbekannte Täter, daran besteht kein Zweifel.«

27. Dezember

Den ganzen Vormittag bleibt Ilaria stumm. Sie begleitet Besana auf der Jagd nach der stellvertretenden Staatsanwältin, die jedoch keine Stellungnahme abgibt und sich erst recht nicht auf ein Interview einlassen will.

»Wirklich sehr freundlich«, schimpft Besana, als sie zum Auto zurückgehen.

Immer noch ohne ein Wort zu sagen, trottet Ilaria hinter ihm her.

»Piatti? Streiken Ihre Stimmbänder?«

Sie lacht nicht.

»Sind Sie etwa wütend auf mich?«

Keine Antwort.

»Eines sage ich Ihnen: Ich zwinge Sie nicht, hierzubleiben. Wenn Sie wollen, bringe ich Sie zum Bahnhof, dann können Sie sich den ganzen Nachmittag im Fernsehen schwedische Krimis anschauen.«

Ilaria bleibt mitten auf der Straße stehen und verschränkt die Arme vor der Brust.

»Ich verlange Respekt«, sagt sie endlich.

»Ach du meine Güte, jetzt haben Sie sich doch nicht so. Nur weil ich mir erlaubt habe, Ihnen zu sagen, dass man sich als Journalistin nicht so benimmt, schon gar nicht vor einem Polizisten, der seinen Job vernünftig machen will und versucht, uns zu helfen.«

Da rast ein Motorrad vorbei, und Ilaria macht erschrocken einen Satz zurück. Besana schüttelt den Kopf.

»Muss ich Sie jetzt auch noch an die Hand nehmen und über die Straße führen? Kommen Sie, wir gehen was essen. Dann vergeht Ihnen die schlechte Laune. Wir könnten noch mal zu Picariello gehen, immerhin gehört er jetzt nicht mehr zu den Verdächtigen. Was halten Sie davon? Und dann erzählen Sie mir beim Essen, worüber Sie nachgedacht haben. Ich höre Ihnen zu, versprochen.«

Sowie sie Platz genommen haben, blickt Ilaria ihm fest in die Augen.

»Wenn Sie wollen, dass wir weiterhin zusammenarbeiten, müssen wir etwas klarstellen. Ich weiß, dass Sie mir eine große Chance gegeben haben, und dafür bin ich

Ihnen sehr dankbar. Aber vergessen Sie nicht, dass ich Ihnen ebenfalls eine große Chance gegeben habe. Wer hat denn die alte Geschichte mit Verzeni aufs Tapet gebracht? Zugegeben, ich war nicht lange bei der Zeitung, aber in den wenigen Monaten, die ich dort war, habe ich ein paar grundlegende Dinge gelernt.«

»Zum Beispiel?«

»Dass dein Chef dich verstehen muss, wenn du gute Arbeit machen willst. Wenn die Beziehung zu deinem Chef nicht funktioniert, funktioniert auch die Zeitung nicht.«

»Und in diesem Fall wäre ich Ihr Chef?«

»Momentan ja.«

»Und was habe ich falsch gemacht?«

»Sie werfen mir vor, ich würde nur Krimis lesen. Es stimmt, dass ich Krimis lese, aber wissen Sie, warum? Weil sie so wunderbar weit weg sind von dem, was ich durchgemacht habe.«

»Verzeihen Sie«, sagt Besana leise.

»Denken Sie nicht, dass ich Sie erpressen will. Denn das würde mich doppelt demütigen. Betrachten Sie meine Vergangenheit lieber als einen Schatz an Erfahrungen.«

»Das werde ich tun.«

In diesem Moment kommt die Kellnerin vom letzten Mal an ihren Tisch.

»Guten Tag, Melissa«, sagt Besana, »wie nett, Sie wiederzusehen.«

Die junge Frau ist sehr aufgeregt und kramt nervös in ihrer Schürzentasche nach dem Kuli.

»Ich wollte Sie anrufen«, sagt sie, »aber ich habe Ihre Visitenkarte verloren.«

Besana reckt interessiert den Hals.

»Gibt es etwas Neues über Ihre Freundin Aneta?«

»Nein«, erwidert Melissa. »Aber ich muss Ihnen etwas über Signora Ravasio erzählen. Sie kam oft mit ihren Kindern her.«

Immer wieder sieht Melissa sich um, als wolle sie sichergehen, dass nicht plötzlich jemand hinter ihr auftaucht.

»Ich höre«, sagt Besana ernst.

»Ich würde lieber privat mit Ihnen reden. Um vier mache ich Feierabend, wir können uns auf der Piazza vor der Kirche treffen.«

»Einverstanden.«

Damit verschwindet Melissa, ohne sie zu fragen, was sie essen möchten. Als sie den Pizzaofen erreicht, hält sie inne, macht auf dem Absatz kehrt und kommt zurück.

»Entschuldigen Sie, ich hab die Bestellung ganz vergessen.«

Nachdem sie gegangen ist, stellt Ilaria Besana ein paar Fragen, ehe sie auf ihre Thesen zu sprechen kommt.

»Hat man den Ehemann der Ravasio schon befragt?«

»Natürlich, als Ersten. Er hat die Leiche identifiziert und angegeben, dass er das Verschwinden seiner Frau bereits am Vortag gemeldet habe, nachdem er morgens festgestellt hat, dass sie nicht zu Hause war. Er sagte, er habe alle möglichen Leute angerufen, doch niemand wusste etwas. Also hat er sich ins Auto gesetzt und ist durch die Gegend gefahren, um sie zu suchen, ehe er beschlossen hat, sich an die Polizei zu wenden.«

»Haben sie nicht in einem Zimmer geschlafen?«

»Nein, er schläft auf dem Schlafsofa im Partykeller. Wie ich diese Partykeller hasse.«

»Es roch also nach Trennung.«

»Anscheinend waren sie es so gewöhnt. Sie schlief mit dem jüngsten Kind und dem Hund zusammen.«

»Und niemand hat bemerkt, dass sie in der Nacht nicht nach Hause gekommen ist?«

»Nein, nicht einmal die zehnjährige Tochter. Alle haben geschlafen. Antonella Ravasio war am Abend des ersten Weihnachtstages mit einer Freundin essen. Schon das ist merkwürdig. Für gewöhnlich verbringt man Weihnachten im Kreis der Familie. Die Freundin und sie haben sich um elf verabschiedet, danach hat sie niemand mehr gesehen.«

»Und die Tatzeit?«

»Mitternacht. Exakt die Zeit, zu der die Verkehrspolizei Vimercati ins Röhrchen blasen ließ.«

»Wo hat man sie gefunden?«

»Auf einer Mülldeponie.«

»Und die Schrift?«

»An einer Mauer, gleich daneben.«

»War sie genauso wie die in dem Bauernhaus, in dem die Perego getötet wurde?«

»Keine Ahnung, wir waren doch die ganze Zeit zusammen, wann sollte ich denn die Fotos gesehen haben? Ich weiß nur die paar Sachen, die Giorgio mir auf die Schnelle gesagt hat, als er mich heute in aller Herrgottsfrühe anrief.«

»Wer hat die Leiche entdeckt?«

»Ein tunesischer Maurer, der auf dem Heimweg die Abkürzung über die Mülldeponie genommen hat.«

»Verdächtig?«

»Hätte man vermutlich gern, in diesem Land. Aber nein. Er hat die Nacht bei seiner Freundin verbracht, was diese bestätigen kann. Und auch deren Mitbewohnerin. Anscheinend haben die beiden bis vier Uhr morgens einen ziemlichen Lärm veranstaltet. Die Glücklichen.«

Ilaria lächelt.

»Und Sie? Haben Sie keine Freundin? Schließlich sind Sie ja schon lange getrennt.«

»Kümmern Sie sich um Ihre eigenen Angelegenheiten, Piattola.«

27. Dezember

Melissa ist eine hübsche junge Frau Anfang zwanzig, groß und mit lockigen Haaren. Sie fällt schon von Weitem auf. Tief in ihre Daunenjacke vergraben, steht sie vor dem Portal der Kirche und wartet auf Besana. Als sie ihn erblickt, sagt sie etwas, doch aus der Entfernung kann man nur ihren kondensierten Atem sehen.

Auf ihrer Höhe hält Besana an und lässt das Fenster herunter, sie geben einander die Hand, dann bittet sie, einsteigen zu dürfen. Der Ort ist klein, sie will nicht dabei gesehen werden, wie sie mit Journalisten spricht. Hier führen alle immer nur ein Wort im Mund: *Reserviertheit.* Wollen sie einen anständigen Menschen beschreiben, sagen sie: Er ist *reserviert.* Es ist fast ein Sprachtick. Und die allgegenwärtigen Journalisten und die hartnäckigen Ermittler bedrohen natürlich diesen Verschlossenheitskult. Wenn ihnen plötzlich alle Fragen stellen, sind die Menschen hier auf einmal gezwungen, sich ebenfalls Fragen zu stellen.

Melissa ist kurz davor, ihr Jurastudium abzuschließen, mit dem Job in der Pizzeria finanziert sie sich das Studium. Und dann wird sie endlich fortgehen, sie kann es kaum erwarten. Vielleicht nach Mailand, vielleicht nach Rom, sie hat sich noch nicht entschieden. Auf jeden Fall in eine große Stadt. Sie will Scheidungsanwältin werden, denen geht die Arbeit nie aus, bei all den Paaren, die sich trennen.

»Deshalb haben wir gesprochen.«

»Sie und Antonella Ravasio?« Besana wird hellhörig.

»Ja, ungefähr vor einem Monat. Da kam sie mit den Kindern in die Pizzeria und hat mich um Rat gefragt. Sie kannte meine Mutter, sie war Kundin in ihrer Bäckerei, daher wusste sie, dass ich Jura studiere. Sie wollte sich nicht an einen Anwalt wenden, zumindest noch nicht.«

»Und Sie haben vor den Kindern gesprochen?«

»Nein, die sind ins Hinterzimmer gegangen und haben Seifenblasen gemacht.«

»Was hat sie Sie gefragt?«

»Sie wollte wissen, was mit dem Haus passiert. Ihr Mann hat es mit einem Darlehen bezahlt. Ich habe ihr gesagt, dass sie sich mit drei Kindern keine Sorgen machen müsse, dass jeder Richter das Haus ihr zusprechen würde.«

»Hat sie Ihnen gesagt, warum sie sich scheiden lassen wollte?«

»Sie hat es mir gesagt, aber erst später, als sie kurz vor Weihnachten noch einmal mit ihrer Cousine hier war. Da konnten wir etwas freier reden. Der Cousine gehört die Drogerie. Vielleicht können Sie sich mal mit ihr unterhalten, sie weiß sicher mehr als ich.«

»Ist das die Frau, mit der sie an dem Abend zusammen war, an dem sie ermordet wurde?«

»Nein, das war eine Freundin aus dem Fitnessstudio. Jedenfalls war Antonella sehr nervös, ihr war anzusehen, dass es ihr nicht gut ging. Sie sagte, ihr Mann hätte eine Geliebte, sie war sich ganz sicher. Dann hat sie etwas Seltsames gesagt, was ich nicht so recht verstanden habe. Sie sagte, ihr Mann sei es schon von Berufs wegen gewöhnt, zu lügen.«

»Was meinte sie damit?«

»Das weiß ich nicht.« Melissa zuckt die Schultern.

»Dürfen wir das schreiben?«, vergewissert sich Besana. »Selbstverständlich ohne die Quelle zu nennen.«

»In Ordnung, ich vertraue Ihnen. Wissen Sie, zurzeit ist es nicht gerade toll, hier zu wohnen. Angst habe ich natürlich auch. Und zwar vor allem, ohne Unterschied: Ich habe fast genauso viel Angst vor dem, was man über mich sagen könnte, wie davor, umgebracht zu werden. Komisch. Zum Glück wohne ich bei meiner Mutter, das beruhigt mich ein bisschen. Aber ich gehe nicht mehr alleine raus. Wenn es bei der Arbeit spät wird, lasse ich mich immer von Abbas nach Hause fahren, dem Pizzabäcker.«

»Das kann ich mir vorstellen«, erwidert Besana. »Sie tun gut daran, vorsichtig zu sein.«

Während Melissa redet, kann man die Angst in ihren Augen sehen.

»Darf ich Sie etwas fragen? Es lässt mir einfach keine Ruhe, ich bekomme Albträume, wenn ich an Aneta denke. Hat er ihr die Eingeweide rausgeschnitten, als sie noch lebte oder als sie schon tot war? Darüber hat niemand geschrieben, aber es ist doch ein großer Unterschied.«

»Sie haben recht«, sagt Besana. »Bei grausigen Geschichten wie dieser versuchen wir eben manchmal, nicht allzu sehr ins Detail zu gehen. Jedenfalls war sie bereits tot, Gott sei Dank.«

»Da fällt mir ein Stein vom Herzen«, sagt Melissa.

»Was können Sie uns über sie erzählen?«

»Aneta hatte ein Verhältnis mit Vimercati. Wir waren nicht befreundet, aber hin und wieder haben wir zusammen gearbeitet, da haben wir uns natürlich auch unterhalten. Sie kam an ihren freien Tagen in die Pizzeria, um noch ein bisschen was nebenbei zu verdienen. Sie wollte Geld beiseitelegen, um sich für einen Lehrgang für Flugbegleiter einzuschreiben. Ihr Gehalt hat sie komplett an ihren Sohn und ihre Eltern geschickt. Aneta hat mir nie gesagt, wie ihr Liebhaber hieß, aber ich habe sie und Vimercati zusammen gesehen und mir den Rest zusammengereimt. Die Pizzeria gehört Picariellos Frau, er ist oft für sie an der Kasse eingesprungen. Wenn seine Frau nicht da war, hat er immer mit Aneta geflirtet, auch in meinem Beisein. Aber er hielt Vimercati die Stange, weil der ihm Geld lieh. Picariello verspielt sein ganzes Geld an Automaten. Seine Frau macht ihm deswegen die Hölle heiß, aber letztendlich lässt sie es ihm doch durchgehen. Nur neulich hat sie ihm mal richtig gedroht, wir waren alle dabei, als sie sich stritten. Und da hat er sich an Vimercati gewandt.«

»Was Vimercatis Alibi erklärt«, bemerkt Besana.

»Das Alibi ist falsch«, fährt Melissa fort. »Aneta war mit ihm verabredet, das weiß ich ganz sicher. Sie schminkte sich immer, bevor sie ihn traf, und an jenem Abend hatte sie ihren Lippenstift vergessen. Ich hab ihr meinen geliehen. Picariello war mit Sicherheit irgendwo spielen. Wenn er Geld aus der Kasse klaut, weiß man, dass er nicht mehr widerstehen kann. Er steckt sich sogar das Kleingeld aus dem Bierglas ein, in dem wir immer unser Trinkgeld sammeln. Aneta und ich haben schon gar nichts mehr reingetan, wir hätten es eh nie wiedergesehen.«

»Wenn wir ihn also dazu bringen wollen, das Alibi für Vimercati zu widerrufen, müssen wir uns nur mal in den Bars der Umgebung umsehen. Dort, wo Spielautomaten stehen«, überlegt Besana.

»Bestimmt. Aber ehrlich gesagt kann ich mir nicht vorstellen, dass Vimercati so etwas Furchtbares getan hat. Er ist ein großes Kind, aber er ist kein Sadist. Allenfalls ist er ein Feigling, er hat Aneta sonst was versprochen, obwohl er ganz genau wusste, dass er seine Frau niemals verlassen würde. Schließlich ist sie seine einzige Einnahmequelle.«

»Wie können Sie so sicher sein, dass er kein Sadist ist?«

»So was spürt man. Er ist ein Angeber, aber im Grunde ist er ein netter Kerl. Ich kann ihn mir beim besten Willen nicht als Geisteskranken vorstellen, der Spaß am Töten hat. Außerdem ist Vimercati ein Chaot, er lässt dauernd Sachen liegen, genau das Gegenteil eines durchorganisierten Killers. Wenn wir in der Pizzeria einen Pulli oder einen Schal gefunden haben, wussten wir immer sofort, dass es seiner war. Einmal hat er sogar sein Portemonnaie auf dem Tresen liegen lassen.«

»Ich denke auch, dass es jemand anders ist«, stimmt Besana ihr zu.

»Meinen Sie, sie kriegen ihn?«

»Wir wollen es hoffen. Jedenfalls werde ich Sie heute nach Hause fahren.«

»Danke«, sagt sie mit einem Lächeln.

Melissa hat einen schönen Mund mit strahlend weißen Zähnen und ausdrucksvolle dunkle Augen. Intelligente Augen.

Während Besana die Adresse in sein Navi eintippt, beugt Ilaria, die die ganze Zeit stumm zugehört hat, sich vom Rücksitz nach vorne.

»Ich hätte hier auch Angst. Willst du für eine Weile zu mir nach Mailand kommen?«

Sowohl Melissa als auch Besana fahren überrascht herum.

»Ich hab ein Schlafsofa«, erklärt Ilaria.

»Danke«, erwidert Melissa, »das ist supernett. Aber ich muss ja in der Pizzeria arbeiten. Trotzdem danke, es ist schön, Leute wie euch kennenzulernen. In diesem Dorf erstickt man. Hier gibt es niemanden, mit dem ich vernünftig reden kann.«

Bevor Melissa aussteigt, tauschen sie und Ilaria Telefonnummern und tausend Versprechen.

»Also, bis hoffentlich ganz bald.«

»Ja, bis ganz bald.«

»Melissa wie?«, fragt Besana, als er ihr zum zweiten Mal seine Visitenkarte gibt.

»Roncalli. Melissa Roncalli«, wiederholt sie und umklammert die Visitenkarte.

»Wie der Papst?«

»Der Name ist hier in der Gegend ziemlich verbreitet.« Sie steckt die Visitenkarte in ihre Tasche. »Diesmal werde ich Ihre Nummer nicht verlieren, sie ist zu wertvoll. Ich speichere sie sofort in meinem Handy. Bestimmt werde ich Sie wieder bitten, mich zu fahren.«

»Das würde mich freuen.«

Dann verabschieden sie sich.

27. Dezember

»Piattola, Sie überraschen mich immer wieder. Haben Sie vor, ein Gästehaus für sämtliche Frauen von Bottanuco zu eröffnen?«

Kopfschüttelnd wendet Besana den Wagen.

»Ich habe mich nur in ihre Lage versetzt. Ich würde hier vor Angst sterben. Die Nacht in diesem Motel hat mir gereicht«, entgegnet Ilaria.

»Wenn Sie diesen Beruf machen wollen, müssen Sie lernen, die Dinge nicht zu sehr an sich heranzulassen. Was machen Sie erst, wenn man Sie nach Lampedusa schickt, um die Leichen zu zählen? Wollen Sie allen Überlebenden Ihr Schlafsofa anbieten?«

Ilaria hat keine Lust, sich eine Moralpredigt anzuhören, und wechselt das Thema.

»Wir müssen die Frau mit der Drogerie finden.«

»Richtig«, pflichtet Besana ihr bei.

Sie brauchen nicht lange zu suchen, denn es gibt nur eine Drogerie im Ort. Sie betreten den Laden, als wären sie gewöhnliche Kunden. Ilaria schnuppert an Seifen, Besana studiert neugierig kitschige Kerzen in Form von Engeln. Die Inhaberin ist eine Frau in den Vierzigern, stark geschminkt und ebenso parfümiert wie ihr Laden. Sie bewegt sich gekonnt auf hohen Absätzen, die nicht so recht zum Schnee und Eis auf der Straße passen wollen, und auch die Kälte scheint ihr nichts auszumachen, denn sie trägt lediglich Baumwollleggins.

»Wir haben ein Neujahrsangebot«, sagt sie. »Wenn Sie drei Badezusätze kaufen, bekommen Sie eine Kerze und einen vergoldeten Mistelzweig geschenkt.«

Sie versucht zu lächeln, aber trotz der dicken Make-up-

Schicht ist ihr deutlich anzusehen, wie sehr ihr der Tod ihrer Cousine zusetzt.

»Wir sind Journalisten«, sagt Besana.

Die Augen der Frau weiten sich. Um das Zittern ihrer Hände zu verbergen, verschränkt sie die Arme und schiebt die Hände in die Achselhöhlen.

»Sie sind Antonella Ravasios Cousine?«

»Wer hat Ihnen das gesagt?«, fragt sie abwehrend zurück.

»Das ist uns zu Ohren gekommen«, entgegnet Besana ruhig und stellt ein Raumdeo ins Regal zurück, das er um ein Haar für sein Auto gekauft hätte.

»Ich gebe keine Interviews.«

»Wir wollen uns nur mit Ihnen unterhalten. Ihr Name wird nirgendwo auftauchen, das garantiere ich Ihnen«, beruhigt Besana sie.

Die Ladenbesitzerin mustert die beiden schweigend und überlegt offensichtlich, ob sie ihnen trauen kann.

»Wir haben gehört, dass Antonella sich scheiden lassen wollte. Wissen Sie, warum?«

»Was hat das mit der ganzen Sache zu tun? Pietro ist ein Mistkerl, aber er ist bestimmt kein Mörder«, entgegnet sie scharf. Sie versteht nicht, worauf diese Journalisten hinauswollen.

»Natürlich nicht …«, beginnt Besana, doch Ilaria fällt ihm ins Wort.

»… aber wir wollen etwas mehr über das Opfer erfahren, um ihm Gerechtigkeit widerfahren zu lassen.«

Sie hat dieses Wort bewusst gewählt: *Gerechtigkeit*, um an das Gewissen der Cousine zu appellieren. Ilaria spürt, dass die Frau, die sie vor sich hat, voller Zorn ist auf das männliche Geschlecht und den drängenden

Wunsch verspürt, jemandem zu erzählen, dass Antonella litt.

Und sie hat sich nicht geirrt, denn die Drogistin lässt einen tiefen Seufzer vernehmen und schließt für einen Moment die Augen, die von einer dicken Schicht schwarzen Lidschattens bedeckt sind.

»Man hat sie abgeschlachtet wie Vieh.« Sie presst die Lippen aufeinander, um nicht in Tränen auszubrechen. »Ihr Leben war so kurz, und dann musste sie auch noch so unglücklich sein. Als man mich angerufen hat, um mir zu sagen, dass sie tot ist, habe ich sofort an Selbstmord gedacht.«

»Wegen ihres Mannes?«, bohrt Ilaria.

»Ja, er hat sie zur Verzweiflung getrieben. Er leugnete alles, aber sie wusste genau Bescheid. Er war ein chronischer Lügner.«

»Hatte er eine andere?«

»Ja. Antonella hat sogar mal bei ihr angerufen, dann aber im letzten Moment aufgelegt. Es war ihr wohl doch peinlich.«

»Kannte sie die Frau?«

»Nur vom Sehen. Ihre Kinder gingen zusammen zur Schule.«

Nun scheint die Cousine doch zu bereuen, so viel erzählt zu haben, sie sieht sich um wie ein gehetztes Tier, sucht fieberhaft nach einem Vorwand, um sie wegzuschicken. Doch Ilaria kommt ihr mit einer gezielten Frage zuvor, die sie aus der Bahn wirft.

»Was, glauben Sie, könnte Antonella damit gemeint haben, als sie sagte, ihr Mann sei es gewöhnt, von Berufs wegen zu lügen?«

Die Frau muss sich setzen, erschöpft, bestürzt, verzweifelt oder was auch immer. Sie schweigt einen Moment, dann hebt sie langsam den Kopf.

»Sie meinte damit, dass Pietro als Arzt arbeitete, obwohl er nie einen Abschluss in Medizin gemacht hat. Damit macht er sich strafbar, stimmt's?«

»Missbrauch von Titel und Berufsbezeichnungen sowie unbefugte Ausübung des Arztberufs«, beantwortet Besana ruhig ihre Frage.

»O Gott, ich wusste es. Ich wusste, dass sie das nicht hätte tun sollen. Antonella hatte den Kopf verloren und ihm gedroht. Wenn du mich wegen der da verlässt, erzähle ich alles. Ich hab ihr gesagt, dass es ein Fehler war!« Dann kann sie sich nicht länger beherrschen und bricht in Tränen aus.

»Sie müssen mit der stellvertretenden Staatsanwältin darüber sprechen«, sagt Besana. »Es ist wichtig, Signora.«

27. Dezember

Sowie sie den Laden verlassen haben, ruft Besana den Ressortleiter an, um ihn über die neuesten Entwicklungen zu informieren.

»Machst du Witze? Was soll das heißen, ein Artikel von Milesi? Soweit ich weiß, hat er nicht in aller Herrgottsfrühe seinen Arsch hierherbewegt! Der hat doch überhaupt keine Ahnung!«

Besana ist fuchsteufelswild. Er schimpft vor sich hin, tritt gegen den Autoreifen und drückt hektisch auf der

Fernbedienung für die Zentralverriegelung herum, als wäre sie der Zündknopf einer Bombe.

»Scheiße«, flucht er. »Ich kann's gar nicht erwarten, in Rente zu gehen, verdammt noch mal.«

Ilaria sieht ihn besorgt an.

»Lassen die uns den Artikel doch nicht schreiben?«

»Das fehlte noch. Aber wir kriegen nur ein kleines Fensterchen mit viertausend Zeichen, und dieser Schwachmat, der von Tuten und Blasen keine Ahnung hat, eine Doppelseite.«

»Aber wer ist denn dafür verantwortlich?«

»Zunächst einmal ist er der Geliebte der stellvertretenden Chefredakteurin. Das weiß bei der Zeitung jeder. Und dann hat er mit Sicherheit noch andere Beziehungen. Aber so schnell gebe ich mich nicht geschlagen. Ich mache diesen Job nicht mehr lange, aber solange ich ihn mache, mache ich ihn richtig.«

Besana schlägt auf das Lenkrad.

»Oder nein, ich hab's mir anders überlegt. Ich werde zum ersten Mal in fünfunddreißig Berufsjahren meinen Job nicht ordentlich machen. Die können mich mal kreuzweise. Diese dämlichen viertausend Zeichen schreiben jetzt nämlich Sie, Piatti. Ich beschränke mich darauf, meinen Namen neben Ihrem darunterzusetzen.«

»Das nennt man Ausbeutung«, erwidert Ilaria.

»Nein, das nennt man ›Ihr könnt mich alle mal am Arsch lecken‹«, knurrt Besana und dreht den Zündschlüssel um.

Als er später gemütlich seinen Spritz trinkt, schreibt also Ilaria den Artikel. Nach einer Stunde schiebt sie ihm das Tablet hin. Kaum hat er die ersten Zeilen gelesen, fängt Besana an zu brüllen.

»Sind Sie denn von allen guten Geistern verlassen? Sie können doch nicht einfach schreiben, dass gegen Vimercati ermittelt wird! Wir reden hier nicht vom offiziellen Ermittlungsverfahren. Wir reden von einem KP 21, den man benötigt, um zu ermitteln, ohne die betreffende Person darüber in Kenntnis zu setzen. Wenn irgendjemand davon Wind bekommt, dass wir mit der Kripo reden, sitzt Giorgio bis zum Hals in der Scheiße. Das Preisgeben von Berufsgeheimnissen ist strafbar, Piatti. Und auch wir haben sofort eine Klage am Hals, ganz abgesehen davon, dass das die Ermittlungen kompromittiert, weil Vimercati sich sofort einen Anwalt sucht. Was er ohnehin tun darf, sobald er einen Ermittlungsbescheid bekommt und ins Verdächtigenregister eingetragen wird. Aber genau das ist der entscheidende Punkt: ob der Betreffende weiß, dass gegen ihn ermittelt wird, oder nicht. Wo zum Teufel haben Sie bloß Ihren Kopf, Piatti?«

»Entschuldigung«, sagt sie kleinlaut. »Das wusste ich nicht.«

»Wie wollen Sie Kriminalreporterin sein, wenn Sie solche Dinge nicht wissen, verflucht noch mal. Fangen Sie noch mal von vorne an, und lassen Sie Vimercati bitte raus.«

Ilaria seufzt, stützt die Ellbogen auf den Tisch und legt die Wangen auf ihre Fäuste.

»Ich darf weder über Vimercati schreiben noch verraten, was uns die Cousine von Antonella Ravasio erzählt hat: Ich weiß wirklich nicht, wie ich auf viertausend Zeichen kommen soll.«

»Sie haben recht.« Besana erhebt sich. »Wir müssen uns was einfallen lassen. Ein Interview mit dem Ehemann des Opfers, zum Beispiel. Das könnte uns sogar noch nützlich werden, wenn auch gegen ihn ermittelt wird.«

»Glauben Sie, Pietro Foresti würde sich für ein Interview zur Verfügung stellen?«

»Natürlich. Er muss ja den erschütterten Witwer spielen. Seine Frau von einem grausamen Serienmörder getötet? Leute wie er wünschen sich nichts sehnlicher als die Aufmerksamkeit der Presse. Sie halten sich alle für große Schauspieler.«

Erleichtert verstaut Ilaria ihr Tablet wieder im Rucksack, zieht hastig den Reißverschluss ihrer Daunenjacke hoch und trabt Besana hinterher.

»Glauben Sie nicht, dass es dem echten Serienmörder gewaltig gegen den Strich gehen muss, dass ihm einer dazwischenfunkt? Schließlich hat Foresti ihm die Show gestohlen.«

»Doch, natürlich. Sie haben vollkommen recht. Daran hab ich auch schon gedacht. Er ist mit Sicherheit stinksauer. So wie ich, weil mir Milesi dazwischenfunkt«, entgegnet Besana ruhig und steuert auf den Parkplatz zu.

Forestis Haus wird von Journalisten umlagert, und er empfängt sie tatsächlich alle, sodass sich eine richtige Schlange gebildet hat. Während Besana und Ilaria warten, verlässt gerade ein Kollege aus Rom das Haus. Sie begrüßen einander und wechseln ein paar Worte.

»Wie war's?«, fragt Besana.

»Er ist vor laufender Kamera in Tränen ausgebrochen und hat an den Mörder appelliert. Lächerlich«, höhnt der Kollege. »Was Besseres konnte uns gar nicht passieren. Genau das Richtige für die Hausfrauensendung am Nachmittag.«

Besana zwinkert Piatti zu.

»Was habe ich Ihnen gesagt?«

»Aber was sollen wir denn dann noch schreiben, wenn schon alle anderen berichten?«

»Wir werden ein wenig rabiater vorgehen«, erwidert Besana. »Die anderen wissen ja nicht, was wir gerade herausgefunden haben. Sie gehen alle davon aus, dass Antonella Ravasio das dritte Opfer eines Psychopathen ist. Die denken nicht im Traum daran, den Ehemann anzugreifen.«

»Also greifen wir ihn an?«

»Nicht *wir*, Piatti. Ich würde ihn lieber allein interviewen. Sie holen nur Ihr Tablet raus und zeichnen das Gespräch auf.«

»Ja, das ist besser. Einverstanden. Jemanden anzugreifen, ist nicht so mein Ding.«

»Sie werden es schon noch lernen.«

Während sie warten, bis sie an der Reihe sind, setzt Ilaria sich auf ein niedriges Mäuerchen. Trotz der vielen Menschen um sie herum, hat sie sich noch nie so allein gefühlt. Auch ihr Vater hat anfangs zahlreiche Interviews gegeben, und auch vor ihrem Haus hatte sich eine Menschentraube gebildet. Verwirrt sieht sie sich um: Sie versucht sich als Journalistin zu fühlen, muss jedoch daran denken, wie es sich anfühlte, Opfer der Journalisten zu sein. Großer Gott, was für ein Durcheinander. Sie weiß überhaupt nicht mehr, was eigentlich ihre Rolle im Leben ist, und schon gar nicht, warum diese Rolle plötzlich wechselt.

Da taucht unvermittelt eine Erinnerung wieder auf, die sie wohlweislich zwanzig Jahre lang verdrängt hat. Ihr Vater hatte sie aufgefordert, ans Fenster zu gehen und den Journalisten zuzurufen, dass sie weggehen sollten. Sie hatte gehorcht, und alle Kameras hatten sie gefilmt. Als ihr Vater später den Fernseher einschaltete, war sie auf allen Kanälen zu sehen: Ein kleines Mädchen, das »Geht weg!« aus dem Fenster ruft. Und als Ilaria sich im Fernsehen sah, war sie stolz darauf, gerufen zu haben, aber insgeheim litt sie, weil sie die Haare mit einem Gummi zusammengebunden hatte (vielleicht sah sie mit offenem Haar besser aus) und ihr hässlichstes T-Shirt trug (hätte sie doch nur das mit den Pailletten angezogen), und außerdem war ihre Stimme nicht richtig (klang sie wirklich so hoch und schrill?). Während des Prozesses schließlich hatte sie erfahren, dass sie aus dem Fenster gerufen hatte, um einen Mörder zu verteidigen, und so war ihr nichts anderes übrig geblieben, als diese Erinnerung auszulöschen.

Ilaria blickt sich um. Dann lacht sie still in sich hinein, als wäre sie betrunken, und denkt: Du Mistkerl, jetzt mache ich dich fertig.

27. Dezember

Endlich sind sie an der Reihe. Sie betreten das x-te Einfamilienhaus, auch dieses wie all die anderen. Das Innenleben ein Spiegel der italienischen Provinz: Vitrinenschränke, Messingbetten, auf Antik getrimmte Stühle, senfgelbe Barocksofas mit leuchtend roten Streifen und eine rustikale Küche mit Wachstischdecke, an den Wänden Drucke von van Gogh oder sanft geschwungene

Landschaften, wie sie Trattorien schmücken. Und Fotos, vor allem Fotos, durch sehr viel Silber drum herum geadelt. Tonnenweise Hochzeitsfotos. Und Kalender mit Fotos der Kinder. Kissen mit Fotos der Kinder. Tassen mit Fotos der Kinder. Überdies Lampen, Lampenfüße aus Terrakotta und Lampenschirme aus Mattglas mit Falten und Rüschen wie von der Decke hängende kleine Röcke.

Foresti ist ein unscheinbarer Mittvierziger mit einem Allerweltsgesicht, das mit jedem schlampig angefertigten Phantombild übereinstimmen würde. Als Besana den Namen ihres Blattes erwähnt, erstarrt er fast vor Ehrfurcht. Er bietet ihnen einen Platz auf dem guten Sofa – dem senfgelben – an und wirkt fast ein wenig enttäuscht, dass kein Fotograf mitgekommen ist.

»Wo sind Ihre Kinder?«, fragt Besana.

»Bei meiner Schwiegermutter. Wissen Sie, wir versuchen, sie so gut wie möglich zu schützen.«

»Ich verstehe«, erwidert Besana, der ihn zunächst mit den Standardfragen ein wenig aufwärmen will.

Er lässt Foresti vom Verschwinden seiner Frau und seiner Sorge berichten, von dem Schock, als die Leiche gefunden wurde, der furchtbaren Aufgabe, die sterblichen Überreste zu identifizieren, unterbricht ihn nicht ein einziges Mal.

»Ich will nur, dass dieser Bastard mir ins Gesicht sagt, warum er ausgerechnet *meine Frau* getötet hat. Warum *uns* das passieren musste.« Foresti wischt mit den Fingern die Tränen aus seinen Augen. Nicht mit dem Taschentuch. Die Finger erregen mehr Mitleid.

»Das Motiv, Sie haben recht. Man muss nach dem *Motiv* suchen«, stimmt Besana seelenruhig zu.

Der Mann hört auf zu weinen und strafft ein wenig den Rücken.

»Was wollen Sie damit sagen? Sucht dieser Wahnsinnige seine Opfer nicht zufällig aus?«

»Das wissen wir nicht«, weicht Besana aus.

Er lässt ihn schmoren, er will ihn nervös machen, denkt Ilaria, die aufmerksam zuhört. Tatsächlich lässt Foresti bereits deutliche Anzeichen von Unruhe erkennen.

»Und warum sollte er sich ausgerechnet Antonella aussuchen?«

Besana hat Foresti dazu gebracht, dass er *ihm* die Fragen stellt. Ein geschickter Schachzug: Für jemanden, der sich alle Antworten im Voraus zurechtgelegt hat, ist es so viel schwieriger, sich kohärent zu verhalten.

»Das weiß ich nicht.«

»Glauben Sie etwa, er kannte sie?« Forestis Drehbuch beginnt allmählich sich zu verselbstständigen.

»Schon möglich.«

Ilaria kann förmlich sehen, wie es in ihm arbeitet. Besana hat ihn aus seinem Bau gelockt, Foresti sucht nach einer neuen Strategie, um seine Unschuld hervorzuheben. Wenn Menschen ohne Fantasie sich etwas ausdenken müssen, noch dazu unter Zeitdruck, machen sie schnell Fehler. Auf den ersten Blick erscheinen einem alle Ideen gut, doch eine Idee, die wirklich etwas taugt, will gründlich durchdacht sein.

»Wollen Sie etwa andeuten, dass meine Frau einen Liebhaber hatte?«

Besana lächelt, er hat ihn im Sack.

»Es ist gut möglich, dass sie den Mörder kannte. Das denken auch die Ermittler.« Mit dieser dreisten Lüge verunsichert er ihn noch mehr.

»Jetzt wird mir einiges klar«, improvisiert Foresti.

»Hat Antonella mit Ihnen über Scheidung gesprochen?«

Ilaria ist fasziniert, wie Besana Foresti in die Enge treibt.

»Aber nein, ich bitte Sie. Es gab natürlich Höhen und Tiefen, wie in jeder Ehe. Aber wir haben drei Kinder«, erwidert Foresti, der sich immer weiter in seinem Netz aus Lügen verstrickt.

»Komisch, nach unserer Information war sie dabei, sich einen Anwalt zu suchen.«

Jetzt ist Foresti endgültig mit seinem Latein am Ende, er denkt fieberhaft nach, sucht mit Hochdruck nach einer Ausflucht.

»Antonella hat sich über meine Arbeit beklagt, das ist alles. Ich bin Arzt, ich bin die meiste Zeit im Krankenhaus. Deswegen musste ich sie oft allein lassen. Das war unser Problem.«

»Arzt? Aber Sie haben Ihr Medizinstudium doch gar nicht abgeschlossen. Wir haben das überprüft.« Er blufft, aber es ist einmal mehr der richtige Zug.

Foresti springt auf, fährt sich nervös mit der Hand durchs Haar.

»Was reden Sie denn da?«

Doch Besana sieht ihn nur wortlos an. Foresti versucht sich wieder unter Kontrolle zu bringen, er darf nicht die Nerven verlieren.

»Jetzt müssen Sie mich wirklich entschuldigen. Ich muss zu meinen Kindern. Sie brauchen mich, wie Sie sich sicher denken können. Entschuldigen Sie mich.«

»Sie haben meine Frage nicht beantwortet. Haben Sie einen Studienabschluss in Medizin oder nicht?«

Foresti wird knallrot, die Adern an seinen Schläfen schwellen an, beginnen sichtbar zu pochen.

»Was hat das hiermit zu tun? Gehen Sie. Ich habe doch gesagt, es reicht.«

»Wollen Sie mir nicht antworten? Warum nicht?«

»Gehen Sie, verschwinden Sie!«

»Sie machen sich strafbar, Signor Foresti. Missbrauch von Titel und Berufsbezeichnungen sowie unbefugte Ausübung des Arztberufs. Können Sie beweisen, dass Sie Ihr Medizinstudium abgeschlossen haben?«

»Gehen Sie! Sonst rufe ich die Polizei! Ich werde Sie wegen Verleumdung verklagen!«

Besana macht Ilaria ein Zeichen, und sie eilen nach draußen. Ilaria hat noch ihr Tablet in der Hand und schwenkt es aufgeregt hin und her.

»Das war unglaublich!«

»Piatti, Sie haben doch hoffentlich alles aufgenommen? Wenn Sie mir wieder einen Ihrer Streiche spielen, dann erwürge ich Sie eigenhändig, da können Sie Gift drauf nehmen.«

»Ich habe nicht nur aufgenommen, ich habe auch ein Video gemacht. Das können wir an die Onlineredaktion schicken«, erwidert Ilaria mit einem Zwinkern.

Besana kneift ihr freundschaftlich in die Wange.

»Piattola, Sie sind ein Genie.«

28. Dezember

Besana ist mit seinem Sohn zum Mittagessen verabredet. Mindestens einmal im Monat gehen sie zusammen ins Restaurant. An Weihnachten haben sie sich nicht gesehen, weil Jacopo mit seiner Mutter Ski fahren war, also holen sie ihre Weihnachtsfeier jetzt nach. Besanas Geschenk ist ziemlich unpersönlich: ein Umschlag mit Geld. Der Junge hat ihm erst gar nichts mitgebracht.

»Und, was machst du zu Silvester?«

»Och, ich weiß nicht. Irgendwas mit Freunden«, antwortet Jacopo gelangweilt.

Sein ganzer Körper drückt seine Abwehrhaltung aus. Selbst bei Nebel trägt er eine verspiegelte Brille, und er hat stets einen Kopfhörer im Ohr, wie eine kleine Drohung, pass bloß auf, ich kann mir auch noch den anderen reinstecken.

Besana versucht das Thema Ferien zu umschiffen, denn er hat keine Lust, sich anzuhören, was für ein tolles Haus Armando, Marinas Freund, hat. Aber sie warten immer noch auf den ersten Gang, sein Sohn macht den Mund von alleine nicht auf, und er weiß nicht mehr, was er ihn sonst noch fragen soll.

»Bist du Ski gelaufen?«

»Nicht viel, wir hatten die ganze Zeit schlechtes Wetter. An der Piste stehen nicht viele Bäume, und wenn es schneit, sieht man überhaupt nicht, wo man hinfährt.«

»Hast du dich gelangweilt?«

Er hofft inständig, dass Jacopo seine Frage bejaht, doch der schüttelt den Kopf.

»Mamas Freund steht auf Spas, die gibt es in der Schweiz an jeder Ecke. In manchen Saunen muss man sich ganz ausziehen, da laufen die Weiber splitternackt rum, als wäre es völlig normal.«

Besana schluckt.

»Hat Mama sich auch nackt ausgezogen? Vor allen Leuten?«

Endlich lacht Jacopo.

»Aber nein. Ich war mit Armando dort, der ist echt versaut, ich schwör's dir.«

Besana ist nicht gerade begeistert, zu hören, dass seine Frau einen versauten Freund hat. Nicht zuletzt, weil er fürchtet, dass Marina vergleicht. Glücklicherweise wechselt Jacopo das Thema.

»Und was hast du gemacht?«

»Ich habe gearbeitet«, erwidert Besana.

»Wirklich? Auch am ersten Weihnachtstag?«

»Ich arbeite an einem bedeutenden Fall.« Besana versucht, wichtig zu klingen. Für gewöhnlich ist er realistisch und selbstironisch und neigt eher dazu, alles herunterzuspielen, aber da er seinem pubertierenden Sohn gegenübersitzt, mit dem kein vernünftiges Gespräch möglich ist, bleibt ihm nichts anderes übrig, als etwas dicker aufzutragen. Außerdem geht es ihm gewaltig auf den Zeiger, dass dieser Armando seinen minderjährigen Sohn in Spas schleppt, um nackte Frauen anzugucken. Wenn überhaupt, würde er das gern mit ihm machen.

»Ja, ich hab's im Fernsehen gesehen. Der Vampir: coole Geschichte, wie bei *Twilight*.«

Das bedeutet, dass sein Sohn nicht mal seine Artikel liest. Besana muss sich schwer beherrschen. Hat Jacopo sich etwa die Sendungen angesehen, in denen Milesi Hof hält?

»Es ist etwas komplizierter«, entgegnet er nun. »Er ist kein richtiger Vampir, wenn überhaupt, ist er ein Kannibale.«

»Ein Kannibale? Geil! Wie Hannibal Lecter?«

Besana zieht geräuschvoll Luft ein und hebt die Augenbrauen.

»So ungefähr.«

»Dann hast du Weihnachten allein mit dem Kannibalen verbracht?«

»Ich war nicht allein«, erwidert Besana, »ich war mit einer Kollegin unterwegs.«

»Hübsch? Läuft da was?«

»Nein, sie ist zu jung für mich. Und damit erst gar kein Missverständnis aufkommen kann, lasse ich mich sogar von ihr siezen, obwohl sich in der Redaktion alle duzen, stell dir vor.«

Jacopo scheint sich sehr für das Thema Piatti zu interessieren, mehr als für den Vampir oder den Kannibalen.

»Warum? Baggert sie dich an?«

Verdammt, so viele Fragen hat er ihm in seinem ganzen Leben noch nicht gestellt.

»Nein, sie baggert mich nicht an. Ich will einfach nur korrekt sein«, erklärt er.

»Ist sie so hässlich, Papa?«

Besana schweigt einen Moment, dann lächelt er. Aber dieses Lächeln gilt eher ihm selbst als seinem Sohn.

»Nein, Ilaria ist nicht hässlich. Sie hat ein hübsches Gesicht, ist gut gebaut. Aber sie tut alles, um hässlich zu wirken, ich weiß auch nicht warum«, sagt er und staunt selbst über seine im Grunde aufrichtige Antwort.

Nun knabbert sein Sohn an der Haut seiner Nagelhaut.

»Mama ist nicht glücklich«, sagt er plötzlich. »Weißt du, sie und Armando streiten sich oft.«

Dieses Geständnis überrascht Besana, und er weiß nicht, wie er reagieren soll. Fast möchte er sagen: Ach was, deine Mutter ist doch immer unzufrieden. Aber das lässt er lieber.

Ausgerechnet in diesem Moment klingelt sein Handy. Es ist Giorgio, da muss er drangehen. Er entschuldigt sich bei Jacopo und steht auf.

»Entschuldige, dass ich dich störe, du bist sicher gerade beim Essen«, beginnt Giorgio, »aber der Gerichtsmediziner hat an Antonella Ravasios Leiche etwas Interessantes entdeckt. Vielleicht hat deine Kollegin doch recht.«

»Und zwar?«

»Sie hat eine Kopfwunde, die auf einen Sturz aus einer gewissen Höhe schließen lässt. Momentan ist die Spurensicherung bei Foresti im Haus, sie haben mit Luminol Blutspuren entdeckt, und zwar direkt vor der Treppe. Wir vermuten, dass er sie erst die Treppe hinuntergestürzt und sie anschließend erwürgt hat, um dann das bekannte Szenario zu rekonstruieren. Und noch was: Er hat tatsächlich keinen Studienabschluss, ihr hattet also auch in der Hinsicht recht. Unbefugte Berufsausübung, in der Tat.«

»Ist ein Haftbefehl beantragt worden?«

»Ja, aber der Untersuchungsrichter hat ihn noch nicht bestätigt.«

»Mensch, das sind ja Neuigkeiten! Danke.«

In Hochstimmung kehrt Besana an den Tisch zurück, doch sein Sohn ist nicht mehr da. Im ersten Moment denkt er, dass er zur Toilette gegangen ist, bis ihm auffällt, dass auch der Rucksack weg ist. Verzweifelt versucht er ihn anzurufen, doch Jacopo geht nicht dran. Kurz darauf bekommt er eine Nachricht: *Wenn ich dir einmal etwas Wichtiges sagen will.*

28. Dezember

Mit finsterer Miene lenkt Besana den Wagen durch die Straßen der Bergamasca. Ilaria, die neben ihm sitzt, versucht, Konversation zu machen, doch er ist offensichtlich nicht zum Plaudern aufgelegt.

»Ich hatte also recht. Foresti hat seine Frau ermordet und beschlossen, die Tat dem Serienmörder in die Schuhe zu schieben.«

Das hat sie bestimmt schon hundert Mal gesagt, als wollte sie unbedingt von ihm hören, wie grandios sie ist. Aber den Gefallen tut Besana ihr nicht, sondern stiert nur weiter schweigend auf die Straße vor sich.

Er kann diese Ortschaften nicht mehr sehen. Keine vierzig Kilometer von Mailand entfernt findet man sich plötzlich in einer völlig anderen Welt wieder. Sobald man die Autobahn Serenissima an der Mautstation von Capriate verlässt und am Gugliel Motel und dem Roadhouse Grillrestaurant im Stil der tiefsten amerikanischen Provinz vorbeifährt, schnürt es einem fast die Luft ab. Nur ist das hier nicht die tiefste amerikanische Provinz, das hier ist reinster lombardischer Far West. Man muss sich nur mal die Straßenschilder im Dialekt ansehen: Aus *Capriate San Gervaso* wird *Cavriát Sant Gervás.*

Hier sind einfach zu viele Maisfelder und die ewig gleichen Dörfer. Dörfer, in denen es nichts gibt als Friseure, Haarstudio Sowieso, kombinierte Schreib- und Spielwarenläden, altmodische Juweliergeschäfte, Filialen von Volksbanken und bis an die Decke mit Spielautomaten vollgestopfte Bars mit Plastikstühlen Marke Sammontana, Stofftieren im Glaskasten und falschen Blumen auf dem Tresen. Und alle paar Meter Pizza zum Mitnehmen, nie richtige Restaurants mit Tischen, als scheuten sich die Menschen hier, in Gesellschaft anderer Menschen zu essen, und verschwänden lieber sofort mit ihrem Karton nach Hause. Einzige Orte der Begegnung, traurige Provinztreffpunkte, sind als Sportzentren deklarierte fürchterliche Mehrzweckbauten, die allerorten wuchern. Aber darüber hinaus gibt es nichts.

Bei so viel Trostlosigkeit verwundert es nicht, dass Einkaufszentren mit wuchtigen Namen wie Continente Mapello zu wahren Leuchttürmen in der Einöde werden. Und alles soll Modernität vorgaukeln: monumentale Schriftzüge von Elektromärkten, Werbetafeln, auf denen Spas und Fitnessstudios angepriesen werden, das Wort Outlet als Synonym für Verlockungen aller Art.

Besana ist es leid, Kilometer um Kilometer an Einfamilienhäusern vorbeizufahren, deren Gärten nur so wimmeln von überdimensionierten Terrakotta-Amphoren und Venussen, Jugendstil-Pavillons und Heim-Madonnen neben Pizzaöfen oder Grills. Er ist all diese Vitrinenschränke leid, in denen immer nur Bonbonnieren, strassbesetzte Bilderrahmen und Perlmuttschalen ausgestellt sind. Und überall herrscht eine gespenstische Stille, dass man in den Häusern das Geschirr klappern hört und der Ruf des Truthahns unheilvoll durchs Tal hallt wie ein

Hilferuf. Und wehe, du wendest hier einfach den Wagen oder, schlimmer noch, bleibst irgendwo stehen, um etwas ins Navi einzugeben, schon tauchen sie alle hinter ihren Fenstern auf und starren dich an. Was willst du hier, Fremder? Sie erkennen gleich, dass du nicht zur Gemeinschaft gehörst.

Der Misstrauenskult schlägt sich in einer derart überproportionalen Dichte an Videoüberwachungszonen nieder, dass man sich unweigerlich fragt, wie manche Leute es dennoch schaffen, dort zu töten, und dann noch so oft. Wo doch schon ein unbekanntes Auto genügt, um mit einem Schlag tausend Zeugen auf den Plan zu rufen. Dreiste Zeugen, die sich schamlos aus Fenstern oder über Balkonbrüstungen beugen, um dich mit verschränkten Armen schweigend anzusehen und dir das Gefühl zu geben, umzingelt zu sein. Genau darin liegt der himmelschreiende Widerspruch.

Warum machen sie sich nicht nützlich, wenn jemand ermordet wird? Die *Reserviertheit* des Nordens ist im Grunde nichts anderes als die Omertà des Südens, das von Mafiosi erfundene Gesetz des Schweigens. Es ist das gleiche Phänomen, dem man lediglich einen anderen Namen gegeben hat.

Auf Höhe eines kleinen Platzes steigt Besana plötzlich voll in die Eisen, und der Wagen bleibt mit quietschenden Reifen stehen.

»Er ist einer von hier«, sagt er unvermittelt.

Ilaria neigt den Kopf und reibt sich die Schläfen.

»Wir sind zu müde«, entgegnet sie, »zu nervös.«

»Er ist einer von hier«, wiederholt Besana, als hätte er sie nicht gehört. »Einer, bei dem die Leute nicht aus dem Fenster sehen, wenn er vorbeikommt.«

4. November 1873

Maria Walser steigt aus der Kutsche und sieht sich suchend um. Sie ist bis nach Pavia gereist, um Cesare Lombroso zu treffen. Der Fall Verzeni hat auch im Ausland Wellen geschlagen, und einen Monat zuvor hat sie diesbezüglich ausgiebig mit Professoren der Universität von Montpellier korrespondiert. Als Lombroso sie erblickt, scheint er zunächst verwirrt, offensichtlich hat er nicht erwartet, dass der Student aus Tübingen, den ein deutscher Kollege ihm schickt, eine Frau ist. Maria lächelt ihm zu. Nachdem er sich wieder gefangen hat, lädt er sie ein, ihm in das Innere der Universität zu folgen, wo sie sich in Ruhe unterhalten können. Maria antwortet mit einem Kopfnicken. Lombroso spricht Französisch, doch sie unterbricht ihn, sie spricht gut Italienisch. Lombroso staunt immer mehr.

Schweigend eilt Maria Walser hinter ihm her. Sie ist verzaubert vom Innenhof der medizinischen Fakultät, der Eleganz der doppelten Arkadenreihe, will kurz innehalten, um die Statue in der Mitte zu betrachten. Lombroso erklärt ihr, dass es sich um Alessandro Volta handele, bleibt jedoch nicht stehen, sodass sie sich beeilen muss, um ihn wieder einzuholen. Als er sie in den Anatomiesaal, die Aula Scarpa, führt, verschlägt es Maria den Atem. Der Saal wirkt wie ein von Palladio erschaffenes Theater, mit seinen Nischen, in denen Marmorbüsten stehen, mit den großen Bogenfenstern und der mit Grotesken bemalten Kuppel. Und dann diese geflügelten Geschöpfe, die die chirurgischen Instrumente halten, einfach wunderbar.

Lombroso bedeutet ihr, hinter dem Katheder Platz zu nehmen, wo einige Stühle stehen. Er erklärt ihr, dass die

Fresken erst kürzlich restauriert worden sind. Indessen holt er einige Zeichnungen hervor und zeigt sie ihr.

»Der grausame Monomane«, beginnt er, »weist in Wirklichkeit alle Merkmale des gesunden Mannes aus Bergamo auf.«

Maria liest die Akte. Zweiundzwanzig Jahre alt, einen Meter sechsundsechzig groß, achtundsechzig Kilo schwer. Lombroso weist auf das dunkelblonde Haar hin.

»Dichtes und sehr feines Haar«, sagt er, »wohingegen Geisteskranke oft sehr spärlichen Haarwuchs haben.«

Er reicht ihr ein Papier mit den kraniometrischen Daten und den Ergebnissen der Vermessung des übrigen Körpers. Auch die Ergebnisse der Augenspiegelung sind darauf verzeichnet.

»Gab es Krankheiten in der Familie?«, erkundigt sich Maria.

»Kretinismus, doch daran litten lediglich zwei Onkel«, erwidert Lombroso, »wovon der eine ohne Bartwuchs war und nur einen Hoden besaß und der andere atrophisch, mit unterdurchschnittlich großem, an den Seiten eingedrücktem Schädel.«

Maria fragt nach weiteren Krankheiten, worauf Lombroso ihr erklärt, dass der Vater Spätschäden einer leichten Pellagra aufwies, an der er 1871 für einige Tage erkrankt war. Hingegen seien weder bei der Mutter noch bei den Großeltern und Urgroßeltern mütterlicher- und väterlicherseits Krankheiten bekannt.

»Wie wirkte sich die Pellagra des Vaters aus?«

Maria ist zierlich und von Kopf bis Fuß in Schwarz gekleidet, aber ihre Augen leuchten. Wenn etwas ihre Aufmerksamkeit entzündet, werden diese Augen riesengroß und beginnen zu funkeln.

»Sie hat nur eine leichte Form von Delirium oder besser gesagt Hypochondrie hervorgerufen«, erläutert Lombroso. Dann fügt er hinzu, dass außerdem ein Cousin Verzenis an »zerebraler Hyperämie« gelitten und ein weiterer »wiederholt Diebstähle« begangen habe. Doch das sei alles.

»*Irre machen kein Geld,* hat mal ein Zeuge treffend über die Familie bemerkt«, sagt er dann, und zum ersten Mal, seit sie zusammen sind, lacht er.

Maria sieht ihm tief in die Augen. Sie findet ihn faszinierend, und sie bewundert ihn, ja, vor allem bewundert sie ihn. Wie gern würde sie mit jemandem wie ihm zusammenarbeiten.

»Die wahre Krankheit ist das Umfeld«, fährt Lombroso inzwischen etwas gelöster fort. »Verzenis Eltern waren so geizig, dass er 1866 krank wurde, weil er verdorbene Maispolenta essen musste«, sagt er. Und er beginnt ihr von Vincenzo Verzeni zu erzählen.

Er war ein schweigsamer Einzelgänger, doch niemand in der Schule nannte ihn einen Irren oder Sonderling, folglich war er es auch nicht, sonst hätten die Dörfler sicher kein Blatt vor den Mund genommen. Intelligent war er durchaus, das Problem war nur, dass er nicht lernen wollte.

»Hatte er nie Kopfschmerzen?«, fragt Maria.

»Nein, lediglich Durchfall im Sommer«, erwidert Lombroso.

Maria will mehr über Verzenis Charakter wissen.

»Er redet oder schweigt, gerade so, wie es angemessen ist«, sagt Lombroso, »er lügt in kohärenter Weise oder bleibt stumm, wenn ihm lügen nichts nützt, er versucht, andere zu beschuldigen. Er überlegt sich, welche Tötungsmethode sich für sein Opfer am besten eignet: der Strick für die Pagnoncelli, Erde im Mund für die Motta.«

»Also ist er geistig vollkommen klar.«

»Oh ja. Und auch fähig zu Emotionen«, bestätigt Lombroso. »Er ist beispielsweise völlig vernarrt in seine kleinen Neffen. Und er hat Liebesverhältnisse. Geht eines in die Brüche, beginnt er kurz darauf ein neues. Er ist schweigsam, doch im Gefängnis schließt er schnell Freundschaft mit den Zellengenossen. Geisteskranke dagegen sind in der Regel nicht sehr kontaktfreudig, weder in der Nervenheilanstalt noch außerhalb.«

»Das stimmt«, bekräftigt Maria.

Der Beweggrund der Taten jedenfalls ist klar. Lombroso zufolge handelt es sich um ein Problem sexueller Natur. An dieser Stelle senkt er den Blick. Es ist ihm peinlich, in Gegenwart einer Frau über gewisse Dinge zu sprechen.

»Es liegen Beweise für regelmäßige Masturbation und für frühreife Beziehungen selbst zu kleinen Mädchen vor«, sagt er. Immer noch, ohne sie anzusehen.

Maria lächelt. Sie ist es gewöhnt, Professoren nervös zu machen.

»Das Problem in dieser Gegend ist nicht die Pellagra, sondern die Bigotterie«, erklärt Lombroso. »Deshalb wollten die Frauen, die von Verzeni vergewaltigt wurden, ihn nicht anzeigen. Sie fürchteten sich mehr vor dem Richter als vor ihm. Was auch die Zeugenaussage der Mutter von Marianna Verzeni erklärt, die lieber von der *Wurmkrankheit* sprach als zuzugeben, dass dem Mädchen Gewalt angetan wurde. Als würde dieser Überfall die Tochter entehren. Verstehen Sie?«

»Sicher«, erwidert Maria Walser.

»Hinzu kommt auch hier wieder der geradezu krankhafte Geiz der Familie Verzeni«, erzählt Lombroso weiter. »Aus wirtschaftlichen Gründen verbietet man ihm zu heiraten. Er darf kein Geld für Vergnügungen ausgeben, er darf nur arbeiten und sonst gar nichts. Vor die Entscheidung gestellt, ein heftiges und übermächtiges sexuelles Verlangen zu unterdrücken oder ein Verbrechen zu begehen, entschied sich dieser junge Mann für Letzteres.«

Dann erklärt er, dass Verzeni sein Opfer nach der Vergewaltigung auch aus der Notwendigkeit heraus erdrosselt habe, den geschlechtlichen Akt vor den Leuten im Ort und vor allem vor seiner Familie geheim zu halten. Inzwischen hätten die Ärzte herausgefunden, dass die durch Gewalt stimulierte sexuelle Erregung ein Phänomen ist, welches sich bei allzu beherrschten Naturen ebenso findet wie bei unbeherrschten, so sagt er.

»Das legt die Vermutung nahe, dass der Trieb, zu töten, und der Sexualtrieb im Gehirn anatomisch und physiologisch eng miteinander verknüpft sind«, schließt Lombroso und sieht Maria Walser an.

»Das sehe ich auch so«, entgegnet Maria. »Es wird einem klar, wenn man *Die Physiologie der Lust* liest. Es ist ja weithin bekannt, dass Soldaten bei Plünderungen Vergewaltigungen als Waffe einsetzen.«

Lombroso ist erstaunt, dass eine Frau solche Bücher liest, aber er ist auch voller Bewunderung. Die deutsche Studentin ist sehr gebildet, es macht Spaß, sich mit ihr auszutauschen. Sie reden lange, dann bringt er sie zur Kutsche zurück. Am Abend muss sie wieder in Mailand sein, da sie am nächsten Tag die Nervenheilanstalt La Senavra besichtigen soll.

»Dennoch, einige Rätsel bleiben«, sagt Lombroso nun, als sie wieder den Innenhof durchqueren. Er erzählt ihr von den Zweifeln, die ihn quälen. So fragt er sich beispielsweise, was zur Veränderung in Verzenis Charakter geführt haben mag. Er war ein sensibles Kind, dem das Töten von Tieren ein Graus war, und zwar derart, dass man ihn hinausschicken musste, wenn eines geschlachtet werden sollte. Doch als er heranwuchs, fand er mit einem Mal Gefallen daran, Hühnern den Hals umzudrehen, schob diese Taten jedoch auf den Marder. Keiner hat je herausfinden können, wie es ihm gelungen ist, in so kurzer Zeit unbemerkt die Eingeweide und die Wade der Motta überall zu verteilen. Wie hat er es geschafft, so komplizierte Verbrechen in weniger als einer Dreiviertelstunde auszuführen? Und wie wählte er seine Opfer aus, die sich äußerlich in nichts glichen? Manche waren geradezu abstoßend. Seine Cousine Marianna ein von der Cholera gezeichnetes, dürres Mädchen. Und die alte Schnapsbrennerin? Kaum zu glauben, dass er sich zu ihr hingezogen gefühlt haben soll. Und dann die geradezu übermenschliche Kraft, die Verzeni für diese Morde brauchte, wenn man sich nur einmal die Fraktur der Speiche der Motta ansieht, eine Kraft, die man ihm bei seiner Statur gar nicht zutraut.

»Und die Nadeln? Was haben die Nadeln zu bedeuten?«, fragt Maria, die über alle Einzelheiten Bescheid weiß, weil sie die Prozessakten gelesen hat.

»Eben.« Lombroso schüttelt ratlos den Kopf. »Es ist nie herausgefunden worden, was diese Haarnadeln zu bedeuten haben. Verzeni sagt nur, dass es ihm Freude bereitet habe, sie aus Giovanna Mottas Haar zu ziehen und auf einem Stein anzuordnen. Aber er kann nicht erklären, warum er sie der Pagnoncelli in den Rücken gesteckt hat. Er sagt, er verstehe es selbst nicht.«

Der Kutscher hält Maria Walser die Tür auf und hilft ihr beim Einsteigen. Lombroso küsst ihr die Hand. Es fällt ihm schwer, sie gehen zu lassen, er mag ihre Hand kaum loslassen.

»Das Außergewöhnliche an diesem Fall«, sagt er, »ist die völlige geistige Klarheit des Angeklagten – und damit sein Bewusstsein für die besondere Schwere seiner Vergehen – auf der einen Seite und dieser unwiderstehliche Trieb auf der anderen Seite.«

»Das zeigt, wie wichtig es ist, diese armen Seelen, bei denen sich die Grenze zwischen Verbrechen und Wahnsinn verwischt, in Kriminalpsychiatrien unterzubringen«, erwidert Maria. Sie sieht ihm direkt in die Augen. Auch ihr tut es leid, abreisen zu müssen, sie wäre gerne noch ein paar Tage geblieben. Bei ihm.

28. Dezember

Der Tag geht so unerfreulich weiter, wie er angefangen hat. Giorgio ruft an, um mitzuteilen, dass der Untersuchungsrichter den Haftbefehl gegen Foresti nicht bestätigt, der in einem zweistündigen Verhör jegliche Schuld bestritten hat. Sein Anwalt erklärt, sein Mandant sei zur Tatzeit nicht zu Hause gewesen, und die Blutspuren an der Treppe zeigten zwar, dass seine Frau dort ermordet worden, nicht aber, dass er zu diesem Zeitpunkt zugegen gewesen sei.

»Foresti behauptet, er wäre den ganzen Abend im Auto herumgefahren, weil er und seine Frau gestritten hätten. Das Handy habe er zu Hause vergessen, und als er nach Hause kam, habe er gedacht, seine Frau sei bereits schlafen gegangen.«

»Was er bei der Vermisstenmeldung mit keiner Silbe erwähnt hat«, merkt Besana an.

»Der Widerspruch ist uns auch aufgefallen. Aber uns sind die Hände gebunden«, seufzt Giorgio.

Natürlich gibt Forestis Anwalt eine gleichlautende Erklärung ab, die alle Journalisten übernehmen müssen. Besana gesellt sich zu dem Trupp der anderen Reporter, doch dann flucht er und geht. Besorgt läuft Ilaria ihm hinterher. Sie sorgt sich vor allem um seinetwillen.

»Was ist denn heute los mit Ihnen?«

»Nichts, Piatti, ich habe nur diesen Scheißjob satt. Man findet an den Opfern DNA-Spuren, weil Bisse verdammt noch mal Spuren hinterlassen, aber niemand schafft es, eine DNA zu finden, die dazu passt. Ein Mord wird aufgeklärt, aber kein Haftbefehl wird erlassen. Es ist einfach nur frustrierend.« Besana kickt nach einer Zigarettenschachtel, die jemand achtlos auf die Straße geworfen hat. »Bin ich froh, dass ich bald in Rente gehe.«

»Das ist nicht wahr.«

»Oh doch. Mit meiner Abfindung kaufe ich mir ein schönes Eigenheim und setze mir tonnenweise Andentannen, Olivenbäume und andere Pflanzen, die nicht das Geringste mit der lokalen Vegetation zu tun haben, in meinen dämlichen kleinen Garten. Und statt uns irgendwelche Rechtsverdreher anzuhören, die den letzten Mist von sich geben, nur um ins Fernsehen zu kommen, gehen Sie und ich Gartenzwerge aussuchen.«

Ilaria bleibt stehen und beginnt zu lachen.

»Machen Sie mir gerade einen Heiratsantrag?«

Jetzt muss auch Besana lachen.

»Suchen Sie sich einen schönen Siebzigerjahre-Bungalow in Matschgrün aus. Er gehört Ihnen.« Und mit einer Geste fordert er sie auf, weiterzugehen.

Diese Ungeduld, die ihn immer wieder aus heiterem Himmel überkommt, ist unberechenbar. Eigentlich will Besana nichts lieber, als zu Hause auf seinem Sofa herumgammeln und sich betrinken, aber das Adrenalin lässt es nicht zu.

»Verdammte Scheiße, ich fühle mich so nutzlos«, setzt er hinzu, als sich die Wagentüren blinkend entriegeln. »Wir müssen noch mal von vorne anfangen, noch mal alles durchgehen. Vielleicht haben wir etwas übersehen«, sagt er mit Erregung, ja fast Verzweiflung in der Stimme. »Ich weigere mich, den Unsinn zu schreiben, den dieser Mörder uns weismachen will. Gut, er ist nicht der Serienmörder, aber ein Mörder ist er trotzdem.«

»Haben Sie nicht gesagt, das wäre der Job der Ermittler, und wir sind nur Journalisten, die sich aufs Berichten beschränken sollten?«

»Piatti, Sie lernen zu schnell.« Besana dreht den Zündschlüssel. »Und jetzt hören Sie auf mit Ihren Haarspaltereien, denn wir werden auch heute an einem fantastischen Ort speisen: Raststätte Brianza Nord. Ich liebe es, in dem Selbstbedienungsrestaurant dort von herrlichen Nebelschwaden umgeben zu schreiben. Vor allem, wenn die Autobahn so wie jetzt dicht ist.«

Als Besana das Restaurant betritt, begrüßt er eine Kellnerin, als wäre sie eine alte Freundin. Und sie behandelt ihn wie einen Stammgast.

»Ein kleines Bier, wie immer?«

Ilaria staunt.

»Ihnen gefällt es hier wirklich.«

»Es ist ein magischer Ort, der mir beim Nachdenken hilft. Oder würden Sie jetzt lieber im zähfließenden Verkehr an der Ausfahrt Carugate festsitzen?«

»Hauptsache, Sie sind zufrieden«, erwidert Ilaria schulterzuckend.

Die Kellnerin kommt mit den beiden Bieren zurück, und Besana bringt sie über die Verbrechen auf den neusten Stand.

»Kennen Sie sich schon lange?«, fragt Ilaria.

»Ich weiß nicht mal, wie sie heißt. Ich verkaufe ihr nur vertrauliche Informationen für einen Aperitif.«

Manchmal kann Ilaria ihm nicht ganz folgen, aber sie fragt lieber nicht weiter nach. Ihr fällt jedoch auf, dass ihr Bier nur aus Schaum besteht, vielleicht weil sie nichts zum Tausch angeboten hat.

Besana lässt sich auch ein Blatt Papier und einen Stift bringen. Für gewöhnlich macht er seine Notizen direkt in sein Handy oder sein iPad, aber heute hat er Lust, ein wenig zu kritzeln.

»Rekapitulieren wir«, sagt er. »Und lassen wir den Mord an der Ravasio außen vor, das bringt uns nur durcheinander. Früher oder später schnappen sie sich Foresti, es wird drei Instanzen geben, und wer weiß, wo ich bei der dritten bin. Also, der interessiert mich nicht.«

»Einwandfreie Argumentation«, erwidert Ilaria.

»Was mich aber jetzt und hier sehr wohl interessiert«, fährt Besana fort: »Wer ist dieser Irre, der so tut, als wäre er Verzeni?«

»Technisch gesehen können wir nicht von einem Serienmörder sprechen, da es bisher weniger als drei Opfer gibt«, wiegelt Ilaria ab.

Besanas Miene hellt sich auf.

»Ausgezeichnete Beobachtung, Piatti. Aber vielleicht hat er schon vorher getötet. Wir wissen nur nicht wo. Ich glaube nicht, dass ein Anfänger eine solche Inszenierung auf die Beine stellt. Niemand fängt so an.«

»Vielleicht ist diese Inszenierung ein Hilferuf«, überlegt Ilaria. »Vielleicht will er ja bemerkt werden. Weil er selbst nicht glauben kann, dass er so viele Jahre ungestört agieren konnte. Er muss sich darüber im Klaren gewesen sein, dass alle Zeitungen über ihn berichten, wenn er Verzeni ins Spiel bringt. Lässt er uns nach seiner Pfeife tanzen?«

Nachdenklich nippt Besana an seinem Bier.

»Die These ist durchaus plausibel. Spinnen wir sie ein wenig weiter. Es gibt nur eine Möglichkeit, über Jahre hinweg ungestört zu töten: Indem man Opfer auswählt, nach denen kein Hahn kräht. Nach denen niemand sucht. Denken Sie mal an die Nutten, die Stevanin getötet hat. Das hat niemanden gekümmert. Oder an Jeffrey Dahmer, den Kannibalen von Milwaukee, dessen Leibspeise junge Homosexuelle waren, die er in irgendwelchen Schwulenbars aufgegabelt hat.«

»Na ja, aber die Prostituierten, die zwischen ’97 und ’98 im Viereck des Todes ermordet wurden« – bei *Viereck des Todes* senkt Ilaria die Stimme –, »hatten Eltern, hatten Kinder, hatten vielleicht sogar Ehemänner. Sie waren nicht allein.«

»Trotzdem, ich kann mich nicht entsinnen, dass sich irgendjemand groß ins Zeug gelegt hätte. Die Morde wurden nie aufgeklärt.« Besana hebt den Arm, um bei seiner Freundin ein zweites Bier zu bestellen.

»Das stimmt wohl … Der Mann mit dem schwarzen Mercedes läuft immer noch frei rum. Vielleicht ist er unser Mörder.«

»Wir sollten uns nicht zu sehr auf die Gegend hier festlegen. Der Unbekannte könnte auch anderswo gemordet haben, außerhalb seines Gebietes. Zum Beispiel im Ausland. Er muss ja nur, wie viele Handwerker hier, in den Urlaub nach Kuba fliegen, sich dort irgendein armes Ding anlachen und im wahrsten Sinne des Wortes vernaschen. Davon bekommt man doch hierzulande gar nichts mit. Wahrscheinlich steht so was nicht mal in den kubanischen Zeitungen, die Castros mochten ja noch nie Negativpropaganda. Haben Sie eine Ahnung, wie viele Leute dort verschwinden? Nur werden die nicht von Kannibalen gefressen, sondern von Haien, während sie versuchen, nach Miami zu fliehen. Wer merkt da schon den Unterschied?«

Ilaria läuft es kalt den Rücken herunter.

»Oder Mexiko«, fährt Besana fort. »Ich habe neulich gelesen, dass jedes Jahr mehrere Tausend Menschen bei dem Versuch verschwinden, die Vereinigten Staaten zu erreichen. Meinen Sie, ein paar Frauen mehr oder weniger jucken da irgendwen?«

»Okay, mal angenommen, der Unbekannte wäre nicht beim zweiten, sondern mittlerweile beim zwanzigsten Opfer angelangt«, überlegt Ilaria, »warum sollte er ausgerechnet *jetzt* gefasst werden wollen?«

»Gute Frage, Piatti. Die nicht leicht zu beantworten ist. Warum will er gefasst werden? Vielleicht ist ihm die ganze Sache zu Kopf gestiegen, er hat die Erfahrung gemacht, dass ihm keiner in die Quere kommt, und er hält sich für schlauer als die Ermittler. Oder es ist ihm etwas zugestoßen.«

»Zum Beispiel?«

»Was weiß ich. Ein Trauerfall. Eine Trennung. Ein Problem auf der Arbeit. Oder ganz banal: Vielleicht kann er sich einfach keinen *Urlaub* mehr leisten.«

»Und muss sich jetzt mit den regionalen Spezialitäten zufriedengeben«, sagt Ilaria und stellt fest, dass sie fast schon wie Besana redet.

»Tja, das ist eben die Krise«, schmunzelt er. »Schluss mit Tacos, von nun an nur noch Casoncelli.«

28. Dezember

Als Besana die Treppe zu seiner Wohnung hinaufsteigt, bekommt er eine SMS von seiner Frau. Die wie üblich äußerst unerquicklich ist. Sie fragt wieder nach dem Geld für den Basketballverein und außerdem für die Dauerkarte fürs Schwimmbad, wovon nie die Rede war. Aber das ist nicht das Schlimmste. Was ihn wirklich auf die Palme bringt, ist die Erpressung zum Schluss, denn Marina lässt keine Gelegenheit aus, ihm vorzuhalten, dass Jacopo immer geknickt ist, wenn er von einem Treffen mit seinem Vater kommt.

Zu dumm, dass er Ilaria schon nach Hause gefahren hat. Jetzt würde es ihm guttun, über den Serienmörder zu reden. Besser, als alleine in dieser runtergekommenen Bruchbude zu hocken, die er gemietet hat, damit seine

Frau und sein Sohn in der ehemals gemeinsamen Wohnung bleiben können. Seine Bücher sind alle noch dort, im Arbeitszimmer mit den blauen Wänden, wo er so gern geschrieben hat. Vielleicht zieht er deshalb mittlerweile Rastplätze vor.

Er fragt sich, ob jetzt Marinas Freund sein Arbeitszimmer benutzt, und allein die Vorstellung versetzt ihm einen Stich. Das Bett ist ihm egal, es hat ihm sowieso nie gefallen. Zu barock, das Kopfteil zu hoch. Er hat sogar mit Marina gestritten, weil sie es einfach bestellt hatte, ohne es ihm vorher zu zeigen. Soll Armando ruhig auf dieser harten Matratze schlafen, auf der er sich nächtelang herumgewälzt hat, während er darüber nachdachte, dass er dabei war, die Frau zu verlieren, die an seiner Seite lag. Das Bett interessiert ihn nicht. Aber sein Arbeitszimmer, das geht zu weit. Wenn er das Geld dazu hätte, würde er es komplett abholen lassen. Die auf Maß angefertigten Bücherregale, den Schreibtisch seines Vaters, den Stuhl, den er aus der Redaktion mitgebracht hatte, als die Büros renoviert wurden und man alles rauswarf.

Er lässt seinen Blick schweifen. Eine teilmöblierte Zweizimmerwohnung: Dort ist er gelandet. Das ganze Leben malochen, um am Ende mit leeren Händen dazustehen. Er schließt einen Moment die Augen. Und wenn er erst nicht mehr arbeitet, wird alles noch schlimmer werden. Was wird er künftig abends tun, wenn er nicht mehr über die großen Verfehlungen der Menschheit nachsinnen kann? Muss er dann über seine eigenen Verfehlungen nachdenken, so klein und armselig, wie sie sind?

Er hat für die Zeitung seine besten Stunden hingegeben, Tag und Nacht. Stunden, selbst Minuten, die ihm immer wieder vorgehalten wurden. Vielleicht, weil er sie nicht zählte. Sie gehörten einer höheren Zeit an, ohne exakt umrissene Grenzen, einer Zeit, für die er sich auf merkwürdige Weise verantwortlich fühlte. Wenn ich es nicht mache, wenn ich nicht umherfahre, um zu verstehen, wer soll dann erzählen, wie sich die Dinge wirklich zugetragen haben? Viele Male hat diese Anstrengung den Ermittlern geholfen. Doch das sind Dinge, die er einer jungen Frau wie Ilaria lieber nicht beibringen will. Sonst macht sie es am Ende noch wie er und begreift alles als eine Frage von Leben oder Tod. Dabei leben und sterben die Menschen so oder so.

Zu verstehen, warum die Dinge passiert sind, gibt jenen nicht die Stimme zurück, die keine mehr haben, es gibt auch niemandem Zeit zurück – ganz gleich, ob viel oder wenig –, all jenen, die mehr Zeit gewollt hätten und die ein Anrecht darauf hatten. Wenn überhaupt, stellt es die Gerechtigkeit wieder her. Doch mit der Gerechtigkeit, hat man sie einmal erlangt, kann man sich nichts kaufen. Durch drei quälende Instanzen führen die Angehörigen eine Schlacht, die ihnen hilft, die Leere zu füllen. Danach bleiben sie mit ihrem Schmerz allein. Und manchmal auch mit der Wut, wenn derjenige, der so viel Leid verursacht hat, wegen guter Führung vorzeitig entlassen wird.

Und seine eigenen Verfehlungen? Manchmal, wenn Besana davon erzählt, übertreibt er sie sogar, weil er selbst kaum glauben kann, dass sie so gering sind. Ein einziger Ausrutscher, wegen einer Praktikantin, einem Miststück noch dazu. Ja, er hat einen Fehler gemacht, doch er hat einen zu hohen Preis gezahlt. Er hat seine

Frau, seinen Sohn und sein Arbeitszimmer mit den himmelblauen Wänden verloren. Ihm hat niemand drei Instanzen zugestanden. Die Verurteilung folgte auf dem Fuße. In dieser zerbrechlichen Gerichtsbarkeit, die die grundlegendsten menschlichen Beziehungen regelt, bestand er noch nicht mal auf der Unschuldsvermutung – denn unschuldig war er nicht –, er wollte nur angehört werden. Und jetzt weiß er nicht, mit wem er reden soll.

»Morgen hinterlege ich den Scheck für den Basketballverein und die Schwimmkarte beim Portier«, schreibt er zurück.

29. Dezember

Da schon seit Tagen nichts passiert ist und die Menschen nach Neuigkeiten über den Vampir lechzen, schlägt der Ressortleiter ein Interview mit einem berühmten Kriminologen vor, mit dem man ein paar Seiten füllen kann. Ilaria kennt ihn nur aus dem Fernsehen und ist höchst gespannt.

»Ein Angeber«, brummt Besana, ehe sie auf den Klingelknopf drücken. »Seien Sie gewarnt, er ist nicht gerade als besonders netter Zeitgenosse bekannt.«

Professor Pallotta erwartet sie hinter einem alten Mahagonischreibtisch, halb versteckt von einem Wall aus Büchern und mehr oder weniger sachbezogenen Gegenständen, darunter ein Inhaliergerät. Der Professor hat weißes Haar und ein massiges Doppelkinn, das ein Bart nur unzureichend kaschiert. Er trägt eine Brille mit getönten Gläsern, in einem Kasten vor ihm jedoch liegt mindestens ein weiteres Dutzend unterschiedlichster Brillen: Hornbrillen, Bifokalbrillen, Gleitsichtbrillen, Lesebrillen, Sonnenbrillen. Während er redet, wühlt er immer wieder in dem Haufen nach einer anderen Brille, als reiche die auf seiner Nase nicht aus, damit er sein Gegenüber deutlich erkennen kann.

In den Regalen stapeln sich Fundstücke aller Art, wie in einem Museum für Kriminalanthropologie. Stöcke, Messer, Löffel, Spiegel, Tabakdosen, Fächer, Krüge. Aber auch Ketten, Stricke, Schlingen, Kneifzangen und andere Folterinstrumente. Sogar das Modell eines elektrischen Stuhls und eines von Sing Sing finden sich in der Sammlung. Und natürlich Bücher, Unmengen von Büchern. Über Kriminologie, Strafrecht, Psychiatrie, Rechtsmedizin, forensische Genetik.

Als Dauergast in Fernsehtalkshows und Sendungen über Verbrechen oder vermisste Personen hat Pallotta es zu einer gewissen Berühmtheit gebracht und wird des Öfteren als Sachverständiger zu Gerichtsverhandlungen berufen.

»Wir Kriminalpsychologen sind mittlerweile wichtiger als die Staatsanwälte, schreiben Sie das ruhig. Mit dem richtigen Gutachten kann man jeden Straftäter vor einer lebenslänglichen Gefängnisstrafe bewahren. Unser Freund Lombroso wusste das. Den Prozess Verzeni kann man zumindest in dieser Hinsicht als ersten modernen Prozess bezeichnen. Wer hat recht: die Richter oder die Psychiater? Wo verläuft die Grenze zwischen Bösartigkeit und Geisteskrankheit? Inwieweit sind wir Herr über unser Handeln, wie frei sind wir wirklich, uns zwischen Gut und Böse zu entscheiden?«

»Das alte Problem des freien Willens«, merkt Besana an.

»In der Tat alt. Denn dann kamen die Neurowissenschaftler mit der Geheimwaffe, die endlich Klarheit schaffen sollte: dem *brain imaging*, der Farbfotografie des Gehirns. Heute kann man in den Kopf eines Killers hineinschauen, fotografieren, wie er denkt, die Mechanismen sichtbar machen, die ihn zu seiner Tat getrieben haben. Und *objektiv* entscheiden, ob er für sein Handeln verantwortlich ist und dafür zur Rechenschaft gezogen werden kann.«

»Ja, aber wir reden hier von einem Fall aus dem neunzehnten Jahrhundert«, gibt Besana zu bedenken.

»Vergessen Sie nicht, dass ein amerikanischer Forscher, António Damásio, ausgerechnet anhand eines Falls aus dem neunzehnten Jahrhundert zu seinen Schlussfolgerungen gelangt ist. Und zwar dem Fall von Phineas Gage, einem Arbeiter der Eisenbahngesellschaft, dem eine Explosion bei einem Arbeitsunfall eine Eisenstange durch den Schädel trieb. Er überlebte, schien sogar vollkommen geheilt. Doch dann begann er sich merkwürdig zu verhalten, wurde unnahbar, zeigte auf einmal Stimmungsschwankungen, fluchte, wie er es nie zuvor getan hatte. Freunde und Familie erkannten ihn nicht wieder. Was war geschehen? Damásio zufolge hat die Eisenstange den präfrontalen Kortex verletzt, also die Gehirnregion, die für die Impulskontrolle verantwortlich ist. Auf genau dieselbe Weise kann nach Ansicht Damásios eine völlig normale Person infolge eines Hirntraumas zum Verbrecher werden.«

Pallotta hält eine Zeitschrift hoch: »In den Vereinigten Staaten gibt es einen Forscher, der als neuer Lombroso gefeiert wird, ein gewisser Kent Kiehl. Hier, er hat in *Psychiatry Research*, der wichtigsten amerikanischen Fachzeitschrift für Psychiatrie, einen Artikel veröffentlicht, der großes Aufsehen erregte.«

»Und was hat er mit Lombroso zu tun?«, fragt Besana.

»Er hat etwas ähnlich Manisches und dieselbe Obsession für Strafgefangene. Kiehl hat geradezu unermüdlich die Gehirne von Insassen eines Hochsicherheitsgefängnisses in New Mexico gescannt. Er parkte einfach seinen Campingbus mit einem kompletten Magnetresonanztomografen im Innenhof des Gefängnisses, ließ die schlimmsten Verbrecher kommen und schob sie in die Röhre. Eine irrsinnige Arbeit, die so noch keiner vor ihm gemacht hat und die an die kraniometrischen Untersuchungen von Lombroso erinnert.«

»Und hat er etwas herausgefunden?«

»Ja. Dass Psychopathen anders sind als andere Menschen. Seiner Ansicht nach werden sie *anders geboren*. Genau wie bei Serienkillern und Sexualverbrechern fehlt in ihrem Gehirn die Verbindung zwischen dem limbischen System, das die Emotionen steuert, und dem präfrontalen Kortex, in dem die Impuls- und die Aggressionskontrolle stattfindet. Bestenfalls ist nur ihr paralimbisches System unterentwickelt, also die Hirnregion, in der die Emotionen entstehen. Oder die Amygdala ist deformiert, die Schaltzentrale des Gehirns, die die Angst steuert. Salopp ausgedrückt, sie haben ein Loch im Kopf, wie Phineas Gage.«

»Verrückt.«

»Wenn diese Brücke zwischen Instinkt und Gefühl fehlt, gelingt es den Betroffenen nicht, Empathie oder Mitleid mit ihren Mitmenschen zu empfinden, sie sind kalt und gefühllos wie Replikanten. Auf ihre Umgebung wirken sie in der Regel geistig völlig gesund, sie werden oft als sehr anständige Personen beschrieben.«

»Lombroso nannte diesen Typus die *moralischen Irren.*«

»Exakt. Kiehls Entdeckung erinnert gewissermaßen an die *mediane Okzipitalfurche*, die Lombroso am Schädel des Banditen Villella nachgewiesen hat, eine angenommene Anomalie in der Entwicklung des Kleinhirns, die auf den primitiven Menschen zurückgehen soll. Was Kiehl gefunden hat, ist eine organische Dysfunktion, die das Verhalten beeinflusst, dem geborenen Kriminellen den freien Willen nimmt und ihn somit in den Augen von Moral und Justiz schuldunfähig macht. Heute studiert man eben nicht mehr die Schädelknochen, sondern macht dank der Technik des *brain imaging*, des PET oder der Magnetresonanztomografie die Aktivität in den verschiedenen Gehirnregionen sichtbar.«

»Sie erinnern mich da gerade an einen Fall, den ich vor einigen Jahren verfolgt habe«, unterbricht ihn Besana. »Der erste Prozess in Italien, bei dem die Neurowissenschaften und die Genetik eine entscheidende Rolle spielten. Im März 2007 wurde in Udine ein Kolumbianer erstochen. Der Täter war ein algerischer Einwanderer, ein gewisser Bayout Abdelsowieso.«

»Abdelmalek«, ergänzt Pallotta. »Natürlich.«

Besana nickt und fährt fort: »Richtig, Abdelmalek. Er wurde gehänselt, weil er sich aus religiösen Gründen die Augen mit Kajal geschminkt hatte. Und man zog ihn damit auf, dass er schwul sei. Das war das Motiv. In erster Instanz bekam er in einem Schnellverfahren unter Berücksichtigung mildernder Umstände neun Jahre und zwei Monate wegen Totschlags. Doch in der Berufung mobilisierte die Verteidigung ein Team aus Psychiatern und Neurowissenschaftlern, die mit Bayout alle möglichen Tests und Analysen einschließlich eines MRTs durchführten und herausfanden, dass mit seinem Gehirn etwas nicht stimmte, weshalb er im Übrigen in Udine bereits in Behandlung gewesen war. Dann sah man sich seine DNA genauer an und fand heraus, dass einige Gene durcheinandergeraten waren, was angeblich sein aggressives Verhalten erklärte. Das Ende vom Lied war, dass man ihm ein Jahr seiner Haftstrafe erließ, weil er *genetisch vorbelastet* sei. Das Urteil hat uns in der ganzen Welt lächerlich gemacht. Die internationale Presse schrieb: *Italienischer Richter entdeckt Mörder-Gen*. Eine englische Zeitung titelte sogar: *Das Gen, das dich aus dem Knast holt*, oder so ähnlich.«

»Ja, ich erinnere mich«, bestätigt Pallotta. »Das sind natürlich journalistische Vereinfachungen, aber es ist durchaus etwas Wahres dran. Im Grunde hat sich der Triester Gerichtshof nur den neuesten Trends in der amerikanischen Justiz angeschlossen. Dort hat man vor Gericht schon früh auf die Neurowissenschaft zurückgegriffen, bereits in den Neunzigerjahren, wie bei dem Fall des geisteskranken John Hinckley junior, der aus Liebe zu Jodie Foster auf Reagan geschossen hat. Oder in jüngerer Zeit im Fall von Brian Dugan, einem Kerl aus Illinois, der zwischen 1983 und ’85 eine Siebenundzwanzigjährige und zwei Mädchen im Alter von zehn und sieben vergewaltigt und ermordet hat, ein sicherer Kandidat für die Todesstrafe. Doch was tun seine Anwälte, um ihn vor der Giftspritze zu bewahren? Sie rufen Kiehl an. Der Lombroso des neuen Jahrtausends macht ein

MRT von Dugans Gehirn und kommt zu dem Ergebnis, dass Dysfunktionen vorliegen, Dugan ein Psychopath sei und daher nicht voll zurechnungsfähig. Dugan verblieb bis 2011 im Todestrakt, bis der Gouverneur von Illinois die Todesstrafe abschaffte. Als seine Strafe in Lebenslänglich umgewandelt wurde, gingen die Leute auf die Barrikaden.«

»Das ist eben tiefstes Amerika«, bemerkt Besana.

»Aber es gibt auch eine Gegenbewegung in der Justiz«, fährt der Kriminologe fort. »In manchen Fällen mindert eine diagnostizierte Psychopathie die Schuldfähigkeit des Beklagten nicht, sondern verschlechtert seine Lage sogar und führt zu weit schwereren Strafen bis hin zur Todesstrafe. Wie dem auch sei, die Diskussion ist noch lange nicht zu Ende geführt. So mancher ist der Meinung, dass die Neurowissenschaft unser Recht und die Justiz revolutionieren wird, so wie Kopernikus und Einstein unsere Sicht auf das Universum revolutioniert haben.«

»Das bleibt abzuwarten.«

»Nach dem Fall Bayout gab es noch einen weiteren Fall, der beinah ebenso hohe Wellen geschlagen hat. In Como hat eine junge Frau ihre Schwester verbrannt und später auch versucht, ihre Eltern zu verbrennen. Sie hieß Stefania Albertani. Nach zwei widersprüchlichen psychiatrischen Gutachten wandte sich der Untersuchungsrichter an die Sachverständigen, die sich auch mit Bayout befasst hatten. Die führten mit der Angeklagten eine Reihe kognitiver Tests durch, scannten ihr Gehirn und entdeckten in einigen Schlüsselregionen eine Veränderung in der Dichte der grauen Substanz, vor allem in den Regionen, in denen die Hemmungen gesteuert werden. Und schließlich nahmen sie, wie bei Bayout, noch eine Gen-Analyse vor und fanden heraus, dass auch Albertani Trägerin dreier ungünstiger Allele ist, die die Neigung zu Aggression und Gewalt erhöhen. Vor Gericht in Como musste also die teilweise geistige Erkrankung bei der Festsetzung des Strafmaßes berücksichtigt werden: eingeschränkte Schuldfähigkeit. Das Strafmaß wurde auf zwanzig Jahre Haft herabgesetzt, obwohl das Urteil anerkannte, dass die »teuflische Stefania« nach dem Bankrott des Familienunternehmens kaltblütig, berechnend und aus wirtschaftlichen Interessen gehandelt hatte. Was also haben die Gene und Neuronen damit zu tun? Tatsächlich, so die Richter, sind Hirnmorphologie und Erbgut nicht Ursache der Tat, sondern lediglich Risikofaktoren. Das illustrieren sie mit einem Beispiel: Wenn du Bluthochdruck und einen zu hohen Cholesterinspiegel hast, erhöht sich die Wahrscheinlichkeit, dass du einen Schlaganfall oder Herzinfarkt erleidest, aber es *muss* nicht zwangsläufig dazu führen. Nun, wie auch immer, mittlerweile ist der Weg frei für diese Art der Auslegung.«

29. Dezember

Während des gesamten Gesprächs hat Besana sich zurückgehalten, aber ihm war deutlich anzusehen, was er dachte. Als sie draußen sind, macht er sich endlich Luft.

»Meinetwegen können Mörder im Gefängnis verrotten und fertig. Von wegen, Loch im Kopf, wenn ich das schon höre«, schimpft er, während er mit seinem schlingernden Gang neben Ilaria herläuft.

Aber der geht ein anderer Satz des Kriminologen nicht aus dem Sinn.

»Er sagte, von außen betrachtet wirken sie völlig *normal*, sogar wie sehr anständige Leute«, wiederholt sie abwesend. »Bestimmt haben die Opfer das auch gedacht und haben ihm deshalb vertraut. Das würde erklären, wie er an sie herankommt. Sie sehen ihn offenbar nicht als Bedrohung.«

Sie schlägt einen kleinen Spaziergang vor, vielleicht hilft ihnen das beim Nachdenken.

»Oder er betäubt sie«, sagt sie plötzlich. »Aber auch dazu muss er sich ihnen nähern, ohne sie zu erschrecken. Wie macht er das? Kennt er sie?«

»Piatti, in Kuhdörfern wie diesen kennt jeder jeden«, entgegnet Besana. »Auf diese Weise lässt sich das Feld nicht weiter eingrenzen. Es bestätigt lediglich unsere Theorie, dass er von hier ist.«

Ilaria kratzt sich im Nacken.

»Mag ja sein, aber das allein ist noch lange kein Grund, jemandem zu vertrauen. Hätten Sie hier keine Angst, nachdem Aneta Albu so brutal ermordet wurde? Ich schon. Und zwar auch vor Leuten, die ich seit Ewigkeiten vom Sehen kenne, wie den Briefträger oder den Blumenhändler. Ich würde jetzt jeden als potenziellen Mörder betrachten.«

»Ich weiß nicht, worauf Sie hinauswollen«, brummt Besana.

»Die Tatorte sind vor Blicken und Videokameras geschützt, Aneta wurde im Wald an der Adda ermordet und Dana in der Kiesgrube von Medolago. Das leuchtet ein. Aber wie bringt er sie dorthin? Aneta könnte er im Wald überrascht haben, aber Dana ganz sicher nicht. Wie bringt er sie dorthin?«

»Er lässt sie ins Auto steigen«, mutmaßt Besana.

»Aber warum steigen sie ein?«

30. Dezember

Es ist neun Uhr morgens, Besana liegt vergraben unter einer lila Bettdecke aus hundert Prozent feinstem ägyptischem Mako-Satin. Der Platz an seiner Seite ist leer. Cristina ist bereits aufgestanden. Nicht, um ihm Kaffee zu machen, sondern um über Skype Farsi zu lernen.

Cristina arbeitet für eine humanitäre Hilfsorganisation mit Sitz in Mailand und London. Vor ein paar Jahren hat sie beschlossen, sich um den Iran zu kümmern. Cristina interessiert es nicht, dass Marco Besana ein zynischer Einzelgänger und immer noch in seine zickige Frau verliebt ist. Ebenso wenig interessiert es sie, dass er beziehungsunfähig ist oder noch nicht bereit für eine neue Beziehung. Sie ist diejenige, die keine Verpflichtungen eingehen will. Sie möchte nur jemanden haben, mit dem sie zusammen essen und vögeln kann, wenn sie in Italien ist. Sonst nichts. Essen und Vögeln, zwei Dinge, die, nebenbei bemerkt, für sie denselben Stellenwert haben. Und für beides ist Besana genau der Richtige. Erstens, weil sie nicht gerne kocht und er sein Gehalt gerne in Restaurants auf den Kopf haut, zweitens, weil sie sich im Bett – und auch sonst – gut verstehen.

Als nun Besanas Handy klingelt und Cristina auf dem Display liest, dass Giorgio anruft, der Polizist aus Bergamo, rüttelt sie Besana nicht nur wach, sondern unterbricht auch ihre Farsi-Stunde mit dem Freund in Teheran. Sie will zuhören, mittlerweile ist auch sie Feuer und Flamme für die Geschichte des Serienmörders.

»Hey, die Zentrale ruft an. Aufwachen!«

Besana dreht sich im Bett um, knurrt, nimmt ein Kissen als Geisel.

»Was? Wer?«

»Dieser Polizist, der Mann deiner Schwägerin. Ist bestimmt was Wichtiges.«

Inzwischen hat das Handy aufgehört zu klingeln. Besana öffnet die Anrufliste, findet den letzten Anruf in Abwesenheit und drückt auf die Nummer, ohne die Augen richtig aufzumachen.

»Kaffee«, fleht er.

»Aber nur, weil du Gast bist«, erwidert Cristina.

Mit der Nespresso-Maschine geht es ganz fix, und wenig später kommt sie mit einem perfekten Kaffee zurück. Wie leicht es geht, perfekte Dinge zu machen. Vielleicht interessiert es sie deshalb nicht.

»Hast du ihn zurückgerufen?«

»Ist besetzt«, brummt Besana und kippt die Arabica-Mischung in einem Zug hinunter. »Bist du neugierig?«

»Sehr. Ich hab sogar meinen Kurs verschoben.«

Besana steigt aus dem Bett und kratzt sich unelegant im Schritt. Er muss pinkeln. Während er sich erleichtert, unterhält er sich durch die halb offene Tür weiter. Es ist eben ein philosophisches Erwachen, so was kommt schon mal vor.

»Du bist doch ständig mit dem Bösen konfrontiert, du

hast Genozide miterlebt. Wieso interessierst du dich für einen Serienmörder?«

»Im Krieg gibt es auch viele Serienmörder, man erkennt sie dort nur nicht«, entgegnet Cristina. »Oder doch, man erkennt sie daran, dass sie sadistischer sind als die anderen. Sie foltern beispielsweise grundlos. Das ist nicht dasselbe, wie einen Feind zu töten. Aber die Ausnahmesituation deckt sie. Mit etwas Glück landen sie irgendwann vor einem Militärgericht. Doch in der Regel bleiben ihre Vergehen ungestraft.«

Besana klatscht sich eiskaltes Wasser ins Gesicht. Als er fertig ist, ist der Spiegel nass gespritzt, und das halbe Bad steht unter Wasser. In Boxershorts und mit nacktem Oberkörper wandert er durch die Wohnung. Ehe er mit Giorgio redet, möchte er sich noch einen Kaffee machen und einen Happen essen. Er schiebt eine Scheibe Weißbrot in den Toaster und holt eine köstliche Himbeermarmelade aus dem Kühlschrank, die Cristina aus England mitgebracht hat. Gerade will er den warmen Toast mit Butter bestreichen, als sein Handy erneut klingelt.

Bevor er reagieren kann, kommt Cristina schon mit seinem Handy angelaufen, begieriger auf Neuigkeiten als er.

»Schalte den Lautsprecher ein, damit ich mithören kann«, sagt sie.

»Okay.« Mit marmeladenverklebtem Zeigefinger tippt er auf das Display des iPhones.

»Hallo, Marco, ich bin's. Stör ich?«

»Ich bitte dich«, erwidert Besana und bestreicht weiter seinen Toast.

»Hör zu, wir haben die Ergebnisse der DNA-Analyse«, sagt Giorgio.

»Und?«

»Die DNA von Vimercati passt.«

»Ausgezeichnet. Zum Sperma, nehme ich an. Und der Speichel?«

»Noch nichts. Nach wie vor unbekannt. Die Nachricht ist noch vertraulich, aber in Kürze wird der Haftbefehl ergehen. Vimercati hat lediglich für den Mord an der Ravasio ein Alibi, aber der hat ja, wie wir wissen, mit den anderen beiden nichts zu tun. Wir können beweisen, dass Picariello an dem Abend, an dem Aneta ermordet wurde, nicht mit ihm zusammen war. Es gibt sogar Zeugen.«

»Tatsächlich?«

»Ja. Er wurde beim Tanken in einer völlig anderen Gegend von einer Überwachungskamera gefilmt, und ein paar Rentner haben ihn in einer Bar in Bergamo am Spielautomaten gesehen.«

»Und für den zweiten Mord?«

»Für den hat Vimercati kein Alibi. Er behauptet, er sei allein zu Hause gewesen. Aber er kann natürlich das Handy dort gelassen haben und sonst wo hingefahren sein. Wir haben auch herausgefunden, dass er bei der Pergo Kunde war. Wenn Aneta keine Zeit hatte, ließ er sich wohl von ihr eine kleine Massage verpassen. Kurzum, er kannte beide Opfer sehr gut.«

»Genau das stört mich«, überlegt Besana. »Von Serienmörderinnen kennt man das, sie töten meistens ihren Ehemann oder Geliebten, aber bei Männern ist das anders, die bevorzugen in der Regel Unbekannte. Jedenfalls ist es merkwürdig. Abgesehen davon würde er doch nicht so offensichtlich vorgehen.«

»Würden *sie* nicht so offensichtlich vorgehen. Der

Untersuchungsrichter ist inzwischen wieder bei den Satanisten, er geht von Gruppenmord aus. Das kannst du ruhig schreiben, wenn du willst. Das Sperma ist von Vimercati, aber wir wissen nicht, von wem der Biss stammt. Sie müssen mindestens zu zweit gewesen sein.«

»Na ja«, sagt Besana, »ich denke immer noch, dass es sich um einen Serienmörder handelt. Und Serienmörderpaare sind äußerst selten. Aber danke. Lass es mich wissen, wenn die Verhaftung offiziell ist.«

30. Dezember

In den überregionalen Medien hat sich das Vampirfieber wieder etwas gelegt. Seit Tagen sickert nichts oder nur wenig über die Ermittlungen durch. Als der Nachrichtenleiter in der Redaktionskonferenz die Themen des Tages präsentiert, fragt der Chefredakteur: »Und, gibt's was Neues aus der Bergamasca?«

»Also, da wäre noch der Streit wegen der afrikanischen Flüchtlinge, die die Lega Nord nicht im Zentrum von Ponteranica haben will.«

»Lass mich mit dem Mist in Ruhe, ich rede vom Vampir.«

»Ach so. Immer noch nichts. Die Ermittler halten dicht.«

Verärgert schlägt der Chefredakteur mit der flachen Hand auf den Tisch.

»Interessiert mich nicht. Dann findet eben etwas, worüber wir schreiben können. Und zwar heute noch. Die

Leser sind verrückt nach solchen Geschichten. Was macht Besana? Schläft er? Die Konkurrenz ist dabei, die Liebhaber der ermordeten Masseurin unter die Lupe zu nehmen, da gab es anscheinend eine ganze Menge. Warum machen wir nicht auch was darüber?«

»Chef, ich *bitte Sie.*« Sofort wenden sich die Köpfe sämtlicher um den Tisch versammelter Kollegen nach der etwas schrillen Stimme der stellvertretenden Chefredakteurin um. »Das ist doch wieder der übliche Chauvinisten-Mist. Wollen wir wirklich eine tote Frau noch mit Dreck bewerfen?«

Der Chefredakteur seufzt resigniert.

»Sie haben recht, meine Liebe. Halten wir uns an seriösere Themen. Die Sache mit der DNA zu Beispiel, vielleicht können wir einen Genetiker interviewen. Ruft sofort Besana an. Er soll rausfahren.«

In eine himmelblaue Daunenjacke mit Kapuze eingemummelt, wartet Ilaria an der Haltestelle Piola auf Besana. Von Weitem sieht sie aus wie ein Kind, dessen Mutter etwas zerstreut war, als sie es angezogen hat. Unterhalb der Daunenjacke lugt eine Jogginghose hervor, dazu trägt sie klobige graue Wildlederstiefel, eine offensichtliche Uggs-Kopie aus China.

»Piatti, gehen Sie immer im Trainingsanzug zu Interviews?«

»Mir war kalt«, erwidert sie.

Besana seufzt, dann hakt er sie unter, um sie mit seinem Schirm vor dem Regen zu schützen, was bei dem Wind so gut wie unmöglich ist. Während sie zum Institut für forensische Genetik in der Via Mangiagalli marschieren, bringt Besana sie in Sachen Vimercati auf den neuesten Stand.

»Die DNA passt, daran ist nicht zu rütteln«, schließt er.

»Und wir fahren nicht hin?«

»Piattola, morgen ist Silvester. Feiern Sie nicht?«

Ilaria schlägt die Augen nieder. Offenbar schämt sie sich, zugeben zu müssen, dass sie nirgends eingeladen ist.

»Ich bin bei einer guten Freundin zum Essen eingeladen. Acht bis zehn Leute, ein entspannter Abend«, sagt Besana. »Haben Sie Lust mitzukommen?«

Ilaria hebt ihr Gesicht, das man unter der Kapuze nicht sehen konnte. Sie lächelt herzzerreißend.

»Wirklich?«

»Ich warne Sie, man wird Sie Löcher in den Bauch fragen, um alles über die Morde zu erfahren«, entgegnet Besana, »Sie werden nicht zum Essen kommen.«

Ehe Ilaria etwas erwidern kann, sind sie bereits vor dem Institut angekommen.

Davide Lindner ist ein hochkompetenter junger Genforscher, der oft von der Staatsanwaltschaft als Berater hinzugezogen wird. Auf den ersten Blick wirkt er wie ein unscheinbares junges Bürschlein, doch er veröffentlicht Artikel in internationalen Fachzeitschriften und hat bereits in Dutzenden wichtigen Prozessen in ganz Italien Gutachten erstellt. Er empfängt sie im weißen Kittel und lässt sie in seinem Labor zwischen Hightechapparaturen auf zwei hölzernen Fünfzigerjahre-Sesseln Platz nehmen.

»Wie kann ich Ihnen behilflich sein?«

»Wir möchten unseren Lesern in einfachen Worten den Zusammenhang zwischen Genetik und Justiz erklären.«

»Da muss ich etwas ausholen. Der erste Fall, bei dem

die Genetik vor Gericht eine Rolle spielte, reicht dreißig Jahre zurück. 1983 wurde in England in der Nähe von Leicester auf einem Feldweg ein fünfzehnjähriges Mädchen vergewaltigt und erwürgt. Drei Jahre später erfolgte ein weiterer Mord, abermals eine Fünfzehnjährige. Die Leiche wurde in der Nähe einer psychiatrischen Klinik aufgefunden, und ein Klinikangestellter, ein verhaltensgestörter Siebzehnjähriger, der von der Polizei in die Mangel genommen wurde, gestand die Tat. Allerdings nur die zweite. Um also den Täter Nummer eins, den Mörder des ersten Mädchens, zu finden, beschloss man, eine brandneue, noch nie zuvor ausprobierte Methode anzuwenden: den DNA-Test, der von Alec Jeffreys entwickelt worden war, einem Genforscher der Universität von Leicester. Professor Jeffreys entdeckte, dass das Sperma, das man bei beiden Leichen gefunden hatte, vom selben Mann stammte. Und dieser Mann war nicht der junge Klinikangestellte. Also begann die Polizei, DNA-Proben von viertausendfünfhundert Freiwilligen des Ortes im Alter zwischen sechzehn und vierunddreißig Jahren zu nehmen. Doch keine DNA entsprach der des Täters.«

»Also ist das Experiment gescheitert«, sagt Besana.

»Wissen Sie, was passiert ist? Ein Konditor aus der Gegend hatte einem Kollegen zweihundert Pfund gegeben, damit der an seiner Stelle zum Test ging. Es verging ein Jahr, die Ermittler tappten weiterhin im Dunkeln, schon wurden Stimmen laut, dass Genuntersuchungen nichts bringen. Doch dann meldete sich plötzlich eine Frau zu Wort, die von dem Deal Wind bekommen hatte: Pitchfork, so der Name des Konditors, wurde verhaftet und zu zweimal lebenslänglich verurteilt. Er war der erste

Mörder der Geschichte, der aufgrund seines genetischen Fingerabdrucks ins Gefängnis kam. Und der junge Klinikangestellte war der Erste, der dank dieser revolutionären Technik freigesprochen wurde.«

»Aber wie genau funktioniert der Test?«, will Besana wissen. »Können Sie es unseren Lesern erklären?«

»Also, da es unmöglich ist, über drei Milliarden Basenpaare Ihrer oder meiner DNA zu sequenzieren, müssen wir uns damit begnügen, hier und da ein paar Abschnitte zu entnehmen. Jeffreys hatte 1984 eine Methode gefunden, um die Länge der DNA-Fragmente einer Person zu messen und mit am Tatort sichergestellten Proben zu vergleichen, um zu sehen, ob die Profile übereinstimmten. Doch dieses System erforderte wochenlange Arbeit, und man benötigte große Mengen biologischen Materials, Blut, Sperma oder Hautpartikel. Wenn man lediglich über einen Blutfleck auf einem Schuh, ein Haar oder einen Tropfen Speichel verfügte, konnte man kein Resultat erzielen. Doch dann kam plötzlich der etwas verrückte, aber geniale Chemiker Kary Mullis und erfand den Fotokopierer der DNA.«

»Ein Fotokopierer?«

»Ich nenne es der Einfachheit halber so, der wissenschaftliche Begriff lautet Polymerase-Kettenreaktion, abgekürzt PCR. Es ist praktisch eine Technik, die es ermöglicht, auch die kleinsten DNA-Proben mithilfe eines speziellen Enzyms zu kopieren. Für diese Erfindung hat Mullis den Nobelpreis bekommen. Dank ihm haben die Ermittler ein sehr viel wirkungsvolleres und raffinierteres Instrument, um Personen zu identifizieren. Aber leider ist auch die PCR nicht unfehlbar.«

»Nicht? Und warum nicht?«

»Weil die DNA-Proben beim Kopieren leicht verunreinigt werden können, man muss nur mal lachen oder niesen. Deshalb müssen die Laboranten sterile Handschuhe, eine spezielle Haube und einen Mundschutz tragen. Aber mit den Jahren wurden die Techniken immer weiter perfektioniert. Seit ’98 benutzt das FBI einen neuen Test, die sogenannte STR-Analyse. Die *short tandem repeats*, bekannter als Mikrosatelliten, sind sehr kurze und häufig wiederholte DNA-Abschnitte. Mit dem Computer lassen sich solche Analysen in Rekordzeit durchführen, mit zuverlässigen Ergebnissen.«

»Und mit diesen Mikrosatelliten ist man auf der sicheren Seite?«

»Im Großen und Ganzen ja. Die Wahrscheinlichkeit, dass man zwei Menschen mit derselben Gen-Ausstattung findet, beträgt eins zu hundert oder tausend Milliarden, also weit mehr, als wir Einwohner auf der Erde haben. Und vor allem bei Sexualdelikten benutzen wir auch Marker, die uns darüber Aufschluss geben, ob die DNA zu einem Mann oder zu einer Frau gehört. Sprich, ob ein Y-Chromosom auftaucht, das nur Männer haben. Erinnern Sie sich an Donato Bilancia, den Serienmörder von der ligurischen Riviera?«

»Ja, natürlich. Ich habe mich für die Zeitung mit ihm befasst. Achtzehn Morde und ein versuchter Mord zwischen Oktober 1997 und April 1998. Man hat ihn anhand der DNA-Spuren auf Zigarettenkippen und Kaffeetassen überführt.«

»Genau. Auch bei Ferdinando Carretta, diesem Typen aus Parma, der 1989 seine ganze Familie ausgelöscht hat, genügten winzige, zehn Jahre alte Blutspuren, um seine Schuld zu beweisen.«

»Aber ich kann mich an mindestens einen Fall erinnern, in dem der Test fehlgeschlagen ist«, wendet Besana ein. »Vielleicht wissen Sie das auch noch: Das junge Mädchen, das im Pinienwald bei Castiglioncello ermordet wurde. Man hat einen Barkeeper aus Liverpool beschuldigt, weil seine DNA laut Scotland Yard der des Mörders entsprach. Dabei war er nie in Italien gewesen.«

»Ja, ich erinnere mich noch gut. Allerdings ist man beim Abgleich auch etwas zu hastig vorgegangen. Man hat nur sechs oder acht Regionen des Genoms untersucht, die zusammenzupassen schienen. Als man den Test wiederholte, hat man erkannt, dass sie doch nicht übereinstimmten. Fehler sind immer möglich, aber die Technik hat Riesenfortschritte gemacht. Man darf natürlich bei der Spurensicherung am Tatort nicht schlampig arbeiten, wie es im Fall des Mordes an Meredith Kercher in Perugia geschehen ist. Kompliziert wird die Sache, wenn man mehrere verschiedene DNA-Spuren hat, die sich miteinander vermischen, wie etwa bei Sexualdelikten, wenn sich das Sperma des Vergewaltigers mit Zellen der Vaginalschleimhaut des Opfers vermengt. Aber in der Regel ist der Test zuverlässig. Und natürlich sollte man mit qualifizierten Laboren zusammenarbeiten und die Analyse im Idealfall bei verschiedenen unabhängigen Stellen wiederholen lassen, um die Fehlerquote zu verringern.«

»Aber genügt tatsächlich die DNA, um jemanden zu verurteilen?«, fragt Besana. »Nur weil mein genetischer Fingerabdruck bei einem Opfer gefunden wird, heißt das doch noch lange nicht, dass ich der Mörder bin.«

»Sehen Sie, zwei Urteile des Obersten Gerichtshofs haben bereits festgesetzt, dass der Ausgang des Tests nicht als bloßes Indiz abgetan werden kann. Er gilt als Beweis. Und außerdem dient die DNA ja im umgekehrten Fall auch dazu, die Unschuld eines Angeklagten zu beweisen. In Amerika gibt es das *Innocence Project*, eine Initiative, die zu Unrecht Verurteilten hilft, eine Genanalyse einzufordern, um ihre Unschuld zu beweisen. Seit 2008 hat man auf diese Weise über zweihundert Freisprüche erwirkt.«

»Wahnsinn.«

»Inzwischen gibt es ein neues Verfahren, das *molecular photo fitting*, das Doktor Peter Claes von der Universität Leuven entwickelt hat. Mit diesem Verfahren kann man anhand einer DNA-Spur das Gesicht einer Person in 3-D rekonstruieren. Man braucht dazu nur zwanzig Gene. Ein Haar genügt.«

31. Dezember

Mit einem Weihnachtsstern, der größer ist als sie selbst, steht Ilaria bei Cristina vor der Tür. Als Besana ihr öffnet, sieht er zunächst nur eine Pflanze. Doch als Ilaria hinter dem Topf zum Vorschein kommt, verschlägt es ihm die Sprache. Schwarzes Schlauchkleid, Stiefel mit Absätzen, die Haare zusammengebunden und ein leichtes Make-up. Die riesige, runde Brille, die sie stets trägt, ist heute ein elegantes, fast exzentrisches Accessoire, ja, geradezu sexy.

»Piattola, Sie sehen umwerfend aus«, sagt Besana anerkennend. »Kommen Sie, wir sind alle in der Küche.«

Laura, Cristinas Schwester, ist mit der Zubereitung einiger exquisiter Speisen beschäftigt: Risotto mit Radicchio, Polenta mit Hühnchen, Bohnenauflauf.

»Laura ist Profi, sie hat einen Küchenblog«, erklärt Besana.

Cristina bietet Ilaria ein Glas Weißwein an und hält ihr ein Brettchen mit Wurst und Käse, Oliven und kleinen Tomaten-Bruschette hin. Dabei erzählt sie ihr, dass sie all ihre Artikel liest und inzwischen ganz verrückt ist nach dem Fall.

»Wir wollen alles wissen«, sagt sie.

Besana zwinkert Ilaria zu und hebt sein Glas.

»Was habe ich Ihnen gesagt? Verbrechen faszinieren jeden. Bringen Sie sie auf den neusten Stand.«

Ilaria ist es nicht gewöhnt, im Mittelpunkt zu stehen. Aber sie will ihr Bestes geben, schon, um Besana nicht zu enttäuschen.

»Na ja, also heute hatten wir einen Mythomanen«, beginnt sie und nimmt einen Schluck Pouilly Fumé. »Nachts kam ein Typ aufs Polizeipräsidium in Bergamo und behauptete, er hätte alle drei Morde begangen. Aber er hat auf sämtliche Fragen falsch geantwortet, er wusste nicht mal, wo man die Leichen gefunden hatte. Wie sich herausstellte, war er gerade aus der Hare-Krishna-Kommune abgehauen.«

»Hare-Krishna-Kommune?«

»Ja, die haben ein Dorf oben in Chignolo d'Isola. Marco und ich waren heute dort, um etwas mehr über ihn zu erfahren.«

Besana ist stolz auf sie, alle amüsieren sich prächtig. Als Ilaria seinen Vornamen ausspricht, zuckt er ein wenig zusammen, lässt es sich aber nicht anmerken.

»Er hatte es darauf angelegt, verhaftet und von den Ordnungskräften getötet zu werden«, setzt Ilaria ihren Bericht fort. »So hat er es wirklich gesagt, der Ärmste. Man hat ihn sofort zwangseingewiesen. Seine Frau hatte ihn verlassen, danach ist er anscheinend durchgedreht.«

»War er denn auch ein Krishna-Anhänger?«, fragt ein großer blonder Mann um die vierzig.

»Nein«, erwidert Ilaria, »er war einfach nur Gast der Gemeinschaft. Es sind sehr nette und hilfsbereite Leute, die ihn nur bei sich aufgenommen und ihm ein Zimmer gegeben haben, weiter nichts.«

»Und wie ist ihr Dorf?«, erkundigt sich Cristina.

»Seltsam«, entgegnet Ilaria. »Sie vertreten den Standpunkt, dass materielle Wünsche dem menschlichen Geist schaden. Ihre Bewegung zielt darauf ab, den Menschen von diesem Übel zu befreien und ihm dabei zu helfen, sein Bewusstsein zurückzuerlangen. Sie leben in einem ganz eigenen Universum. Und das nur einen Katzensprung von Orten entfernt, an denen diese grausamen Dinge geschehen.«

»Und dort ist alles offen«, schaltet sich Besana ein, »da kann jeder rein. Draußen läuft ein gefährlicher Mörder herum, doch sie unternehmen nichts, um sich zu schützen. Wir machen uns fast ein bisschen Sorgen. Das haben wir ihrem Oberguru auch gesagt. Aber er hat nur gelächelt und gemeint, dass die Polizei das auch denkt.«

»Hat man sie befragt?«, will Laura wissen, die gerade den Reis abschmeckt.

»Ja«, erwidert Besana, »und alle haben freiwillig ihre DNA-Probe abgegeben. Aber ich bezweifle stark, dass sich unter ihnen ein Mörder versteckt. Das Dorf ist eher voller potenzieller Opfer. Da laufen Mädchen aus

Griechenland oder Sri Lanka, aber auch welche direkt aus dem Tal im Sari herum und bieten den Besuchern Kuchen an. Die sollten momentan lieber ein bisschen vorsichtiger sein.«

Das Risotto ist fertig, und Cristina bittet die Gäste zu Tisch. Der Blonde ist Werber, seine Schweizer Frau Architektin. Dann gibt es ein schwules Paar, beide sind in der Modebranche tätig. Lauras Freund ist Anwalt und hat seinen Cousin mitgebracht, einen Wirtschaftswissenschaftler. Während des Essens reden sie weiterhin über den Vampir von Bottanuco. Cristina ist vor Kurzem aus dem Iran zurückgekehrt, aber danach fragt niemand. Alle interessieren sich nur für den Serienkiller.

Für Ilaria ist es eine ganz neue Erfahrung, ihren Lesern Rede und Antwort zu stehen. Sie hätte nie gedacht, dass jemand ihre Artikel so aufmerksam liest, sich sogar an viele Details erinnert und mehr wissen will.

»Was meint ihr, wird er weiter töten?«, fragt jetzt der Ökonom. »Schließlich hatte Verzeni nur zwei Opfer.«

Er ist ein gut aussehender Mann in den Vierzigern, mit dunklen Haaren und Adlernase. Er spricht sie immer im Plural an, wendet sich jedoch nur Ilaria zu. Vielleicht hat er ein Auge auf sie geworfen.

»Wenn Serienmörder erst einmal an einem gewissen Punkt angelangt sind, können sie in der Regel nicht mehr aufhören«, beantwortet Ilaria seine Frage. »Wir sind überzeugt, dass er nicht zum ersten Mal gemordet hat. Momentan wurde noch keine Verbindung mit anderen Delikten hergestellt, daher dürfen wir es nicht schreiben, aber wir haben das Gefühl, dass er die sogenannte Latenzzeit, die oft Jahre dauert, bereits überschritten hat.«

Ihre Zuhörer sind fasziniert von dieser These.

»Kann er nicht einfach seinen Modus Operandi geändert haben?«, fragt Cristina. »Ähnliche Verbrechen wären doch bemerkt worden. Es ist ja nicht gerade unauffällig, wenn ein Mörder seinen Opfern die Eingeweide rausholt, sie beißt, mit ihrem Blut schreibt.«

Ilaria wirft Besana einen Blick zu. Jetzt ist er an der Reihe.

»Er kann natürlich seinen Modus Operandi verändert haben. Aber nicht allzu sehr. Wenn er ein Kannibale ist, wenn es ihm Lust bereitet, seine Opfer zu strangulieren, wird er sich kaum darauf verlegt haben, sie mit einem Nackenschuss zu töten. Deshalb haben wir den Verdacht, dass er vorher im Ausland zugeschlagen hat. In manchen Ländern ist es ein Kinderspiel, Menschen verschwinden zu lassen.«

»Was denken die Ermittler?«, fragt Laura.

»Was die stellvertretende Staatsanwältin denkt, weiß ich nicht, sie ist ein schwieriger Typ, man kommt kaum an sie ran. Aber ich habe einen Freund bei der Kripo, der meine Meinung teilt. Wenn man allerdings das Feld nicht ein wenig einschränken kann, gestaltet sich die Suche unmöglich. Natürlich können wir uns auch irren.«

Es ist fast Mitternacht geworden, und man will das neue Jahr nicht mit derart düsteren Themen beginnen. Cristina und ihre Schwester stehen auf, um die beiden großen Flaschen Champagner zu holen, die das schwule Paar mitgebracht hat. Die Schweizerin und der Ökonom schneiden den Kuchen an, den Besana in einer der besten Konditoreien Mailands gekauft hat. Gleich beginnt der Countdown, da hat man gefälligst in Partylaune, ausgelassen und fröhlich zu sein. Der Fernseher wird eingeschaltet, der Mistelzweig aufgehängt, irgendwer fängt an, zu einem Popsong zu tanzen. Neun, acht, sieben. Ilaria gelingt es nicht, sich von der Vorfreude anstecken zu lassen. Das Champagnerglas in der Hand, starrt sie auf die Mattscheibe, als könne sie dort eine Antwort finden. Sechs, fünf, vier. Sie fragt sich, was der Mörder gerade macht. Wo mag er sein? Vielleicht wirkt er wie ein ganz normaler Mensch, so wie die Leute um sie herum. Hat er Freunde? Eine Familie? Ist er allein? Mit wem stößt er heute Abend an? Drei, zwei, eins. Wird er wieder töten?

Zweiter Teil

1. Januar

Am Neujahrstag will Ilaria nur den ganzen Tag im Bett bleiben. Aber sie ist zu unruhig. Also beginnt sie zu bügeln. Das hat sie seit einer Ewigkeit nicht getan. Sie lässt das Bügeleisen über den Stoff gleiten, glättet jede Falte. Aber nichts zu machen.

Sie kann nicht aufhören, an die Kinder von Antonella Ravasio zu denken, die eines Tages werden durchmachen müssen, was sie durchgemacht hat. Man wird sie an die Hand nehmen und ihnen in vorsichtigen, ganz vorsichtigen Worten erklären müssen, dass die Mama ermordet wurde. Und vor allem, von wem.

Sie kann sich noch genau an diesen Moment erinnern und an ihre Schuldgefühle, weil sie instinktiv ihre Tante zu hassen begann, die es ihr erzählt hatte, statt ihren Vater. Niemals hätte sie es zugegeben, aber sie verdächtigte ihre Tante – sie lügt doch nur, weil sie und Papa sich nie verstanden haben –, verdächtigte sogar ihre Mutter – vielleicht ist sie wirklich einfach abgehauen, sie hatte die Nase voll von uns –, sie verdächtigte alle möglichen Leute, um nur nicht der Wahrheit ins Auge blicken zu müssen.

Manchmal, wenn sie in ihrem Zimmer war, konnte sie hören, wie ihr Onkel und ihre Tante nebenan leise miteinander sprachen. Sie hörte sie sagen, dass man eine

Psychologin suchen müsse. Bestimmt werden sie ihr sagen, dachte sie, sie soll mich überzeugen, dass es mein Vater gewesen ist, auch wenn es gar nicht stimmt.

Es war ein kleines Drama, als Onkel und Tante sie baten, mit dem Anwalt zu reden. Der Anwalt war ein freundlicher Herr, er hatte ihr sogar ein Geschenk mitgebracht. Ein Federmäppchen, das sie unentwegt öffnete und schloss, weil es voller geheimer Taschen war. Währenddessen versuchte der Anwalt, ihr Fragen zu stellen. Aber Ilaria war wie dieses Mäppchen, sie öffnete und schloss sich unentwegt und versteckte viele Dinge in den Taschen. »Man braucht Geduld«, sagte der Anwalt in der Tür zu ihrem Onkel und ihrer Tante. »Ich denke nicht, dass wir sie als Zeugin aussagen lassen sollten.«

Ilaria sah sich schon im Gerichtssaal, im Angesicht ihres Vaters, wie sie vor allen Leuten würde sagen müssen: »Er ist der Mörder.« Um das zu vermeiden, tat sie alles, um krank zu werden. Sie ging ohne Jacke nach draußen, küsste eine Freundin, die die Windpocken hatte, fuhr freihändig Rad.

Sie zwang sich, nicht mehr an jenen Abend zu denken, so als hätte sie ihn tatsächlich völlig vergessen. Hatten sie gestritten? Schon möglich. Das kam oft vor. Hatte jemand geschrien? Schon möglich. Wenn sie stritten, schrie immer einer von ihnen. Hatte sie Lärm gehört? Schon möglich. Doch woran sie sich vor allem erinnerte, war *diese Stille*. Denn irgendwann war da zu viel Stille. Kein Türenschlagen, kein Auf-und-ab-Gehen mehr. Der Fernseher schwieg, nicht einmal das Tropfen des Wasserhahns am Spülbecken war zu hören oder das Brummen der Waschmaschine. Doch von dieser Stille würde sie niemandem erzählen.

Kurz darauf waren sie abgereist. Nun brauchte sie sich nicht mehr mit den Windpocken anzustecken oder freihändig Fahrrad zu fahren. In New York gab es ganz andere Geräusche, und auch die Stille war anders. Sie fühlte sich sicher dort, so weit weg. In der Schule lernte sie sogar ein schwarzes Mädchen kennen, das in derselben Situation war wie sie. Auch ihre Mutter war ermordet worden. Keine der beiden erwähnte jemals den Vater.

Dann kam die Jugend, und die dritte Instanz. Sieben Jahre waren vergangen, Ilaria war zu einer schmächtigen, ein wenig unbeholfenen Dreizehnjährigen mit Zahnspange herangewachsen. Diesmal hatte sie die Tante gebeten, mit ihr zum Gericht zu gehen. Sie wollte das Urteil hören. Ihrer Familie behagte das nicht sehr, sie hätten sie lieber weiterhin beschützen wollen, doch sie bestand darauf. Denn Ilaria war inzwischen groß genug, sie wusste sich mit Argumenten durchzusetzen. Auf dem Flug war sie so aufgeregt, als würde sie in den Urlaub fahren. Der Onkel hatte die Reise für alle bezahlt, und Ilaria war begeistert: Sitze mit verstellbarer Rückenlehne, Abendessen auf einem Tablett, Kino, die Gratiszahnbürste. Aber es sollte kein Urlaub werden.

Lange vor der Urteilsverkündung war Ilaria in Tränen ausgebrochen, als sie ihren Vater erblickte. Sicher, es waren viele Jahre vergangen, aber sie erkannte ihn nicht wieder. Er war jetzt ein dicker Mann mit Bart. Er hatte sogar eine Brille. Und sein Haar war ganz weiß. Sie war in Tränen ausgebrochen, weil er sich in der Anklagebank zu ihr umgedreht und ihr mit der Hand einen Kuss zugeworfen hatte. Von dem Moment an hatte sie nicht mehr aufgehört zu weinen.

1. Januar

Gegen sieben Uhr abends ist Ilaria erschöpft von ihren Erinnerungen. Am liebsten würde sie Besana anrufen, hält sich jedoch zurück, weil heute Feiertag ist. Stattdessen schickt sie ihm eine Nachricht, unter dem Vorwand, sich noch einmal bei ihm für den schönen Abend gestern zu bedanken. Nach einer Minute klingelt ihr Telefon. Es ist Besana, der ihr vorschlägt, einen Aperitif trinken zu gehen.

»Nach einem solchen Abend sollte man wieder etwas Alkohol in den Blutkreislauf bringen, Piatti«, sagt er. »Wie war Ihr erster Tag des Jahres?«

»Sehr gut, ich habe gebügelt.«

»Ich wusste, dass Sie etwas Wichtiges zu tun haben, drum hab ich mir verkniffen, Sie anzurufen. Obwohl ich es seit heute Morgen kaum erwarten kann, mit Ihnen zu reden.«

»Was ist passiert?«

Besana erklärt ihr, dass er bei der Zeitung vorbeigefahren ist und man dort gerade einen Scoop von Milesi auf die erste Seite gesetzt hat.

»Dieser Arsch bekommt immer, was er will.«

Draußen fällt dichter Schnee. Ilaria zieht Gummistiefel und eine Wollmütze mit Ohrenklappen und Pompon an, die ihre Oma gestrickt hat. Sie haben sich beim Dom verabredet, in der Bar im obersten Stock des Kaufhauses Rinascente, sie muss nur die paar Meter bis zur Haltestelle überstehen, ehe sie sich in die mollige Wärme der unterirdischen Gänge der roten Linie flüchten kann.

Besana erwartet sie an einem Tisch am Fenster, mit Blick auf die Fialen des Doms, das erste Bier steht bereits vor ihm. Ilaria ignoriert den Dom, den sie noch nie besonders mochte – ihrer Ansicht nach passen solche Bauwerke besser nach Frankreich –, und setzt sich Besana gegenüber.

»Ich dachte, wir könnten uns im neuen Jahr duzen«, sagt er.

Ilaria lächelt.

»Gerne, Marco.«

Besana zeigt ihr Milesis Artikel, den er sich in der Redaktion ausgedruckt hat.

»Und was ist die große Sensation?«

»Eine lokale Gruppe von Satanisten, die plötzlich aus dem Nichts aufgetaucht ist. Lies einfach.«

Ilaria beugt sich über das Blatt, und mit jeder Spalte wird die Furche auf ihrer Stirn noch etwas tiefer. In dem Artikel geht es um eine Gruppe von Jugendlichen, die sich mit satanistischen Ritualen amüsieren und aus reinem Übermut Friedhöfe verwüsten, so weit nichts Neues. Doch nach den Verbrechen des Vampirs von Bottanuco erscheint der Vater eines fünfzehnjährigen Mädchens auf dem Polizeipräsidium, um fünf Jungs aus der Gruppe anzuzeigen, die seine Tochter gefoltert haben sollen. Der Installateur aus Terno d'Isola berichtet, Gessica sei betrunken und mit Drogen vollgepumpt, die Arme voller Schnitte und Brandflecke, nach Hause gekommen. Anführer der Bande, so behauptet er, sei der achtzehnjährige Sohn des Stadtrates Rota, eines passionierten Golfspielers und Freundes von Vimercati. Also nehmen die Ermittler die satanistische Spur wieder auf. Die Jungen werden angehört, man entnimmt ihnen mit Wattestäbchen eine DNA-Probe, und derzeit wird wegen Misshandlung und Gewalt gegen Minderjährige gegen sie ermittelt. Doch sie bestreiten, etwas mit den Morden zu tun zu haben.

»Warum hat Giorgio uns nichts gesagt?«, fragt Ilaria.

»Ich weiß es nicht«, erwidert Besana. »Das wundert mich auch.«

Ilaria bestellt ein Bier und seufzt.

»Dann haben wir uns auf ganzer Linie geirrt«, sagt sie.

»Nein.« Besana schüttelt den Kopf. »Ich glaube nicht an den Blödsinn mit den Satanisten. Die Ermittler sind auf dem falschen Dampfer. Und außerdem ist mir das Glück heute hold.«

»Warum?«

»Ich habe eine englische Freundin, die Kriminologin ist und ein wichtiges Buch über Kannibalismus geschrieben hat. Sie ist mit einem Mailänder Journalisten verheiratet, einem ehemaligen Kollegen von mir, so habe ich sie kennengelernt. Die beiden wohnen in London, aber die Ferien verbringen sie immer in Mailand. Wir haben heute Nachmittag telefoniert, sie sind auf dem Weg hierher und müssten jede Minute da sein.«

Genau in diesem Moment treffen Nic und Grace ein. Sie begrüßen Marco herzlich, dann geben sie Ilaria die Hand und setzen sich zu ihnen an den Tisch. Grace hat eine Tüte voller Köstlichkeiten dabei, die sie in der Lebensmittelabteilung erstanden hat.

»Ich habe Fischrogen gefunden! Wenn ihr mögt, koch ich uns heute Abend Spaghetti.«

»Danke. Wir kommen gern«, nimmt Besana die Einladung gleich für Ilaria an.

Die strahlt übers ganze Gesicht. Sie mag aufgeschlossene Menschen, die sie zu sich nach Hause einladen, obwohl sie sie gar nicht kennen. Wenn doch nur alle Leute in Mailand so wären.

Grace und Nic sind ein eingespieltes Team. Besana hat sie immer ein wenig beneidet. Sie ist groß und kräftig und wirkt mit ihren kurzen blonden Haaren ein bisschen wie eine Walküre. Er ist klein und schmächtig, das genaue Gegenteil von ihr. Trotz ihres harten Berufs ist Grace eine lebenslustige Frau von ansteckender Fröhlichkeit. Nic wirkt dagegen beinah finster, fast ein wenig neurotisch, doch an der Seite seiner Frau blüht er auf. Er war viele Jahre Auslandskorrespondent in London und ist inzwischen in Rente, was seinem Selbstbewusstsein offenbar keinen Abbruch tut. Grace war clever genug, ihn in ihre Arbeit mit einzubeziehen. Mittlerweile verfassen sie gemeinsam Lehrbücher für Kriminologen, reisen um die Welt, interviewen Todeskandidaten und halten hier und da Vorträge. Natürlich ist er Journalist und kein Kriminologe, doch er kann gut schreiben, und ihr kleines Unternehmen floriert.

Grace bestellt sich einen Gin Tonic, Nic ein Glas Sekt. Beide scheinen gut in Form, sie sind braun gebrannt, und tatsächlich sind sie gerade von einem Urlaub auf den Seychellen zurückgekehrt. Eine Weile erzählen sie von ihrer Reise, dann legt Grace Besana die Hand auf den Arm.

»Kommen wir zu den wichtigen Dingen«, sagt sie. »Du beschäftigst dich gerade mit einem sehr interessanten Fall, Marco. Dieser Serienkiller wird in die Lehrbücher eingehen.«

»Technisch gesehen, kann man ihn noch nicht als Serienmörder bezeichnen, denn bisher gehen nur zwei Morde auf sein Konto und nicht drei«, erwidert Besana.

»Glaub mir«, lächelt Grace, »er ist ein Serienmörder, und zwar einer von den ganz raffinierten. Jetzt muss er nur noch aufgehalten werden.«

1. Januar

Am Abend sind sie bei Nic und Grace zu Hause. Nic hat die Wohnung erst kürzlich von seiner Mutter geerbt und will sie renovieren lassen, denn im Grunde würde er gern nach Mailand zurückkehren. Auf dem Herd kocht das Nudelwasser, und nachdem Besana Grace in allen Einzelheiten den Fall geschildert hat, zeigt er ihr die Fotos von den Tatorten, während sie, die den Anblick solcher Bilder gewöhnt ist, ungerührt Grissini knabbert.

»Das ist keine Sekte«, sagt sie schließlich. »Die sind auf dem Holzweg.«

Sie streckt die Hand nach dem Brettchen aus und nimmt sich noch etwas Käse.

»Man unterscheidet in Kriminologenkreisen zwischen vier Kategorien von Kannibalismus«, fährt sie fort. »Im *energetisch-rituellen Kannibalismus* beispielsweise sind die Täter überzeugt, dass sie sich durch den Mord bestimmte Qualitäten des Opfers aneignen oder eine oftmals bösartige Gottheit milde stimmen können. Diese Form des Kannibalismus ist von den uralten magischen Traditionen der Naturvölker inspiriert.«

»Dann wäre Satanismus gar nicht so weit hergeholt«, unterbricht sie Besana.

»Sicher nicht. Aber lass mich dir erklären, warum sie

sich trotzdem irren. Es gab mal einen Fall, bei dem eine Kombination aus Kannibalismus und Satanismus eine Rolle spielte, und hier rede ich vor allem vom jugendlichen Satanismus, dem sogenannten Acid-Satanismus. Der Fall der Chicago Rippers, einer Gruppe zwanzigjähriger Metal-Fans, die 1981 mehrere Prostituierte entführten, ihnen in ihrem Lieferwagen mit feinem Metalldraht eine Brust amputierten, auf die offene Wunde masturbierten und anschließend das abgenommene Fleisch aßen.«

»Wie furchtbar.« Ilaria schlägt die Hände vors Gesicht.

»In Wirklichkeit versuchen die Acid-Satanisten mit solchen Ritualen, die Welt zu kontrollieren, von der sie sich abgelehnt fühlen. Es sind fast immer junge Männer, die ein tiefes Unbehagen empfinden und sich mit dem Teufel identifizieren, der ihre antisozialen Fantasien verkörpert.«

»Wie die *Bestie di Satana*, diese Sekte aus Varese, die auch mehrere Menschen auf dem Gewissen hatte«, sagt Besana.

»Die Dynamik ist die gleiche, aber das waren keine Kannibalen«, entgegnet Grace.

»Aber warum schließt du nun Satanismus aus?«, erkundigt sich Besana.

»Weil diese Morde inszeniert sind. Ich brauche mir nur die Fotos anzusehen, um zu verstehen, dass wir es hier mit einem gut organisierten Serienmörder zu tun haben. Da steckt keine Gruppe dahinter. Gruppen gehen sehr viel chaotischer vor, gerade, wenn sie aus verwirrten jungen Leuten bestehen, die ein eher niedriges Bildungsniveau haben und unterdurchschnittlich intelligent sind. Dieser Mörder aber hat einen beträchtlichen IQ und einen mittleren bis hohen Bildungsgrad. Er versucht mit euch zu reden, er fordert euch heraus.«

»Du meinst, er fordert die Ermittler heraus«, korrigiert Besana sie.

Grace schüttelt den Kopf und probiert den Rotwein.

»Nein, er ist an den Medien interessiert. Es gefällt ihm, dass über ihn geschrieben wird, er verfolgt alle Fernsehsendungen, in denen es um ihn geht. Ich könnte mir sogar vorstellen, dass er versucht, mit euch in Interaktion zu treten, indem er die Onlineartikel unter einem Nickname kommentiert oder etwas auf der Facebook- oder Twitter-Seite der betreffenden Sendungen hinterlässt. Vielleicht sitzt er auch persönlich im Publikum oder mischt sich unter die Schaulustigen, die immer um die Journalisten herum sind. Möglicherweise lässt er sich auch selbst interviewen.«

»Wie kommst du darauf?«

»Mein Lieber, ich bin letzten Monat fünfzig geworden und beschäftige mich seit meinem zwanzigsten Lebensjahr mit diesen Dingen. Willst du ein Profil?«

»Gern.«

»Der Täter ist männlich, weiß, zwischen fünfunddreißig und fünfundvierzig. Er lebt allein, aber er ist kein Sonderling, keiner, der Kontaktschwierigkeiten hat. Im Gegenteil, er ist freundlich und umgänglich, er flößt Vertrauen ein, hat einen großen Freundeskreis, allerdings bleiben die Beziehungen oberflächlich, weil er nicht zu Empathie fähig ist. Er ist überdurchschnittlich intelligent, gebildet. Er gehört der Mittelschicht an, ist extrem gepflegt, fast schon zwanghaft. Seine Wohnung ist ordentlich und sauber und modern eingerichtet. Wahrscheinlich wohnt er in der Nähe seiner Mutter, vielleicht im selben Haus. Kannibalen haben oft eine krankhafte Beziehung zu ihrer Mutter. Damit fängt es in der Regel an.«

»*Psycho*«, flüstert Ilaria.

»Genau«, stimmt Grace ihr zu. »Tatsächlich beruht der Film wie natürlich die Romanvorlage auf einer wahren Begebenheit, dem Fall von Ed Gein. Na ja, wie Kannibalen haben auch Serienmörder oft eine problematische Beziehung zu ihrer Mutter.«

»Mach weiter«, bittet Besana.

»Er hat eine gute Arbeitsstelle, aber er ist frustriert, weil dieser Job nicht mit seinem Selbstbild Schritt hält. Mit Sicherheit ist er nicht vorbestraft, denn er ist sehr beherrscht. Er ist ein pathologischer Lügner, ein Manipulator, der andere beeinflusst und sich gern mit schwachen Menschen umgibt. Schuldgefühle oder Gewissensbisse kennt er nicht, auch nicht unmittelbar nachdem er gemordet hat. Soweit ich es derzeit beurteilen kann, sammelt er keine Trophäen, legt jedoch Wert darauf, seine Morde zu signieren. Ich denke, er ist wahnsinnig wütend auf seinen Imitator, der es gewagt hat, seine Signatur zu fälschen, und ich würde nicht ausschließen, dass er ihm etwas antun will. Im Moment kann er das nicht, weil Foresti von der Polizei überwacht wird, aber er will seinen Tod. Und wenn er morgen herausfindet, dass ihm jetzt auch noch eine Gruppe dummer Jungen die Show stiehlt, wird er erst recht wütend sein.«

»Er steht also gern im Mittelpunkt«, fasst Besana zusammen.

»Mehr noch: Er erträgt es nicht, wenn von anderen gesprochen wird. Und die Patzer der Ermittler ärgern ihn. Wenn sie sich so vergaloppieren, glaubt er, dass sie sich nicht ausreichend bemühen, und fühlt sich verpflichtet, ihnen mit weiteren Hinweisen zu helfen, um sie anzuspornen. Er fühlt sich Untersuchungsrichtern, Polizei und Journalisten überlegen. Deshalb bin ich davon überzeugt, dass er versuchen wird, auch mit ihnen in Kontakt zu treten, wenn er es nicht schon getan hat. Er genießt es, auch euch zu unterwerfen, und er ist überzeugt, dass er es ruhig tun kann.«

Ilaria läuft es eiskalt über den Rücken. Hoffentlich versucht er nicht, sich mit ihr in Verbindung zu setzen. Bitte nicht. Sie fühlt sich so hilflos, wie soll sie in einem derart *normalen* Menschen den Feind erkennen und vor ihm auf der Hut sein? Sie hat Angst. Sie hat einfach Angst, dass sie es nicht merkt, wenn er irgendwann vor ihr steht.

»Warum kopiert er ausgerechnet Verzeni?«, fragt Besana nun.

»Um die Aufmerksamkeit der Medien auf sich zu ziehen, würde ich sagen«, mutmaßt Grace. »Es ist eine dramaturgische Entscheidung. Wahrscheinlich hat er schon vorher getötet, und niemand hat es bemerkt, was ihn insgeheim empört hat. Wenn er, was ich annehme, im Tal geboren und aufgewachsen ist, hat er schon als Kind von Verzeni gehört, und er ist ganz selbstverständlich Bestandteil seiner Fantasien geworden. Vielleicht hat er sich als kleiner Junge mit ihm identifiziert, etwa um sadistische Neigungen auszuleben. Aber dennoch, es muss ein traumatisches Ereignis gegeben haben, etwas, was sein Bedürfnis, zu töten, ausgelöst hat und ihn dazu treibt, es auf möglichst spektakuläre Weise zu tun.«

»Warum scheint er keine Angst zu haben, dass man bei den Opfern seine DNA findet?«, fragt Ilaria.

Grace zieht eine Schublade auf und nimmt eine Schachtel Zigaretten heraus.

»Ich rauche eine Zigarette im Monat«, sagt sie, während sie sich eine Marlboro zwischen die Lippen schiebt. »Das ist eine schwierige Frage, auf die ich keine Antwort habe. Aber vom Gefühl her würde ich sagen, dass es die entscheidende Frage ist. Ihm muss bewusst sein, wie leichtsinnig es ist, seinen Speichel an der Leiche zurückzulassen. Wenn er das Fleisch seines Opfers essen will, braucht er ja nur ein Stück herauszuschneiden. Vielleicht verliert er in diesem Moment doch die Kontrolle über sich. Ich kann mir da noch keinen Reim drauf machen, tut mir leid.«

2. Januar

Am nächsten Morgen, nachdem Milesis Reportage erschienen ist, stürmt Besana in die Redaktion und verlangt, sofort mit dem Chefredakteur zu sprechen. Der glatzköpfige und schmerbäuchige Kalabrier verdankt seine Karriere der Protektion eines großen, vor einigen Jahren verstorbenen Finanziers, den er in seiner New Yorker Zeit als Korrespondent einer anderen Tageszeitung kennengelernt hatte. Cannistrà stellte dem Finanzier die liberalen Intellektuellen Amerikas, Wirtschaftsexperten aus Harvard und Trader der Wall Street vor, was diesem dermaßen imponierte, dass er überzeugt war, es mit einem Pulitzer-Preisträger zu tun zu haben, den er sofort an der Spitze *seiner* Zeitung wollte. Nachdem sein

Pate gestorben war, musste Cannistrà sich in der Branche erneut ins Spiel bringen, und so tingelte er durch sämtliche politischen Salons und Fernsehsendungen, die Rang und Namen hatten. Auf diese Weise ist er obenauf geblieben. Und wer weiß, wie lange noch.

Jedes Mal, wenn Besana zu ihm geht, muss er erst ewig im Vorzimmer herumsitzen, und wenn er dann endlich vorgelassen wird, gibt Cannistrà nur einsilbige Antworten, während er wie hypnotisiert auf den Computerbildschirm oder auf sein iPhone starrt und pausenlos twittert oder Mails schreibt.

»Ah, entschuldige mich einen Moment: Ich muss noch kurz Steve antworten, weißt du, mein Freund, der Kolumnen für die *Washington Post* schreibt.« Dann klingelt sein Handy: »Gut, geben Sie ihn mir«, und, an Besana gewandt: »Entschuldige, das ist der Ratspräsident.«

»Soll ich rausgehen?«

»Nein, nein, bleib ruhig.«

Aber es gibt Schlimmeres: Die Kollegen, die geschasst werden, werden nicht einmal vorgelassen. Der Chefredakteur *brieft* sie, wie er es nennt, gleich auf dem Korridor und läuft dabei auf und ab: eine Art Folter, ein ritueller Tanz, der, unter den amüsierten Blicken der stellvertretenden Chefredakteure und Ressortleiter, auch mal eine halbe Stunde dauern kann.

»Hast du den Wikipedia-Artikel über ihn gelesen?«, fragt Besana nun Ilaria, die ihn in die Redaktion begleitet.

»Nein, warum?«

»Du lachst dich tot. Dagegen sind die Biografien über seine Vorgänger ein Witz. Cannistràs Führung wird als längste und ruhmreichste in der Geschichte der Zeitung dargestellt. Es wird behauptet, er habe das gesamte Konzept unserer Zeitung revolutioniert, wodurch die Verkaufszahlen explosionsartig in die Höhe geschnellt seien und wir die Konkurrenz weit hinter uns gelassen hätten. Ich dachte, ich les nicht richtig. Wir schreiben rote Zahlen, die Auflage sinkt kontinuierlich, die Hälfte der Belegschaft wird in den Vorruhestand geschickt, und wir haben Einstellungsstopp.«

»Der hat den Artikel sicher selbst geschrieben«, mutmaßt Ilaria.

»Das hat er gar nicht nötig.« Besana grinst. »Dafür hat er sein treues Gefolge aus Speichelleckern. Bezeichnenderweise steht bei Wikipedia nichts über sein Privatleben. Natürlich nicht, denn dann müsste man ja öffentlich machen, dass er verheiratet ist, seine Frau jedoch nicht bei ihm, sondern in Rom lebt, wo sie als Journalistin bei der RAI arbeitet, während er in Mailand ein Singledasein führt. Nein, noch besser, er hat jahrelang mit der Managerin eines Finanzunternehmens zusammengelebt, die er allen als seine Frau präsentiert hat. Also, nimm dich in Acht: Falls du mal alleine zu ihm gehst, lass besser die Tür auf. Dieser Lüstling fällt über alle Frauen her.«

»Auch wenn ich im Jogginganzug komme?«

»Na ja, im Jogginganzug bist du wohl vor ihm sicher.« Besana lacht und hebt die Hand zum Gruß. Sie sind angekommen.

»Viel Glück. Erzähl mir später, wie's gelaufen ist«, sagt Ilaria.

Die Sekretärin versucht, Besana aufzuhalten (»Der Chefredakteur telefoniert gerade mit dem Wirtschaftsminister«), doch der lässt sich nicht beirren und platzt, ohne anzuklopfen, in Cannistràs Büro.

»Warum hast du Milesi geschickt? Das Monster von Bottanuco gehört mir«, brüllt er anstelle einer Begrüßung.

Ein wenig überrascht von diesem Auftritt, blickt Cannistrà von seinem Schreibtisch hoch.

»Davon weiß ich nichts. Das wird der Ressortleiter gewesen sein«, und dabei tippt er weiter auf seinem iPhone herum. »Hast du meinen Crowdfunding-Vorschlag für Museen getwittert? Der Hashtag lautet *#rettedeinmuseum*. Du weißt ja, Kultur ist das Öl Italiens.«

»Museen interessieren mich nicht«, entgegnet Besana.

»Zeit fürs Mittagessen, komm, gehen wir in die Kantine, einen Happen essen, wir können uns da weiter unterhalten«, nimmt Cannistrà ihm den Wind aus den Segeln, springt auf und hakt ihn unter.

Da kann Besana schlecht Nein sagen, auch wenn ihm die Restaurants mit Garten und Veranda, in die der Chefredakteur hohe Gäste führt, um die Kosten anschließend eiskalt auf die Spesenrechnung zu setzen, tausendmal lieber wären.

Unterdessen versucht Cannistrà weiter, ihn gütlich zu stimmen, indem er ihm zu verstehen gibt, dass das Praktikantinnenproblem unter Kontrolle ist.

»Diese Terry, gütiger Himmel, die ist ein richtiger Satansbraten«, lacht er.

»Lizzy«, korrigiert Besana.

»Ach ja, Lizzy. Hübsch ist sie, keine Frage, aber was für ein Aas. Jedenfalls habe ich sie unschädlich gemacht. Zum Glück gibt sie sich mit wenig zufrieden. Ich hab sie ein paar Restaurantkritiken schreiben lassen, da hat sie sich gleich beruhigt.«

In der Kantine herrscht ohrenbetäubender Lärm, und

die Tische stehen dicht an dicht. Nicht gerade das ideale Ambiente, um heikle Themen anzusprechen. Doch davon abgesehen führt wie üblich Cannistrà das Wort und lässt sein Gegenüber kaum einmal etwas zum Gespräch beisteuern.

»Ihr klebt alle zu sehr an einer antiquierten Vorstellung von Journalismus«, poltert er und schaufelt sich dabei die dampfenden Spaghetti alla Puttanesca in den Mund. »Ihr klammert euch an einem Konzept von Eigentum, Autorenrecht, Urheberrecht und dem ganzen Unfug fest. Als würde die Verfasserzeile noch irgendetwas zählen. Wann begreift ihr endlich, dass wir längst im digitalen Zeitalter angekommen sind? Im Netz sind eure Namen einen Scheißdreck wert. Heutzutage wird alles geteilt, Inhalte werden von einem Blog zum nächsten weitergereicht, von einer Pinnwand in ein Profil kopiert, sie gehören niemandem mehr. Und ihr kriegt euch wegen einer lächerlichen kleinen Meldung in die Haare.«

Besana isst schweigend seinen Teller Reis, den er vor Cannistràs Spucke zu schützen versucht. Als er mit grummeligem Magen beim Obstsalat angelangt ist, haben sie Milesis Diebstahl nicht mit einer Silbe erwähnt. Dann entlässt ihn der Chefredakteur schroff, er hat zu tun.

2. Januar

Im Aufzug trifft Besana auf Roberto. Der Ressortleiter zeigt ihm den hochgereckten Daumen.

»Yeah«, sagt er.

»Bist du wegen Milesis Scoop so gut gelaunt?«

»Nicht doch, Marco. Es ist immer noch dein Fall. Milesi hat schon seit Wochen genervt, da konnten wir nicht Nein sagen. Du weißt doch, wie sensibel das Gleichgewicht in diesem Irrenhaus ist. Ich meinte gerade einen anderen Scoop.«

»Und welchen?«

Die Aufzugtüren öffnen sich, und sie gehen gemeinsam durch den Flur.

»Ich rede von deinem Schätzchen, Lizzy.«

»Sie ist nicht mein Schätzchen. Ich würde eher sagen, sie hasst mich. Jedenfalls hat Cannistrà es mir schon erzählt.«

»Dass sie jetzt einen festen Freund hat?«

»Nein, das Detail fehlte mir noch. Und wen?«

»Rate mal.«

Besana dreht sich zu Roberto um, der bis über beide Ohren grinst.

»Milesi. Er ist verrückt nach ihr. Er schleppt sie überallhin mit.«

»Dann soll er sich schon mal darauf gefasst machen, dass er nächsten Monat Vater wird. Man kann gefälschte Schwangerschaftstests bei eBay kaufen. Hat bei mir leider nicht funktioniert, schließlich beschäftige ich mich schon mein ganzes Leben mit Straftaten. Aber da er ja nur im Fernsehen schöne Reden schwingt, ist er nicht gewappnet.«

Roberto lacht laut auf.

»Da bekomm ich ja fast Lust, auch was mit ihr anzufangen. Dann wird es richtig kompliziert.« Jetzt biegt er sich richtig vor Lachen.

»Du bist doch viel zu feige«, entgegnet Besana. »Fang erst mal damit an, dass du Milesi keine Artikel überlässt, die eigentlich mir zustehen. Wenn du das hinbekommst, dann mach dich ruhig noch an seine Freundin ran. Aber vergiss die Kondome nicht.« Und damit verschwindet er.

Verdattert sieht Roberto ihm nach.

»Blöder Wichser«, ruft er ihm schließlich hinterher.

Besana dreht sich kaum um.

»Ich hab nur recht. Also, vergiss die Kondome nicht. Auch wenn du die Seiten einrichtest.«

2. Januar

Gegen sechs Uhr abends hängt Besana bereits wieder der Magen zwischen den Knien, vielleicht meldet sich aber auch einfach sein Magengeschwür. Er hat immer versucht, seine Nikotinsucht unter Kontrolle zu halten, und sich nur dann und wann mal eine Zigarette gedreht, doch nach dem Mittagessen mit dem Chefredakteur hat er an nur einem Nachmittag eine ganze Packung Tabak weggeraucht. Grace' Einladung kommt ihm also mehr als gelegen.

»Marco, komm doch heute Abend zum Essen zu uns. Und bring Ilaria mit, wir finden sie großartig. Ich weiß jetzt, welche Art von Kannibale unser Mörder sein könnte, ich kann kaum erwarten, es euch zu erzählen.«

Besana macht noch einen Abstecher zum Weinladen, wo er zwei Flaschen Barolo kauft, und besorgt außerdem einen Strauß Blumen. Er hat das Bedürfnis, Grace seine Dankbarkeit zu zeigen, aber auch, sich mal wieder so richtig zu besaufen. Dann springt er in den Wagen, um Ilaria abzuholen, die ebenso begeistert ist über die Einladung wie er.

»Jahrelang war ich hier in Mailand immer allein«, sagt sie, während sie sich anschnallt. »Und jetzt werde ich jeden Abend zum Essen eingeladen. Es kommt mir vor wie im Traum. Ich liebe deine Freunde.«

Grace umarmt sie zur Begrüßung, und in der Wohnung schwebt der köstliche Duft von Hackbraten mit Rosmarin.

»Nic ist gleich wieder da, er ist mit seinem Bruder einen Aperitif trinken«, verkündet Grace.

Nic ist ein Glückspilz, sagt sich Besana und muss unwillkürlich daran denken, dass es Zeiten gab, in denen es auch bei ihnen zu Hause so duftete und ständig Freunde zum Essen kamen. Einfach nur traurig.

»Also«, sagt Grace, während sie Besana den Korkenzieher in die Hand drückt, »ich bin mir jetzt sicher, dass es sich nicht um *sexuell-fusionalen Kannibalismus* handelt wie bei Jeffrey Dahmer, dem Kannibalen von Milwaukee, der seine Liebhaber verspeiste, oder bei Armin Meiwes, der übers Internet jemanden fand, der bereit war, sich von ihm essen zu lassen – sozusagen als ultimatives sexuelles Erlebnis. Kannibalen dieses Typs töten oft nicht einmal gern, sie sind einfach nur Nekrophagen. Das ist kein Sadismus, sondern eher eine kranke Form von Liebe.«

»Eine Form von Liebe?«, wiederholt Ilaria ungläubig und verzieht den Mund.

»Ja«, bestätigt Grace. »Die Idee, die dahintersteckt, ist ganz simpel: Wenn ich dein Fleisch esse, wirst du ein Teil von mir. Es ist der Wunsch nach totaler Vereinigung: zwei Körper, die zu einem werden. Wie beim sexuellen Akt. Nur dass Menschen, die unter dieser Krankheit leiden, sich nicht so wie wir mit der Penetration zufriedengeben. Für sie ist die Vereinigung des Fleisches etwas anderes. Aber unser Täter gehört nicht zu dieser Kategorie.«

»Und warum nicht?«, fragt Besana.

»Weil er nicht so *zärtlich* ist. Verzeiht diesen Ausdruck. Aber das hier hat nichts Sentimentales. Dieser Täter hier strebt die völlige Vernichtung seines Opfers an, auch post mortem. Das ist mit dem ersten Typus nicht zu vergleichen. Den anderen zu verzehren, bedeutet in seinem Fall, ihn zu dominieren, ihn vollständig unter Kontrolle zu bringen. Der Täter leidet unter einer schweren narzisstischen Störung, ist von Allmachtsfantasien besessen. Er wird von sadistischen Trieben beherrscht, und das Fleisch seiner Opfer zu essen, ist seine Art, seine Wut herauszulassen. Kurz, er ist ein sehr gewalttätiger Psychopath.«

»Das haben wir gemerkt«, stellt Besana fest.

»Diese aggressive Art von Kannibalismus ist von Machtstreben geprägt, sie ist unter Kriminellen die verbreitetste Form. Ich warne euch, Täter wie er können nicht mehr aufhören.«

»O mein Gott«, flüstert Ilaria.

3. Januar

Am nächsten Morgen sind Ilaria und Besana zum Frühstück verabredet. Nach einem Cappuccino mit Brioche beginnt der Ausflug in die Bergamasca. Besana will ein paar Leute interviewen.

»Da ist wieder der Blogger. Der hat uns gerade noch gefehlt«, verkündet Ilaria und zeigt auf den Screen ihres Tablets.

»Welcher Blogger?«, fragt Besana.

»*Gegenspur.*«

»Wer?«

»Kennst du ihn nicht?«

»Nie gehört.«

»Er hat einen der meistgelesenen Blogs zur Gegeninformation. Fast zweihunderttausend Klicks pro Tag, sechzigtausend Follower auf Twitter, doppelt so viele auf seiner Facebook-Seite. Einer von denen, die vorsätzlich die großen Zeitungen, die Staatsanwaltschaft und die Politiker attackieren und überall Skandale und Verschwörungen wittern. Die Twin Towers hat die CIA zum Einsturz gebracht, die Welt wird von einer Elite jüdischer Bankiers und der Bilderberg-Gruppe regiert, Italien muss raus aus dem Euro, und Krebs kann man mit Backpulver heilen, was aber die Pharmakonzerne unter Verschluss halten. So was in der Art.«

»Und was hat das mit uns zu tun?«

»Na ja, jetzt hat er uns ins Visier genommen. Natürlich hat er die gesamte Branche auf dem Kieker, aber unser Fall wird mehrmals explizit erwähnt. Ich les dir mal ein paar Passagen vor: *Der Krimi von Bottanuco wächst sich immer weiter aus, nach wie vor tappen die*

Ermittler im Dunkeln. Doch die Journaille gibt sich nicht geschlagen und hat bereits ihren eigenen Prozess auf den Weg gebracht, nämlich einen medialen Prozess. Als wäre der DNA-Test unfehlbar, wo in Amerika selbst die bedeutendsten Experten für forensische Genetik mittlerweile dran zweifeln.«

»Grausamer Stil. Und was soll das heißen: die *Journaille*?«

Ilaria liest weiter.

»Hör dir mal den Post hier an: *Und wie viel es kostet, DNA-Proben Tausender Einwohner Bottanucos und der Nachbargemeinden zu entnehmen. Welche Art von Studium haben wohl die selbst ernannten Experten absolviert, um sich Forensic Scientists zu nennen? All diese Fragen stellt sich die Journaille natürlich nicht. Die will nur auf Grundlage einer biologischen Spur ihre Lynchjustiz gegen Unschuldige fortsetzen.*«

»Der liest unsere Artikel ja nicht mal. Seit wann betreiben wir Lynchjustiz? Wer ist der Schwachkopf?«

»Ein Buchhalter aus Cesena, der ein Faible für Kriminalfälle hat«, erwidert Ilaria. »Er behauptet, er hätte einen Kurs in *Forensic Science* in Ohio besucht. Ich hab's überprüft: Der Kurs ging vier Tage. Trotzdem gibt er sich als Tatortexperte aus und organisiert sogar kostenpflichtige Seminare zu dem Thema. Bei all den Krimiserien und Fernsehshows über die größten Verbrechen aller Zeiten hält sich mittlerweile jeder für einen Experten. Das war aber noch nicht alles, warte! Am Ende kommt er noch mal mit einer Verschwörungstheorie: *Warum ermittelt man nicht mal in Kreisen des organisierten Verbrechens, statt weiter falschen Fährten nachzugehen? In Bottanuco und Umgebung ist eine Infiltrierung durch die Camorra und die ’ndrangheta seit Langem bekannt. Diese Morde könnten durchaus mit umkämpften Bauaufträgen in Zusammenhang stehen. Transversale Racheakte. Das sexuelle Motiv, das Imitieren von Verzeni, dienen da nur zur Vertuschung.*«

»Das wird ja immer besser! Wieso sollte sich die Camorra für eine Pflegerin interessieren?«

»Hör dir mal die Kommentare des Mobs im Netz an: *Alle Nachrichtenreporter haben sich an die Staatsanwaltschaft verkauft. Oder: Ihr seid einfach nur unfähig! Schämt euch! Oder das hier: Und so was nennt sich Information. Pfui!*«

»Nett.«

»Ein echter Shitstorm.«

»Das geht mir so was von am Arsch vorbei«, erwidert Besana mit beinah amüsiertem Lächeln.

3. Januar

Besana und Ilaria sind mit Lucilla Perego, Danas Schwester, verabredet, die in einem Fitnessstudio in einem großen Einkaufszentrum arbeitet. Sie empfängt sie am Eingang in lila Sporttop, pinken Leggings und neongelben Turnschuhen. Angesichts ihres finsteren Blicks wirkt dieser Farbrausch geradezu brutal. An ihren Fingernägeln kleben noch ein paar Strasssteinchen im selben Pink, die größtenteils abgekratzt sind und nur noch den traurigen Abglanz einer vergangenen Frivolität hinterlassen haben. Das zu einem Zopf zusammengebundene Haar ist leicht fettig, wie so oft bei Menschen, die nach einem schweren Schicksalsschlag keinen großen Drang mehr verspüren, sich zu pflegen.

»Kümmer du dich um den Kursraum«, sagt sie zu einem jungen Mann, »ich muss jetzt mit den *Journalisten* sprechen.« Die Art, wie sie das Wort betont, verrät eine gewisse Unbedarftheit. Offenbar hindert sie der Schmerz, der dazu führt, dass sie ihr Äußeres vernachlässigt, nicht daran, anderen Dingen noch Bedeutung beizumessen.

»Wollen Sie das Studio sehen?«

Natürlich interessiert sie das Studio herzlich wenig, aber sie folgen ihr. Mit trippelnden Schritten und ausgedrehten Füßen wie eine, die gerne Tänzerin geworden wäre, aber nun in der Provinz Zumba unterrichten muss, führt Lucilla sie durch die Räume. Die Geräte sind nagelneu, doch der Blick auf die Tankstelle, den Kreisverkehr und die Gewerbehallen ist deprimierend. Ilaria versucht fieberhaft, sich einzubringen, aber ihr fällt nichts ein.

»Ein Spinning-Kurs«, wiederholt sie, »schön.«

»Ja, den haben wir letztes Jahr eingeführt«, erwidert Lucilla, »jetzt bieten wir auch Kurse in ATS Jawbreaker und Cardio Dance an und eine Kombination aus Tricking, Breaking, Capoeria und Parkour.«

»Ah«, sagt Ilaria. Sie war noch nie in einem Fitnessstudio.

Lucilla führt sie in den edel ausgestatteten Wellnessbereich. Pools in allen Formen und Größen, gedämpftes Licht und Kerzenschein vermitteln den Gästen die Illusion, sich in einem Luxushotel zu befinden und nicht in einem Einkaufszentrum voller Spielautomaten, Pizzerien, in denen man auch Kebab bekommt, und altmodischen Nähgeschäften mit Schneiderpuppen und Perücken.

Nach der Besichtigungstour gehen sie in die Snackbar des Einkaufszentrums, gleich neben ein paar Rutschen für Kinder. Es riecht aufdringlich nach Frittiertem, und das Geschrei von ein paar verschleierten Mädchen, die dort spielen, während ihre noch verschleiertere Mutter einen Hamburger isst, ist ohrenbetäubend. Sie bestellen Kaffee.

»Ich weiß, wer es war«, sagt Lucilla unvermittelt.

Den Satz hat Besana schon oft gehört.

»Tatsächlich?«

»Christian«, erwidert sie.

»Der Vater des Kindes?« Besana ist heute ungeduldig, er muss sich zusammenreißen.

»O nein«, bei dem Gedanken lacht Lucilla nervös. »Salvo würde keiner Fliege etwas zuleide tun. Salvo ist ein …«

Besana schließt die Augen. Er weiß, was jetzt kommt, die übliche Triade: *besonderer/Mensch/Sonnenschein* (Scheiße/Scheiße/Scheiße, denkt er bei sich).

»Er ist ein Sonnenschein, ein ganz besonderer Mensch«, führt Lucilla prompt den Satz zu Ende, »der einzige anständige Mann, den meine Schwester je kennengelernt hat. Aber vielleicht *stand* sie ja nicht auf anständige Männer.«

Endlich tritt auch eine dunkle Seite des Opfers zutage, des von der Rhetorik des Mordes vernichteten Opfers, als wäre der Mord allein noch nicht genug. Nun ist Besana ganz Ohr.

»Wer also war dieser Mistkerl?«

Er sieht ihr direkt in die Augen. Lucilla ist aufgewühlt, aber auch erregt. Man sieht förmlich, wie ihr ein Schauer über den Rücken kriecht.

»Ein Stalker«, sagt sie schließlich.

Und senkt den Blick. Warum senkt sie den Blick?

»Er war mein Verlobter«, fügt sie hinzu. »Doch dann hat er sich Hals über Kopf in meine Schwester verliebt und mich ihretwegen verlassen. Solche Dinge passieren.«

Besana lächelt ihr zu, endlich haben sie das Terrain der Floskeln verlassen, hinter denen man sich instinktiv verschanzt, so wie man unwillkürlich den Arm hochreißt, wenn einer ein Messer zückt, reiner Selbsterhaltungstrieb. Sobald er mit menschlichen Schwächen konfrontiert wird, ist ihm gleich wohler zumute. Da wird es wenigstens etwas komplexer.

Es kostet Lucilla ungeheure Kraft, einen Gedanken auszusprechen, der größer ist als sie. Nämlich dass manchmal, wenn gewisse Dinge zusammenkommen, das Böse Komplizen schafft. Erst wenn jemand ermordet wird, wird deutlich, wer Opfer und wer Täter ist. Vorher nicht.

»Zuerst sind da *zwei Opfer*. Ich weiß nicht, wie ich es erklären soll. Zwei Opfer einer kranken Beziehung«, sagt sie. »Und da fängt es an, gefährlich zu werden.«

Besana hört ihr demütig zu. Er schämt sich, sie wegen einiger banaler Adjektive verurteilt zu haben.

»Zwei?«

»Ja.« Nun kratzt Lucilla auch den letzten Rest der Strasssteinchen von ihren Nägeln. Dabei sieht sie ihn fast ein wenig provozierend an. »Glauben Sie nicht auch, dass einer alleine sich kaum in eine so extreme Situation bringen kann?«

Besana nickt. In der Tat ist jede derart unheilvolle Beziehung eine Art düsteres Mirakel. Und es gehören immer zwei dazu.

»Meine Schwester *wusste es*. Genauso wie *ich weiß*, dass er es war«, fährt Lucilla fort und pult sich mit dem Finger einen kleinen Strassstein von der Zunge.

Besana ist hypnotisiert. Ilaria zieht ihn am Arm. Sie möchte am liebsten rufen: He, sieh sie nicht so an. Sie ist doch krank. Aber es nützt nichts, dass sie sich an seinen Pullover klammert. Er bemerkt es nicht mal.

»Sie waren füreinander bestimmt«, fährt Lucilla mit einem beinah perversen Lächeln fort. »Es ist sehr erotisch, wenn man sich füreinander bestimmt fühlt. Finden Sie nicht auch?«

Sie sieht Besana ein wenig zu herausfordernd an, die Lider halb geschlossen, die Oberlippe aufgeworfen. Ilaria schäumt vor Wut. Sie pfeift auf diese geisteskranke Philosophie. Es ist schon anstrengend genug, normal zu sein, da kann sie an derartigem Irrsinn nichts Poetisches finden.

»Danke, Sie waren sehr freundlich«, unterbricht Ilaria sie also. »Wo finden wir Ihren Ex?«

Doch Besana gibt ihr zu verstehen, dass sie ruhig sein soll. Er will die ganze Geschichte hören.

3. Januar

Also beginnt Lucilla zu erzählen. Dana war immer die dominantere Schwester gewesen, während sie, Lucilla, wie ein treuer Diener ihre Befehle ausführte. Das ging so lange gut, bis sie beide zu prächtigen jungen Frauen erblüht waren und Lucilla sich nicht mehr alles gefallen ließ. Zugleich blieb den beiden gar nichts anderes übrig, als sich gegenseitig zu helfen, denn das Leben meinte es nicht gerade gut mit ihnen.

Ihr Vater, ein Lkw-Fahrer, war gestorben, als sie noch klein waren. Ihre Mutter erkrankte frühzeitig an Alzheimer und kam in ein Heim. Dana dachte, sie könne all das mithilfe ihrer Arbeit bewältigen, aber sie hatte die Rechnung ohne ihren Mann gemacht, der sich als wahrer Klotz am Bein entpuppte. Ein wirklich anständiger Mensch, keine Frage. Aber ein Pechvogel, wie er im Buche steht. Kaum wurde er in einer Fabrik angestellt, wurde die wenig später geschlossen. Als würde er Unglück bringen.

Dana krempelte die Ärmel hoch, um alle durchzubringen: die Mutter im Pflegeheim, ihren Sohn, ihren arbeitslosen Mann und ihre Schwester, die Tänzerin werden wollte.

»Wir begannen uns ihretwegen zu schämen, weil im Ort das Gerede losging und manche sagten, sie wäre eine Nutte«, erzählt Lucilla, »aber ihr Geld nahmen wir trotzdem gerne, dafür schämten wir uns nicht.«

Besana nickt ihr immer wieder aufmunternd zu.

»Ich war noch schlimmer als die anderen, denn ich habe das Geld, das sie mir gab, nicht, wie ich es ihr versprochen hatte, für meine Tanzausbildung ausgegeben, sondern um mir die Nase operieren zu lassen. Die Nase war das Einzige, was mich hässlicher machte als meine Schwester.«

Besana lächelt. Er will sie nicht unterbrechen.

»Ich war überzeugt, dass eine Ausbildung zu nichts nutze war. Ein Typ, den ich kannte, hatte mir versprochen, mir ein Casting beim Fernsehen zu verschaffen. In

Wirklichkeit war er Rausschmeißer, der mit einem anderen Rausschmeißer befreundet war, der die Sets bei Mediaset bewachte. Ich habe mich eine Ewigkeit auf dieses Casting vorbereitet, dachte, das würde mein Durchbruch werden. Ich war zu sehr mit dem Projekt beschäftigt, um zu bemerken, was vor sich ging.«

»Zwischen Ihrer Schwester und Ihrem Freund bahnte sich ein Verhältnis an?«

»Schlimmer. Es war eine völlig kranke Liebesbeziehung. So obsessiv und morbide, dass meine Schwester ihren Sohn zu ihrem Exmann schickte. Sie haben den armen Jungen buchstäblich vor die Tür gesetzt. Es gab nur noch sie beide. Sie hatten Schuldgefühle, und all das, was sie einander antaten, schien die gerechte Strafe dafür. Irgendwann ertrugen sie einander nur noch, wenn sie betrunken waren, und schreckten in dem Zustand nicht mal vor Misshandlung zurück. Dana provozierte ihn, indem sie ihm von ihren Kunden erzählte, worauf Christian sie windelweich prügelte.«

Ilaria wendet sich ab, sie ist sich nicht sicher, ob sie das hören will. Lieber schaut sie den verschleierten Mädchen zu, die einander unter Geschrei von der Rutsche schubsen.

»Eines Abends habe ich sie mitten in einem Streit überrascht und bin in Tränen ausgebrochen. All diese Gewalt mit ansehen zu müssen, war schlimmer als jeder Betrug. Ich hätte mir nie vorstellen können, dass es so weit mit ihnen kommen würde. Ich fühlte mich sogar schuldig, zugelassen zu haben, dass sie zusammenkamen, mich nicht wirklich dagegengestellt zu haben. Meine Schwester war an einen Stuhl gefesselt und schrie mich an, ich solle weggehen. Auch Christian schrie mich an, aber er hatte einen Benzinkanister in der Hand. Und da bin ich dann schnell zur Polizei gefahren.«

Ilaria kann nicht verhindern, dass sie an ihre Eltern denken muss. Plötzlich sieht sie ihre Mutter vor sich, das Gesicht grün und blau. Sie behauptete steif und fest, auf dem Glatteis ausgerutscht zu sein, aber Ilaria wusste, dass es nicht stimmte. Manchmal riss das Geschrei ihrer Eltern sie nachts aus dem Schlaf. Wenn sie morgens aufstand und in die Küche ging, fand sie Glasscherben, zerbrochenes Porzellan und ihre Mutter vor, die den Fußboden schrubbte (»Ich hab das Gleichgewicht verloren, als ich die Spülmaschine ausgeräumt habe«).

Ilaria springt auf, Brechreiz überkommt sie. Sie presst die Hand auf den Mund. Jetzt nur nicht zusammenbrechen, schließlich ist das der Beruf, für den sie sich entschieden hat. Und der ist eben voller solcher Geschichten. Sie darf es einfach nicht an sich heranlassen.

»Alles in Ordnung, Ilaria?«

»Jaja, entschuldigt mich, die Polenta ist mir nicht bekommen«, erwidert sie und setzt sich wieder.

»Als die Polizei kam, lagen sie eng umschlungen unter der Bettdecke vor dem Fernseher«, setzt Lucilla ihre Erzählung fort. »Sie sagten, ich hätte mir alles nur eingebildet, ich wäre vielleicht betrunken. Kurz darauf hat meine Schwester ihn verlassen. Ich war so erleichtert. Sie zog für eine Weile zu mir, weil sie sich zu Hause nicht mehr sicher fühlte. Doch dann ging das Drama erst richtig los.«

»Warum?«

»Christian fing an, ihre Kunden anzurufen, um ihr den Job zu versauen. Er drohte damit, sie alle im Massagestudio einzuschließen und Feuer zu legen. Viele Kunden sind nicht mehr gekommen. Dann ging es los mit den Drohanrufen. Ich schneide euch die Köpfe ab und wichs in eure aufgerissenen Münder. Wir haben es natürlich der Polizei gemeldet, aber solange er nur drohte, konnten sie nichts unternehmen. Sie rieten uns, ihn einweisen zu lassen, doch in der Psychiatrie sagte man uns ebenfalls, dass sie nichts tun könnten, solange er nicht wirklich gewalttätig wurde. Schließlich haben wir uns an einen Anwalt gewandt, doch da war es schon zu spät. Eine Woche später war Dana tot.«

»Und er? Wissen Sie, wo er jetzt ist?«

»Verschwunden. Bitte, finden Sie ihn. Ich habe Angst.«

3. Januar

Der Einzige, der wissen könnte, wo sich Christian versteckt hält, ist sein Arbeitgeber. Renato Pigna ist Fernsehmoderator bei einem Lokalsender und Inhaber verschiedener Privatklubs in der gesamten Provinz, sowie Gründer und Schirmherr von BergAmore, dem wichtigsten Erotikfestival Italiens, das seit einigen Jahren in der Bergamasca stattfindet.

Besana und Ilaria betreten die Diskothek Godzilla in Capriate San Gervasio, Pignas Hauptquartier. Ein Türsteher hält sie am Eingang auf, sie erklären, dass sie Journalisten sind und einen Termin beim Chef haben.

»Dann kommt rein, ich lasse René holen«, erwidert der Türsteher.

René ist ein Mann um die fünfzig, gebürtig aus Osio

Sotto. Er hat das Gesicht eines Frettchens, einen glänzenden Schädel und eine unbehaarte Brust.

»Bitte sehr«, sagt er lächelnd. »Wir gehen nach nebenan in die Lounge, da können wir uns in Ruhe unterhalten. Darf ich Ihnen einen Cocktail anbieten?«

Sie setzen sich auf niedrige schwarze Ledersofas, die ebenso glänzen wie der Schädel und die Brust ihres Besitzers. Natürlich nimmt Besana das Angebot an. Und ob er Lust hat, ihre Bloody Mary zu probieren. Ilaria bestellt etwas vollkommen Abstruses, einen Bacontini, einen Martini mit Bacon. Besana verzieht angewidert das Gesicht.

»Ihr Festival ist sehr erfolgreich«, beginnt Besana, um das Eis zu brechen.

»Jetzt schon. Aber am Anfang hat man uns ganz schön Steine in den Weg gelegt«, erzählt René. »Die Leute hier haben Unterschriftensammlungen und Sitzstreiks organisiert, wir mussten vor dem Gemeinderat Rede und Antwort stehen. Es hat ewig gedauert, bis es grünes Licht gab. Und heute kommen die Leute aus ganz Italien und sogar aus der Schweiz. Während des Festivals findet man in sämtlichen Hotels zwischen Dalmine und Bergamo kein freies Bett mehr. BergAmore ist zu einem richtigen Volksfest geworden: Bier, Casoncelli, Spare Ribs, Wurstspezialitäten, Pommes frites – wie bei der Festa dell'Unità. Zwischen einer Strip-Show und der nächsten kann man bis drei Uhr nachts essen. Verliebte suchen den Kick, alte Ehepaare wollen Abwechslung in ihren langweiligen Beziehungsalltag bringen, Eltern kommen mit ihren heranwachsenden Kindern.«

»Ein interessantes gesellschaftliches Phänomen«, sagt Ilaria.

»Die Leute wollen einfach nicht mehr allein zu Hause an ihrem Computer Pornos gucken, sie wollen das Erlebnis mit anderen teilen, teilhaben, sozusagen live dabei sein in ihrer ganz persönlichen virtuellen Welt. Sie stehen Schlange, um sich die Titten von Marika Silver oder den auf Eliana Fuckalots Scham tätowierten Vesuv anzusehen. Die Hardcore-Seiten beklagen einen Besucherrückgang, Veranstaltungen wie BergAmore dagegen boomen: Im ersten Jahr hatten wir zweitausend Besucher, mittlerweile sind es über fünfundzwanzigtausend.«

Da kommen zwei junge Frauen herein. Eine der beiden, eine Blondine, trägt ein Glitzertop mit lila, blauen, orangen und grünen Streifen, das den Busen nur halb bedeckt. Untenrum Netzstrümpfe, sonst nichts. Die Dunkelhaarige trägt einen BH aus großen Marihuana-Blättern und ultraknappe Hotpants mit Bananenprint.

»René, wir sind fertig mit den Fotos«, sagt eine der beiden Frauen.

Besana fallen fast die Augen aus dem Kopf, einen Augenblick lang vergisst er sogar seinen Bloody Mary. Aber René schickt die beiden sofort wieder hinaus.

»Geht euch umziehen, Mädels. Sonst erkältet ihr euch noch«, und er zwinkert Besana verschwörerisch zu. »Die kommen gleich in Jogginghosen wieder. Schade eigentlich.«

»Meine Kollegin trägt auch gern Jogginghosen«, erwidert Besana.

»Wo waren wir stehen geblieben? Sie wollten etwas über Christian wissen?«

»Die Polizei sucht ihn, er ist seit Wochen verschwunden.«

»Sie werden ihn nicht finden. Er ist momentan in Kolumbien.«

»Woher wissen Sie das? Helfen Sie ihm?«

»Natürlich, ich lasse doch meine Angestellten nicht im Stich.«

»Sehr löblich«, bemerkt Besana. »Aber wenn man ihn findet, kriegen auch Sie Probleme.«

René schüttelt den Kopf.

»Man bekommt nicht oft die Chance, Unschuldigen zu helfen. Ich hatte Glück. Jemand da oben hat beschlossen, dass ich für die *echten* Risiken, die ich in meinem Leben eingegangen bin, belohnt werde.«

»Wie können Sie so sicher sein, dass Christian unschuldig ist?«

René lacht. Dann nimmt er einen Schluck von seinem gepfefferten Tomatensaft, er hat sich zur Regel gemacht, vor Mitternacht keinen Alkohol zu trinken. Viele fangen schon um sieben Uhr abends damit an, jeder hat eben seinen eigenen Biorhythmus. Schließlich zündet er sich eine Zigarette an und hält auch Besana das Päckchen rote Marlboro hin. Der sagt natürlich nicht Nein.

»Also, wie war das?«

»Christian ist unschuldig. Das ist leicht zu beweisen. Er ist nämlich Anfang Dezember abgereist. Ich hab ihm den Flug nach Cartagena de Indias bezahlt. Diese Geschichte mit den beiden Schwestern fing an, brandgefährlich zu werden. Er hatte den Kopf verloren. Also habe ich ihm einen Urlaub spendiert.«

»Einen Urlaub oder einen Job?«

»Sagen wir, beides.«

»Verstehe«, erwidert Besana.

»Ich habe ihn davon überzeugt, dass er eine kleine

Luftveränderung braucht.« Bei den Worten tippt René sich dreimal mit dem Finger an die Schläfe. »Als er erfahren hat, dass Dana tot ist, hat er mich angerufen und gesagt, dass er gerne derjenige gewesen wäre, der sie umgebracht hat, stellen Sie sich das mal vor. Die haben ihn mir geklaut, hat er gesagt.«

»Den *Mord* geklaut?«

»Genau. Da arbeitet einer jahrelang wie besessen daran, seine Geliebte fertigzumachen, bis sie das perfekte Opfer abgibt. Arbeitet auf das Unvermeidliche hin. Verstehen Sie? Und was passiert? Da kommt irgendein Dahergelaufener und legt sie mal eben in fünf Minuten um. Der Tod ist wertvoll, man stirbt nur einmal.«

Besana nimmt einen Schluck von seiner Bloody Mary. Er lächelt. Auf solch große Gedanken weiß er nichts zu erwidern.

»Das ist unfair. Finden Sie nicht auch?« René erhebt sich.

»Unverzeihlich«, pflichtet Besana ihm bei.

»Warum bleiben Sie nicht noch und sehen sich eine Show an? Vielleicht die Lapdance-Nummer in Pontida, Sie sind meine Gäste.«

»Sind auch die beiden netten Mädels von eben da?«

»Ich finde bessere für Sie.«

Besana gibt ihm die Hand, seine Reporterseele ist noch nicht befriedigt.

»Entschuldigen Sie, wenn ich so neugierig frage«, sagt er, »aber haben Sie eigentlich gute Beziehungen zu den örtlichen Behörden?«

René bricht in Gelächter aus.

»Es war nicht leicht. Stellen Sie sich mal vor, im zweiten Jahr hat der Bürgermeister des Ortes, in dem das

Festival stattfinden sollte, zu mir gesagt: ›Pass auf, du kannst deine Veranstaltung weitermachen, aber nur, wenn du einen Teil des Erlöses für wohltätige Zwecke spendest.‹ Ich habe an Emergency gedacht, aber die haben abgelehnt, sie wollten nicht mit Pornos in Verbindung gebracht werden. Aber was wir hier machen, hat mit Pornografie nichts zu tun, wir versuchen nur, Sex salonfähig zu machen. Die Stadträte sollten uns dankbar sein. Wir bringen unfassbare fünfundzwanzigtausend Leute hierher, so viele kommen nicht mal, wenn Atalanta spielt.«

3. Januar

Bevor sie nach Mailand zurückkehren, beschließen sie, noch mal einen Abstecher zur Apotheke in Suisio zu machen, weil Ilaria wieder Kopfschmerzen hat.

»Entschuldige wegen vorhin«, sagt sie.

»Nicht der Rede wert«, erwidert Besana.

Ilaria zögert.

»Weißt du«, gesteht sie ihm schließlich, »ich hab eben manchmal Angst, dass ich nicht professionell genug bin. Als Lucilla diese Geschichte erzählt hat, musste ich an die Streitereien meiner Eltern denken. Ich glaube, sie hatten auch eine kranke Beziehung.«

»Ich weiß, ich hab die Prozessakten gelesen.«

»Du hast die Prozessakten gelesen?«

»Nicht aus Neugier. Ich wollte nur nachvollziehen können, was du durchgemacht hast.«

Ilaria steigen Tränen in die Augen. So etwas hat noch niemand für sie getan.

Besana parkt den Wagen vor der Apotheke.

»Du bleibst hier. Versuch dich ein bisschen zu entspannen.«

Die Apothekerin unterweist gerade ein paar Studentinnen darin, wie man mit dem Wattestäbchen eine DNA-Probe entnimmt.

»Wenn Freiwillige kommen«, sagt sie, »muss jede von euch in der Lage sein, eine Speichelprobe zu entnehmen. Es sieht leichter aus, als es ist. Probiert es erst einmal aus. Als Erstes müsst ihr Kittel, Haube, Schutzbrille, Handschuhe und Mundschutz anziehen. Fertig? Jetzt nehmt ihr ein Wattestäbchen aus der Schutzhülle. So. Fasst auf gar keinen Fall das Baumwollende an, es muss steril bleiben. Verstanden? Nun fahrt ihr mit der Baumwolle zehn Sekunden lang über die Wangeninnenseite und unter Zunge und Lippen entlang. So, jetzt fangt mal an, Mädels.«

Eifrig dreht jeweils eine Studentin ihr Wattestäbchen im Mund einer anderen. Dann wechseln sie. Anschließend bleiben sie mit den Wattestäbchen in der Hand reglos stehen, als warteten sie auf Lob.

Ein Mann, auch er mit Kittel, Brille, Mundschutz und Haube, hebt seinen im Latexhandschuh steckenden Zeigefinger: »Passt auf, dass ihr die Probe nicht kontaminiert.«

»Mein Sohn hat recht. Es ist wichtig, dass nichts kontaminiert wird«, bekräftigt die Apothekerin. »Bevor ihr das Wattestäbchen wieder in die Hülle zurücksteckt, lasst ihr es mindestens eine Stunde trocknen, aber berührt nicht das Ende. Ihr dürft es nicht anfassen, um zu kontrollieren, ob es trocken ist.«

Endlich kehrt die Apothekerin an den Verkaufstresen zurück. Als Besana zum Gruß die Hand hebt, antwortet sie mit einem Lächeln.

»Brauchen Sie wieder Xanax ohne Rezept?«

»Nein, eine Packung Aspirin. Es sind nur Kopfschmerzen.«

»Umso besser«, erwidert sie und zieht ein Schubfach auf.

»Sammeln Sie viele Proben?«

»Sie können sich nicht vorstellen, wie viele Leute aus dem ganzen Tal kommen. Die reinste Völkerwanderung. Wir haben schon DNA-Proben von über dreihundert Leuten. Ich habe meine eigene als Erste abgegeben, um mit gutem Beispiel voranzugehen.«

»Das haben Sie gut gemacht, es ist wichtig.«

»Hoffentlich nützt es was. Ich biete allen meinen Kunden den Test an, mir kommt keiner davon.«

»Weigert sich denn niemand?«

»O doch, natürlich, vor allem alte Leute. Aber auch die Jungen sind misstrauisch. Alle haben Angst. Sie sehen uns an, als wollten wir sie nackt fotografieren.«

»Die Verschlossenheit der Provinz«, folgert Besana, »die hier als Tugend begriffen wird, wenn ich es recht verstanden habe. Die *Reserviertheit.*«

»Richtig«, erwidert die Apothekerin. »Es ist nicht leicht, die Leute hier zu etwas zu bewegen, das können Sie mir glauben.«

3. Januar

Wenn Besana um sieben Uhr abends kein Glas Wein vor sich stehen hat, wird er nervös. Sie betreten die Bar am Platz und setzen sich an einen Tisch. Außer ihnen sind nur zwei Gäste im Lokal: ein Typ mit Glatze, der verbissen am Spielautomaten herumdrückt, ohne je den Kopf zu wenden, und ein stark alkoholisierter Alter vor einem Glas Schnaps. Der Alte starrt sie unverhohlen an. Seine Finger sind gelb vom Rauchen, das Gesicht gerötet vom Alkohol. Vielleicht ist er nicht so alt, wie er aussieht, sondern nur frühzeitig gealtert, wer weiß. Besana sieht ihn mit leisem Unbehagen an, er hat sich immer davor gefürchtet, so zu enden. Er traut sich kaum, einen Schluck von seinem Weißwein zu nehmen. Außerdem hasst er es, so angestarrt zu werden.

»Sie sind Journalisten, was?«

Ilaria nickt und lächelt. Aber auch ihr ist nicht ganz wohl in ihrer Haut.

»Ich weiß etwas, das Sie interessieren dürfte«, setzt der Alte hinzu.

Ilaria sieht sich um, aus Furcht, dass jemand zuhört und der Alte seine Worte teuer bezahlen muss. Dann wirft sie Besana einen fragenden Blick zu. Der nickt kaum merklich: Lassen wir ihn reden. Wahrscheinlich ist es eh nur Unsinn, aber man kann nie wissen.

»Ach ja?«, wendet er sich an den Alten. »Und was wissen Sie?«

»Eine Geschichte, die ihr bestimmt noch nicht kennt«, erwidert der und kippt seinen Schnaps runter.

Mit einer Kopfbewegung ordert Besana noch ein Glas für den Herrn auf seine Rechnung.

»Danke«, sagt der Alte, »zum Wohl.«

Besana und Ilaria lächeln ihm zu.

»Glauben Sie mir, das ist kein Märchen«, fährt der Alte fort, »mein Großvater hat nie Unfug erzählt. Als Verzeni ins Dorf zurückkehrte …«

»Was soll das heißen, zurückkehrte?«, unterbricht ihn Ilaria. »Hat er sich nicht in der Nervenheilanstalt umgebracht?«

»Humbug«, erwidert der Alte. »Die Wärter haben ihn in letzter Sekunde gerettet. Und da seine lebenslange Haftstrafe in dreißig Jahre Sicherungsverwahrung umgewandelt wurde, war Vincenzo Verzeni 1902 wieder auf freiem Fuß. Das steht auch in den Zeitungen, kontrollieren Sie das ruhig. Sie können sich bestimmt vorstellen, was in den Leuten hier vorging. Vor allem in den Angehörigen der Opfer. Also schickte man Verzeni zunächst für drei Jahre fort, in irgendeine Zwangsunterkunft. Doch dann kehrte er erneut nach Bottanuco zurück. Er hat hier gewohnt, in der Via San Giorgio, er schloss sich zu Hause ein, verhielt sich so unauffällig wie möglich. Dann kam der Erste Weltkrieg, und viele Einwohner des Ortes gingen an die Front. Auch der Sohn der Pagnoncelli meldete sich freiwillig. Als seine Mutter ermordet wurde, war er gerade erst geboren, aber 1914 war er bereits über vierzig. Der Krieg verändert die Menschen. Die Männer entdecken, dass es leicht ist zu töten.«

»Was wollen Sie damit sagen?«

»Rache, mein Sohn, Rache«, antwortet der Alte.

Ilaria und Besana sehen einander an. Sie wissen nicht, ob sie ihn ernst nehmen sollen.

»Und hat er sich gerächt?«

»Nicht nur er. Als er im November 1918 von der Front

zurückkehrte und sich nach Verzeni erkundigte, erfuhr er, dass der noch lebte. Selbst die Spanische Grippe, die mehr Menschen dahingerafft hat als der Krieg, hatte es nicht geschafft, ihn zu töten. Unkraut vergeht nicht. Für den Sohn der Pagnoncelli, der dem Tod in den Schützengräben am Isonzo so viele Male ins Auge geblickt hatte, war das zu viel. Er wollte Verzeni am liebsten eigenhändig erwürgen, doch seine Frau hielt ihn zurück, flehte ihn an, nicht so unvorsichtig zu sein. Schließlich war er gerade erst aus dem Krieg zurückgekehrt, und sie hatten fünf Kinder, da wollte er sie doch nicht schon wieder alleine lassen? Eine solche Tat will gut geplant sein. Die Frau war schlau, sie wusste genau, dass ein jeder im Ort Verzeni mindestens so hasste wie sie und ihr Mann, auch wenn er nun niemandem mehr etwas zuleide tat. Er war ein Greis von beinah siebzig, sah aber aus wie neunzig, gebeugt, knochige Beinchen, zittriges Kinn. Wer weiß, was man ihm in diesem Irrenhaus alles angetan hatte, um ihn so zuzurichten.«

»Ein kollektiver Mord also?«

Besanas Interesse ist erwacht.

»So könnte man es nennen. Sagen wir, das ganze Dorf hat den Mord in Auftrag gegeben. Alle einflussreichen Bürger verabredeten sich – wohlgemerkt – in der Kirche. Auch Giò Ravasio kam, der zur Zeit des Mordes an Giovanna Motta siebzehn Jahre alt war. Seine Eltern waren schier verrückt geworden vor Kummer, für sie war Giovanna die Tochter gewesen, die sie sich immer gewünscht hatten. Mittlerweile war Giò ein dicker, älterer Kaufmann, der an Gicht litt. Er war bei diesem Komplott die treibende Kraft. Er hatte den Sohn der Pagnoncelli nie leiden können, doch der Hass gegen Verzeni vereinte sie.

Endlich würden sie sich rächen. Dieser Mistkerl von Lombroso hatte ihm die Todesstrafe erspart? Dann würden sie das eben erledigen.«

Besana bestellt ein zweites Glas Weißwein, er fängt langsam Feuer. Auch seinem neuen Freund gibt er noch einen aus.

»Verzeni lebte zurückgezogen in seinem Haus, denn sobald er sich draußen blicken ließ, fielen die Leute über ihn her. Aus Nächstenliebe brachte die Haushälterin des Pfarrers ihm die Milch und zu essen, also wandte man sich an sie. Man wollte ihr einen Krug mit vergifteter Milch geben, der Apotheker erklärte sich bereit, das Arsen zu besorgen, der Arzt sollte den Totenschein über einen natürlichen Tod ausstellen. Schon stießen die Ehrenwerten von Bottanuco auf das perfekte Verbrechen an. Endlich sollte die Gerechtigkeit wiederhergestellt werden.«

Ilaria schluckt. Sie sieht die ganze Szene bildlich vor sich. Der Alte blickt sie triumphierend an, als wolle er sagen: Jetzt hab ich dich am Wickel, was? Sie lächelt unbeholfen zurück.

»Aber sie haben die Rechnung ohne die Gefühle der Haushälterin gemacht, die sofort zu weinen begann. Sie sagte, das habe mit Gerechtigkeit nichts zu tun, der Gerechtigkeit sei bereits Genüge getan, immerhin habe der arme Mann dreißig Jahre lang grausame Qualen erlitten. Man bot ihr Geld, doch sie lehnte empört ab.«

Der Alte klopft mit dem Zeigefinger gegen das leere Glas. Besana begreift sofort und lässt es augenblicklich nachfüllen.

»Verzeni war in Panik. Bevor er starb, hatte seine einzige Freundin ihn gewarnt: Pass auf, sie wollen dich umbringen. Aber was konnte er schon tun? Nicht mehr essen? Ein Mädchen, eines der unzähligen Bauernkinder aus der Umgebung, bot sich an, ihm heimlich Essen und die Milch zu bringen. Sie erinnerte Verzeni an seine Cousine Marianna, also nahm er ihre Hilfe an, gab ihr Geld und auch ein paar Münzen extra für ihre Mühe. Was er nicht wusste: Die Familie des Mädchens hatte sehr viel mehr Geld bekommen. Auf dem Totenschein wurde die Todesursache nicht näher bezeichnet.«

3. Januar

Es war ein anstrengender Tag, und sie haben zu viele grausame Dinge gehört, also schlägt Besana Ilaria vor, in ein tolles Restaurant in der Bergamasca zu fahren, von dem er gehört hat.

»Wir haben uns eine kleine Feuerpause verdient«, sagt er. »So werden wir es auch auf die Spesenrechnung schreiben, *Feuerpause: hundert Euro*. Mit dem Bewirtungsbeleg dazu.«

Sowie sie sich an einen Tisch gesetzt haben und in der Karte blättern, beginnt Besana ein paar Anekdoten über die Reisekostenerstattung zu erzählen.

»Als man mich zum ersten Mal zu einer Reportage über einen Verkehrsunfall in der Nähe von Voghera geschickt hat, bin ich mit dem Auto hingefahren, habe in aller Eile den Artikel geschrieben und bin am Nachmittag wieder zurückgekommen. Am nächsten Tag bin ich mit der Spesenrechnung zum Chef: Benzin, ein Sandwich und ein Bier. Er guckt mich entgeistert an: ›Bist du wahnsinnig?‹ Ich hab mir schon Sorgen gemacht, dachte, es wäre zu viel. Aber was sagt er? ›Das ist viel zu wenig! Wo ist das Restaurant? Das Hotel? Die Zeitungen?‹ Ich war sprachlos. Dann meint er, ›lass mal, ich mach das für dich‹, und gibt mir den Zettel zurück: Restaurant fünfzigtausend, Übernachtung mit Frühstück hundertzwanzigtausend. Diverses, Kaffee, Zeitungen fünftausend. Am Ende belief sich die Summe auf beinah zweihunderttausend Lire. ›So, jetzt können wir reden‹, sagt er, endlich zufrieden. Und da habe ich verstanden: Indem ich meine Spesen gering hielt, verdarb ich ihm und allen anderen die Tour. Es gab nicht einen Journalisten, der nicht mit einer Riesenrechnung ankam, das war eine stillschweigende Übereinkunft, und ich hatte mich anzupassen.«

»Ihr habt es euch ja richtig gut gehen lassen«, bemerkt Ilaria.

»Ja, das waren noch andere Zeiten. Heute ist da nichts mehr zu holen. Aber damals … Ich kann mich noch gut an einen Auslandskorrespondenten erinnern, ein berühmter Afrikaspezialist, der sich als Anwalt der armen Länder aufspielte, bis er irgendwann vom neuen Chefredakteur kaltgestellt wurde. Plötzlich wurde er nirgendwo mehr hingeschickt, hing nur noch in der Redaktion rum und zog über seine Kollegen her. Eines Tages sagt er zu mir, ›weißt du, das ist auch ein finanzieller Schaden für mich.‹ ›Wie meinst du das?‹, frage ich. ›Du beziehst doch weiterhin dein Gehalt und musst nicht mal dafür arbeiten.‹ Darauf er: ›Ja, aber was ist mit den Spesen?‹ Damals hat man die tatsächlich als eine Art Gehaltszuschuss betrachtet. Um ihn also zufriedenzustellen, gab man ihm eine Reportage über die Strände der VIPs, und er ließ sich wochenlang in den teuersten Luxushotels in Badeorten auf der halben Welt verwöhnen, interviewte Bademeister und erfand Anekdoten über berühmte Gäste. Scheiß auf die Dritte Welt.«

Ilaria lauscht fasziniert, Besanas ironischer Blick amüsiert sie.

»Morgens war in der Redaktion nie jemand zu erreichen. Vor elf, zwölf Uhr kam keiner zur Arbeit«, erzählt Besana weiter.

»Sonntagmorgens dagegen herrschte kurioserweise immer Hochbetrieb. Da kamen dann wirklich alle, nahmen sich einen Stapel Zeitungen, holten sich in der Bar gegenüber Cappuccino und Croissants und gingen wieder nach Hause, aber nicht, ohne sich zuvor zum Dienst gemeldet zu haben. Den Feiertagszuschlag ließ sich keiner entgehen. So sammelte sich eine Menge Urlaub an. Ich weiß von Leuten, die auf diese Weise auf zwei-, dreihundert Urlaubstage kamen. Die konnten praktisch auf Kosten des Verlages ein Jahr zu Hause bleiben. Das waren in der Regel abgesägte Ressortleiter, in Ungnade gefallene Korrespondenten oder einfach Redakteure, die von der gerade angesagten redaktionellen Linie abwichen, darunter einige, die Rang und Namen hatten (und von denen so mancher anschließend ein extremeres Blatt leiten sollte), die auf diese Weise ihren Protest ausdrückten. Aus Trotz kamen sie alle Jubeljahre mal in der Redaktion vorbei, auch wenn man ihnen keine Arbeit gab, und bliesen damit noch das Paket ihrer nicht abgefeierten Urlaubstage künstlich auf. Eine Art stillschweigender Sitzstreik der Abgesägten.«

»Die haben sich ganz schön was einfallen lassen«, lacht Ilaria.

»Das kann man wohl sagen. Zum Beispiel das berühmte Sabbatical. Eine der großen Errungenschaften der Journalistengewerkschaft der frühen Neunziger«, fährt Besana fort, »eine berufliche Auszeit von mehreren Wochen oder Monaten, die man alle soundso viel Jahre nehmen und bei einer anderen großen Zeitung ableisten kann, in der Regel im Ausland. Um eine Sprache zu lernen, eine fremde Kultur zu erleben und mit einem Koffer voller Erfahrungen in die Redaktion zurückzukehren, natürlich zum Nutzen der Zeitung. Natürlich. Wie sagt man so schön? Gelegenheit macht Diebe, und Journalisten sind in der Regel auch keine Heiligen. Ich erinnere mich noch an einen Korrespondenten, der sich für sein Sabbatical Kingston auf Jamaika ausgesucht hat, und zwar bei der ältesten Zeitung der Insel, *The Gleaner*. Er kehrte braun gebrannt zurück, machte Witze in jamaikanischem Patois, und jedes Mal, wenn ein Schriftsteller der Antillen nach Mailand kam, bot er sich an, ihn zu interviewen. Er wurde zum Albtraum des Kulturchefs. Ein anderer entschied sich für Kalifornien, sein Sabbatical hat die Zeitung einen Haufen Geld gekostet. Er kam mit Quittungen von Schmuck- und Modeläden zurück, Belegen für Surfkurse, Sommelier-Workshops, Pilates, Eintrittskarten für Rockkonzerte und für die Oper, er reichte sogar eine Rechnung für das Leihen eines Klaviers ein. Der berufliche Mehrwert dagegen belief sich mehr oder weniger auf null.«

»Unglaublich«, lacht Ilaria.

»Ich könnte dir noch Tausende solcher Geschichten erzählen, aber dann würden wir bis morgen früh hier sitzen. Zum Beispiel über Auslandskorrespondenten. Die konnten in den Achtzigerjahren wahrhaft fürstlich leben.

Ich weiß noch, dass einer von New York aus schrieb. Die Zeitung zahlte ihm eine riesige, hochherrschaftliche Wohnung im obersten Stock eines Wolkenkratzers, mit Blick auf ganz Manhattan. Oder ein anderer, der einen Posten als Korrespondent in China ergattert hatte, der aber nicht in Peking wohnte, was damals als eher armselig galt, sondern in Hongkong. Er hatte sich ein bescheidenes Häuschen an einem der exklusivsten Strände der englischen Kronkolonie gemietet, wo in den Fünfzigern *Alle Herrlichkeit auf Erden* gedreht wurde. Auch den ganzen Tag faulenzen war herrlich. Und da in jener Gegend nie etwas Weltbewegendes passierte, schickte der Kollege gerade mal einen Artikel pro Woche, wenn es richtig hoch herging. Vor allem hatte man, wenn man vier, fünf Jahre in einer Hauptstadt im Ausland arbeitete, anschließend ein kleines Vermögen zusammen. Und zwar weniger wegen des Gehalts, das auch schon weit über dem der anderen lag, als wegen der vielen Extras, der Zuschläge, und natürlich der Spesenrechnungen, die praktisch ungesehen ausbezahlt wurden, besonders wenn sie auf Kyrillisch oder in Ideogrammen geschrieben waren. Sonst wären die in der Buchhaltung verrückt geworden. Kriminalreporter zu werden, ist die dümmste Entscheidung überhaupt, Piatti.«

Trotz allem haben sie einen schönen Abend verbracht. Und als sie einander Gute Nacht wünschen, sind sie sogar gut gelaunt. Aber sie sollen nicht viel Schlaf kriegen.

3. Januar

Pietro Foresti ist unruhig. Gerade hat er wieder einmal eine Sendung gesehen, in der über ihn und seine Frau berichtet wurde. Eigentlich könnte er zufrieden sein, denn abgesehen von diesem unangenehmen Interview mit dem Journalistenpärchen neulich ist bisher alles nach Plan verlaufen. Im Fernsehen sind immer nur seine Tränen zu sehen. Und dennoch, etwas macht ihm Angst. Am liebsten würde er seine Geliebte anrufen, aber das geht nicht. Vielleicht wird sein Handy überwacht. Als er seinen Sohn von der Schule abgeholt hat, hat er leise zu ihr gesagt, dass sie sich besser eine Weile nicht sehen, da momentan aller Augen auf ihn gerichtet sind. Sie hat zustimmend genickt. Schließlich wollen sie beide nicht, dass das Gerede losgeht. Doch nun fehlt sie ihm. Es würde ihm schon genügen, wenigstens kurz ihre Stimme zu hören.

Da klingelt es an der Tür. Beunruhigt springt er auf. Es ist ein Uhr nachts, wer kann das sein? Er geht zur Tür, macht sie aber nicht auf.

»Wer ist da?«

»Polizei«, sagt eine Stimme.

Foresti sieht durch den Spion und wird blass. Sofort zieht er seine Schuhe an, er will nicht in Pantoffeln verhaftet werden. Dann muss er beinah selbst über sich lachen. Er sorgt sich wegen der Pantoffeln. Bevor er aufmacht, genehmigt er sich einen Moment, um nachzudenken. Können im Haus noch irgendwo Beweise sein, die er übersehen hat? Das Tagebuch seiner Frau hat er verbrannt, die Nachrichten auf ihrem Handy gelöscht, der Computer ist bereinigt. Er holt tief Luft und öffnet mit einem Lächeln die Tür. Einem freundlichen, ruhigen Lächeln. Als hätte er nichts zu befürchten.

Auch der Beamte lächelt freundlich, ruhig. Foresti ist überrascht, versucht aber, es sich nicht anmerken zu lassen.

»Dottor Foresti?«

»Ja?«

»Wir sind zu Ihrer Sicherheit hier. Sie sind in Gefahr.«

Foresti hat bereits bemerkt, dass vor dem Haus immer ein Streifenwagen steht, aber er dachte, man würde ihn einfach nur im Auge behalten.

»Ich in Gefahr? Wie meinen Sie das?«

»Wir haben mit einem berühmten Profiler gesprochen«, entgegnet der Beamte ernst. »Er ist der Ansicht, dass der Serienmörder sehr wütend auf Sie ist. Sie könnten sein nächstes Opfer sein, deshalb stehen Sie vorerst unter Polizeischutz.«

»Warum sollte er auf mich wütend sein? Reicht es ihm nicht, dass er meine Frau getötet hat?«

Forestis Mund ist trocken. Mit einem Mal hat er Angst. Absurd. Er, der gerade getötet hat, ist plötzlich auf der anderen Seite. Damit hat er nun wirklich nicht gerechnet.

»Mehr können wir Ihnen nicht sagen, das könnte die Ermittlungen beeinträchtigen«, erwidert der Beamte.

Tief erschrocken nickt Foresti. Dann zeigt er auf das Sofa.

»Nehmen Sie Platz«, sagt er. »Es freut mich, wenn Sie dableiben.«

Der Beamte nickt.

»Keine Sorge, ich werde mich hier nicht wegbewegen.«

Foresti bedankt sich noch einmal. Er fühlt sich vollkommen hilflos.

»Und was soll ich machen?«

»Sie sollten besser alle Rollläden herunterlassen und die Tür abschließen. Den Schlüssel nehme ich lieber an mich.«

»Natürlich, natürlich.«

Er dreht den Schlüssel zweimal im Schloss und übergibt ihn dem Polizisten, der ihn in seine Tasche steckt.

»Soll ich Ihnen mit den Rollläden helfen?«

Foresti fürchtet sich ein wenig, allein durchs Haus zu gehen, aber er will sich keine Blöße geben.

»Nein, nein, kein Problem, ich mach das schon.«

Nachdem er alle Läden geschlossen hat, kehrt er ins Wohnzimmer zurück.

»Und jetzt?«

»Gehen Sie ruhig schlafen. Wir sind ja da«, antwortet der Beamte.

Während Foresti sich wäscht und seinen Pyjama anzieht, merkt er, dass er zittert. Der Mörder ist wütend auf ihn, weil er ihm ein Verbrechen untergeschoben hat, das er nicht begangen hat? Daran hatte er nicht gedacht. Zum Glück gewährt die Polizei ihm Personenschutz. Bevor er das Licht löscht, steckt er noch einmal kurz den Kopf ins Wohnzimmer, um dem Polizisten, der noch immer auf dem Sofa sitzt, eine gute Nacht zu wünschen. Sein Blick fällt auf die Schuhe. Es sind braune Oxfords, glänzend, mit Lochmuster. Tragen Polizisten nicht schwarze Springerstiefel? Das da sind Luxusschuhe. Seltsam.

4. Januar

Es ist fünf Uhr morgens. Die Temperatur liegt bei minus sechs Grad. Besana fährt zügig durch die Dunkelheit, die Straßen Mailands sind spiegelglatt und leer. Er muss so schnell wie möglich nach Bottanuco, auf einem Bauernhof hat man eine weitere Leiche gefunden.

»Wir sind bei Mord Nummer drei«, sagt er am Telefon finster. »Jetzt können wir offiziell von einem Serienmörder sprechen. Zieh dich an, wir müssen die Ersten sein.«

Ilaria wartet in der Halle ihres Mietshauses auf ihn. Durch die Scheiben der Eingangstür sieht sie einen langen und dunklen Wagen anhalten, doch als sie hinausgehen will, erlöschen plötzlich die Scheinwerfer. Und wenn es gar nicht Besana ist? Der Fahrer bleibt sitzen und beginnt im Dunkeln zu rauchen. Ilaria kann die Glut der Zigarette sehen. Sie ruft Besana zurück, der ihr sagt, dass er fast da ist. Dann ist es also wirklich nicht er.

Da hört sie den Türschließmechanismus aufschnappen und macht einen Satz zurück, schmiegt sich dicht an die Wand. Aber es ist nur ein Nachbar, der mit seinem Hund Gassi war. Voller Unbehagen grüßt Ilaria. Als kurz darauf Besana vorfährt, schaltet der geheimnisvolle Wagen die Scheinwerfer wieder ein und fährt davon. Ilaria sprintet zu dem alten Subaru, springt hinein und zieht die Tür mit einem dumpfen Knall hinter sich zu.

»Da stand gerade ein Wagen vor dem Haus«, sagt sie, »und es saß die ganze Zeit einer drin, als würde er mich beobachten.«

»Ach was«, erwidert Besana, »du wirst schon paranoid.«

Aber Ilaria beharrt darauf, denn dieses Gefühl, das Gefühl, beschattet zu werden, lässt sie nicht mehr los.

»Ich frage mich, wie er das gemacht hat«, sagt Besana, als er auf die Autobahn fährt. »Foresti wurde rund um die Uhr von der Polizei überwacht. Es gab zwar keinen bestätigten Haftbefehl, aber ein paar Beamte waren immer um ihn herum.«

»Und niemand hat etwas gemerkt?«

»Im Haus war alles still. Die Kinder waren bei den Großeltern, und Foresti war allein. Die Tür ist nicht aufgebrochen worden. Vielleicht hat er seinen Mörder sogar selbst reingelassen. Anscheinend ist er durch den Hintereingang gekommen, also von der Garage. Die Polizisten haben nur den Vordereingang überwacht. Mit so etwas hat keiner gerechnet.«

»Mag ja sein, aber so viele Autos sind in dem Ort doch nachts nicht unterwegs, schon gar nicht bei minus zehn Grad, und die ganze Gegend ist voller Überwachungskameras.«

»Vielleicht ist er nicht mit dem Wagen gefahren. Vielleicht ist er zu Fuß rausgegangen«, überlegt Besana.

»Zu Fuß? Wie soll er Forestis Leiche zu Fuß bis zu dem Bauernhof gebracht haben?«

Während der Fahrt hören sie Radio. Dort spricht man vom Vampir von Bottanuco, doch die Nachricht vom dritten Opfer ist noch nicht eingegangen. Irgendwann ruft ein Hörer an, der nichts über seine Person verraten möchte, weder wie er heißt noch von wo er anruft. Er gibt ein paar merkwürdige Dinge von sich und behauptet dann, dass der Serienmörder wieder zugeschlagen habe, denn er habe soeben zwei Reporter mit dem Auto wegfahren sehen.

Ilaria und Besana sehen sich an. Der Radiosprecher versucht, dem geheimnisvollen Anrufer weitere Fragen zu stellen, doch der hat bereits aufgelegt.

»Ich hab doch gesagt, ich fühle mich beobachtet.«

»Aber wer zum Teufel kann das sein?«

»Hoffentlich nicht der Mörder, immerhin war er vor meinem Haus.«

»Großer Gott.«

Aber inzwischen sind sie angekommen, sie haben jetzt etwas anderes zu tun. Vor ihnen blinken die Blaulichter der Einsatzwagen. Der Tatort ist von einer kleinen Gruppe Polizisten umstellt, die sie aufhalten. Besana zeigt seinen Presseausweis vor.

»Ist kein schöner Anblick«, warnt ihn ein junger Mann in Uniform.

»Marco, ich glaube, ich schaffe es nicht, mitzugehen«, sagt Ilaria.

»Piatti, du bist eine jämmerliche Kriminalreporterin, wenn du jetzt einen Rückzieher machst. Man kann die Dinge nur beschreiben, wenn man sie mit eigenen Augen gesehen hat.«

»Aber die Leiche beschreibst du«, protestiert sie.

Dann beginnt sie in ihrer Tasche zu wühlen, holt einen Flakon hervor und träufelt sich ein gutes Dutzend Tropfen auf die Zunge.

»Wieder eine Panikattacke?«, erkundigt sich Besana.

»Eher eine vorbeugende Maßnahme. Man kann nie wissen.«

Sie gehen auf das Bauernhaus zu. Doch vor der Tür werden sie abermals angehalten.

»Ich würde der Signorina nicht empfehlen, näher ranzugehen«, sagt ein anderer Polizist.

»Ist die Leiche so schlimm zugerichtet?«

»Die Leiche? Hier gibt es keine Leiche. Hier ist nur der Kopf.«

»O Gott«, stöhnt Ilaria, »ich geh zum Wagen zurück.«

»Scheiße, er hat ihn enthauptet«, bemerkt Besana. »Deshalb konnte er zu Fuß raus. Er brauchte nur eine große Tasche.«

»Er hat ihm auch Nadeln in die Augen gesteckt«, berichtet der Polizist.

Ilaria wird übel.

»Geh nur«, sagt Besana, »ich werde es mir ansehen.«

Die Weißkittel von der Spurensicherung sind gerade dabei, den Tatort zu fotografieren. Sofort stechen Besana die mit Blut auf die Mauer geschriebenen Lettern ins Auge: *ViVe*. Als sein Blick hinabwandert, stößt er auf ein grausiges Detail: Vor der Mauer auf dem Boden liegt ein abgeschnittener Finger.

»Den hat er als Pinsel benutzt«, sagt der Polizist neben ihm. »Das ist das einzige Körperteil, das er mitgenommen hat.«

4. Januar

Während Besana den Hof betritt, um sich zusammen mit ein paar Beamten den Kopf anzusehen, wartet Ilaria im Wagen auf ihn. Sie hat alle Türen verriegelt und sieht sich immer wieder panisch um, als es plötzlich an die Fensterscheibe klopft. Ein grelles Licht blendet sie, sodass sie überhaupt nichts sehen kann. Dann wird der Strahl gesenkt, und sie seufzt erleichtert auf, als sie Giorgio erkennt. Sie öffnet die Tür, um ihn hereinzulassen.

»Kompliment«, sagt er und setzt sich neben sie. »Du hast von Anfang an alles begriffen.«

Ilaria zuckt die Schultern.

»Dass Foresti dieses Ende nimmt, habe ich natürlich nicht geahnt.«

»Wenn er gestanden hätte, wäre die Strafe weniger drastisch ausgefallen.«

Ilaria nickt. Das Gleiche hat sie auch schon gedacht.

»Mit was für einer Waffe ist er getötet worden?«, fragt sie dann.

»Mit einer Machete.«

»Wer hat den Kopf gefunden?«

»Ein Typ, der von der Disko nach Hause ging und sich offenbar im Hof erleichtern wollte. Er war betrunken und dachte am Anfang, dass seine Freunde sich einen Spaß mit ihm erlaubt hätten. Dann hat er geschrien wie am Spieß und die ganze Nachbarschaft geweckt.«

Ilaria fragt sich, ob ein enthaupteter Körper Schmerzen empfindet. Dabei fällt ihr Blick auf Giorgios Hals, an dem sich Kratzspuren befinden. Als er bemerkt, dass Ilaria ihn anstarrt, klappt er den Kragen hoch.

»Wieso haben die Polizisten vorm Haus nicht bemerkt, dass jemand ins Haus gegangen ist?«

»Weil sie nur zu zweit waren und der Mörder durch den Hintereingang gekommen ist. Wir konnten nicht mehr Leute abstellen, das wäre zu teuer geworden. Außerdem hat keiner damit gerechnet, dass ausgerechnet er das nächste Opfer sein würde.«

»Warum hat er dem Mörder wohl aufgemacht?«

Noch während sie die Frage ausspricht, überlegt Ilaria,

dass jemandem, der sich als Polizist verkleidet hat, ohne Weiteres die Tür geöffnet würde. Er müsste nur um ein Glas Wasser bitten oder darum, mal kurz zur Toilette zu dürfen. Aber sie behält den Gedanken für sich.

Kurz darauf kehrt Besana zurück. Er wirkt verstört. Nachdem er Giorgio verabschiedet hat, setzt er sich in den Wagen, zieht die Handschuhe aus und zündet sich die wer weiß wievielte Zigarette an. Seine Hände zittern. Ilaria hat ihn noch nie so gesehen.

»Erschreckend«, sagt er endlich. »Diese Nadeln in den Augen. Unfassbar. Er hat zum Schreiben einen Finger des Opfers benutzt.«

»Du liebe Güte.«

Während er schweigend weiterraucht, startet Besana den Wagen und wendet hastig. Er will so schnell wie möglich so weit wie möglich weg von hier.

»Ich habe mit Giorgio gesprochen«, sagt Ilaria unvermittelt. »Er hatte seltsame Verletzungen am Hals.«

»Was für Verletzungen?«

»Es sah aus wie Kratzspuren oder Schnitte.«

»Er wird sich beim Rasieren geschnitten haben.«

»Bestimmt.«

»Du verdächtigst ihn doch wohl nicht?«

»Aber nein. Wo denkst du hin?«

4. Januar

Am Abend sind Ilaria und Besana erneut bei Grace. Aber diesmal nur, um einen Aperitif zu trinken und ein wenig mit ihr zu plaudern. Ihnen beiden ist nicht nach Essen zumute.

Besana legt schweigend die Fotos vom Tatort auf den Tisch. Ilaria steht auf, sie möchte sie lieber nicht ansehen. Grace betrachtet sie aufmerksam, ihr Gesicht verrät keinerlei Regung.

»Der Kopf«, sagt sie dann. »Zunächst einmal hat der Mörder das Bedürfnis verspürt, seine Kraft zu zeigen.«

Besana nickt.

»Eine sehr brutale Szene«, sagt er.

»Es geht hier nicht um Brutalität an sich. Es geht um die Wahrnehmung von Brutalität. Die Enthauptung übt wegen ihres Symbolcharakters eine ganz eigene Faszination auf den Betrachter aus. Er hat sie nicht zufällig gewählt.«

»Das musst du mir genauer erklären.«

»Der Kopf des Feindes wurde immer schon als wertvolle Kriegstrophäe betrachtet. Und ich rede hier nicht von den Aborigines, von den Ritualen Wilder. Während des Zweiten Weltkriegs haben sogar die Alliierten im Pazifik die Schädel von Japanern gesammelt. Oft schickten die Soldaten sie als Geschenk an Verwandte oder an ihre Verlobte oder verkauften sie als Souvenir. Vorher kochten sie die Schädel aus und polierten sie, damit sie nicht stanken. Ein *jap skull*, wie man sie damals nannte, war sehr begehrt. Die gesäuberten Schädel wurden zu Helmhaltern, Pfeifen- oder Kerzenständern umfunktioniert.«

»Das ist ja entsetzlich.«

»Sie fanden es völlig normal. Im Mai ’44 sorgte ein Foto für Aufsehen, das in der Zeitschrift *Life* veröffentlicht worden war. Das Bild zeigte eine Arbeiterin aus Phoenix, Natalie Nickerson, die einen Liebesbrief an ihren als Soldat im Pazifik stationierten Verlobten schrieb und dabei verträumt das Geschenk ansah, das sie gerade von ihm bekommen hatte: ein auf Hochglanz polierter Schädel mit den Unterschriften von vierzehn Marines. Souvenir aus Neuguinea.«

»Aber ist das kein Kriegsverbrechen?«

»Natürlich. Die Schändung von Gefallenen verstößt gegen die Genfer Konvention. Tatsächlich hat das von *Life* abgedruckte Foto die Armee ziemlich in Verlegenheit gebracht, weil es eine weitverbreitete und stillschweigend akzeptierte Praxis zeigte.«

»Also wollte der Mörder uns seine Kriegstrophäe zeigen, um uns seine Kraft zu demonstrieren.«

»Genau. Es kann sein, dass er gar nicht groß darüber nachgedacht hat. Vermutlich war es eine instinktive, atavistische Entscheidung. Selbst wenn uns die exakte Bedeutung eines Symbols nicht geläufig ist, so kennen wir es dennoch. Es ist Teil unserer Geschichte, wir brauchen sie nicht erst zu studieren. Es steckt in uns, von Anfang an, vielleicht in der berühmten DNA, der die Kriminaltechnik Herr zu werden versucht. Aber man kann nun einmal nicht alles beherrschen. Wir tragen eine Erinnerung in uns, die sehr viel weiter zurückreicht als nur in unsere eigene Vergangenheit.«

»Du machst mir Angst.«

»Und ich bin längst noch nicht fertig. Denn die Enthauptung bedeutet nicht nur das. Sie schockiert uns so sehr, weil sie viele symbolische Bedeutungen in sich vereint. Sie verweist auch auf unsere Vorstellung von Gerechtigkeit. Sie ist die Strafe par excellence und verlangt förmlich nach Publikum.«

»Die Guillotine, natürlich.«

»Nein, es ist ein historischer Fehler, der Guillotine diese Rolle beizumessen. In Wirklichkeit hat sie das Publikum sehr enttäuscht. Sie war eine moderne, effiziente und saubere Maschine, die die Zuschauer um die Emotionen betrog. Die Leute waren an sehr viel dramatischere Szenen gewöhnt. In England war eine Enthauptung ein wichtiges Event, das Menschenmassen anzog. Was sich auch darin zeigte, dass lediglich die Reichen in den Genuss einer Enthauptung kamen, während die Armen am Galgen erhängt wurden. Über Jahrhunderte überbrühte man die abgeschnittenen Köpfe, besonders die Köpfe politischer Gegner, spießte sie auf eine Lanze und stellte sie aus. Wie zum Beispiel den Kopf von Thomas Morus, der auf der London Brigde gezeigt wurde. Der Henker hatte in der Gesellschaft eine bedeutende Rolle inne, er durfte nichts falsch machen. Ein Fehler konnte ihn das Leben kosten. Henker, die ihre Pflicht nicht mit der angemessenen Professionalität erfüllten, wurden vom wütenden Mob getötet. In den Niederlanden wurde einem Henker einmal das Kohlebecken übergekippt, das ihm dazu diente, die Verbrecher zu brandmarken. Die Geschichtsbücher sind voll mit solchen Anekdoten.«

»Es ist also nicht leicht, einem lebenden Menschen den Kopf abzuschneiden.«

»Nein, keineswegs. Ich schließe aus, dass unser Mörder mit dem Opfer gekämpft hat. Wahrscheinlich hat er ihn in irgendeiner Weise sediert, ehe er die Machete eingesetzt hat. Aber es ist und bleibt eine komplizierte Operation. Ein berühmter Fall ist der von Maria Stuart, ihr Kopf löste sich erst nach dem dritten Schlag. Und Anne Boleyn bat Heinrich VIII. um eine besondere Gnade: Auf ihren Wunsch ließ er eigens einen Scharfrichter aus Calais kommen, den einzigen, der in der Lage war, die aufrecht vor ihm kniende Königin mit nur einem einzigen Hieb zu töten. Deshalb war die Guillotine, als sie 1792 in Frankreich auftauchte, für das Publikum eine große Enttäuschung. Sie ist eine saubere, zuverlässige und schnelle Tötungsmethode. Während des Terrorregimes wurde quasi am Fließband hingerichtet. 1793 fielen die Köpfe im Minutentakt, schnell und effizient, wie gesagt. Nur Madame du Barry, die ehemalige Favoritin Ludwig XV., sorgte für ein Drama, weil sie auf dem Schafott voller Panik schrie, weinte und um sich trat. Das Publikum war zutiefst erschüttert, da es derartige Szenen nicht mehr gewöhnt war. Der abgeschnittene Kopf hatte während der Schreckensherrschaft seine Symbolkraft verloren, war zu etwa völlig Banalem, Normalem geworden.«

»Na ja, heute ist er etwas weniger banal. Er schockiert durchaus«, hält Besana, noch immer unter dem Eindruck dessen, was er gesehen hat, dagegen.

»Hier in Italien, natürlich. Aber nicht im Nahen Osten. Dort ist die Enthauptung tragischerweise wieder in Mode gekommen, und zwar lange vor dem Auftauchen des IS. Schon im Irakkrieg verstanden die Dschihadisten, dass man die Menge über das Internet um das Schafott versammeln kann, man braucht dazu nur eine Kamera. Der Erste, der vor den Augen der Weltöffentlichkeit geköpft wurde, war 2002 Daniel Pearl, der Reporter des *Wall Street Journal*. Das Video zirkulierte sofort im Netz.

Als 2004 Nick Berg, ein im Irak entführter Ingenieur, an der Reihe war, avancierten die Schlüsselwörter, die mit dem Video verlinkt waren, innerhalb eines Tages zu den meisteingegebenen auf den großen Suchmaschinen wie Google und Yahoo. Die Faszination der Enthauptung ist alt, aber die Mittel heute sind neu. Tatsächlich geht die erste gefilmte Enthauptung auf das Jahr 1939 zurück. In Versailles sollte ein deutscher Verbrecher geköpft werden, Eugen Weidmann. Für gewöhnlich fanden Exekutionen vor Morgengrauen statt, aber an diesem Tag war ein neuer Henker am Werk, ein Anfänger, der die Vorbereitungen unterschätzt hatte, und so wurde Weidmann mit Verspätung hingerichtet, als bereits helllichter Tag war. Zum ersten Mal konnte ein derartiges Ereignis fotografiert werden. Und offensichtlich hatte jemand eine Kamera dabei.«

5. Januar

Als die Polizei den Golfklub stürmt, platzt sie gerade in die feierliche Preisverleihungszeremonie der Klubmeisterschaften. Eine Frau mit Nerzstola hebt das Glas auf die Rede des Vorsitzenden, während der Sieger unter Applaus den Pokal schwenkt.

»Bitte nicht jetzt«, fleht die Organisatorin, die den Polizisten hinterhertrippelt. »Sie machen mir die ganze Zeremonie kaputt, bitte, nur eine Minute.«

»Es tut mir leid, Signora«, erwidert Giorgio. »Wir haben einen Haftbefehl. Wir suchen Franco Vimercati.«

»Er ist gerade gegangen, vielleicht finden Sie ihn noch auf dem Parkplatz.«

»Alle in die Wagen!«, brüllt Giorgio seinen Kollegen zu. »Er versucht zu fliehen.« Dann wendet er sich an die Organisatorin: »Lassen Sie sofort das Tor schließen! Niemand darf das Gelände verlassen.«

Giorgio eilt zum Wagen und spricht in das Funkgerät.

»Er ist in dem Smart, folgt ihm. Over.«

»Verstanden. Wir blockieren ihn. Da ist er! Er ist nicht allein.«

Drei Streifenwagen setzen sich neben den Smart, zwei Männer richten ihre Maschinengewehre auf den Fahrer.

»Stehen bleiben! Raus aus dem Wagen!«

Mit erhobenen Händen steigt Vimercati aus. Seine verängstigte Frau auf dem Beifahrersitz rührt sich nicht vom Fleck.

»Achtung, Signora, steigen Sie aus und gehen Sie zur Seite.« Ein Polizist nimmt sie am Arm.

Vimercati werden Handschellen angelegt, dann führt man ihn zum Streifenwagen, und ein Polizist schubst ihn hinein.

Währenddessen traktiert Besana, der wegen eines Unfalls auf der Straße feststeckt, wütend mit den Fäusten das Lenkrad.

»Verdammt, jetzt haben wir die Verhaftung verpasst. Scheiße!«

Seit einer Stunde stehen sie im Stau.

»Vielleicht schaffen wir's noch zur dritten Instanz«, entgegnet Ilaria lakonisch und checkt die Nachrichten auf Twitter. »Die von *Eco* haben schon Fotos. Anscheinend hat denen auch irgendwer was gesteckt.«

»Verfluchter Lkw«, schimpft Besana.

»Ach komm, reg dich nicht auf. Wir hätten doch eh nur zugesehen, wie der Falsche verhaftet wird.«

»Piatti, das ist die Klugscheißerphilosophie der Kollegen vom Feuilleton. Willst du Kriminalreporterin sein oder nicht?«

»Was hast du gegen die vom Feuilleton?«

»Nichts, nur waren die, als ich damals angefangen habe, immer die Ersten, die Feierabend machten. Spätestens um acht Uhr abends brachten sie den Chefredakteuren ihre Entwürfe, anschließend wurde noch hier und da mit ein paar hohlen Phrasen und schönen Worthülsen ein bisschen aufgehübscht, dann nahmen sie ihre Jacke und gingen. Ich hab sie manchmal getroffen, wenn ich gerade erst in die Nachrichtenredaktion zurückkam, um meinen Artikel zu schreiben. Verdammt, was habe ich sie dann beneidet, schließlich hatte ich noch einen langen Abend vor mir. In jenen Jahren war die Kulturredaktion ein winziger Verschlag hinter dem Annahmeschalter für Traueranzeigen: verschlissener matschgrüner Teppichboden, Neonröhren und Holzbohlen wie auf dem Polizeikommissariat. Der Kulturchef hatte ein dunkles Kabuff mit vergittertem Fenster zum Innenhof. Doch all die Trostlosigkeit war nur Schein. Er empfing die heiligen Kühe der Literatur. Die Feuilletonisten und die Edelfedern, die die Aufmacher schrieben. Ein Nachrichtenreporter wie ich durfte nicht mal einen Fuß in dieses Heiligtum setzen. Die Kollegen vom Feuilleton grüßten mich kaum, wahrscheinlich kannten sie nicht mal meinen Namen. Sie waren die Kultivierten, die *Crème de la Crème*. Und wir rächten uns, indem wir sie aufzogen, was sie jedoch gar nicht merkten, die Arschlöcher.«

»Du bist unglaublich«, lacht Ilaria.

»Ich hab einfach Lebenserfahrung«, erwidert Besana. »Und wenn alle Jubeljahre mal eine echte Nachricht über sie hereinbrach, etwa als Chagall starb oder Borges oder was weiß ich wer, und das womöglich noch nach Feierabend, verfielen sie in Panik, das kannst du dir nicht vorstellen. Dann wühlten auf einmal alle hektisch in den Schubladen nach irgendwelchen vorgefertigten Nachrufen, und wenn sie dort nichts fanden, hängten sie sich ans Telefon und suchten nach einem, der ihnen aus der Patsche helfen konnte. Was meinst du, wie wir in der Nachrichtenredaktion gelacht haben. Das war unser Triumph. Wir, die wir es gewöhnt waren, mal eben in einer halben Stunde in irgendeiner Bar einen Artikel runterzuschreiben und ihn von der Telefonzelle aus den Schreibkräften zu diktieren, während diese Bande ganz gemütlich eine Schlagzeile oder Zusammenfassung am Tag schrieb. Und dann besaßen sie noch die Frechheit, sich bei der Gewerkschaft zu beschweren.«

»Du machst mir Mut, Besana«, sagt Ilaria. »Bezahlt man dich dafür, Volontäre für die Verbrechensmeldungen zu rekrutieren?«

Aber er antwortet nicht.

»Verfluchter Lastwagen«, schimpft er nun wieder, »musste der ausgerechnet jetzt umkippen?«

»Vielleicht gibt es Verletzte oder Tote.«

»Hoffentlich nicht. Sicher ist nur, dass wir die Verhaftung verpasst haben.«

»Ist das so schlimm?«

»Piatti, es gibt zwei Kategorien von Journalisten: die, die Nachrichten lieben, dafür leben, und die, die sie als lästige Notwendigkeit begreifen. Ich gehöre zur ersten Kategorie. Wenn Nachrichten dich anwidern, solltest du dir besser was anderes suchen, zur Müllabfuhr gehen oder zum Katasteramt. Vor vielen Jahren gab es mal einen Nachrichtenchef, der setzte die Seiten am Vormittag und wollte dann, bis die Grafik schloss, nichts mehr davon wissen, das Layout zu ändern, da hätte die Welt zusammenbrechen können. Er liebte Fertiggerichte und Tiefkühlkost und hasste es, wenn etwas Unvorhergesehenes passierte. Von Scoops wollte er schon gar nichts hören. Eines Tages geschah es, dass ein Flugzeug von einem Terroristen entführt wurde und durch ganz Europa zu fliegen begann. Die gesamte Welt verfolgte das Ereignis mit angehaltenem Atem. Gegen Abend erfuhr man, dass er in Italien landen würde, und zwar in der Lombardei, genauer gesagt Mailand, oder noch genauer: Linate. Man konnte also nicht so tun, als ob nichts wäre, man musste sich der Sache annehmen, einen Reporter hinschicken, die Seite komplett neu aufsetzen. Und was sagt der Nachrichtenchef? Bei all den Flughäfen, die es hier gibt, muss er ausgerechnet bei mir landen? Er war der klassische Vertreter der zweiten Kategorie von Journalisten, das genaue Gegenteil von mir. Das andere Extrem war ein stellvertretender Chefredakteur, ein echtes Arbeitstier, einer, der außerhalb der Zeitung kein Leben hatte und der praktisch mit dem Gesicht auf dem Schreibtisch gestorben ist, nachdem er gerade die letzten Seiten für den Druck freigegeben hatte. An einem Nachmittag im Juli ging die Nachricht von der Überschwemmung in Valtellina ein, bei der Hotels zerstört wurden und ganze Dörfer unter Wasser standen, mit Dutzenden Toten und Hunderten Evakuierten. Als man ihm die ersten Eilmeldungen der Pressagenturen brachte, sprang er mit triumphierendem Lächeln auf: Na bitte, wer sagt's denn! Bis dahin hatte es keine größeren Vorkommnisse gegeben, ein Tag, an dem man nicht wusste, was man auf die erste Seite setzen sollte. Nun gab es endlich einen anständigen Hauptartikel.«

6. Januar

Natürlich verbringen Besana und Ilaria auch den Dreikönigstag zusammen, um weiter über dem Fall zu brüten und keine Zeit zu verlieren. All diese Toten sind inzwischen wie die Zeiger einer Uhr, die unaufhaltsam vorrücken. Und von der Unwiederbringlichkeit der Zeit künden.

Abgesehen davon ist die den Feiertagen eigene Ruhe von unschätzbarem Wert. Vielleicht kommt ihnen doch noch eine neue Idee, gelingt ihnen eine neue Sicht auf die Dinge. Besana hat sogar seine Wohnung aufgeräumt, in der Hoffnung, dass ein übersichtliches und sauberes Umfeld Raum schaffen könnte für irgendeine Eingebung.

Ilaria staunt nicht schlecht, als sie die Wohnung betritt. Sie sieht sich um und kräuselt vor lauter Überraschung die Unterlippe.

»Und was ist aus dem alten Tennisschläger geworden?«

»Hab ich weggeworfen.«

»Nicht zu glauben.«

Aber auch sie war nicht untätig. Sie hat eine Tafel mit Magneten mitgebracht, an der man die Fotos der Opfer und der Tatorte befestigen kann. Und zahlreiche Zettel mit Details, die ihr aufgefallen sind.

»So was sieht man nur im Film und ganz sicher nicht auf dem Polizeipräsidium«, bemerkt Besana. »Aber warum nicht, es kann ja nicht schaden.«

Während sie die Fotos mit dem gleichen Eifer aufhängen, mit dem man einen Weihnachtsbaum schmückt, schreiben sie fieberhaft Schlüsselbegriffe auf Haftzettel, die die makabre Collage ergänzen.

»*Nadeln, Haarnadeln, Akupunkturnadeln.* Und wo kauft er die? Vielleicht sollten wir nach Akupunkteuren in der Gegend suchen.«

Ilaria hat sich die Schuhe ausgezogen, tigert auf Strümpfen über das Parkett und redet fast alleine. Auf einer zweiten Tafel notiert sie ihre Fährten. Der Stift lässt sich wieder abwischen, vergänglich wie ein Gedanke, aber sie hat an alles gedacht. Am Ende wird sie die Tafel mit dem Tablet fotografieren.

»Warum machst du deine Notizen nicht direkt auf dem Tablet?«, fragt Besana, der auf dem Sofa liegt. Die Arme hat er hinter dem Kopf verschränkt, die Beine übereinandergeschlagen, er will sich nicht zu sehr anstrengen.

»Weil der Kontakt mit der Materie mir hilft, die Dinge anders zu sehen«, erwidert sie.

»Ah, okay …«

Akupunkteure suchen, schreibt Ilaria auf die weiße Oberfläche.

»Und was könnten die Opfer gemein haben?«, fragt sie Besana.

»Sie sind Huren«, entgegnet er.

»Ich meine es ernst. Wir müssen in den Kopf des Serienmörders hinein.«

»Ich meinte es auch ernst. Sie sind Huren, die vorgeben, keine zu sein«, insistiert Besana. »Die eine gibt sich als Pflegerin aus, die andere als Masseurin, aber sie verdienen mit etwas anderem mehr Geld.«

In dem Moment klingelt es an der Tür.

Schwungvoll erhebt Besana sich vom Sofa.

»Wer kann das jetzt sein?«

Ilaria zuckt die Schultern.

Als Besana den Hörer der Gegensprechanlage abnimmt, ist eine Frauenstimme zu hören. Er ist sichtlich verlegen.

»Ja, natürlich, komm rauf.« Dann dreht er sich zu Ilaria um: »Entschuldige, das ist meine Frau.«

»Dann gehe ich lieber, sie will sicher mit dir allein reden.«

»Das ist vielleicht besser.«

Ilaria kann gerade noch in ihre Schuhe und den Mantel schlüpfen, in dem sie aussieht wie ein eingeseifter Hund, da ist Marina schon oben und mustert sie mit gequältem Lächeln von oben bis unten. Ilaria wird sofort klar, was sie denkt, aber sie kann es nicht ändern. Gegen die Fantasien der anderen sind wir machtlos.

»Tschüss, Marco, ich ruf dich morgen an«, sagt sie also und zieht die Tür hinter sich zu.

Marina lächelt angespannt, beißt sich auf die Lippe, knetet ihre Hände.

»Hübsch, deine neue Freundin. Entschuldige, ich wollte nicht stören.«

»Sie ist nicht meine Freundin«, erwidert Besana. »Sie ist eine Kollegin, wir arbeiten zusammen an einem Fall.«

»Ja, so nennt man das«, entgegnet seine Ex-Frau.

»Bist du hergekommen, um mir nach all der Zeit eine Szene zu machen?«

»Nein, natürlich nicht.« Marina senkt den Blick. »Entschuldige.«

»Hast du meinen Scheck für den Basketballverein nicht bekommen? Ich hab ihn vor mindestens einer Woche beim Portier abgegeben.«

Den Blick noch immer auf den Boden geheftet, schüttelt Marina erneut den Kopf.

»Doch, doch, ich hab ihn bekommen, danke.«

»Also? Was gibt es für ein Problem?«

Sie massiert sich mit ihren langen Fingern die Schläfe. Besana hat diese Finger immer geliebt.

»Du fehlst mir.«

6. Januar

Beinah im Stechschritt läuft Ilaria durch die Eiseskälte. Sie hat sich Kopfhörer in die Ohren gesteckt. Sie läuft nicht so schnell, weil sie den Temperaturen trotzen will, sondern weil sie wütend ist auf sich selbst. *Ich Idiotin.* Es ist dunkel, und sie tritt versehentlich in eine Pfütze, die kalt ist wie ein arktischer See. Bis zu den Knöcheln ist sie nass geworden. *Ist ja wieder mal typisch, ich Idiotin.*

Sie weiß selbst nicht, was sie sich erhofft hatte. Vielleicht einen glücklichen Nachmittag, auch wenn sie nicht genau weiß, was Glück eigentlich ist. Etwas, was dich erregt oder eher angenehm ruhig macht? Hin und wieder spürt sie die Last ihrer jungen Jahre. Vor allem, wenn sie auf die Fragen, die sie sich stellt, keine Antwort findet.

Sie will ins Schwimmbad, sie muss ein paar Bahnen ziehen, um sich abzureagieren. Sie hat sich in einem nicht ganz so schicken Schwimmbad ihres Viertels eingeschrieben, das nicht von Fitness-Fanatikern besucht wird, sondern von übergewichtigen Hausfrauen, die bei der Wassergymnastik wahre Sturmwellen auslösen, und von Rentnern, die nach jeder Bahn erst mal wieder zu Atem kommen müssen. Aber ihr gefällt es.

In den Umkleiden riecht es kräftig nach Chlor, sie wählt einen Spind und beginnt sich auszuziehen. Dabei kann sie nicht vermeiden, zwei Frauen zuzuhören, die sich beim Haareföhnen unterhalten. Die eine behauptet, Lachs sei zu fett, die andere argumentiert, dass er gesund sei, vor allem bei einer Diät, wegen der Omega-3-Fettsäuren. Ilaria betrachtet sich im Spiegel. Ihre Beine sind schlank, ihr Bauch ist flach, das Einzige, was unter ihrem Badeanzug hervorspringt, sind ihre Hüftknochen. Warum gefällt sie niemandem? Sie setzt die Schwimmhaube auf und betrachtet ihr Profil. Sie hat sogar ein hübsches gerades Näschen. Was ist es dann, was an ihr nicht stimmt?

Sie duscht rasch und läuft zum Beckenrand. Taucht einen Fuß ins Wasser, um die Temperatur zu überprüfen. Vielleicht besser gleich reinspringen. Als sie wieder an die Wasseroberfläche kommt, um Luft zu holen, wird ihr klar, dass sie so unsicher ist, weil ihr die Zuneigung ihres Vaters gefehlt hat. Deshalb hängt sie so an Besana, weil sich zum ersten Mal jemand um sie kümmert. Ja, sicher, er kann ganz schön grantig sein. Aber unter seiner rauen Schale nimmt sie eine große Zärtlichkeit wahr. Deshalb ist sie eifersüchtig, wegen dieser Zärtlichkeit.

Während sie sich mit einem kräftigen Beinschlag vorwärtsbewegt und den Kopf dreht, um Luft zu holen, wird ihr klar, dass sie Besanas Frau deshalb hasst, weil sie ihm wehtut. Sie will gar nicht so geliebt werden wie sie, oh nein, das ist es nicht. Sie will nur, dass er ihretwegen nicht mehr leiden muss. Und jedes Mal, wenn sie den Ellbogen aus dem Wasser hebt, hat sie das Gefühl, etwas mehr verstanden zu haben. Zwar nicht über den Serienmörder, aber über sich selbst.

6. Januar

Es ist fast Mitternacht, und Besana streichelt das blonde Haar seiner Frau. Marina hat ihren Kopf auf seine Brust gelegt, er spürt ihren Atem auf seinem Bauch.

»Warum schläfst du nicht hier?«

»Ich hab nichts mitgebracht, nicht mal eine Zahnbürste.«

»Du kannst meine nehmen.«

»Du weißt doch, dass ich es hasse, eine fremde Zahnbürste zu benutzen. Du Blödmann hast immer meine genommen.«

»Wir haben nicht mal was gegessen. Hast du Hunger?«

»Du hast was im Kühlschrank? Ehrlich?«

Besana streichelt noch immer ihr Haar. Als müsse er sich einen Vorrat dieser Geste anlegen, für schlechte Zeiten. Marinas Haare sind weich und duftig, wie immer. Inzwischen färbt sie sie, aber sie sind nicht trocken geworden, sie fühlen sich immer noch genauso an wie damals, als er sie kennengelernt hat.

»Es ist noch Speck da, und ein Rest Ziegenkäse. Und Eier, glaube ich.«

»Eier mit Speck. Wunderbar«, sagt sie.

Dann steht sie auf. Im Augenblick friert sie vor allem, sie sucht ihre Strickjacke. Als sie sich hinabbeugt, kann man ihre Wirbel sehen. Aber die Zellulite an den Oberschenkeln ist sie nie losgeworden. In Besana steigt Wut hoch bei dem Gedanken, dass sie sie sich jetzt von Armando mit dieser stinkenden Creme massieren lässt, in die sie immer zu großes Vertrauen gesetzt hat.

»Und was wirst du ihm sagen?«

»Wem?«

»Armando.«

Er geht davon aus, dass Marina ihm überhaupt nichts sagen wird, weil sie gar nicht die Absicht hat, zu ihm zurückzukehren. Sondern bleiben wird, wo sie ist, diesmal für immer.

»Ach, Armando betrügt mich die ganze Zeit. Der soll bloß ruhig sein.«

Besana verspürt einen Stich im Herzen, dort, wo eben noch der Kopf seiner Frau lag. Ex-Frau, genau genommen. Das muss er sich immer vor Augen halten.

»Bist du etwa hergekommen, um dich zu rächen?«

»Was redest du denn da? Du suchst doch nur wieder Ärger.«

»Hast du mit ihm gestritten?«, fragt Besana und sieht sie eisig an.

»Ja, aber was hat das mit uns zu tun?«, erwidert Marina und zieht sich nervös ihre Strümpfe an.

»Eine Menge. Bitte geh.«

»Was?«

»Ich hab gesagt, du sollst gehen«, wiederholt Besana.

Marina schließt den Reißverschluss ihrer Hose und bindet sich hastig das Haar zusammen.

»Ich hab dich nur vermisst, weil ich vergessen hatte, wie du bist«, sagt sie wütend.

Besana hat seinen Bademantel angezogen. Er muss duschen, um den Geruch dieser Frau ein für alle Mal abzuwaschen. Vielleicht stellt er auch die Waschmaschine an.

7. Januar

Die Zahl der Toten ist auf vier angestiegen, und die Stimmung im Tal ist auf dem Siedepunkt angelangt. Die Leute sind so wütend, dass sie sich jetzt sogar interviewen lassen. Vor den Übertragungswagen so mancher Fernsehsender haben sich Schlangen gebildet. Die Wut hat die Reserviertheit besiegt. Wenn es stimmt, dass der Mann, den man verhaftet hat, für all diese Taten verantwortlich ist, warum schafft man es dann nicht, ihn zum Reden zu bringen und ein Geständnis ablegen zu lassen, wer sein Komplize ist? Wie so oft sorgen Unwissenheit und mangelndes Vertrauen in die Behörden für noch größeres Chaos. Allmählich greift der Wunsch nach Selbstjustiz um sich, und manch einer macht sich die allgemeine Stimmung zunutze, um seiner Gewaltbereitschaft freien Lauf zu lassen. Und da die Menschen im Allgemeinen dazu neigen, Mitleid mit den Angehörigen der Opfer zu empfinden, nicht aber mit denen der Täter, verzieht keiner eine Miene, als Vimercatis Frau in Tränen aufgelöst im Präsidium erscheint, um Anzeige zu erstatten, weil man ihr das Schaufenster eingeschlagen hat.

Besana und Ilaria begegnen ihr auf dem Korridor, wo sie gebeugt, die Ellbogen auf die Knie gestützt, dasitzt. Diesmal mustert die Signora sie nicht voller Herablassung, als sie sie grüßen. Die Überheblichkeit der Notarstochter ist gänzlich von ihr gewichen. Im ersten Moment erkennt sie sie nicht einmal, doch selbst, als ihr klar wird, wer sie sind, protestiert sie nicht, als sie sich neben sie setzen, um ihr ein paar Fragen zu stellen. Trotz der Neonleuchten behält sie ihre Sonnenbrille auf, vielleicht, um ihre geschwollenen Augen zu verbergen oder ihren erschöpften, resignierten Blick.

»Wenn ich könnte, würde ich fortgehen«, sagt sie, »aber ich kann meinen Vater nicht im Stich lassen. Und mitnehmen kann ich ihn auch nicht. Er ist zu krank, er würde den Umzug nicht überstehen. Außerdem hat er das Recht, zu Hause zu sterben. Er hat ja nichts Böses getan.«

»Haben Sie Ihren Mann besucht?«, fragt Ilaria.

Signora Lecchi schüttelt den Kopf. Dabei teilt sich ihr Haar in der Mitte und lässt einen breiten weißen Streifen erkennen. Selbst zum Friseur geht sie nicht mehr.

»Ich würde nur wütend werden«, sagt sie, »ich wäre ihm keine Hilfe. Ich weiß, dass Franco niemanden getötet hat, aber er hätte nun wirklich nicht die Pflegerin meines Vaters vögeln müssen. Das habe ich ihm noch nicht verziehen.«

Besana hüstelt verlegen. Die Frauen und ihr Sinn für Verhältnismäßigkeiten.

»Ist im Laden großer Schaden angerichtet worden?«, fragt er sachlich.

Sie nimmt die Sonnenbrille ab, ihre Lider flattern, als hätte sie Staub ins Auge bekommen.

»Mindestens für fünfzigtausend Euro. Ich muss die Rollläden auswechseln und eine neue Schaufensterscheibe einsetzen lassen. Und einige Antiquitäten sind kaputtgegangen. Aber das ist nicht das Schlimmste. Sie haben alle Wände beschmiert. *Ihr Mörder* steht überall. Aber ich habe niemanden umgebracht. Und mein Mann auch nicht, solange nichts erwiesen ist. Die DNA-Untersuchung beweist nur, dass er ein Verhältnis mit dem Mädchen hatte.«

»Haben Sie eine Idee, wer es gewesen sein könnte?«

»Nein.«

Signora Lecchi streicht sich eine Strähne aus der Stirn. Sie trägt keine Ringe und keine Armreifen mehr, und ihre nackten Finger, ohne Edelsteine, Gold oder Nagellack, künden von der Anstrengung, die es sie kostet, sich in diesem Dschungel der Anschuldigungen zu behaupten.

»Ich habe auch jede Menge Nachrichten bekommen, alle anonym. Mein Facebook-Profil musste ich löschen, weil darauf eine Flut von Beleidigungen eingegangen ist. Nur damit Sie wissen, wovon ich rede: *Alte Hexe, hör auf, deinen Mann zu decken, der fickt doch eh mit anderen.* Oder: *Du scheiß Rassistin, dir ist es ja egal, dass eine rumänische Pflegerin von deinem Mann geschlachtet wird wie ein Schwein.* So was in der Art. Es war unerträglich.«

Ihre Stimme ist ruhig oder ermattet. Ilaria würde sie am liebsten in den Arm nehmen. Aber das kann sie nicht, sie muss sich darauf beschränken, mitzuschreiben, und sonst nichts.

Während sie ihre Reporter-Pflicht tut, muss sie an ihre

Großmutter denken, die, ein paar Tage nachdem ihr Sohn verhaftet worden war, einen Schlaganfall bekam. Als sie sich wieder erholte, fürchtete sie, aus dem Krankenhaus entlassen zu werden, und aß nicht mehr, um nur nicht gesund zu werden. Zu den Verwandten, die sie besuchten, sagte sie: »Bitte lasst mich hier, hier sehen mich wenigstens die Nachbarn nicht.« Lieber blieb sie dort, inmitten von sterbenskranken alten Menschen, als nach Hause zurückzukehren.

8. Januar

»Was hast du heute? Du wirkst so niedergeschlagen«, sagt Ilaria zu Besana, als sie sich für den gewohnten Morgenkaffee an einem Tisch in der Bar niederlassen.

»Vergiss es. Weißt du, was Hemingway über unseren Beruf gesagt hat?«

»Nein.«

»Er sagte, ein guter Reporter muss jeden Tag ein Kilo Scheiße und Galle fressen.«

»Das sind ja tolle Aussichten.«

»Kann man wohl sagen. Und an manchen Tagen bekommt man noch eine Extraportion obendrauf. Heute Morgen zum Beispiel hab ich einen Anruf von einem stinksauren Ressortleiter bekommen, weil die Konkurrenz uns abgehängt hat.«

»Ich hab noch gar keine Zeitung gelesen.«

»Das ist schlecht. Das ist das Erste, was du tun musst, sobald du die Äuglein aufmachst. Schau dir mal das hier an.« Er hält ihr zwei Konkurrenzblätter vor die Nase. »Die hier haben das Protokoll von der ersten Anhörung Vimercatis. Die anderen ein Interview mit seinem Anwalt. Und wir haben nichts, außer einer Unterhaltung mit seiner Frau.«

Ilaria schlägt die erste Zeitung auf, liest ein paar Zeilen und schnaubt.

»Na toll, was ist schon dabei, ein Protokoll abzuschreiben? Und dann haben die noch ihre Namen druntergesetzt, als wäre es ihr Werk.«

Als sie den Artikel zu Ende gelesen hat, ist sie empört.

»Was hat das alles mit dem Mord zu tun? Wen geht es an, was Vimercati und seine Frau im Bett gemacht haben?«

»Für mich stellt sich eine ganz andere Frage«, unterbricht Besana sie. »Nämlich: Wie sind sie an dieses Protokoll gekommen? Wer hat es ihnen gegeben? Diese Art von Scoop schadet den Zeitungen und der Justiz, es zieht unsere Arbeit und die der Ermittler in den Dreck. Aber der andere Artikel nervt mich noch mehr. Wie kann man ein Interview mit diesem verblödeten Anwalt, der den DNA-Test infrage stellt, als ›Überraschende Wende im Fall Vimercati‹ betiteln? Was heißt da ›überraschende Wende‹, das sind doch nur die üblichen Spielchen der Verteidigung.«

Der Anwalt ist ein berühmter Strafverteidiger aus Bergamo, der mal Parlamentarier war und einige Gesetze *ad personam* zur Verkürzung der Verjährungsfristen für Finanzdelikte auf den Weg gebracht hat. Als Vimercatis Frau ihn bat, ihren Mann zu verteidigen, hat er begeistert angenommen. Er liebt Fälle, die ein gewisses Medienecho erzeugen.

Besana liest ein paar Passagen aus einem Bericht, der in dem Artikel zitiert wird, und ärgert sich noch mehr.

»*Rein wissenschaftlich gesehen, ist es nicht möglich, die vom unbekannten Täter am Körper des Opfers hinterlassenen Spuren eindeutig zu identifizieren und Vimercati zuzuordnen.*«

Das Gutachten beharrt darauf, dass die biologischen Spuren, da die Leiche Schnee und Regen ausgesetzt war, ausgewaschen worden seien und folglich an Qualität eingebüßt hätten. Diese Tatsache allein genügt dem Anwalt, die Freilassung seines Mandanten zu fordern. »*Wir befinden uns in einem Rechtsstaat*«, sagt der Jurist im Interview, »*wir können die Härte, mit der ein voyeuristischer Staatsanwalt gegen einen Bürger vorgeht, der seine Unschuld beteuert, nicht hinnehmen.*«

»Dabei ist doch an der Leiche ein Biss mit einer ganz anderen DNA gefunden worden«, schimpft Besana, dem jetzt fast der Kragen platzt. Wütend schleudert er die Zeitung auf den Boden. »Wenn überhaupt, wirft *das* doch die Fragen auf, nicht die DNA im Allgemeinen. Aber die schreiben in großen Lettern: *Zweifel an der DNA: Vielleicht doch nicht von Vimercati?* Und wenn man weiterliest, wird klar, dass das Gutachten überhaupt nicht anzweifelt, dass es sich zumindest beim Sperma um seine DNA handelt, sondern lediglich bemängelt, die Probe sei nicht ausreichend. Wahrscheinlich hat die Frau sich nach dem Verkehr mit ihm gewaschen. Für einen reißerischen Titel manipulieren die die Fakten.«

»Und auf den Onlineplattformen geht es schon hoch her«, sagt Ilaria, die den Bildschirm ihres Tablets überfliegt. »In den sozialen Netzwerken ist von *DNA-Flop* die Rede, von einer Wende in den Ermittlungen. Einer greift bei der Gelegenheit gleich die Staatsanwaltschaft an. Und auch gegen die Veröffentlichung des Gutachtens an sich werden Stimmen laut. Manche verlangen sogar, dass die Datenschutzbehörde sich einschaltet und den Text aus dem Netz nimmt.«

»Zu Recht, es gibt überhaupt keinen Respekt für den Beschuldigten«, stimmt Besana zu. »Das ist Journalismus der untersten Schublade.«

8. Januar

Um sich abzuregen, begleitet Besana Ilaria ins Zentrum, wo sie ein Paar neue Stiefel kaufen will.

»Vielleicht mal zur Abwechslung keine Gummistiefel«, schlägt er vor.

»Nein, ich wollte welche mit Fell innen«, erwidert Ilaria.

»Es gibt doch auch etwas weiblichere Modelle, mit ein bisschen Absatz.«

Während sie die Schaufenster betrachten, erzählt sie ihm, dass die Kolleginnen in der Redaktion sie wegen ihres Kleidungsstils gehänselt haben und wie sehr das Gelächter hinter ihrem Rücken sie verletzt hat.

»Mein Einstand war auch nicht besser, das kannst du mir glauben«, sagt Besana.

»Wirklich?«

»Zum ersten Mal kam ich an einem Septembermorgen in die Redaktion, den vom damaligen Chefredakteur unterschriebenen Vertrag in der Tasche. Ich war sechsundzwanzig, genau wie du jetzt, und kam gerade von einer bescheideneren Nachmittagszeitung, bei der ich ein Praktikum gemacht hatte. Im Großraumbüro der Lokalnachrichten, das zu der Uhrzeit noch vollkommen leer war, empfing mich eine elegante Frau mit gelangweilter Miene – wie sich herausstellte, die führende Modejournalistin, die geistreiche Artikel über Armani und Versace schrieb. ›Wie hast du gesagt, heißt du?‹ Dabei guckt sie mich von oben bis unten an und sagt dann: ›Hier ist kein Platz.‹ ›Wie, kein Platz?‹ ›Die Schreibtische sind alle besetzt‹, sagt sie. Ich sage: ›Und was soll ich machen, stehen bleiben?‹ Da schickte sie mich nur schulterzuckend zum Redaktionssekretär. Ich also zum Redaktionssekretär, der aussah wie der Sergeant in *Full Metal Jacket*. Der breitet nur die Arme aus und sagt: ›Tut mir leid, ich kann keinen Tisch mehr reinstellen.‹ Glücklicherweise bekommt sein Stellvertreter Mitleid mit mir und führt mich ins Büro der Berichterstatter, gleich neben dem Nachrichtenressort. ›Hier sitzt Mengoni‹, sagt er und zeigt auf einen Haufen Papiere, Windjacken, Ledertaschen und andere Gegenstände, die sich auf dem Schreibtisch stapeln. ›Aber er ist immer unterwegs, momentan ist er in Indien. Du kannst dich vorerst hier einrichten.‹ Ich bedanke mich und sage: ›Und was mach ich mit den ganzen Sachen?‹ ›Ach, wirf einfach alles unter den Tisch. Ich hatte das auch alles wochenlang zwischen den Füßen.‹«

»Du Ärmster. Warum hat man dich so behandelt?«

»Ach, weißt du, Zeitungsredakteure haben sich damals als die Elite der Pressebranche betrachtet: Viele hatten mindestens zwei Nachnamen oder zumindest einen, der so viel wog wie zwei. Kinder berühmter Journalisten,

Gräfinnen, Freunde der Familie Agnelli, also des FIAT-Clans. Sie sahen mich von oben herab an, für sie war ich ein hergelaufener Emporkömmling. Ich kann mich an eine Redakteurin erinnern, die in Pantoffeln herumlief, und in den Wintermonaten lag auf ihrer Stuhllehne immer ein Kaschmir-Cardigan bereit, mit dem sie sich vor Zugluft schützte.«

»Was für seltsame Vögel«, lacht Ilaria.

»Dann gab es noch den Gewerkschaftsführer, den Schrecken sämtlicher Chefredakteure, der nie auch nur eine Meldung verfasste, obwohl er zum festen Stab gehörte. Wenn es einen Artikel über einen Streik oder die Besetzung einer Fabrik gab, zählte er, wie viele Zeilen der Gewerkschaft gewidmet waren, und wenn es nicht ebenso viele waren wie die über die Manager oder Firmeninhaber, lief er gleich zum Vorstand, um sich zu beschweren.«

Dann hält Besana plötzlich inne. Er hat ein Paar sehr eleganter Stiefel entdeckt.

»Die solltest du mal anprobieren. Für deine ersten Schritte in dieser bekloppten Welt.«

9. Januar

»Du verstehst mich einfach nicht«, sagt Melissa genervt und kommt aus der Küche geschossen.

Die Signora Picariello schüttelt den Kopf.

»Wenn du wüsstest, wie oft ich mit meinem Mann so gestritten habe«, sagt sie.

Aber Melissa hat keine Lust, mit ihrer Chefin über deren Beziehung zu reden. Das zwischen ihr und Abbas ist ganz was anderes, sie haben vollkommen andere Probleme. Sie zieht hastig ihre Schürze aus, wechselt die Schuhe und schlüpft in den Mantel.

»Wenn du eine Viertelstunde wartest, nehme ich dich mit«, sagt die Signora, die die Tageseinnahmen zählt, um sicherzugehen, dass ihr Mann nichts aus der Kasse stibitzt hat.

Melissa ist unschlüssig. Mit diesem Irren, der da draußen herumläuft, sollte sie lieber nicht allein durch die dunklen Straßen laufen. Aber sie will auch nicht bleiben und weiter über ihren Freund reden. Ihre Beziehung hat ohnehin keine Zukunft, denn sie wird sehr bald fortgehen. Kurz überlegt sie, dass sie am liebsten ein Taxi rufen würde, aber im Ort gibt es keine. Ein Grund mehr, in eine große Stadt zu ziehen. Eigentlich hatte sie vor, sich ein Auto zu kaufen, doch dann hat sie es sich anders überlegt. Das Geld, das sie beiseitegelegt hat, braucht sie, um in Mailand eine Wohnung zu mieten. Dort kann man bequem mit der U-Bahn fahren, ein Auto ist da nur eine überflüssige Ausgabe. Einen Moment lang bleibt sie zögernd vor der Tür stehen. Sie hat Angst, alleine rauszugehen.

»Na gut«, sagt sie dann zur Chefin, »ich fahr mit dir.«

Doch da kommt Abbas aus der Küche.

»Du hast keine Werte«, brüllt er, »du denkst nur an deine Karriere. Du weißt gar nicht, was wirklich wichtig ist.«

Sie möchte ihm antworten: Du irrst dich. Ich denke einfach an mein Leben. Und ich weiß genau, dass ich es in diesem Scheißkaff nie zu etwas bringen werde. Aber sie weiß, dass das nichts nützen würde, und so öffnet sie die Tür und geht.

Während sie durch die Dunkelheit stapft, verfliegt ihr Zorn, und die Angst gewinnt die Oberhand. Sie muss an Aneta denken. Immer wieder sieht sie sich um. Jedes Mal, wenn ein Auto vorbeifährt, beginnt ihr Herz zu klopfen. Sie muss nur schnell die Haltestelle erreichen. Von Bottanuco bis Suisio sind es bloß fünf Minuten mit dem Bus, und immerhin ist ja der Busfahrer da. Während sie mit strammen Schritten Richtung Haltestelle marschiert, spürt sie plötzlich etwas Feuchtes im Gesicht. Sie blickt hoch. Zu allem Überfluss hat es jetzt auch noch zu schneien begonnen. Sie zieht ihre Kapuze über den Kopf und beschleunigt ihren Schritt, hört ihren eigenen Atem, der immer keuchender wird.

Kaum hat sie die Haltestelle erreicht, kommt auch schon der Bus. Ein Glück, denkt Melissa und steigt schnell ein. Unter dem Dach der Haltestelle warten zu müssen, wäre furchtbar gewesen. Sie setzt sich und blickt sich um. Der Bus ist fast leer, in der letzten Reihe sitzen zwei Mädchen in Trainingsklamotten, anscheinend kommen sie gerade aus dem Fitnessstudio, und lachen laut, während sie gemeinsam auf ein Handy schauen. Aber kurz bevor die Tür sich schließt, steigt auch ein Mann ein, der sich direkt hinter sie setzt.

Der Bus fährt los, Melissa fühlt sich beobachtet und setzt sich weiter nach vorn, in die Nähe des Fahrers. Aber auch der Mann wechselt den Platz und setzt sich wieder in die Reihe hinter ihr. An der nächsten Haltestelle springen die beiden Mädchen immer noch lachend aus dem Bus. Melissa gefällt der Gedanke nicht, nun mit dem Mann allein zu sein. Sie dreht sich vorsichtig um, um ihn aus dem Augenwinkel anzusehen, ohne dass er es merkt. Dann sucht sie nach ihrem Handy. Besser, man tut so, als würde man telefonieren. Mist, wo hat sie es nur hingetan? Verzweifelt wühlt sie in ihrer Handtasche, tastet dann ihre Daunenjacke ab, nichts. Vielleicht ist es ihr beim Gehen herausgefallen, sie muss zurück und es suchen.

Aber sie will nicht, dass der Mann ihr folgt. Also bleibt sie bis zur nächsten Haltestelle sitzen. Als die Türen sich öffnen, starrt sie sie an. Sie wird in letzter Sekunde aussteigen, sie muss schnell sein. Dann stürzt sie hinaus, sieht, wie die Türen sich hinter ihr schließen, und dahinter den Mann, der aufgestanden ist und herausschaut, zu ihr.

Melissa rennt fast am Straßenrand entlang, ringsum sind nichts als Felder. Der Wind schleudert ihr den Schnee ins Gesicht. Sie zieht sich den Schal über den Mund. Da sieht sie ein Motorrad näher kommen. Sie hält den Kopf gesenkt, als könne man sie so nicht sehen. Aber der Motorradfahrer hält vor ihr, stellt einen Fuß ab und schiebt das Visier hoch.

»Hey, meine Schöne, bei dem Sauwetter gehst du auf den Strich?«

Melissa schüttelt erschrocken den Kopf.

»Wenn Sie nicht sofort verschwinden, rufe ich die Polizei«, droht sie.

Er bricht in Gelächter aus.

»Oh, verzeihen Sie vielmals, Majestät«, und damit fährt er weiter.

Hoffentlich rutscht er aus, denkt Melissa. Und setzt ihren Weg fort. Warum hat sie sich nicht von der Picariello mitnehmen lassen?

Nach einer Weile taucht ein Einfamilienhaus auf, es ist Licht zu sehen, und sie fühlt sich etwas sicherer. Als sie sich dem Garten nähert, sieht sie jedoch etwas Merkwürdiges, kann aber nicht richtig erkennen, was es ist. An einer Gartenlaube hängt etwas, etwas Rundes, das im Wind schaukelt. Als sie näher herankommt, kann sie sehen, was es ist. Ein an einem Strick festgebundener Puppenkopf. Melissa beginnt zu rennen, sie muss so schnell wie möglich von diesem Haus weg.

Außer Atem erreicht sie die Haltestelle, an der sie eingestiegen ist. Vor der Bank liegt ihr Handy, glücklicherweise unter dem Dach. Als sie sich hinabbeugt, um es aufzuheben, fährt der Bus vorbei. Verdammt, der Fahrer hat sie nicht gesehen. Sie muss auf den nächsten Bus warten. Immer wieder dreht sie sich um, um sich zu vergewissern, dass auch niemand hinter ihr ist. Da nähert sich ein Wagen, die Scheinwerfer blenden auf, als wollten sie ihr ein Zeichen geben. Sie erstarrt. Doch als die Scheibe heruntergelassen wird, atmet sie erleichtert auf.

»Ach, du bist's.«

»Wo willst du denn hin bei dem Schnee?«

Sie lacht nervös.

»Fährst du zufällig nach Suisio? Nimmst du mich mit?«

Während sie sich anschnallt, denkt sie einen Moment lang, dass sie verrückt ist, einfach einzusteigen, auch wenn er ein guter Bekannter ist, doch dann erscheint ihr dieser Gedanke dumm, ihrer Panik geschuldet.

»Und, hast du eine Wohnung in Mailand gefunden?«

»Bis jetzt noch nicht, leider«, antwortet Melissa.

»Ein Freund von mir zieht vielleicht aus, wenn du willst, frag ich ihn mal.«

»Gerne, sag mir Bescheid. Kommt natürlich darauf an, wie viel sie kostet.« Sie ist immer noch angespannt, sie kann sich selbst nicht erklären warum. Sie niest und hält sich den Handschuh vor die Nase. »Du hast nicht zufällig ein Taschentuch?«

»Im Handschuhfach.«

Melissa öffnet das Handschuhfach und nimmt ein Taschentuch heraus. Dabei fällt ein goldenes Röhrchen runter. Sie sieht genauer hin. Es ist der Lippenstift, den sie Aneta geliehen hat. Sie darf nicht schreien, sie muss ruhig bleiben. Sie muss nur irgendwie aus diesem Auto herauskommen.

»Lass mich bitte hier aussteigen. Ich habe in der Pizzeria was vergessen.«

Er sieht sie an, aber anders als sonst. Seine Augen sind jetzt eiskalt und ausdruckslos.

»Kein Problem, ich fahr dich hin.«

In dem Moment hört Melissa das Klacken der Türverriegelung.

»Das ist wirklich nicht nötig. Ich bin zu Fuß schneller.«

Sie versucht, die Tür zu öffnen.

Aber er ist bereits in eine Schotterstraße eingebogen und beschleunigt nun. Melissa beginnt zu schreien, in der Hoffnung, dass sie irgendjemand hört. Doch um sie herum sind nur Felder und Schnee. Das Nichts, vor dem sie um jeden Preis hatte fliehen wollen.

9. Januar

Sowie Besana Ilarias Wohnung betritt, hat sie schon verstanden. Sie stellt eine Schale mit Mandarinen vom Tisch auf die Küchenplatte. Eine sinnlose Geste, aber sie muss irgendwie reagieren, egal wie. Und während sie es tut, fragt sie sich, was die Mandarinen damit zu tun haben.

»Ihre Mutter hat sie vor einer Stunde vermisst gemeldet.«

Ilaria spürt, wie ihre Beine von einem Strudel erfasst werden. Und so beugt sie sie, als wollte sie Kniebeugen machen. Sie müssen lebendig bleiben, die Beine.

»Melissa?«

Besana steht reglos da, hält den Autoschlüssel fest umklammert. Er muss es nicht einmal sagen. Gehen wir. Ilaria will ihren Mantel holen, irrt sich jedoch im Zimmer. Nicht dass es viele gäbe in ihrer Wohnung. Aber sie schafft es dennoch. Normalerweise hängt der Mantel neben der Eingangstür, aber sie sucht ihn im Schlafzimmer. Geschlagen kommt sie zurück. Sieht sich um. Warum entfernen sich die Dinge mit einem Mal? Bis vor einer Minute hatte noch alles seinen festen Platz, zuverlässig und beruhigend. Und dann fliehen sie unvermittelt. Ohne sich dabei zu bewegen.

»Ich finde den Mantel nicht«, sagt sie.

»Da ist er doch.« Besana deutet mit dem Kinn darauf.

Er ist da, wo er immer ist, doch Ilaria geht so verwirrt zum Garderobenhaken, als hätte jemand anders ihn an der Wand angebracht. Misstrauisch nimmt sie den Mantel in Augenschein, kann nicht glauben, dass es ihrer ist. Aber wem sollte er sonst gehören? Sie zieht ihn an, der Arm gleitet langsam in den Ärmel. Mit derselben Langsamkeit knöpft sie ihn zu. Nun will sie sich in ihm einschließen. In diesem Mantel verschwinden, ganz gleich, wem er gehört.

»Ich bin so weit«, sagt sie.

Schweigend fahren sie durch Mailand. Es ist fast Mitternacht, und noch immer sind jede Menge Leute unterwegs. Die Stirn an die Scheibe gelehnt, sieht Ilaria hinaus und denkt an Melissa, die vom Trubel der Stadt träumte.

»Aber sie war doch so vorsichtig. Sie hat sich immer fahren lassen.«

Besana seufzt.

»Ein Abend hat genügt.«

»Ich verstehe nicht, wie ein Abend genügen kann.«

Schweigend erreichen sie die Dunkelheit der Autobahn. Eine Dunkelheit, die durch die ewig gleichen Scheinwerfer der anderen Autos noch anonymer wird. Ilaria holt ihr Tablet heraus, um ihre Mails herunterzuladen, und bemerkt, dass auch eine von Melissa dabei ist.

»Marco, sie hat uns gestern noch geschrieben.«

»Melissa?«

»Ja. O Gott, und ich hab es nicht mal gesehen.«

»Lies bitte vor«, sagt Besana und hört ihr zu, während er den Wagen durch die Finsternis lenkt.

Lieber Marco, liebe Ilaria,

wir haben einander versprochen, uns auf dem Laufenden zu halten. Da bin ich also. Heute habe ich an euch gedacht, weil ich ein paar Artikel im Lokalteil gelesen habe, die mich über die wahre Natur des Bösen in unserer Gegend haben nachdenken lassen. Und damit meine ich nicht den unerklärlichen Wahnsinn eines Serienkillers, der ja im Grunde eine Anomalie ist. Ich spreche von der Reserviertheit, die sehr viel häufiger und sehr viel stiller tötet.

Ein Albaner wird getötet, die Nachbarn hören die Schüsse, sehen den Wagen wegfahren, rufen aber nicht die Carabinieri. Ein unbescholtener Landwirt prügelt mit der Hippe einen Pakistaner zu Tode, doch statt zur Polizei zu gehen, schicken die Zeugen einen anonymen Brief. Auf dem Parkplatz einer Wohnsiedlung wird ein Mädchen vergewaltigt, und sie kann nur deshalb noch Schlimmeres verhindern, weil sie eine Kampfkunst gelernt hat: Niemand ist ihr zu Hilfe gekommen, obwohl sie geschrien hat und man ihre Schreie von allen Fenstern der umliegenden Häuser hören konnte.

Bravo, sagen wir immer, das ist unser liebstes Füllwort. Und loben damit die Tüchtigen, die Anständigen. Und wer weiß, wie tüchtig, wie anständig sich die reservierten Bürger fühlen, die diese Lektion in sich aufgesogen haben, die von Generation zu Generation weitergegeben und uns mehr als jede andere Pflicht eingehämmert wird: Kümmert euch um eure eigenen Angelegenheiten. Sie werden euch niemals helfen, diesen Mann zu finden, das kann ich euch schriftlich geben. Wahrscheinlich ist auch er sehr reserviert. Aber unterschätzt niemals anonyme Briefe. Die schicken hier nämlich nicht die Verrückten, sie sind der bescheidene Betrag jener Leute, die sich für rechtschaffen halten.

Dicke Umarmung, bis hoffentlich bald,
Melissa

Warum ist der Tod, der doch die absolut universalste Sache der Welt ist, so fürchterlich persönlich? Ilaria beginnt zu weinen.

»Irgendwie realisiere ich gar nicht, dass auch die anderen tot sind«, schluchzt sie, »ich kann nur wegen Melissa leiden, es ist schrecklich, es ist schrecklich. Ich muss mich bei jemandem entschuldigen. Darf ich mich bei dir entschuldigen?«

Besana schüttelt den Kopf. Er nimmt die Hand vom Schaltknüppel und legt sie auf ihre Hand.

»Du kannst diesen Job so nicht machen. Das bringt dich ja um.«

»Dann mache ich ihn lieber nicht.« Ilaria hat den salzigen Geschmack der Tränen im Mund. »Ich kann es nicht. Ich kann es einfach nicht, ich bin eben keine Journalistin. Lass mich einfach. Ich will nach Hause.«

Besana funkelt sie von der Seite böse an. Ohne den Blinker zu setzen, reißt er das Lenkrad herum und bremst auf dem Seitenstreifen scharf ab. Er wirkt sehr wütend.

»Jetzt reiß dich zusammen, Piatti«, sagt er. »Wir fahren nicht hin, um zu schreiben. Wir fahren hin, um sie zu suchen.«

9. Januar

»Glaubst du, sie lebt noch?«

Besana holt so tief Luft, dass sich seine Nasenlöcher weiten.

»Willst du die Wahrheit hören, oder soll ich dich trösten?«

Ilaria sieht ihn an. Das war schon die Antwort.

»Ehrlich gesagt hoffe ich nicht, dass sie noch lebt«, fährt Besana fort. Er wühlt in der Konsole nach einer Zigarette. »Der Typ ist ein Sadist, besser, er lässt seine Aggressionen an einer Leiche aus.«

»Bitte, ich will gar nicht daran denken.«

»Jedenfalls sind die Suchtrupps schon unterwegs. Der Ernst der Lage ist allen bewusst. Zur Unterstützung der Ordnungskräfte haben sich mindestens dreihundert Freiwillige gemeldet, die bereits dabei sind, die gesamte Gegend zu durchkämmen. Dazu Spürhunde, Helikopter, sogar die Hare Krishnas haben sich mobilisiert. Ich habe zwei Taschenlampen gekauft, wir suchen mit. Wenn dir nicht zu kalt ist.«

»Die Kälte ist mir egal.«

Sowie sie das Zentrum von Bottanuco erreichen, sehen sie einen Polizeiwagen, der von einer kleinen Menge umringt ist. Offenbar werden dort die Freiwilligen eingeteilt. Auch die Fernsehsender sind bereits vor Ort, aber Besana geht gar nicht erst zu den Kollegen, er hat keine Zeit zu verlieren.

Auch wenn es dunkel ist und ein ziemliches Chaos herrscht, macht er den ägyptischen Koch aus der Pizzeria, Melissas Freund, in der Menge aus und stellt sich vor.

»Ja, Melissa hat oft von euch geredet«, entgegnet Abbas. Er ist ein großer und schlanker junger Mann, der sich mit natürlicher Anmut bewegt. Seine Lider sind schwer, seine Augen erinnern an die eines Löwen.

Sie beschließen, sich gemeinsam auf die Suche zu machen, und entscheiden sich für die Felder, die sich zwischen Bottanuco und Suisio erstrecken. Ihre Schuhe versinken im Morast, die Taschenlampen haben sie nach oben gerichtet, als wollten sie Melissa ankündigen, dass sie auf dem Weg sind, für den Fall, dass sie noch lebt, ihr irgendwie sagen, dass sie keine Angst haben soll.

»Ich kann es einfach nicht fassen, ausgerechnet Melissa …«, sagt Abbas verzweifelt. »Sie hatte nur eins im Sinn: von hier fortzugehen. Etwas anderes interessierte sie nicht.« Und nach kurzem Zögern fügt er hinzu: »Deshalb hat sie abgetrieben.«

»Wann war das?«

»Vor einer Woche. Ich wollte das Kind, aber sie war nicht bereit dazu. In letzter Zeit haben wir nur noch gestritten. Deshalb habe ich sie vorhin nicht nach Hause gebracht, weil wir gerade eine Auseinandersetzung gehabt hatten. Ich, ich … habe die Gefahr unterschätzt. Es ist meine Schuld, es ist alles meine Schuld.«

Die Suche dauert die ganze Nacht. Gegen fünf Uhr morgens erhält Abbas einen Anruf von einer Gruppe Freiwilliger, die sich im Gewerbegebiet längs des Dordo versammelt haben: Am Ufer des Bachs hat jemand Melissas Handy gefunden, etwa einen Kilometer weiter ist auch ihr Schal aufgetaucht. Die Polizei durchsucht sämtliche Werkshallen.

Ilaria tritt neben Besana.

»Dort bringt er sie also hin, dort tötet er sie«, sagt sie leise. »Erst danach bringt er sie weg und positioniert sie.«

»Sehr wahrscheinlich. Das Gewerbegebiet am Dordo steht leer. Wir müssen da auch hin.«

Wenig später sitzen sie im Auto. Ilaria schaltet sofort die Heizung ein und reibt sich die Hände. Ihre Finger kribbeln, sie beugt und streckt sie.

»Melissa wäre niemals zu jemandem ins Auto gestiegen, den sie nicht kannte«, sagt sie.

»Ja«, erwidert Besana, »daran hab ich auch gedacht. Piatti, sieh dir die Freiwilligen gut an, vor allem die, die sich als ihre Freunde ausgeben. Es könnte einer von ihnen sein.«

Auf dem Tenniscourt neben dem Parkplatz haben sich Menschen versammelt. In ihrer Mitte spricht eine Frau in ein Megafon und verteilt wichtigtuerisch die Aufgaben. Sie ist klein, grau meliert und trägt einen grellen gelben Plastikmantel mit Kapuze: eine Kreuzung zwischen einem Elf und einem Bauarbeiter auf der Autobahn. Sofort fragt sie Ilaria und Besana, zu welcher Organisation sie gehören. Als ihr ein älterer Herr erklärt, dass sie Reporter sind, ereifert sie sich: »Verschwindet, ihr Journalistenpack. Hier sind Menschen, die ein Leben retten wollen.«

Jemand applaudiert, der Strahl einer Taschenlampe wird auf die Frau gerichtet. Besana sieht, wie ein flüchtiges Lächeln über ihr Gesicht huscht. Die Verwandlung vollzieht sich blitzschnell, und schon hat sie wieder Haltung angenommen wie bei einer Wahlkundgebung. Sie ist ein politisches Wesen im besten aristotelischen Sinne, das die Situation für sich ausschlachtet, um Anhänger zu gewinnen.

»Wissen Sie, wir sind auch hier, um nach dem Mädchen zu suchen«, erwidert Besana ruhig.

»Nein, ihr wollt nur den Tod zu Geld machen«, schreit die Frau im Ton einer Predigerin, bis Abbas ihr ein Zeichen gibt, dass sie zu ihm gehören, und sie verstummt.

Besana tritt zu Ilaria und flüstert ihr ins Ohr: »Jede Wette, dass sie für die Kommunalwahlen kandidiert. Sie stiehlt uns allen nur kostbare Zeit, die wir dringend brauchen, um Melissa zu finden.«

Unterdessen sieht Ilaria sich wie versprochen unter den Umstehenden um.

»Marco, den dahinten hab ich schon mal gesehen.«

»Wen?«

Doch als Ilaria sich noch einmal umdreht, ist das Gesicht verschwunden.

»Ich seh ihn nicht mehr. Aber wer war das? Wer war das?«

10. Januar

Der Tag ist noch nicht angebrochen, doch mit Tarnhose und dickem Anorak bekleidet, hat Flavia bereits zwischen den reifbedeckten Büschen am Flussufer Stellung bezogen und das Teleobjektiv auf den Ast einer Weide gerichtet, wo sich eine Kohlmeise gerade unbekümmert, ja beinah versnobt das Gefieder glättet. Versucht das mal, ihr Menschen, die ihr uns nur die Federn ausreißen könnt.

»Nicht bewegen, Schatz«, sagt Flavia leise, »nur noch einen kleinen Augenblick, komm schon.«

Ihr Bildband über die Fauna des Parco dell'Adda wird ein weiteres unvergessliches Foto bekommen. Neben denen von Turmfalke, Gartengrasmücke, Rohrspatz, Rotschwanz, Rohrweihe und Eisvogel. Flavia fährt sich mit der Zunge über die trockenen Lippen.

»Sehr schön. Halt still, du Hübsche.«

Flavia hat in Alzano Lombardo einen Optikerladen, den sie gemeinsam mit ihrem Bruder führt. Aber ihre Leidenschaft für die Fotografie und die Natur ist für sie zu einem zweiten Beruf geworden. Jeden Morgen, ehe sie den Laden öffnet, springt sie, mit Kameras und Stativ ausgerüstet, in ihren SUV und fährt auf den staubigen Schotterstraßen, auf die sich kaum eine Menschenseele verirrt, durch Wälder und über Berge.

Auch jetzt, da die gesamte Bergamasca wegen der Morde in Aufruhr ist, hat sie damit nicht aufgehört. Ihr Bruder hat auf jede erdenkliche Weise versucht, sie davon abzuhalten – *Bitte, lauf nicht allein durch die Gegend* –, aber ohne Erfolg. Flavia liest nicht viel Zeitung, mehr als für die Angelegenheiten der Menschen interessiert sie sich für Rehe, Hirsche und Hermeline: Die wilden Tiere, die die Wilddiebe zu töten versuchen und die sie mit ihren Fotos unsterblich macht. Ihre Fotografien wurden bereits in verschiedenen Zeitschriften abgedruckt, und eine Lokalzeitung bietet sogar einen ihrer Fotobände über die Tierwelt der Alpen als Werbegeschenk an. Was sie natürlich ermutigt hat.

»Mist, sie ist davongeflogen.«

Sie hatte den Finger schon auf dem Auslöser, als sie das leise Rauschen der Flügel gehört hat. Scheiße, Scheiße. Doch dann stellt sie fest, dass die Kohlmeise noch da ist, sie hat nur den Baum gewechselt. Das darf sie natürlich. Flavia nimmt sie erneut ins Visier und versucht, näher an sie heranzukommen. Aber das Geräusch ist immer noch da. Vielleicht ist es hinter ihr. Ist es etwa gar kein Vogel? Sie fährt herum. Doch sie kann nichts sehen. Vielleicht war es der Wind. Oder ein Zweig, der gefallen ist.

Gerade will sie knipsen, als sie abermals das Geräusch vernimmt, eine Art Knistern auf dem Raureif. Wieder dreht sie sich um, doch da ist niemand. Nur Fußstapfen in der Erde, sicherlich von einem Jäger. Zu dumm, jetzt wird sie auch schon paranoid.

Mit dem Blick sucht sie die Kohlmeise und stellt fest, dass sie auf das Dach einer Schutzhütte geflogen ist. Davon gibt es eine ganze Menge in der Gegend, viele sind verfallen oder von Vandalen oder Betrunkenen verwüstet. Leise pirscht Flavia sich heran.

Die Meise sieht sie an, der Wind bewegt ihre gelben Brustfedern. Sie hebt unschlüssig den Schnabel, schüttelt ihren schwarzen Kopf. Und legt sie wieder aufs Kreuz, flattert einfach in die Hütte hinein.

»Kleines Miststück«, zischt Flavia und eilt ihr nach.

Sie richtet das Teleobjektiv auf den Eingang. Doch was funkelt dort? Ganz langsam geht sie näher heran. Und lässt ihren Fotoapparat fallen, es kümmert sie nicht, ob er dabei kaputtgeht oder ob sie ihn verliert. Sie kann dort nicht bleiben. Sie hat schon zu viel gesehen. Schon dreht sie sich um und beginnt zu rennen. Rennt, so schnell sie kann, schiebt die Zweige beiseite, schlängelt sich zwischen den Bäumen hindurch, so schnell ihre Füße sie tragen. Dabei hört sie ihren wilden Atem. Vielleicht laufen ihre Beine nicht schnell genug.

10. Januar

Erschöpft geben Ilaria und Besana schließlich ihre Taschenlampen an andere Freiwillige weiter und ziehen sich ins Hotel zurück. Sie sind fast steif gefroren und brauchen dringend ein heißes Bad, um den Kreislauf wieder in Gang zu bringen. Die Nachricht erreicht sie dort. Sie müssen einander gar nichts sagen. Ein Anruf geht ein, kurz und knapp, sie wechseln nur einen Blick.

Ilaria ist zu müde, um schlafen zu können. In ihren Bademantel eingemummelt, betrachtet sie den Sonnenaufgang und den Raureif, der die Felder bedeckt. Wer weiß, was Melissa geschehen ist, als sich der Tau in Eiskristalle verwandelt hat.

Das letzte Mal haben sie sie kurz nach Weihnachten gesehen. Sie war großartig, strahlend, wie eine Frau, die eine gute Nachricht aus Aberglaube noch für sich behält. Die geplante Abtreibung schien sie nicht im Mindesten zu beschäftigen. Vielleicht hatte sie die Entscheidung auch erst später getroffen. Ihre Locken waren rebellisch gewesen, wie üppig wuchernde Pflanzen, und ihre Augen leuchteten wie die einer Frau, die gerade guten Sex gehabt hatte. Aber ihre Schritte waren ein wenig zu schnell gewesen, beinah gehetzt, die Schritte derer, die vor etwas Angst haben – Angst, ihr Glück zu verlieren?

Sie hatten ihr viele Komplimente gemacht. Statt sie zu beschützen, ihr zu helfen, sie zu verstehen, hatten sie ihr Komplimente gemacht. Wie schön du heute bist. Und wie fröhlich du wirkst. Sie, etwas realistischer, war für einen Moment ein wenig finster geworden. Hatte kaum merklich den Blick gesenkt.

Besana hatte ihr einen Aperitif angeboten, und während sie tranken, erzählte Melissa, dass ihre Mutter sie beschämte, weil sie begonnen hatte, die Wohnung über der ihren umzubauen. Und sie nicht den Mut fand, ihr Einhalt zu gebieten, ihr zu sagen, dass es sinnlos war, weil sie fortwollte aus dem Dorf. Entschuldige, Mama, aber … Nein, sie schaffte es nicht. Doch diese Feigheit – oder war es einfach ein verheerendes Taktgefühl? – hinderte sie einerseits daran, in Ruhe ihre Zukunft zu planen, und verleitete sie andererseits dazu, die Dinge zu überstürzen.

Melissa sagte sich, dass sie nach den Feiertagen ihren ganzen Mut zusammennehmen würde, ihre Mutter musste endlich aufhören, mit Vermessungstechnikern und Maurern Pläne zu machen. Die Grundrisse, die sie studieren wollte, waren ganz andere, nämlich die von Mietwohnungen in Mailand. Sie verbrachte Stunden am Computer, um sie virtuell zu besichtigen. Aber auch das würde im neuen Jahr anders werden: Sie würde hinfahren und sie persönlich besichtigen.

Und dabei berührte sie ihren Bauch, streichelte ihn unbewusst und melancholisch. Bauchentscheidungen: Auch so konnte man diese Geste interpretieren. Doch damit kündigte sich auch eine wortwörtliche Zerrissenheit an. Eine Zerrissenheit im doppelten Sinn. Die, die sie sich selbst antat, und die, die ihr der Mörder antat. Aber Besana und Ilaria hatten diese Vorzeichen nicht deuten können, Vorzeichen, wie sie uns im Alltag begegnen, einem jeden von uns, und die wir mit gänzlich unbedeutenden Gesten verwechseln.

10. Januar

Am Nachmittag, nachdem Ilaria und Besana ein wenig geschlafen haben, gehen sie zum Polizeipräsidium in Bergamo. Giorgio empfängt sie sichtbar mitgenommen in seinem Büro. Er hat tiefe Ringe unter den geröteten Augen. Soeben hat er die Zeugin vernommen, die die Leiche gefunden hat.

Er lässt sie Platz nehmen, fragt, ob sie einen Kaffee wollen. Dann breitet er die Fotos vom Tatort auf dem Tisch aus und stützt den Kopf in die Hände. Ilaria wendet sich instinktiv ab.

»Ich wünsche mir nur, dass sie schon tot war, als er ihr die Nadeln in den Bauch gesteckt hat«, sagt Besana.

»Morgen wird uns der Gerichtsmediziner die Ergebnisse der Autopsie geben. Der Täter hat wieder Akupunkturnadeln benutzt, nur eine andere Art. Diesmal mit vergoldetem Griff«, erwidert Giorgio.

»Als wollte er für sie etwas Wertvolles benutzen«, überlegt Ilaria, »als wäre sie ein besonderes Opfer, anders als die anderen.«

»Vielleicht kannte er sie«, sagt Besana.

Nervös springt Giorgio auf, er scheint das Gespräch kaum ertragen zu können.

»Von wegen wertvoll«, schreit er beinah. »Er hat sie abgeschlachtet.«

»Bisse?«

»An Beinen und Hüften. Wir werden die Spuren analysieren lassen. Aber es ist wieder er, da besteht kein Zweifel.«

»Wurde die Mutter benachrichtigt?«

»Ich habe eine Kollegin hingeschickt.«

»Hast du ihren Freund vernommen?«

»Komischer Typ«, sagt Giorgio und wendet den Blick ab.

»Hat er ein Alibi?«

»Muss überprüft werden.« Giorgio erhebt sich erneut, als könne er nicht still sitzen bleiben. »Entschuldigt, ich muss jetzt wirklich los. Wir haben eine Konferenz mit der Mordkommission.«

Besana steckt die Fotografien in seinen Rucksack und bedankt sich bei Giorgio, indem er ihm eine Hand auf die Schulter legt. Ilaria wirkt abwesend, ihr Blick ist starr, und sie vergisst aufzustehen.

»Piatti? Komm, wir gehen.« Besana zieht sie am Arm.

»Etwas passt nicht«, sagt sie.

»Komm schon, machen wir einen kleinen Spaziergang durch die Altstadt. Ich muss einen Kaffee trinken, sonst schlaf ich am Steuer ein.«

Sie setzen sich in eine Pasticceria an der Piazza Vecchia.

»Wir müssen mehr über ihr Leben herausfinden. In welcher Klinik sie abgetrieben hat, wer ihr Arzt war. Wir müssen mit Abbas reden, er weiß es sicher.«

»Und ihre Mutter? Ob sie etwas weiß?«

»Lassen wir sie vorerst in Ruhe. Die arme Frau.«

»Du hast recht.«

In dem Moment sehen sie Giulia Lecchi vorbeigehen. Sie läuft gebeugt, mit schnellen Schritten. Die Leute meiden sie, niemand grüßt sie mehr.

»Ihr Mann kann Melissa natürlich nicht umgebracht haben, schließlich sitzt er im Gefängnis. Für diesen Mord hat Vimercati tatsächlich ein hieb- und stichfestes Alibi.«

11. Januar

Es ist Samstagabend, und der Nebel lässt die Dunkelheit noch undurchdringlicher erscheinen. Ilaria fährt zur Zeitung, um die Dokumente zu holen, die sie brauchen. Besana hat sie darum gebeten, der sich ein paar Stunden Zeit genommen hat, um seine Wohnung zu putzen – »Ich sehe aus wie eine verzweifelte alte Hausfrau«, brummte er mit einem Bier in der einen und einem Besen in der anderen Hand.

Ilaria grüßt den Portier und macht sich auf den Weg in die Redaktion. Als sie Besanas Schreibtisch erreicht, merkt sie, dass etwas anders ist als sonst, aber vorerst gelingt es ihr nicht, festzumachen, was es ist. Auf jeden Fall wurde der Schreibtisch aufgeräumt. Das Kaffeeglas, das eine Woche lang auf einem Zeitschriftencover stand, die zusammengedrückte Bierdose und die Plastikverpackung des Sandwiches sind nicht mehr da. Ilaria zieht eine Schublade auf, um zu kontrollieren, ob die Whiskyflasche noch an ihrem Platz steht. Das tut sie. Aber der Umschlag, den Ilaria holen sollte, ist nicht mehr da. Und es ist nicht irgendein Umschlag. Es ist der Umschlag, in dem Besana die Polizeifotos von Tatorten aufbewahrt, die er unter der Hand bekommen hat. Sie sucht überall. Doch er bleibt verschwunden. Jemand hat ihn mitgenommen.

Sie nimmt die Schublade etwas genauer in Augenschein und stellt fest, dass sie aufgebrochen wurde. Das Schloss wurde mit einer Klinge geöffnet, vielleicht mit einem Taschenmesser. Sie muss sofort Besana benachrichtigen, aber sie will nicht, dass die Kollegen sie hören, also zieht sie den Mantel über und läuft hinaus.

Sie will auch nicht direkt vor dem Eingang der Zeitung telefonieren, und so geht sie um die Ecke, um sich einen ruhigen Platz zu suchen. Ihr waren noch nie die Graffiti an den Mauern aufgefallen. Eines lässt sie zusammenzucken, ein großes VIVE in roten Buchstaben. Dann lächelt sie, als sie liest, was darunter steht: *VIVE la Liberté*.

Dort kommt niemand vorbei, alle Rollläden sind heruntergelassen. Und es gibt kaum Laternen, lediglich die Lichter eines Weihnachtsbaums, der noch nicht abgeschmückt wurde, blinken von einer Terrasse. Sie entdeckt ein von einem Scheinwerfer erleuchtetes Tor, in der Ecke gegenüber ist auch eine Überwachungskamera angebracht. Dieser Wohnblock wird videoüberwacht. Hier kann sie sich sicher fühlen. Jemand hatte die gleiche Idee wie sie und hat seine Vespa direkt davor geparkt. Sie setzt sich auf den Sattel, zieht ihre Handschuhe aus und ruft Besana an.

Sein Handy ist nicht zu erreichen, also hinterlässt sie ihm eine Nachricht auf Band. »Marco? Es ist etwas Schlimmes passiert. Ruf mich zurück, sobald du kannst, dann erklär ich es dir.«

Noch ehe sie auflegen kann, hat sie plötzlich einen Schal um den Hals. Sie spürt die Wolle auf ihrer Haut, dann etwas Hartes im Nacken: Der Knoten, der sich zuzieht. Sie will schreien, doch eine behandschuhte Hand hält ihr den Mund zu.

11. Januar

»Piatti, du solltest dich nicht in dunklen Straßen herumtreiben, wenn ein Serienmörder frei herumläuft.«

Ilaria hustet und starrt verwirrt den grinsenden Milesi an, der ihr zuzwinkert. Sie massiert sich den tauben Hals, dreht den Kopf hin und her.

»Du hast mich fast zu Tode erschreckt. Was soll das bitte für ein Scherz sein?«

»Ich wollte gerade was trinken gehen. Warum kommst du nicht mit?«

Ilaria zittert immer noch, vielleicht würde ein schönes Glas Wein sie beruhigen. Sie hat zwar keine Lust dazu, nimmt die Einladung aber an, weil sie sicher ist, dass Milesi etwas über den Verbleib des Umschlags weiß.

Sie kommen an der gewohnten Bar vorbei, doch Milesi schüttelt den Kopf.

»Nein, da treffen wir die anderen. Ich bring dich in einen ruhigeren Laden.«

Sie betreten eine Weinbar, in der lauter Rentner mit erloschenem Blick vor einem gigantischen Bildschirm diskutieren, auf dem gerade die Vorrunde der Ersten Liga läuft.

»Bei den ganzen Alkoholikern um uns rum können wir ungestört über alles reden«, sagt Milesi und legt Ilaria eine Hand auf den Rücken, um sie zu einem der Resopaltische zu steuern.

Sowie der Spritz gebracht wird, hebt Milesi sein Glas.

»Piatti, du hast es drauf. Du wirst Karriere machen.«

»Danke«, erwidert sie und senkt den Blick.

»Warum fährst du mit dem alten Sack durch die Gegend? Arbeite lieber mit mir.«

Ilaria sieht hoch und funkelt ihn an.

»Und warum hast du den Umschlag aus seinem Schreibtisch genommen? Hast du die Fotos ans Fernsehen verkauft?«

Er lacht.

»Jetzt spiel nicht den Moralapostel. Ich wollte nur etwas überprüfen. Danach lege ich sie wieder zurück.«

»Und was?«

»Das sage ich dir nicht, Süße.«

»Nenn mich nicht Süße.«

»Verzeihung, Dottoressa«, zieht er sie auf.

»Wenn du mir die Fotos sofort zurückgibst, sag ich ihm nichts.«

»Sie sind im Rucksack, aber ich muss eine Nacht drüber schlafen. Außerdem, was soll Besana schon machen? Zur Polizei gehen?« Er lacht wieder. »Ganz schön praktisch, einen Schwager zu haben, der dir unter der Hand vertrauliche Informationen zuspielt. So kann jeder Reporter werden.«

Sie möchte ihm sagen: Du machst es dir ja noch einfacher, du suchst nicht mal nach Informationen aus erster Hand. Aber Angriffslust liegt nicht in ihrer Natur.

»Giorgio gibt sie ihm, weil er gut ist, nicht weil er sein Schwager ist«, sagt sie stattdessen.

»Wenn überhaupt, ist es eher andersrum. Nur dieser Alkoholiker Besana kann einem Polizisten wie Giorgio Verdelli vertrauen. Wir alle wissen, wer er ist.«

»Was soll das heißen?«

»Wie, weißt du es etwa nicht?«

»Was?«

»Dass eine Nutte ihn verpfiffen hat. Anscheinend hatte euer Freund '98 ein kleines Problem. Erinnerst du dich noch an den Serienmörder, der damals die Gegend unsicher machte? Der nie gefunden wurde?«

Ilaria schluckt. Es hat ihr die Sprache verschlagen.

»Ich hab mir das Protokoll angeschaut. Das Mädchen behauptet, Verdelli hätte versucht, sie zu erwürgen.«

»Hast du deshalb die Fotos genommen? Um zu überprüfen, ob es eine Verbindung gibt?«

Er nickt.

»Und, hast du was gefunden?«

Milesi lächelt.

»Piatti, gewisse Dinge sage ich dir erst, wenn du dich entschließt, mit mir zusammenzuarbeiten. Vergiss nicht, dass Besana bald in Rente geht. Wenn du eine Zukunft haben willst, solltest du dir einen jüngeren Gönner suchen.« Dabei legt er ihr eine Hand aufs Knie.

Ilaria springt auf. Auf so etwas antwortet sie nicht einmal. *Vergiss es, Arschloch.* »Gib mir die Fotos zurück. Sofort. Oder soll ich lieber mit dem Chefredakteur reden?«

12. Januar

In Mailand schneit es kräftig. Der Zivilschutz hat für ganz Norditalien eine Unwetterwarnung ausgegeben. Die Gemeinde ist mit Räum- und Streufahrzeugen im Dauereinsatz, es sind kaum Autos unterwegs. Zum Glück ist Sonntag.

Ausgelaugt von den anstrengenden Tagen, die hinter ihnen liegen, haben Besana und Ilaria erst mal richtig ausgeschlafen. Doch jetzt, da sie halbwegs erholt sind, wollen sie keine Zeit verlieren.

Zudem lässt es sich gut arbeiten, wenn es draußen schneit. Besanas Wohnung ist richtig gemütlich geworden, so aufgeräumt und sauber. Er war sogar bei Ikea, um Teppiche und Lampen zu kaufen. Der von allem Unrat befreite alte Sessel sieht mit ein paar neuen Kissen geradezu einladend aus, fast wie ein wertvolles Vintage-Stück, und auch der Couchtisch aus Holz macht leer geräumt und geputzt richtig was her. Besana hat sogar einen Gummibaum gekauft, weil der, das hat ihm die Kassiererin versichert, nahezu unverwüstlich sein soll. Den kann sich auch jemand wie er erlauben, der keinen grünen Daumen hat.

Besana hat in sich hineingelacht, während er die große blaue Ikea-Tasche gefüllt hat. Nie im Leben hätte er gedacht, dass er einmal ganz allein hinfahren würde. Doch gestern ist er mit dem unbändigen Drang erwacht, seine Wohnung auf Vordermann zu bringen. Er ist es leid, wie ein Penner zu hausen. Warum sollte er nicht auch ohne seine Frau anständig wohnen? Daher hat er außerdem Töpfe, Auflaufformen, Küchenbretter und Keramikmesser gekauft. Als Letztes kam ein Großeinkauf im Supermarkt, er hat nämlich beschlossen, wieder mit dem Kochen anzufangen.

Als Ilaria am Sonntagmittag zu ihm kommt, ist der Tisch bereits gedeckt. Aus der Küche duftet es nach Hühnchen mit Zitrone und Rosmarin. Auf einer Platte leuchten festlich und farbenfroh die geschnittenen Gemüse, die für den Grill bereitliegen. Alles wirkt wie ein fröhliches Gemälde: das Gelb der Paprika neben dem Violett der Zwiebeln aus Tropea und des Radicchio, dazu das Grün der Zucchini, die weich wie Laub kleine Häufchen bilden, und die Auberginenscheiben, die zwischen den Blättern des Endiviensalats wie Blütenköpfe hervorblitzen.

Während Besana, vergnügt vor sich hin pfeifend, eine Flasche Pinot Noir öffnet, bemerkt Ilaria, dass er sich rasiert hat und sogar beim Friseur war.

»In fünf Minuten ist das Essen fertig«, sagt er.

Bei Tisch berichtet Ilaria ihm von ihrer unangenehmen Begegnung mit Milesi, unterschlägt jedoch das Detail zu Besanas Schwager Giorgio. Dann kommen sie wieder auf die Morde zu sprechen, gehen noch einmal jedes Detail durch, in der Hoffnung, den Schlüssel zur Lösung des Rätsels zu finden.

»Diese Nadeln müssen etwas zu bedeuten haben«, sagt Besana.

»Bei Aneta hat er sie auf einem Stein angeordnet, Dana hat er sie in den Rücken gesteckt. Damit wollte er sicherlich Verzeni imitieren. Nur gibt es bei Verzeni kein drittes Opfer, das heißt, er kann sie zum ersten Mal so benutzen, wie er will. Und er entscheidet sich für den Bauch. Warum?«

»Es war nicht das erste Mal. Du vergisst Foresti. Ihm hat er sie in die Augen gesteckt«, korrigiert Besana sie.

»Stimmt. Das würde bedeuten, dass er die Körperstellen der jeweiligen Opfer entsprechend aussucht. Es muss irgendeine Logik dahinterstecken«, überlegt Ilaria.

»Wir sollten uns nicht auf die Nadeln fixieren. Wir gehen die ganze Zeit davon aus, dass er sich auf Verzeni bezieht, aber vielleicht ist das ein Fehler. Vielleicht verfolgt er einen eigenen Plan. Verzeni hatte ja im Grunde gar keinen. Versuchen wir mal, die beiden Fälle unabhängig voneinander zu betrachten«, schlägt Besana vor.

»Ein derart organisierter Serienmörder sucht seine Opfer nicht zufällig aus.«

»Vielleicht hatten diese Frauen etwas gemein, etwas, woran wir noch nicht gedacht haben.«

»Melissa war ganz sicher keine Prostituierte. Somit ist deine These nicht aufrechtzuerhalten«, entgegnet Ilaria.

»Nein. Es muss eine andere Verbindung geben.«

»Die Arbeit? Aneta und Melissa haben in der Pizzeria gearbeitet. Aber Dana war Kosmetikerin.«

»Vielleicht hat er einen bestimmten Typ Frau im Sinn. Aber sie ähneln sich überhaupt nicht. Sieh sie dir an.« Besana holt die Fotografien hervor. »Aneta war blond, zierlich, hatte helle Haut und blaue Augen. Dana war braun gebrannt, kräftig, römische Nase und rote Haare. Melissa war groß und hatte Locken und dunkle Augen.«

»Zu verschieden. Es passt einfach nicht.«

»Auch was das soziale und familiäre Umfeld angeht, gibt es keine Parallelen. Aneta war Ausländerin und lebte allein bei dem alten Notar. Melissa war Studentin und wohnte bei ihrer Mutter. Dana dagegen war eine geschiedene Frau in den Vierzigern, mit einem Sohn.«

»Ich hab's! Ich glaube, ich habe verstanden!«

Ilaria lässt die Gabel auf den Teller fallen, springt auf und beginnt wie elektrisiert den Tisch zu umkreisen. Ein eiskalter Schauer läuft ihr über den Rücken.

»Die Mutterschaft. Das ist seine Obsession.«

»Verdammt, du hast recht!«

»So sucht er sich seine Opfer aus«, fährt Ilaria fort, »Aneta hat ihr Kind in Rumänien zurückgelassen, Danas Sohn wohnte bei seinem Vater. Melissa hat abgetrieben.

In seinen Augen sind sie alle drei in gewisser Weise *schlechte Mütter.*«

»Er hat sie bestraft«, folgert Besana.

Er schenkt sich noch ein Glas Wein ein.

»Und diese blöden Nadeln?«

»Vielleicht hat er tatsächlich nicht Verzeni kopiert. Die Nadeln sind eine Botschaft.«

Ilaria läuft immer noch um den Tisch herum.

»Also, die ersten hat er auf einem Stein ausgelegt.«

»Vielleicht weil Aneta ihr wenige Monate altes Kind verlassen hat.«

»Und Dana hat er sie in den Rücken gesteckt, weil sie eine Verräterin war?«

Sie sehen sich an.

»Melissa hat er sie in den Unterleib gesteckt. Das kann kein Zufall sein.«

»Aber woher wusste er, dass sie gerade abgetrieben hatte? Sie hat es nicht mal ihrer Mutter erzählt.«

»Er muss sie sehr gut gekannt haben.«

12. Januar

Nach dem Mittagessen beschließen sie, einen Spaziergang zum Simplonpark zu machen, der bei dem Winterwetter märchenhaft aussieht. Das Castello Sforzesco mit dem weiß umrahmten Filarete-Turm wirkt wie das Schloss von Dracula. Und die schneebedeckten Brücken erinnern an einen unheilvollen Irrgarten. Zwischen den unter der Last des Schnees gebeugten immergrünen

Sträuchern und den silbrigen nackten Ästen, die sich wie Spinnweben verzweigen, versuchen Ilaria und Besana noch immer Antworten zu finden.

»Kannibalen haben ein gestörtes Verhältnis zu ihrer Mutter, Grace hat gesagt, damit fängt alles an. Vielleicht rührt daher seine Wut auf Frauen, die seiner Ansicht nach ihre Kinder schlecht behandeln«, denkt Ilaria laut nach.

»Es passt alles«, stimmt Besana zu. »Vergessen wir nicht, dass sie auch seinen Zorn gegen Foresti vorhergesehen hat.«

»Der sich in den Augen des Täters doppelt schuldig gemacht haben muss«, ergänzt Ilaria. »Foresti hat nicht nur versucht, ihm die Show zu stehlen, er hat auch noch die Mutter seiner drei Kinder getötet.«

»Stimmt.«

»Warum, glaubst du, hat er ihm die Nadeln in die Augen gesteckt?«

»Die Botschaft lautet, kopiere nicht«, entgegnet Besana.

»Er hat ihn geblendet, damit er aufhört zu kopieren?«

»Richtig.«

»Aber Grace hat auch gesagt, dass er sich danach mit uns oder mit der Polizei in Verbindung setzen würde. Und das hat er nicht getan.«

Plötzlich bleibt Ilaria wie angewurzelt stehen. Sie ist kreidebleich.

»Ach du liebe Güte.«

Hektisch sieht sie sich um, entdeckt eine Bank, taumelt darauf zu und fegt mit dem Handschuh den Schnee ab.

»Fühlst du dich nicht gut?«

Besorgt setzt Besana sich neben sie. Ilaria versucht, tief

durchzuatmen, gibt ihm zu verstehen, dass sie keine Luft bekommt, indem sie die Finger auf ihr Brustbein legt, und hebt die andere Hand, zum Zeichen, dass er warten soll. Sie ist leichenblass.

»Er redet mit *mir*«, sagt sie schließlich.

»Wer?«

»Der Mörder.«

»Machst du Witze?«

Ilaria wühlt im Rucksack nach ihrem Tablet, doch sie hat es zu Hause vergessen. Also erklärt sie ihm, dass sie auf Facebook seit Tagen ein Typ nervt, der sich Mr. Black nennt.

»Ich dachte, er wäre einfach einer von denen, die sich für Kriminalfälle begeistern«, sagt sie.

»Und wie kommst du darauf, dass er der Täter ist?«

»Er weiß Dinge, die wir nie geschrieben haben. Aber das ist mir erst jetzt klar geworden.«

»Zum Beispiel?«

»Er spielt darauf an, dass Melissa den Bus nach Suisio genommen hat. Aber das hat kein Journalist erwähnt.«

»Scheiße.«

Jetzt wird auch Besana nervös. Er zündet sich eine Zigarette an, obwohl er sich geschworen hat, mit dem Rauchen aufzuhören.

»Wir müssen Grace die Nachrichten zeigen«, sagt Ilaria.

»Stimmt, wir dürfen keine Zeit verlieren.« Besana zieht sein Handy aus der Tasche.

»Und ich muss vorsichtig sein, denn er weiß vielleicht, wo ich wohne.«

»Meinst du, es war der Typ, der neulich im Wagen vor deinem Haus saß?«

»O Gott.« Ilaria schlägt die Hände vors Gesicht.

Sie sieht sich um. Jemand mit tief über die Augen gezogener Kapuze entfernt sich gerade. War er das? Hat er sie belauscht? Sie springt auf.

»Lass uns gehen, bitte.«

Jetzt hat sie sich auf einen Freiwilligen versteift, der Schnee schaufelt. Auch er trägt eine Kapuze. Allerdings schneit es kräftig, natürlich wollen die Leute keinen nassen Kopf bekommen.

»Komm mit zu mir, das ist sicherer«, schlägt Besana vor.

»Ich denke, ich nehme die Einladung an.«

Sie fahren bei Ilaria vorbei, damit sie ein paar Sachen einpacken und ihr Tablet holen kann. Sofort schaltet sie es ein, und als sie auf den Bildschirm sieht, weiten sich ihre Augen. Sie kann nicht sprechen, ihr Mund ist trocken, Panik überkommt sie. Sie reicht Besana das Tablet. Es gibt eine neue Nachricht von Mr. Black.

Wenn ich euch einen kleinen Tipp geben darf: Alle unterschätzen seine Signatur.

12. Januar

Sobald Ilaria Besanas Wohnung betreten hat, geht es ihr besser. Er schaltet überall Licht ein und stellt auch leise Musik an. Draußen ist es bereits dunkel. Besana geht in die Küche und kommt mit zwei Gin Tonic zurück.

»Jetzt rufe ich Grace an und lese ihr die Nachrichten vor. Mal sehen, was sie dazu sagt.«

»Kann ich schon mal duschen?«

»Der Durchlauferhitzer geht dauernd kaputt, ich hoffe, du hast warmes Wasser.«

Als Ilaria ins Wohnzimmer zurückkehrt, macht Besana ein besorgtes Gesicht.

»Glaubt sie, er ist es?«

Er schüttelt den Kopf.

»Nein. Sie sagt, die Sprache, die er benutzt, passt nicht zum Profil des Täters. Sie schließt sogar völlig aus, dass er es ist.«

»Wie kann sie so sicher sein?«

»Ich weiß es nicht. Aber ich vertraue ihr«, entgegnet Besana.

»Ja, natürlich. Ich auch.« Ilaria setzt sich zu ihm aufs Sofa. Sie duftet nach Duschgel. »Woher wusste er, welchen Bus Melissa genommen hat?«

»Grace meint, er könnte ebenfalls Journalist sein und Zugang zu den Quellen haben.«

Ilaria probiert ihren Gin Tonic, nach dem Schreck kann auch sie etwas Stärkeres vertragen. Dann wendet sie sich mit einem Ruck zu Besana um.

»Milesi?«

»Er ist ein Mistkerl, aber so etwas traue ich ihm nicht zu. Und warum sollte er ausgerechnet dir Angst einjagen wollen?«

»Na ja, der Scherz mit dem Erwürgen war auch nicht gerade nett«, wendet Ilaria ein.

»Das war wohl eher ein plumper Annäherungsversuch.«

»Aber wer kann es dann sein?«

»Ich habe einen Verdacht. Aber es ist wirklich nur ein Verdacht.« Besana senkt den Blick.

Unter normalen Umständen würde er ihr niemals von Lizzy erzählen, aber vielleicht ist es jetzt doch notwendig.

»Die mit dem Pony? Die hab ich in der Redaktion oft gesehen«, sagt Ilaria.

»Ja, die«, gibt Besana verlegen zu, ohne den Blick zu heben. »Ich wusste von Anfang an, dass sie mir Scherereien machen würde. Hätte ich doch nur auf mein Gefühl gehört. Eigentlich habe ich mich immer von Kolleginnen ferngehalten. Nicht dass ich noch nie irgendwelche Abenteuer gehabt hätte, aber das waren immer Frauen, die mit Journalismus nichts zu tun hatten. Liebeleien am Arbeitsplatz bringen nur Ärger.«

Ilaria hört ihm schweigend zu.

»Vor fast vierzig Jahren, als ich ein blutjunger Praktikant war, gab es nur wenige Frauen bei der Zeitung, und die hatten es schwer. Aller Augen waren auf sie gerichtet, und wenn sie auch noch halbwegs attraktiv waren, mussten sie anzügliche Witze und aufdringliche Anmache über sich ergehen lassen. Ein damaliger Kollege nannte sie nicht einmal beim Namen: Für ihn waren sie einfach nur die Flittchen. Als mal eine von ihnen angeblich etwas mit dem Chefredakteur hatte, machte das sofort die Runde. Hinter ihrem Rücken wurde gelästert: ›Hast du gesehen, heute sind sie beide zu spät gekommen. Bestimmt waren sie im Landhaus ihres Mannes. Ob sie es auf dem Schaffell vor dem Kamin getrieben haben?‹ So ging das die ganze Zeit.«

»Die Ärmsten. Was für ein chauvinistisches Arbeitsklima.«

»Ja, es war fürchterlich. Aber nach und nach haben die Dinge sich verändert. Trotzdem, das Problem bleibt.

Man ist von einem Extrem ins andere geraten. Die Frauen haben sich ihren Platz bei den Zeitungen erkämpft, sie haben gelernt, dass sie stärker sind, wenn sie sich zusammentun. Die Beziehungen zwischen Kollegen beider Geschlechter wurden zum Fall für die Gewerkschaft. Bei einer Redaktionssitzung vor einiger Zeit ergriff plötzlich eine junge Reporterin das Wort und sagte: ›Ich möchte etwas Persönliches ansprechen. Ich bin Opfer sexueller Belästigung vonseiten eines stellvertretenden Chefredakteurs geworden.‹ Sofort schwiegen alle betreten, und sie fing an zu weinen. Sie erzählt, sie sei in sein Büro gegangen, um mit ihm über ihren Wechsel in die Auslandsabteilung zu sprechen, da habe er die Tür hinter ihr zugemacht und sei über sie hergefallen. Sofort läuft das Redaktionskomitee zum Chefredakteur, um ihn zu informieren und ihn zu fragen, was zu tun sei. Er gibt sich betroffen und verspricht eine *lückenlose Aufklärung der Fakten, damit die Wahrheit ans Licht kommt.* Was natürlich niemals geschieht. Der stellvertretende Chefredakteur streitet alles ab, die Reporterin bleibt bei ihrer Anschuldigung, doch beide verzichten auf den Rechtsweg. Also verspricht der Chefredakteur Maßnahmen, damit sich so etwas nicht wiederholen kann: Die leitenden Angestellten dürfen künftig die Kolleginnen nicht mehr außerhalb der Zeitung zum Essen oder zum Aperitif einladen, nicht mehr mit ihnen in einem Auto fahren und so weiter. Also Verhaltensregeln, wie man sie von amerikanischen Zeitungen kennt, wo rigoros gegen *sexual harassment* vorgegangen wird. Doch dann überlegt der Chefredakteur es sich wieder anders, und das Rundschreiben geht nicht raus. Italien ist eben nicht Amerika.«

»Ich hätte dich schon tausendmal anzeigen können«, lacht Ilaria, »wir sind dauernd im Auto zusammen unterwegs, und du lädst mich ständig zum Essen und zum Aperitif ein.«

»Eben«, erwidert Besana.

»Sie hat angefangen, nicht wahr?«

»Als sie ihr Praktikum begann, hatte ich keine besonderen Posten inne. Ich war ein einfacher Reporter, auch wenn ich einen Namen hatte. Dennoch strich Lizzy die ganze Zeit um mich herum, bat mich für ihre Artikel um Rat. Eines Morgens kam sie zu mir, räumte eine Ecke meines Schreibtischs frei und setzte sich mit übereinandergeschlagenen Beinen zwischen die Zeitungsstapel, um mir ihren Artikel zu zeigen.«

»Ich hoffe, du hast ihn verrissen, wie du es bei mir immer machst.«

»Soll das ein Witz sein? Zu dir bin ich immer lammfromm. Bei ihr habe ich schon nach dem zweiten Satz angefangen zu brüllen. Sie hat es geschafft, eine Floskel an die andere zu reihen. *Brutaler Mord auf offener Straße erschüttert Modemetropole. Eklat bei Zeugenbefragung. Grünes Licht für zeitnahe Ermittlung.* Und so weiter. Richtig ausgerastet bin ich beim nächsten Absatz. *Dem Staatsanwalt platzte die Hutschnur durch.* Lizzy, bitte. Wenn überhaupt, *ging es* dem Staatsanwalt *über die Hutschnur*, *platzen* kann ihm höchstens der Kragen. Und was bitte ist *durch*platzen? Bist du sicher, dass du Journalistin werden willst?«

»Und da wunderst du dich, dass sie dich hasst?«

»Tatsächlich war das Gegenteil der Fall. Je mehr ich sie durch den Wolf drehte, umso mehr begehrte sie mich. Eines Tages habe ich sie in ein Thai-Restaurant nicht weit von der Zeitung eingeladen. Leider vermieten die auch Zimmer. Das war der Anfang vom Ende. Ich habe mir eingebildet, ich hätte alles unter Kontrolle. Ich wollte meine Frau nicht verlassen. Und Lizzy tat so, als wäre es für sie in Ordnung. Bis zu dem verfluchten Tag, an dem wir in einem Motel gelandet waren und sie, während ich kurz im Bad war, mein Handy nahm, das auf dem Nachttisch lag, die Nummer meiner Frau raussuchte und sie sich kopierte.«

Jetzt schweigt Besana. Er wartet auf eine Moralpredigt. Oder einen Scherz. Doch Ilaria verblüfft ihn.

»Letztendlich hat sie dir einen Gefallen getan. Deine Frau war schlimmer als sie.«

Überrascht sieht Besana hoch.

»Also bitte, ich kenne sie nicht«, wiegelt Ilaria ab, »aber ich bin ein aufmerksamer Mensch. Zumindest in gewissen Dingen. Und wenn du meine ehrliche Meinung hören willst: Sie gefällt mir nicht.«

»Warum?«

Besana ist aufrichtig interessiert. Er hat noch nie mit jemandem über Marina gesprochen.

»Weil ich das Gefühl habe, dass sie dich wie ihr Eigentum behandelt. Sie fordert immer nur. Was gibt sie dir? Aber wie gesagt, das ist nur so ein Eindruck.«

Besana ist aufgewühlt. Ilaria hat recht.

»Woher weißt du solche Dinge, obwohl du sie nicht erlebt hast?«

Sie zuckt die Schultern.

»Man muss nicht alles selbst erlebt haben. Man muss nur aufmerksam sein. Manchmal genügt es, sich die Dinge vorzustellen. Nur das Böse, das echte Böse, mit dem wir zu tun haben, kann man sich nicht vorstellen.«

»Auch das ist wahr«, überlegt Besana. Dann schmunzelt er. »*Das Böse, mit dem wir zu tun haben.* Du siehst, Ilaria, es ist dein Beruf. Es hat keinen Zweck, dass du dich wehrst. Du kannst deiner Berufung nicht entkommen.«

13. Januar

»Hallo, Marco, hörst du mich?« Giorgios Stimme am Telefon klingt erregt, gehetzt.

»Was ist passiert?«

»Verdammt, wir haben ihn!«

»Wirklich?«

»Ja. Er ist schon auf dem Kommissariat. Du bist der Erste, der es erfährt.«

»Seid ihr sicher?«

»Hundert Prozent sicher. Die DNA stimmt mit der, die wir an den Opfern gefunden haben, überein.«

»Wie habt ihr ihn gefunden?«

»Über die Alkoholkontrolle.«

»Und wer ist es?«

Besana schaltet den Lautsprecher ein, damit Ilaria mithören kann.

»Ein Unternehmer aus Lecco. Dem Anschein nach ein anständiger Kerl. Aber in Fällen wie diesen …«

»Ich weiß, ich weiß, der Schein kann trügen. Wie heißt er?«

»Ernesto Bresciani. Ein Freizeitjäger. Als wir heute früh sein Haus durchsucht haben, sind wir auf ein halbes Waffenarsenal gestoßen: Gewehre, Karabiner, Smith &

Wessons, anderthalb Kilo Schießpulver, außerdem Messer, Metalldrähte und eine Machete.«

»Wie die, mit der Forestis Kopf abgeschnitten wurde?«

»Exakt. Wir lassen sie untersuchen.«

»Hat er versucht zu fliehen?«

»Nein, er wollte nur seinen Anwalt anrufen.«

»Habt ihr ihn schon vernommen?«

»Wir warten auf den Staatsanwalt.«

»Und Vimercati?«

»Den behalten wir vorerst hier. Vielleicht sind sie Komplizen.«

»Können wir vorbeikommen?«

»Ihr dürft bei der Vernehmung nicht dabei sein, aber ich kann euch später was geben. Ich ruf dich an.«

Besana legt auf und zieht den Mantel an.

»Gehen wir, Piatti. Giorgio hat mir zu verstehen gegeben, dass er uns die Filmaufnahmen der Vernehmung zukommen lässt.«

Das Präsidium ist bereits von Presseleuten umringt, die der Neuigkeiten harren. Während Besana und Ilaria auf Giorgios Anruf warten, unterhalten sie sich mit Kollegen. Als endlich Besanas Handy klingelt, entfernt er sich ein paar Schritte.

»Fahr zu Rosa, ich habe einen Umschlag hinbringen lassen. Wenn du willst, kannst du meinen Computer im Partykeller benutzen.«

»Hat er gestanden?«

»Nein, natürlich nicht. Aber das war erst das erste Verhör. Sein Anwalt hat um eine Pause gebeten.«

»Hast du schon mit seiner Familie gesprochen?«

»Seine Frau steht unter Schock. Sie sagt die ganze Zeit, dass ein Fehler vorliegen müsse.«

»Kinder?«

»Eine Tochter.«

»Und seine Eltern? Leben sie noch? Kannibalen haben oft eine krankhafte Beziehung zu ihrer Mutter.«

»Die beiden scheinen sehr anständig und ausgeglichen zu sein. Es ist keine Problemfamilie. Er wurde zwar adoptiert, aber da war er gerade erst ein paar Monate alt. Es liegen also keine früheren Traumata vor. Du wirst es sehen, Bresciani wirkt völlig normal. Das ist ja das Beunruhigende.«

»Danke.«

»Keine Ursache. Du bist wie ein Bruder für mich.«

13. Januar

Rosa ist gereizt. Sie macht zusammen mit der Putzfrau sauber, weil sie ihr nicht über den Weg traut. Zu allem Überfluss hat Kevin Fieber, auch wenn man es ihm nicht anmerkt, da er im Wohnzimmer herumtobt und Fußball spielt.

»Ciao, aber ich hab zu tun, ja? Giorgio hat mir gesagt, dass ihr den Computer unten braucht. Macht bitte schnell, wir müssen den Keller auch saugen.« Dann dreht sie sich zu ihrem Sohn um und brüllt: »Kevin, jetzt hör endlich auf! Du bist schon nass geschwitzt.«

Unten blickt Besana sich murrend um. Nicht nur wegen des abgestandenen Geruchs, sondern vor allem wegen dem, wofür der Partykeller in seinen Augen steht: die italienische Durchschnittsfamilie, die sich ihr Leben um Fernseher und Küche, um Fußhocker und Wachstischdecke herum einrichtet.

»Was ist dir lieber, der Sessel mit verstellbarer Rückenlehne oder das Ecksofa?«

Ilaria schüttelt den Kopf, öffnet den Umschlag und holt einen Datenstick heraus. Sie schalten den Computer ein und starten den Film.

Zunächst sind nur ein Tisch und ein leerer Stuhl zu sehen, im Hintergrund hört man Stimmen. Dann erscheint ein sehr dicker Mann. Er geht leicht gebeugt und sucht mit dem Blick nach seinem Anwalt, um sich zu vergewissern, dass er nicht allein ist. Nun kommen alle anderen herein.

»Wir geben zu Protokoll, dass heute der 13. Januar ist, elf Uhr sechzehn. Wir befinden uns im Polizeipräsidium Bergamo. Ihre persönlichen Daten, bitte. Sie sind Herr …«

»Ernesto Bresciani.«

»Geboren?«

»Am 27. Mai 1979, in Bergamo.«

»Haben Sie ein Pseudonym oder einen Spitznamen?«

»Wie?«

»Diese Frage müssen wir der Form halber stellen.«

»Ah, entschuldigen Sie. Meine Frau nennt mich Tato.«

»Gut. Nationalität?«

»Italienisch.«

»Wohnhaft?«

»In Lecco.«

Schon jetzt wirkt er sehr müde, und er schwitzt. Er trocknet sich mit einem Papiertaschentuch die Stirn. Dann bittet er um ein Glas Wasser und nimmt gierig einen Schluck.

»Besitzen Sie einen schwarzen Audi A4?«

Sie zeigen ihm Fotos.

»Ja, das könnte mein Wagen sein.«

»Die Aufnahmen stammen von der Überwachungskamera eines Privathauses in der Gegend von Bottanuco. Demzufolge hielten Sie sich an dem Abend, an dem Signora Aneta Albu ermordet wurde, im Tal auf. Was haben Sie in Bottanuco gemacht?«

»Ich gehe oft in ein Sternerestaurant in der Gegend. Il Caminetto. Sie können sich dort erkundigen.«

Während der gesamten Vernehmung knetet er seine Hände, schiebt seine Brille hoch, fasst sich an den Mund, verschränkt die Arme, klemmt die Hände zwischen die Oberschenkel, trommelt mit den Fingern, klammert sich an die Tischkante, bis er schließlich erschöpft den Kopf auf den Tisch sinken lässt und die Hände in den Nacken legt.

»Er ist sehr aufgeregt«, stellt Besana fest.

»Das wäre ich auch, wenn meine DNA bei drei Leichen gefunden wird.«

»Schau dir an, wie oft er blinzelt, seine Augen sind trocken. Und er trinkt ständig, er hat einen trockenen Mund.«

»Meinst du, er lügt?«

»Zumindest zeigt er deutliche Stresssymptome. In der Regel verändert Lügen das Verhalten. Er ist blass, weil die Angst das Blut in die Muskulatur pumpt. Und er sieht dauernd nach oben, entweder weil er versucht, sich zu erinnern, oder weil er etwas erfindet.«

»Wie langsam sie sind.«

»Das ist Absicht. Man setzt Schweigen gezielt ein. Manchmal ist eine Pause von dreißig Sekunden wirksamer als viele Worte. Sieh ihn dir an, er ist in Panik.«

13. Januar

Als sie am Abend nach Hause kommen, schalten sie den Fernseher ein. Sie müssen wissen, welche Informationen die anderen bekommen haben. Galasso, der Moderator der Sendung *Mystery – ungelöste Fälle*, hat den ganzen Nachmittag getwittert: *Letzte Woche hatten wir neun Prozent Marktanteil! Danke an unsere eins Komma acht Millionen Zuschauer! Schalten Sie auch heute Abend wieder ein. Der Vampir von Bottanuco ist gefasst: Alle neuen Entwicklungen und Exklusivmeldungen.*

Besana kann Galasso nicht ausstehen, der obendrein der Sohn eines ehemaligen Nachrichtenchefs ist, der ihn zu Beginn seiner Karriere schikaniert hat. Doch als Studiogast ist Milesi angekündigt, und außerdem wollen sie unbedingt erfahren, was man herausgefunden hat.

Der Vorspann geht los. Galasso schreit fast die Programmpunkte des Abends ins Mikrofon, unter Strom wie ein Fußballreporter vor dem entscheidenden Tor. Auf dem Sofa im Studio sitzen neben der obligatorischen Psychologin eine Klatschreporterin und ein pensionierter Befehlshaber der Spurensicherung. Im Hintergrund lächelt Milesi ein wenig scheu, während er das Mikrofon an seiner Krawatte zurechtrückt. Sofort deutet man die Festnahme Brescianis an, behält sich die Sensation jedoch für das Ende der Sendung vor.

»Ich setze schon mal Wasser für die Nudeln auf. Ravioli mit Borretsch?«

In der ersten Reportage geht es um eine geschiedene Hausfrau aus Ravenna mit drei Kindern, die an einem Julimorgen ohne Portemonnaie und Handy aus dem Haus ging und nie wieder gesehen wurde. Eine Touristin in der Dominikanischen Republik behauptet, in einer Strandbar eine Frau gesehen zu haben, die ihr sehr ähnlich sah, worauf sie die Sendung angeschrieben und ein Handyfoto mitgeschickt hat.

»Ist sie es wirklich, die Frau auf dem Foto?«, fragt Galasso. »Um das herauszufinden, sind wir in die Dominikanische Republik geflogen. Wir sprechen jetzt mit unserer Berichterstatterin.«

»Wahnsinn«, bemerkt Besana, während er einen Grissino knabbert. »Die Öffentlichen können sich keine Recherchen mehr leisten, bei der RAI gibt es nicht mal mehr Essensgutscheine, und die Privaten schicken eine Journalistin in die Karibik.«

Als der Moderator live mit der Korrespondentin spricht, brüllt er ins Mikro: »Und, was hast du herausgefunden? Ist sie es oder ist sie es nicht? Schmeiß dich ran!«

Die Korrespondentin befindet sich in der Gartenanlage eines Resorts, hinter ihr sind Palmen und Jogger zu sehen. Sie hält eine junge Frau an, zeigt ihr das Foto, stammelt ein paar Worte in einem grottigen Englisch. Die Frau versteht nicht, schüttelt den Kopf.

»Sie sagt, dass sie sie noch nie gesehen hat. Versuchen wir es bei diesem Herrn. Entschuldigen Sie, sind Sie Italiener? Kennen Sie diese Frau?«

Der Angesprochene schiebt den Schirm seiner Mütze hoch, betrachtet das Foto, sieht dann in die Kamera: »Nein, tut mir leid.« Dann joggt er weiter.

Die Journalistin streicht ihr Haar zurück. »Wir werden die Insel Zentimeter für Zentimeter absuchen. Stellen Sie sich vor, hier in Santo Domingo wohnen fünfzigtausend Italiener. Viele arbeiten in den Hotels, Restaurants oder Pizzerien. Wir haben die Leute gebeten, sich umzuhören.«

Sie redet schnell und aufgeregt, ohne Luft zu holen, als habe sie ungeheuer wichtige Informationen und fürchte, sie nicht alle loszuwerden.

»Atmet die zwischendurch auch mal?«

Nach zwei weiteren, nicht weniger hirnrissigen Reportagen kommt man endlich zu den Morden von Bottanuco. Brescianis Facebook-Profilbild wird eingeblendet. In seiner Jägermontur wirkt er fast ein bisschen lächerlich.

»Der jagt doch höchstens einer Wachtel Angst ein«, bemerkt Ilaria.

Aber sie ist verwirrt. Ist die Grenze zwischen dem Lächerlichen und dem Bösen wirklich so hauchdünn? Die Frage hat sie sich schon während des vorangegangenen Beitrags gestellt, in dem der Mörder gleich nach der Tat tanzen gegangen war und sich sogar dabei hatte fotografieren lassen, wie er im Indianerkostüm herumalberte. Sich mit Kriminalfällen zu beschäftigen, heißt, Dinge zu erleben, die sich keine menschliche oder auch unmenschliche Fantasie ausdenken könnte.

»Der Fall ist also gelöst, der Vampir ist verhaftet worden«, sagt Galasso gerade im gewohnt aufgeregten Tonfall. »Die Bergamasca kann aufatmen. Aber der Mörder, der mutmaßliche Mörder, stammt aus Lecco, und ich begrüße jetzt unseren Reporter aus Lecco, der Neuigkeiten für uns hat. Filippo!«

»Richtig, Piero, wir haben mit Nachbarn, Freunden und Bekannten des mutmaßlichen Mörders gesprochen. Vielleicht könnte die Regie mal den Film einspielen.«

Der Film startet. Eine Frau aus einem Nachbarhaus breitet die Arme aus: »Er war immer ein so anständiger

Mann«, sagt sie, »so reserviert.« In dem Ton geht es den ganzen Film über weiter. Nacheinander kommen der Tabakverkäufer des Viertels, der Chef der Autowerkstatt, der Besitzer der Bar gegenüber zu Wort. Ilaria und Besana sehen sich an.

»Bresciani entspricht ganz offensichtlich nicht dem Profil«, sagt Ilaria.

»Aus einer derartigen Befragung kann man wohl kaum irgendein Profil herauslesen«, entgegnet Besana. »Was soll der Tabakverkäufer schon über ihn wissen? Du trinkst ja auch jeden Morgen in der Bar nebenan deinen Kaffee, aber kennt dich der Typ hinter dem Tresen deswegen? Er könnte allenfalls sagen, dass du ein nettes Mädchen bist.«

»Ich bin ja auch ein nettes Mädchen!«

»Natürlich, aber wenn du morgen jemanden tötest, würde es ihm nicht auffallen.«

Im Fernsehstudio gehen die Scheinwerfer an, Galasso fragt nun seine Gäste nach ihrer Meinung.

»Das sind eher untergeordnete Details«, sagt Milesi, »schließlich haben wie die DNA, die wiegt natürlich schwer wie ein Mühlstein.«

»Ach herrje.« Besana fasst sich an die Stirn.

»Dafür würde ich nicht die Hand ins Feuer legen«, mischt sich die Psychologin ein. »Es wäre nicht das erste Mal, dass der Gentest irrt. Außerdem leben wir in einem Rechtsstaat, solange das Gegenteil nicht bewiesen ist, gilt die Unschuldsvermutung.«

»Entschuldigen Sie, wenn ich unterbreche, aber wir werden Ihnen jetzt etwas Außergewöhnliches zeigen.« Wieder ist es Galassos tönende Stimme, die dem Gast das Wort abschneidet.

»Eine Überwachungskamera hat am Abend des ersten Verbrechens einen Wagen gefilmt. Da sehen wir ihn schon. Erkennen Sie's? Ein Audi A4, genau wie der von Bresciani.«

Besana greift zur Fernbedienung und schaltet den Fernseher aus. Er steht auf.

»Entschuldige, Ilaria. Ich muss schlafen. Ich bin zu müde.«

13. Januar

Ilaria fährt mit dem Taxi nach Hause. Obwohl der Mörder gefasst wurde, sind ihre Nerven zum Zerreißen gespannt. Lieber zahlt sie zehn Euro und lässt sich direkt bis vor die Tür fahren.

Kaum dass sie in ihrer Wohnung ist, schaltet sie überall Licht an. Sie wirft den Mantel aufs Sofa und zieht die Schuhe aus. Sie muss die Welt unter ihren Füßen spüren. Denn diese erste Erfahrung als Kriminalreporterin entzieht sie ihr ein wenig. Sie hat noch nicht gelernt, mit gewissen Abgründen umzugehen. Oder vielmehr: Sie kann sie sich einfach nicht vorstellen. Sodass sich in ihrem Kopf eine Art Vakuum gebildet hat, und nun hat sie das Gefühl, in diesem luftleeren Raum zu schweben. Es gelingt ihr nicht, sich das Böse vorzustellen, ihm eine Form zu geben. Vielleicht ist es ihr Selbsterhaltungstrieb, der sie daran hindert, ein natürlicher Schutzmechanismus. Das Böse erscheint oft unwirklich, weit weg. Selbst denen, die sich mittendrin befinden.

Sie hat es beispielsweise nie geschafft, sich den Mord an ihrer Mutter vorzustellen. Sooft sie es auch versucht hat, es blieb unmöglich. Immer erschien es ihr irgendwie falsch, irreal. Nur der Schmerz, der seitdem nicht mehr von ihr gewichen ist, war real.

Sie geht ins Bad, um sich die Zähne zu putzen. Dabei betrachtet sie sich im Spiegel. Sie hat das Bedürfnis, wenigstens sich selbst zu erkennen, wenn sie schon die anderen nicht erkennen kann. Sie zieht ihre Kleidung aus und wirft sie auf den Badewannenrand, nimmt den Pyjama vom Kleiderhaken an der Tür. Dann geht sie in die Küche und füllt einen kleinen Topf mit Wasser, stellt den Herd an. Sie nimmt eine Keramiktasse aus dem Schrank und denkt, dass sie jetzt gern ihre Mutter anrufen würde. Sie möchte ihr sagen: Mama, ich habe alles falsch gemacht. Diese Arbeit ist nichts für mich, die Tante hat recht, sie führt mich in eine Welt, die ich nicht verstehe.

Sie setzt sich auf einen Hocker und hängt einen Beutel Kamillentee in das heiße Wasser, sieht zu, wie er langsam untergeht. Auf einmal fühlt sie sich unendlich einsam. Ja, sicher: Besana ist da. Sie teilen alles, das hat sie noch nie mit jemandem erlebt. Aber sie kann ja nicht all ihre Bedürfnisse auf ihn abladen, er kann ihr nicht die Familie ersetzen.

Sie beschließt, ihre Tante anzurufen. Doch die hat das Handy ausgeschaltet. Vielleicht ist sie im Kino. Bleibt ihr also nur, sich das Gespräch vorzustellen: »Liebes, du klingst so komisch. Was ist passiert?« »Es ist passiert, dass man den Mörder gefunden hat, Tante, aber ich fühle mich nicht erleichtert. Es ist passiert, dass ich es nicht schaffe, mir das Böse vorzustellen.« Wie soll sie ihr das sagen?

14. Januar

Am nächsten Tag steht Besana schon mit schlechter Laune auf. Er fühlt eine zentnerschwere Last auf der Brust, vielleicht hat er zu viel geraucht, vielleicht ist er auch einfach nur melancholisch. Er ist bei seinem letzten Fall angelangt, und der ist ihm einfach so aus den Händen geglitten. Genau so fühlt es sich an: als würde er mit leeren Händen dastehen. Aber vermutlich hat er ihm auch nur deshalb so viel Bedeutung beigemessen, weil es sein letzter war. In Wahrheit hat man immer das Gefühl, mit leeren Händen dazustehen, nur dass es ihm diesmal bewusster ist.

Immer wieder sieht er sich die Zeitungen an, mit den Fotos des Mörders auf der Titelseite. Ein Unbekannter. Ist es das, was ihn irritiert? Die DNA ist ein erdrückender Beweis, jeder Zweifel ausgeschlossen. Aber warum hat er dann ein so ungutes Gefühl?

Wenn er in der Vergangenheit so lange an einem Fall gearbeitet hatte, bis er förmlich in ihm aufging, war es am Ende immer ein emotionaler Moment gewesen, endlich in das Gesicht des Mörders zu blicken. Da bist du also. Ich habe mir Tage und Nächte um die Ohren geschlagen, um dich aufzuspüren. Lass mich in dein Gesicht sehen. Nun aber hat er das Gefühl, nirgendwohin gelangt zu sein. Er empfindet nichts. Ist es das Alter? Das Ende der Emotionen? Oder lässt er sie nur nicht mehr zu, weil er weiß, dass er diesen Beruf aufgeben muss?

Jetzt ist Milesis Zeit gekommen, er soll nun die Emotionen haben. Ehe Besana den Kaffee aufsetzt, zündet er sich eine Zigarette an. Nein, der empfindet gar nichts und weiß nicht mal, was ihm entgeht. Er muss an Ilaria denken, und endlich lächelt er. Sieh an, er hat also doch noch Emotionen, allerdings nur, wenn er an ihre Emotionen denkt. Bestimmt sieht sie dem Mörder heute Morgen mit der angemessenen Spannung ins Gesicht, der Spannung, die man empfinden sollte. Dieser Gedanke verschafft ihm Erleichterung. Schließlich ist ja nicht alles mit ihm zu Ende, jemand anders wird dieses Gefühl an seiner Stelle suchen.

»Was für ein Drecksberuf«, brummt er, schraubt den Espressokocher auf und versucht, Kaffeepulver in den Filtereinsatz zu füllen, aber seine Hände zittern zu sehr. Das Pulver verteilt sich auf Spülbecken und Fliesen. Scheiße, Scheiße. Voller Entsetzen starrt er auf den tanzenden Löffel. Nicht mal einen blöden Löffel hat er noch im Griff.

Er muss sich einen Moment setzen. Er ist niedergeschlagen. Der Fall ist gelöst, und er fühlt sich niedergeschlagen? Wie kann das sein? Er denkt an Melissa, die beim Reden gestikulierte, wie leidenschaftliche, warmherzige Frauen es so machen. Er denkt an ihren schneidenden, aber noch nicht zynischen Blick. Er schlägt mit der Faust auf den Tisch. Er hat sie nicht beschützen können. Und nun hat er das Gefühl, es ist seine Schuld, dass sie ein so furchtbares Ende genommen hat.

Melissa hat die Provinz teuer bezahlt, über alle Maßen, über alle Erwartungen hinaus. Und das zerreißt ihn. Weil gewisse Schrecken nur an solchen Orten gedeihen können. An Orten, an denen nur wenige Meter eine Schafherde von einem Einkaufszentrum mit Spielhalle trennen. Und das nennt man dann Schicksal. Dabei ist auch das programmiert, genauso wie diese Slot Machines, die einem nicht mal mehr den Spaß lassen, einen Knopf zu drücken, weil sie viel zu schnell sind und die Rollen das falsche Trio von ganz allein einstellen. Selbst am Flughafen hat dieses kranke Konzept vom Glück Einzug gehalten. *Vinci & Vola:* Auch hier wirst du zum Spiel aufgefordert. Und von Anfang an ist alles verloren, beim versprochenen Fluchtweg angefangen.

Hastig schaltet Besana den Computer ein und überprüft, ob diese Epidemie tatsächlich nur ein Übel der Bergamasca ist – Flughafen Orio al Serio das neue Las Vegas? – oder ob Slot Machines an allen Flughäfen Italiens wie Pilze aus dem Boden schießen, so wie in Amerika. Er hat nicht mit dem Serendipity-Prinzip gerechnet und entdeckt durch Zufall, dass *Slot* in der Aeronautik das in der Regel sehr begrenzte Zeitfenster bezeichnet, in dem ein Flugzeug eine Starterlaubnis hat. Aus irgendeinem Grund fühlt er sich nicht gut, aber er kommt nicht darauf, warum. Wütend fährt er den Computer herunter, besser, er zieht sich an und geht raus. Wohin, das weiß er nicht.

Dritter Teil

14. Januar

»Zieh den Mantel an, ich führ dich zum Essen aus.«

Ilaria ist überrascht. Besana steht unangemeldet vor ihrer Tür.

»Du hättest wenigstens anrufen können. Ich hab mir gerade eine Brühe mit Sternchennudeln gekocht«, erwidert sie. Aber nur, um sich ihre Zufriedenheit nicht zu sehr anmerken zu lassen.

»Schütte sie ins Klo«, befiehlt Besana.

»Das sagst du nur, weil du sie nicht probiert hast.« Ilaria zieht sich die Stiefel an. »Du hast ja keine Ahnung, wie gut ich den Brühwürfel auflösen kann.«

»Beweg dich, ich hab für neun reserviert. Wir müssen noch bis in die Bergamasca fahren.«

»Hättest du nicht ein näheres Restaurant aussuchen können? Oder hast du schon wieder Sehnsucht nach diesen charmanten Provinznestern?«

»Wir sehen uns mal das Nobelrestaurant an, von dem Bresciani bei der Vernehmung gesprochen hat«, erwidert Besana. »Etwas an der ganzen Geschichte stinkt zum Himmel. Wir fangen noch mal von vorne an.«

Nun ist Ilaria noch überraschter, sagt aber nichts. Sie nickt und läuft ins Bad, um sich schnell die Haare zu bürsten. Sie ist glücklich. Sie hatte schon gedacht, dass die Ausflüge ein Ende hätten, aber vielleicht haben sie doch noch ein gemeinsames Stück Weg vor sich.

Wenig später sind sie wieder auf dem Land, bereit, durch finstere Dörfer zu ziehen, die abends unbewohnt scheinen. An allen Häusern sind die Rollläden heruntergelassen, als wären es Ferienhäuser oder als stünden sie zum Verkauf, doch in Wirklichkeit ist es nur die allabendliche Ausgangssperre. Beunruhigt blickt Ilaria sich um.

»Warum verbarrikadieren sich die Menschen hier wohl so in ihren Häusern?«

»Vielleicht haben sie Angst, beobachtet zu werden«, erwidert Besana. »Und so wird aus Reserviertheit Agoraphobie.«

»Es würde doch reichen, die Vorhänge zuzuziehen.«

»Schon, aber Rollläden haben eine stärkere Signalwirkung.«

Sie stellen den Wagen in einer Straße ab, die noch dunkler ist als alle anderen: Hinter keinem einzigen Fenster brennt Licht, nichts als Rollläden, wohin man auch sieht. Und teure Autos, eins neben dem anderen.

Sie betreten eines dieser Restaurants, in denen sich der Jetset der Bergamasca ein Stelldichein gibt: Ein restauriertes Bauernhaus aus dem sechzehnten Jahrhundert mit Kassettendecke, freigelegtem Mauerwerk und Trompe-l'Œuil-Malereien eines zeitgenössischen Künstlers aus dem Val Brembana. Neunzig, hundert Euro pro Kopf, ohne Wein. Auch wenn man drin nur Dialekt hört und sich die Gespräche vermutlich um das neueste Zubehör für den Audi drehen.

Kurz, eines dieser In-Lokale mit prahlerischer Fusionsküche, die angeblich Tradition und Innovation vereint, wo die Kellner dir erst mal eine halbe Stunde lang jeden einzelnen Gang erklären, ehe du endlich essen darfst.

»Für die Dame«, sagt nun der Kellner, indem er auf Ilarias Teller deutet, »haben wir Casoncelli mit Süßholz-Almbutter. Und für den Herrn geschmorten Ochsenschwanz in Teroldego-Weinsoße an Sellerieschaum, mit Paprikahaube und karamellisiertem Babygemüse.«

Besana nerven die Belehrungen, und noch mehr nerven ihn die mikroskopisch kleinen Portionen auf den Tellern mit überbreitem Rand.

»Vom Gourmet zum Kannibalen ist es kein großer Schritt«, sagt er. »Ich hab immer schon geahnt, dass nur verkommene Menschen Sternerestaurants besuchen.«

»Jetzt mach bitte nicht wieder alles schlecht«, beschwert sich Ilaria. »Lass mich meine Casoncelli genießen, die sind wirklich gut.«

»Denk nur mal an Sagawa«, ignoriert Besana ihre Bitte einfach. »Ein vornehmer Japaner, der an der Sorbonne in Paris studierte. Eines Abends lädt er eine Freundin, eine schöne junge Holländerin, zu sich nach Hause zum Essen ein und tötet sie mit einem Genickschuss. Dann zerschneidet er ihre Leiche mit einem elektrischen Messer und verstaut die einzelnen Teile im Kühlschrank, um sie nach und nach mit etwas Salz und Senf zu verzehren. Hinterher berichtet er, das Fleisch sei zart gewesen wie roher Thunfisch in einem Sushi-Restaurant. Es sei förmlich im Mund zergangen.«

»Ich wusste es.« Ilaria lässt die Gabel auf den Teller fallen. »Mir ist der Appetit vergangen.«

»Dabei ist es eine exemplarische Geschichte. Sagawas Vater war ein stinkreicher Geschäftsmann, er ließ seinen

Sohn für geisteskrank erklären, nahm ihn mit zurück nach Japan und sperrte ihn dort in eine psychiatrische Klinik, aus der er vier Jahre später wieder entlassen wurde. Dann wurde er zu einem richtigen Medienstar. Er spielte in Pornofilmen mit, wurde in Talkshows eingeladen und veröffentlichte sogar Bestseller.«

»Danke, danke von Herzen für die Einladung.«

Nachdem Besana die Rechnung bezahlt hat, erklärt er dem Kellner, dass er Journalist ist, und fragt ihn nach Bresciani. Der Kellner ist sehr verlegen und läuft sofort den Besitzer holen, der zusammen mit dem Chefkoch an den Tisch kommt.

»Ja, wir haben es gehört. Wir konnten es gar nicht glauben. Er kam immer mit der Signora, ein außerordentlich freundlicher Mann, beide waren außerordentlich freundlich.«

»Und sehr *reserviert*?«

»Genau«, antworten sie im Chor.

Etwas Interessanteres haben sie nicht zu berichten. Sie können sich nicht einmal genau erinnern, wann Bresciani das letzte Mal gekommen ist und ob allein oder mit seiner Frau. Resigniert steht Besana auf.

»Und ich hatte auf eine bahnbrechende Entdeckung gehofft.«

»Vielleicht sollten wir die Zeitung bitten, uns nach Santo Domingo zu schicken«, bemerkt Ilaria.

Während sie im Eingang ihre Mäntel anziehen, fällt ihr Blick auf die Fotos an den Wänden. Sie bleiben einen Moment stehen, um sie zu betrachten. Ilaria sieht sich neugierig all die Gesichter an, erkennt nur wenige. Die übliche B-Prominenz. Doch dann greift sie unvermittelt nach Besanas Arm.

»Marco, sieh dir das an.«

»Ich glaube, das sind zwei Serienschauspieler.«

»Nein. Oder ja, vielleicht, ich weiß es nicht. Aber sieh mal hinter ihnen, am Nachbartisch. Das sieht aus wie Melissa.«

Besana geht näher heran.

»Ja«, bestätigt er. »Das ist sie.«

Er verspürt einen Stich im Herzen. Er kann nicht umhin, sich vorzustellen, wie sie neugierig die Speisekarte studiert, lass uns dies hier kosten, oder nein, das. Vielleicht war das rote Kleid neu. Wer weiß, wie viele sie anprobiert hat, ehe sie sich für dieses entschied.

»Ich will sehen, wer das da bei ihr ist«, sagt Ilaria.

Weil das Bild zu weit oben hängt, bittet sie, es einen Moment von der Wand nehmen zu dürfen. Als sie es in der Hand hält, wird sie bleich.

»Marco, sieh dir das bitte mal an«, sie reicht ihm das Bild.

Besana setzt seine Brille auf.

»Der Mann ihr gegenüber ist Giorgio«, sagt Ilaria.

»Das kann nicht sein.« Besana schüttelt den Kopf. »Außerdem sieht man ihn nur von hinten.«

»Ich muss dir etwas sagen, was Milesi mir erzählt hat.«

»Ich weiß nicht, ob ich es hören will.«

15. Januar

Es ist der Tag der Beisetzung. Der Platz vor der Kirche ist voller Menschen und Fernsehkameras. Überall türmen sich Blumenkränze mit kindlichen Abschiedsgrüßen wie *Leb wohl, Engel*, obwohl Melissa eine erwachsene Frau und sicher kein Engel war. Eine Frau, die als Erste über diesen naiven Gruß gelacht hätte. Als der Sarg herausgetragen wird, geschultert von Freunden, erhebt sich Applaus.

»Was gibt es da zu klatschen?«, knurrt Besana.

Er erträgt es nicht, wenn auf Beerdigungen applaudiert wird. Erst recht nicht heute. Als wäre es ein Verdienst, ermordet worden zu sein. Und auch zur Ermunterung hat der Applaus wenig Sinn. Wozu sollte man hier ermuntern? Angemessener wäre ein demütiges, schlichtes Schweigen.

Ilaria kann sich noch gut an die Trauerfeier für ihre Mutter erinnern – es gab keine richtige Beisetzung, weil sie offiziell nur verschwunden war – und an dieses Gefühl der Entfremdung. Es waren so viele Leute da, und alle schienen ihre Mutter gut gekannt zu haben, selbst die, die sie kaum grüßten. Ilaria ging in die erste Klasse und fragte sich, warum diese Menschen sich so benahmen. Sie staunte über die Sätze, die die Eltern ihrer Freunde zu ihr sagten, obwohl sie ihre Mama doch nur ein einziges Mal, bei der ersten Zeugnisübergabe, gesehen hatten. Nun taten sie so, als wären sie schon immer ihre Freunde gewesen. Erst später, als Ilaria erwachsen wurde, sollte sie begreifen, dass ein regelrechter Wettbewerb darum entbrannt war, wer dem Opfer am nächsten stand. Und dass der Mensch in seinem Geltungsdrang dazu neigt, auch die Erinnerungen zu verfälschen, um sich in den Mittelpunkt eines Ereignisses zu drängen, das ihn nur am Rande betrifft. Das gesamte Dorf, das ja im Grunde nur den Schauplatz abgab, an dem das Opfer gewohnt hatte, war in heller Aufregung, und alle schienen einander mit belanglosen Episoden übertreffen zu wollen – einmal habe ich sie im Milchladen getroffen, wir saßen im selben Bus, sie parkte immer vor dem Tor meiner Schwiegermutter –, nur um irgendeine Form der Bekanntschaft mit ihr vorweisen zu können.

Doch jetzt stößt Ilaria Besana mit dem Ellbogen in die Rippen. Sie hat Giorgio in der Menge ausgemacht.

»Sieh mal, wer da ist.«

Giorgio kommt zu ihnen und begrüßt sie.

»Es ist fürchterlich«, sagt er. »Ihre Mutter ist am Boden zerstört.«

Aber auch er scheint am Boden zerstört.

»Kanntest du Melissa gut?«, fragt Besana.

»Nein«, erwidert Giorgio und wendet den Blick ab.

Ilaria sieht zu Besana.

»Hat Bresciani gestanden?«

Giorgio schüttelt den Kopf.

»Dieser Dreckskerl behauptet immer noch, es wäre ein Irrtum, er hätte nichts damit zu tun.«

»Und die DNA? Wie kommt die da hin?«

»Eben.« Giorgio wendet sich zum Gehen. »Entschuldigt mich, ich muss einen Kollegen von der Kriminaltechnik begrüßen.«

Besana fühlt eine Hand auf seiner Schulter und dreht sich um. Hinter ihm steht die Apothekerin, die traurig den Kopf schüttelt.

»Wir haben ihn nicht rechtzeitig gefunden«, sagt sie.

»Sie haben getan, was Sie konnten, Dottoressa.«

»Arme Melissa«, seufzt sie. »Nun gut, ich muss weiter. Ich muss meinen Sohn wiederfinden, wir haben uns in dem Gedränge in der Kirche aus den Augen verloren. Auf Wiedersehen.«

Aus dem Seiteneingang der Kirche sieht Besana Giulia Lecchi nach draußen hasten. Er hebt zum Gruß die Hand, doch sie tut so, als würde sie ihn nicht sehen, und steigt eilig in ihren Wagen.

Ein paar Meter weiter haben sich einige Leute um die in Tränen aufgelöste Frau von Picariello versammelt und versuchen sie zu trösten.

»Hätte ich sie doch nur gefahren«, wiederholt sie unablässig, »hätte ich sie doch nur gefahren.« Dann richtet sich ihre Wut gegen ihren Mann, der an jenem Abend wie immer vor den Slot Machines saß, statt sich nützlich zu machen.

Ilaria holt ihr Tablet aus dem Rucksack, um sich die Kommentare auf den sozialen Netzwerken anzusehen. Plötzlich bleibt sie mitten in der Menschenmenge stehen. Ihr Gesicht verzerrt, die Augen weit aufgerissen. Sie sieht aus, als bekäme sie keine Luft mehr.

»Was ist los?«

»Er ist hier.«

»Wer?«

»Der Mörder.«

»Das kann nicht sein, er ist verhaftet worden.«

Ilaria wedelt mit dem Finger, zum Zeichen, dass er sich irrt. Sie hat eine neue Nachricht von Mr. Black bekommen. Besana sieht sich um. Inzwischen hat sich hinter dem Leichenwagen eine Schlange gebildet. Nur noch ein einziger junger Mann steht auf der Treppe vor der Kirche, er hat ein Handy in der Hand. Als sich ihre Blicke kreuzen, macht der Mann auf dem Absatz kehrt und beginnt zu laufen. Instinktiv sprintet Besana ihm hinterher, und sofort nimmt auch Ilaria die Verfolgung auf.

Der Mann biegt in eine abschüssige Pflasterstraße ein, die zur Adda hinunterführt. Besana versucht ihn einzuholen, doch er ist schon jetzt außer Atem – zu viele Zigaretten. Ein Traktor kommt aus einer Nebenstraße herausgefahren, und für einen Moment verschwindet der Mann aus dem Sichtfeld. Als der Traktor kurz darauf zu einem Bauernhof abbiegt, ist der Blick auf die Straße wieder frei, doch es ist niemand mehr zu sehen. Wohin kann er verschwunden sein? Inzwischen hat Ilaria Besana eingeholt, auch sie kriegt kaum noch Luft.

»Ich hab Giorgio angerufen«, keucht sie, »sie kommen.«

»Er ist da rübergelaufen, aber ich hab ihn aus den Augen verloren.«

Da ist plötzlich das Knacken brechender Zweige zu hören.

»Da ist er«, rufen sie.

Der Mann beginnt wieder zu laufen, rutscht jedoch auf einer vereisten Steinplatte aus und stürzt in den Schnee. Schon ist Besana über ihm und drückt ihn mit dem Knie zu Boden.

»Wer bist du?«

Der Mann dreht sich zu ihm um, das Gesicht angstverzerrt. Ilaria hat das Gefühl, ihn schon einmal gesehen zu haben. Der Typ im Hotel, der die Handtücher gebracht hat? Nein, vielleicht der Pfarrer aus der Senavra. Oder der freiwillige Helfer, der plötzlich verschwunden ist? War das auch er?

In dem Moment kommt der Einsatzwagen. Der Mann springt auf und streckt die Arme in die Luft.

»Ich hab nichts getan, ich hab nichts getan!«

Aber Besana packt ihn am Kragen.

»Warum folgst du uns dann, Arschloch?«

15. Januar

»Ein Mythomane«, erklärt Giorgio nach zweistündigem Verhör. »Er heißt Bruno Zini und wohnt in Orio al Serio. Er behauptet, wir hätten den falschen Mann verhaftet und er wüsste, wer der wahre Mörder ist. Er hätte seine eigenen Ermittlungen angestellt.«

»Na dann«, sagt Besana.

»Seine Aussage ist natürlich nicht glaubwürdig. Wir haben die DNA, die mit der von Bresciani übereinstimmt, und damit basta.«

»Ein unwesentliches Detail.«

»Der sucht nur Aufmerksamkeit, ein armer Irrer. Außerdem ist er der Polizei bereits bekannt, zwei junge Frauen haben ihn wegen Stalking angezeigt.«

»Und was für ein Problem hatte er mit uns?«

»Er hält sich für einen Journalisten, auch wenn er, aus offensichtlichen Gründen, noch nie irgendwo gearbeitet hat. Er käut irgendwelche wirren Fantasien aus den sozialen Netzwerken wieder und ist außerdem Vlogger. Wir haben uns ein paar seiner Videos angesehen, die sind total irre. Seine Eltern legen sich mächtig ins Zeug, um ihm kleine Jobs zu verschaffen. Er hat euch im Motel gesehen, wo er für ein paar Monate den Nachtportier vertreten hat. Dort hat er sich eure Adressen aufgeschrieben und hat angefangen, euch zu folgen.«

»Behaltet ihr ihn eine Weile hier?«

»Wir haben ihn gehen lassen, ich denke, er ist harmlos«, erwidert Giorgio. »Er wird euch wohl nicht mehr belästigen. Wenn ihr wollt, können wir ihn anzeigen, um ihm einen kleinen Denkzettel zu verpassen. Aber ich glaube nicht, dass es nötig ist.«

»Können wir mit ihm reden?«

»Natürlich, er müsste noch hier in der Zentrale sein.«

Ilaria und Besana durchsuchen alle Flure, aber der junge Mann ist nirgends zu finden. Als sie ins Freie treten, stoßen sie auf eine Journalistin und einen Kameramann. Vor ihnen steht der junge Mann und gibt ein Interview. Endlich ist für ihn der Moment des Ruhms gekommen. Endlich hört sich jemand seine abstrusen Verschwörungstheorien an.

»Sie haben einen Unschuldigen eingesperrt, die Polizei deckt jemanden«, sagt er soeben. »Ich weiß, wer es war. Aber ich kann es noch nicht sagen. Erst muss ich Beweise finden.«

Sowie er Besana und Ilaria erblickt, hält er erschrocken inne und sieht sie an.

»Ich weiß, wer es war«, wiederholt er dann, wobei er ihnen in die Augen sieht.

Als Besana und Ilaria auf ihn zugehen, macht die Journalistin dem Kameramann ein Zeichen, dass er weiterfilmen soll, notfalls heimlich.

Zini wirkt nun beinah besessen.

»Glauben Sie mir, ich wollte nur helfen. Aber hier kann ich nicht reden.«

Plötzlich starrt er auf einen Punkt hinter ihnen, als hätte er jemanden entdeckt, den er nicht erwartet hat. Ilaria und Besana drehen sich um, sehen aber nichts, was seine Reaktion ausgelöst haben könnte. Dann ist ein Rascheln zu vernehmen, und er ist verschwunden.

15. Januar

Am Abend besucht Besana Cristina. Sowie sie ihm die Tür geöffnet hat, schließt sie ihn in die Arme. Genau das hat er gebraucht: einen warmen Körper.

»Du wirkst ein bisschen neben der Spur. Warst du bei der Beerdigung des Mädchens?«

Mit einer wegwerfenden Handbewegung gibt er ihr zu verstehen, dass er keine Lust hat, darüber zu reden. Dann legt er ihr die Finger auf den Mund und küsst sie auf den Hals. Er will ihren Duft in sich aufsaugen, endlich mal ein anderer Geruch als der des Desinfektionsmittels, mit dem eine Polizeizentrale gereinigt wird, oder der des Weihrauchs, den man um einen Sarg herum abbrennt, oder der von abgestandenem Zigarettenrauch, wie in seinem Wagen.

Er nimmt Cristina an der Hand und führt sie ins Schlafzimmer. Doch sein Gang ist so niedergeschlagen, dass Cristina sich entmutigt auf die Bettkante setzt, ohne sich auszuziehen.

»Bist du sicher, dass du Lust hast?«

Er schüttelt den Kopf und lässt sich angekleidet neben sie aufs Bett fallen, seine Schuhe ragen gerade eben über die Matratze. Er möchte weinen, kann jedoch nicht, seit zwanzig Jahren nicht. Nicht mal, als seine Frau ihn verlassen hat, ist es ihm gelungen. Marina hörte gar nicht auf zu weinen und sagte zu ihm: »Warum weinst du nie?« Doch nun überkommt ihn statt der Tränen nur bleierne Müdigkeit. Er möchte schlafen, aber er möchte dabei jemanden an seiner Seite haben.

»Soll ich dir ein Bier bringen?«

Besana macht ihr dankbar ein Zeichen und bleibt liegen. Er betrachtet die Wand, sieht sich all die Halsketten an, die Cristina daran aufgehängt hat. Daneben ist auch ein Spiegel, doch so weit lässt er den Blick lieber nicht schweifen.

»Bitte sehr.« Cristina stellt die Flasche auf den Nachttisch. »Zieh wenigstens die Schuhe aus.«

Sie beugt sich herab, um seine Schnürsenkel zu öffnen. Besana hebt den Kopf. Die Geste überrascht ihn. Cristina ist nicht der mütterliche Typ, vielleicht hat sie tatsächlich seinen Schmerz gespürt.

»Soll ich dir ein Bad einlassen? Willst du einen Teller Nudeln?«

Besana hat einen Kloß im Hals, er kann nicht antworten.

»Marco, was ist los mit dir?«

»Mein Job widert mich an, aber ich will ihn nicht aufgeben.«

Cristina legt sich neben ihn und streichelt sein Haar.

»Wie lange hast du schon keine Reise mehr gemacht?«

»Du meinst, abgesehen von meinen Reisen in die schlimmsten Provinzen Italiens? Verbrechen geschehen immer dort.«

»Abgesehen von *diesen* Reisen.«

»Dann habe ich mein ganzes Leben noch keine Reise gemacht. Ich bin mit zwanzig zur Zeitung gegangen. Sogar unsere Hochzeitsreise ist geplatzt. Wir wollten nach Kuba, aber dann wurde in Cuneo ein altes Ehepaar ermordet. Es war der Sohn, er hatte einen Raubüberfall vorgetäuscht, aber niemand ist drauf reingefallen. Jedenfalls bin ich nach Cuneo gefahren statt nach Kuba.«

»Dann komm mit mir, wenn du in Rente gehst. Versprich es mir.«

Besana dreht sich zu ihr um und nimmt ihre Hand.

»Ich kann nicht. Ich muss weiter durch diese stillen und heimtückischen Orte fahren. Und weißt du warum? Weil das meine Welt ist. Auch wenn ich sie inzwischen viel zu gut kenne, wird sie nie aufhören, mich zu überraschen.«

16. Januar

Es ist ein eiskalter, aber klarer Morgen. Die Sonne zittert im Nebel wie ein Eidotter. In aller Herrgottsfrühe steht Besana vor Ilarias Tür. Sie ist noch im Pyjama.

»Du hast fünf Minuten Zeit, um dich anzuziehen. Wir fahren nach Zogno«, sagt er.

»Wozu? Und was ist Zogno?«

»Ein Ort mit einer Einrichtung, die früher mal als Unterkunft für ledige Mütter aus der Bergamasca gedient hat.«

»Und was sollen wir da?«

»Erinnerst du dich, dass Giorgio gesagt hat, Bresciani

wäre adoptiert worden? Niemand hat diesem Umstand Bedeutung beigemessen, aber ich hab letzte Nacht darüber nachgedacht: Wir müssen seine leibliche Mutter finden.«

»Du gibst wohl nie auf.«

»Ich denke gar nicht daran. Es gibt etwas an der Geschichte, das ich nicht verstehe. Ich muss herausfinden, was.«

Ilaria seufzt.

»Also gut, dann fahren wir eben auch noch nach Zogno.«

Im Auto telefoniert Besana mit einer gewissen Schwester Costanza, offenbar die Einzige, die noch im Haus geblieben ist, nachdem die Einrichtung 1980 geschlossen wurde. Alle anderen Schwestern sind erst später gekommen. Inzwischen hat sich eine Zweigstelle der Caritas in dem Gebäude niedergelassen, die gelegentlich Flüchtlingsfamilien Quartier gibt. Ledige Mütter jedoch werden dort schon lange nicht mehr betreut.

Als sie ankommen, erwartet sie die Schwester trotz der frostigen Kälte schon vor dem Tor. Ihr ist deutlich anzusehen, dass sie ihr Kommen sehnsüchtig erwartet hat. Wahrscheinlich ist noch nie jemand auf die Idee gekommen, ihr Fragen zu der ungeheuren Arbeit zu stellen, die sie vor vielen Jahren geleistet hat, und dass sich Journalisten extra aus Mailand herbemühen, um mit ihr zu sprechen, steigert nur noch ihre Aufregung.

»Madre, Sie werden sich noch erkälten«, sagt Besana, als er ihr die Hand gibt.

»Ach wo«, erwidert die Frau, »ich hatte Angst, Sie finden mich nicht. Wissen Sie, *die da* verstehen nämlich nichts.« Sie deutet mit dem Kinn auf die jungen Schwestern, die allesamt dunkelhäutig sind. »Die sind schon seit zehn Jahren in Italien, haben aber immer noch kein Wort gelernt«, erklärt sie, führt sie in einen kleinen Salon und lädt sie ein, auf ein paar dunklen Samtsesseln Platz zu nehmen. »Die machen es sich leicht, *die Damen da.*«

Ilaria und Besana sehen sich an. Aber sie sind nicht wirklich überrascht. In Ortschaften wie diesen flattert auf jedem zweiten Balkon eine Fahne der Lega Nord, selbst Straßenschilder sind mit Stickern der Lega überklebt, um Einwanderer zu verwirren und in die Irre zu führen. Doch die Ironie des Schicksals will, dass sie alle ausgerechnet dort landen. Und so sieht man immer wieder verschleierte Gestalten über die stillen und verlassenen Plätze huschen. Neben der Seniorenkneipe, in der bei einem Schnaps über Fußball diskutiert oder an den Spielautomaten komplette Renten verspielt werden, schießt nur wenige Meter weiter ein neues Café aus der Erde, in dem nur Arabisch gesprochen wird. Und das nicht mal leise.

»Möchten Sie einen Tee?«

»Nein, danke.«

»Einen Kaffee? Ein Glas Wasser?«

»Wir brauchen nichts, danke.«

Die Schwester setzt sich unter dem Ächzen ihrer Röcke. Selbst die Stoffe sind erschöpft.

»Wissen Sie, das waren damals andere Zeiten«, sagt sie. »Unverheiratet schwanger zu werden, war ein Problem. Nicht wie heute, wo wir uns mit ganz anderen Dingen herumschlagen müssen.«

Besana und Ilaria nicken.

»Damals war die Welt noch in Ordnung, wenn Sie verstehen, was ich meine.«

Sie nicken erneut. Botschaft empfangen.

»Wenn ein Mädchen schwanger wurde, ohne verheiratet zu sein, jagten ihre Eltern sie von zu Hause fort, damit niemand im Ort etwas davon erfuhr. Deshalb suchten viele bei uns Zuflucht, in der Regel auf Anraten des Pfarrers.«

Aus der Küche dringt der scharfe Geruch von gebratenem Fleisch zu ihnen. Die Schwester erhebt sich, um die Tür zu schließen.

»Wir beherbergen hier eine syrische Familie, die kochen die ganze Zeit, gütiger Himmel. Nur weil sie das im Flüchtlingslager nicht dürfen«, erklärt sie verärgert. »Sie laden auch die Nachbarn zum Essen ein. Als hätten die Bergamasker sie nötig. Aber kommen wir zu den ledigen Müttern zurück.«

»Waren sie minderjährig?«

»Oh ja, meistens. Ich kann mich sogar an eine erinnern, die erst zwölf war.«

»Kamen sie aus sozial schwachen Familien?«

»Nicht immer. Manchmal riefen uns auch hochangesehene Leute an, Politiker oder Industriebosse. In den Fünfzigerjahren war sogar mal die Tochter eines Ministers hier.«

»Und wie lief so etwas ab?«

»Wenn sie zu uns kamen, mussten wir die Mädchen zunächst einmal vom Arzt auf Syphilis untersuchen lassen. Fiel das Ergebnis positiv aus, schickten wir sie umgehend ins Krankenhaus. Sie konnten uns ja schließlich *nicht alle anstecken*. Die anderen blieben die gesamte Schwangerschaft über hier und brachten das Kind unter falschem Namen im Ospedale Maggiore in Bergamo zur Welt. In heikleren Fällen, in denen höchste Geheimhaltung geboten war, nahmen wir die Entbindung hier vor.«

»Und was geschah mit den Neugeborenen?«

»Wenn wir die Mütter überzeugen konnten, blieben sie in der Regel bis zu ihrem sechsten Lebensjahr bei uns, damit sie nicht ins Waisenhaus mussten. Dort ging es nämlich damals fürchterlich zu, müssen Sie wissen. Die Mädchen gingen draußen ihrer Arbeit nach und kamen die Kinder am Samstag und Sonntag besuchen.«

»Und wenn eine von ihnen das Kind nicht behalten wollte?«

»In dem Fall konnte sie es zur Adoption oder zur Pflege freigeben. Wenn sie minderjährig war, machten das ihre Eltern für sie, manchmal auch ohne ihr Wissen. Es kam sogar vor, dass sie sie in dem Glauben ließen, ihr Kind sei tot.«

»Verrückt«, lässt sich Ilaria vernehmen.

»In den Siebzigerjahren ist dann alles anders geworden. Nachdem Abtreibungen nicht mehr illegal waren, wurde diese Einrichtung überflüssig. Zumindest in meinen Augen, die ich hier arbeitete. Denn es kamen nur noch vollkommen Verzweifelte, es wurde die reinste Hölle. Prostituierte, Drogenabhängige, Mädchen mit geistigen Behinderungen. Irgendwann waren wir zu alt, um mit derartigen Problemfällen fertigzuwerden, und so haben wir 1980 beschlossen, die Einrichtung zu schließen. Die Kurie hat uns das Gebäude freundlicherweise gelassen. Damals ahnte ich noch nicht, dass alles noch schlimmer kommen würde«, und dabei bläst sie die Nasenflügel auf, um auf den Geruch des gebratenen Fleisches anzuspielen.

»Können Sie sich zufällig erinnern, wer 1979 hier war?«, erkundigt sich Besana.

»Aus dem Kopf nicht, aber ich kann in den Akten nachsehen.«

»Danke, das würde uns sehr helfen.«

Kurz darauf kehrt die Schwester mit einem Aktenordner zurück, setzt ihre Brille auf und beginnt zu blättern.

»Also, da gab es Manuela, die erst fünfzehn war. Sie hatte beschlossen, ihr Kind zu behalten, ein Mädchen, sie hat es Desirée genannt. Sie kam aus den Tälern hier, das arme Ding. Dann war da Anna, sie war vergewaltigt worden. Aber sie kam ursprünglich aus Kalabrien.« Bei den Worten macht sie eine wegwerfende Handbewegung, als wolle sie sagen, na ja, ein Bauerntrampel aus dem Süden.

»Dann Ludovica, sie kam direkt aus Bergamo. Sehr anständige Familie. Sie hat ebenfalls ein Mädchen bekommen, Martina, das ihre Eltern allerdings zur Adoption freigegeben haben, ohne sie zu fragen. Und Silvana, aus den Bergen. Hat das Kind verloren. Schließlich noch Gloria, heroinsüchtig. Sie hat Zwillinge bekommen, das Jugendamt hat ihr beide weggenommen und in zwei verschiedenen Pflegefamilien untergebracht.«

Besana und Ilaria wechseln einen Blick.

»Zwei Jungen?«

»Ja, zwei propere Jungen. Ich erinnere mich noch gut. Die Mutter war ein mageres Häufchen Elend, aber die beiden Buben strotzten vor Kraft. Fast drei Kilo, jeder von ihnen. Wir waren alle überrascht. Es grenzte an ein Wunder.«

»Gloria wie? Können Sie uns den Nachnamen sagen?«

»Da bin ich überfragt. Ich muss nachsehen.«

Sie beginnt wieder umständlich in ihren Unterlagen zu blättern, diesem pedantisch geführten, finsteren Tagebuch. Dann und wann zieht sie die Augenbrauen hoch, immer wieder hält sie inne, liest noch einmal und lächelt.

Wer weiß, woran sie denkt. Endlich findet sie die richtige Seite und klappt das Buch zu, lässt den Finger jedoch zwischen den Seiten liegen. Ein fleischliches Lesezeichen. Vielleicht ist die Geschichte dieser Mädchen ihre ganze Geschichte.

»Sie hieß Gloria Speroni«, sagt sie. »Eine wirklich tragische Geschichte«, setzt sie hinzu.

»Warum?«

»Sie war so kaputt, dass sie nicht einmal wusste, wer der Vater der Zwillinge war. Sie behauptete, auch zu Hause missbraucht worden zu sein, von einem Verwandten. Sie war als kleines Mädchen zur Vollwaise geworden und bei Onkel und Tante aufgewachsen. Keiner wollte sie, sie wurde vom einen zum anderen gereicht.«

»Warum hat sie nicht abgetrieben?«

»Sie hat erst nach dem dritten Monat gemerkt, dass sie schwanger war. Sie dachte, ihre Menstruation wäre wegen des Heroins ausgeblieben. Außerdem war sie erst siebzehn.«

»Steht in den Akten auch das Geburtsdatum der Zwillinge?«

»Normalerweise müsste ich es notiert haben. Für uns war es immer wichtig, nachzuhalten, wer hier war. Warten Sie einen Moment«, und sie beginnt wieder zu blättern. »Sie sind im Krankenhaus in Bergamo geboren worden, am 27. Mai 1979.«

»Und die Namen?«

Die Schwester schüttelt den Kopf.

»Das Jugendamt hat sie sofort weggeholt. Ich habe hier nichts stehen.«

16. Januar

Als sie wieder im Auto sitzen, beginnt Ilaria sofort, in ihrem Rucksack nach dem Tablet zu wühlen.

»Eineiige Zwillinge haben dieselbe DNA«, sagt Besana.

»Richtig«, erwidert Ilaria.

Sie hat große Eile, als könne sie nicht schnell genug die Wahrheit hervorholen, von der sie weiß, dass sie dort verborgen liegt, unter einem Pulli, einem Brillenetui und einer Flasche Wasser.

»Lass mich kurz Brescianis Geburtsdatum überprüfen«, sagt sie.

Ilaria tippt hastig. Natürlich macht eine Minute mehr oder weniger keinen Unterschied, aber sie fühlt sich für jede Sekunde verantwortlich, als hinge das Leben der anderen einzig von der Schnelligkeit ihrer Finger und ihrer Gedanken ab.

»Ich hab's. Ernesto Bresciani, geboren in Bergamo am 27. Mai 1979. Tatsächlich.«

Stille. Sie sehen einander matt an. Dann bricht Ilaria in Gelächter aus. Es ist ein erschöpftes Lachen. Besana dagegen starrt finster auf die ewig gleichen Einfamilienhäuser und schlägt schließlich mit der Faust aufs Lenkrad.

»Verdammt, hier sieht wirklich alles gleich aus.«

Ilaria klappt schwungvoll die Schutzhülle ihres Tablets zu.

»Wir müssen zum Einwohnermeldeamt.«

Besana nickt und startet den Motor, dann sieht er auf die Uhr im Armaturenbrett.

»Es ist eins, hören wir uns mal die Nachrichten an.« Er schaltet das Radio ein. »Schließlich gibt es ja noch die restliche Welt da draußen. In unserem Beruf muss man aufpassen, dass man nicht irgendwann einen Tunnelblick bekommt. Dabei passieren noch so viele andere Dinge um uns herum. Ob du's glaubst oder nicht, ich habe mir eine Regel auferlegt, um nicht völlig in diesem Sumpf zu versacken. Oder um nicht durchzudrehen. Es ist fast wie eine Benediktinerregel: *Höre dir jeden Tag auch den ganzen Rest an.* Vergiss das nicht, Piatti, sonst wirst du zur Sklavin deines Falls. Doch in Wirklichkeit geht uns jede Scheiße an, die in der Welt passiert, und wenn sie noch so weit weg scheint. Je weiter die Scheiße weg ist, umso erhellender kann sie für dich sein.«

»Du bist immer so poetisch«, entgegnet Ilaria.

Im Radio wird über den Ministerrat und eine Pressekonferenz des Premierministers gesprochen, über ein Gipfeltreffen in Brüssel, den Stresstest einer Bank und eine Autobombe in der Türkei. Dann kommt man zu den Lokalnachrichten, wieder wird über die Verhaftung des mutmaßlichen Serienmörders der Bergamasca diskutiert, doch es ist nichts Neues zu erfahren. Zum Schluss wird von einem weiteren mysteriösen Todesfall berichtet, der sich ebenfalls in der Gegend, an der Autobahn Mailand–Brescia ereignet hat. In der Nacht ist ein Mann in der Nähe des Flughafens Orio al Serio von einer Autobahnbrücke gestürzt, und seine Leiche, die offenbar zunächst für einen Tierkadaver gehalten wurde, mehrfach von Pkw und Lastwagen überfahren worden. Noch ist nicht bekannt, ob es sich um Mord oder Selbstmord handelt.

»Mach lauter«, sagt Ilaria.

»Warum?«

»Bruno Zini. Sie haben Bruno Zini gesagt.«

»Ich hab nichts gehört. Vielleicht hast du es falsch verstanden.«

»Ich schwör's dir«, beharrt Ilaria.

»Sieh ihm Internet nach.«

Hastig tippt Ilaria den Namen und ein paar Schlüsselbegriffe ein.

»Ja, er ist es. Die Presseagenturen haben es gerade veröffentlicht. Sie haben bereits einen Zusammenhang mit den Ermittlungen von Bottanuco hergestellt.«

»Oh, Scheiße«, sagt Besana.

»In diesem Fall Scheiße, die uns direkt betrifft«, bekräftigt Ilaria.

Sofort ruft Besana Giorgio an und schaltet die Freisprechanlage ein.

»Es ist gestern Nacht passiert«, bestätigt Giorgio. »Meine Männer sind vor Ort und versuchen einzusammeln, was übrig geblieben ist. Aber es war eindeutig Selbstmord, der Kerl war paranoid. Völlig gestört, ihr habt ihn doch auch gesehen.«

»Ja, aber er hat behauptet, er wüsste, wer der Mörder ist.«

»Ich bitte dich, Marco, der war doch nicht glaubwürdig. Wir bekommen Hunderte Anrufe von Leuten, die dasselbe behaupten. Die Welt ist voll von solchen Typen.«

»Aber warum sollte er sich ausgerechnet jetzt umbringen?«

»Man kann den Menschen nur vor den Kopf gucken. Aus unseren Untersuchungen geht außerdem hervor, dass er vor fünf Jahren schon einmal zwangseingewiesen wurde. Vielleicht hat er in einer Hochphase aufgehört, seine Medikamente zu nehmen.«

»Das kann natürlich sein. Lass uns wieder sprechen, sobald du was Neues hast.«

»Okay, grüß mir die Piatti.«

Unterdessen begutachtet Ilaria sämtliche Autobahnbrücken, unter denen sie hindurchfahren.

»Die Schutzgitter sind sehr weit hochgezogen. Sieh mal, sie sind auch nach innen geneigt. Es ist nicht leicht, da hochzuklettern«, sagt sie. »Ich würde sogar behaupten, es ist unmöglich.«

»Dann ist es auch unmöglich, jemanden hinunterzuwerfen.«

»Aber wenn du genau hinsiehst, sind an den Seiten kleine Zuwege. Dort kommt man auch mit dem Auto hin. Und wenn du nachts eine Leiche auf die Autobahn wirfst, kann niemand mehr rekonstruieren, wo genau sie runtergefallen ist.«

»Wir passieren gleich die Überführung von Seriate, schauen wir mal, wie die aussieht.«

Ilaria blickt schweigend hinaus. Sie wird nicht mit dem Gedanken fertig, dass der junge Mann wie ein Tier überfahren wurde. All die Autos, die über ihn hinwegbrettern, als wäre er eine Ratte oder ein Stück Plastik. Sie hat das Gefühl, dass auch sie über ihn hinweggerollt ist.

»Wir haben ihn nicht angehört«, wiederholt sie bei jeder Autobahnbrücke.

»Er hat dich zu Tode erschreckt, vergiss das nicht.«

»Er war halt verrückt.«

»Du darfst dich nicht schuldig fühlen, Ilaria, das ist völlig falsch.«

»Vielleicht hatte er uns wirklich etwas zu sagen.«

»Das glaube ich nicht, er hat nur wirres Zeug geredet.«

Besana fährt schweigend weiter, starrt jede Brücke böse an, als wolle er sie herausfordern. Du blöde Scheißbrücke, zeig mir, wie du gemacht bist.

»Die nächste ist die von Seriate«, sagt er.

Ilaria ist höchst angespannt.

»Fahr langsamer«, sagt sie.

»Wenn ich noch langsamer fahre, haben wir gleich jemanden hintendrauf.«

»Marco? Da ist kein Netz!«

»Es fährt gerade ein Auto rüber. Sieh dir die Proportionen an. Das Geländer müsste einem Menschen ungefähr bis zur Hüfte reichen.«

»Also bräuchte man nur jemandem einen Schubs geben?«

»Genau.«

Besana sieht besorgt auf die Uhr.

»Das Einwohnermeldeamt macht gleich zu. Aber mit ein bisschen Glück schaffen wir es gerade noch.«

Sie lassen den Wagen in zweiter Reihe stehen und stürmen ins Gebäude. Eine korpulente Beamtin mit angeklebten Fingernägeln wedelt hinter der Scheibe des Schalters mit den Händen, um ihnen zu verstehen zu geben, dass bereits geschlossen ist. Aber so schnell lässt Besana sich nicht abwimmeln, er geht zu ihr und beginnt leise auf sie einzureden. Sein Tonfall ist verführerisch, aber noch verführerischer ist ein Mord. Aufgeregt tippt die Beamtin in ihren Computer. Man hört nur das Klacken der langen Fingernägel auf den Tasten. Es ist leicht zu erraten, was sie denkt. Sie malt sich bereits aus, wie sie ihrem Mann und ihren Kindern beim Abendessen erzählen wird, dass sie Journalisten geholfen hat, Informationen über den Vampir von Bottanuco zu finden, und alle werden an ihren Lippen hängen. Dann jedoch erstirbt ihr Lächeln nach und nach.

»Der 27. Mai 1979? Da haben wir nur Ernesto Bresciani. Sonst niemanden. Einen Monat später von den

Adoptiveltern, wohnhaft in Lecco, beim dortigen Einwohneramt angemeldet. Vielleicht ist die Person, die Sie suchen, nicht hier geboren. In Bergamo? Sind Sie sicher?«

»Und einen Tag später? Oder früher? Vielleicht ist ein Fehler passiert.«

»Ich sehe nach. Geben Sie mir einen Moment. Ein Mädchen. Ein Tag davor. Francesca Locatelli. Nützt Ihnen das was?«

Besana und Ilaria schütteln enttäuscht die Köpfe.

16. Januar

Am Abend ist Ilaria so erledigt, dass sie nicht mal mehr Lust hat, mit Besana essen zu gehen. Einen Moment lang denkt sie, dass das Einzige, was ihr helfen könnte, ein Besuch im Schwimmbad wäre. Einfach so lange schwimmen, bis sie nicht mehr denken kann. Aber ihr fehlt selbst die Kraft, den Badeanzug in den Rucksack zu stecken.

Immerzu muss sie an diesen jungen Mann denken, der etwa in ihrem Alter war und im Grunde von denselben Dingen träumte wie sie: Journalist werden. Stimmt schon, er hat sie verfolgt, obendrein auf ziemlich kranke Art, aber wer weiß, was er alles durchgemacht hat. Und wie hartnäckig er am Ball blieb! Sie liest noch einmal seine Nachrichten. *Ich bewundere dich,* hat er geschrieben. *Ich möchte gern so sein wie du. Auch mir lässt dieser Fall keine Ruhe.*

Ob er wohl von allen Fällen so besessen war oder nur von diesem? Immer wieder liest Ilaria seine Worte, sucht nach einem Anhaltspunkt. Vielleicht war er in Wirklichkeit gar nicht so verrückt, und es ist ihre Aufgabe, ihn zu rehabilitieren. An einem Satz bleibt sie schließlich hängen, dem sie beim ersten Lesen keine Bedeutung beigemessen hat. »Weißt du, auch mir hat man die Geschichte von Verzeni erzählt, als ich noch zur Schule ging. Deshalb habe ich viele Dinge verstanden, ich habe die Zusammenhänge hergestellt. Man muss sich nur in die anderen hineinversetzen, in die Menschen, die unmittelbar um einen sind. Vielleicht sogar in *deinen Banknachbarn.*«

Sofort ruft Ilaria Besana an.

»Er ist mit dem Mörder zur Schule gegangen!«

»Wer?«

»Bruno Zini.«

»Piatti, du musst jetzt wirklich schlafen gehen. Nimm was. Wenn du keine Schlaftabletten hast, bring ich dir welche.«

»Ich schwöre es dir, ein Satz hat mir die Augen geöffnet«, und sie liest ihn atemlos vor. »Zuerst dachte ich, es wäre eine Metapher, aber vielleicht ist es das nicht. Vielleicht meinte er wirklich seinen *Banknachbarn.*«

»Das kann nicht sein. Bresciani ist '79 geboren. Wenn er einen Zwilling hat, ist der genauso alt. Zini ist sehr viel jünger. Sie können nicht zusammen zur Schule gegangen sein.«

Ilaria verstummt, sie fühlt sich auf einmal verletzlich und verwirrt.

»Entschuldige«, sagt sie schließlich.

Sie muss daran denken, wie sie sich als Kind an jedes

Detail geklammert hat, um die anderen zu überzeugen, dass ihr Vater nicht der Mörder sein konnte. Mit den haarsträubendsten Theorien raubte sie ihrer Tante den letzten Nerv, klammerte sich an winzige Begebenheiten, die sie mit Bedeutung auflud. Tante, ich weiß noch, wie ich an dem Abend ein Geräusch gehört habe. Jemand hat sich die Zähne geputzt. Jemand, der gerade getötet hat, putzt sich doch nicht die Zähne, oder? So in der Art. Ihre Tante versuchte nicht die Geduld zu verlieren, vielleicht, damit sie sich alles von der Seele reden konnte. Aber sie wollte sich nichts von der Seele reden, sie wollte die Unschuld ihres Vaters demonstrieren. Am nächsten Tag ist er im Auto herumgefahren, um sie zu suchen. Wenn er gewusst hätte, dass sie tot ist, wäre er doch nicht den ganzen Nachmittag herumgefahren. Benzin ist teuer, Tante.

Jetzt fühlt sie sich wieder wie dieses kleine Mädchen, das nicht aufgeben will. Und schämt sich dafür.

17. Januar

Inzwischen haben sie sich in den Kopf gesetzt, dass Gloria Speroni die Mutter des Mörders ist. Sie vertrauen auf ihre Intuition, die sie weit gebracht hat, zumindest in diesem Fall. Und das von Anfang an, als sie die Fährte eines Mörders aus dem neunzehnten Jahrhundert aufgenommen haben, so verrückt es auch schien.

Anhand einiger Recherchen haben sie herausgefunden, dass Gloria Speroni an Krebs gestorben ist, doch es ist ihnen gelungen, ihren verwitweten Ehemann ausfindig zu machen, und so haben sie Kontakt zu ihm aufgenommen. Zunächst war er ein wenig überrascht und auch etwas misstrauisch angesichts zweier Journalisten, die in Glorias Vergangenheit herumschnüffeln wollen, doch dann hat er sich von Ilaria überreden lassen.

Glorias Mann wohnt in Treviglio, er war Direktor mehrerer Hotels und ist mit seiner Frau jahrelang gereist, vorwiegend nach Südamerika und Afrika. Als sie krank wurde, musste sie sich operieren lassen und einer Chemotherapie unterziehen, daher beschlossen sie, in die Bergamasca zurückzukehren.

Gloria sprach nicht gern über ihre Vergangenheit, es war zu schmerzhaft für sie. Als sie ihren Mann kennengelernt hatte, war es ihr gelungen, sich ein neues Leben aufzubauen. Sie hatte mit den Drogen abgeschlossen und begonnen, mit ihm in der Tourismusbranche zu arbeiten. Sie waren zufrieden zusammen, sogar fröhlich. Da war es besser, die Vergangenheit ruhen zu lassen.

Erst nach der Krebsdiagnose verspürte Gloria das Bedürfnis, sich dem schmerzlichen Kapitel ihrer Mutterschaft zu stellen, nicht zuletzt, weil sie im Flugzeug zufällig einen der Zwillinge getroffen hatte.

»Sie hat ihn erkannt, nicht umgekehrt. Die Begegnung hat sie sehr aufgewühlt«, erzählt ihr Mann.

»Könnte es Bresciani gewesen sein?«, fragt Besana und zeigt ihm das Foto.

»Ich weiß nicht, Gloria hat ihn mir nicht beschrieben. Sie hat nur gesagt, dass es derjenige der beiden war, wegen dem sie am meisten gelitten hat.«

»Inwiefern?«

»Nachdem sie entbunden hatte, hat das Jugendamt die

beiden Jungen sofort zwei verschiedenen Familien zugewiesen. Doch sechs Jahre später hat Gloria durch einen merkwürdigen Zufall – ich krieg nicht mehr zusammen, wie genau es sich abgespielt hat –, erfahren, zu wem einer der Jungen in Pflege gegeben wurde, und hat ihn sich zurückgeholt.«

»Das hat man zugelassen?«

»Natürlich nicht. Es war eine Kurzschlusshandlung, eine regelrechte Entführung, sie war in der Zeit nicht ganz zurechnungsfähig. Sie hat sich vor die Schule gestellt, den Jungen in den Wagen gepackt und ihn einfach mitgenommen. Das Kind war völlig verstört, es wurde der Frau entrissen, die es für seine Mutter hielt, und fand sich plötzlich bei einer für ihn fremden Frau wieder, die sich nicht unter Kontrolle hatte und es bei sich zu Hause versteckte. Nach sechsmonatiger Hölle hat das Jugendamt sie gefunden, den Jungen zurückgeholt und einem völlig anderen Paar gegeben, damit Gloria ihn nicht noch einmal finden würde. Und sie landete in der Psychiatrie.«

»Du meine Güte, der kleine Junge hatte innerhalb kürzester Zeit drei verschiedene Mütter. Und zwei davon hat er gleichzeitig verloren. Das muss ein riesiges Trauma ausgelöst haben«, bemerkt Ilaria. »Von der Entführung ganz zu schweigen.«

»Bresciani hat keine derartige Geschichte«, meldet sich Besana zu Wort. »Er ist friedlich in einer Familie in Lecco aufgewachsen. Es muss also der andere gewesen sein. Wie hieß der Junge?«

»Gloria war immer sehr angespannt, sehr vage, wenn sie von ihm sprach. Sie sagte immer nur mein Junge, mein Junge, mein Junge. Aber ich erinnere mich, dass sie sehr aufgewühlt war, weil sie herausgefunden hatte, dass die neuen Adoptiveltern ihm einen anderen Vornamen gegeben hatten.«

»Sie sagten, sie hat ihn im Flugzeug getroffen. Wissen Sie noch, welcher Flug das war?«

»Sie kam von Malindi zurück«, erwidert Glorias Mann. »Dort befand sich das letzte Hotel, in dem wir gearbeitet haben. Wir sind getrennt geflogen, ich war schon vor ihr zurückgekehrt, um einige bürokratische Angelegenheiten zu regeln.«

»Erinnern Sie sich an das Datum und die Fluggesellschaft? Vielleicht existiert noch eine Passagierliste.« Schon bei der Vorstellung ist Besana völlig aufgeregt.

»Das genaue Datum weiß ich leider nicht mehr, es ist schon so viele Jahre her. Aber ich erinnere mich an die Fluggesellschaft, wir sind immer mit derselben geflogen. Es war auf jeden Fall Friendly Jet. Und wir sind immer in Orio al Serio gelandet, das war bequem für uns.«

»Das ist doch schon mal was«, erwidert Besana. »Ich möchte Sie um einen letzten Gefallen bitten: Hätten Sie vielleicht noch irgendeinen persönlichen Gegenstand von Ihrer Frau für uns? Dann könnten wir eine DNA-Probe entnehmen und überprüfen, ob sie tatsächlich mit Bresciani verwandt ist. Sonst können wir uns alles Weitere sparen.«

»Eine Haarbürste? Oder eine Zahnbürste?«

»Zum Beispiel.«

»Ich habe nichts angerührt, es ist alles noch nebenan.«

Als sie mit dem Gefrierbeutel samt Beweisstücken draußen stehen, sind sie völlig aus dem Häuschen.

»Die bringen wir sofort zu Giorgio«, sagt Besana. »Und dann warten wir ab, was passiert.«

»Jetzt wissen wir auch, welche traumatischen Erlebnisse ihn dazu gebracht haben, zu töten«, erwidert Ilaria. »Es kann sehr gut sein, dass die Begegnung mit seiner Mutter im Flugzeug der Auslöser war.«

»Nicht so voreilig.«

»Hör mir erst mal zu. Du musst dir nur mal die Situation vorstellen: Du fliegst nach Kenia in den Urlaub, und auf dem Rückflug sitzt du neben einer Frau, die dich an irgendjemanden erinnert. Ein solches Trauma kann dich sofort alles noch einmal durchleben lassen, was du in deiner Kindheit durchgemacht hast. Und von dem Moment an musst du töten.«

»Sie sind sich vor sechs Jahren begegnet. Wenn du recht hast, müsste der erste Mord in diese Zeit fallen«, rechnet Besana nach.

»Richtig.«

»Dann müssen wir herausfinden, ob es in den Jahren danach Morde gegeben hat, die mit unserem Mann in Verbindung stehen.«

»Aber das haben wir doch schon überprüft. In Italien gab es nichts dergleichen.«

»Tja, ich weiß.«

Dann ruft Besana Giorgio an, um ihm von ihrer Entdeckung zu berichten, doch diesmal reagiert er nicht wie erwartet.

»Hör zu, ich sag es dir ganz offen: Die Sache hat weder Hand noch Fuß«, entgegnet er schroff. »Die DNA spricht für sich. Wir sind hundert Prozent sicher, dass Bresciani der Täter ist. Wir müssen ihn nur eine Weile in Einzelhaft schmoren lassen, dann wird er schon noch gestehen. Es stimmt, dass er adoptiert wurde, aber es gibt keinerlei Hinweis darauf, dass er einen Zwillingsbruder hat. Diesmal geht ihr wirklich zu weit.«

Nachdem Besana aufgelegt hat, brummt er ein paar Kraftausdrücke vor sich hin, während er sich eine Zigarette dreht. Ilaria lässt ihn reden. Wenn er sauer ist, redet er immer mit sich selbst, das hat sie inzwischen kapiert.

»Marco, wie können wir beweisen, dass Bresciani der Sohn von Gloria Speroni ist, wenn die uns die DNA nicht analysieren?«

»Es gibt ja nicht nur die Polizei. Wir sollten mal mit Brescianis Anwalt reden. Lass uns heute Nachmittag in seiner Kanzlei vorbeischauen. Er dürfte ein gewisses Interesse daran haben, uns zu helfen.«

17. Januar

Neben dem wuchtigen Eingangsportal des Gebäudes aus dem siebzehnten Jahrhundert prangt ein Kupferschild mit der Aufschrift: ANWALTSKANZLEI BRÜDER FORMISANI, erster Stock. Besana und Ilaria durchqueren einen von einer doppelten Säulenreihe gesäumten Innenhof, der zum Parkplatz umfunktioniert wurde.

Sie betreten ein Wartezimmer, dessen Wände mit pseudoflämischen Gobelins geschmückt sind, die Jagdszenen darstellen. Die Sekretärin lässt sie auf einem mit Brokat bezogenen Sofa Platz nehmen. Ein riesiger Kronleuchter aus vergoldetem Muranoglas mit Armen in Form von umgedrehten Glocken erschlägt sie fast.

»Hoppla«, sagt Ilaria.

»Das nenn ich einen Furcht einflößenden Empfang«, pflichtet Besana bei.

Sie müssen keine zehn Minuten warten, dann werden sie schon in das Büro des Anwalts geführt. Formisano empfängt sie in einem puderfarbenen Jackett und mit glänzender rosa Seidenkrawatte. Er sitzt auf einer Art Thron, der Heinrich VIII. zur Ehre gereicht hätte und in den irgendein Wappen geschnitzt ist. Neben dem Schreibtisch ragt auf einem Podest ein chinesischer Terrakottakrieger auf, der eine Lanze in der Hand hält und sie ansieht.

»Entschuldigen Sie, ich hatte noch ein dringendes Telefonat.« Anwalt Formisano steht auf und reicht seinen Gästen die Hand. »Kann ich Ihnen einen Kaffee anbieten?«

Währenddessen wirft er Ilaria einen verwirrten Blick zu, vielleicht wegen ihrer Hello-Kitty-Stiefel, die sie zu den Leggings trägt.

Besana erläutert ihre These, der Anwalt hört aufmerksam zu.

»Das könnte eine interessante Spur sein. Natürlich muss ich mit meinem Mandanten sprechen. Ich glaube nicht, dass er weiß, dass er einen Zwillingsbruder hat. Das hätte er mir gesagt.«

»Es würde den Hauptbeweis infrage stellen.«

»Natürlich. Ich habe von Anfang an an seine Unschuld geglaubt, sonst hätte ich seine Verteidigung nicht übernommen. Ernesto ist ein anständiger Mensch, ich kenne ihn seit einer Ewigkeit, wir sind zusammen aufs Gymnasium gegangen. Mit dieser Geschichte ruiniert man ihm das Leben.«

»Das kann ich mir vorstellen.«

»Aber wir geben uns nicht geschlagen. Wir haben beispielsweise gerade beantragt, die Bissspuren durch einen forensischen Zahnmediziner mit seinen Zahnbögen vergleichen zu lassen.«

»Ein guter Zug.«

Besana legt einen wenig professionellen Ikea-Gefrierbeutel neben ein Tintenfass aus Capodimonte-Porzellan auf den Tisch. In der Tüte befinden sich eine abgenutzte Zahnbürste mit kreuz und quer stehenden Borsten und eine speckige Haarbürste.

Formisano scheint verblüfft. Er weicht zurück und drückt sich an die Rückenlehne.

»Ausgezeichnet«, sagt er. »Ich werde sie von unserem Sachverständigen analysieren lassen.«

»Informieren Sie uns so schnell wir möglich über die Ergebnisse«, erwidert Besana und erhebt sich. »Ich möchte Ihnen nicht noch mehr Zeit stehlen.«

»Ich bitte Sie. Das könnte der Wendepunkt sein, ich danke Ihnen. Sobald ich etwas weiß, rufe ich Sie an.«

Während Besana fährt, bleibt Ilaria stumm.

»Vielleicht wurde er misshandelt«, sagt sie unvermittelt.

»Wer?«

»Der Mörder. Stell dir mal vor, du bist sechs Monate eingesperrt und einer Drogenabhängigen ausgeliefert.«

»Mir tut eher Melissa leid«, erwidert Besana.

»Trotzdem, es würde seine Wut auf ›schlechte Mütter‹ erklären.«

17. Januar

Ilaria ist zur Uniabschlussparty einer Kommilitonin eingeladen, die mindestens vier Jahre länger gebraucht hat als sie, um ihr Studium zu beenden. Die Party findet in einer hippen Location statt, einer umgebauten Industriehalle, die man für Fotoshootings oder Events mieten kann.

Sie hat Besana gefragt, ob er sie begleitet, doch der hat sie nur ausgelacht (»Ich in einer Horde Zwanzigjähriger? Da würde ich mir ja lächerlich vorkommen.«). Sie fürchtet sich ein bisschen davor, allein hinzugehen, sie ist kein Partygirl. Aber irgendwann muss ihr Einsiedlerdasein ja mal ein Ende haben.

Zu ihrer großen Überraschung erinnern sich alle an sie. Und das, obwohl sie in den Seminarräumen kaum jemand grüßte. Seltsam. Doch dann dämmert ihr allmählich, woher ihre so unverhoffte Popularität rührt: ihre Artikel, natürlich. Ihre ehemaligen Studienkollegen haben sie alle gelesen und sind über den Vampir im Bilde.

Doch etwas noch Überraschenderes wird ihr im weiteren Verlauf des Abends bewusst: Sie, die sich stets als Versagerin gefühlt hat, denn genau das Gefühl hat man ihr bei der Zeitung immer gegeben, wird von den anderen beneidet. Man muss nur das Umfeld wechseln, schon wechselt auch die Perspektive. Sie sehen sie sogar mit einem gewissen Misstrauen an. Wir alle mit unseren befristeten Arbeitsverträgen, während du für die wichtigste italienische Tageszeitung schreibst. Wie hast du das gemacht? Das Unangenehmste aber ist, dass eine Freundin von damals sie tatsächlich fragt, wie Besana so ist. Als wäre er ihr Lover, und sie hätte den Job nur seinetwegen bekommen. Ein Glück, dass sie ihn nicht mitgebracht hat.

Nach einer Stunde will sie am liebsten türmen, aber ihr fällt kein passender Vorwand ein, und es würde sie nur noch unsympathischer erscheinen lassen. Also versucht sie, sich mit ihrem Gin Tonic in eine Ecke zu verziehen, doch sie lassen einfach nicht von ihr ab. Sie ist nicht mehr unsichtbar wie früher, sondern wird jetzt als Berühmtheit betrachtet – im guten wie im schlechten Sinn. Es ist wirklich absurd. Wie gerne würde sie jetzt mit Besana darüber lachen. Kannst du dir das vorstellen? Ich? Die größte Loserin der Redaktion? Was haben die für Vorstellungen?

Glücklicherweise setzt sich Pietro neben sie, ein Kommilitone, mit dem sie sich oft traf, vielleicht, weil sie beide von den anderen wie Aussätzige behandelt wurden. Sie frühstückten vor den Prüfungen zusammen, hielten sich gegenseitig einen Platz frei, tauschten ihre Mitschriften aus. Pietro war ein unbeliebter Nerd, genau wie sie. Und so hatten sie sich naturgemäß zusammengetan. Nun ist er der Einzige, der sie nicht wie ein Alien behandelt, bloß weil sie einen Job gefunden hat. Auch er hat einen Job, in einer Werbeagentur. Er hat sich sogar ein kleines Haus in Abbiategrasso gekauft. Menschlich gesehen ist Mailand eine Wüste, doch mit der gleichen Unbarmherzigkeit belohnt es auch die Fleißigen. Wenn du etwas zu bieten hast, wird es früher oder später jemand bemerken.

Pietro berichtet haarklein von seiner letzten Kampagne. Und sie fühlt sich wieder jung, zukunftstrunken. Denn nichts anderes ist ja die Zukunft: erfinden, sich erfinden.

»Zeichnest du eigentlich noch? Ich kann mich noch an deine Comics erinnern, du warst immer unheimlich gut«, sagt Ilaria.

»Natürlich, es ist eine Gabe. Und die muss man nutzen. Gott bestraft dich, wenn du deine Gaben brachliegen lässt.« Pietro lacht dröhnend, er ist ein wenig betrunken. Aber er hat recht. Auch Ilaria fühlt sich, als sei sie jemandem etwas schuldig. Es spielt keine Rolle, dass ihre Vergangenheit ein Kriminalfall ist. Dann wird sie ihre Schuld eben mit Kriminalfällen zurückzahlen. Selbst eine Tragödie kann eine Gabe sein, wie all die Dinge, vor denen es kein Entrinnen gibt. Es liegt an dir, das Beste daraus zu machen.

Ilaria und Pietro – diesmal aus freien Stücken in einer Ecke und nicht, weil die anderen sie ausgegrenzt haben – reden den ganzen Abend. Über ihre Arbeit, mit Stolz. Aber ohne sie zu überhöhen. Und über ihre noch leeren Leben, von einer Leere jedoch, die noch gefüllt werden kann und muss. Die Jugend ist ihrer Natur nach unvollkommen, und vielleicht ist genau das das Schöne daran. Wenigstens kann man an Fehlern noch arbeiten. Du bist noch nicht in den falschen Entscheidungen gefangen, noch ist alles möglich.

18. Januar

Obwohl Samstag ist, sind Ilaria und Besana am nächsten Morgen zum Frühstück in der Bar verabredet.

»Ich hab schlecht geschlafen«, beginnt Besana und bestellt einen doppelten Espresso.

»Frag mich mal«, erwidert Ilaria. »Ich habe von dem chinesischen Krieger geträumt.«

Besana lacht laut auf.

»Piattola, du schaffst es immer, mich aufzuheitern.«

»So hast du mich lange nicht mehr genannt. Es hat mir fast gefehlt.«

Während Besana in der Zeitung blättert, trinkt Ilaria genüsslich ihren Cappuccino.

»Wir gehen die ganze Zeit davon aus, dass sie einen anderen Passagier getroffen hat«, sagt sie, wobei sie von der Tasse hochblickt und sich ihren Milchbart mit einer Serviette abwischt. »Aber er könnte ja auch Flugbegleiter oder Pilot sein.«

Besana schließt die Zeitung.

»Da könntest du recht haben.«

»Es ist mir gestern Nacht eingefallen«, fährt Ilaria fort. »Aneta träumte davon, Stewardess zu werden, erinnerst du dich? Vielleicht hat sie so ihren Mörder kennengelernt. Wir sollten uns die Listen des Bordpersonals ansehen.«

»Stimmt. Warum fahren wir nicht zum Flughafen, um uns dort mal umzuhören?«

»Aber nein. Wir müssen nur Rocco fragen.«

»Wen?«

»Rocco«, wiederholt Ilaria. »Einen Freund von mir.«

»Dein Freund?«

»Um Himmels willen! Ich hab an ihn gedacht, weil er ein Hacker ist. Er kommt in jedes System rein. Ich ruf ihn sofort an.«

Rocco wohnt in Rogoredo in einer Wohnung, die nur vom Computerbildschirm erleuchtet wird. Er ist sehr groß, weshalb er sich stets ein wenig herabbeugen muss, wenn er mit anderen spricht. Die ganze Wohnung riecht nach gebratenen Zwiebeln, selbst das Fell der Katze hat den Geruch angenommen. Rocco beugt sich zu Ilaria und gibt ihr einen Kuss auf die Wange, Besana streckt er die Hand hin.

»Ich hab es geschafft, mich in ihr System einzuhacken, und ich hab was gefunden. Aber es war nicht gerade ein Kinderspiel, die sind gut geschützt.«

»Gut gemacht«, sagt Besana.

»Ich habe die Liste der Flugbegleiter und Piloten. Ich kann euch auch Fotos zeigen. Aber Friendly Jet hat in Italien Hunderte Mitarbeiter. Leider bin ich noch nicht in die vertraulichen Dateien der Personalabteilung gekommen, wo die Personalakten geführt werden, also komme ich nicht an die Geburtsdaten, womit man die Suche etwas einschränken könnte.«

»Wenn das Geburtsdatum überhaupt stimmt. Wir haben ja nicht mal die Geburtsurkunde gefunden. Beim Einwohnermeldeamt ist er nicht registriert. Vielleicht ist er in einer anderen Gemeinde gemeldet und hat die Geburtsurkunde gefälscht«, entgegnet Ilaria.

»Was bekommst du für deine Arbeit?«, will Besana wissen.

»Nichts. Für Ilaria würde ich alles tun.«

Sie lächelt, und Besana wendet verlegen den Blick ab.

»Jedenfalls werde ich es weiterhin versuchen, vielleicht finde ich noch eine Möglichkeit. So lange könnt ihr euch schon mal die Crewliste ansehen.« Er reicht Besana einen Datenstick.

»Danke«, sagt Ilaria und umarmt ihn. »Wirklich, vielen Dank.«

Nachdem Besana und Ilaria sich die halbe Nacht um die Ohren geschlagen haben, um die Fotos der Mitarbeiter von Friendly Jet anzusehen, sind sie ein wenig entmutigt. Auf den ersten Blick hat niemand Ähnlichkeit mit Bresciani.

»Wenn sie eineiige Zwillinge sind, müssten sie sich doch ein bisschen ähnlich sehen, verdammt«, schimpft Besana.

»Wir dürfen nicht so schnell aufgeben.«

»Piatti, das sind fast tausend Mitarbeiter, das schaffen wir nie.«

19. Januar

Bis drei Uhr morgens haben sie sich Fotos von Piloten und Flugbegleitern angesehen. Am Ende war Ilaria so müde, dass Besana ihr wieder das Schlafsofa angeboten hat. Nun steht sie in der Küche und brät Eier. Als Besana der Geruch nach Angebranntem in die Nase kriecht, läuft er in die Küche, um nachzusehen, was los ist.

»Piatti, du hast den Speck in Kohle verwandelt. Kannst du nicht mal eine Scheibe Pancetta anbraten?«

»Entschuldigung, Entschuldigung. Ich bin heute Morgen ein bisschen dösig.«

»Gib mir den Löffel, dann retten wir wenigstens die Eier. Hast du an Salz gedacht?«

»Ja, ich hab zwei große Prisen aus dem Glas da reingetan.«

»Ach du liebe Güte, das ist Zucker.«

»Entschuldigung, Entschuldigung, Entschuldigung.«

Glücklicherweise ist Besanas Kühlschrank neuerdings immer gut gefüllt. Er hat einen ganzen Vorrat an Pancetta und eine wunderbare kleine Aufschnittmaschine, die auf der Anrichte vor sich hin blitzt. Ein wahres Schmuckstück, das Besana sich selbst geschenkt hat. Singles ernähren sich von Wurst, da war das eine vernünftige Investition. Während er neue Eier aus dem Kühlschrank holt – auch Eier sind in einem Singlehaushalt immer vorhanden –, denkt Besana, dass es ihm gefällt, Ilaria um sich zu haben, da kann man wegen des Specks getrost ein Auge zudrücken. Er betrachtet sie, wie sie auf dem Sofa liegt, die Füße überkreuzt auf der Lehne, den Oberkörper hinter der Zeitung versteckt.

»Was liest du da?«

»Einen sehr lustigen Artikel über schlechtes Italienisch. Ich hab keine Lust mehr, mich immer nur mit Mördern zu beschäftigen. Geht es dir nicht auch hin und wieder so?«

»Und ob. Mir wird oft schon übel, wenn ich nur einen Krimi geschenkt bekomme. Ab und zu muss ich mal abschalten.«

Ilaria schließt die Zeitung und setzt sich in den Schneidersitz.

»Und manchmal frage ich mich, wozu das alles. Meine Tante, zum Beispiel, liest meine Artikel überhaupt nicht. Sie hätte sich doch ruhig mal bei mir melden können, oder? Schließlich war es immer mein Traum, Journalistin zu werden, und jetzt stehe ich sogar auf der ersten Seite. Aber ihr ist das ganz gleichgültig. Vielleicht hat sie es nicht mal bemerkt.«

»Meine Frau hat meine Artikel auch nie gelesen. Wie oft blätterte sie, wenn gerade eine wichtige Reportage von mir erschienen war, völlig versunken in irgendeiner Illustrierten und zeigte mir sogar Sachen, die sie beeindruckten. Schau mal, hier. Und ich schaute, natürlich. Sie war immer an so vielen Dingen interessiert, doch meine Zeitung blieb ungeöffnet neben ihr liegen. Aber irgendwann gewöhnt man sich daran.«

Ilaria seufzt.

»Ich musste auch daran denken, dass Bruno mein einziger begeisterter Leser war, den ich kennengelernt habe. Der Ärmste, er tut mir schrecklich leid. Er ist einen so furchtbaren Tod gestorben. Wir müssen zu seinen Eltern, Marco.«

»Du darfst dir nicht alles so zu Herzen nehmen. Dieser Beruf ist so schon hart genug. Wenn du dir auch noch den ganzen Kummer sämtlicher Angehöriger der Opfer aufhalst, siehst du gar kein Land mehr.«

»Ich will doch gar nicht hin, um sie zu trösten. Ich will hin, um etwas herauszufinden. Die Polizei hat den Fall zu den Akten gelegt, aber vielleicht haben sie einen großen Fehler gemacht.«

»Er nahm Medikamente, er hatte eine Zwangseinweisung hinter sich. Genügt dir das nicht?«

»Nein, das genügt mir nicht. Leute können ja auch geheilt werden.«

»Er war nicht geheilt! Er hat uns verfolgt, er hat sich als Pfarrer verkleidet, um uns die Geschichte über Verzeni aufzutischen, und er hatte zwei Anzeigen wegen Stalking am Hals. Da glaubst du allen Ernstes, er wäre geheilt gewesen? Hast du dir mal seine Videos angesehen?«

»Natürlich habe ich sie mir angesehen. Genau deshalb lasse ich ja nicht locker. In all diesem wirren Gefasel steckt ein Körnchen Wahrheit. Ich hab nur noch nicht begriffen, was es ist.«

»Piatti, du brauchst einen Führerschein. Ich kann nicht immer deinen Chauffeur spielen. Außerdem gehe ich bald in Rente. Ich will mir ein Einfamilienhaus mit Garten in einem dieser Scheißkuhdörfer kaufen, und dann fahre ich nur noch den Rasenmäher.«

»Also fahren wir morgen?«

»Einverstanden.«

19. Januar

Am Abend ist Besana völlig aufgekratzt, denn er hat eine Verabredung mit seinem Sohn. Er wartet vor der Pizzeria auf ihn und reibt sich vor Kälte die Hände. Nachdem er Jacopo mindestens ein Dutzend Nachrichten geschickt hat, hat er endlich geantwortet und sich auf ein Abendessen mit ihm eingelassen.

In Ordnung, Pa. Ab neun habe ich Zeit, vorher hab ich ein Kickerturnier. Einundsiebzig Zeichen, inklusive Leerzeichen, doch Besana hüpfte das Herz.

Jacopo kommt ein bisschen zu spät, aber er sieht fröhlich aus. Vielleicht hat er jetzt eine Freundin, wer weiß. Besana würde sich so sehr wünschen, dass sein Sohn ihm von seinem Leben erzählt. Doch sie brauchen beide eine Weile, bis sie auftauen. Vorerst kommentiert Jacopo lediglich die Speisekarte. Sie reden über Oliven aus Ascoli und Reiskroketten. Besana kann es kaum erwarten, dass sein Bier gebracht wird.

»Ich glaub, ich nehme eine Margherita mit Pommes.«

»Wie früher, als du klein warst.«

Aber Jacopo lächelt nicht, als gefalle es ihm nicht, an seine Kindheit erinnert zu werden.

»Also hat man den Vampir gefasst? Ich hab's im Fernsehen gesehen.«

Besana nickt. Er kann natürlich nicht verlangen, dass sein Sohn die Zeitung liest.

»Aber die Piatti und ich sind überzeugt, dass sie den Falschen erwischt haben.«

»Geil«, sagt Jacopo. Diesmal fragt er ihn nicht über Ilaria aus.

»Das ist überhaupt nicht geil«, kontert Besana. Schon ist er ein bisschen genervt. »Es ist alles andere als *geil*, dass ein Mörder frei herumläuft und ein Unschuldiger im Gefängnis sitzt.«

»Schon gut, reg dich ab, Pa. Das hab ich doch nur so gesagt.«

»Können wir nicht mal über uns reden, statt einfach *nur so* etwas zu sagen?«

Jacopo schlägt die Augen nieder und verstummt.

Schon bereut Besana seinen Ausbruch, er muss sich beruhigen. Warum ist er nur so in die Luft gegangen?

»Wie läuft's in der Schule?«

»Geht so.«

»Was heißt geht so?«

Jacopo sieht hoch, seine Augen glänzen.

»Du hast heute Abend an allem was auszusetzen. Ich wäre besser mit meinen Freunden ins Kino gegangen. Und ich hab ihnen abgesagt, um was mit dir zu machen.«

»Entschuldige.«

Besana verwünscht sich selbst, aber es ist zu spät. Jacopo hat sich bereits wieder in sein Schneckenhaus verzogen, und während er spricht, starrt er unentwegt auf sein Handy, in der Hoffnung, eine Nachricht zu bekommen.

»Hast du eine Freundin?«

»Nein. Warum?«

»Du siehst dauernd auf dein Handy. Da dachte ich …«

»Falsch gedacht.«

Zum Glück wird die Pizza gebracht, die die Atmosphäre etwas auflockert. Sie versuchen den Faden wieder aufzunehmen, indem sie die dicke, weiche Kruste loben. Aber Besana hat den Mut verloren.

»Wie geht es Mama?«

»Momentan super. Sie ist mit ihren Freundinnen in Kuba. Sie sagt, sie wollte endlich mal verreisen, weil ihr ja keine Hochzeitsreise gemacht habt.«

Besana senkt den Blick.

»Es ging nicht, weil zu der Zeit ein altes Ehepaar aus Cuneo ermordet wurde.«

»Es wird dauernd jemand ermordet, Papa.«

»Das habe ich bemerkt.«

Wieder breitet sich Schweigen aus.

»Hast du dir schon überlegt, was du nach dem Abitur machen möchtest?«

»Auf jeden Fall nicht Kriminalreporter werden. Ich will eine Frau haben und ab und zu mit ihr in den Urlaub fahren.«

»Findest du meinen Beruf so verachtenswert?«

»Nein. Aber es gibt ja auch noch was anderes.«

»Glaubst du, es ist meine Schuld, dass alles so gekommen ist?«

»Auch.«

Besana trinkt einen Schluck Bier. Wenigstens ist sein Sohn aufrichtig.

»Also interessieren dich Mörder wirklich nicht? Merkwürdig. Bei den meisten Menschen rufen Verbrechen Neugier hervor.«

»Bei mir nicht. Ich höre doch schon mein Leben lang nur von Verbrechen, du sprichst ja von nichts anderem.«

»Weil ich nichts anderes mache.«

»Eben. Du solltest auch mal nach Kuba fahren. Das würde dir guttun.«

Sogar sein Sohn will ihn in Rente schicken. Gereizt beißt Besana in seine Pizza, zerfleischt sie förmlich.

»Soll ich dir was sagen? Ich scheiß auf Kuba.«

»Ich weiß. Genau das ist dein Problem. Du interessierst dich nur für widerliche Mörder, ich habe nie verstanden, warum.«

Besana verlangt die Rechnung. Er hat keine Lust, sich das noch länger anzuhören. Und erst recht nicht, jemandem seine Beweggründe zu erklären, der sie gar nicht hören will.

»Bist du sicher, dass du kein Dessert willst?«

»Nein, alles gut.«

»Du Glücklicher. Bei mir ist nie alles gut.«

20. Januar

Besana und Ilaria betreten ein apricotfarbenes Einfamilienhaus. Signora Zini führt sie durch einen engen Flur mit blitzblanken Fußbodenfliesen, vorbei an Bildern von Papst Johannes XIII., gedruckten Ikonen mit goldenem Hintergrund, Wandtellern, Deckchen und Vasen voller

Plastikblumen. Sie lässt sie in der Küche auf Strohstühlen mit bestickten Kissen Platz nehmen, an einem Tisch mit der obligatorischen Wachstischdecke. Zwischen der Pendeluhr und einem Vitrinenschrank voller Teeservices stehen Fotos ihres Sohnes.

Besana und Ilaria sind verlegen. Sie wissen nicht, ob Brunos Eltern über die Stalking-Vorwürfe auf dem Laufenden sind und ob ihr Sohn ihnen von der Verfolgungsjagd und seiner Vernehmung im Polizeipräsidium erzählt hat. Aber seine Mutter kommt ihnen zuvor.

»Er wollte Journalist werden wie Sie. Sie waren seine Vorbilder«, sagt sie.

Besana und Ilaria schauen betreten zu Boden.

»Es tut uns leid, Signora.«

Der Vater hat den Mund noch nicht aufgemacht. Er ist der klassische Ehemann, der seine Sätze von seiner Frau vervollständigen lässt. Er stopft gemütlich seine Pfeife. Nicht einmal begrüßen konnte er sie, ohne dass sie ihm sofort über den Mund gefahren ist.

»Er war gut, müssen Sie wissen. Aber heutzutage ist es schwierig, eine Stelle bei der Zeitung zu bekommen. Wie oft haben mein Mann und ich zu ihm gesagt, er müsse Geduld haben. Stimmt's, Luigi?«

»Stimmt. In der Tat …«

»In der Tat haben immer wir ihm etwas handfestere Jobs besorgt«, fällt sie ihm sofort ins Wort. »Als Portier in einem Hotel oder als Kellner in einem Café im Flughafen.«

»Er hat am Flughafen gearbeitet?«

»Ja, sie haben ihn immer wieder mal angerufen. Stimmt's, Luigi?«

»Stimmt.« Er versucht gar nicht erst, noch etwas hinzuzufügen. Stattdessen versucht er, aufzustehen und auf die Terrasse zu gehen, um seine Pfeife zu rauchen, wird jedoch sofort zurechtgewiesen.

»Bleib hier, Luigi, wo doch die Herrschaften da sind. Du kannst später rauchen.«

Er setzt sich wieder.

»Jedenfalls hat Bruno einfach weiter seine Artikel geschrieben, auch wenn ihn niemand anhören wollte. Er sagte immer, er wüsste Dinge über den Vampir, aber er wollte sie uns nicht erzählen, um uns nicht in Gefahr zu bringen. Er hat alles in seinen Computer geschrieben, wie die jungen Leute das eben so machen.«

»Können wir den Computer sehen?«

»Wozu?«

»Signora, im Präsidium hat Ihr Sohn gesagt, er wüsste, wer der Mörder ist. Wir haben den Verdacht, dass es sich nicht um Selbstmord handelt.«

Sie bricht in Tränen aus.

»Natürlich war es kein Selbstmord. Die Ermittlungen wurden sofort eingestellt, aber Bruno hätte sich niemals umgebracht, das schwöre ich Ihnen. *Nicht jetzt.* Stimmt's, Luigi?«

Stumm greift ihr Mann mit beiden Händen nach ihrer Hand.

»Stimmt«, sagt er.

»In letzter Zeit ging es ihm besser, wissen Sie? Er hatte einen guten Psychiater gefunden, er fuhr bis nach Mailand, um mit ihm zu reden und seine Therapie zu machen. Er sagte immer: Mama, mach dir keine Sorgen, ich komme da wieder raus. Aber sehen Sie ihn sich ruhig an, den Computer, er ist oben. Die Polizei hat ihn sich auch angesehen, aber die haben nichts gefunden. Bringst du sie nach oben, Luigi? Ich habe nicht die Kraft dazu, Sie müssen mich entschuldigen.«

Brunos Zimmer wirkt wie das eines Teenagers. Es stehen zwei Einzelbetten darin, das eine ungemacht, zwischen dem Bettzeug schmutzige Klamotten, auf dem anderen liegen verstreut lauter Papiere, auch zusammengeknüllte Blätter. Die Schubladen sind herausgezogen, auf dem Teppich liegen kreuz und quer mehrere Paar Turnschuhe herum. Die Atmosphäre ist etwas gothicmäßig, die Wände sind schwarz gestrichen, und vor dem Schreibtisch steht ein Regal mit Horror-DVDs, daneben hängt ein Poster, das Bela Lugosi als Dracula zeigt.

»Entschuldigen Sie, Bruno war ein bisschen unordentlich. Meine Frau hat jeden Morgen alles aufgeräumt, aber momentan schafft sie es nicht. Der Computer steht da drüben«, und er zeigt auf das Gerät, als wären sie nicht in der Lage, es selbst zu erkennen. »Machen Sie das, ich kann so was nicht. Ich habe nie verstanden, wie man damit umgeht.«

Besana und Ilaria schalten den Computer ein und beginnen die Dateien durchzusehen.

»Kopieren wir alles auf einen Datenstick«, sagt Ilaria leise, als Brunos Vater für einen Moment zum Rauchen hinausgegangen ist. Sie haben bereits eine Datei aufgestöbert, die ihnen interessant erscheint. Sie trägt den verheißungsvollen Namen *Untersuchungen über den Vampir*.

20. Januar

Ilaria ist mit dem Material aus dem Computer, das sie ohne jede Anordnung beschlagnahmt haben, nach Hause gefahren. Besana wird zum Abendessen nachkommen, er braucht mal einen Nachmittag Ruhe.

Er muss ein paar praktische Dinge erledigen, die er schon lange vor sich hergeschoben hat. Was auf dem Programm steht, ist aber auch wirklich alles andere als verlockend: Versicherungsunterlagen sortieren, mit der Steuerberaterin telefonieren, Briefe der Bank durchsehen. Er wirft einen sorgenvollen Blick auf die kleine Anrichte in der Diele, auf der sich ungeöffnete Briefumschläge stapeln – vielleicht sind auch ein paar Einschreiben darunter –, biegt dann jedoch Richtung Badezimmer ab. Erst mal eine schön heiße Dusche und danach ein wenig im Bademantel auf dem Sofa lümmeln. Er hat sich sogar einen superteuren englischen Badeschaum gekauft. Zwanzig Euro für einen schönen Duft, er lacht in sich hinein. Derartige Frivolitäten sind eigentlich nicht sein Ding, warum er sie nun sucht, weiß er selbst nicht. Vielleicht, weil die Parfümerieverkäuferin hübsch war und ihr Lächeln ihn überzeugt hat. Eigentlich war er nur in den Laden gegangen, um ein Deo zu erstehen, weil er zu faul war, bis zum Supermarkt zu laufen.

Er öffnet den Wasserhahn, doch es kommt nur kaltes Wasser heraus. Schon wieder der Durchlauferhitzer kaputt. Sei's drum, er hat keine Lust, die Vermieterin anzurufen. Enttäuscht sieht er auf den Badeschaum für zwanzig Euro, es wäre eine Schande, ihn für eine kalte Dusche zu verschwenden. Während er in seinem Bademantel bibbert, der nach zu vielen Wäschen eingelaufen ist, fällt sein Blick in den Spiegel. Er stellt sich seitlich hin. Was hat er bloß für eine Wampe bekommen. Aber kein Wunder, wenn man dauernd essen geht und säuft wie ein Loch. Er zieht den Bauch ein, hält die Luft an. Schafft es jedoch nicht lange.

Er stellt sich seine Frau vor, wie sie im Badeanzug in Kuba am Strand liegt. Bestimmt wird sie angegraben. Er lächelt. *Adieu, Armando*. Betrübt wirft er einen letzten Blick auf seinen Bauch, lässt ihn dann zu seinen zu langen Zehennägel hinabwandern. Er sieht aus wie ein Bär. Marina würde mit ihm schimpfen.

Er zündet sich die x-te Zigarette an und streunt nackt in seinem offenen Bademantel durch die Wohnung. Der Bademantel ist auch viel zu rau. Einmal die Woche kommt für zwei Stunden eine Rumänin zu ihm, die sich in den Kopf gesetzt hat, an Weichspüler zu sparen. Aber selbst schuld. Er hat ihr noch nie gesagt, dass er mehr Weichspüler will.

Besana fordert nur viel von sich selbst, und auch nur, wenn es um seine Arbeit geht. Ansonsten ist er eher nachlässig. Im Grunde kotzt sein Leben ihn ganz schön an. Mit einem Bier in der Hand streckt er sich auf dem Sofa aus. Auf diese Erkenntnis muss er erst einmal rülpsen. Aber es ist ein optimistisches Rülpsen, schließlich ist nicht alles schlecht. Zum Beispiel hat er jetzt endlich eine Nachfolgerin. Er will Ilaria alles beibringen, was er weiß. Das Mädel ist mindestens so besessen wie er, sie verdient es.

Er will ihr beibringen, tief in die fürchterlichsten Provinzen Italiens einzutauchen. Die Orte sind von fundamentaler Bedeutung. Er will ihr beibringen, sich aufmerksam umzusehen und zu verstehen, dass jeder Reichtum und jede Ödnis Folgen hat, oftmals krankhafte Folgen. Die Verbrechen spiegeln die Landschaft.

Und sie muss lernen, sich an die richtigen Leute zu hängen, denn fast jeder wird zu irgendeinem Zeitpunkt mal größenwahnsinnig. Einem Menschen, der ein gewöhnliches Leben führt, steigt plötzliche Aufmerksamkeit zu Kopf. Dagegen ist jeder machtlos. Und so beginnen Zeugen zu erzählen, Mörder verraten sich, Angehörige von Opfern geben dunkle Seiten ihrer Familienmitglieder preis. Das ist die Macht eines Ereignisses, das alles umwälzt, nach dem nichts mehr so ist, wie es vorher war. Nur die Toten schweigen. Aber vielleicht ist genau das ihre stille Rache. Wer weiß, wie viele Tote, wenn sie es könnten, denken würden: Mit mir habt ihr nie geredet, und wie viel habt ihr jetzt zu sagen.

Ilaria muss lernen, sich diese Macht zunutze zu machen, die Macht des Ereignisses, aber ohne Zynismus. Denn Zynismus ist zu nichts gut. Nach einem Verbrechen wird ein jeder sich seiner eigenen Endlichkeit bewusst. Ist man einmal an diesem Punkt angelangt, diesem Punkt, von dem man nie gedacht hätte, dass man ihn einmal erreichen würde, verspürt man plötzlich das Bedürfnis, seine letzten Worte zu sagen, wie ein zum Tode Verurteilter. Traurige Menschheit, kollektiv getötet, auf einen Schlag.

20. Januar

Als sie am Abend Brunos Datei öffnen, sind sie erst einmal frustriert. Eine Weile lesen sie schweigend jeder für sich, bis Besana genervt aufspringt.

»Der war ja völlig gestört.«

»Stimmt«, pflichtet Ilaria ihm bei, aber sie will die Hoffnung noch nicht aufgeben. »Das klingt wirklich alles ein bisschen wahnhaft. Aber wenn wir den Text genauer untersuchen und die Elemente mit Wahrheitsgehalt herausfiltern, können wir vielleicht damit arbeiten.«

»Ich bitte dich, der glaubt allen Ernstes, dass der Mörder ein Vampir ist. Er faselt von Unsterblichen, von Reinkarnation. Der Schriftzug ViVe ist angeblich der Beweis, dass Verzeni zurückgekehrt ist. Heiliger Strohsack. Jetzt verstehe ich auch, warum die Polizei den Rechner nicht beschlagnahmt hat. Wahrscheinlich hat er sich wirklich von der Autobahnbrücke gestürzt, irre genug war er jedenfalls. Wir verschwenden unsere Zeit, Piatti.«

»Nein, warte. Lass uns noch ein bisschen weitermachen.«

Aber sie stoßen nur auf Sätze wie: *Ich habe begriffen, dass er ein Vampir ist, weil er nur durch ein Nasenloch atmet.*

»Aha. Ein entscheidendes Indiz. Jetzt haben wir ihn in der Hand.«

»Bitte, lass uns weitersuchen, es kostet uns doch nichts. Sieh mal, hier zum Beispiel erwähnt er die Bar am Flughafen.«

Ich habe ihn heute an der Bar im Flughafen gesehen und habe bemerkt, dass er in den Spiegeln nicht zu sehen war. Sie werfen einander einen Blick zu.

»Du willst also ernsthaft weitermachen, ja?«

»Hier, hier, sieh dir das an! *Endlich habe ich die Verbindung entdeckt. Ich weiß sicher, dass er Aneta kannte, aber als ich ihn mit Melissa habe reden sehen, ist mir alles klar geworden. Du musst Beweise finden, Bruno.* In seiner merkwürdigen Art sagt er, dass er begriffen hat, wer der Mörder ist, weil er ihn mit zwei der Opfer gesehen hat. Wir müssen zwischen den Zeilen lesen.«

Besana nähert sich dem Computer.

»Nennt er nie seinen Namen?«

»Nein, nie.«

»Aber er trifft ihn am Flughafen. Damit können wir schon mal was anfangen.«

»Am Flughafen kommen Millionen Menschen vorbei.«

Ilaria springt auf und beginnt um den Tisch herumzulaufen. Dann kehrt sie an den Computer zurück und scrollt weiter stur die Seiten herunter. Besana hat genug, er legt sich aufs Sofa und schaltet den Fernseher ein, um die Nachrichten anzusehen.

»Marco, komm mal! Ich hab was Wichtiges gefunden. Hier schreibt er: *Wie konnte ich ihn vergessen? Er hat mir solche Angst gemacht, als ich klein war.*«

Besana rührt sich nicht vom Fleck, sondern stellt nur etwas leiser.

»Ich sage dir noch mal, es ist unmöglich, dass sie zusammen zur Schule gegangen sind. Sie sind zehn Jahre auseinander.«

»Ich weiß, ich weiß. Aber es muss trotzdem mit seiner Kindheit zu tun haben. Ich muss herausfinden, was genau er damit meint.«

»Viel Glück.«

Manchmal denkt Besana, dass Ilarias Verbohrtheit fast ein bisschen ungesund ist. Wenn sie sich erst mal in eine Sache verbissen hat, kann man sie nur schwer davon abbringen. Er fragt sich, ob dieses neurotische Verhalten mit dem Trauma zu tun hat, das sie durchgemacht hat. In manchen Momenten scheint sie zu glauben, dass alle Gerechtigkeit der Welt in ihren Händen liegt: Sie strampelt sich ab und klagt Menschen mit übertriebenem Eifer an oder verteidigt sie ebenso vehement. Sie hat noch nicht verstanden, dass sie durch die Geschichten anderer weder ihren Vater bestrafen noch ihre Mutter wieder lebendig machen kann.

21. Januar

Es ist drei Uhr nachts, und Ilaria hat immer noch nicht aufgegeben. Besana ist schon vor einer ganzen Weile nach Hause gegangen, aber sie kann jetzt nicht schlafen. Sie sieht sich alle Videos an, die Bruno gepostet hat. Da es manchmal zwei am Tag waren, nimmt das Sichten kein Ende. Die Videos sind nur von wenigen Nutzern aufgerufen worden, doch das hat ihn nicht aufgehalten. Er setzte sich vor die Kamera und redete und redete. Und zwar hauptsächlich allein. Bisweilen schien er zu vergessen, dass er ein Publikum hatte, und spielte auf Personen an, die nur er kennen konnte. Er sprach häufig von einer Cousine, die in seiner Fantasiewelt eine wichtige Rolle zu spielen schien und mit der er als Kind die Ferien verbrachte. Benutzt er die Kamera wie ein Tagebuch, oder verbirgt sich hinter diesem Registerwechsel ein tieferer Sinn?

Ein Video aber erschüttert Ilaria. Bruno erzählt darin von einem der vielen Sommer, die er mit seiner Cousine in Foppolo verbracht hat, berichtet von gemeinsamen Spaziergängen im Wald. Sie war sechzehn und nahm den damals sechsjährigen Bruno überallhin mit, doch eines Tages kehrt er allein nach Hause zurück. Er kann nicht erklären, was geschehen ist, er ist starr vor Schreck. Seine Cousine bleibt spurlos verschwunden, es soll nie aufgeklärt werden, was ihr zugestoßen ist. Doch zwanzig Jahre später erinnert sich Bruno unversehens an ein Detail: Sie waren an jenem Nachmittag nicht allein.

An dieser Stelle wird das Video ein wenig konfus. Bruno spricht nicht mehr die Zuschauer an, er beginnt plötzlich eine Person anzusprechen, die er duzt. *Du hast dir einen Spaß daraus gemacht, uns Angst einzujagen*, sagt er. Seinen Worten kann man entnehmen, dass er mit demjenigen spricht, der an dem Tag der Tragödie mit ihnen zusammen war. Ein mysteriöser Jugendlicher, der fasziniert war von der Geschichte Verzenis und der der Cousine mit Lippenstift makabre Botschaften schrieb. Bruno erwähnt auch einen als Spiel getarnten Erdrosselungsversuch. Doch er ist aufgeregt, verschluckt die Worte, kommt vom Hundertsten ins Tausendste.

An einer Stelle hält Ilaria das Video an. Sie ist nicht sicher, ob sie richtig verstanden hat. Sie bewegt den Curser zurück. Hört es sich noch einmal an. *Aber ich habe dich an der Schrift mit dem Blut erkannt.* ViVe *hast du auch für sie geschrieben. Hast du sie umgebracht?* Ilaria greift zum Handy und ruft Besana an.

»Wie spät ist es?«, knurrt er.

»Drei Uhr siebenundvierzig.«

»Mein Gott, Piatti, was zum Teufel ist los?«

»Ich hab dir gerade den Link zu einem Video weitergeleitet.«

»Und das soll ich mir jetzt ansehen?«

»Ja, sofort. Es hängt mit einem *cold case* zusammen, mit einer toten Cousine.«

»Der spielt sich doch nur auf.«

»Nein, Marco, das tut er nicht. Oder doch, vielleicht, aber trotzdem sagt er dabei die Wahrheit. Er spricht auch die Schrift an, *ViVe*. Deshalb musste ich dich sofort anrufen. Bruno hat ihn *wiedererkannt*.«

»Und wenn er alles erfunden hat?«

»Und wenn er nichts erfunden hat?«

Schweigen am anderen Ende. Man hört das Geräusch eines Feuerzeugs, dann, wie Luft eingesogen wird, als er an der Zigarette zieht.

»Ich seh mir das Video an und ruf dich zurück. Wenn du mich für irgendeinen Blödsinn geweckt hast, Piatti, kannst du dich auf was gefasst machen.«

21. Januar

Erneut sind Besana und Ilaria bei Brunos Eltern zu Hause. Die Mutter führt sie wieder in die Wohnküche, die nach Putzmittel mit Lavendelduft riecht.

»Oh ja, ich habe auch eine Nichte verloren. An dem Tag habe ich angefangen, alles zu verlieren«, sagt sie. »Meine Schwester ist vor Kummer gestorben. Ein paar Monate später hat ihr Herz einfach aufgegeben. Für Bruno war es der Anfang vom Ende. Stellen Sie sich vor, er hat ein Jahr lang nicht mehr gesprochen. Stimmt's, Luigi?«

»Stimmt«, bestätigt ihr Mann.

»All seine psychischen Probleme haben damit begonnen. Er hat uns nie sagen können, was an jenem Nachmittag vorgefallen ist. Er konnte sich an nichts erinnern und fühlte sich deshalb schuldig. Er hing sehr an Rossella, der Ärmste. Und diese Gedächtnislücke, die vermutlich auf den Schock zurückzuführen war, hat sich nach und nach in eine richtige Krankheit verwandelt. Das hat uns sein Psychiater erklärt. Stimmt's, Luigi?«

Der Ehemann antwortet nicht, sondern beschränkt sich darauf, zu nicken.

»Und dann wurde der Fall zu den Akten gelegt?«

»Die Ermittler gingen davon aus, dass sie dem Bergrutsch zum Opfer gefallen war. Es hatte tagelang stark geregnet. Aus dem Berg löste sich Gestein, Schlammmassen blockierten Straßen, drangen in Häuser ein, trugen Autos davon. Aber ihre Leiche wurde nie gefunden.« Signora Zini seufzt. »Natürlich haben wir uns alle gefragt, wie es kam, dass Bruno verschont geblieben ist. Rossella hielt ihn immer an der Hand. Sie hätte ihn im Wald niemals allein gelassen. Sie hat ihn immer beschützt.«

»Bruno behauptet in einem seiner Videos, dass sie an jenem Tag nicht nur zu zweit waren. Es soll ein anderer Junge bei ihnen gewesen sein.«

»Wirklich?«

»Hat er Ihnen nie davon erzählt?«

Die Frau schüttelt den Kopf.

»Nein.« Sie sieht verwirrt ihren Mann an. »Seltsam. Wenn noch jemand dort gewesen wäre, hätte er doch zur

Polizei gehen müssen. Aber es hat sich niemand gemeldet. Mein Sohn kam allein nach Hause, ich weiß gar nicht, wie er das geschafft hat. Wissen Sie, er war ja erst sechs. Er kannte die Wege in den Bergen nicht.«

»Dann ist also die These, dass sie nicht allein waren, gar nicht so abwegig.«

»Ja, natürlich, das würde einiges erklären. Aber trotzdem verstehe ich nicht, warum sich dieser Junge dann nicht gemeldet hat.«

»Erinnern Sie sich an Rossellas Freunde? Traf sie sich mit irgendjemand regelmäßig? Hatte sie einen festen Freund?«

»Das glaube ich nicht. Sie hatte immer viele Freunde um sich, daran erinnere ich mich. Es war eine richtige kleine Clique, mit den Jungen und Mädchen aus dem Ort. Sie waren immer alle zusammen unterwegs. Rossella war in der Gruppe sehr beliebt. Sie war ein fröhliches Mädchen, großzügig, sehr lebhaft. Und hübsch war sie obendrein.«

»Ihr Sohn sagte, sie hätte vor jemandem Angst gehabt.«

»Davon weiß ich nichts, Rossella hat uns nichts erzählt. Aber ich erinnere mich, dass sie mal eines Abends geschrien hat. Wir sind erschrocken und natürlich sofort in ihr Zimmer gelaufen, aber sie hat uns gleich wieder beruhigt und meinte, einer ihrer Freunde hätte sich nur einen dummen Scherz erlaubt. Er war vom Garten in ihr Zimmer geklettert und hatte mit ihrem Lippenstift etwas an den Spiegel geschrieben.«

»Erinnern Sie sich noch, was er geschrieben hat?«

»Sie hat uns nicht ins Bad gelassen.«

»Auf genau diesen Vorfall bezieht sich Bruno.«

»Gut möglich, das hat ihn damals sehr aufgewühlt. An dem Abend wollte er partout nicht alleine schlafen, er musste unbedingt zu mir ins Bett.«

»Gibt es Fotos von diesem Sommer?«

»Natürlich«, erwidert die Frau. »Luigi, gehst du?«

Der Ehemann erhebt sich, kommt kurze Zeit später mit einem Fotoalbum zurück und legt es auf die Plastiktischdecke.

»Dürfen wir mal durchblättern?«

Brunos Eltern nicken.

Besana und Ilaria schlagen schweigend die Seiten um. Auf fast allen Fotos sind Bruno und Rossella zu sehen. Sie hat ihn auf dem Schoß oder fährt mit ihm Rad, sie beide im Schwimmbad oder auf der Wiese liegend. Andere Personen tauchen erst auf den Bildern auf, die während des Picknicks an Ferragosto aufgenommen wurden. Doch darauf sind lediglich Erwachsene oder Kinder zu sehen und keine anderen Jugendlichen.

»Das ist meine Schwester.« Signora Zini zeigt ihnen ein Foto, auf dem zwei Frauen auf einem Stein vor einem Wasserfall sitzen. Ilaria ist verblüfft.

»Das ist ja die Lecchi«, sagt sie. »Ist sie eine Freundin von Ihnen?«

»Ja, sie hatte auch ein Haus in Foppolo. Sie kam jedes Jahr im August, ehe sie diesen Nichtsnutz heiratete. Dann hat sie ihr Haus verkauft.«

»Warum?«

»Ich weiß nicht. Wir haben uns aus den Augen verloren. Nach der Tragödie haben auch wir unser Haus verkauft. Keiner von uns wollte mehr hin.«

21. Januar

Am Abend schlägt Besana Ilaria vor, etwas essen zu gehen. Er ist zu müde zum Kochen. Doch die winkt ab, sie ist zu müde zum Essen.

»Piatti, wie willst du dich auf den Beinen halten?«

Ilaria schüttelt den Kopf.

»So geht das nicht«, insistiert Besana. »Du darfst die Dinge nicht zu sehr an dich ranlassen. Was meinst du, wie abgebrüht die Leute waren, die mir Ende der Siebziger den Job beigebracht haben. Die hatten noch ein dickes Fell. Die waren sogar so drauf, dass sie, wenn einer ermordet oder überfahren wurde, zu seiner Mutter gingen und ihr einen Bären aufbanden, um ihr ein Foto des Sohnes abzuschwatzen. Ihr Sohn hat einen bedeutenden Preis gewonnen, Signora, wir möchten in unserer Zeitung eine kleine Meldung bringen. Und die Ärmste nahm das schönste Porträt von der Wand. Damals gab es ja noch kein Facebook, da war es nicht so leicht, sich ein Foto von jemandem zu beschaffen. Und wenn du mit einem Artikel ohne Bild ankamst, hat dich der Nachrichtenchef zur Sau gemacht.«

Ilaria sieht ihn ernst an. Sie kann darüber überhaupt nicht lachen.

»Hey, ich versuche hier nicht, Konversation zu betreiben«, verteidigt sich Besana, verärgert über ihren Blick, »ich versuche nur, dir begreiflich zu machen, was dieses verdammte Metier bedeutet. Ich weiß, deine Generation hat es nicht leicht, einen Job zu finden, aber ihr habt in gewisser Hinsicht ein sehr viel bequemeres Leben als wir, also hör auf zu schmollen. Zu meiner Zeit mussten Praktikanten noch die Drecksarbeit machen. Weißt du, was das heißt? Das heißt, dich bis Mitternacht oder ein Uhr morgens ans Telefon hängen und sämtliche Rettungsdienste abtelefonieren. Oder die Polizeikommissariate, um an Meldungen zu kommen. Wenn ich mal richtig Glück hatte, durfte ich nachts im Einsatzwagen mitfahren, und ab die Post mit Sirenengeheul zum Tatort. Wie oft hab ich mir die Nacht bei Drogenabhängigen und Obdachlosen am Bahnhof oder im berüchtigten Oggiara-Viertel um die Ohren geschlagen, um eine Story zu finden. Aber man konnte nicht immer zur rechten Zeit am rechten Ort sein – mit der Leiche auf dem Bürgersteig, das Notizbuch zur Hand und den Fotografen im Schlepptau. Oft geschahen Verbrechen zu spät oder zu weit von der Redaktion entfernt. Dann musstest du dir etwas einfallen lassen, die Story so schreiben, als wärst du vor Ort gewesen. Einer von uns hatte sich ein Büchlein besorgt, eine nach Straßen geordnete Liste der Einwohner Mailands, und wenn bei uns die Nachricht von einem Unfall oder einer Straftat einging, suchte er sich die Nummer von jemandem raus, der in der Nähe wohnte, rief ihn an und ließ sich erzählen, was der vom Fenster aus sehen konnte, oder bat ihn sogar, jemanden hinunterzuschicken, den Sohn oder den Neffen, und rief anschließend wieder an, um sich alles berichten zu lassen. Worauf derjenige zum *stringer* befördert wurde, wie man es in Amerika nannte: ein Nachrichtenvermittler für Journalisten. Heute nennt man das Bürger-Journalismus. Dank Smartphone-Kamera ist mittlerweile jeder in der Lage, sich als Reporter zu betätigen, jeder kann auf den sozialen Netzwerken oder auf YouTube eine Reportage veröffentlichen. Deshalb dürft ihr, wenn ihr den Beruf des Journalisten machen wollt, weder Tod noch Teufel fürchten.«

Ilaria starrt noch immer stumm zu Boden.

»Ich hatte immer Freunde bei der Polizei und bei den Carabinieri«, fährt Besana fort, »aber sie waren nie meine einzige Quelle und auch nicht die zuverlässigste. Sie sind immer unterbesetzt und ersticken in Arbeit, oft haben sie es eilig, einen Fall abzuschließen, und legen als Unfall zu den Akten, was kein Unfall ist. Dann ist es die Aufgabe von uns Reportern, den Spuren nachzugehen, die die Ermittler aufgegeben haben, um die Wahrheit aufzuspüren. Ich habe in diesem Beruf schon alles Mögliche erlebt: ein von einem Querschläger getötetes dreijähriges Mädchen auf dem Arm seiner Mutter, den Juwelier, der den Räuber verfolgt und mit einem Kaliber 9 niederstreckt, den Räuber, der seinen Komplizen tötet, den Marokkaner, der zu Tode geprügelt wurde, weil er in einer Bar Kekse geklaut hat. Ganz zu schweigen von der Unterwelt, den Banden, Bossen und Killern. Was wirst du tun, wenn du dich mit dem organisierten Verbrechen beschäftigen musst? Willst du dann einen Monat lang nicht mehr essen? Wir haben nun mal keinen fröhlichen Beruf, verstehst du? Und die Ohnmacht bleibt.«

Ilaria hebt das Gesicht, hört schweigend zu.

»Früher war die Malavita mal ein Beruf, der bei Tageslicht ausgeübt wurde«, erzählt Besana weiter. »Die großen Banditen waren öffentliche Personen und wurden wie Halbgötter verehrt. Heute agieren Kriminelle im Dunkeln, sie sind eher gesichtslose Phantome. Sichtbar sind nur die Opfer oder deren Angehörige, und manchmal auch die Angehörigen der Täter, die in Fernsehshows gehen und dort jammern und heulen. Selbst die Tragödie ist heute zum Spektakel geworden. Ich glaube, dass ein seriöser Journalist über dieses Zurschaustellen von

Schmerz hinausgehen muss: Die Wahrheit ist nie banal, sie ist kompliziert, voller Widersprüche und Abgründe, und wir müssen geduldig im Verborgenen arbeiten, um sie ans Licht zu holen. Ohne großes Bohei.«

»Na gut, ich komme mit dir essen«, sagt Ilaria.

21. Januar

Besana lädt Ilaria in das übliche Lokal ein. Da muss er sich gar nicht erst die Mühe machen, zu bestellen.

»Ihr Antipasto, Dottore?«

»Natürlich«, sagt Besana zur Kellnerin.

Man legt ihm nicht einmal mehr die Speisekarte vor, und der Wein kommt automatisch.

»Wir stoßen immer wieder auf Giulia Lecchi«, sagt Ilaria. »Warum haben wir sie noch nie in Betracht gezogen?«

»Weil die DNA des Täters männlich ist«, entgegnet Besana und schüttet sich Rotwein ein. »Außerdem braucht man für solche Verbrechen Kraft. Und sie ist einen Meter sechzig groß und wiegt, wenn's hoch kommt, fünfzig Kilo. Ihre Handgelenke haben den Durchmesser von Zucchini.«

»Stimmt, aber sie hat ein Motiv, das größer ist als du.«

»Danke, Piatti.«

»Ich meine es ernst. Schließlich ging ihr Mann sowohl mit Aneta als auch mit Dana ins Bett. Und bei Melissa hat er's auch versucht, das hat sie uns selbst erzählt.«

»Ach komm. Und sie soll einen Serienmörder erfunden

haben, um sie alle aus dem Weg zu räumen? Die teuflische Giulia? Erscheint mir höchst unwahrscheinlich. Oder sagen wir, dazu hätte sie einen etwas zu speziellen Komplizen gebraucht. Kannibalen findet man ja nicht an jeder Ecke. Wo hätte sie den rekrutieren sollen? Bei den Essen im Rotary-Club? Beim Burraco-Turnier im Golfklub ihres Mannes? In der Pilates-Stunde?«

»Oder sie hat einen Liebhaber. Bei Serienmörderpaaren ist immer einer die treibende Kraft. Vielleicht hat sie einen sexuellen Sadisten kennengelernt und führt ihm die Opfer zu. Natürlich keine Zufallsopfer, sie liefert ihm einfach die Frauen aus, die sie sowieso hasst, Frauen, von denen sie sich gedemütigt fühlt. Das würde auch erklären, warum sie so bereitwillig zu ihr ins Auto gestiegen sind. Einer Lady wie der Lecchi vertraut man, oder etwa nicht?«

»Ja, so was gibt es tatsächlich. Zum Beispiel der Fall Birnie in den Achtzigerjahren, in Australien. Seine Frau war ihm vollkommen hörig: Sie suchte gemeinsam mit ihrem Mann die Mädchen aus, fotografierte, wie er sie vergewaltigte, und half ihm hinterher, sie zu erwürgen. Und das alles, um von den sexuellen Fantasien ihres Mannes nicht ausgeschlossen zu sein. Gemeinsam zu töten, verbindet. Bei solchen Paaren hat immer einer den dominanten Part inne, was nicht zwingend der Mann sein muss. Stimmt schon, die Lecchi ist sehr speziell.«

»Eben. Vielleicht ist sie diejenige, die die Zügel in der Hand hält. Mit einem so labilen Typen wie Verzeni, der seinen Trieben hilflos ausgeliefert war, hätte sie leichtes Spiel.«

»Ganz so leicht ist es auch wieder nicht, jemanden wie Verzeni zu manipulieren«, gibt Besana zu bedenken.

»Aber wir müssen auch den Altersunterschied berücksichtigen«, wendet Ilaria ein. »Wenn unser Mann Brescianis Zwilling ist, ist er 1979 geboren, also wesentlich jünger als die Lecchi. Und gerade weil sie als mütterliche Figur auftritt, schafft sie es vielleicht, eine solche Macht über ihn auszuüben. Denk doch nur mal an seine Kindheit, an all das Leid, das er durchgemacht hat, und wie verletzlich er sein muss.«

»Nein, das passt alles hinten und vorne nicht zusammen. Warum sollte die Lecchi zulassen, dass er seine DNA zurücklässt? Eine Frau wie sie würde die Kontrolle an sich reißen wollen. Und für strategische Morde engagiert man eher einen Profikiller.«

»Schon, aber hier spielt ja nicht nur das Motiv eine Rolle, und auch nicht nur das Ergebnis. Wahrscheinlich haben wir es mit einer gemeinsamen psychotischen Störung zu tun«, verteidigt Ilaria unbeirrt ihre These, »einer sogenannten *folie à deux*.«

»Donnerwetter, Piatti, ich bin beeindruckt. Wir sollten trotzdem lieber mal mit Grace darüber sprechen«, entgegnet Besana noch immer skeptisch.

»Gut, aber morgen früh gehen wir erst mal bei der Lecchi vorbei und unterhalten uns ein wenig mit ihr. Was hältst du davon?«

»Wenn dir so daran liegt.«

22. Januar

Ilaria und Besana spazieren durch die engen Gassen der Oberstadt von Bergamo und suchen Giulia Lecchis Antiquitätengeschäft.

»Wir müssen die Piazza Vecchia überqueren«, sagt Besana, der den Stadtplan auf seinem Handy zurate zieht.

Immer wieder lässt Ilaria sich von den Schaufenstern ablenken. »Sieh mal, die rote Tasche da. Wie schön. Ist aber sündhaft teuer.«

»Du wirst bald ein Gehalt haben, Piatti.«

»Dein Wort in Gottes Ohr.«

Sie schlendern über einen kleinen Platz mit Terrassenbeeten und einem historischen Waschbrunnen und steigen dann noch steilere Gassen hinauf.

»Da ist es«, sagt Besana, auf ein Ladenschild zeigend.

Das Schaufenster ist vor Kurzem erneuert worden, über dem Rollladen ist jetzt eine Überwachungskamera angebracht. Giulia Lecchi begrüßt sie und lässt sie auf zwei Art-déco-Sesseln Platz nehmen.

»Wie geht es Ihrem Mann?«

»Nicht besonders, wie Sie sich sicher denken können. Aber der Anwalt ist zuversichtlich. Mein Mann kannte Bresciani nicht einmal, sie haben nichts miteinander zu tun. Und auch Bresciani hat nicht die leiseste Ahnung, wer mein Mann ist, das hat er in allen Vernehmungen gesagt. Darauf setzt die Verteidigung.«

»Wir drücken die Daumen.«

»Danke.«

»Lässt man Sie mittlerweile in Ruhe?«

»Nein, ich bekomme immer noch widerwärtige Nachrichten, aber die Polizei patrouilliert hier jetzt häufiger.

Hauptsache, sie schlagen mir nicht wieder die Scheibe ein.«

»Das ist natürlich alles sehr unerfreulich.«

»Manchmal denke ich, dass es vorher noch unerfreulicher war.«

»Was meinen Sie damit?«

»Vorher habe ich noch unangenehmere Nachrichten bekommen. Allerdings von meinem Mann. In den letzten Jahren haben wir nur noch über Haftzettel kommuniziert.«

Besana und Ilaria wechseln einen vielsagenden Blick. Signora Lecchi schlägt ruhig die Beine übereinander, sie wirkt beinah befreit. Sie erzählt ungeschönt von ihrer Beziehung zu Vimercati. Von zwei Eheleuten, die nicht mehr miteinander reden, sondern einander nur gelbe Zettel an Kühlschrank und Spiegel hinterlassen. Und was stand wohl darauf? Anweisungen oder Mitteilungen? So was wie: Geh du die Milch kaufen, oder: Ich hab den Wagen genommen? Nein. Auf den Zetteln standen Beleidigungen. Alte Nervensäge, bald bist du mich los. Oder: Du Versager, vergiss nicht, dass ich dich aushalte.

»Im Gefängnis kann man sich keine Kassiber mehr zustecken. Zwischen uns geht es jetzt also zivilisierter zu.« Sie lacht.

Besana und Ilaria sind sprachlos. Und ein wenig verlegen, da sie sich inzwischen an die allgegenwärtige Reserviertheit gewöhnt haben. Jetzt aber haben sie eine Frau vor sich, die die Ereignisse sehr verändert haben. Signora Lecchi ist sogar schöner geworden. Sie ist sorgfältig frisiert und trägt ein ausnehmend elegantes grün-weißes Kleid. Die Schuhe mit den hauchdünnen Absätzen sind eindeutig neu, vielleicht fühlt auch sie sich neu.

»Was verschafft mir die Ehre Ihres Besuchs?«

Besana antwortet mit einer Gegenfrage.

»Erinnern Sie sich an die Sommer in Foppolo und an Rossellas Tod?«

Die Augen der Signora weiten sich vor Überraschung.

»Wie kommen Sie jetzt darauf? Ist sie nicht von einem Erdrutsch mitgerissen worden?«

»Das weiß man nicht. Ihre Leiche wurde nie gefunden.«

Auf ihrer Stirn bildet sich eine tiefe Falte.

»Warum geht mir diese furchtbare Geschichte noch immer so nah?«

»Erinnern Sie sich an Rossellas Cousin? Er war damals sechs.«

»Natürlich, Bruno. Ich habe gehört, dass er sich vor ein paar Tagen das Leben genommen hat. Ich wollte seinen Eltern schreiben, doch dann habe ich es nicht fertiggebracht. Aber es hat mich nicht überrascht. Er hat sich nie von dem Trauma erholt. Er kam von einer Psychiatrie in die nächste. Der Ärmste.«

»Das wissen wir.« Besana senkt den Blick. »In einem Video behauptet Bruno, dass er und Rossella an jenem Nachmittag nicht allein waren, sondern dass ein anderer Junge bei ihnen war, vermutlich ein Jugendlicher in Rossellas Alter. Haben Sie eine Idee, wer das gewesen sein könnte?«

Signora Lecchi schüttelt nur den Kopf.

»Warum fragen Sie mich das?«

»Weil wir Sie auf einem Foto mit Rossellas Mutter gesehen haben.«

»Natürlich, aber ich war mit ihren Eltern bekannt. Wissen Sie, ich habe selbst keine Kinder, daher habe ich mich nicht so sehr mit ihnen beschäftigt. Außerdem waren es so viele in Foppolo, und sie waren immer alle zusammen unterwegs. Ich weiß noch, dass sie sich im Gemeindehaus der Kirche trafen, um Fußball, Volleyball oder Karten zu spielen. Wenn Sie wollen, können Sie mal eine Freundin von mir fragen. Sie hat nach dem Bergrutsch Freiwillige zusammengetrommelt und eine Suchaktion organisiert. Sie haben wochenlang die Wälder durchkämmt, leider vergeblich.«

»Ja, danke, das könnte hilfreich sein. Wo können wir diese Freundin finden?«

»Sie heißt Elvira Motta. Ich treffe sie hin und wieder bei Wohltätigkeitsveranstaltungen. Sie engagiert sich sehr, sie ist wirklich sehr tüchtig. Sie hat eine Apotheke in Suisio, wenn Sie möchten, kann ich Ihnen ihre Nummer geben.«

»Wir kennen sie«, erwidert Besana. »Sie hat DNA-Proben bei all ihren Kunden entnommen.«

»Das wundert mich nicht. Sie hat immer etwas, wofür sie kämpft. Die Glückliche. Ich dagegen habe in all den Jahren nur gekämpft, um mich vor dem Kummer zu schützen, den mein Mann mir bereitet hat. Und dann ist das Böse wirklich über uns gekommen. Wie viel Zeit wir verloren haben.«

22. Januar

Als sie den Laden verlassen, sind sie beide leicht aufgewühlt. Schweigend laufen sie nebeneinander her zum Altstadttor.

»Die Bank«, sagt Ilaria unvermittelt. »Warum sind wir nicht eher darauf gekommen!«

Mit einem Ruck wendet sich Besana zu ihr um, er kann ihr nicht folgen.

»Welche Bank?«

»Bruno hat gar nicht von der Schulbank gesprochen, er meinte die Bänke in der Kirche«, erwidert Ilaria.

»Ihr Treffpunkt, stimmt.«

»Um seine Botschaften zu entschlüsseln, bräuchten wir Enigma, aber sie sind wichtig.«

»Falls die Geschichte mit Rossella wirklich etwas damit zu tun hat.«

»Sie hat damit zu tun, ganz sicher«, entgegnet Ilaria. »Das spüre ich.«

Es ist Zeit zum Mittagessen, Besana schlägt einen Abstecher zur Pizzeria vor, in der Aneta und Melissa gearbeitet haben.

»Die Apotheke ist jetzt eh zu«, sagt er.

Ilaria ist einverstanden. Zwar verspürt sie keine große Lust, dorthin zurückzukehren, doch ihr ist bewusst, dass alles mit diesem Ort zusammenhängt. Wenn sie etwas verstehen wollen, können sie ihn nicht meiden.

Als sie das Restaurant betreten, ist Ilaria, obwohl sie schon so oft dort war, unwohl zumute. Vielleicht, weil sie erst jetzt begreift, was sie stört. Die mangelnde Anmut der Provinz liegt darin begründet, dass nichts zusammenpasst, sich aber niemand daran zu stören scheint.

In einem Nest am Fuß der Berge wirkt die Ethno-Einrichtung einfach nur fehl am Platz, ganz zu schweigen von den maritimen Fotodrucken an den Wänden mit Fischerbooten und Sonnenuntergängen über dem Meer, die sich mit dem Schild *Polenteria* beißen. Auch die krampfhafte Bemühung um Modernität erzeugt einen Missklang: Plumpe Poster an der Tür werben für glutenfreie Pizza und Biomehl. Im Gastraum plärrt ein Fernseher, in dem eine Hausfrauensendung läuft.

An Orten wie diesen steht das Neue in schreiendem Kontrast zur atavistischen Reserviertheit, die von Generation zu Generation weitergegeben wird, hier wird Kebab gleich neben der Blechpizza angeboten, während die Eisdiele nebenan mit abstrusen Angeboten lockt, um überleben zu können *(Morgen von fünfzehn bis achtzehn Uhr Gratis-Eis)*. Und mittendrin hält sich wacker ein Wäschegeschäft über Wasser *(Direktverkauf von Unterbekleidung)*, in dem die Schaufensterpuppen nur Unterhosen tragen, dafür aber Perücken. Hier gibt es Lokale, in denen einem der Toilettenschlüssel mit einem kleinen Sarg als Schlüsselanhänger ausgehändigt wird, weil sie von einem Bestattungsunternehmer gesponsert werden. Im Grunde ist es genau diese Nachlässigkeit, die es erst möglich macht, dass jemand auf den Schotterstraßen, die zur Adda hinunterführen, unter einem Schild mit der Aufschrift *Müll abladen verboten* eine Leiche zurücklässt. Das ist keine Ironie. Es ist einfach nur ein Mangel an Eleganz, und der schlägt sich bis ins kleinste Detail nieder. Einschließlich des Mordes.

Abbas kommt mit müdem Lächeln an ihren Tisch. Er ist dünn geworden, auf seinen eingefallenen Wangen sprießt ein Dreitagebart. Er legt die eingeschweißte Speisekarte vor sie hin.

»Ich bin heute alleine«, sagt er. »Ich muss die Pizza machen und bedienen. Alle anderen sind tot. Aber man kann den Laden ja nicht für immer schließen.«

Melissas und Anetas Abwesenheit drückt auf die Atmosphäre im Gastraum, der vollkommen leer ist. Abbas erzählt, dass anfangs viele Schaulustige aus den Nachbarorten anreisten. Doch nun, da die Katastrophentouristen ausbleiben, kommt niemand mehr. Inzwischen ist es einfach ein zu trauriger Ort. Er zeigt auf einen geschmacklosen kleinen Altar im hinteren Teil des Raumes, mit Fotos der beiden jungen Frauen, ein paar erloschenen Grablichtern, Zetteln mit Botschaften, Stofftieren und verwelkten Blumen.

»Ich suche einen anderen Job«, sagt er. »Aber das geht nicht so schnell. So lange muss ich noch hierbleiben.«

Sie sprechen kurz über Bresciani, aber Abbas kann zu ihm nicht viel sagen. Er hat ihn noch nie gesehen und noch nie seinen Namen gehört, weder Aneta noch Melissa haben ihn je erwähnt.

»Natürlich bin ich erleichtert, dass er eingesperrt ist. Aber ich begreife nicht, wieso Melissa in sein Auto gestiegen ist. Sie hat niemandem vertraut.«

»Wir begreifen es auch nicht«, sagt Besana.

»Wird er gestehen?«

»Im Moment beteuert er noch immer seine Unschuld.«

»Aber an den Leichen wurde seine DNA gefunden. Das lässt doch keinen Zweifel zu, oder?«

»Nein, es lässt keinen Zweifel zu«, gibt Besana zu. Er kann ihm ja schließlich nicht sagen, dass er sehr wohl Zweifel hat. Jedenfalls noch nicht.

Als Abbas mit den beiden Pizzen an ihren Tisch zurückkommt, nutzt Ilaria die Gelegenheit, um ihm ein paar Fragen zu Giulia Lecchi zu stellen.

»Nein, sie kam nie hierher«, antwortet Abbas. »Schon weil ihr Mann immer mit allen schäkerte, außerdem war sie sehr wütend auf Aneta.«

»Ist sie hinter das Verhältnis der beiden gekommen?«

»Nein, nicht deswegen. Vielleicht wusste sie es nicht einmal. Es war wegen ihres Vaters. Der alte Lecchi wollte sein Testament ändern, er hatte Aneta versprochen, ihr Wohnungen zu hinterlassen. Sie war seine Pflegerin, er hatte sie gern, aber seine Tochter war außer sich, als sie es erfahren hat. Sie sagte, Aneta hätte ihn reingelegt. Sie wollte sie entlassen.«

22. Januar

Als sie in den Wagen steigen, um zur Apotheke zu fahren, ist Ilaria völlig aus dem Häuschen.

»Siehst du? Das ist mal ein Motiv. Von wegen, *folie à deux*. Ganz im Gegenteil, diese Frau ist sehr rational.«

»Ich bleibe dabei: Es ist nicht leicht, einen Sadisten mit kannibalistischer Neigung zu steuern«, hält Besana dagegen.

»Vielleicht ist er ihr entglitten«, sagt Ilaria.

»Was meinst du damit?«

»Vielleicht hat sie ihn anfangs zum Töten angestiftet und ihm dabei geholfen, die Rückkehr Verzenis zu inszenieren, und dann hat er einfach nicht mehr aufgehört.«

Vor der Kirche von Bottanuco macht Besana eine Vollbremsung. Ilaria wird nach vorn in den Gurt geschleudert.

»Was ist los? Ist eine schwarze Katze über die Straße gelaufen?«

»Nein, wir müssen hier mal kurz rein.«

»Um zu beten?«

»Piattola, ich rede vom Rathaus. Ich will mal einen Blick ins Gemeindearchiv werfen, in dem sämtliche Dokumente über Verzeni aufbewahrt werden. Ich möchte wissen, wer sie sich in letzter Zeit angesehen hat.«

»Gute Idee«, erwidert Ilaria und springt aus dem Wagen.

»Es gibt sicher einen Beamten, der für das Archiv zuständig ist. Wir müssen ihn erst mal in ein Gespräch verwickeln, ehe wir zum eigentlichen Kern vordringen. Dann wird er uns auch Namen nennen.«

Als sie das Gemeindearchiv betreten, finden sie eine etwa sechzigjährige Frau hinter einem Computer vor. Sie zieht die Brille herunter und beäugt sie misstrauisch von unten.

»Suchen Sie jemanden?«

»Den Verantwortlichen für das Archiv.«

»Das bin ich«, erwidert sie unfreundlich und wendet sich wieder der Facebook-Seite zu.

»Wir möchten uns die Dokumente zu Vincenzo Verzeni ansehen. Ist das möglich?«

Die Frau erhebt sich genervt.

»Verzeni, immer nur Verzeni«, murrt sie, »als hätten wir in Bottanuco keine anderen Persönlichkeiten gehabt. Niemand fragt mal nach Colleoni. Der hat es zum Heerführer in der Serenissima gebracht. Aber nein. Die Leute haben nur diesen Mörder im Kopf.«

»Kommen denn viele, um sich im Archiv umzusehen?«

Die Frau schnaubt.

Um das Eis zu brechen, stellen Besana und Ilaria sich höflich vor. Im Ort, so sagen sie, erzähle man sich, dass Verzeni ermordet worden sei, sie würden gern, wenn es keine Umstände mache, einen Blick auf die Sterbeurkunde werfen.

»Das hat Ihnen sicher Efisio erzählt, nicht wahr? Das ist sein Steckenpferd, vor allem, wenn er zwei Grappa intus hat.«

Sie zieht rasch einen dicken Ordner aus dem Regal, klappt ihn auf und holt zielsicher ein vergilbtes Blatt Papier daraus hervor, als könne sie die beiden Eindringlinge nicht schnell genug loswerden.

»Bitte sehr. *Sterbeurkunde. Nr. 87. Verzeni Vincenzo*«, sagt sie und beginnt vorzulesen. *»Im Jahr 1918, am 31. Dezember am Nachmittag um drei Uhr und dreiundfünfzig Minuten, im Rathaus von Bottanuco. Vor mir, Bulla Giacomo, Bevollmächtigter Sekretär, mit Urkunde des Bürgermeisters vom fünften März neunzehnhundertsechsundsiebzig ordnungsgemäß zugelassener Standesbeamter von Bottanuco, sind erschienen Verzeni Giuseppe, Sohn des verstorbenen Giovanni, sechsundvierzig Jahre alt, Kleinbauer, wohnhaft in Bottanuco, und Paganelli Giuseppe di Michele, einundvierzig Jahre alt, Teigwarenmacher, wohnhaft in Bottanuco, die erklären, dass um zwei Uhr zehn am Nachmittag des heutigen Tages im Wohnhaus in der Via San Giorgio Nummer sechzig Verzeni Vincenzo, neunundsechzig Jahre alt, Bauer, Junggeselle, wohnhaft in Bottanuco, geboren in Bottanuco als Sohn des verstorbenen Verzeni Giacomo, zu Lebzeiten wohnhaft in Bottanuco, verstorben ist.«*

»Die Todesursache ist gar nicht angegeben«, bemerkt Ilaria.

»Nein«, sagt die Beamtin, schließt den Ordner und räumt ihn sofort wieder weg.

Da sie bereits wieder eilig auf ihren Schreibtisch zusteuert, traben Ilaria und Besana hinter ihr her.

»Und wo wurde er bestattet?«

»Gehen Sie zum Pfarramt. Dort wird man Ihnen ein auf Lateinisch verfasstes Dokument zeigen, aus dem hervorgeht, dass er die Sakramente empfangen und es eine Trauerfeier gegeben hat. Hören Sie nicht auf Efisio. Auf Wiedersehen, und viel Erfolg.« Sofort wendet sie sich wieder ihrem Kommentar zur Katze einer Freundin zu.

»Die ist nicht gerade kooperativ«, flüstert Ilaria Besana zu. »Versuch du es noch mal.«

Besana baut sich vor dem Schreibtisch auf und wartet ab, bis die Frau erneut hochsieht.

»Es tut mir leid, Sie noch einmal stören zu müssen«, beginnt er vorsichtig. »Sie sagten, es kommen viele hierher? Auch Journalisten?«

»Nein, vor allem Historiker aus der Gegend. Einmal kam sogar ein Filmteam, das eine Doku drehen wollte. Und vor einiger Zeit war auch die Frau von Vimercati hier, dem, der im Gefängnis sitzt.«

»Giulia Lecchi?«

»An den Namen erinnere ich mich nicht, aber sie war es. Mehr kann ich Ihnen dazu nicht sagen, ich habe ihr nur den Karton gegeben, und fertig. Sie saß eine Weile nebenan. Aber jetzt entschuldigen Sie mich, ich habe dringende Arbeit zu erledigen.«

Als sie draußen sind, sieht Besana auf seine Uhr.

»Für die Apotheke ist es zu spät. Die macht gleich zu.«

»Trotzdem, das war eine gute Idee, hier vorbeizuschauen. Jetzt wissen wir wenigstens, dass unsere Freundin Giulia nachgeforscht hat.«

»Wir werden ihr mal ein paar Fragen stellen«, erwidert Besana.

23. Januar

Am nächsten Morgen bekommt Besana in aller Frühe einen Anruf des Ressortleiters.

»He, Besana, alter Faulpelz«, sagt Roberto. »Ich kann ja verstehen, dass du bei dem ganzen Vampirspuk langsam verblödest, aber du hast mir seit über einer Woche keinen Artikel mehr geschickt.«

Besana knurrt nur zur Antwort.

»Hast du Lust auf einen kleinen Ausflug nach Mantua?«

»Bei dem Nebel?«

»Stell dich nicht so an, Marco. Es ist schon wieder eine Frau ermordet worden. Das wird eine große Geschichte, über die alle reden werden. Ein Arzt hat vor den Augen seiner fünfjährigen Tochter seine Frau erschossen.«

»Oh, Scheiße.«

»Nimm die Piatti mit, dann könnt ihr unterwegs Ravioli mit Kürbis und Schweinswurst essen.«

»Klingt nicht sehr verlockend«, erwidert Besana. »Ich denke, ich fahre lieber allein hin.«

Dann überlegt er einen Moment. Soll er Roberto von Ilarias Vergangenheit erzählen oder besser nicht?

»Die Piatti ist sehr müde«, schiebt er dann gleich hinterher. »Sie braucht einen Tag Ruhe.«

»In ihrem Alter? Da müsste sie doch Gas geben.«

»Ich versichere dir, dass sie sogar ein bisschen zu viel Gas gibt.«

Kaum dass Besana am Abend erschöpft nach Hause gekommen ist, klingelt es an der Tür. Als er sie öffnet, findet er sich Ilaria gegenüber, die ihn besorgt ansieht.

»Was ist passiert? Warum bist du den ganzen Tag nicht an dein Telefon gegangen?«

»Ich war beruflich unterwegs«, erwidert Besana ausweichend.

»Ohne mich? Ist es dir zu viel, dass ich immer um dich rum bin?«

»Nein, aber man hat mich zu einem anderen Fall geschickt.«

»Die Frau, die in Mantua ermordet wurde? Deshalb wolltest du mich nicht mitnehmen.«

Besana blickt zu Boden.

»Ich habe dich nie gebeten, mich zu schützen, Marco.« Ilaria setzt sich ihm gegenüber. »Du beleidigst mich, wenn du versuchst, mich zu schützen. Ich will leben und arbeiten wie alle anderen auch.«

»Entschuldige.«

»Momentan sind wir tausendsechshundertachtundzwanzig, nur in Italien«, sagt Ilaria.

»Was?«

»*Zweifache Waisen.* So nennt man uns. Oder *kollaterale Opfer.* Das sind die Namen, die man für uns erfunden hat. Für Kinder, deren Mütter vom Vater ermordet wurden. Aber Gesetze hat man noch keine erfunden. Wenn beispielsweise mein Vater aus dem Gefängnis kommt, kann er eine Hinterbliebenenrente beantragen. Das kann ich nicht. Für die Kinder von Terrorismusopfern oder Opfern der Mafia gibt es eine Entschädigung. Für uns gibt es nichts. Und ich habe noch Glück gehabt, mich haben meine Tante und mein Onkel aufgenommen. Viele andere landen in Wohngruppen oder in einer Einrichtung. Man weiß nicht, wie man mit uns umgehen soll. Ich war zu Hause, als es passierte, aber den Akten zufolge hat sich alles in der Garage abgespielt, also weit weg von mir. Andere dagegen haben zusehen müssen, wie ihr Vater ihre Mutter tötete und sich anschließend das Leben nahm. So ist es in fünfzig Prozent der Fälle. Ich hatte Glück. Also, ich sage es noch mal: Du sollst mich nicht beschützen. Ich will es nicht.«

24. Januar

Am nächsten Morgen packt Signora Lecchi mithilfe zweier Möbelspediteure eine Kommode im Empire-Stil aus. Als sie aus den Augenwinkeln Besana und Ilaria hereinkommen sieht, winkt sie, noch über den Karton gebeugt, mit der Schere.

»Ich komme«, ruft sie, »ich muss das hier noch fertig machen, der Lastwagen muss weg.«

»Natürlich, lassen Sie sich Zeit«, erwidert Besana, während er neugierig die Drucke an den Wänden betrachtet. Ilaria hat es eine alte Hippe mit wurmstichigem Holzgriff und blank polierter Klinge angetan.

Giulia Lecchi unterschreibt eine Empfangsbestätigung,

verabschiedet die Möbelpacker und streicht sich seufzend eine Haarsträhne aus der Stirn.

»Da bin ich. Kann ich Ihnen einen Kaffee anbieten?«

Besana und Ilaria nehmen dankend an und lassen sich wieder auf den beiden Art-déco-Sesseln nieder. Signora Lecchi ruft in der Bar gegenüber an, um drei Espresso bringen zu lassen.

»Wir waren gestern im Gemeindearchiv von Bottanuco und haben erfahren, dass auch Sie sich für die Geschichte von Verzeni interessieren.«

Signora Lecchi erstarrt kurz, dann lehnt sie sich zurück.

»Ach ja, aber das ist schon ein paar Monate her. Bevor das alles passiert ist. Man hat mir eine Sammlung von Fotos und Drucken aus dem neunzehnten Jahrhundert angeboten. Der Verkäufer hat behauptet, sie stamme aus dem Besitz der Familie Verzeni. Daher wollte ich mich informieren.«

»Und haben Sie sie gekauft?«

»Leider ja. Kurz darauf habe ich sie einem Historiker gezeigt, und der hat mich ausgelacht. Er war der Ansicht, ich hätte mich reinlegen lassen.«

»Warum?«

»Ich habe die vollständige Sammlung erstanden, weil ich ein Porträt von Verzeni haben wollte, ein Druck, der nicht übel war. Es war auch eine Fotografie von ihm als Kind dabei, mit Hut und Krawatte. Aber offenbar war er es nicht.«

»Können wir den Druck und das Foto sehen?«

»Ich habe beides gerade vor einer Woche verkauft. Natürlich habe ich gesagt, es würde sich um Verzeni handeln.«

»Und an wen?«

»An einen Sammler.«

»Erinnern Sie sich an seinen Namen?«

»Formisano.«

»Brescianis Anwalt?«

»Genau.«

24. Januar

Die Dottoressa Motta steht wieder allein hinter dem Verkaufstresen, es sind keine Studentinnen mehr da, die mit Wattestäbchen hantieren.

»Oh, meine Freunde, die Journalisten«, begrüßt sie sie, als sie die Apotheke betreten. »Aber ich habe keinen Scoop für Sie. Leider habe nicht ich die DNA gefunden, das waren die Herren von der Polizei mit einem Alkoholtest.«

»Das wissen wir«, erwidert Besana und gibt ihr die Hand.

»Brauchen Sie wieder Xanax?« Die Apothekerin zwinkert Ilaria zu.

»Nein, wir sind hier, um mit Ihnen über einen alten Fall zu sprechen. Erinnern Sie sich an die Ferien in Foppolo und an Rossellas Verschwinden?«

»Natürlich, wie könnte man eine solche Tragödie vergessen? Der verfluchte Bergrutsch. Wurde Rossellas Leiche gefunden?«

»Nein, leider nicht.«

»Und warum interessiert sich die Zeitung dann für ein

Mädchen, das vor zwanzig Jahren von den Schlammmassen mitgerissen wurde?«

»Weil ihr Cousin, der damals sechs Jahre alt war, letzte Woche gestorben ist.«

Sie nickt.

»Ja, ich habe von Bruno gehört. Armer Junge, ich kann es immer noch nicht glauben. Ich kann mich noch gut an ihn als kleinen Buben erinnern. Er war ein so fröhliches Kind, so anhänglich. Er hat sich nie vom Tod seiner Cousine erholt. Seine Depression ist so entstanden. Dieser Unfall hat auch ihn zerstört, schreiben Sie das ruhig.«

»Wir haben gehört, dass Sie damals die Suche nach dem Mädchen organisiert haben. Ist das richtig?«

»Ja, wir alle haben tagelang Himmel und Hölle in Bewegung gesetzt. Auch nachts haben wir nach ihr gesucht, mit Taschenlampen. Ich habe kleine Suchtrupps von fünf, sechs Leuten aufgestellt und habe sie in alle Himmelsrichtungen in die Wälder ausschwärmen lassen. Aber alles, was wir gefunden haben, war einer ihrer Schuhe, im Schlamm am Flussufer. Sonst nichts. Auch mein Sohn war an vorderster Front dabei.«

»War Ihr Sohn mit Rossella befreundet?«

»Ja, sehr eng sogar. Sie waren immer gemeinsam mit den anderen Jungen und Mädchen der Gemeinde unterwegs. Es waren viele Jugendliche in ihrem Alter da. Aber nachdem das passiert ist, hat er den Kontakt zu ihnen abgebrochen. Rossellas Verschwinden hat auch ihm sehr zu schaffen gemacht.«

»Wir würden ihm gern ein paar Fragen stellen. Wo können wir ihn finden?«

»Im Moment ist er nicht da. Er arbeitet als Flugbegleiter und ist dauernd unterwegs. Ich gebe Ihnen seine Nummer, dann können Sie ihn anrufen.«

»Danke. Wie heißt er?«

»Gabriele. Gabriele Baschenis. Er wird sich freuen, wenn er Ihnen helfen kann. Er hat Rossella sehr gern gehabt.«

24. Januar

»Flugbegleiter«, sagt Ilaria, als sie ins Auto steigen.

»Ganz ruhig. Es kann auch Zufall sein. Zuerst müssen wir herausfinden, ob er adoptiert wurde«, erwidert Besana.

»Was auch erklären würde, warum niemand nach ihm gesucht hat, selbst wenn seine Mutter spontan ihre DNA-Probe bei der Kriminaltechnik abgegeben hat, da sie ja nicht verwandt sind.«

»Nicht so voreilig, Piatti.«

»Wir haben die Telefonnummer des Mörders. Was machen wir? Rufen wir ihn an?«

»Im Moment rufen wir niemanden an. Und außerdem, wer sagt dir, dass er der Mörder ist?«

»Mist, neulich abends in der Pizzeria saß er mit dem Rücken zu uns, ich habe sein Gesicht nicht gesehen. Wenn er tatsächlich Brescianis Zwillingsbruder ist, müsste er ihm zumindest ein bisschen ähnlich sehen.«

»Stimmt. Ich hab ihn auch mal in der Apotheke gesehen, aber er hatte Haube, Brille und Mundschutz an, weil er seiner Mutter geholfen hat, Proben zu entnehmen. Ich würde ihn mit Sicherheit nicht wiedererkennen.«

»Dann suche ich ein Foto.«

Ilaria tippt blitzschnell, man hört das Klackern ihrer Fingernägel auf der Tastatur.

»Gabriele Baschenis, da ist er. Ich hab ihn auf Facebook gefunden«, sagt sie schließlich.

Besana reißt das Steuer unvermittelt nach rechts und bringt den Wagen zum Stehen. Sie sehen sich beide das Profil an.

»Was für ein seltsames Gesicht«, sagt Ilaria.

»Ein bisschen zu oft operiert.«

»Tja, die Nase ist gemacht, das sieht man aus Kilometern Entfernung. Und auch Kinn und Wangenknochen, würde ich sagen.«

»Vielleicht leidet er an Dysmorphophobie«, rätselt Besana.

»Woran?«

»Kennst du das nicht?«

»Nein.«

»Ich habe mal mehrere Artikel zu dem Thema geschrieben, vor Jahren, als Michael Jackson gestorben ist. Er hatte 1984 einen schlimmen Unfall: Bei den Dreharbeiten für einen Pepsi-Werbespot haben seine Haare Feuer gefangen, die Ärzte mussten seine Kopfhaut rekonstruieren. Damit fing seine Abhängigkeit von Schmerzmitteln an, und die plastische Chirurgie wurde zu seiner Obsession, bis es Ausmaße annahm, dass viele von Dysmorphophobie zu sprechen begannen. Menschen, die an dieser Krankheit leiden, leben in dem Wahn, dass mit ihrem Äußeren etwas nicht stimmt, sie fühlen sich abnorm oder missgestaltet, empfinden sich als lächerlich und glauben, dass sie das unbedingt korrigieren müssen.«

»Dann leide ich auch darunter. Mir gefällt gar nichts an mir.«

»Piattola, darauf antworte ich nicht mal.« Besana schüttelt den Kopf. »Bis eben haben wir uns noch mit ernsten Dingen beschäftigt.«

»Entschuldige, ich bin einfach langsam ein bisschen angeschlagen.«

»Kann ich verstehen, es geht mir genauso. Aber vielleicht haben wir einen Wendepunkt erreicht.«

»Meinst du?«

»Als ich für diesen Artikel recherchiert habe, habe ich gelesen, dass eine körperdysmorphe Störung einigen Psychiatern zufolge auf eine schwierige Beziehung zur Mutter zurückgehen kann. Wenn etwa die Mutter sich zu sehr um das Äußere ihres Kindes sorgt und versucht, es an ein Modell anzupassen, das sie im Kopf hat, statt es sich nach seinen eigenen Bedürfnissen und Ansprüchen entwickeln zu lassen. So wächst das Kind mit einer falschen Selbstwahrnehmung auf, als wäre sein Körper eine Art Verlängerung des Körpers seiner Mutter.«

»Ob es wohl einen Zusammenhang zwischen Dysmorphophobie und Kannibalismus gibt?«

»Ich habe keine Ahnung«, erwidert Besana.

»Wollen wir mal nachsehen?«

»Warum nicht.«

Sie klicken sich durch Webseiten von Psychologen und Diätärzten, die Bilder adipöser Patienten mit von Zellulite entstellten Oberschenkeln und Pobacken zeigen.

»Hier steht, dass bei zu strengen hypokalorischen Diäten eine Art *autokannibalistisches* Programm angeworfen wird, bei dem die Muskelzellen sich selbst auffressen. Das ist wohl eher nicht das, was wir suchen.«

»Ich denke nicht.«

»Und auf der Seite hier wird vor einer krankhaften Fixierung auf Essen und die äußere Erscheinung gewarnt, weil das Aggressionen und Gewaltbereitschaft hervorrufen kann. Mord ist damit aber vermutlich nicht gemeint.«

»Ich könnte mir schon vorstellen, dass das alles miteinander zusammenhängt«, überlegt Besana. »Es reicht ja schon, dass jemand subjektiv das Gefühl hat, nicht ›richtig‹ zu sein, weil seine Mutter ihn ablehnt …«

»In unserem Fall ist es ja noch mehr als das, immerhin hat die Mutter ihn verlassen«, fällt Ilaria ihm ins Wort.

»Eben. Als Erstes beginnt er, seinen Körper zu hassen oder, im Gegenteil, ihn auf krankhafte Weise zu lieben. Dann stellt er fest, dass man auch den Körper anderer auf krankhafte Weise hassen oder lieben kann.«

»Ich weiß zwar nicht, ob diese Theorie Hand und Fuß hat, aber sie erscheint mir irgendwie einleuchtend«, sagt Ilaria. Ihr läuft ein Schauer über den Rücken.

»Aber zum Glück ist es ja nicht unser Job, ein Profil zu entwerfen. Wir sind nur Journalisten.«

24. Januar

Um acht Uhr abends stellt Ilaria fest, dass ihr Kühlschrank vollkommen leer ist. Sie hat bereits ihren Pyjama an, doch das kümmert sie nicht, sie zieht einfach die Daunenjacke darüber und eilt hinaus, um zum Discounter an der Ecke zu laufen, der bis neun geöffnet hat. Der Pakistaner begrüßt sie, er hat ihr das gewünschte Rosmarintöpfchen besorgt, das sie haben wollte, und sie bedankt sich. Sie kauft Mandarinen, ein paar Bier für Besana, wenn er vorbeikommt, und eine Fertigsuppe. Dann macht sie sich mit der Pflanze in der einen und der Einkaufstüte in der anderen Hand wieder auf den Heimweg.

Als sie an dem indischen Restaurant wenige Meter von ihrem Haus vorbeigeht und einen beiläufigen Blick hineinwirft, sieht sie an einem der Tische ihren Vater sitzen. Sie geht näher heran, ganz vorsichtig, um nicht gesehen zu werden. Hat er etwa schon Freigang? Sie schluckt, doch der Speichel bleibt ihr im Hals stecken, als hätte sich dort ein Pfropf gebildet. Es ist der Schmerz, der ihr die Kehle zuschnürt.

Von allen Restaurants muss ihr Vater sich ausgerechnet dieses aussuchen. Ob die Frau, die ihm gegenübersitzt, wohl die Frau ist, mit der er sich damals traf? Ist sie bei ihm geblieben? Oder hat er sie im Gefängnis kennengelernt? Ilaria betrachtet die beiden. Sie unterhalten sich, lachen und scherzen wie ganz normale Leute.

Einen Augenblick lang juckt es Ilaria fast, hineinzugehen. *Überraschung. Wen haben wir denn da?* Aber ihr ist nicht danach zumute. Außerdem schämt sie sich, so im Pyjama, mit Rosmarintopf und Einkaufstüte. Es würde nur ein trauriges Bild von ihrem Leben vermitteln. In ihren Träumen hat sie sich diesen Moment immer so ruhmreich vorgestellt, wie eine Art späte Genugtuung. *Du hast nur Verderben über mich gebracht, aber ich habe es trotzdem geschafft. Sieh mich an, wenn du den Mut hast.* Doch im Pyjama fühlt sie sich zerbrechlich, ja nackt. Vielleicht ist ja im Grunde sie diejenige, die nicht den Mut hat, ihm ins Gesicht zu blicken. Sie haben sich so viele Jahre nicht gesehen. Sie hat ihn nie im Gefängnis besucht.

Noch eine ganze Weile bleibt sie vor der Scheibe stehen und beobachtet sie. Sie muss sich eingestehen, dass etwas sie unüberwindlich von ihrem Vater trennt. Doch der Gedanke, dass ihr Vater und diese Frau dort auf der Seite des Lichts sind, während sie, Ilaria, auf dieser Seite im Dunkeln steht, wühlt sie nur noch mehr auf. Zwischen ihnen ist eine Tür, die sie nicht durchschreiten kann. Papa, wie kannst du noch lächeln? Hörst du mich? Hörst du mich? Nein, er hört sie nicht. Er hat sich nicht einmal zur Scheibe umgedreht. Er wird nie erfahren, dass hinter dieser Scheibe ein Schemen gewesen ist. Sie.

Ilaria seufzt tief und geht weiter, läuft eilig über den Bürgersteig. Jetzt ist sie eine junge Frau, die mit einem Rosmarintopf in der einen und einer Tüte vom Discounter in der anderen Hand die Straße entlangläuft und weint. Es wird immer schlimmer. Immer wieder schaut jemand sie an, und es ist nicht mal eine Schaufensterscheibe da, die sie beschützen kann.

Hastig kehrt sie zum Haus zurück, drückt mit der Schulter die Haustür auf und eilt die Treppen hinauf. Sie stellt die Pflanze und die Einkäufe in der Küche ab, zieht hastig Jacke und Schuhe aus. Sie hat keinen Hunger mehr. Lieber macht sie sich eines von den Bieren auf, die sie für Besana gekauft hat. Was soll's. Dann holt sie morgen eben Nachschub. Sie lässt sich aufs Sofa fallen und trinkt gleich aus der Flasche. Jetzt weint sie nicht mehr. Sie empfindet nur unbändige Wut.

Sie sieht wieder das Gesicht ihres Vaters vor sich, der wie in einem Stummfilm die Lippen bewegt, um die Frau ihm gegenüber etwas zu fragen, und wie die ihm vergnügt antwortet. Was hat er wohl wissen wollen? Was hat sie ihm erzählt? Vermutlich irgendeinen Unsinn, Alltagsbanalitäten, die vielleicht ihre Arbeit, ihre Wohnung, ihre Katze betrafen. Wie aufmerksam er zugehört hat.

Der Gedanke, dass er auch nur einen einzigen Abend wie jeder andere Mensch verbringen kann, macht sie schier wahnsinnig. Mit einem Mal erscheint es ihr sinnlos, Mörder zu jagen. Sie steht auf und holt sich das zweite Bier, sie kann nicht mehr still sitzen bleiben. Die Wut regt sie zu sehr auf, zwingt sie, im Wohnzimmer auf und ab zu gehen. Um ihren Radius zu vergrößern, bezieht sie auch das Badezimmer mit ein, so hat sie ein paar Meter mehr. Dann nimmt sie das Telefon und ruft Besana an.

»Ilaria, weinst du? Was ist los?«

»Nichts. Ich wollte dir nur sagen, dass ich dein Bier ausgetrunken habe. Weißt du, ich hatte es für dich gekauft.« Und sie weint und weint. »Ich hab es ausgetrunken.«

»Soll ich zu dir kommen?«

»Nein, ich mach mir jetzt einen schönen Valiumcocktail und geh schlafen. Aber danke fürs Nachfragen.«

»Warum weinst du?«

»Weil sie auf der Seite des Lichts waren und ich auf dieser Seite, im Dunkeln. Das ist unfair.«

»Wer, sie?«

»Das erzähle ich dir morgen, jetzt bin ich zu müde. So unglaublich müde.«

25. Januar

Am nächsten Tag fahren Ilaria und Besana erneut durch die Bergamasca. Der Nebel vermischt sich mit dem Rauch, der von den Feldern aufsteigt, und man kann kaum erkennen, wo die mit Reif bedeckte Erde aufhört und der graue Himmel beginnt, doch auf einmal erscheint ihnen diese Landschaft weniger heimtückisch. Vielleicht, weil sie sie inzwischen beherrschen können.

»Was war gestern mit dir los?«

»Ich habe meinen Vater gesehen. Er war in dem indischen Restaurant bei mir nebenan. Stell dir das mal vor, so ein Zufall, bei all den Restaurants, die es in Mailand gibt. Er war mit einer Frau da und sah sehr vergnügt aus.«

»Wahrscheinlich hat er Freigang bekommen wegen guter Führung«, erwidert Besana.

»Das glaube ich auch. Seit der Verurteilung sind mehr als zehn Jahre vergangen.«

»Und was hat er gesagt?«

»Er hat mich nicht gesehen. Ich habe ihn durch die Scheibe angestarrt, als wäre er in einem Hochsicherheitsgefängnis. Dabei wirkte er ziemlich frei. Fast freier als ich.«

Besana streckt seinen Arm aus und streichelt ihre Hand, aber Ilaria möchte nicht weiter darüber reden.

»Hast du noch etwas über Baschenis herausgefunden?«

»Nein«, entgegnet Besana. »Ich war gestern auch ziemlich müde. Aber heute müssen wir uns ein bisschen umhören.«

Sie betreten die Pizzeria, wo sie bereits von Abbas erwartet werden. Er wischt sich die Hände an der Schürze ab und führt sie in ein dunkles Hinterzimmer. Wenigstens quäkt hier kein Fernseher. Lediglich ein paar ausgediente Spielautomaten stehen herum wie archäologische Fundstücke und zeugen von den Lastern der Provinz. Picariellos Frau will sie nicht durch neue ersetzen, ihr genügt schon die fortschreitende Abhängigkeit ihres Mannes. Doch da die kleinbürgerliche Nachlässigkeit keine ästhetischen Sorgen kennt und die Geräte inzwischen unschädlich sind, hat sich bisher noch niemand die Mühe gemacht, sie zur Mülldeponie zu fahren.

Abbas hat ein Tablett mit dem Frühstück auf den Tisch gestellt, Kaffee und Croissants, aber das Gebäck, mit einem durchscheinenden Guss überzogen wie die Lasur mittelalterlicher Gemälde, ist zäh wie Gummi, und der Espresso schmeckt nach Lakritze und Spülmittel. Besana zeigt Abbas das Foto.

»Hast du den schon mal hier gesehen?«

Abbas hebt langsam seine Löwenaugen.

»Ist das der Komplize?«

»Das wissen wir noch nicht«, erwidert Besana. »Es ist nur eine unserer Thesen.«

»Und Bresciani?«

»Er bleibt im Gefängnis, keine Sorge.«

Abbas' Blick bleibt auf das Foto geheftet.

»Ja, er kam ab und zu her. Er kannte Aneta. Er ist Pilot, richtig?«

»Flugbegleiter.«

»Jedenfalls hatte er was mit Flugzeugen zu tun, daran erinnere ich mich. Aneta wollte Stewardess werden und hat ihn gefragt, welche Lehrgänge er ihr empfehlen würde. Bestimmt hat er sich auch mit Melissa unterhalten. Sie war nett, sie hat immer mit allen Gästen geredet.«

»Kannst du uns noch mehr über Baschenis erzählen? Jedes noch so kleine Detail kann für uns nützlich sein.«

»Ich glaube, er wohnt jetzt in Mailand. Er ist der Sohn der Apothekerin in Suisio. Die, die mit Freiwilligen DNA-Proben gesammelt hat, wisst ihr, wen ich meine?«

Ilaria und Besana nicken.

»Eine gute Frau«, fährt Abbas fort. »Sie setzt sich immer für alle ein. Für Einwanderer, Senioren, Arbeitslose, Drogenabhängige, Katzen und Hunde.«

»Weißt du zufällig, ob Baschenis adoptiert wurde?«

»Das weiß ich nicht.« Abbas zuckt die Achseln. »Für uns war er immer der Sohn der Apothekerin und fertig.«

»Kannst du dich erinnern, ob er in der Zeit hier war, in der die Morde geschehen sind?«

»Nein, das weiß ich nicht mehr. Tut mir leid. Vielleicht habe ich ihn um Weihnachten rum gesehen, aber ich könnte es jetzt nicht beschwören. Vielleicht täusche ich mich auch. Ich weiß, dass er hier noch eine kleine Wohnung hat, direkt über der seiner Mutter. Er war oft hier in der Gegend.«

Enttäuscht verlassen Ilaria und Besana die Pizzeria.

»Wenn er nicht adoptiert wurde, sind wir völlig auf dem Holzweg«, stellt Ilaria fest.

»Stimmt. Und sie hat als Erste ihre DNA abgegeben, die Ermittler hätten sofort bemerkt, wenn sie mit dem Täter verwandt wäre.«

»Vielleicht hat sie ja sogar eine Probe ihres Sohnes abgegeben, das wissen wir nicht.«

»Wenn Giorgio uns nicht hilft, kommen wir nicht weiter. Dann war alles umsonst.«

»Hast du mit ihm gesprochen?«

»Natürlich, ich hab ihn gestern noch angerufen. Aber nichts zu machen. Er will nichts mehr davon hören. Er sagt nur noch, dass der Fall abgeschlossen und unsere Theorie vollkommen an den Haaren herbeigezogen ist.«

25. Januar

Die lila Wände in Danas Kosmetikstudio sind mit Feen und Schmetterlingen dekoriert, vor lauter Paillettenstreifen gehen die Nagellacks und Lidschatten auf den Regalen fast unter. Ein intensiver Duft nach Sandelholzöl konkurriert mit dem Geruch der Räucherstäbchen, die neben dem Eingang brennen. Seit Dana Perego tot ist, führt Conchita, ihre kubanische Partnerin, den Salon alleine weiter.

Ilaria und Besana zeigen ihr Baschenis' Foto. Conchita nickt.

»Gabriele. Natürlich. Er war süchtig. Er hat ein Vermögen für Cremes ausgegeben: Hautstraffungscremes, Antifaltencremes. Wir haben ihm auch Hyaluronsäure gespritzt. Er war sehr auf sein Äußeres bedacht.«

»War er ein Kunde von Dana?«

»Oh ja, er wollte immer nur Dana. Wenn er hier war, kam er manchmal sogar drei-, viermal die Woche. Wenn er im Ausland war, hat er per E-Mail Termine vereinbart.«

»Und jetzt?«

»Der Salon war wegen des Trauerfalls geschlossen, ich habe erst gestern wieder aufgemacht«, erklärt Conchita und strafft die Schultern. »Aber warum fragen Sie nach ihm? Er war immer freundlich, höflich. Ein feiner Mensch.«

»Ja, das wissen wir«, erwidern die beiden unisono, um keinen Verdacht aufkommen zu lassen. »Aber er könnte ein wichtiger Zeuge sein.«

»Ein Zeuge?«

»Mehr können wir im Moment nicht sagen. Im Gegenteil, wir müssen Sie bitten, unser Gespräch vertraulich zu behandeln.«

Conchita nickt energisch.

»Ja, natürlich, natürlich. Ich bin ein diskreter Mensch. Sehr diskret.«

»Gut.« Ilaria und Besana lächeln.

Zufrieden steigen sie wieder ins Auto.

»Er kannte Aneta, er kannte Melissa, er kannte Dana. Er kannte sogar Rossella und Bruno«, sagt Ilaria. »Ganz schön viele Zufälle, nicht?«

»Solange nichts bewiesen ist, gilt die Unschuldsvermutung, Piatti. Wir müssen uns zurückhalten. Leider stehen uns nicht die Mittel der Polizei zur Verfügung. Wir können ihn nicht auf der Straße anhalten und zum Alkoholtest bitten. Und selbst wenn wir illegal an eine DNA-Probe von ihm kämen, hätten wir nicht die Instrumente, sie zu analysieren. Aber du hast recht, all diese Zufälle wiegen ziemlich schwer.«

»Wenn ihn jetzt auch noch Melissas Mutter wiedererkennt, dann schwöre ich, dass ich mich vor dem Polizeipräsidium in Bergamo festkette«, sagt Ilaria.

»Du musst dich nirgendwo festketten«, erwidert Besana. »Du solltest dich lieber erst mal von deinen Ketten befreien. Nicht du hast lebenslänglich bekommen.«

Stumm senkt Ilaria den Blick. Vielleicht hat er recht.

Nun aber kommt der schwierigste Part, denn sie sind mit Melissas Mutter verabredet. Signora Elsa hat einen Tag nach der Beerdigung ihre Bäckerei wieder aufgemacht. Das erzählt sie ihnen, während sie den Verkaufstresen ihrem singhalesischen Gehilfen überlässt und ihnen voran nach hinten geht. Zwischen Wänden, von denen der Putz abblättert, steigen sie eine enge Treppe hinauf und finden sich in der Wohnung gleich über dem Laden wieder. Im Wohnzimmer liegen überall noch Melissas Sachen. Auf dem Esstisch stapeln sich Jurabücher (die Holzplatte ist blank geputzt, jemand muss die Bücher angehoben und wieder zurückgelegt haben), im Eingang hängen die Daunenjacke und der Schal der Tochter, selbst ihre Pantoffeln stehen vor der Tür, ordentlich nebeneinander auf den glänzenden Marmor gestellt (auch sie wurden offenbar angehoben, damit der Boden darunter gewischt werden konnte, und wieder an ihren Platz zurückgestellt, unverrückbar wie der Schmerz).

Signora Elsa bietet selbst gebackene Kekse an, die Ilaria und Marco natürlich nicht ausschlagen können. Außerdem hat sie eine Flasche schlechten Sekt kalt gestellt, weil sie sich mit Wein nicht gut auskennt, und auch den nehmen sie natürlich – aufrichtig gerührt – an.

»Melissa hat so gut von Ihnen beiden gesprochen«, sagt sie.

Ilaria ist den Tränen nah, und so übernimmt Besana

das Reden. Er reicht der Signora das Foto, die ihre Brille aufsetzt und es aufmerksam betrachtet, ehe sie etwas sagt.

»Das ist doch der Sohn der Dottoressa Motta.«

»Kannte Melissa ihn?«

»Hier kennt jeder jeden«, erwidert die Frau. »Aber sie haben sich tatsächlich noch vor Kurzem gesehen. Er hat Melissa im Auto mit nach Mailand genommen, sie hatte dort einen Termin bei einer Frauenärztin. Ich habe überhaupt nicht verstanden, warum sie nicht zu ihrer Ärztin hier im Ort wollte, bei der sie sich im Grunde immer wohlgefühlt hat, und bis nach Mailand gefahren ist. Aber ich habe ihr keine Fragen gestellt, ich wollte mich da nicht einmischen. Doch dann habe ich von der Polizei erfahren, dass meine Tochter abgetrieben hat. Da wurde mir alles klar.«

»Glauben Sie, sie hat Baschenis erzählt, dass sie abtreiben wollte?«

»Ich weiß es nicht. Melissa redete sehr offen über persönliche Dinge, fast zu sehr. Es wäre schon möglich, schließlich hat er sie in einem schwachen Moment erwischt. Es tut sicher gut, mit jemandem zu reden, wenn man abtreiben will.«

Traurig, aber wahr.

»Was glauben Sie, warum sie abgetrieben hat? Abbas hätte das Kind gerne behalten.«

Melissas Mutter seufzt.

»Abbas ist ein wunderbarer Junge. Er war felsenfest davon überzeugt, dass das Kind von ihm war. Aber«, sie hält einen Moment inne, »ich habe den Verdacht, dass Melissa sich noch mit einem anderen Mann traf. Manchmal schloss sie sich in ihrem Zimmer ein, um zu telefonieren. Das tat sie nie, wenn sie mit Abbas sprach. Und wenn ich sie fragte, wer sie da immer anrief, wechselte sie sofort das Thema. Ich vermute, sie war in einen verheirateten Mann verliebt.«

»Verliebt?«

»Mütter verstehen viele Dinge, auch wenn ihre Töchter nicht darüber reden wollen.«

26. Januar

»Das Kind war von dir, stimmt's?«

Giorgio legt sich eine Hand auf die Augen und schweigt.

»Keine Sorge, wir sind Freunde. Rosa wird nichts erfahren«, fährt Besana fort.

»Du kannst dir nicht vorstellen, wie viel Kraft es mich kostet, meinen Schmerz zu verbergen. Und meine Arbeit zu machen, als wäre sie ein Opfer wie die anderen.«

»Du hättest mit mir reden können.«

Giorgio schüttelt langsam den Kopf. Dieses Nein bezieht sich auf etwas viel Größeres als diese Frage, sein ganzer Körper sagt Nein.

»Ich konnte mit niemandem reden. Es ist zu viel, viel zu viel. Du kannst nicht verstehen, was ich empfunden habe, als ich zum Tatort gefahren bin. Es hat sich angefühlt, als hätte dieser Bastard auch mich getötet. Und gleichzeitig, als hätte ich sie getötet.«

»Vielleicht hat er es absichtlich getan. Vielleicht wollte er dir wehtun.«

»Ja, daran habe ich auch schon gedacht. Das ist ihm gelungen. Die Schuldgefühle, die er nicht kennt, machen mich fertig. Davon werde ich mich nie befreien können. Er hat mich zum Mörder gemacht.«

»Du bist kein Mörder.«

»Es zählt nicht, was ich bin. Es zählt, wie ich mich jetzt fühle.«

»Du solltest nicht alles durcheinanderwerfen. Wahrscheinlich spielt auch die Abtreibung eine Rolle, du vermischst die Ebenen auf unsinnige Weise miteinander. Du kannst dir nicht erlauben, irrational zu sein, nicht in einer solchen Situation.«

»Du hast recht, aber mein Kopf macht, was er will.«

»Habt ihr es gemeinsam entschieden?«

»Ja. Vielleicht hat Melissa gehofft, dass ich meine Familie verlasse, aber sie hat nie Druck ausgeübt. Wir haben ganz in Ruhe über alles geredet. Sie wollte Abbas die Wahrheit sagen, aber ich habe ihr davon abgeraten. Ich hatte Angst, dass er es irgendjemandem erzählt. Ich war ein feiges Arschloch. Ich habe ihr eine Gynäkologin in Mailand rausgesucht, damit im Ort nicht geredet wird.«

»Tja, die Reserviertheit.«

»Sie wird uns in dieser stumpfsinnigen Provinz zum Strick. Uns bleibt nichts anderes übrig, als ihn uns um den Hals zu legen und unsere Geheimnisse zu ersticken.«

Besana schweigt einen Moment und spielt mit seiner Zigarettenschachtel, klopft die Ecken auf den Tisch.

»Auch Melissas Mutter hat ihn erkannt. Baschenis hat Melissa nach Mailand gefahren, zur Abtreibung. Deshalb wusste er Bescheid. Und deshalb ist sie, die niemandem vertraute, an jenem Abend wieder in sein Auto gestiegen.«

Giorgio schlägt mit der Faust auf den Tisch, bis seine Knöchel blutig sind.

»Es reicht, du quälst mich für nichts und wieder nichts. Die Geschichte mit den Zwillingen lässt sich nicht bestätigen. Wir haben es beim Einwohnermeldeamt überprüft – nichts.«

»Ich weiß, wir waren auch dort. Aber vielleicht hat jemand einfach die Geburtsurkunde verschwinden lassen, damals war ja noch nicht alles digitalisiert. Man brauchte nur ein Dokument mitgehen zu lassen«, erwidert Besana ruhig.

»Aber wir haben doch auch eine Probe von Baschenis' DNA. Seine Mutter hat sie uns zusammen mit den ganzen anderen gegeben.«

Besana senkt beschämt den Blick. Er zündet sich eine Zigarette an.

»Hier darf man nicht rauchen«, sagt Giorgio.

Besana zuckt die Schultern.

»Vielleicht ist es ganz gut, dass sie mich in Rente schicken. Ich bin nicht mehr so klar wie früher.«

»Das liegt an dem Fall, wir sind alle fix und fertig«, erwidert Giorgio. Dann steht er auf und öffnet das Fenster. Soll Besana doch rauchen.

»Ich wollte dich außerdem warnen: Milesi hat die Aussage einer Prostituierten in die Finger bekommen, die behauptet, du hättest versucht, sie zu erwürgen.«

»Das ist eine uralte Geschichte, es ist längst geklärt! Man hat nachgewiesen, dass es gar nicht sein konnte, weil ich an dem Tag und zu der Uhrzeit woanders war. Dafür gibt es sogar Zeugen. Die Frau wollte sich bloß rächen, weil ich ihren Zuhälter wegen Drogenhandels verhaftet hatte.«

»Ich weiß. Ich hab's überprüft.«

»Du hast es überprüft? Vertraust du mir nicht?«

»Ich habe es überprüft, um etwas in der Hand zu haben, womit ich Milesi den Wind aus den Segeln nehmen konnte. Das war die einzige Möglichkeit, ihn aufzuhalten. Ich habe ihm klargemacht, dass, wenn er vorhat, dich in den Dreck zu ziehen, ich ihn in den Dreck ziehen werde.«

»Danke.«

»Im Caminetto hängt ein Foto, auf dem du und Melissa im Hintergrund zu sehen seid. Fahr vorbei und lass es verschwinden. Jemand könnte zufällig daraufstoßen, so wie wir.«

»Wir waren nur ein einziges Mal dort. Das Restaurant von Almè ist viel besser. Probier's mal mit Ilaria aus.«

»Du hast eine völlig falsche Vorstellung, wir sind nur Kollegen.«

»Schade. Ich hatte es gehofft. Sie wäre die richtige Frau für dich.«

»Sie ist keine Frau, sie ist ein kleines Mädchen.«

»Versuch, nicht auch sie zu verlieren, Marco.«

»Ich werde sie nicht verlieren.«

27. Januar

Besana rast zum Polizeipräsidium, allerdings nicht zu dem in Bergamo, sondern zu dem in Mailand. Vor der Schule seines Sohnes gab es eine Razzia, und man hat eine Gruppe von Jungen wegen Dealerei festgenommen, darunter auch Jacopo. Zum Glück ist Marina noch in Kuba.

Während er den Wagen durch den dichten Verkehr steuert, telefoniert er mit einem befreundeten Anwalt.

»Damit das klar ist«, sagt er, »ich habe nicht vor, ihm den Arsch zu retten. Ich hasse diese beknackten Eltern, die ihre Kinder um jeden Preis verteidigen, egal, was sie verbrochen haben. Er wird für alles, was er getan hat, geradestehen müssen, dann lernt er es wenigstens. Verfluchte Scheiße, ich reiße mir den Arsch auf, um die Leute in den Knast zu bringen, und dann das«, er parkt ein und springt aus dem Wagen, »das Haschisch interessiert mich nicht, wir haben alle gekifft, aber Dealen, das geht zu weit«, er hastet den Bürgersteig entlang, rempelt eine Frau an, »entschuldigen Sie, entschuldigen Sie«, und keucht dann wieder ins Telefon, »ich weiß noch nicht, wie viel sie bei ihm gefunden haben, aber garantiert mehr als für den Eigenbedarf, sonst hätten sie ihn nicht verhaftet. Ja, ich versuche, mich zu beruhigen, ja. Am liebsten würde ich ihm eine Tracht Prügel verpassen, aber ja, ich bin ganz ruhig.«

Dann steht er vor dem Präsidium. Er atmet tief durch. Sofort trifft er auf einen Kollegen, der ihm tröstend die Hand auf die Schulter legt.

»Ich hab schon gehört, Marco, es tut mir leid. Die haben mich hergeschickt, damit ich was schreibe, aber keine Angst, ich werde deinen Sohn nicht erwähnen.«

Sofort regt Besana sich noch mehr auf.

»Wie großzügig von dir! Du weißt genau, dass man Minderjährige sowieso nicht erwähnen darf«, schnauzt er und hastet ins Foyer.

Auf einer Bank im Flur hockt mit gesenktem Kopf Jacopo. Besana schließt kurz die Augen. Der Anblick ist ihm unerträglich. Als ein Polizist ihn grüßt, nickt er finster. Dann geht er langsam auf seinen Sohn zu. Jacopo sieht hoch und springt auf. Es fällt ihm sichtlich schwer, die Tränen zurückzuhalten.

»Entschuldige, Papa.«

Besana umarmt ihn so fest, dass er ihm fast wehtut.

»Du Vollidiot.«

Aber da Jacopo nicht vorbestraft ist, ist er mit Bewährung und allem Drum und Dran – die Razzia sollte vor allem dazu dienen, die Jungs zum Reden zu bringen und die großen Fische zu schnappen, nicht sie – noch am selben Abend wieder frei. Besana fährt ihn zu Hause vorbei, damit er einen Schlafanzug und ein paar saubere Klamotten holen kann, er wird für ein paar Tage bei ihm bleiben. Während Jacopo seine Sachen packt, wartet er unten im Auto auf ihn. Er hat kein Verlangen danach, mit hinaufzugehen und Armandos Klamotten auf seinem Bett liegen zu sehen oder seinen Computer im blauen Arbeitszimmer.

Das Letzte, womit er gerechnet hat, ist, dass ein besorgter Armando mit ihm reden will, doch genau der steht auf einmal neben ihm.

»Warum bist du nicht raufgekommen? Wir hätten ein Glas zusammen trinken können«, sagt er und streckt ihm durch das runtergelassene Fenster die Hand hin.

»Du lädst mich zu *mir* nach Hause ein?« Dämliches

Arschgesicht. Besana zwingt sich zu einem Lächeln. »Wie nett, danke. Aber ich warte lieber hier auf meinen Sohn.«

»Was soll ich Marina sagen, wenn sie mich heute Abend anruft?«

»Nichts. Sag ihr, Jacopo hatte Lust, ein paar Tage mit seinem Vater zu verbringen.«

»Das glaubt sie mir doch nie im Leben!«

Besana möchte aussteigen und ihm eine reinhauen. Ihm seine unverschämt gerade Nase zertrümmern. Heute wird seine Geduld ganz schön auf die Probe gestellt. Man wird ihn noch heiligsprechen.

»Du findest es also glaubwürdiger, dass er nach einem Scheißtag wie diesem lieber bei einem Schwachmaten wie dir sein will?«

Armando verdreht die Augen.

»Bitte, Marco, lass uns heute nicht streiten. Jacopo hat schon genug durchgemacht.«

Vielleicht steigt er doch gleich aus und poliert ihm die Fresse. Spielt der Kerl sich jetzt ausgerechnet vor ihm als besorgter Stiefvater auf?

»Sag Marina, was du willst. Wenn sie mich anruft, gehe ich eh nicht ran. Denk dir was aus.«

Armando schüttelt den Kopf.

»Sie hat recht, du bist wirklich primitiv.«

Besana lächelt befriedigt. Lieber primitiv als ein widerlicher Heuchler wie er. Er winkt ihm, indem er die Hand zusammenklappt. *Ciao bello*, mach dich vom Acker und geh hübsch nach Hause (in *meine* Wohnung!).

Da kommt Jacopo aus der Tür. Armando geht auf ihn zu, um ihn auf die Wange zu küssen, aber der Junge macht sich steif wie ein Brett und weicht zurück. Besana lächelt ihm aus der Ferne zu. Auch Jacopo lächelt, aber nur zu seinem Vater, als er die Beifahrertür öffnet.

»Ehrlich gesagt bin ich ganz froh«, sagt er. »Jetzt sehe ich endlich mal, wo du wohnst.«

Besana seufzt, aber im Stillen freut er sich.

»Eigentlich hast du dir meinen Palast heute nicht verdient. Sei's drum. Wie wär's mit einer Pizza?«

27. Januar

Als Jacopo die Wohnung seines Vaters betritt, sieht er sich stirnrunzelnd um. Besana kann seinen enttäuschten Blick kaum ertragen. Er weiß selbst, dass seine Wohnung jämmerlich ist, aber das in den Augen seines Sohnes zu lesen, ist zu viel für ihn.

»Es ist nur vorübergehend«, sagt er.

Jacopo antwortet nicht. Mit dem Rucksack in der Hand bleibt er abwartend stehen.

»Wo soll ich den hinstellen?«

Besana zuckt die Schultern.

»Wo du willst.«

Dann wühlt er verlegen im Schrank zwischen verblichener Bettwäsche und lauter alten Handtüchern, die nicht zusammenpassen.

»Das Schlafsofa ist sogar ziemlich bequem. Die Piatti schläft auch immer da drauf.«

»Also seid ihr jetzt zusammen?«

»Äh, nein, sonst würde sie bei mir schlafen. Leute, die frisch verliebt sind, fangen normalerweise nicht mit getrennten Schlafzimmern an. Das kommt später.« Er lacht nervös.

»Stellst du sie mir mal vor?«

»Wen? Die Piatti? Aber sie ist doch nur eine Kollegin.«

»Aber ihr seid immer zusammen. Sie schläft sogar bei dir.«

»Das war doch nur, weil ein Stalker sie verfolgt hat. Weißt du, wir hatten Angst.«

»Papa, du redest ja sogar schon im Plural.«

»Verdammt noch mal, ich hatte eben auch Angst, was denkst du denn? Ich hab mich sicherer gefühlt, als sie nebenan geschnarcht hat. Manche Morde rauben einem den Schlaf.«

Jacopo schüttelt den Kopf und lächelt vielsagend. Dann bittet er, kurz ins Bad zu dürfen. Besana zeigt ihm die Tür. Er schämt sich ein wenig, weil er nicht geputzt hat. Er hatte ja keinen Besuch erwartet. Gut, sein Sohn ist ein Mann, er weiß, dass man nicht immer so zielsicher ist. Aber dennoch, hoffentlich ist es nicht allzu eklig: Jetzt, da Marina nicht mehr mit ihm schimpft, kümmern ihn die Tröpfchen auf der Klobrille nicht.

Aber Jacopo kommt freudestrahlend aus dem Bad.

»Du hast ja noch die Tasse, die ich dir aus England mitgebracht habe!«

»Natürlich. Die benutze ich als Zahnputzbecher. Wahrscheinlich klebt einen Zentimeter hoch Zahnpasta drin, aber dann halten die Zahnbürsten besser.«

Jacopo nimmt sich ein Glas Wasser. Er benutzt das Glas, das auf dem Abtropfgestell stand, und öffnet den Kühlschrank, als würde er es immer so machen. Besana ist beinah gerührt.

»Und was ist mit der Pizza?«

»Wir haben zwei Möglichkeiten: Entweder wir essen draußen, oder wir lassen sie uns bringen.«

»Dann lassen wir sie uns bringen. Ich möchte gerne hierbleiben.«

Während Besana die Nummer wählt, erklärt er seinem Sohn, dass er einen Marokkaner kennt, der Neapolitanisch spricht und eine großartige Pizza macht.

»Können wir auch direkt aus dem Karton essen?«

»Natürlich, denkst du etwa, ich hab zwei Pizzateller?«

»Dann hätte ich mir auch Sorgen gemacht. Mann, wie mir das gefehlt hat, Pizza direkt aus dem Karton. Armando ist immer so pingelig, das nervt. Er will alles immer ganz perfekt haben. Nur schade, dass er nicht perfekt ist.«

Besana reicht ihm ein Bier, natürlich ohne Glas. Sie stoßen an.

»Danke, Papa.«

»Danke wofür? Wenn sie dich dabehalten hätten, hätte ich dich nicht rausgehauen, was glaubst du denn.«

»Ich weiß. Es tut mir leid, Papa. Ich habe es nur gemacht, weil ein paar Freunde aus der Clique mich überredet haben. Ich habe niemandem Drogen verkauft. Aber die hatten auf einmal so viel, dass sie Angst hatten, alles zu behalten, und es verteilt haben. Ich wollte nicht wie ein Feigling dastehen.«

»Und dann hast du eben wie ein Idiot dagestanden. Bravo.«

Aber Besana lächelt, er hat ihm verziehen. Jacopo umarmt ihn erneut.

»Du hast mir gefehlt, Papa.«

28. Januar

Am nächsten Morgen ruft Besana Ilaria an und erklärt ihr die Lage, dann ruft er in der Redaktion an, um anzukündigen, dass er den ganzen Tag nicht gestört werden will, von niemandem. Er will etwas Schönes mit seinem Sohn unternehmen, auch wenn er nicht weiß, was, denn schöne Dinge zu organisieren, war noch nie seine Stärke.

Vielleicht ein Ausflug an den See. Ist das was Schönes, die Seen? Er ist immer nur aus weniger schönen Gründen hingefahren, etwa, weil die Leiche eines Mädchens auf dem Grund gefunden wurde oder Taucher nach einem vermissten Mann suchten. Vielleicht besser ans Meer. Ein kleiner Trip nach Ligurien. Das letzte Mal war er wegen einer Leiche am Strand dort. Da hat er sich natürlich nicht entspannt in eine Bucht gesetzt und den Sonnenuntergang bestaunt. Vielleicht wird es wirklich langsam Zeit, es mal auszuprobieren.

»Wollen wir nach Portofino fahren und eine schöne Portion Trenette mit Pesto essen?«

»Cool! Ich lass mich jetzt jeden Tag verhaften. Du magst ja Kriminelle.«

»Blödmann.«

Im Auto lässt Jacopo sich lang und breit über Armando aus, er kann ihn mittlerweile überhaupt nicht mehr ausstehen. Besana hätte nie gedacht, dass sein Sohn so gesprächig sein kann. Er ist überglücklich, dass er ihm sein Herz ausschüttet, und fühlt sich geschmeichelt.

»Und was sagt Mama dazu?«

»Sie findet ihn auch nervig. Ich glaube, sie ist nicht

mehr so verliebt. Du siehst ja, sie ist mit ihren Freundinnen nach Kuba geflogen. Das hätte sie vor einem Jahr niemals gemacht.«

»Warum sucht sie sich nicht einen anderen?«

»Weil er einfach nicht geht. Manchmal, wenn sie streiten, versucht sie ihn rauszuschmeißen. Aber er bleibt einfach da. Wenn es ganz schlimm wird, schließt er sich in seinem Arbeitszimmer ein.«

»Du meinst, in *meinem* Arbeitszimmer.«

»Ja, genau. Du kannst dir nicht vorstellen, wie mir das auf den Senkel geht.«

Das ist heute Besanas Siegeszug. Auch die Sonne ist auf seiner Seite. Sie fahren über Land, kaufen ofenfrische Focaccia und klettern auf die Felsen in der Baia dei Poeti, um sie dort inmitten der Möwen zu essen. Glücklich betrachtet Besana das Meer.

»Es ist also doch nicht nur dazu da, um Leichen herauszufischen«, sagt er.

Jacopo lacht.

»Ich hab dich lieb, Papa.«

»Ich dich auch.«

»Nimm mich öfter mal mit.«

»In die Bergamasca lieber nicht.«

»Da musst du doch eh nicht mehr hin. Sie haben ihn doch jetzt geschnappt.«

Besana zündet sich eine Zigarette an und erzählt ihm von seinen Zweifeln, der Fährte, der er zusammen mit Ilaria nachgegangen ist, und wie Giorgio sie demontiert hat. Jacopo lauscht fasziniert.

»Was wirst du nur ohne machen?«

»Ohne diesen Dreckskerl?«

»Nein, ohne deine Arbeit.«

»Ich weiß es nicht.«

Aber Besana will heute keinen finsteren Gedanken nachhängen, und so steht er auf.

»Jetzt essen wir erst mal eine Riesenportion Trenette mit Pesto.«

»Und mit Miesmuscheln. Ich hab so Lust auf Miesmuscheln«, erwidert sein Sohn.

»Alles, was du willst. Heute verwöhne ich dich. Du hast recht, ich mag Kriminelle. Vor allem solche Pechvögel wie dich.«

29. Januar

»Ein Taser?«, fragt Besana.

»Ja, ein Labrador hat ihn gefunden. Er hat unter dem Schnee etwas Gelbes entdeckt und dachte wohl, es wäre ein Spielzeug. Er hat ihn ausgebuddelt und ist dann mit der Elektroschockpistole statt mit einer Frisbeescheibe zu seinem Herrchen zurückgekommen«, erklärt Giorgio.

»Und wo war das?«

»Im Wald in der Nähe der Adda, nicht weit von der Stelle, an der Anetas Leiche gefunden wurde.«

»Wir haben uns ja gleich gedacht, dass er sie irgendwie betäubt, aber dass er einen Taser benutzt hat, ging aus dem Autopsiebericht nicht hervor.«

»Die Gerichtsmediziner haben darüber diskutiert. Aneta hatte eine Verbrennung im Nacken, aber die Meinungen gingen auseinander. Einer aus dem Team hat vermutet, dass sie von einem Taser stammte, aber die anderen waren der Ansicht, es sei die Verbrennung einer Zigarette. Jedenfalls hatten wir nichts gefunden. Die Pistole war vergraben.«

»Wurden auch Dana und Melissa so betäubt?«

»Nein. Bei Dana hat man einen Bluterguss am Schädel gefunden. Er hat sie also erst mit einem stumpfen Gegenstand niedergeschlagen und sie dann erwürgt. Und was Melissa betrifft …«

»Giorgio, du musst nicht darüber sprechen, es ist nicht so wichtig. Ich kann dich verstehen.«

»Ja, es ist hart für mich. Auf jeden Fall gibt es Anzeichen dafür, dass sie sich gewehrt hat, sie war also leider bei Bewusstsein. Sie hat gekämpft.«

Stille.

»Jedenfalls entlastet dieser Taser Vimercati. Er kommt heute raus.«

»Warum das?«

»Weil sich in der Waffe ein Speicher befindet, der Datum und Uhrzeit aufgezeichnet hat, zu der sie benutzt worden ist. 8. Dezember, 22.37 Uhr. Genau zu der Zeit war Vimercati an einem Bankautomaten. Er wurde von den Videokameras gefilmt, und auf seinem Bankauszug ist die Kontobewegung zu sehen. Das Video kannten wir, aber bislang nicht die exakte Uhrzeit des Verbrechens, es hätte auch danach verübt worden sein können. Aber da ist noch etwas.«

»Nämlich?«

»Für Bresciani wird es eng. Aus seiner Kreditkartenabrechnung geht hervor, dass er gerade eine halbe Stunde vorher in der Nähe getankt hat.«

»So dämlich kann er doch gar nicht sein, falls er schuldig ist. Ist doch klar, dass eine Kreditkarte Spuren hinterlässt.«

»Aber er *ist* schuldig, Marco! Willst du jetzt endlich mal damit aufhören?«

»Schon gut. Und weiß man, woher die Pistole stammt?«

»Wahrscheinlich übers Internet gekauft, in Italien sind sie verboten. Wir versuchen, den Besitzer ausfindig zu machen, aber es ist sehr schwierig. Es waren keine Fingerabdrücke darauf, und sie war lange der Witterung ausgesetzt. Da ist nur der Speichel vom Hund dran.«

Als Besana hinausgeht, muss er an Giulia Lecchi denken, die ihren Ehemann wiedersehen wird. Werden sie einander wieder Beleidigungen auf Klebezettel schreiben? Immer wieder drängt sich der Gedanke an den Frust seiner eigenen Ehe auf.

Im Wagen wartet Jacopo auf ihn. Letztlich hat er ihn doch mitgenommen in die Bergamasca. Man muss versuchen, die Orte zu verstehen, um die Menschen zu verstehen.

»Und? Haben sie noch eine Leiche gefunden, Papa?«

»Nein, einen Taser.«

»Was ist das?«

Besana dreht sich zu ihm und lächelt. Der Junge fängt an, sich für seine Welt zu interessieren.

29. Januar

Nachdem er Jacopo zu Hause abgesetzt hat, fährt Besana bei Ilaria vorbei. Er will ihr von dem Taser erzählen, und vielleicht auch von vielen anderen Dinge. Zum Beispiel davon, wie glücklich er mit seinem Sohn war. Leider ist Marina schon zurück und die schöne Zeit damit vorbei, aber mit Sicherheit hat sich zwischen ihnen etwas verändert.

Ilaria hat gekocht. Es sollte eine simple Pasta mit Käsesoße und Pfeffer werden – Katastrophe. Die einfachsten Gerichte sind oft die schwierigsten. Sie trägt eine unförmige Masse auf, offenbar hat sie den Pecorino nicht mit dem Kochwasser der Nudeln verlängert. Als Besana die Gabel hebt, bleiben sämtliche Spaghetti in einem Klumpen daran kleben.

»Schmeckt's dir?«

»Ich liebe die römische Küche«, erwidert Besana höflich.

»Ich verstehe nicht, wie sie die Soße so cremig hinbekommen …«

»Macht nichts, es schmeckt ausgezeichnet.«

Während des Essens verteidigt Ilaria weiter ihre These. Sie ist schwer enttäuscht, dass Giorgio sie einfach so abblitzen lässt.

»Vielleicht war es ja wirklich nicht Baschenis, vielleicht haben wir uns geirrt. Aber …«

»Sie haben Baschenis' DNA. Und sie stimmt nicht mit der des Täters überein. Also nix aber.«

»Ja gut. Aber, aber …«, wenn sie unsicher wird, wiederholt sie sich, fängt wieder an zu stottern, »aber vielleicht hat Friendly Jet trotzdem was damit zu tun. Aneta wollte Stewardess werden, Bruno sagt, er hätte den Mörder am Flughafen gesehen, Gloria hat einen der Zwillinge auf einem Flug getroffen.«

»Und? Viele Leute reisen.«

»Marco, erinnerst du dich an deine Theorie, dass er schon vorher gemordet hat? Du meintest doch, er könnte vielleicht im Ausland mit dem Morden begonnen haben.«

»Deswegen muss er nicht zwangsläufig Pilot oder Flugbegleiter sein.«

»Natürlich nicht, darauf wollte ich auch nicht hinaus. Unser Problem war ja, dass wir nicht wussten, wo wir hätten suchen sollen. Die Welt ist schließlich groß. Aber jetzt haben wir eine Möglichkeit«, sagt Ilaria.

»Ich kann dir nicht folgen.«

»Wir könnten die Suche auf die Ziele beschränken, die Friendly Jet von Orio al Serio aus anfliegt. Es gibt Flüge von Orio nach Malindi? Gut, dann überprüfen wir, ob es in den letzten Jahren in Malindi zufällig ähnliche Verbrechen gegeben hat. Und wenn es welche gab, versuchen wir herauszufinden, wer von der Crew zu der Zeit dort war. Wir müssen nur Rocco fragen.«

»Ach ja. Dein Rocco.« Besana zwinkert ihr zu.

Sie machen sich an die Arbeit, Besana auf seinem Handy, Ilaria mit dem Tablet.

»Hey, schau mal, was ich gefunden habe«, ruft Ilaria Besana zu, der in die Küche gegangen ist, um eine zweite Flasche Rotwein aufzumachen. »Wusstest du, dass Kannibalismus in Thailand gar nicht strafbar ist?«

»Na und?« Besana schnuppert am Korken, gießt sich etwas Wein ein und kostet.

»Ich hab hier eine Meldung von 2005, aus einem Dorf im Nordosten Thailands. Ein gewisser Sakorn Piengphon, fünfzig Jahre alt, wird dabei überrascht, wie er eine Leiche verzehrt. Nach der Einäscherung wollten die Angehörigen die Asche des Verstorbenen abholen und haben Sakorn vorgefunden, der gerade dabei war, die Organe zu essen. Wie sich rausstellte, war der Kremationsofen defekt. Es gab einen Aufstand, die Familie hat die Polizei gerufen, aber Sakorn wurde ohne Prozess wieder freigelassen. Damals gab es in Thailand kein Gesetz, das Kannibalismus unter Strafe stellte. Dabei war der Typ bereits im Knast gewesen, weil er seine Mutter getötet hat.«

»Wen interessiert das, Piatti? Gibt es nichts, was eher was mit unserem Fall zu tun haben könnte?«

Besana zündet sich eine Zigarette an und nippt an seinem Barbera.

»Hier ist was aus Russland, Februar 2009. Zwei junge Männer aus Sankt Petersburg werden wegen Verdacht auf Mord und Kannibalismus verhaftet. Den Ermittlern zufolge haben die beiden, die verschiedenen Sekten angehören, ein siebzehnjähriges Mädchen in der Badewanne ertränkt, ihre Leiche zerstückelt und Teile davon gegessen. Den Kopf haben sie in die Mülltonne geworfen. Einer der beiden war Gitarrist in einer Rockband, das Mädchen war ein Fan.«

»Na ja, aber sie haben sie erwischt, da scheint alles aufgeklärt zu sein. Außerdem sind es Russen. Unser Mörder ist von hier. Suchen wir weiter.«

»Was sagst du hierzu: Italienerin 2011 tot aus dem Meer von Sharm el-Sheikh geborgen? Bisswunden an verschiedenen Stellen des Körpers. Ach nein, entschuldige, ich hab nicht bis zum Ende gelesen: Es waren Barracudas.«

»Ich bitte dich.«

»Du kannst ja auch mal was tun. Du trinkst und rauchst die ganze Zeit und lässt mich hier alleine schuften.«

»Ich überwache alles.«

»Schönen Dank auch. Was würde ich nur ohne dich tun?«

»Was ist mit Kenia? Nichts? Da fliegen auch viele Italiener hin.«

»Wenn ich als Suchbegriffe Kenia und Kannibalismus eingebe, kommt nichts. Oder doch. 2003 hat ein Typ seinem einjährigen Neffen mit einer Machete den Kopf abgeschlagen und die Leiche in einem großen Topf gekocht. Anscheinend wollte er damit seine Schwester bestrafen, die ihren Mann verlassen hatte.«

Ilaria googelt weiter nach Ländern und Städten.

»Ah, das hier kommt aus Istanbul und ist noch nicht so lange her, hör zu: 2013, eine amerikanische Touristin, verheiratet, zwei kleine Kinder, die sie bei ihrem Mann in New York gelassen hat. Sie reist allein, fotografiert, schläft in Hostels. Ihre Leiche wird hinter den alten Stadtmauern in der Nähe der Galatabrücke gefunden. Sie wurde erdrosselt und hat eine große Wunde am Bauch. Man hat ihr lediglich Handy und iPad weggenommen. Eine Mutter, die ihre Kinder vernachlässigt, auf mysteriöse Weise getötet.«

»Schick mir den Link.«

Besana setzt seine Brille auf und beginnt zu lesen.

»Hm, aber keine Schrift mit Blut, keine Nadeln, keine Anzeichen von Kannibalismus. Und die türkischen Medien unterstellen, dass sie eine Spionin war. Wir verschwenden unsere Zeit.«

»Tja, dann wäre da noch ein Serienmörder in Kiew:

Er hat fünf Frauen erstochen oder erstickt. Und er wird verdächtigt, mindestens hundertzwanzig Überfälle mit sexuellem Hintergrund begangen zu haben, vor allem auf alte Frauen. Nur dass er jetzt im Knast sitzt.«

»Piatti, wir begeben uns gerade in die fürchterlichsten Abgründe, aber das führt alles zu nichts.«

In dem Moment klingelt Besanas Handy. Wie gelähmt starrt er auf das Display.

»Geh ruhig ran«, sagt Ilaria. »Du bist mir eh keine große Hilfe.«

»Nein, ich hab keine Lust. Es ist Marina.«

Ilaria dreht sich zu ihm und lächelt.

»Gut so.«

30. Januar

Needles. Calf. Um Mitternacht beschließen sie, die Suche auf englischsprachige Seiten auszudehnen, und geben zwei Suchbegriffe ein: Nadeln und Wade.

Einer der ersten Treffer auf Google führt sie zu einem Video einer amerikanischen Dragqueen, die mit Nachnamen Needles heißt und sich dem Kampf gegen den Fleischkonsum verschrieben hat: Mit Blutspritzern im Gesicht und einer abgeschnittenen Plastikhand im Dekolleté tut sie so, als würde sie menschliche Gliedmaßen verspeisen. Wenn euch der Gedanke schockiert, einen Arm oder ein Bein eines Artgenossen zu essen, sagt sie im Video, warum werdet ihr dann nicht Vegetarier? Was unterscheidet euren Schenkel von dem eines Kälbchens?

»Mist, ich hab vergessen, dass *calf* nicht nur Wade heißt, sondern auch Kalb«, schnaubt Ilaria. Inzwischen sind sie viel zu müde, um sich darüber noch zu amüsieren.

»Versuch's mit Spanisch«, sagt Besana.

Ilaria tippt *aguja* und *pantorilla* in das Suchfeld ein. Eine Weile surft sie durch Seiten über High Heels, Wadentattoos oder mit Tipps gegen Krampfadern. Erst nach einem guten Dutzend Webseiten, als ihr bereits die Augen brennen, bleibt ihr Blick an einem Artikel aus dem *Diario de Yucatán* von Januar 2010 hängen. In der Nähe des Club Med wurde eine junge Surflehrerin ermordet am Strand aufgefunden. Sie war mit einem Tau erwürgt worden und wies Schnitte und Bisse in mehreren Körperregionen auf. Auch hier hatte der Mörder versucht, die Wade zu entfernen, aber vielleicht war er gestört worden und geflohen, wobei er die Tatwaffe, ein Tauchmesser, im Sand zurückgelassen hatte. Den mexikanischen Zeitungen zufolge handelte es sich um eine ursprünglich aus Belize stammende Fünfundzwanzigjährige, die alleinstehende Mutter war, ihr Kind jedoch zur Adoption freigegeben hatte.

»Guck mal, was ich gefunden habe. Die Vorgehensweise ist sehr ähnlich, nur die Nadeln fehlen.«

Besana liest aufmerksam.

»Er muss ja nicht sofort damit begonnen haben, Verzeni zu imitieren. Vielleicht ist es so, wie Grace sagt, und er ist erst später auf die Idee gekommen, um die Medien auf sich aufmerksam zu machen. Konzentrieren wir uns nur auf den Kannibalismus. Und auf schlechte Mütter.«

»Einverstanden.«

Sie durchstöbern weiter die Seiten der Suchmaschinen,

bis Besana seine Hand auf Ilarias Hand legt, um ihr Einhalt zu gebieten.

»Stopp! Kannst du mal kurz zurückgehen? Zu der Nachricht von Bali?«

»Bali? Ach ja, da: August 2012. *Maid Murdered in a Bali Hotel: A Case of Cannibalism?* Man hat sie im Untergeschoss des Hotels gefunden, in der Nähe der Wäscherei. Stranguliert, tiefer Schnitt im Bauch, und, Scheiße, du hattest recht: Der Mörder hat sie an mehreren Stellen gebissen, als sie bereits tot war, sagt die Polizei.«

»Schauen wir uns mal an, wer sie war.«

»Sechsunddreißig, getrennt lebend, zwei Kinder, die sie bei ihren alten Eltern in Jakarta zurückgelassen hatte, um zum Arbeiten nach Bali zu gehen.«

Ilaria starrt ungläubig auf den Bildschirm, sie hält fast den Atem an.

»Damit sind wir bei Nummer zwei! Alles passt, auch die Wahl des Opfers: wieder eine ›Rabenmutter‹.«

»Wir wissen noch nicht, ob man den Fall aufgeklärt hat. Überprüfen wir es«, sagt Besana.

Aber es gibt keinerlei Hinweise auf Ermittlungen in den darauffolgenden Monaten und Jahren. Der Fall bleibt völlig im Dunkeln.

»Nichts, aber auch wirklich gar nichts«, antwortet Ilaria.

»Das Opfer war nur ein indonesisches Zimmermädchen, wen interessiert das schon? Die Polizei wird sich nicht besonders ins Zeug gelegt haben. Es könnte eine Spur sein.«

»Und wenn wir noch in anderen Sprachen suchen? Was hältst du von Russisch? Ich könnte Sergio anrufen, einen anderen ehemaligen Kommilitonen, er ist Übersetzer. Wir können ihn bitten, uns zu helfen und auf osteuropäischen Seiten zu suchen. Man kann nie wissen.«

»Würde er auch alles für dich tun?«

»Darauf antworte ich nicht mal, Marco. Ich möchte lieber weiterarbeiten.«

»Nein, lass uns eine Pause machen, bitte. Ich kann nicht mehr.«

Besana will sich nur einen Moment auf dem Sofa ausstrecken, doch er schläft sofort ein, fängt sogar an, laut zu schnarchen. Doch kurz darauf weckt ihn der Signalton von Ilarias Handy. Mit Schwung setzt er sich auf und sieht sich mit kleinen Augen gähnend um.

»Das ist Sergio«, sagt Ilaria.

»Hat er was gefunden?«

»Ja, hör zu: April 2013, russische Masseurin in Sankt Petersburg ermordet. Tod durch Strangulation. Anzeichen für Kannibalismus an der Leiche. Könnte das interessant sein?«

»Vielleicht haben wir's.«

»Bitten wir Rocco, die Unterlagen von Friendly Jet zu den entsprechenden Daten der Verbrechen zu suchen. Es wäre wichtig, herauszufinden, ob ein Flugbegleiter, Pilot oder Passagier während der Tatzeiten in Sankt Petersburg, auf Bali und in Yucatán war.«

»Aber morgen früh. Jetzt ist es zu spät.«

»Du hast recht, manchmal verliere ich das Zeitgefühl«, stellt Ilaria fest und reibt sich die Augen. »Gehen wir schlafen.«

30. Januar

Das Klingeln seines Mobiltelefons reißt Besana aus dem Schlaf. Als er die Augen aufschlägt, fällt ihm wieder ein, dass er bei Ilaria auf dem Sofa eingeschlafen ist, und zwar in voller Montur. Es ist Cristina, die ihn anruft. Siedend heiß fällt ihm wieder ein, dass er mit ihr zum Essen verabredet war.

»Ich bin zu Hause nicht rangegangen, weil ich nicht dort geschlafen habe«, stammelt er, »aber es ist nicht so, wie du denkst. Ich bin auf Piattis Sofa zusammengebrochen. Ja, entschuldige, ich habe deine Einladung völlig vergessen. Der Fall beschäftigt mich so sehr … Nein, ich nehme dich nicht auf den Arm. Ich? Was redest du denn da? Ich weiß ja, dass ich einen Fehler gemacht habe, aber jetzt übertreib nicht. Ich dachte, wir hätten eine unverbindliche Beziehung. Eben. Nein, ich bin nicht mit ihr zusammen. Ich bin auf ihrem Sofa eingeschlafen, sonst nichts.«

Da kommt Ilaria mit Turban auf dem Kopf, weil sie sich gerade die Haare gewaschen hat, ins Wohnzimmer. Genervt wirft Besana das Handy aufs Sofa und steht auf.

»Meine Güte«, brummt er.

»Gibt's ein Problem?«

»Aber nein. Cristina hat mir nur gerade eine Szene gemacht, weil ich sie gestern versetzt habe. Ich hab's ja nicht absichtlich gemacht, ich habe einfach nicht mehr dran gedacht, dass sie mich zum Essen eingeladen hatte. Und dann haben wir mit unseren Recherchen angefangen.«

»Jetzt gib mir nicht die Schuld.« Ilaria legt den Kopf schief und rubbelt ihre Haare mit dem Handtuch trocken. »Ist sie sauer, weil sie denkt, dass wir miteinander ins Bett gehen?«

»Auch«, gibt Besana zu, ohne ihr in die Augen zu sehen.

»Was für eine verrückte Idee.« Ilaria bricht in Gelächter aus.

»Warum? So übel bin ich nun auch wieder nicht.« Besana ist fast beleidigt.

»Nein, natürlich nicht«, wiegelt Ilaria ab, »du hast schon was. Ich mein ja nur, dass nichts zwischen uns ist.«

Besana murmelt etwas in seinen Bart, er ist ein wenig in seiner Eitelkeit gekränkt.

»Jedenfalls müssen wir jetzt los«, fügt Ilaria hinzu. »Rocco hat mir zu verstehen gegeben, dass er die Internetpolizei am Hals hat. Er kann am Telefon nicht sprechen.«

»Lass mich wenigstens das Gesicht waschen.« Er sieht sie an.

»Meine Haare sind auch noch nass.« Ilaria verschwindet im Bad.

Durch die Tür hört man das Geräusch des Föhns. Besana grinst in sich hinein. Er verspürt eine tiefe Zufriedenheit, die er sich selbst nicht erklären kann.

Während der Autofahrt sagt keiner von ihnen ein Wort. Verlegen hören sie Musik.

Rocco öffnet ihnen gewohnt phlegmatisch die Tür. Ein beginnender Buckel zwingt ihn, den Kopf immer etwas gesenkt zu halten wie eine Schildkröte, was ihm ein resigniertes Aussehen verleiht, aber seine Augen leuchten.

»Ich hatte eine Backdoor gefunden, um in ihr System zu kommen und das Programm zu cracken, aber ihr IDS hat den nicht autorisierten Zugriff identifiziert: Ich musste also einen anderen Bug nutzen, um die Firewall zu umgehen.«

Besana sieht ihn fragend an, er hat kein Wort verstanden.

»Kommt rein, kommt rein.«

Rocco bietet ihnen wieder die Klappstühle an, die er platzsparend hinter der Tür aufbewahrt. Die nach Zwiebeln riechende Katze verzieht sich verärgert vom Schreibtisch.

»Ich habe die Daten der Morde mit den Flugstrecken und den Crewlisten abgeglichen. Nur ein Mitarbeiter war in Sankt Petersburg, in Yucatán und auf Bali, als die Morde dort begangen wurden.«

Er streckt die Hand aus, um die Tastatur zu berühren. Mit einem Klick öffnet sich ein Fenster, und ein Gesicht erscheint.

»Gabriele Baschenis, Flugbegleiter«, sagt er.

Ilaria und Besana sehen sich an.

»Hast du überprüft, ob er während der Morde in Italien hier war?«

Rocco nickt und lächelt wie eine Sphinx.

»Natürlich.«

»Und?«

»Er war hier. Bei allen vier Morden.«

31. Januar

»Marco, bist du zufällig in der Nähe? Ich würde gern mal mit dir reden.«

Rosas Stimme klingt bedrückt. Sofort macht Besana sich Sorgen. Hat sie von Melissa erfahren? Hat Giorgio ihr alles gestanden? Um den Freund nicht zu verraten, bleibt er vage. Vielleicht ist das eine Art Falle. Ahnt Rosa etwas und will seine Bestätigung?

»Ein Ausflug in die Bergamasca stand nicht auf dem Plan, ich bin in letzter Zeit viel zu oft da, aber wenn es wichtig ist ...«

»Es ist wichtig. Meine Schwester hat Armando verlassen.«

Einen Augenblick lang ist Besana erleichtert, doch dann beginnt er zu realisieren, was das heißt. Nein, es gibt überhaupt keinen Grund zur Erleichterung. Marina wird versuchen, sich wieder in sein Leben hineinzudrängen, denn so ist sie, sie kann nicht allein sein. Aufgrund welchen merkwürdigen Schuldgefühls lässt er eigentlich zu, dass die anderen ungefragt in sein Leben kommen und wieder daraus verschwinden, wie es ihnen gerade passt?

»Und warum?«, erkundigt er sich.

»Weil sie herausgefunden hat, dass er seit einem Jahr ein Verhältnis hat.«

»Mit einer Praktikantin?«

Manchmal ist Besanas Ironie ein bisschen selbstzerstörerisch.

»Das ist nicht lustig, Marco. Meine Schwester ist völlig fertig. Stell dir mal vor, er hat seine Geliebte sogar mit in ihre Wohnung genommen.«

»In *meine* Wohnung, meinst du wohl«, höhnt Besana, der es sich einfach nicht verkneifen kann. Sobald es brenzlig wird, zwingt ein unbändiger Drang ihn, bis zum Äußersten zu gehen.

»Also auch noch Armandos Freundin in meinem Bett. Alle außer mir. Zum Glück habe ich dieses barocke Ungetüm eh nie gemocht.«

»Du redest nur Unsinn!«, schimpft Rosa.

»Das ist kein Unsinn. Warum hat sie mich gezwungen, in einem Bett zu schlafen, das mir nicht gefällt? Wir verbringen einen Großteil unseres Lebens mit Schlafen. Und andere Sachen macht man ja auch noch im Bett, und zwar zu zweit. Aber nein, sie musste das Bett ganz alleine aussuchen. Ich hatte sie gebeten, auf mich zu warten. Aber es konnte ja nicht schnell genug gehen.«

»Du warst immer bei der Arbeit«, hält Rosa ihm entrüstet vor.

»Nicht immer. Sie hätte warten können, bis ich einen freien Tag habe, ich wusste ja, wie wichtig ihr dieses Scheißbett war. Aber ich dachte, ich wäre ihr auch wichtig. Geschieht ihr recht. Das Bett hat mich gerächt.«

»Ich werde Marina davon abraten, dich anzurufen.« Rosa ist jetzt wirklich sauer.

»Danke«, sagt Besana mit einem Lächeln. »Das ist ein guter Ratschlag.«

1. Februar

»Sehr gut, sehr gut«, sagt Besana, während er auf dem Bürgersteig vor der Zeitung auf und ab läuft. »Danke, Herr Anwalt, danke.«

Sobald er aufgelegt hat, schickt er Ilaria eine Nachricht, dass es Neuigkeiten gibt und sie sofort zu ihm in die Redaktion kommen soll.

Im Aufzug trifft er Milesi.

»Sieh an, wen haben wir denn da?«, sagt er.

»Maestro, ich lese all deine Artikel«, erwidert Milesi mit einer ironischen Verneigung.

»Und ich seh dich immer im Fernsehen. Schreibst du eigentlich noch?«

Glücklicherweise haben sie bereits das gewünschte Stockwerk erreicht.

»Bitte, nach Ihnen.« Milesi lässt ihm den Vortritt, wie man es bei älteren Herren oder Damen macht.

Besana begrüßt ein paar Kollegen, dann setzt er sich an seinen Schreibtisch. Es ist unschwer zu erkennen, dass er nicht oft daran arbeitet: Er verschwindet fast unter Papieren und Briefen, und eine aufgeschlagene Zeitung trägt das Datum von vor zwei Wochen. Als Erstes zieht Besana die Schublade auf, um zu überprüfen, ob jemand von seinem Whisky getrunken hat. Er markiert den letzten Stand immer mit dem Stift.

Nach einer halben Stunde kommt Ilaria, heute in einer Kunstfelljacke mit Leopardenprint, die sich mit der geblümten Bluse und den leuchtend gelben Turnschuhen beißt. Die Kolleginnen an den anderen Schreibtischen kichern. Besana seufzt über so viel Armseligkeit, nichts im Kopf außer ihrem Look.

»Da bin ich, da bin ich«, sagt Ilaria völlig außer Atem, »Entschuldigung, Entschuldigung, ich hab den falschen Bus genommen.«

»Lass uns in die Bar gehen, ich hab schon wieder genug von dem Saftladen hier.« Besana schnappt sich seinen Mantel. »Tschüss zusammen.«

Ilaria läuft ihm hinterher zum Aufzug, Besana rennt fast, als könnte er gar nicht schnell genug wegkommen.

»Ich dachte, du wärst gerade erst gekommen?«

»Ich habe immer sofort wieder die Nase voll von ihnen.«

»Gibt's was Neues?«

»Anwalt Formisano hat angerufen.«

»Hast du ihn gefragt, warum er diese Porträts von Verzeni gekauft hat?«

»Er meint, er hätte die Figur mittlerweile *ins Herz geschlossen*, aber ich erzähl dir gleich alles, wenn wir draußen sind.«

Als Besana seinen Spritz bekommt, hebt er das Glas.

»Wir können anstoßen, Piatti. Die DNA von Gloria Speroni bestätigt, dass sie die Mutter von Ernesto Bresciani ist.«

»Scheiße, dann gibt es wirklich einen Zwilling!«

»Hab ich dir beigebracht, so zu reden?«

»Gut zu schreiben wohl kaum«, erwidert Ilaria und streckt ihm die Zunge raus.

»Alles deutet auf Baschenis hin, nur die DNA passt nicht«, überlegt Besana.

»Er hat doch seiner Mutter die ganze Zeit dabei geholfen, Proben zu entnehmen. Vielleicht hat er ja die von jemand anderem als seine ausgegeben. Das ist für ihn doch ein Kinderspiel.«

»Du hast recht«, gibt Besana zu. »Ja, das ist sogar sehr wahrscheinlich. Deshalb hat er sich gar nicht erst die Mühe gemacht, Spuren zu vermeiden. Er wusste, dass seine Mutter sofort wieder eine Freiwilligenkampagne starten würde. Vielleicht hat sogar er sie dazu überredet, Proben zu sammeln. Er hat an alles gedacht.«

»Wir müssen irgendwie an seine DNA kommen, wenn er nicht damit rechnet«, schlägt Ilaria vor.

»Leicht gesagt.«

»Wir könnten seine Mutter unter irgendeinem Vorwand bitten, uns in seine Wohnung zu lassen.«

»Bist du von allen guten Geistern verlassen, Piatti? Das würde er doch sofort mitbekommen. Willst du geköpft werden?«

»Warte, ich hab eine Idee.« Ilaria sieht sich um, um sicherzugehen, dass niemand zuhört.

»Schieß los.«

»Rocco soll herausfinden, welches der nächste Flug ist, auf dem er arbeitet.«

»Und dann?«

»Dann fliege ich mit und lass mir was einfallen.«

»Und wenn er dich erkennt?«

»Neulich in der Apotheke hat er nur dich gesehen. Und im Netz gibt es keine Fotos von mir. Ich hab noch nie eins gepostet. Außerdem war ich noch nie im Fernsehen. Du tauchst auf, aber ich noch nicht.«

»Er könnte dich trotzdem irgendwo gesehen haben, so genau kannst du das doch gar nicht wissen.«

»Na und? Darf ich nicht fliegen?«

»Es ist zu gefährlich. Ich bin damit nicht einverstanden.«

»Überlass das mir.«

»Kommt überhaupt nicht infrage.«

2. Februar

»Ja, aber welches Labor hat die Analyse durchgeführt?«

Besana reicht ihm den Umschlag mit den Ergebnissen. Mit angehaltenem Atem, als würde gleich die Ziehung der Lottozahlen stattfinden oder ein wichtiger Preis verliehen werden, wartet Ilaria darauf, dass Giorgio den Umschlag öffnet.

»Genolab? Das sind alles Idioten.« Giorgio schüttelt den Kopf. »Als wir ihnen mal was gegeben haben, haben sie ein totales Chaos veranstaltet. Die arbeiten nicht zuverlässig.«

»Formisano hat gesagt, sie wären die Besten in der Gegend.«

»Was weiß der schon. Dem ist selbst schon ein paarmal fast die Zulassung entzogen worden.«

»Wieso das denn?«

»Einmal hat er Akten gefälscht, um eine Verhandlung zu verschieben, ein anderes Mal hat er wenige Tage vor einem Prozess zwei Zeugen der Anklage in seine Kanzlei bestellt und überredet, ihre Aussagen zu widerrufen, die sie bei der Polizei gemacht hatten. Anstiftung zur Falschaussage, ein ernster Tatbestand. Vielleicht seid ihr euch nicht darüber im Klaren, mit wem ihr es zu tun habt. Es würde mich nicht wundern, wenn er das Labor gebeten hätte, ihm die gewünschten Resultate zu geben.«

»Scheiße«, sagt Besana.

Aber Ilaria gibt nicht auf.

»Warum lässt du die Untersuchung dann nicht noch mal machen?«

Giorgio atmet tief durch, um die Geduld nicht zu verlieren. Ohne Eile schließt er den Umschlag und gibt ihn

Besana zurück. Dann beginnt er mit seinem Stuhl zu kippeln.

»Ich will euch mal was sagen, damit ihr endlich Ruhe gebt. Ich habe ein paar Dinge über Bresciani, die euch vielleicht die Augen öffnen. Erstens«, er hebt den Daumen, »wir haben den Mitschnitt eines Telefonats seiner Frau mit ihrer Schwester, in dem sie zugibt, dass Bresciani sie gebeten hat, ihm ein falsches Alibi zu besorgen. Denn an dem Abend, an dem Melissa ermordet wurde, war er keineswegs zu Hause. Er und seine Frau haben sogar gestritten, weil er so spät zurückgekommen ist. Zweitens«, er hebt zu dem Daumen nun auch den Zeigefinger, als simuliere er eine Pistole, »der Kellner eines Restaurants hat ausgesagt, er hätte ihn mit Dana gesehen. Wir wissen, dass Zeugenaussagen mit Vorsicht zu genießen sind, vielleicht hat er ihn im Fernsehen gesehen, und das könnte seine Erinnerung nachträglich verfälscht haben, aber immerhin hat er sich bei uns gemeldet. Drittens«, jetzt hebt er auch den Mittelfinger, »ein Jagdfreund von Bresciani hat erzählt, wie sadistisch er mit Tieren umgeht. Kennt ihr die mörderische Triade?«

»Natürlich«, schnaubt Besana. »Tierquälerei, Brandstiftung und Bettnässen. Hat Bresciani Probleme mit der Prostata?«

»Das ist wieder typisch für dich, Marco. Findest du es etwa normal, dass ein Vierzehnjähriger die Garage seiner Eltern mit zwei Autos darin abfackelt, nur weil sie ihm kein Moped kaufen? Danach hat seine Familie ihn noch gedeckt, sonst wäre es für ihn schlecht ausgegangen. Aber das zeigt doch eine gewisse kriminelle Prädisposition.«

»Ach komm, so genau darf man das mit der Triade

auch nicht nehmen. Er ist seitdem sicher reifer geworden.«

»Reifer? Und was ist mit der Gewalt gegen seine erste Frau?«

»Davon wusste ich nichts«, gibt Besana zu.

»Solche Sachen erzählt dir Formisano natürlich auch nicht. Wir haben sie vor zwei Tagen befragt. Er hat sie geschlagen. Deswegen haben sie sich getrennt.«

»Und was sagt seine jetzige Frau dazu?«

»Sie verteidigt ihn, zumindest noch«, Giorgio seufzt. »Es ist ja auch nicht leicht, gewisse häusliche Probleme zuzugeben, vor allem, wenn noch eine kleine Tochter im Spiel ist. Aber wir haben herausgefunden, dass sie kürzlich beim Notarzt war. Sie hat behauptet, in der Badewanne ausgerutscht zu sein.«

Ilaria stupst Besana mit dem Ellbogen in die Rippen.

»Erzähl ihm mal von den Morden im Ausland, die wir gefunden haben.«

Doch Giorgio hat sich bereits erhoben.

»Jetzt reicht's, Leute. Ich habe wirklich keine Zeit mehr zu verschwenden. Wir hören uns, wenn es wirklich Neuigkeiten gibt.« Er sieht ihnen in die Augen. »Und zwar von den *Ermittlern*.«

3. Februar

Besana erhält einen Anruf von der Zeitung, er soll sofort in die Redaktion kommen. Einer der stellvertretenden Chefredakteure hat nach einem Streit mit Cannistrà gekündigt, und man hat eine außerordentliche Redaktionssitzung einberufen. Seit Monaten warnt die Gewerkschaft, weil die Verkaufszahlen beharrlich sinken und die Verlagsgruppe rote Zahlen schreibt. Viele fordern ein Misstrauensvotum gegen den Chefredakteur.

Während seine Kollegen in die Mikrofone brüllen und einander Beleidigungen an den Kopf werfen, gähnt Besana nur müde. Solche Dinge langweilen ihn enorm.

Die Diskussion zieht sich über den ganzen Nachmittag. Gegen sieben Uhr abends schließlich klopft es an der Tür. Ilaria, die gar nicht begriffen hat, was los ist, und glaubt, es handle sich um eine gewöhnliche Sitzung, streckt lächelnd den Kopf herein. Alle wenden sich gleichzeitig der Tür zu und sehen sie böse an.

»Entschuldigung, Entschuldigung«, sagt sie, »ich muss mal einen Moment mit Besana sprechen.«

Verlegen steht Besana auf und eilt ihr hinterher auf den Korridor.

»Verdammt, hat dir keiner gesagt, dass uns hier gerade alles um die Ohren fliegt? Was machst du hier?«

»Entschuldigung, Entschuldigung«, stottert sie, »das wusste ich nicht, ich dachte …«

»Mach schnell, ich muss wieder rein und wählen.«

Ilaria wühlt in ihrer Tasche und zieht ein zerknittertes Blatt Papier heraus.

»Was ist das?«

»Meine Bordkarte für einen Flug nach Kiew.«

Besana läuft rot an vor Zorn.

»Wenn ich hier rauskomme, reden wir«, sagt er wütend. »Du fliegst nirgendwohin.«

Dann macht er auf dem Absatz kehrt und schlägt die Tür hinter sich zu.

3. Februar

Es ist der Abend vor dem Flug, Ilaria stellt ihren Handywecker. Sie hat ihren Schlafanzug mit der gleichen Feierlichkeit angezogen, mit der man eine Uniform anlegt. *Morgen werde ich ihm ins Gesicht sehen.* Sie kann sich nicht vorstellen, was für ein Gefühl es sein wird. Wird es Angst sein? Vielleicht, aber momentan überwiegt ihre Neugier. Im Grunde ist es, als würde sie an die Grenze der Menschlichkeit gehen. Auf dieser Seite der Grenze sind wir alle, auf der anderen Seite sind sie. Es ist eine Grenze, die, hat man sie einmal überschritten, einen nicht mehr zurückkehren lässt, und das zu wissen, muss furchtbar sein. Es sind Menschen, die nie wieder wie die anderen sein werden. Dabei ist es ein so tiefes Bedürfnis, sich wie die anderen zu fühlen: Wie schafft man es, für immer darauf zu verzichten?

Sie fragt sich, ob es einen physischen Kontakt geben wird. Er könnte sie versehentlich berühren, um ihr zu helfen, ihren Koffer im Gepäckfach zu verstauen, oder um ihr einen Becher zu reichen. Wie wird ihre Haut auf den Kontakt mit der Haut eines Mörders reagieren? Sie weiß es nicht. Sie hat *danach* nie wieder ihren Vater berührt. Und wenn sie gar nichts empfindet?

Sie steigt ins Bett und zieht die Decke bis über die Ohren, aber sie will das Licht noch nicht löschen. Vielleicht lässt sie die Nachttischlampe brennen. Sie hat mehr Angst vor der Dunkelheit als vor der wahren Finsternis. Denn die Dunkelheit kennt sie, die wahre Finsternis nicht. Sie ist ihr immer ausgewichen, auch als sie neben ihr gewohnt hat.

Wird sein Blick undurchdringlich sein oder traurig? Wird er freundlich sein oder abweisend? Und sie, wie wird sie ihn ansehen? Diese Frage erschreckt sie noch mehr als alle anderen. Muss man Hass für Mörder empfinden oder Mitleid? Wer ist sie, im Angesicht des Bösen? Vorher war sie ein Opfer, Punkt. Jetzt nicht. Sie ist zu jemandem geworden, der vom Bösen erzählen will. Aber muss sie es sachlich tun oder mit Anteilnahme? Und wenn Anteilnahme, wie weit darf diese gehen?

Sie würde am liebsten Besana anrufen, um ihn zu fragen, wie man einem Mörder in die Augen sieht. Aber das kann sie nicht, denn nachdem er sie so angebrüllt hat, hat sie ihm versprochen, dass sie nicht fliegen wird. Außerdem fühlt sie sich heute Abend seltsamerweise nicht allein. Sie fühlt sich heute sich selbst unverrückbar nah. Sie weiß, dass sie morgen wachsen wird.

4. Februar

Am Gate nach Kiew ist sie angespannt und schiebt pausenlos die Brille auf der Nase zurecht, als könne sie sich so besser dahinter verstecken. Obwohl es im Flughafengebäude warm ist, behält sie den Hut auf, den sie tief ins Gesicht gezogen hat, und den Schal bis unters Kinn gewickelt. Er ist nirgends zu sehen, er muss bereits an Bord sein.

Mit langen Schritten und gesenktem Kopf durchquert sie die Fluggastbrücke. Dann entdeckt sie ihn. Er steht vor der Tür des Flugzeugs. Es sind nur noch wenige Schritte. Sie muss es durchziehen, um jeden Preis. Sie atmet tief durch. Nur die Beine bewegen und den Kopf unten halten.

Jetzt steht sie vor ihm. Sie muss ihm die Bordkarte geben, aber sie schafft es nicht, ihre Hände zittern zu sehr. Sie möchte ihn ansehen, aber es gelingt ihr nicht. Mit diesem Zittern hat sie nicht gerechnet. Sie versteckt die Hände in den Taschen. Hoffentlich bittet er sie nicht, die Karte herauszuholen.

»Willkommen an Bord. Welchen Platz haben Sie?«

O Gott, er hat mit ihr gesprochen. Sie hat seine Stimme gehört.

»18 A«, flüstert sie.

»Dort drüben.« Gelangweilt zeigt Baschenis auf die Mitte des Flugzeugs. Für ihn ist es reine Routine.

»Danke«, sagt Ilaria.

Du lieber Himmel, sie hat sich gerade bei einem Mörder bedankt. Das ist wirklich das Dümmste, was sie sagen konnte. Sie muss an Melissa denken. *Danke?*

Während sie zwischen den Sitzreihen hindurchgeht,

denkt sie, dass das Böse jeden Code untergräbt. Schließlich kann sie auch nicht jemandem einen *guten Tag* wünschen, der vielleicht am selben Tag noch töten wird. Du kannst die Worte nicht mehr so benutzen, wie du es vorher getan hast. Genauso ist es ihr mit ihrem Vater ergangen. Tatsächlich hat sie vorgezogen, gar nicht mehr mit ihm zu sprechen.

Ilaria zieht ihren Mantel aus, legt ihn ins Gepäckfach, verstaut die Tasche unter dem Vordersitz und setzt sich. Sie schlägt eine Zeitung auf. Diese banalen Gesten sind im Moment ihre Rettung. Jetzt würde sie ihn am liebsten ansehen. Aber sie hat sich noch nicht genug beruhigt. Und so lässt sie nur flüchtig den Blick schweifen.

Am Ende des Gangs steht Baschenis und trinkt einen Orangensaft. Da kommt ihr eine Idee. Sie steht auf, um zur Toilette zu gehen, dazu muss sie an der Bar vorbei. Sie braucht sich nur in Windeseile den Becher zu schnappen. Doch eine Stewardess kommt ihr zuvor und wirft ihn weg. Mist.

Sie schließt sich einen Moment in der Toilette ein und wäscht sich das Gesicht. Sie ist völlig verängstigt. Was, wenn er gleich die Tür aufmacht und sie findet? Wie soll sie so tun, als ob nichts wäre? Doch als sie hinausgeht, hat er ihr zum Glück den Rücken zugedreht. Schnell kehrt sie an ihren Platz zurück. Das Einsteigen ist beendet, die Türen sind geschlossen.

»Wir möchte Sie bitten, Ihren Sitzplatz einzunehmen und Ihren Sicherheitsgurt zu schließen.« Aus dem Augenwinkel sieht sie ihn mit Schwimmweste, Sauerstoffmaske und Sicherheitsgurt durch den Gang herannahen. Aber sie kann ihn noch nicht ansehen. Und so überwacht sie seine Gesten mit gesenktem Kopf.

»Wir möchten kurz um Ihre Aufmerksamkeit bitten, um Sie mit den Sicherheitsvorkehrungen an Bord dieses Flugzeugs vertraut zu machen. Alle Sicherheitshinweise können Sie auch auf der Safety Card in der Sitztasche vor Ihnen nachlesen. Auf der Karte ist die Lage der Notausgänge verzeichnet sowie die Position der Sauerstoffmaske und der Rettungsweste. Ferner ist die Brace-Position abgebildet, die Sie einnehmen sollten, wenn über die Lautsprecher die Anweisung Brace! Brace! Brace! erklingt.«

Ilaria rutscht immer tiefer in ihren Sitz. Baschenis bleibt direkt neben ihr stehen.

»Zwei Notausgänge befinden sich im hinteren Kabinenteil, vier im mittleren und zwei im vorderen. Leuchtmarkierungen am Boden zeigen Ihnen den Weg dorthin.«

Baschenis streckt die Arme nach vorn und zeigt auf die Notausgänge, wobei er die Handgelenke abknickt, sodass seine Handflächen zu sehen sind. Für den Bruchteil einer Sekunde fällt sein Blick auf Ilaria, die sich sofort abwendet.

»Wann immer die Anschnallzeichen aufleuchten, schließen Sie Ihren Sicherheitsgurt. Zu Ihrer eigenen Sicherheit empfehlen wir Ihnen, während des gesamten Fluges angeschnallt zu bleiben.«

Baschenis führt vor, wie man sich anschnallt. Ilaria denkt, dass er an den beiden Enden des Gurtes zieht, als wäre der ein Strick, mit dem man jemanden erwürgen kann. Diese Geste aber kann sie sich nicht vorstellen. Sie ist verwirrt. Er hält doch nur einen Sicherheitsgurt in der Hand. Es hat fast etwas Lächerliches, einen Mörder so zu sehen.

»Sollte der unwahrscheinliche Fall eines Druckabfalls in der Kabine eintreten, fallen automatisch Sauerstoffmasken aus der Kabinendecke. Ziehen Sie eine der Masken zu sich herunter, um die Sauerstoffzufuhr zu starten. Drücken Sie die Maske auf Mund und Nase und atmen Sie normal weiter.«

Baschenis hält die Maske vor sein Gesicht und atmet mehrmals sichtbar ein und aus. Das ist der Moment der Erleuchtung. *Jetzt mach ich dich fertig, du mieses Schwein.* Mit einem Mal fällt alles Geheimnisvolle von ihm ab. Übrig bleibt ein ganz normaler Mensch, der in eine gelbe Maske bläst und seine DNA-Spur daran hinterlässt.

»Für den Fall einer Notlandung auf dem Wasser befindet sich eine Schwimmweste unter Ihrem Sitz.«

Baschenis legt die Maske auf dem freien Sitz neben Ilaria ab und nimmt die Schwimmweste. Sie muss jetzt ganz schnell sein.

»Ziehen Sie die Weste über den Kopf, führen Sie das Band um die Hüfte und schließen den Clip. Ziehen Sie dann den Gurt fest. Blasen Sie die Schwimmweste unbedingt erst nach dem Verlassen des Flugzeugs auf.«

Baschenis zieht die Rettungsweste wieder aus und sieht sich verwirrt um. Ilaria hat sich über ihre Tasche gebeugt, als suche sie etwas. Sie hört die Stimme einer Stewardess.

»Gibt's ein Problem?«

»Ich finde die Sauerstoffmaske nicht mehr«, sagt Baschenis.

»Die ist sicher unter den Sitz gerutscht. Wir suchen sie später, wenn wir gelandet sind.«

»Friendly Jet dankt Ihnen für Ihre Aufmerksamkeit und wünscht Ihnen einen angenehmen Aufenthalt an Bord.«

Ilaria sitzt immer noch abgewandt da und sieht aus dem Fenster. Sie betrachtet die Tragfläche, die das Panorama durchschneidet, die Startbahn, die unter ihr hinweggleitet, und den Himmel, der immer näher kommt.

4. Februar

Sowie Ilaria in ihrem Hotelzimmer ist, schaltet sie ihr Handy wieder ein. Besana hat sie mindestens zwanzig Mal angerufen, und sofort ruft sie ihn zurück.

»Erzähl mir nicht, dass dein Akku leer war«, sind seine ersten Worte.

»Willst du gar nicht wissen, wie's gelaufen ist?«

»Zuerst will ich wissen, in welchem Hotel du bist. Im Moment will ich nur, dass du wieder auf meinem Radar auftauchst.«

»Ich bin im Radisson Blu.«

»Zimmer?«

»Dreihundertfünfundzwanzig.«

»Jetzt höre ich dir zu.«

»Am Zoll war ich zuerst ein bisschen aufgeregt, aber da war eine so lange Schlange, dass sie sich beeilen mussten, sie haben nicht so genau hingesehen. Wenn ich sie hätte rausholen müssen, wäre alles umsonst gewesen, dann hätten sie die Probe verunreinigt.«

»Wovon redest du?«

»Von der Sauerstoffmaske, er hat mindestens dreimal hineingepustet. Ich hab sie ihm gemopst.«

»Du bist ja total durchgeknallt, Piatti.«

»Überhaupt nicht. Ich hab sogar Handschuhe benutzt.«

»Und wo ist die Maske jetzt?«

»Gerade losgeschickt, von der Hotelrezeption aus. Mit einem internationalen Kurier.«

»An wen?«

»An dich. Sie ist morgen früh bei dir.«

»Jetzt reicht's mit dem Blödsinn«, sagt Besana barsch. »Du rührst dich nicht vom Fleck. Hör mir gut zu, ich buche dir jetzt den ersten verfügbaren Rückflug. Selbstverständlich mit einer anderen Airline. Ich checke dich auch ein und maile dir die Bordkarte. Damit gehst du direkt zum Gate und läufst nicht am Flughafen rum, hast du mich verstanden? Und du verlässt nicht dein Zimmer, unter gar keinen Umständen.«

»Ich wollte mir eigentlich Kiew ansehen«, erwidert Ilaria, »aber dann bleib ich eben hier und futtere alle Erdnüsse aus der Minibar. Dem Zimmerservice vertraue ich nämlich auch nicht mehr. Zum Glück sind schon Handtücher im Bad.«

»Über so was macht man keine Witze. Ich rufe jetzt Rocco an und frage ihn, in welchem Hotel die Mitarbeiter der Friendly Jet normalerweise absteigen.«

»Schon erledigt. Sie sind alle im Hilton.«

»Du bleibst trotzdem im Zimmer. Versprich es mir.«

»Na gut, ich werde nicht am Büfett frühstücken, versprochen.« Sie scherzt, um die Angst nicht zuzulassen. Besana hat das nicht verstanden, vielleicht, weil er noch nie wirklich Angst hatte. Und es gibt nur eine Art von Angst. Todesangst.

»Hat er dich erkannt?«

»Ich glaube nicht. Ich hatte eine Sonnenbrille an und einen Hut auf. Wahrscheinlich kennt er meinen Namen, aber er hat sich die Bordkarte nicht angesehen. Ich hab sie nicht rausgeholt, meine Hände haben zu sehr gezittert. Allerdings fragt er sich bestimmt, was aus der Maske geworden ist. Egal, auch Journalisten nehmen sich gern mal ein Souvenir mit, nicht nur Serienmörder.«

»Du bist mir heute ein bisschen zu witzig. Ich finde das überhaupt nicht lustig«, erwidert Besana.

»Was soll ich denn sonst machen, Marco? Ich versuche doch nur, mich zu beruhigen. Tu mir lieber einen Gefallen. Bevor ich geflogen bin, habe ich ein Labor angerufen und mich als Sekretärin von Anwalt Formisano ausgegeben. Sie werden die Probe ganz schnell analysieren, wir bekommen schon morgen die Ergebnisse. Du musst nur das Paket abgeben, ich maile dir die Adresse. Wenn die DNA übereinstimmt, ruf sofort Giorgio an.«

»Natürlich.« Besana seufzt. Einen Moment lang sagt er nichts. »Piattola?«

»Ja?«

»Du hast mich sehr wütend gemacht. Aber ich bin stolz auf dich. Du bist das Beeindruckendste, was mir in vierzig Berufsjahren passiert ist.«

»Warum? Sind Mörder nicht beeindruckend?«

»Nein, das sind sie nicht. Sie glauben, dass sie es sind, aber sie sind es nicht. Sie sind weder das Leben noch der Tod, sie drängeln sich irgendwo dazwischen.«

»Besana?«

»Ja?«

»Ich mag dich sehr.«

Besana will sagen: Ich dich auch. Doch diese Worte bedeuten ihm so viel, dass er einen Moment braucht. Er ist es nicht gewöhnt, so etwas zu sagen. Als er endlich so weit ist, hat Ilaria bereits aufgelegt.

4. Februar

»Danke«, sagt Jelena. »Also sehen wir uns heute Abend um acht vor dem Odessa.«

Sobald sie aufgelegt hat, läuft sie zu ihrer Mutter in die Küche, die gerade das Kind füttert.

»Wer war das, Lenotschka?«

»Ein Italiener, Mama! Stell dir vor, er lädt mich in ein schickes Restaurant ein.«

»Und warum?«

»Er ist ein Unternehmer aus Mailand, Mama. Er will hier eine Fabrik eröffnen und sucht eine Sekretärin, die gut Italienisch spricht. Die von der Uni haben ihm meine Telefonnummer gegeben.«

Sie erzählt ihr, dass er Ledertaschen und Accessoires herstellt. Ein mittelständisches Familienunternehmen. Die Krise zwingt sie, den Standort zu wechseln, erklärt sie. Also planen sie, Fabriken in Osteuropa zu eröffnen, weil es für sie günstiger ist. Er hatte bereits Kontakte in der Ukraine, und so ist seine Wahl auf dieses Land gefallen. Aber um alles zu organisieren und das Personal auszuwählen, benötigt er eine Assistentin, die beide Sprachen spricht.

»Und er lädt dich zum Essen ein? Bist du sicher, dass er nichts anderes im Sinn führt, Lenotschka?«

»Du denkst immer gleich das Schlimmste, Mama.«

»Der versucht bestimmt, dich mit in sein Hotel zu nehmen, da wette ich drauf.«

Aber Jelena hat keine Lust zu streiten. Außerdem muss sie sich fertig machen. Sie läuft in ihr Zimmer, um ein Kleid auszusuchen. Etwas Schlichtes und Elegantes. Sie hatte ein graues Kostüm, aber seit der Schwangerschaft passt es ihr nicht mehr. Ratlos setzt sie sich für einen

Moment auf das Bett. Dann steht sie wieder auf und fängt an, im Schrank zu wühlen. Vielleicht sollte sie eine weiße Bluse und ein schwarzes Jackett anziehen, irgendeine schwarze Hose, in die sie noch reinpasst, wird sie schon finden. Sie kramt in der Nachttischschublade und holt ein Perlencollier heraus, mit falschen Perlen zwar, doch es macht viel her. Um eleganter zu wirken, wird sie sich das Haar hochstecken.

Als sie vor dem Restaurant ankommt und ihn sieht, atmet sie erleichtert auf. Wirklich ein vornehmer Typ. Mit Manieren. Eine Höflichkeit wie aus einer anderen Zeit. Er hält ihr die Tür auf und lässt sie einen Tisch aussuchen, zieht ihren Stuhl zurück, damit sie sich setzen kann. Lenotschka sieht sich neugierig um. Das Lokal zählt zu den angesagtesten von ganz Kiew, doch es wirkt etwas düster. Der Architekt hatte den merkwürdigen Einfall, Seile von den Decken baumeln zu lassen, die die Tische wie Vorhänge voneinander trennen. Aber sie wirken wie Galgenstricke.

Der Kellner überreicht die Speisekarten, und aufgeregt beginnt sie darin zu blättern. Kaviar, Lachs, Seebarsch, Foie gras, Filet. Du liebe Güte, so viel Luxus. Vielleicht nimmt sie einfach ein Risotto. Er sucht einen Wein aus.

»Dolcetto oder Barolo?«

»Ich mag beide sehr«, erwidert Lenotschka. »Sie sind beide aus dem Piemont, richtig?«

»Bravo.«

»Ich habe einmal einen Text für eine Weinmesse übersetzt.«

»Hier in der Ukraine?«

»Ja, ich war noch nie in Italien. Ich habe Italienisch in der Schule und an der Uni gelernt.«

»Aber Sie sprechen perfekt.«

»Danke.« Lenotschka senkt schüchtern den Blick, wie immer, wenn sie ein Kompliment bekommt.

Eine Weile, während sie ein Thunfischtatar essen, redet nur er.

»Wissen Sie, ich habe eine Freundin. Wir sind noch nicht verheiratet, weil sie noch auf ihre Scheidung warten muss. Wollen Sie ihr Foto sehen?«

»Wie hübsch, mit diesen Locken. Und was für ein schönes Lächeln.«

»Sie heißt Melissa.«

»Ich freue mich schon darauf, sie kennenzulernen«, erwidert Lenotschka.

»Sie wünscht sich so sehr ein Kind, aber sie kann keins bekommen. Die Folgen einer Abtreibung. Wegen ihres Exmannes, er wollte keine Kinder.«

»Die Ärmste.«

»Deshalb möchte ich ihr helfen, ihren Traum zu verwirklichen. Da wir noch nicht verheiratet sind und uns nicht direkt an eine Klinik wenden konnten, haben wir Kontakt zu Anwalt Ždanov aufgenommen, der uns Ihren Namen genannt hat.«

Lenotschka nickt, sie ist bereit.

»Hat er Ihnen von meinem Problem erzählt?«

»Natürlich. Er hat uns erklärt, dass Ihre Mutter nichts davon erfahren soll. Aber Sie können beruhigt sein, wir haben an alles gedacht.«

Der Seebarsch mit Joghurtsoße und Karottenpüree für ihn und das Risotto mit Stör für sie werden gebracht. Lenotschka lächelt erleichtert, sie hat einen Mann von Welt vor sich, der weiß, wie die Dinge funktionieren.

»Und wie lösen wir das Problem?«, fragt sie, während

sie ihr Risotto probiert. Sie ist so angespannt, dass sie nicht einmal das erste Essen ihres Lebens in einem der elegantesten Restaurants in Kiew genießen kann.

»Ganz einfach. Sie werden Ihrer Mutter sagen, Sie müssten wegen der Firma für einige Monate nach Italien kommen. Ich bezahle Ihnen hier eine Wohnung, in der Sie während der Schwangerschaft wohnen können, ganz gemütlich, allein.«

»Perfekt«, sagt Lenotschka. »In der Zeit kann ich meine Masterarbeit schreiben. Wissen Sie, mit einem kleinen Kind ist es schwierig, zu studieren.«

Der Kellner bringt die Crème brûlée mit Mango und Kokos, die nur sie bestellt hat. Lenotschka ist glücklich. In den sechs Monaten kann sie ihr Studium beenden, und mit den zehntausend Euro, die sie ihr geben werden, kann sie ihrer Mutter, die sich in Kiew nie wohlgefühlt hat, ein Haus auf dem Land kaufen. Und dann wird sie wirklich eine Arbeit in Italien suchen. Aber mit einem Uniabschluss, nicht als Pflegerin.

»Ich habe schon eine Wohnung gefunden. Wollen Sie sie sich mal ansehen, ob sie Ihnen gefällt? Ich habe einen Wagen gemietet, ich kann sie anschließend nach Hause fahren.«

Lenotschka erstarrt kurz. Will er sich doch an sie heranmachen? Aber sie will nicht unhöflich sein zu dem Mann, der ihr Leben verändern wird.

Er hilft ihr in den Mantel.

»Danke«, sagt Lenotschka, »ich komme gerne mit.«

Sobald sie die Wohnung betreten, spürt Lenotschka, wie eine Art Stromschlag durch ihren Arm geht. Ihr bleibt keine Zeit mehr, sich zu fragen, was das ist.

5. Februar

Als der Airbus A320 die Alpen überfliegt, steht der Kapitän auf.

»Ich muss kurz zur Toilette und mir außerdem mal die Beine vertreten, ich hab immer noch Rückenschmerzen.«

»Dann hat die Massage nichts gebracht«, erwidert der andere grinsend. »Besorgst du mir noch einen Kaffee?«

Der Kapitän geht hinaus und ruft den Flugbegleiter, um den Kopiloten entsprechend der Vorschrift im Cockpit nicht zu lange allein zu lassen.

»Bringen Sie uns zwei Kaffee, bitte?«

»Kommt sofort«, sagt der Flugbegleiter.

Als er mit dem Tablett zurückkommt, knistert das Funkgerät. Offenbar versucht man von Orio al Serio, Kontakt aufzunehmen, vielleicht wegen des angekündigten Schneesturms. *Hier Tower, bitte kommen.* Nach ein paar Wortwechseln ordnet der Fluglotse an, die Passagiere zunächst nicht aussteigen zu lassen, sondern auf der Landebahn auf weitere Anweisungen zu warten.

»Verstanden. Aber warum? Ende.«

»Anordnung der Polizei, sie müssen jemanden festnehmen – ich wiederhole – festnehmen. Gefährliches Subjekt an Bord, Ende.«

Der Steward, der hinter dem Kopiloten steht, stutzt und stellt das Tablett auf dem Sitz des Kapitäns ab.

»Müssen wir eine Notfallmaßnahme starten? Ende.«

»Lassen Sie Gabriele Baschenis nicht ins Cockpit, Ende, gefährliches Subjekt, Ende.«

Der Kopilot dreht sich zum Steward um, sie sehen sich an.

»Aber Baschenis ist gar nicht an Bord, Ende.«

»Bitte?«

»Er wurde in letzter Minute ersetzt, Ende.«

Inzwischen ist der Flughafen von Ordnungskräften umstellt. Besana kommt atemlos angelaufen, Giorgio lässt ihn durch.

»Ilaria ist nicht angekommen. Wir müssen uns sofort mit der ukrainischen Polizei in Verbindung setzen. Sofort«, stößt Besana hervor.

Er ist mit den Nerven am Ende, völlig von Sinnen. Er packt Giorgio an der Schulter und schüttelt ihn.

»Ich habe ihr von Kiew einen Flug gebucht. Einen Alitalia-Flug, damit sie nicht mit ihm fliegt. Ich war bei der Ankunft, aber sie war nicht da. Sie war nicht da! Nie ins Flugzeug gestiegen. Verstehst du?«

»Wann hast du zuletzt mit ihr gesprochen?«

»Gestern Nachmittag.«

»Warum zuletzt gestern Nachmittag?«

»Weil sie danach nicht mehr rangegangen ist, verdammte Scheiße!«

Giorgio bringt ihn in eine VIP-Lounge, die man eigens zu diesem Zweck geräumt hat und die nun für die Ermittler reserviert ist.

»Du kannst jetzt nichts mehr tun. Warte hier, Marco. Wir kümmern uns darum, in Ordnung?«

Aber Besana kann nicht ruhig sitzen bleiben, er scheint jeden Moment durchzudrehen. Er würde jeden niederschlagen, nur um rauszukommen.

Da eilt ein Polizist heran.

»Der Tower hat die Mannschaft verständigt, aber Baschenis ist nicht an Bord.«

»Wie, er ist nicht an Bord?«

»Er ist nicht eingestiegen.«

4. Februar

Als Lenotschka die Augen öffnet, findet sie sich in einer anonymen, halb leeren Wohnung wieder. Sofort registriert sie, dass alle Rollläden heruntergelassen sind. Sie liegt auf einem Kunstledersofa, ihre Hände sind mit ihrem eigenen Schal gefesselt. Sie sieht Baschenis an, der vor ihr steht.

»Bitte, ich habe ein Kind von einem Jahr.«

»Ich weiß«, antwortet er, »sonst könntest du deine Gebärmutter nicht vermieten.«

Inzwischen versucht Lenotschka unauffällig, den Schal um ihre Handgelenke zu lockern.

»Willst du ficken?«

»Wie vulgär du bist«, erwidert Baschenis.

»Mach mich los, und wir machen alles, was dir gefällt.« Lenotschka zwingt sich, die Ruhe zu bewahren.

Baschenis lächelt.

»Du willst wissen, was mir gefällt? Ich esse gerne Menschenfleisch. Und ich komme nur dann zum Orgasmus, wenn ich meine Partnerin erwürge.«

Lenotschka muss den aufsteigenden Brechreiz unterdrücken, sie spuckt auf den Boden. Aber das Adrenalin hilft ihr, nachzudenken. Was kann sie tun, um sich zu retten? Sie sieht zur Tür, mit Sicherheit hat er sie abgeschlossen. Schreien wird nichts nützen, sonst hätte er sie geknebelt. Da er es nicht getan hat, gibt es sicher keine Nachbarn. Was also bleibt ihr? Ihr Blick fällt auf den Tisch, auf dem drei Küchenmesser bereitliegen. Der Brechreiz macht sich wieder bemerkbar, sie muss ihn mit aller Gewalt unterdrücken. *Du musst klar bleiben, Lenotschka, wenn du hier lebend rauskommen willst.* Sie denkt, dass dieser Bastard sie unterschätzt, denn sie ist eine starke Frau, die es gewöhnt ist, zu kämpfen. Sie ist auf dem Land groß geworden, da war es schwer, zu überleben, er hat ja keine Ahnung. Der Vater ein Alkoholiker, und nachdem er gestorben war, ist sie mit der Mutter allein in die Stadt gezogen, wo sie gearbeitet und nebenbei studiert hat. Trotz allem ist sie eine gebildete Frau geworden, und das hat sie noch stärker gemacht. Jetzt aber stehen ihr nur zwei Waffen zur Verfügung: ihr perfektes Italienisch und ihre Fantasie. Was kann sie tun, um ihn aus dem Konzept zu bringen?

»Wenn du denkst, dass ich anfange zu heulen, dann irrst du dich. Denn das werde ich nicht tun. Du machst mir keine Angst, du widerlicher Irrer. So wie du aussiehst, machst du doch niemandem Angst.«

Schallend erwischt sie die Ohrfeige.

»Denkst du, ich bin noch nie geschlagen worden? Wenn einer von uns beiden noch nicht genug Schläge bekommen hat, dann du, du Scheißperverser. Sonst würdest du dir nicht Leute wie mich suchen, um deine Machtspielchen zu spielen, du widerliches, impotentes Arschloch.«

»Halt's Maul, du Schlampe.«

Aber Baschenis ist sichtlich verwirrt. Vielleicht ist Jelena auf dem richtigen Weg. Wenn sie es schafft, die Rollen umzukehren, verliert er seine Selbstsicherheit. *Mach weiter, Lenotschka, du musst ihm das Spiel verderben.* Sie darf nicht zulassen, dass er in die Spirale der Macht hineinkommt. Nicht zum Opfer werden, das seinen Schlächter um Gnade anfleht. Denn das genießt er offenbar. Wenn du nicht zum Opfer wirst, wird er nicht zum Schlächter. Du musst ihn weiter beleidigen.

»Du kleiner Hurensohn, ist dein Schwänzchen immer schlapp? Wird er dir nur hart, wenn du jemanden würgst? Bestimmt ist deine Mama schuld. Wahrscheinlich hat sie sich Männer mit nach Hause gebracht, und du musstest ihnen beim Vögeln zusehen.« Sie lächelt ihn gehässig an. *Da siehst du, wen du dir ins Haus geholt hast. Jetzt versuch mal, mir die Hände an den Hals zu legen. Versuch es nur.*

Baschenis dreht sich um und nimmt ein Messer vom Tisch. Aber seine Hände zittern.

»Was hast du? Parkinson?«, provoziert Lenotschka weiter. Sie hat nichts zu verlieren. Jetzt oder nie.

»Du bist die schlimmste Frau, die ich je getroffen habe.«

»Nach deiner Mutter?«

»Lass meine Mutter aus dem Spiel.«

Baschenis' Blick hat sich verändert. Wieder regt sich Brechreiz in Jelena, doch sie versucht, sich zu beherrschen. Sie darf jetzt nicht schwach werden. Sie muss sich etwas noch Wirkungsvolleres einfallen lassen, um ihn aus dem Konzept zu bringen. Suchend blickt sie sich um. Aber sie sieht immer nur diese Messer. Messer, nichts als Messer. Und da kommt ihr die rettende Idee.

»Du hast recht, wahrscheinlich bin ich sogar schlimmer als deine Mutter. Weißt du, ich habe nämlich auch jemanden umgebracht.«

Baschenis rührt sich nicht. Er weiß nicht, was er sagen soll. Schon kommt Jelena ihm zuvor, nutzt sein Schweigen, seine Unentschlossenheit.

»Ich habe den Vater meines Kindes umgebracht. Ich hatte die Nase voll von Alkoholikern im Haus. Ich hab ihm die Kehle durchgeschnitten.«

»Ich glaube dir nicht.«

»Man hat mich wegen Notwehr freigesprochen, mein Gesicht war nämlich ganz geschwollen. Er hat mich geschlagen. Wenn du mir nicht glaubst, kannst du ja im Internet nachsehen.« Jelena weiß genau, dass er sein Handy nicht einschalten wird. Vielleicht hat er sogar den Akku rausgenommen, damit man ihn nicht orten kann.

»Und was hast du empfunden?«

»Ich bin dabei *gekommen*«, erwidert Jelena und sieht ihm dabei direkt in die Augen. »Ich würde es wieder tun.«

Dann holt sie tief Luft. *Gut gemacht, Lenotschka, du hast ins Schwarze getroffen.* Damit hat er nicht gerechnet. Du hast ihm seine Inszenierung verdorben. Mach weiter, mach weiter. Verpass ihm noch eine.

»Was ist das für ein Fleck? Hast du dir in die Hose gemacht? Komm, setz dich. Reden wir ein bisschen. Wir haben doch Zeit. Ich möchte, dass du mir erzählst, was in deinem kranken Kopf vorgeht. Ich kann dich verstehen, ich habe genauso *empfunden.*«

Baschenis ist völlig benommen. Ihm ist deutlich anzusehen, dass er nicht weiß, wie er sich verhalten soll. Aber er hat immer noch das Messer in der Hand.

»Sei ein braver Junge«, fordert Lenotschka ihn mit hinterlistigem Lächeln auf, »erzähl.«

»Was willst du wissen?«

»Wen hast du vor mir getötet? Und warum?«

»Das hat mich noch niemand gefragt.«

»Siehst du? Ich bin eben anders. Weil ich auch getötet habe.«

4. Februar

Ilaria legt sich aufs Bett, doch sie kann sich nicht entspannen. Eigentlich sollte sie zufrieden mit sich sein, sie hat Besana den Hauptbeweis geschickt. Morgen werden sie ihn sich schnappen. Sie starrt auf das Valiumfläschchen, das sie mitgenommen hat. Sie streckt die Hand danach aus, will versuchen, ein paar Tropfen zu nehmen. Doch dann besinnt sie sich. Besser, sie bleibt klar. Noch ist dieser Mann auf freiem Fuß. Mit einem Mal hat sie keine Angst mehr, und ihr wird bewusst, dass sie keine Angst mehr hat, weil sie es sich nicht erlauben kann. Dieser Mann ist noch auf freiem Fuß, folglich kann er noch töten.

Sie springt aus dem Bett, sie kann einfach nicht still liegen bleiben. Sie öffnet die Minibar. Vor lauter Nervosität hat sie auf einmal Hunger bekommen. Sie nimmt einen Schokoladenriegel heraus und verschlingt ihn hastig, ohne überhaupt etwas zu schmecken. Sie sind in Kiew, denk nach, was gibt es in Kiew? Arme Menschen, mit Sicherheit. Opfer, nach denen kein Hahn kräht, wie Besana sagt. Sie schaltet ihr Tablet ein, sie braucht Hilfe. Als sie Kiew in die Suchmaschine eintippt, taucht sofort der Slogan *Gebärmutter zu vermieten* auf. *Leihmütter.* Verdammt. Sie darf nicht schlafen, auf gar keinen Fall.

Einen Augenblick lang denkt sie an Besana, verkneift sich dann jedoch, ihn anzurufen. Er würde sich nur Sorgen machen, sie davon abhalten wollen, weiterzumachen. Dabei ist sie diejenige, die sich Sorgen machen muss, denn sie muss jemanden retten. Sie weiß nur nicht, wen.

Also ruft sie jemand anders an.

»Kannst du etwas für mich überprüfen?«

»Wo bist du? Immer noch in Kiew?«

Eine halbe Stunde später ruft Rocco sie zurück.

»Nein«, sagt er, »nach ukrainischem Gesetz dürfen Singles sich nicht an Kliniken wenden. Aber ich habe Seiten gefunden, über die man für ungefähr zehntausend Euro illegal eine Leihmutter bekommen kann. Ich bin in alle Server reingegangen.«

»Und hast du ihn gefunden?«

»Ja, er hat eine gewisse Jelena Bykov kontaktiert. Eine Italienischstudentin. Aber er hat einen falschen Namen angegeben.«

»Welchen?«

»Vincenzo Verzeni.«

»O Gott.«

Jetzt muss sie noch herausfinden, wo er sie hingebracht hat. Nicht aufregen, ganz ruhig bleiben. Sie öffnet ihre Airbnb-App. Im Hotel kann er sie nicht töten, er braucht eine Wohnung. Aber es sind zu viele. Außerdem gibt es zahlreiche andere Seiten, über die man Wohnungen mieten kann. Sie geht ins Bad, um sich kaltes Wasser ins Gesicht zu werfen. Sie muss nachdenken, nachdenken. Aber schnell, die Zeit vergeht, für das Mädchen könnte es schon zu spät sein. Dann fällt es ihr siedend heiß wieder ein. Sie hat seine Telefonnummer. *Ciao bello.* Er ist am Arsch.

Erneut ruft sie Rocco an.

»Kannst du ein Handy lokalisieren?«

»Natürlich.«

»Auch wenn es aus ist?«

»Wenn er den Akku nicht rausgenommen hat.«

»Kannst du es versuchen?«

»Sofort. Schick mir die Nummer.«

Wenige Minuten später bekommt sie eine Nachricht.

»GPS-Koordinaten. Breitengrad 50.464 868° Nord, Längengrad 30.522 859 000 000 04° Ost. Volos'ka vulytsya 3, Kyiv. Er hat den Akku nicht rausgenommen;)«

Ilaria ruft die Rezeption an.

»Ich brauche ein Taxi.«

Dann eilt sie nach unten und läuft zum Portier.

»Erklären Sie dem Fahrer, dass er mich so schnell wie möglich zur Polizei fahren soll. *Politsiya. Right now. It's an emergency. I'm a reporter. Zhurnalist.*«

4. Februar

»Du hast mir dein Geheimnis anvertraut, jetzt vertraue ich dir meines an, Lenotschka. Ich darf doch Lenotschka zu dir sagen?«

»Natürlich.«

»Weißt du, jemanden zu erwürgen, ist sehr intim. Es gibt keine Tötungsmethode, bei der du dich der Person, mit der du zusammen bist, näher fühlst. Es hat nicht so sehr mit Macht zu tun, es geht vor allem um Intimität. Denn du siehst ihr in die Augen, während sie stirbt. Du berührst sie, während sie stirbt. Hast du schon mal einem Sterbenden die Hand gehalten? Es ist so ähnlich, man kann förmlich körperlich spüren, wie das Leben ausströmt.«

»Ich habe mich weggedreht, als er starb«, sagt Jelena. Sie muss ihre Rolle weiterspielen. Sonst ist alles vorbei.

»Bei meiner leiblichen Mutter war es so. Ich wurde adoptiert, weißt du. Ich habe sie zufällig auf einer Reise wiedergetroffen und habe herausgefunden, dass sie sehr krank ist. Ich habe sie heimlich besucht. Ein paar Monate später ist sie gestorben, in der Nacht, und ich war bei ihr. Ich habe ihre Hand gehalten. Aber es war kein neues Gefühl. Ich hatte es schon einmal erlebt.«

»Bei wem?« Inzwischen ist es ihr gelungen, eine Hand zu befreien, aber sie hält die Arme weiterhin hinter dem Rücken, damit er es nicht bemerkt.

»Das erste Mal war es bei Rossella. Ein wunderschönes Mädchen, ich war so verliebt in sie. Ich wollte sie gar nicht töten. Wir waren zwei Teenager. Es ist aus Versehen passiert, wir machten gerade einen Ausflug in den Bergen. Ihr Cousin war auch dabei, ein kleiner Junge von sechs Jahren. Plötzlich gab es einen Bergrutsch, und wir hatten Angst, dass der Weg zugeschüttet wird, und wollten zurück, bevor es noch einen weiteren Bergrutsch gab. Also haben wir den Jungen an einer Stelle zurückgelassen, die uns sicher erschien, um ohne ihn die Lage zu erkunden. Es war das erste Mal, dass ich mit Rossella alleine war. Was dann passiert ist, weiß ich nicht mehr so genau. Vielleicht habe ich versucht, sie zu küssen. Ich weiß nur noch, dass sie mich weggestoßen hat, und da kam es plötzlich über mich: Ich habe ihr die Hände um den Hals gelegt und angefangen, zuzudrücken. Endlich konnte ich ihre Nähe spüren. Dabei sah ich ihr in die Augen. Ich bin gekommen, zum ersten Mal, ohne zu masturbieren. Das war der heftigste Orgasmus meines Lebens. Danach habe ich sie wieder angesehen, aber sie war ganz blau geworden, ihre Zunge hing heraus, ihre Augen waren blutunterlaufen. Sie sah furchtbar aus. Ich schämte mich, ein so abscheuliches Mädchen geliebt zu haben, darum habe ich sie in einem Brunnen versteckt. Dann bin ich zu dem Jungen zurück, der auf uns wartete. Ich habe ihm eingeredet, dass er sie getötet habe, weil er sie alleine losgeschickt hat, um den Bergrutsch anzusehen, und der Bergrutsch habe sie mitgerissen. Und ich habe ihm eingeschärft, dass er niemandem etwas sagen dürfe, weil man ihn sonst ins Gefängnis sperren würde. Dann habe ich ihn an der Hand genommen und nach Hause gebracht.«

»Was ist aus diesem Jungen geworden?«

»Zwanzig Jahre später habe ich auch ihn umgebracht. Aber es hat mir leidgetan, Lenotschka. Er war der Erste, über den ich richtige Macht hatte. Bruno hat niemandem etwas erzählt, er hat mich beim Wort genommen. Später habe ich herausgefunden, dass er jahrelang überhaupt nicht gesprochen hat, nicht mal mit seinen Eltern. Doch dann ist er leider erwachsen geworden und hat angefangen, sich an Dinge zu erinnern, hat angefangen zu zweifeln. Ich musste ihn von der Autobahnbrücke stoßen. Er war so schmächtig, ein kleiner Schubs hat genügt. Als der erste Lastwagen ihn erwischt hat, lebte er noch. Aber ich wollte gar nicht zusehen. Es ist nicht schön, so zu töten, Lenotschka. Glaub mir, ich war erschüttert. Ich bin ein sensibler Mensch. Auch wenn ich nichts empfinde, wenn jemand stirbt. Außer Wut, weil alles vorbei ist. Aber davor, solange ich das Leben unter meinen Händen spüre, empfinde ich Lust. Danach nicht mehr, danach bin ich immer völlig verwirrt. Ich weiß nur, dass in mir auf einmal der Trieb erwacht, seltsame Dinge zu tun, wie Teile der Leiche zu essen. Ich kann es mir selbst nicht erklären, Lenotschka. Es ist wie eine Art Wut auf diejenige, die gestorben ist. Ich bin wütend auf sie, weil sie gar nicht hätte sterben sollen. Und indem ich sie in mir trage, habe ich das Gefühl, sie am Leben zu halten. Wenn ich sie esse, existiert sie irgendwie weiter.«

Jelena wird abermals schlecht. Sie sieht auf seinen Mund. Doch sie darf sich nichts anmerken lassen. Sie muss so tun, als hätte er etwas vollkommen Harmloses gesagt. Und sie darf nicht vergessen, weiterhin die Rolle der Mörderin zu spielen. Sie überlegt einen Moment.

»Ich wollte nicht, dass mein Mann weiterlebt«, sagt sie schließlich.

»Ja, das ist etwas anderes. Rossella habe ich auch nicht gegessen, und auch Bruno und meine Mutter nicht, denn sie existierten ohnehin schon in mir. Verstehst du den Unterschied, Lenotschka? Bei ihnen brauchte ich es nicht. Gut, meine Mutter ist an Krebs gestorben, sie habe ich nicht umgebracht. Aber die anderen beiden schon. Nur dieses Bedürfnis ist bei ihnen nicht aufgekommen. Ich war ja schon von ihnen bewohnt. Glaubst du an Vorahnung, Lenotschka?«

»Wie meinst du das?« Jelena muss einen kühlen Kopf bewahren. Mit jeder Frage gewinnt sie Zeit.

»Ich will dir erklären, was ich unter Vorahnung verstehe. Vorahnung ist für mich, wenn du mit einer Geschichte in Berührung kommst, die dich nicht betrifft, dich aber dennoch aufwühlt. So ging es mir, als man mir die Geschichte von Vincenzo Verzeni erzählte.«

»Dann ist das nicht dein richtiger Name?«

»Nein. Bei dir habe ich einen falschen Namen benutzt. Du kannst nicht wissen, wer Vincenzo Verzeni ist. Er war ein Mörder des neunzehnten Jahrhunderts, er kam aus derselben Gegend wie ich und hat das Gleiche empfunden, was ich jetzt empfinde. Er war der erste italienische Serienmörder. Weißt du, wir alle sind mit Geschichten über ihn aufgewachsen, wir Kinder haben sie uns gegenseitig erzählt. In dem Alter entdeckt man die Faszination der Angst. Aber für mich war es anders, er machte mir keine Angst. Er erregte mich, Lenotschka.«

»Und was hat er mit dir zu tun?«

»Als ich begonnen habe, auf dieselbe Weise zu töten wie er, habe ich zunächst überhaupt nicht an Verzeni gedacht. Vielleicht habe ich ihn regelrecht verdrängt. Die Vorstellung, dass jemand durchgemacht hat, was ich durchmachte, war mir unerträglich. Ich akzeptierte diese Seite an mir nicht. Ich war *der andere*, ich erkannte mich nur in dem anständigen jungen Mann wieder, der nach einer Reise in sein Dorf zurückkehrte und eine innige Beziehung zu seiner Adoptivmutter hatte. Ich ging für sie einkaufen, kochte, führte sie ins Kino oder zum Essen aus. Zwar hatte ich eine Wohnung in Mailand gemietet, aber ich war nie dort. Meine Wohnung in Suisio, direkt über der Wohnung meiner Mutter, hatte ich behalten. Die Wohnung in Mailand diente nur als Vorwand, damit sie glaubte, ich hätte ein Leben. Aber ich hatte kein Leben. Keine Verlobte, keine Freunde. Doch ich wollte, dass sie denkt, ich hätte ein Leben. In der Wohnung in Mailand habe ich nur wenige Male geschlafen. Dennoch bezahlte ich regelmäßig Miete. Pünktlich wie ein Vorzeigemieter. Diese imaginäre Wohnung, in der sich ein imaginäres Leben abspielte, erlaubte mir, ihr zu erzählen, ich sei verliebt oder hätte den und den kennengelernt. Ich sagte ihr sogar, dass ich in Mailand ehrenamtlich arbeitete, so wie sie. Mama war so stolz auf mich.«

»Und in Wirklichkeit?«

»In Wirklichkeit war ich im Ausland, wenn ich nicht bei ihr war. An manchen Orten ist es einfacher, zu töten. An manchen Orten ist ein Menschenleben nichts wert.«

Wie in der Ukraine, denkt Jelena. Aber sie sagt es nicht, sie darf nicht in die Rolle des Opfers zurückfallen. Sie muss daran denken, ihn zu behandeln, als wäre sie seinesgleichen. Von Mörderin zu Mörder.

»Das hat dich sicher wütend gemacht«, sagt sie.

»Ja, das hat es. Ich war so wütend, dass ich alles daran setzte, dass es jemand merkt. In einem Resort habe ich sogar mal eine Leiche am Strand liegen lassen, Lenotschka. Und einmal in der Wäscherei eines großen Hotels. Aber nichts ist geschehen. Sie packten die Leiche ein und verschwanden. Keiner der Gäste wurde befragt, um die ausländischen Touristen nicht zu verschrecken. Irgendwann ist mir Vincenzo Verzeni wieder eingefallen. Ihm war die Ehre zuteilgeworden, die Hauptfigur eines Jahrhundertprozesses zu sein. Und warum? Weil er Leute aus seinem Tal ermordet hat. Auch sie waren vielleicht nur Zimmermädchen, genau wie die, die ich getötet hatte, aber ein kleiner Ort hütet seine Bewohner eifersüchtig und macht schon wegen eines Zimmermädchens Theater. Solange sie nur keine Nutte ist, die rächt niemand.«

»Gefällt es dir, im Mittelpunkt zu stehen?«

»Glaub mir, Lenotscha, ich bin kein Narzisst. Mir ist nicht wichtig, ob sie wissen, wer ich bin. Ich weiß es ja selbst nicht. Meine Wut ist komplizierter. Vielleicht bin ich wütend auf mich selbst und auf das, was mir passiert. War es wirklich möglich, dass es niemanden kümmerte? Es war wie eine Kurzschlusshandlung, Lenotschka. Menschen aus meinem Tal und die Legende von Verzeni:

Und da funktionierte es tatsächlich. Endlich haben sie gemerkt, dass jemand fehlte.«

»Bist du berühmt geworden?«

»Zu berühmt sogar. Die Schlagzeilen in den Zeitungen waren mir peinlich. Glaub mir, es war hart. Es waren junge Frauen, die ich gern hatte. Aber sie waren die Einzigen, an die ich herankam. Eben weil ich sie kannte und sie mir vertrauten. Verstehst du das, Lenotschka? Für einen sauberen Mord musst du Vertrauen aufbauen. Sonst steigt keiner zu dir ins Auto. Aneta war wunderbar, ich habe ihr viele Tipps gegeben. Sie wollte den gleichen Beruf machen wie ich. In Wirklichkeit ein frustrierender Job: Du bist Kellnerin, nur eben im Flugzeug, habe ich ihr immer gesagt. Aber sie hatte es sich in den Kopf gesetzt. ›So sehe ich wenigstens die Welt‹, sagte sie. Ich habe sie nicht gern erwürgt, ich bin nicht mal gekommen. Ich habe sie nicht begehrt, ich wollte nur, dass jemand die Menschen bemerkt, die nicht mehr da sind, und sie war mein Instrument. Die Wut, die danach über mich kam, hat mich überwältigt. Dieser Wut konnte ich nicht widerstehen, Lenotschka.«

Jelena senkt den Blick, bereut es jedoch sogleich. *Sieh ihm ins Gesicht, Lenotschka. Brich diesen Zauber nicht. Geh ihm nicht in die Falle.* Sie muss ihm weiterhin zeigen, dass sie keine Angst hat.

»Und bei den anderen?«

»Bei Dana war es noch schwieriger. Ich hatte mir auferlegt, schlechte Mütter zu töten, aber nur, um keine guten Mütter zu töten. Es war eine ganz rationale Entscheidung. Ich hatte meine Adoptivmutter im Kopf und hätte niemals ein Kind um eine solche Freude gebracht. Aber obwohl Dana eine furchtbare Mutter war, war sie großzügig und nett. Wir redeten viel, wenn ich mich von ihr massieren ließ. Natürlich nicht über meine Taten, aber sonst über alles. Sie war sehr menschlich, verurteilte niemanden. Sie war so überrascht, als ich sie erwürgte, und ich auch. Ich hatte trotzdem einen Orgasmus, und dafür schämte ich mich.«

»Hast du auch einen Orgasmus, wenn du einen Mann tötest?« Genialer Einfall, lobt sie sich im Stillen. Damit unterstellt sie ihm, dass er schwul ist.

»Nein. Bei Foresti war es anders. Das war der einzige kaltblütige Mord meines Lebens. Du weißt nicht, wer Foresti war, Lenotschka. Er wollte mit seiner Geliebten durchbrennen, konnte jedoch nicht, weil seine Frau drohte, ihm alles wegzunehmen, einschließlich seiner Arbeit. Und was tat er? Er sprang auf die Serienmörderwelle auf und tötete seine Frau, in der Hoffnung, dass sein Mord mit den anderen in einen Topf geworfen würde. Aber ich habe ihm einen Strich durch die Rechnung gemacht. Was hättest du an meiner Stelle getan, Lenotschka? Du hättest ihn doch auch bestraft, oder?«

»Natürlich.« Inzwischen hat sie sich so in ihre Rolle eingefunden, dass sie sich fragt, ob sie wirklich jemanden töten könnte. Vielleicht könnte sie das. Ihn.

»Na ja. Ein Mord mehr oder weniger. Ich hab ihn im Fernsehen gesehen, er gab Interviews am laufenden Band, und ich wurde immer wütender. Auch meine Mutter war wütend, sie sagte gleich, dass er seine Frau selbst getötet hatte. Und sie hatte recht, denn ich war es nicht. Nie im Leben hätte ich drei Kindern eine so fürsorgliche Mutter weggenommen. Es war nicht leicht, ihn zu köpfen, Lenotschka. Der Kopf wollte nicht abgehen. Mir wurde fast übel, aber ich durfte mir keine Schwäche erlauben.

Ich glaube, ich habe eine halbe Stunde mit der Machete geackert. Eine obszöne Trophäe, aber diesmal war ich hinterher richtig stolz. Wer sonst ist schon zu so etwas in der Lage? Nur ich weiß, was es heißt, zu töten, und dass es kein Zurück mehr gibt. Früher oder später hätte man ihn vor Gericht gestellt, aber aus dem Gefängnis kommt man wieder raus.«

»Ich hätte meinen Mann auch gern angezeigt, aber es hätte nichts genützt. Sobald er wieder draußen gewesen wäre, wäre er zurückgekommen und hätte mich totgeschlagen.« Sie sieht ihn an. »Ich habe schrecklichen Durst. Kannst du mir ein Glas Wasser geben?«

»Ich hole es dir. Aber versuch nicht, mir einen Streich zu spielen, enttäusch mich nicht. Die Tür ist sowieso abgeschlossen, du kommst hier nicht raus.«

Als er in der Küche ist und das Wasser läuft, redet er weiter.

»Bei Melissa war es schrecklich, Lenotschka.«

»Das Mädchen von dem Foto?«, ruft Jelena aus dem Wohnzimmer.

»Ja, das schöne Mädchen mit den Locken. Ich habe die Erfahrung mit Rossella wieder durchlebt. Vielleicht konnte ich mich deshalb hinterher nicht zurückhalten. Ich habe zwei Körper gegessen, als ich ihren aß. Ich habe sie geliebt, so wie ich Rossella geliebt habe. Ich wollte sie dazu überreden, das Kind zu behalten, ich hätte es mit ihr großgezogen. Aber sie wollte mit mir keine Familie gründen. Sie sagte, es wäre absurd. Was machst du, Lenotschka? Warum bist du aufgestanden?«

5. Februar

Im Morgengrauen bricht die Kiewer Polizei die Tür zur Wohnung in der Volos'ka vulytsya 3 auf. Ilaria hat die ganze Nacht gebraucht, um die Beamten zu überzeugen, die sie kaum verstanden haben. Aber endlich ist es ihr gelungen.

Am Boden kauert die blutüberströmte Lenotschka und weint. Sofort ist Ilaria bei ihr und schließt sie in die Arme.

»Du hast dich nur verteidigt, das wissen wir«, sagt sie auf Italienisch. Es macht ihr nichts aus, dass auch sie sich mit Blut beschmiert. Vielleicht war es genau das, was sie gesucht hat. Die Leiche ihrer Mutter wurde nie gefunden. Der Mord, den sie erlebt hat, war einer von denen, die zu sauber sind und einen genau deshalb zerstören, weil sie so irreal erscheinen. Ilaria hat ihn sich nicht einmal vorstellen können. Nun ist sie mit einem realen Mord konfrontiert. Mit all dem Blut, das dazugehört.

»Er war verrückt, er war verrückt.« Weinend schmiegt sich Lenotschka in Ilarias Arme, sodass sich alle Körpersäfte vermischen. Blut, Schweiß, Tränen – ein einziger See. Aber es ist kein unbestimmtes Etwas mehr. Zum ersten Mal nimmt alles endlich eine Form an.

Lenotschka lässt den Blick ihrer leeren Augen wandern. Es ist ein verlorener Blick. Der Blick von jemandem, der getötet hat und der nie hatte töten wollen. Ilaria streichelt sie. Und denkt, dass sie eine Mörderin streichelt – sicher, sie hat sich nur verteidigt, aber sie hat getötet, sie hat jemanden erstochen. Endlich weiß Ilaria, wie es sich anfühlt, wenn man einen Mörder streichelt. Sie findet es schön.

»Mach dir keine Sorgen«, flüstert sie ihr ins Ohr. »Wir wissen, was du durchgemacht hast.«

5. Februar

Im Ankunftsbereich des Flughafens wartet Besana auf Ilaria. Endlich taucht sie auf, kommt ihm leicht taumelnd entgegen, einen kleinen Trolley hinter sich herziehend, als wäre er tonnenschwer. Sie sinkt ihm fast in die Arme. Besana drückt sie fest an sich.

»Er hätte auch dich töten können«, sagt er.

Sie schüttelt energisch den Kopf.

»Ich hatte keine andere Wahl.«

»Du hast sie gerettet.«

»Nein, sie hat sich selbst gerettet. Man rettet sich immer selbst. Ich bin zu spät gekommen. Sie hätte diejenige sein können, die in ihrem eigenen Blut daliegt.«

Auf dem Parkplatz angekommen, laden sie den Trolley in den Kofferraum.

»Du warst großartig, Piatti. Das Interview mit Jelena kommt auf die erste Seite, das wurde gerade in der Redaktionssitzung beschlossen.«

»Es war kein Interview«, erwidert sie. »Sie hat von ganz allein geredet. Ich habe nur der Form halber ein paar Fragen eingefügt, die ich in Wirklichkeit gar nicht gestellt habe. Ich habe keinen Ton rausgebracht.«

»Sei's drum. Das ist der erste Artikel, unter dem nur dein Name stehen wird. Nicht schlecht, gleich auf der ersten Seite zu beginnen, Piatti.«

Ilaria schüttelt ungläubig den Kopf.

»Wer hätte das gedacht«, sagt sie.

»Der Chefredakteur hat mich vorhin angerufen. Er will dich sprechen. Ich schätze mal, er findet jetzt einen freien Schreibtisch für dich.«

»Wirklich?«

»Er erwartet dich morgen um drei in seinem Büro. Vielleicht schaffst du es ausnahmsweise mal, nicht in Jogginghose hinzugehen.«